花
笙
STORY

让好故事发生

A
WISE MAN
DOES NOT
FALL IN
LOVE

智者不入爱河

陈之遥 ——— 著

中信出版集团 | 北京

图书在版编目（CIP）数据

智者不入爱河 / 陈之遥著 . -- 北京：中信出版社，2024.1
ISBN 978-7-5217-6129-0

I.①智… II.①陈… III.①长篇小说－中国－当代 IV.① I247.5

中国国家版本馆 CIP 数据核字（2023）第 212449 号

智者不入爱河
著者：　　陈之遥
出版发行：中信出版集团股份有限公司
　　　　（北京市朝阳区东三环北路 27 号嘉铭中心　邮编　100020）
承印者：　北京盛通印刷股份有限公司

开本：880mm×1230mm 1/32　印张：18.5　字数：421 千字
版次：2024 年 1 月第 1 版　印次：2024 年 1 月第 1 次印刷
书号：ISBN 978-7-5217-6129-0
定价：69.80 元

版权所有·侵权必究
如有印刷、装订问题，本公司负责调换。
服务热线：400-600-8099
投稿邮箱：author@citicpub.com

目录

第 一 章　单身侠　　　　　　　　　　001
第 二 章　传说中的关老师　　　　　　028
第 三 章　回避型人格　　　　　　　　045
第 四 章　生命中不能承受之轻　　　　072
第 五 章　关老师，起来挣钱了　　　　095
第 六 章　婚前协议　　　　　　　　　125
第 七 章　圣母病　　　　　　　　　　150
第 八 章　女骗男，男骗女　　　　　　180
第 九 章　你是否愿意为我游过海峡　　210
第 十 章　我们不适合再继续下去了　　229
第十一章　跟你没关系　　　　　　　　254
第十二章　你真的想知道吗　　　　　　270
第十三章　家暴不是家庭纠纷　　　　　290
第十四章　不要的未必是真不要　　　　310
第十五章　抢着要的未必是真想要　　　333
第十六章　习得性无助　　　　　　　　355

第十七章	抚养权之争	387
第十八章	孩子的选择	414
第十九章	不该用他的错误惩罚我	439
第二十章	你有没有想过放弃我	463
第二十一章	婚姻诈骗	482
第二十二章	离婚恐怖主义	521
第二十三章	我愿意为你游过海峡	543
番外	有些时刻	580

第一章　单身侠

2017年4月,廖智捷从香港来到A市。

他自老西门的国际青旅出发,对着手机上的地图,先骑共享单车,再倒几趟地铁,一直坐到南郊大学城,而后出站,上了一辆橘色区间出租车。他给司机看微信聊天截图,上面有个地址:南松公路1258号和1300号之间,看见一条河,右拐,沿着四棵大柳树往里走。

司机是个本地大叔,挠头笑说:"我在此地开了二十几年的车,这样的地址倒是第一次看见。"

廖智捷也笑,用一口塑料普通话回答:"我也是第一次来。"

司机听得半懂不懂,懒得再跟他废话,咬着牙签摇摇头,发动引擎。车子开起来,窗外街景变换:学校、公园、影视城。微缩版的"大世界"、国际饭店和海关钟楼在梧桐树顶之间影影绰绰,群演们坐在路边的小店里吃面,而后又是开阔的公路,两侧只见村庄和农田。

1258号到了,再过去不远真的有条河。廖智捷付了钱下车,沿着柳树往里走,结果越走越窄——一堵墙横在眼前,没有路了。他困惑地站在那里，拿出手机打过去，等待接通后，忐忑地说出那句演练了很久的话："你好，我是 Chase，今天和清水老师约了见面……"然后斟酌着想后半句该怎么讲——可是地址好像有点不对。

还没等他把粤语翻译成普通话，对面已经回答："你走错地方了，是四棵大柳树这一边，不是三棵。"

廖智捷恍然大悟，抬起头看河边的垂柳，数了数，果然是三棵。他走错了。再望向四棵树的对岸，一扇铁皮门打开，有个人站在那里，脸上戴着防尘口罩，身穿一次性雨衣，上面沾满木屑和油漆飞溅的点子。人离得远，辨不清面目。但廖智捷知道，这就是"清水"。他在网上看过她的作品，与她谈过合作。不过直到这时候，他才意识到她是个女孩。隔着小河，他朝她挥挥手，她也朝他挥挥手。

这便是廖智捷第一次见到许末时的情景。

齐宋认识关澜是因为一个案子。

并购组带过来的客户，起初是争议解决组的另一个律师在交涉，直到收不了场，才找到齐宋。

"离婚？不好意思，做不了。"齐宋听了个大概，礼貌回绝。

"不是离婚，"并购组的合伙人姜源在电话里解释，"俩人早就离了，公司股权上有点纠纷。"

"那不就是没离干净嘛。"齐宋还是那句话，"做不了。"

"别啊，"姜源劝，"你组里小朋友已经在办了，材料都是现成的。你就给把把脉，看是调解还是开庭等判决，又不费什么手脚。"

齐宋给他解释："前妻前夫，谈判不成要走诉讼。这种关系，多半是赌气官司。期望不切实际，过程不听劝，输了还要怪到律师头上，我吃错了什么要去掺和？"

"你号称从来不做离婚，懂倒还挺懂。"姜源听得笑起来，却又道，"这案子是我们朱律师跟王律师提过的，王律师让直接找你。"

他说的这二位都在至呈所的管理委员会里，朱丰然是并购和资本市场组的大合伙人，王乾负责争议解决，仲裁和诉讼都管，也就是齐宋的老大。

齐宋没话了，叹了口气。

姜源还在那边笑。

齐宋已言归正传，直接问："要怎么做？"

"这次务必得'离'干净了，"姜源借用他刚才的说法，另外加上一条要求，"尽快。"

"这是当事人的意思，还是你们的意思啊？"齐宋半带玩笑地问。

姜源含糊其词，说："嗐，你这人……"

"好，"齐宋会意，打断道，"我知道了。"

这种擦屁股的事，他做得也是多了。有时候要快，有时候要慢。诉讼的结果并非唯一目的，过程才是——这是他刚入行时，王乾对他说过的话。他当天就找了负责这件案子的律师杨嘉栎，盘了盘案情，果然如齐宋所料，离婚没离干净。

当事人廖智捷，Chase Liao，出生在中国香港，拿加拿大护照，几年前来到 A 市创业，与合作伙伴许末相恋结婚，夫妻俩一起经营一家名叫"清水错落"的动漫工作室。后来事业逐渐发展，工作室扩大规模，做了 VIE[1] 架构，在英属开曼群岛设立了控股公司。

直到去年，两人协议离婚，没有孩子，财产各归各，但都不愿

1　指可变利益实体（Variable Interest Entities），是境内主体为在境外上市采取的一种方式。（若无特殊说明，本书注释均为编者注。）

意放弃清水错落，于是股权还是照原来的样子，廖占 51%，许占 49%，算是一场和平体面的分手。但手续办妥之后不久，廖便以控股股东的身份代表公司签订合同，将全部股份作价人民币 500 万售出。这笔交易完成，许就此出局。按照股权份额，她只能得到价款中的一半不到，也就是差不多 250 万。

许认为股份的价值被严重低估，交易显然损害了她的利益。两人协商不成，许对廖说，法庭上见。

"股份卖给谁了？"齐宋问。

杨嘉栎说："受让的也是一家开曼公司，只有一个股东，就是廖自己。"

齐宋见惯不怪，只道："2020 年修正案出台之后，开曼公司就不是黑箱状态了，登记处能查到所有注册企业的董监高，许末那边肯定已经掌握了这个情况。"

杨嘉栎点头。姜源认为这案子他不行，找来齐宋把关，他自己并不这么想，多少有点辩驳的意味：做低价格，自我交易，花 250 万买前妻出局，侵吞共同创业的成果。平常人听见，大约都会觉得证据确凿，人神共愤。但由律师从法律角度分析，又完全是另一回事了。

杨嘉栎是继齐宋之后，争议解决组新一代的卷王，留学英国，名校毕业，除了中国大陆的律师证，还考过香港律师执业资格证、英国律师执照、美国加州律师执业资格证，在组里专做涉外案件。早在对方正式起诉之前，他就做了详尽的法律研究，列举了原告可能采用的诉讼方案，这时候一一写到会议室的玻璃白板上，向齐宋交代：

"这案子按照中国《公司法》是走不通的。股东派生诉讼的利益归于公司,即便许未胜诉,赔偿金也是由廖给到清水错落。而清水错落是完全被廖控制的离岸公司,到时候又会产生赔偿金分配和执行的问题。一个官司套着另一个,许什么都拿不到。

"如果许到开曼法庭起诉,根据开曼《公司法》第46条股东回购权、第62条优先购买权,以及第175条,处置超过50%的资产必须通过股东大会决议,这个案子仍旧走不通。

"因为清水错落设立开曼公司的时候,廖是注册人,公司章程就是他起草的,他把这几项权利都排除了,还对关联交易和利益冲突进行了豁免约定。所以这笔自我交易在开曼其实是合法的,不可能被撤销。"

虽然白板上的时间线写得清清楚楚,齐宋听到此处,还是翻了翻材料——那是2019年,两人才刚结婚一年多。正如他方才所说,当时开曼《公司法》的修正案尚未出台,不需要在注册处公开公司架构。除非起诉,否则股东、董事、最终受益人的情况很难查证。廖可能在那个时候就已经做了打算,留好了后手。

杨嘉栎看出他的意思,玩笑一句:"女方全权交给他去办的,大概就是因为新婚感情好吧……"

感情。

齐宋不做评价,只是提醒:"还有不公平损害诉讼。"

"对,"杨嘉栎继续说下去,"根据开曼《公司法》,从这个角度可能走得通,但诉讼成本非常高。据廖先生说,许末离婚之后经济状况不是很好,负担不起开曼律师的费用。"

齐宋说:"她可以在中国起诉,但适用开曼法。"

杨嘉栎跟着点头,以证明自己并没有遗漏这一点:"许实际上只有这么一个可行的选择,只是这样做的先例很少,诉讼难度不小。

而且，我去了解过对方律师……"

"是哪位？"齐宋问。

"许末找朋友介绍的代理人，一个女的，政法的讲师，挂证在一家小所做兼职律师，用她名字在裁判文书网上能搜到的相关记录就只有几条，都是赡养、继承、析产之类的家事案件。"言下之意，手里没团队，更没有涉外商事的诉讼经验。

齐宋稍感不适，问："你那时候打算怎么做？"

杨嘉栎回答："我当时准备先看许末那边立案的情况，再约第二次谈判的。"

齐宋又问："那廖先生怎么说？"

"廖先生同意了，也提了要求，到时候和解金额还是按照250万去谈，最高不超过300万。"

齐宋听他说完，轻轻笑了声。

说是法庭上见，实际立案都不一定能成功。这句话杨嘉栎没有真的说出来，却一定这样想过，于是跟当事人沟通的时候太过乐观，反而给自己后期谈判增加了难度。廖智捷估计也在想，既然对方这么难，你又这么行……

结果现实出乎杨嘉栎的预料，等不到两周，法院发来起诉状，立案立成了。

对方同样排除了所有走不通的路，准确地找到了唯一可行的切入点——在中国起诉，适用开曼《公司法》。对方主张廖智捷以不合理的低价将股权转让给其本人100%控股的公司，违反了董事善意、诚信，以及行使权利必须基于公司最大利益，且有合理目的的法定义务；其主观上具有恶意，客观上使得许末遭受了不公平损害。对方以此为由，要求廖智捷赔偿许末经济损失2100万。

杨嘉栎被将了一军，可还是认为对方只是在玩心态，目的是想让廖这边先提出和解，然后再开条件。2100万这个数字与250万差距太大，显然是等着还价的。他让廖先生少安毋躁，代表被告提交了答辩状，辩称廖在进行那笔交易之前做过资产评估，定价500万就是根据专业报告给出的估值，并不存在所谓的不公平损害。

随后便是一个月的举证期，双方交换证据，诉讼程序按部就班地推进。

再一次出乎杨嘉栎的预料，那边没有提出和解，倒是成功申请了限制出境和财产保全。

廖智捷工作在身，定期要返香港，总算往后退了一步，提出主动约对方谈判，钱可以给到500万。刚好法院组织庭前会议，安排双方见个面，既是为了进一步了解案情，也是为了谈有没有和解的可能。但如果这次谈崩，那就真是法庭上见了。并购组认为情况有些被动，所以姜源才在这个时候找到了齐宋。

会议就排在第二天，廖智捷本人不到场，齐宋也来不及约他见面，看过材料，他与杨嘉栎确认："那次资产评估是关键证据，你跟当事人聊清楚没有？"

"报告我全文都看过，'四大'出的，还拿了签字评估师的确认，没有问题。"杨嘉栎信誓旦旦，"许如果对结果有异议，当然可以向法庭申请重做。但清水错落不是传统生产销售型的企业，没有厂房、机器、展厅、库存之类实实在在的东西可以被估价。而且恰恰因为这场股东纠纷，公司的经营状况在几个月当中已经发生了很大的变化：团队解散，合同违约，番剧在几个平台上都断更了。就算现在再做一次，也不可能得到支持她诉请的数字。"

事情本身不合理，但说法没错。所谓善意、诚信、最大利益、合理目的,都是可以被重新解读的词语,并非客观事实。你说他不合理,怎么证明?你说你损失 2100 万,又怎么证明呢?

每次遇到这样的情况,齐宋都尤其清晰地意识到自己是个律师,公平是不存在的,只有规则,可以被利用的规则。他没再说什么,打发走了杨嘉栎,重新过一遍材料,最后又回到那份诉状副本。

末尾具状人的签名是秀气而工整的两个字:关澜。看上去让人联想到小时候每个班上都有的那种好学生,聪明,但是规矩。

他发现自己竟有些好奇,这位挂证在小所、专做家事案件的兼职女律师究竟会如何应对呢?

第二天,齐宋和杨嘉栎一同去了西南区法院。

当时疫情反复,各处公检法都是门禁森严,律师不必接受安检,但还是得先查过绿码,再收验证件。穿全套防护服的法警一路用对讲机叫人进去:"5 号调解室两位,5 号调解室两位。"让人听着生出些奇怪的联想,好似到了洗浴中心。

等坐进调解室,已将近约定时间。

原告律师来得稍晚一些,匆匆进门,解释一句:"前面事情耽搁了,不好意思,让你们久等。"

旁边法官助理笑说:"关老师是从民一庭那边跑过来的吧?"

被称作"关老师"的这位也笑起来,气没喘匀便隔着桌子倾身,与他们一一握手。

齐宋猜不出她的年纪。既是因为此地的规矩,必须全程佩戴口罩,她只露出小半张脸;又是因为她身上那种微妙的反差感——看上去没化妆,头发简单扎个马尾,两臂挽着夹着许多东西,电脑包、资料袋、律师袍,显得身形单薄,甚至有些狼狈,但朝他伸出手的时候,掌心略微向上,是一种邀请的姿态,笃定、自信,像个老师傅。

门关上,交换过名片,会议开始。双方当事人都没到场,调解室里除去商事审判庭的法官、法助和书记员,就是律师对律师。

齐宋喜欢这样的场面。他一直觉得打官司就应该是理性的,付出多少成本、想要达到什么目的、预期所得几何、成功的概率又有几成、值不值得去做,全都基于客观判断。双方各自权衡,知道什么时候乘胜追击,什么时候及时止损,一切可计算、可控制。

经办法官是个半谢顶的中年人,挺幽默,说:"你们这个案子不简单啊。要是真开了庭,我估计吧,被告总得先提一拨管辖权异议,原告这边再回一拨涉外民事关系法律适用,然后申请重新资产评估。一审判完了,二审上诉,说不定还要再审,整个过程不会短。但你们也不要觉得我是因为嫌麻烦,就希望你们调了。今年我还没报过优秀庭审呢,你们这两边水平都不低,政法对至呈,我看就挺合适的,法庭上交锋肯定漂亮,又是新型案例,到时候我还能在《中法评》[1]上发几篇文章。"

齐宋给听乐了,忽然觉得杨嘉栎有点冤,他本来的想法其实也没错,这案子立案难度不小,原告之所以这么顺利地立案,大概真是因为西南区法院商事庭想拿这个案子来申报优秀庭审,再发几篇论文,恰如医生遇到了罕见病。毕竟原告代理人是此地常客,政法的讲师,这方面的雷达自然比杨嘉栎灵敏许多。

"关老师"就坐在他对面,似乎也在口罩底下微笑了一下。只是那笑容稍纵即逝,他分明看到了,又好像是错觉。

"我当事人表示可以接受调解。"她说。

---

[1] 指《中国法律评论》,是由法律出版社主办的学术性期刊。

杨嘉栎就是带着这个任务来的,有些意外她会先退一步,但还是顺着说下去:"我这边也一样。"

关澜随即报价:"2100万。"

杨嘉栎错愕,而后笑出来,说:"你们起诉标的就是2100万,调解也是2100万,那我们为什么要调?"

"因为时间。"关澜回答。

虽然一语中的,但杨嘉栎表情控制得极好,说:"现在公司控制权在廖先生手里,时间上有压力的不是我们这一边吧?"

关澜没有回答这个问题,只道:"我当事人的意思就是这样,如果不行,那就只有麻烦法院给我们排庭了。"说完便不再讨价还价,打开一个资料袋,对法官道,"原告这边还有一份证据要补充。"

光盘、公证书、两份打印副本递过来。

杨嘉栎接了一份,草草翻过,几乎是下意识地对关澜道:"你们这份证据……"

齐宋做了个手势制止,他才反应过来,转而对法官说:"我们需要跟当事人沟通一下。"

"好,"法官点头,看了眼手表,"我另外还有一个会,我们三十分钟之后再继续。"

从调解室出来,齐宋跟书记员借了间空会议室,坐下先把补充证据细看了一遍。

那是一封廖智捷转发给许末的电邮,正文空白,下面是他和评估机构的往来沟通,甚至包括一次会议记录。就是在那次会上,评估师告诉廖,清水错落的估值做出来大约2000多万。

廖不满意这个结果,对评估师说,太高了,必须再做一次,把数字往下压一点。

评估师表示很难办，说他们已经按照廖的要求尽量做低了数字，如果要更低，除非把未来现金流贴现法改成清算法。但清算法是针对破产企业的，只对有形资产的价值进行最保守的估计，诸如作品IP、持续经营价值这些无形资产都不计算在内。

廖说，可以，就用清算法。评估师认为这么做自己这方面要担风险，恐怕不能出"资产评估报告"，只能出个"咨询报告"。

廖不同意，说这次估值就是为了卖出全部股份而做的，情形类似于清算，所以不存在任何问题。双方纠结了一番字眼，最后大概因为这几年生意实在不好做，评估师让步，同意采用清算法，并且出具有法律效力的"资产评估报告"。

杨嘉栎有点麻，即刻打电话给廖智捷，把情况简单说了，再拍了照片发过去。

廖智捷看过之后十分激动，说："这封信我肯定没有转发给许末！而且你们看，发送日期是在我们离婚之后，她是从什么途径得到的?！这是侵犯个人隐私！我要告她！"

听这意思，就是真的了。

杨嘉栎简直无语。清水错落的估值被压低是可想而知的，但评估竟然先后做了两次，还白纸黑字地留了底，让对方拿到了。这件事廖智捷根本没提，他也没想到要问，这时候只好提出一个可能的解释："您是不是在两人共用的电脑上登录过这个邮箱账号？"

廖智捷想要否认，却又语塞，脑中多半出现了那个对话框——总是信任这台电脑？是，或者否。

可能就是因为当时感情好吧——齐宋听着，忽然想起杨嘉栎这句调侃，只觉讽刺。亲密关系就是这么麻烦，当你暗算对方的时候，也难免露出自己的破绽。

"杨律师，"廖智捷那边又开了口，咄咄逼人，"是你跟我说的，对方的诉讼难度很高，现在搞成这样算什么意思?!"

"我确实这么说过，但是……"杨嘉栎简直吐血，有些话又不好直说：是你跟我隐瞒了关键的证据啊。

"现在不是争论责任的时候，"齐宋本来只打算旁听，这时候才报了名字，只说事实，"廖先生，邮件是从你的邮箱账号发出去给许的，对方已经去公证处做过公证。而且，向其他股东披露重大交易是不能被豁免的董事义务，许末有权也应该收到这封信。也就是说，这封信从形式到内容都合理合法，不可能作为非法证据被排除。如果我们在法庭上不质证，它完全可以证明你故意压低了估值，以500万卖出股权的行为有违公司的最大利益。但如果我们质证，说你绝对没把这件事告诉过许，邮件一定是许从非正常途径得到的，又等于承认了你主观上不愿意，客观上也未能履行董事的告知义务。"

就像是个悖论，以彼之矛，攻彼之盾。

一番话说完，起诉状末尾的那个签名再一次出现在齐宋脑海当中，关澜，秀气而工整的两个字，曾经让他以为这一定是个规矩的好学生。今天见到的本人，仍旧符合这个猜想。但她不是，也许从来就不是。忽然间，齐宋觉得这桩他不想接的官司变得有趣起来。

电话那边，廖智捷缓了缓才问："那现在怎么办?"

杨嘉栎说："最好还是争取庭前和解。"

"但是2100万，开玩笑吗?"廖智捷又激动起来，"就算许末知道了第一次资产评估，那做出来的结果也就2000多万。她跟我要2100万是什么道理？这个数字绝对没可能！没错，人物和脚本都是她创作的，但要是没有我，她能做什么？当初启动资金就是我拉到的，后来能融到钱也都是因为我。没有我，她现在还在松江的农民房子里拍定格动画。我们合作五年，是她要分开的，那就分开好了，我最多给她 500 万，等于一年 100 万，她哪怕去其他动漫公司工作，这个收入在市场上也已经很好了……"

这就不是齐宋喜欢的场面了。他只觉吵闹，把搁在会议桌上的手机推远了一点。一直等到廖智捷从普通话讲到粤语，最后稍稍停歇，他才问："买家开价多少？"

"什么？"廖智捷一怔。

"就是姜律师那边的那笔交易。"齐宋提醒。

"但是那个……"廖智捷语塞，"跟这个案子没有关系。"

"有没有关系不是你能判断的，"齐宋径自说下去，"一旦涉及并购或者投资，你们这个行业通常用的是比较法，清水错落的同类型企业价值多少？比未来现金流贴现法做出来的还要高得多吧？"

廖智捷噎了噎，说："你们是代表我的律师，你来问我这个是什么意思？"

"对，我们是代表你的律师，但这些问题就算我现在不问，上了法庭对方代理人也会问。所以你必须想好怎么回答，能不能回答。还有，同类型的案子少有先例，但去年隔壁 H 市正巧终审了一起，总共经历五次审判，花了八年时间。现在的市场瞬息万变，你能不能等得起八年，你的买家能不能等？"

廖智捷不响，冷嗤，忽然问："你的意思是许末知道了有买家？那为什么是 2100 万？她怎么不跟我要一半呢？"

"廖先生在大陆有多少可执行的财产？"齐宋不答反问。

"虹桥一套房子，还有银行账户里一点现金，就是申请保全的那些。"

"诉讼费用根据标的计算，标的不是随便定的，必须得是你拿

第一章 单身侠　　013

得出、法院能支持，也肯定执行得下来的数字。2100万是许末可以争取到的最大利益，她全都算好了。"

电话那边静下来。

齐宋不确定廖是否领会，这个"她"，指的不是许末，而是关澜。

"我现在挂电话，"齐宋最后道，"你好好考虑一下，十五分钟之后给我回复，是调，还是审。"

那边只答一个字："好。"

电话挂断，齐宋起身走到玻璃隔断边上，又拨了姜源的号码。等待接通的那几秒，他拨开百叶帘，远远看见关澜正在外面走廊上打电话。

这时候姜源那边也接通了，他直截了当地问："情况怎么样？"

齐宋说："2100万。"

"2100万？调解？"姜源意外。

"是，"齐宋确认，"我的建议是接受。案结事了，离干净，尽快，你不就想要这样吗？廖智捷想卖，而许末不愿意，现在两人彻底闹翻，你的交易稳了。"

"齐宋你这人……"姜源笑，又像上次一样含糊其词，转而又说，"但是2100万，廖未必能接受，真谈不下去了吗？"

"谈不下去。"

"对方律师什么来头啊？"

"你应该没听过名字，"齐宋回答，"但我这么说吧，这件案子如果是我代表原告，最多也就能做到她这个程度。"

"这么高的评价？"姜源半是调侃半是吹捧。

齐宋没有理会，反过来问姜源："哪个买家啊？"

那边答："你懂规矩的，不能说。"

齐宋继续问:"那多少钱啊?"

这回姜源倒不瞒他,答:"大概1200万美金。"

齐宋笑笑,挂断了电话,却还是站在那里没动地方。

隔着落地玻璃,可以看见关澜仍旧在外面走廊上打电话。她面前的那扇窗框出一方七月份艳蓝色的天空与白热的阳光,窗玻璃上粘着几张报事贴,草草写着字,像是笔记或者提纲。她说完一项,执笔勾掉,再到下一项,手腕纤细,一侧凸起一块小小圆圆的腕骨。

齐宋莞尔,忽然想到《风骚律师》里的小金。

十五分钟不到,廖智捷来电,就简单一句话:"同意2100万和解。"

齐宋并不关心他是自己想通的,还是由于姜源那边给的压力,只让杨嘉栎回到调解室里接受关澜的出价,并且要求书记员立即制作调解书,当面送达。双方律师代表当事人签字画押,事情就此解决,彻底、干净。

从法院出来,已是傍晚六点钟敲过,盛夏的江南日落得迟,仍旧阳光遍洒,天边不见一点暮色。但晚高峰照样来了,路上车流如织。

齐宋和杨嘉栎是下午分头过来的,两人都把车停在附近一个菜场旁边的空地上,倒不是因为巧合。西南区法院造起来已经有二十多年,当年流行仿外国建筑,此地也不能免俗,把房子盖得像美国国会山大厦,俗称却是"小白宫"。如今看起来还是很豪华,车位却严重不足,周围又都是小路,所以到此地来办事的律师大都去那个菜场停车,停的人多了,菜场更是被写进本市律师攻略里。

他们穿过马路去那里取车,齐宋看见关澜就在前面,也正朝菜场走,两只手上还是拿着许多东西。走到一半,大概手机在衣服口袋里振动起来,她停下脚步,踟蹰了一秒,才发现自己没有空着的手,只好继续往前。走到一辆灰绿色的斯柯达边上,她开了门,把电脑和手提包扔进去,才拿出手机来看。

齐宋的车停在另一边,中间隔着两排。他一路走过来,一直不自觉地望向那里,也不知道是为什么。

杨嘉栎却对他的沉默有另外的解读,开口跟他套近乎,说:"齐律师换新车啦。"

齐宋回神,随口玩笑:"托你的福,下一辆该换五菱宏光了。"

说者无心,听者有意,杨嘉栎顿时有点萎,当场向他检讨:"跟当事人沟通案情的时候太过乐观,关键证据没有调查清楚,这两样你其实都提醒过我,是我的疏忽。"

齐宋见他这样,安慰一句:"你别想太多,这次牌不好,对面又是老师傅,你输给她,不寒碜。"

杨嘉栎听得有些惭愧,想到自己之前对关澜的评价:一个女的,政法的讲师,挂证在一家小所做兼职律师。

齐宋最做不来这个,看对方的反应,好像还安慰岔了,只好再多说几句:"你是从非诉业务过来的吧?"

"是,"杨嘉栎回答,"从前就在姜律师的组。"

"到诉讼组几年了?"齐宋又问,心里了然,所以这个案子才会到杨嘉栎手上。

"实习期里就转的组,到现在差不多三年了。"

齐宋不好说得太明,斟酌着词句提醒:"别以为只有刑辩律师才有风险,民商事案件的当事人嘴里一向没几句真话,律师一个不当心就可能涉嫌虚假诉讼,就算不是进去,证也没了。案子、钱,都是其次的,首先你得保护好自己。"

杨嘉栎觉得意外,齐宋竟会对他说这些,毕竟他是诉讼组乃至整个至呈所里出了名不好对付的合伙人。

"还有,"齐宋却还没完,继续道,"下次记住了,不是所有判决都会上网。你查不到几条记录的兼职律师,也有可能是个身经百战的老江湖。"

"我知道了,"杨嘉栎赶紧应下,态度诚诚恳恳,"这次回去一定好好复盘,谢谢齐律师。"

齐宋点点头,觉得此处好像应该拍一拍后辈的肩膀,可到底还是不习惯身体接触,下不去这个手。

他从来都不喜欢这种场面。哪怕是从前王乾这样对他,他感激、受宠若惊、获益匪浅,但还是会觉得尴尬。今天之所以开这个头,其实也只是因为年中谈话的时候王乾说过他:"齐宋你啊,多少花点工夫带带下面的人,别总那么独。"这下好了,下次面谈可以把这个例子拿出来讲,他带过了。

一番话说完,杨嘉栎跟他道别,上了自己的车。

齐宋也开了车门坐进去,一整个下午的烈日晒得车内滚烫,他发动引擎,把空调开到最大。隔窗看见关澜那辆灰绿色的斯柯达还停在原处,里外强烈的明暗对比,再加上引擎盖上蒸腾的热气,以及风挡玻璃的反光,他看不分明,只知道她一动不动地坐在驾驶位子上,不知是闭目等着空调制冷,还是干脆睡着了。

他让杨嘉栎先走,说自己还要回个邮件,停在原地等了一会儿,心里踟蹰,想着要不要过去叫醒她。但不过片刻工夫,她醒了,好像是给手机吵醒的,她缓了缓,拿起来接听。

业务真忙,齐宋在心里说。他静静笑了笑,把车开出去。

第一章 单身侠 017

拐到菜场门口才发现前面堵了，一辆卸货的卡车抛锚在那里，正等着拖车，一时半会儿还走不了。管理员指给他另一个门，他掉头，又往那边开。绕过一座商住楼，已经能看见出路，迎面却来了一辆昌河小面包。车窗大敞，车里的男人打赤膊，热得满身油汗，伸出黝黑的手臂和半爿肩膀，指着旁边的标志牌朝齐宋喊："怎么开车的你，眼睛没长啊?！这是进口，你逆行了知不知道?！"

齐宋也降下车窗，开窗的速度像是找打，语气却很温和，不紧不慢地跟他解释："前面有车抛锚，现在只能从进口出去，你也别往那里开了。"

面包车上的男人本已做好了吵架的准备，一时间挥拳落空，怔了怔才答了声"哦"，又问："那现在怎么办？外面就是马路，已经排上队了，你让我怎么倒？"语气还是冲的，好像都是齐宋的错。

要是换了别人，总有几句口角，齐宋却还是原本的态度，把车窗又往下降了点，探身出去看了看。这地方本来就小，此时停了个满员，仅余一车通过的小路，只有他这一边后方十几米的转角处有一小块空地。他朝那里指了指，对男人说："我往后倒一点，你在那里掉头。"

也是这时候他才发现，关澜那辆斯柯达就跟在他后面。看车子的款式，有些年头了，可能连倒车影像都没有，齐宋不知道她行不行。但不等他再说什么，斯柯达已经挂上倒挡，沿着蜿蜒小道后退，稳稳倒到那个位置，简直人车合一。齐宋在后视镜里看看，自觉好笑。她当然是可以的，就像她在这个案子里的表现，是个老司机。

华容道总算走通，面包车上的男人好像也有几分过意不去，朝齐宋点点头，嘴里含糊滚了句什么，然后掉头开走了。剩下齐宋和关澜，两个人，两辆车，从停车场出来，一个向北，一个向南，渐

018　智者不入爱河

行渐远。

当天晚上,关澜跟许末沟通了案子的结果,又跟赵蕊视频。许末就是赵蕊介绍给她的客户,也算是个交代。

赵蕊听她把事情说完,唏嘘道:"你这次替许末要回这么多钱,律师费收到多少啊?"

关澜回答:"还是按原本的标的算的。"

赵蕊替她不平,说:"我跟许末不算太熟啊,就是因为你急着搞钱才让她找你的,你可千万别客气。"

关澜笑说:"协议就是这么签的,要是官司输了,一分钱没拿到,难道我还得把代理费用还回去吗?"

"但现在不是赢了嘛。"

"调解不算输赢。"

"圣母啊你,"赵蕊如往常一般笑她,"铜钿银子有什么不好开口的?"

"已经不少啦,"关澜宽心,"而且,有些话我作为律师不好直说,是许末聪明,领会了,自己找到的证据。"

"什么话啊?怎么找的?你告诉我。"赵蕊很感兴趣。

关澜笑着拒绝:"你婚姻幸福,用不着。而且我也不能讲,关系到职业道德。"

赵蕊只得作罢,叹息一声:"早知道这样,她离婚的时候就该来找你。"

关澜笑笑,类似的话听得太多。所有官司其实都是因为过去犯的错误,而凡事走到诉讼这一步,早已经没有赢家了。

"至呈那边派的哪位律师啊?"赵蕊又跟她打听。

"杨嘉栎、齐宋，认识吗？"关澜从包里找出名片，报上姓名。赵蕊过去在至呈所做过几年 HR，现在跳槽到另一个所，圈里的律师认得不少。

"这个杨什么的不认识，大概是新人。但是齐宋……"赵蕊笑，"你觉得他怎么样？"

关澜说："挺干净的。"

"嗯，确实。"赵蕊啧啧，开始想当年，"我在至呈那会儿，所里 dress code（着装规定）宣传画上的男的就是他，那上面可都是历年最标致的'童男童女'……"

关澜笑起来，解释："我是说他们风格挺干净的。"

"什么风格？"赵蕊不懂。

"做案子啊，"关澜回答，"事情本身不上台面，但他们操作得很干净，只是在讲规则，遇到不利局面也不会诡辩。"

"哦……"赵蕊对此不大感兴趣，"我是问，你觉得他人怎么样？"

关澜回忆了一下，只记得他在调解室里几乎没开口说过话，四十度的天气穿西装，戴眼镜，薄而长的眼型，单眼皮。因为口罩遮挡，下半张脸没看见。她并没觉得有什么特别，但听赵蕊的语气，好像颇有深意，便反过来打听："既然你跟他认得，你觉得他人怎么样？"

"齐宋这个人，怎么说呢……"赵蕊果然有故事。

"怎么说？"关澜启发。

"他在至呈有个外号。"

"叫什么啊？"

"单身侠。"

"啥？"关澜没懂。

"就是，Single Man。"赵蕊加重语气，两只手比画了一下，仿佛漫威电影打出片头字幕。

关澜笑："超级英雄里的一种吗？你是不是跟你家老李学的？"

赵蕊家有个房间做了四面玻璃橱，专门放她老公李元杰的高达和奥特曼。

"就……"赵蕊思考，想要找到一种更加准确的表达，"上海话里有个词，独。齐宋这个人，有点独。"

关澜的确听到过长辈用这个词，通常是用来批评他们这一代八〇后独生子女的，意思是自私、寡情薄义。她看着他名片上的头衔，说："这样也能升到合伙人？做诉讼律师做得好，不多少都得有点社交牛×症吗？"

"确实，"赵蕊附和，"至呈说是七年上 partner track（合伙人序列），但真能七年级升合伙人的都是奇才，更何况他学历一般，只是你们政法的本科，家里也没什么背景……"

"我们政法的本科怎么了？"关澜挑出她话里的刺来，笑着替自己工作的大学鸣不平。

赵蕊急忙辩解："我实话实说啊，你在你们学校里也做毕业生工作的吧？又不是不知道现在律所里卷学历都卷成什么样了。至呈是第一拨搞公司制的内所，能跟外所比薪酬的，十年前毕业生起薪就两万多，政法的本科能进，已经是 exceptional（超常的）了。"

"那他是检察院或者法院出来的吗？"关澜想到另一种可能。

"都不是。"赵蕊回答，"就是卷，做案子、发文章、考证，卷王之王。再加上跟对了老板，大家都知道他是王乾的人。而且还挺会做人的，在外面能笼络住客户。"

第一章 单身侠　021

"你不是说他'独'吗？"关澜觉得这里面有逻辑硬伤。

赵蕊说："都是聪明人，又不是真的没情商，就是懒得在不值得的人身上浪费而已。"

"听起来好现实啊。"关澜笑着评价。

"可不是嘛……"赵蕊欲言又止。

"这人不只是工作上'独'一个特点吧？"关澜仿佛听出些言下之意。

赵蕊却不说了，把她方才的话还回去："我们 HR 也是有 professional ethics（职业道德）的。"

"行，不破坏你的职业道德。"关澜笑说，忽然又想到什么，补充道，"我倒还看出他另一个特点。"

"什么？"赵蕊问。

"情绪稳定。"关澜回答。

"情绪稳定？"赵蕊不懂。

"现代人最难能可贵的品质啊。"关澜说。

她发现自己对齐宋最好的印象竟是在停车场的那一幕。四十度的天气，他穿衬衣西装，坐在一辆崭新的帕拉梅拉里面，降下车窗，好声好气地和昌河小面包里打赤膊的司机讲话，语气跟在法院里面对法官的时候一样，哪怕那个司机刚刚骂过他。

不以物喜，不以己悲，齐宋这个人好像永远不会有烦躁失控的时刻。

第二天，姜源来齐宋的办公室找他，半开玩笑地说："你是不是故意的啊？200 多万的案子搞到 2000 多万和解。"

齐宋也半真半假地回答："你还好意思说我？我去了法院才知

道你给我挖这么大个坑,好处你们得,执业风险我们担。当事人隐瞒关键证据也就算了,收购清水错落的那笔交易,你们代表的是买方吧?把卖方的股权纠纷交给我们做,我想了一晚上,这里面是不是有点问题?你说要不要上报管委会,看看合不合规啊?"

"当然是合规的,"姜源被捉到痛脚,但总有办法圆过去,"内部信息墙好好地在那里,所以我之前才没跟你提收购的事情,纯粹帮忙牵个线而已。"

齐宋笑笑,不再多说什么,知道这件事就算是过去了,以后并购组再做类似的打算,多少会有些忌惮。

他跟姜源其实关系挺好,同一年进的至呈,刚开始都在并购组,还合用过一间办公室。但现在两人各自是上面大合伙人的马前卒,老大不方便说的话,全得由他们说出来。

等到下午,王乾进所,齐宋过去敲门。王乾正伏案签东西,抬眼看见是他,没说话,只微微侧首示意。齐宋走进去,关门,挨桌边坐下,把案子交代了。王乾听完,点点头。

齐宋问:"师父的意思我没领会错吧?"

王乾继续翻着材料签字,但笑不语。两人师徒多年,很多事不用说,彼此都明白。过去诉讼组经常靠着非诉组接商事大案,人家给什么,他们就做什么,但这几年慢慢不一样了。

起初外面人称"至呈双杰",指的是唐嘉恒和朱丰然。后来都说"至呈三杰",这第三个就是王乾。现在唐嘉恒已经带着刑辩团队独立出去,所里又变成两强相争的局面。齐宋知道王乾正在管委会里活动,想要改变各组费用和分红的比例,也许还有另外的计划尚未对他和盘托出,但总有那一天。

正事说完,齐宋站起来要走,王乾却又叫住他,从抽屉里拿出

第一章 单身侠

个信封扔在桌上,说:"这个,你替我去一下。"

齐宋抽出来看,里面是张请柬——由市律协牵头,每年一度的金融法商论坛。他不大喜欢这种事,一时没应。

王乾知道他正在琢磨找什么理由推掉,口中啧啧,说:"有的事上顶聪明,有的事非得拨一拨才动一动,所里的法援任务从来不做,律协的活动也不参加……"

"有时间一定。"齐宋搪塞。

王乾这才停了笔,看他一眼,说:"我晓得你当这些都是表面功夫,但是明年差不多可以升高伙了,别到时候我把你名字推上去,管委会投票通不过。"

齐宋即刻改口:"一定有时间。"

王乾看着他,摇头笑起来,还是那句话:"齐宋你啊……"

隔了一天,行政部的小姑娘带着摄影师来给齐宋拍照,说是用来做易拉宝和纪念品,论坛上用的。办公室拍完,又去前台。齐宋在那里看见姜源正站在至呈的 Logo 下面摆姿势,虽然看起来有点幸福肥的苗头,但穿一身英国精纺羊毛料子西装,驳领做得大一点,也颇显瘦——一整个由内而外的精英形象,圆滑而自洽。姜源也看见了他,与他相视一笑,心知彼此彼此,都是给推出来代表老大的。

那天中午,他们约了一起吃饭,也叫上了杨嘉栎,算是把前一页揭过,以后诉讼与非诉继续合作。

却是杨嘉栎,又在餐桌上提起清水错落的案子。他对齐宋说,自己回去复盘,检讨了跟客户沟通的语气、调查取证的方式,另外还研究了一下对方律师。他原本觉得大学里肯定是有高人的,就是不多。有点名气的教授还能靠给律所写写顾问意见赚点钱,小小一个讲师,还是家事方向,大概也就能在妇联值个班,接点哭唧唧、惨兮兮的法律援助案件，调解调解家庭纠纷，谴责一下渣男，跑来掺和这种涉外商事案件，纯属送人头。

这一次调解的交锋，让他颇觉不可思议。恰好另一个案子分给他一个实习生，实习生正用一个印着"A市政法大学"字样的保温杯喝水，他问人家：你们学校是不是有个叫关澜的老师？小朋友是〇〇后，回答有啊，然后给他看一个B站账号"传说中的关老师"，里面都是学生剪辑整理的网课视频。

还传说中的？杨嘉栎起初只觉好笑，一条条往下看，竟有些上头，惊讶如今国内大学法学院的讲师已经进化到了这种地步，不光讲理论上的东西，实务也说得很细，就连他这样做了三年诉讼律师的人，也做了不少笔记。

齐宋知道这是上次谈话的后续，却没接茬。杨嘉栎把视频找出来，倒是姜源探头过去看了几眼。齐宋只听见那个有些熟悉的声音，清晰、简洁、没有口癖，但大概因为平常说话太多，喉间偶尔发出细微的摩擦声，微微喑哑。

内容大到案情概要、思维导图、案例说理过程怎么写，小到办案的习惯，比如在手机备忘录里写个物品清单：证据原件、证据复印件、委托手续、答辩意见打印件、质证意见打印件——贴到日历提醒里，每次开庭前对着检查一遍。还有口头沟通必须留下文字记录，不管是面谈还是电话，都要写好记录发个邮件抄送相关人等，不光保护自己，也是为工作留底。甚至还有交法院的材料要用回形针，而不是订书机装订。

最后又听见她自嘲地说："任何文件和邮件发出去前，一定再通读一遍'捉虫'，像我一样默读容易走神的同学可以试试用AI朗读。"

齐宋微笑，坐那里喝着茶。

饭后，三人回到各自办公室。不料姜源又打了一个电话过来，对齐宋说："我才反应过来是她。"

"什么？"齐宋问。

"就是清水错落那个案子里的原告律师。"

"你认识？"

"算认识吧，她也是 A 中出来的，比我低一级，刚进北大那会儿我还去接过新。"

"她是北大的？"齐宋有些意外。

姜源的教育背景骄人，平常聊天有几个高频词："A 中""北大""HLS[1]"。当年他们同在非诉轮岗的时候，身边这样的人多得很。那正是上市圈钱最如火如荼的几年，律所非诉组挤满了一帮清北加藤校法学院出来的卷王。上面大合伙人负责交际和揽活，下面负责批量生产，律所简直变成了劳动密集型产业的大工厂。

也正是这些人让他知道，以自己的资历和背景，继续做非诉恐怕难有出头之日。论学历，他无论如何比不过，卷死也只是他们的炮灰而已。所幸后来遇到王乾，他赶紧换了赛道。据齐宋观察，这些人认识十分钟之内没让你知道他母校是哪里都不正常。

而关澜不像。

"是啊，"姜源在电话那边说，"她当年在北大还挺有名，校花级的人物，后来不知怎么硕博跑政法去了。"

齐宋本不喜欢听八卦，这时却也跟了句："政法好歹也是'五院四系'之一，搁你这儿怎么搞得像一手好牌打烂了似的。"

1　哈佛大学法学院，Harvard Law School。

姜源这才想起来齐宋也是政法毕业的，连忙解释："我就实话实说哈，我们学校毕业的，要么出国，要么本校硕博，像她这样，肯定得有人问一句为什么，对吧？"

"那是为什么呢？"齐宋顺着他说下去。

姜源便也继续，说："在校的时候很风光的，听说跟着个富家子弟创业，两人毕业就结婚了，还生了孩子。但后来发现富家子弟其实也没什么实力，买卖倒了，离婚散伙……现在一看，到底有年纪了，憔悴不少。"语气里不是没有惋惜。

读法律的校花，创业，闪婚闪育，再到后来大难临头各自飞。齐宋听着，想到《律政俏佳人》里艾尔·伍兹那样的喜剧形象，还是觉得关澜不像。

记忆里是她戴着口罩的样子，没化妆，真的眉毛，真的眼睛，真实的一个人；以及在走廊上打电话时执笔的手腕；还有后来她坐在车里，静静闭目，慢慢地呼吸，眉头舒开，睁开眼睛，发动引擎。

当时隔着风挡玻璃，有反光，他看不真切，此时回想，那个形象却变得更加分明。

第二章　传说中的关老师

金融法商论坛开始的前一天，关澜收到会议安排。

那时，她刚开完一个庭出来，手机开机，信息和邮件涌入，振个不停。那封信是法学院院长何险峰发给她的，她的讲座排在第一天晚上的第三个，之后还有晚餐和酒会。

这一次论坛的主题是"家族办公室的新格局和新视野"，简而言之，就是给有钱人搞结婚、离婚、信托、继承那些事。列表里面写着她演讲的题目——《企业顾问律师与家族律师的职责划分》，下面是她的头衔与名字：A市政法大学家事法专业关澜女士。主办方大概也觉得她"讲师"的头衔不够看，用了"女士"这个模棱两可的称呼。

她回电话过去，跟何院长确认时间，说："讲座没问题，但是后面的酒局我就不去了吧？"

何险峰笑着反问："晚上有事啊？带孩子，还是外面做案子？"

他这么一说，关澜倒不好回答了。院里本来就有些声音，说她家里事多，一会儿老人生病，一会儿孩子学校里找，开会总是请假，还要在外面兼职。法律专业的教研人员做兼职律师一向是被允许的，但现实里几乎都是教授、副教授在做。案源是一方面，另一方面，身为小讲师的，大都得韬光养晦，低调为上。

所幸何险峰是她博导，从来睁一只眼闭一只眼，没为难过她，这回也主动替她说出来："是因为上次那件事吧？"

关澜轻声笑了一下，也不必明说了。

电话那边，何险峰顿了顿，开导她道："律协里那些个老律师，有的确实有点……怎么说呢，过去的旧习惯。但你呢，也别总以为在大学里工作就是进了象牙塔，场面上的事情该学的还是得学起来。否则这么多年轻教师，人家凭什么多看你一眼，多给你一个机会呢？"

关澜还是没说话，心里冲了一句：难道不是因为我的能力吗？

何险峰好像能猜到她的想法，声音温和地继续说下去："你是我带出来的，你的教育背景和能力我都有数，在院里是最出色的那一档。现在这个情况，你不着急，我都替你急。这一次研讨会的主题跟你的研究方向正好契合，你趁这个机会好好表现，到时候找个律所合作是唾手可得的，不比你在外面一个个接小案子的好？还有，开学又要评职称了，你自己应该知道，你在院里的表现也不是说无懈可击，那就必须得有个绝对的长板，让别人无话可讲。"

这"绝对的长板"是什么呢？关澜想问，但最后只是深呼吸了一次，回答："好的，何院长，我明白了。"

挂掉电话，再看手机，其余信息大多是委托人问她案子的事情，她一条条地回复。最后几条是她的一个学生发来的。小朋友名叫张井然，平常跟她关系很好，这时候发微信给她，很是雀跃地说：关老师，告诉你个好消息，去年评职称不是有人举报你在外面接案子影响上课嘛，今年你教学打分全院第一，躺平证稳了！

关澜失笑,副高职称那个红本本,被戏称为高校女教师躺平证,现在连学生都知道了。

她在微信上回:你哪儿听说的?

张井然秒答:我今天去院办看见的呀。

关澜心里自嘲,一个大三升大四的学生都比她消息灵通,又回:别替我瞎操心了,你在至呈实习得怎么样?

张井然回答:忙得要死,还得准备法考和LSAT[1]。

关澜又问:决定出国了?是不是跟你经院的男朋友申请一个地方的学校?

张井然发来一个不屑的狗头表情图,后面跟着一句:他谁啊?

关澜莞尔,又一次自嘲地想,现在的孩子果然比过去的自己聪明。

放下手机,她离开法院,开车去母亲陈敏励那里接女儿黎尔雅。

傍晚时分,天正渐渐地黑下来,城市华灯初上。她那辆灰绿色的斯柯达汇入车流,如一粒微小的沙砾,穿过半城的灯火。

车拐进母亲居住的小区,天已经黑了。她找地方停下,手搭在车门上,却没按下去。她在黑暗里坐了片刻,是因为又想起了张井然最后说的那句话:他谁啊?

那一瞬,关澜忽然好奇,自己当年要是有这觉悟,此时此刻会在哪里,在做什么呢?

论坛举办的地点在南郊大学城旁边的一个风景区里。

---

[1] 指法学院入学考试(Law School Admission Test),通过该考试是美国法学院申请入学的参考条件之一。

齐宋把车停在景区外面的停车场，仅一街之隔，便是他曾经熟悉的政法校园。隔着车窗，他看见姜源也到了，正从一辆本田奥德赛上下来，一边朝他这里走，一边阴阳怪气地说："单身到底好啊！不像我，只配开保姆车，大周末的不能接送儿子上兴趣班，还得跟老婆请了假才能出来。明明是所里派下来的任务，搞得好像我一个人偷溜出来玩儿似的。"

齐宋笑笑，下了车，和他一起往景区码头走。

姜源还在往下说："其实我最近也想换车，先看保时捷，然后退而求其次看特斯拉，最后想想房贷，还有家里孩子的开销，算了，换条新轮胎，凑合再开一年吧。还是你英明，不像我，钱没挣足，家里花钱的人已经满员负荷。先成家再立业，纯属旧时代的糟粕。"

齐宋还是笑，没接茬，这样的话他听得也是多了。

姜源只比他大一岁，但是结婚早，二十七岁就娶了A中的同学，两人是初恋。如今已完成二胎任务，小孩一男一女，大的六岁，小的两岁半，妻子全职在家相夫教子。可能也是因为压力大，姜源早早有了些中年危机的迹象，总是羡慕齐宋一人吃饱全家不饿，买车尽可以挑自己喜欢的，买房的时候不用考虑有几间卧室、附近有没有好学校。不像他，刚换的别墅四百平，前后带花园，五个套房八个卫生间，房贷一个月十二万八。去年才交了赞助费，把老大弄进"包玉刚"，今年又在到处找人托关系，想把老二弄进"宋庆龄"。平常看看牙医、配配眼镜，又是十万块没有了。

这些话要是给别人听见，估计都得骂，不知道他这究竟是吐苦水还是"凡尔赛"。大概只有齐宋觉得他是真的苦，很难想象怎么会有人愿意过这种日子，每天从早到晚身边都是声音，没有一刻清净的时候。他简直想拍拍心口说，还好自己不曾落入这温柔的陷阱。

走到码头，景区里那家酒店的管家已经在迎候，招呼他们上了一艘小游艇。坐进舱室稍候片刻，马达声响起来，小艇启动，往湿地深处驶去。

话题从家庭转到了工作，齐宋才接上几句，揶揄说："姜老板发财的时候带带我？"

"今年市场这个鬼样子，还发什么财？"姜源又开始新一轮的卖惨，"九大投行大都已经发了 Q2 的业绩，并购和资本市场部的表现跟 Q1 差不多，比去年同期下降七成还多，IPO 简直可以用崩盘来形容，他们都在靠 S&T（销售交易部）和 commodity（大宗商品）在二级市场上挣钱。律所吃的是更下游的饭，上半年我组里的人一个月 billable hours（计费时间）才十几个钟。"

齐宋揭他的短，说："别哭穷啦，你大客户年报都出来了，律师费三千多万。"

"什么三千多万，"姜源跟他解释，倒好像推心置腹，"合同是一回事，付款又是另一回事，到手哪里有那么多？干活的时候一整个团队的律师加班加点，到了付钱的时候，动不动就给你搞个分期，还得帮他们走费用。"

"没关系的，"齐宋捧他，说，"做不了 IPO，还可以做并购，做不了并购，还可以做破产。"

"都破完了还能做什么？"姜源回。

齐宋说："只是客户的数量变少了，但财富的总量不变。律师反正按标的收费，不吃亏。"

"齐宋你真是绝，"姜源服了，反过来也嘲他，说，"论发财还得是你们，旱涝保收。不管到了什么时候，官司不能不打。而且市场越是不好，越要打官司，反正闲着也是闲着。"

齐宋笑起来，说："怎么听着像下雨天打孩子……"

也就是这时候，他望向船舱外，看见甲板上还站着个人，正手扶栏杆，吹着风。太阳已经落下去，只剩天际隐隐的一点光亮，但他还是一下就认出来，是关澜。

她大概也听到了刚才的对话，朝他们这边看过来。齐宋对她笑笑，点点头，她也报以微笑。

不知道是不是因为听说她的事情太多，齐宋有种奇怪的感觉，好像他们已经认识了很久。

齐宋和关澜没在船上说话。是因为关澜看起来不想聊天，也是因为姜源就在旁边，齐宋不想见到姜源脸上急于跟他八卦各种前尘往事的表情。但归根结底，还是因为他们俩其实根本不熟。

不过十分钟，游艇靠岸，三人下船，进了会议中心。场地布置得花团锦簇，人也到得七七八八。齐宋看见走廊上的易拉宝，上面果然有自己的面孔，还有姜源，一张张都是做出来的相似的笑脸，上书一行遒劲大字：专业领袖，紧随热点，为家族财富保驾护航。

他只觉好笑，想调侃几句，却已有工作人员迎上来，带他们进会场落座。关澜没跟他们一起，打了声招呼就走开了，说是要找个地方准备讲稿。

坐下不久，灯光暗下来，主持人登台，一一请上律协的会长、副会长，几所大学的院系领导，还有金融法商论坛的秘书长。最后这位是才刚上任的新人，一个女律师，名叫梁思，看上去三十七八岁的样子，站在一群男人中间，有些特出，却也亮眼。

姜源就坐在齐宋旁边，偏头轻声对他道："这是我北大和HLS的学姐，SK所做个人财富业务的合伙人。"

齐宋笑笑，心里说，到底还是跳脱不出那条公理，十分钟之内一定会让你知道。他的目光却在逡巡——没有看见关澜。

讲座开始，第一位讲的是家族治理的职业化，第二位讲财富传承的逻辑重述，第三位讲企业未来规划与顶层结构。题目各有不同，但推的都是家族办公室的概念。

改革开放四十几年，富一代陆续到了考虑财富传承问题的年纪，"家办"成了热门话题。但此类题目说简单了，未免空洞，说具体了，又嫌冗长。现场其实并没几个人认真在听，旁边大屏幕上的直播画面大概也只有工作人员在点赞刷屏。

轮到最后，才听见主持人念出关澜的名字。

齐宋抬头，看着她从 KV 背景板后面走出来：还是没化妆，只在原本的白 T 外面加了件深灰色的西装外套，整个人在灯光下显得有些苍白。但到底上惯了讲台，她的风度极好，声音一如既往地稳定、清晰，没有口癖，说的内容也比前面几位更加生动。

她从去年加勒比法庭的一场官司入手，提出了一个广泛存在于国内民营企业中的现象：创一代委托作为企业常年顾问的律师操作家族内部的股权继承，混淆了企业律师和家族律师的概念，产生利益冲突几乎是必然的结果。那场官司流传颇广，街头巷尾大概都听说过这个临终托孤的故事：人性果然经不起考验，律师背叛了继承人，中饱私囊。而圈内人又有不同的解读，认为这件事归根结底是家族和管理层之间的利益之争，律师不过就是站了队，做中间过桥的白手套。但关澜的角度很巧，数据落地，论述简洁，且完美切题。

就连一直埋头回邮件的姜源也停了手上的事情在听，起初靠过来笑说："金字塔结构整挺好，一看 paper 就没少写……"执业做律师的，多少都有点看不上学院派，但听到最后，好像又有些改观，说,"到底是我们学校出来的。要是没当年那些事,她现在混得应该不会比梁思差。"

齐宋看他一眼,还是没接话。

讲座结束,酒会开始,众人移步到中餐厅,摆的是圆台面,前面舞台上有节目。开席不久,关澜就听见主桌上有人叫她:"关老师,哎,关老师。"

听声音已经知道是谁。何险峰口中"律协里那些个老律师"之一,二十年前总上A市电视台的法律节目,如今还保持着那个造型,梳个背头,讲话颇有几分播音员的音色。

她看过去,果然就是这一位,正伸手朝她勾着手指。何险峰也在那一桌,半欠了身,示意她赶紧过去。她深呼吸一次,挂上个笑脸,起身朝那里走。

"你看,你说的话我都记得,不能叫美女,要叫老师,对吧?"播音腔一本正经。

关澜笑笑,说:"您叫我名字,或者小关都可以。"

"不不不,还是得叫关老师,"播音腔招呼服务员在他旁边添一副杯盘,斟上酒,指甲敲敲桌面,说,"上回何院长的局,你非说有事要早走。这次两天一夜的活动,大家都在这儿过夜的,总有时间了吧?你挪到我们这桌坐,我跟你好好聊聊你刚才那篇文章……"

关澜站那儿没动,静了静,拿起那个白酒杯,喝了。

播音腔见她这么爽快倒有些意外,何险峰也挺高兴。但她接着开口,说:"这杯我敬您,上次的事,我一直想跟您道个歉,就借今天的机会了。但我也就这么一杯的量,再多实在不行。而且,明天没我什么事,我一会儿就回去了。"

"跟我道歉?"播音腔脸上好像变了变,还是笑起来,"不用不用,关老师说得有道理,道什么歉呢?"手指着她,转头对边上人解释,"就这位,政法的关老师,上次给我上过一课。你们都记住了,其他女律师都可以叫美女,就关老师不行,只能叫名字,或者叫老师。我说现在外面不都叫美女嘛,叫老师你们女孩子又嫌把你们叫老了。关老师对我说,女孩子不想被叫美女,不是因为怕老。哪怕是年龄焦虑最严重的演艺圈,管女演员叫老师也没有任何问题。更何况她本来就是教书的,不喜欢被叫美女,是因为这个称呼不尊重她的职业身份。"

说完他又让服务员斟酒,一杯自己拿在手里,一杯递到关澜面前。

关澜没接。

播音腔的手虚悬在那儿,周围人尬笑,何险峰看形势不对,在对面圆场,说:"小关你……"

一句话没说完,有人走过来接了那杯酒。

关澜回头,见是齐宋。

播音腔也认得他,笑说:"齐宋你凑什么热闹?你是关老师什么人,你替她?"

齐宋已经将酒拿在手中,仰头一口饮尽,答:"我是她手下败将。"

"什么意思?"播音腔倒是好奇起来。

"我们前不久刚刚对过庭。"齐宋解释。

"真的假的?什么案子?"

"调了,俱往矣。"齐宋一句结束,换了话题,说,"王律师特别关照我的,这次来一定要敬您一杯,跟您打个招呼,他有事在外地,赶不过来。"

"算了吧,"播音腔不屑,说,"王乾这个人,还有老朱也是一样,过去隔三岔五往我这边跑,现在不一样了,都不赏脸,就派俩座前童子,这意思懂的都懂。"

"怎么会呢?"姜源听到自己被提到,也赶紧拿着酒杯过来。

新一轮的推杯换盏开始,关澜被留在原地,见没有自己戏份,便对何险峰说:"院长,那我走了。"

何险峰面色不好看,但还是点点头,轻轻说了声:"你去吧。"

关澜转身回自己位子上,收拾了东西要走。梁思本来在另一桌敬酒,刚才的事看了个大概,这时候赶上几步,揽过她肩膀问:"没什么吧?"

关澜笑,摇摇头,她知道梁思是这次活动的负责人,不希望出什么事情。

"都是这样的,你以为外所就好一点吗?"梁思半是玩笑,半是开导,"上周大合伙人请我们去他家,说是团建,结果让我们几个陪着他喝威士忌,一直喝到早上四点。"

关澜点头,说:"我知道,我先走了。"

"没事的,路上当心,我们有空再联系。"梁思笑道,送她到餐厅门口。

关澜走出去,隐约又听见播音腔在说话:"这位美女律师……梁律师酒量可以啊……"

好像就是故意说给她听,但她没回头,径自出了会议中心的那栋楼。

景区里没路灯,只有小道两侧的脚灯发出幽幽白光。她循着那点光亮朝码头走,没看见船,四处找了一遍也没发现有人。想到还得回去,她只觉无力,抱臂在湖边站了一会儿。

酒局上的声音已经远了，夜色沉静，四下听得见虫鸣。正是月初，天上的月亮是极细的一线，在水面映出些微的波光，远近的植物与建筑只剩一个黑色的剪影。

她就那样站在湖边，直到听见脚步声回头，见又有人沿小径走来，起初以为是酒店的工作人员，直到走近了才发现是齐宋。

他说："我找礼宾叫了船。"

她答："谢谢你。"

没有称呼。齐宋再一次有那种感觉，他们好像已经认识了很久。

小艇很快来了，关澜上了船，回过头，是要道别的意思。齐宋犹豫了一下，也跟着上了甲板，说："很晚了，下船还有段路，我送你到停车场吧。"

船引擎没熄火，这时候已经开起来，渐渐驶离码头。她不好再拒绝，又说了一遍："谢谢你。"

两人走进船舱，关澜随便拣了个位子坐下。齐宋坐到她对面，问："你叫代驾了吗？周末晚上，这里又偏僻，可能要等上一会儿的。"

关澜摇摇头，回答："我今天没开车。"

齐宋有点意外，只能说："那你早点叫个车吧。"

虽然只见过一次，他却总觉得她和那辆灰绿色的斯柯达已经到了人车合一的境界，就像森林里勇敢的鄂伦春人和他骄傲的小马。也不知这算是什么比喻，反正就这么突然地出现在他脑子里。

说完这几句，便已无话。要是白天，还可以看看风景。但此刻夜深，两侧的舷窗像大块的黑色镜子，只映出船舱里的两个人。

齐宋猜关澜心情不好，也不勉强她说话，只跟前面的司机攀谈。他看见驾驶位旁边放着块画板，上面夹着厚厚一沓水彩画，全都是湿地里风景的写生。他问司机，这是您画的吗？司机说是啊，有时候停船等客人，就涂上几笔。司机让齐宋翻着看，然后一张张地讲，在哪儿画的、什么季节、什么天气。他们说，关澜就听着，渐渐不去想刚才的事。她也跟着看那些画，没什么技巧，她却觉得很好。

画还没介绍完，码头已经到了。两个人下了船，几步路走到景区门口。大概真是因为地方偏僻，滴滴上一直没有司机接单。关澜看看时间，对齐宋道："齐律师，你先回去吧。我走到大学城，那里热闹一点，应该好叫车。"

齐宋却说："我跟你一起过去。"

"不用了……"她婉拒。

齐宋解释："其实是我自己想去那里看一看，好久没来了。"

"哦对了，"关澜这才想起来，"你是政法毕业的。"

"你怎么知道我是政法的？"齐宋问。

关澜有点尴尬，说："对手律师，总得了解一下吧，"又转话题，"政法那时候已经从本部搬来南郊了吗？"

齐宋反问："你以为我几岁啊？"

这下，她真的笑出来。

齐宋已经迈步往前走，说："你要是不想讲话，我们各走各的，你不用理我。"

关澜跟在后面问："你不回去不要紧吗？"

齐宋笑答："你不会以为我喜欢留在那里喝酒吧？"

气氛忽然变得有些不同。齐宋走到斑马线那里，等了一等，关澜跟上来，两人一起穿过马路，朝大学城的南门走。远远看见小吃街，齐宋说："我记得那条路上有个酒吧名字叫 Yellow，店里总放酷玩乐队的那首歌，不知道现在还在不在。"

"在啊,"关澜回答,"我到政法的时候,这里附近已经有不少酒吧了,但听说那家店是开得最早的。"

齐宋说:"我读书那会儿就有。别的店都倒了,它还在。大概也是因为多种经营,一早门口摆摊卖早点,中午、傍晚卖盒饭,夜里才卖酒。"

关澜问:"你那时候经常去吗?"

齐宋摇头,答:"那时候既没钱,又没时间,天天除了学习,就是打工。"

"打什么工?"关澜又问。

"在德克士站过柜台,洗过烤盘烤架,"齐宋一边回忆一边数说,"还在学生宿舍送牛奶,政法、纺大、外国语的都送过。另外就是卖电话卡,你记得吗,从前手机充话费还要用卡的……"

"你以为我几岁啊?"关澜亦反问。

齐宋笑出来。关澜心里却有些意外,是因为她还记得上次见他,四十度的天气,他穿西装坐在保时捷里,一副不识人间疾苦的样子。

但齐宋没再往下说了,当真拐上那条路,走到那间小酒吧门口,推开玻璃门。他扶门站在那儿,回头看看关澜,像是在征求她的意见。她笑,点点头,走进去。

店里工业风装修,霓虹灯管安在毛坯房的砖墙上,发出红色绿色蓝色的光,绞出的花体字却是 Yellow,前面一步高的小舞台上有个女孩子正抱着把吉他唱歌。此地面向学生营业,因为还在放暑假,人很少。

两人找了张小桌坐下,关澜问喝什么,齐宋说随便,她于是要了两杯名叫"七步倒"的特调。

"人家酒单上写了女士勿点。"齐宋提醒。

关澜说:"我喝过,其实也就一般,你一定可以的。"

齐宋笑,用刮目相看的语气说:"闹半天你酒量这么好,所以我刚才是不是有点多余?"

关澜只是笑。夏夜闷热,走到这里已微有汗意,她早就脱了西装,此刻又松了发绳整理长发,披下来,再重新扎起,她做这个动作的时候双肩微拢,白色T恤的领口处显出好看的锁骨。

两杯酒送上来,她取下青柠抿了一口,才又说:"你知道我今天为什么没开车吗?"

"为什么?"齐宋问。

"其实,"关澜答,"今天我就是做好陪酒的准备来的。"

齐宋看她一眼,轻嗤:"英勇献身啊?"

关澜却好像是认真的,说:"我来之前想过,他是前辈、名律师、律协委员会里的领导,而且还当着这么多人的面,再怎么油腻,也不可能真的拿我怎么样。我最多跟他喝个一杯两杯,就算满足一下他的控制欲吧。"

"那怎么又不喝了呢?"齐宋问。

"不知道为什么,"关澜分析起自己的行为,只是语气并不那么理性,"一看见他那样儿,我就不想满足他的控制欲了,偏不让他高兴!"

一句话说得两个人笑起来。

她笑完了又问他:"是不是挺幼稚的?"

齐宋看着她点点头,还有半句话没说出口:但也挺可爱。

今晚的她,和他想象的不同。又或者更准确地说,每一次见到的她都有让他意外的成分。

"你真的跟他说过那些话?"他跟她打听,"叫美女是不尊重你的职业身份?"

关澜捂脸,说:"当然没有,我又不傻。那几句话是后来在课上说的,被学生剪了放网上去了。"

齐宋笑,说:"没想到前辈还挺时髦,看 B 站。"

"你怎么知道是 B 站?"关澜抓住他话里的细节,仿佛法庭辩论。

这下轮到齐宋尴尬了,他顿了顿才把一模一样的一句话还给她:"对手律师,总得了解一下吧。"

关澜又笑起来,诚恳地说:"总之再次感谢你替我解围。但其实,今天就算没你,我也不会喝的。"

"那你打算怎么办?"齐宋问。

"就说不愿意啊。"

"老板那里怎么交代?"

"摆烂了,律协又不能因为这个处分我。"

"哪那么简单?要是真闹僵,你就完蛋了。"齐宋幸灾乐祸。

"怎么了?"关澜问。

齐宋故作神秘地说:"坏了你们何院长的好事。"

"为什么?"

"你知道你们学校那个姓钟的副校长要退休了吧?"

"钟占飞?"

齐宋点头,继续往下说:"他在金融法商论坛的会长位子也要让出来,你们院的何险峰,还有经济法学院的任建民都是候选人,两人正抢着选票呢。"

"好像还真是……"关澜瞠目,想到一连串的前因后果,"来之前何院长就跟我说过,要我好好表现,开学又要评职称,这回要是不过,就是第二次了。"

齐宋笑,说:"要开始找工作了吗?简历发个给我。"

"我们专业不是非升即走,倒还不至于失业。"关澜自然当他玩笑,想想却又惭愧,说,"我自己单位的事情,你倒比我清楚。"

齐宋看看她,答:"你就是不愿意去琢磨而已。"

关澜笑起来,不知道如何作答。这句话有些怪,搞得好像他很了解她似的,却又莫名让她想起上回赵蕊说的那句,"都是聪明人,哪有情商低的道理,只看愿不愿意费这个心"。似乎是一个意思。

忽然间,对话停下来。忽然间,真的又听到那首 Yellow。

两人静静坐在那儿,不约而同地双臂交叠,不说什么,却也没觉得尴尬。

Look at the stars(抬头仰望繁星点点),

Look how they shine for you(看它们为你绽放光芒),

And everything you do(可你所做的每一件事),

Yeah, they were all Yellow(却如此羞涩胆怯).

I came along(我追随着你),

I wrote a song for you(为你写下了一首歌),

And all the things you do(想着你举手投足间的胆怯羞涩),

And it was called *Yellow*(歌名就叫作 *Yellow*).

……

和着那歌声,齐宋想起从前,深夜下班回宿舍,他从这家店门口经过,总是听到这零碎的几句,总是想,究竟是什么样的人,做了什么样的事,配得上这光芒万丈的比喻。而后又想到这一天,自己曾经说了很多话,对许多人笑过,但唯一真正说出来的话好像就是在这里跟关澜聊的这几句,唯一真正笑出来也就是在这一刻。

但那首歌终于还是放完了。

关澜又看了眼时间，抢先买了单，再一次说："今天谢谢你了。"

"你不觉得有点奇怪吗？"齐宋问。

"怎么？"

"谢我帮你代酒，可又请我喝酒。"

"那你要什么谢法？"关澜笑，好像已经猜到他的企图。

齐宋转头望向别处，说："哪天一起吃个饭吧。"

关澜看着他，顿了顿才说："我有你名片，晚点加你微信，有时间再联系你。"

"好。"齐宋点头。

他以为这只是推脱，失望肯定是有的。但他从来不是那种追着上的性格，只是想：算了吧。

第三章　回避型人格

当夜，齐宋住在景区里的酒店。

第二天，如常早醒。他有游泳的习惯，却没去酒店的泳池，拿上泳镜泳裤，又一次坐船出来，再步行到大学城的体育馆。

那里对外营业，只是条件差一点。偌大一个标准池，空调似有若无。周遭湿闷，所幸在水里无所谓。齐宋平常就喜欢在游泳的时候考虑事情，离开手机，彻底断网，泳帽泳镜一戴，往水下一沉，六亲不认。游满一个小时，上岸冲个冷水澡，回酒店的路上正赶上一场雷雨，气温降下来，格外神清气爽。

暑假还没过完，留校的学生不多，在这儿附近三三两两骑着自行车来去，去图书馆自习，上食堂吃早饭。

会不会再遇到她呢？齐宋在雨中走着，忽然想。但结果当然是没有。

回到酒店，正遇上姜源。他们俩住一个合院，一东一西分开的两个房间。齐宋T恤短裤，淋了雨，开了房间的门，正拿了块毛巾擦头发。姜源却已经全副梳洗打扮，只是面色苍白、双眼浮肿，一看见他就跟进来，说："你总算晓得回来了？"

齐宋笑，觉得这话甚是怪异。

姜源却无所感，继续跟他抱怨："知道昨晚喝到几点吗？法学院那几个最起劲，到后来红酒杯子装白酒，每人直接干三杯。"

齐宋见惯不怪。法学院就是这样，反正也没有科研成果，大佬觉得你不错，直接给你顶帽子戴，甚至可以搞封建世袭，点名让某人接某个位子。他只觉得庆幸，自己昨晚走了，换来小酒吧里那一首歌的时间。

重新洗漱，换了衣服。姜源已经叫来接驳车，两人去餐厅吃早饭。齐宋坐到车上，打开手机看着邮件和未读信息。列表里红色的一片，勤劳的杨嘉栎已经开始卷，转发、回复、抄送了他好几封信，又在微信里以一声振奋人心的"齐律早！"开头，给他发了个总结——下周开几个庭，有哪些案子快要到审限，要交什么材料……——替他排好优先级。

姜源却还没完，坐他旁边，又跟他算起时间，说："就你溜得快，酒局刚开始就不见了，一直到这时候才回。昨晚……是有什么好事吧？"心照不宣的语气，好像已经参透天机。

"有你在那儿盯着，我就回来睡了。早上起来刚去游了个泳。"齐宋略去部分细节，实话实说。

"从大学城那儿回来的吧？"姜源笑笑，一脸"你蒙谁呢"的表情。

"说了你也不信，那你自己发挥吧，"齐宋无所谓，只是损他，"别老把单身生活想象得那么丰富多彩，你也是从单身过来的，那时候除了接客和加班，你还干什么了？"

姜源被噎了噎，但还是不同意，说："我那叫什么单身啊？我是从我妈手里直接到我老婆手里的。"

齐宋看看他，想说，你怨气好重啊，是不是对你妈和你老婆有什么意见？可他又实在不想听已婚人士那一地鸡毛，只是笑笑，继续低头回消息。

回完退出，才发现界面下方有个加新好友的红圈数字1，点进去看，对方微信名"高手"，头像是个Q版的樱木花道。反应了一下才意识到这就是关澜。好冷的谐音梗，齐宋失笑。

姜源还在旁边说："我儿子最近开始学滑板，我加了教练微信，一个二十出头、刚毕业不久的小孩。结果我儿子天天吵着要看他的视频号和朋友圈，说以后也要过这样的日子，一个人住，下了班玩滑板、拍抖音、吃夜宵。还总说男孩比女孩好，女孩最讨厌了。我老婆笑他，说看你能讨厌到几岁。其实这就是女人的误区，她们难以理解，男孩其实更想跟男孩一起玩，不管到了几岁。"

齐宋转过头，似笑非笑看着他。

姜远反应过来，说："我不是那个意思……"

齐宋说："你别解释了。"

姜源愈发辩解："就算我是那个意思，也没说想跟你玩啊。"

齐宋还是笑，还是那句话："别解释。"

姜源快吐了。

雨已经停了，接驳车在竹林间穿行。齐宋坐在车上，通过了那个好友验证，发了个"Hi"过去，而后深呼吸一次，只觉空山新雨，湿地里的空气格外清新。

然而，那边许久没有反应，齐宋直到快中午才收到回复，也是一个单词：Hi。

齐宋随即问：哪天有空约饭？

他已经把杨嘉栎排的那个总结翻出来，只等对面回复，想办法

第三章　回避型人格　　047

把时间调好。

不料关澜却答：这几天有点忙，下周末再找你。

齐宋看了会儿，才回：好。

对话就停在此处，一连停了几天。

到后来齐宋已经不抱多大希望，空暇想起，又找出来看，越看越觉得熟悉，因为他也经常跟不大想理的人装忙。感谢律师这个行业，人家一般都会相信。

转眼一周过去，到了周五晚上，客户的电话接完一个，又来一个。齐宋一直想，这是最后一个了，但偏偏停不下来。人性使然，世上所有的甲方都喜欢在这个时候给乙方布置作业，其中似乎有个小小的心思，希望可以把周末两天时间充分利用起来，加倍值回票价。

直到手机上跳出绿色图标的提示，是一条来自"高手"的信息，说：周六晚上有空吗？我请你吃饭。

齐宋还在一个电话会上，本想晚点再回，也好不让关澜以为他一直在等着这句话，转念又觉得这样未免太幼稚了，直接打字调侃一句：忙完了？

消息发出，才发现好像更不合适。文字辨不出语气，这三个字，后面加上个问号，有些怨艾似的。他索性几句话结束会议，又给"高手"拨了语音过去。

对面即时接起，倒是正常聊天的模式，直接回答他刚才那个问题："是啊，这周一共开了七个庭，这还是取消了两个之后的数字。光今天一天，网络立案十六个，现场立案两个，写了一份上诉状、一份调解协议、一份庭后情况说明，还不算见当事人和微信上的咨询。"

"倒是没在法院碰到你。"齐宋笑，有些意外，没想到她说的忙，原来是真的忙。

关澜说："我们去的地方不一样。我做的几乎都是离婚，跑跑基层法院民一庭，像上次那样坐到商事庭调解，一年都没有一次。"

齐宋问："生意这么好，那开学了怎么办啊？"

关澜回答："开学就不接这么多案子了，而且暑假是旺季。"

"你接案还有旺季淡季？"齐宋再度笑起来。

关澜却给他解释："离婚就是这样的，春节、'五一''十一'之后一拨，中考、高考之后又是另一拨。前面这一类大多没孩子，或者孩子比较小，因为家庭矛盾突然想离。后面这一类，大都忍了很久，能达成一致的都协议离了，但凡找了律师起诉，多半在财产或者孩子抚养权上有很大的分歧，很麻烦……"说到一半停下，轻轻笑了声，又补上一句，"不好意思啊，尽跟你抱怨了。"

"没事的。"齐宋答，并不以为这是抱怨，只觉她的声音听起来有些疲倦。

对面静了静，像是一时想不起来还要说什么。

"我明天有空的。"齐宋开口提醒。

关澜又轻轻笑了，说："好，你想吃什么？"

"你住南郊附近吗？"齐宋问，"我过去那边找你。"

关澜想了想，却说："还是约在市区吧。你要是没什么忌口的，一会儿我发个餐厅定位。"

齐宋回答："没有，都可以。"

"那行，"关澜说，"我要开车了，明天见。"

"好。"齐宋答。

听见语音挂断那"叮"的一声，齐宋又一次觉得熟悉。与人约

第三章 回避型人格 049

会不约在惯常出没的地方,这好像也是他的习惯。他忽然觉得讽刺,实在没想到自己也会有这一天。

周六下午,赵蕊在微信上找关澜,说:今天尔雅不在你那儿吧?

关澜回:嗯,一早黎晖接走了。

赵蕊说:那出来玩会儿呗,我晚上约了个跳舞课,两人同行一人免单,恭喜你成为免单的那一位。

关澜瘫沙发上看着这句话笑。赵蕊结婚多年没孩子,工作也不算太忙,闲时总在外面玩,难得她有空就带上她。

可惜今天不巧,她笑完了还是回:你不早说,我晚上已经约了人。

赵蕊仿佛雷达响起,接口便问:谁啊?

关澜不想说,含糊道:就一个人,工作上认识的。

赵蕊一向直接,又问:男的还是女的?

关澜一滞,回得稍慢了些。

赵蕊即刻道:肯定男的。学校里的,还是做案子认识的?

关澜只得把已经编好的谎话删了,重新简略回答:是个同行,帮了我一个忙,所以请人家吃顿饭,就这么简单。

赵蕊觉得没劲,丢下她不理,可过了一会儿还是觉得不对,又发来一个问题:我就随便问问啊,说错了你别介意。

关澜回:说。

赵蕊:你说的这个同行,不会是齐宋吧?

关澜服了这 HR 的记性和洞察力,一时不知该答"是"还是"否"。

就这一犹豫，赵蕊那边已经给她坐实了，说：果然……

紧接着又跟上一句：上回你跟我提起这个人，我就觉得怪怪的，那时候就犹豫要不要告诉你……

关澜当是什么大事，从沙发上爬起来坐好，问：什么呀？

赵蕊却不直说，只道：这种做律师的，你私底下还是少接触吧，一个个都是精致利己主义，刚刚认识互相说了个名字，算盘就已经打到十年后了。

关澜笑，提醒：喂，我就是律师。

赵蕊说：你不一样，你就是学不会替自己算计别人，我不能看着你被别人算计了。

关澜这下更好奇了，问：你到底要跟我说他什么？

赵蕊那边的状态变成"对方正在输入……"，输了好久却没有新消息发过来，最后索性打了电话，才刚接通就说："你记得我跟你说过齐宋在至呈的外号吗？"

关澜笑答："记得啊，不就 Single Man 嘛，你说他这人有点独。"

赵蕊叹口气，好像下了莫大的决心，说："算了，为了你，我职业道德不要了。"

关澜不响，静等下文。要说觉得意外倒也没有，上一次她们聊起齐宋，她听赵蕊的口气，就猜到此人不只工作上"独"这一个特点。

赵蕊说："他前女友，原来是至呈所知识产权组的，当年离开至呈的时候，就是我给她做的离职面谈。很厉害的女律师，做的都是最高法的案子，那天趴在桌子上哭。"

"是什么事？"关澜问。

赵蕊回答："齐宋跟她，两人交往了大概三四年，除了在 HR

这里做过备案，身边没有一个同事知道他们的关系。齐宋也不肯跟她去见家里人，她等不起，下了最后通牒，问他，到底是什么意思？齐宋说自己独身主义，不想结婚。她又问，是现在不想结，还是永远不结？他说永远。"

关澜听着，仍旧不觉得意外。齐宋给她的感觉，就是会说出这种话的人，哪怕他们只见过几面而已。

赵蕊大概也察觉到她的态度，继续补充证据，说："反正那天她还说了许多他们交往当中的事，我一听就知道齐宋这人是那种典型的 AvPD。"

"什么 PD？"关澜问。

"AvPD，Avoidant Personality Disorder，回避型人格障碍。"赵蕊给出专业回答。她大学念的就是人力资源，略通心理学，虽说 HR 口中的心理学多少有点民科，但分析起来照样一套一套的："他就是仗着人还算聪明，读过几年书，工作上的社交困难是克服了，可一旦涉及亲密关系就是个大渣男，有问题不会解决，只会逃避。你不信可以去网上查，有多少人在控诉 AvPD。跟这种人谈恋爱，无论你怎么付出，都不会有结果的。"

但关澜只是反问："你觉得我想跟他怎么样吗？"

赵蕊一怔，却也明白她的意思。关澜早就说过自己无意再婚，过去几年里都是这样，前一任男朋友就是因为这个分掉的。

电话两端一时沉默，好像都想起了从前的事。

"我就是不想看到你再那么难过……"赵蕊说。

倒是关澜开口安慰："不会的。"

赵蕊也知道说服不了她，决定往好处想，讲点吉利的："说不定还真有可能……"

"什么可能?"关澜问。

赵蕊回答:"你知道吗?回避型依恋有个最典型的特征就是慕强,也许,大概,或者,他对你会不一样。"

关澜笑,只觉荒诞,反问:"我强吗?"

齐宋收到关澜发来的定位,是滨江公园里的一家餐厅。虽然也在江边,但距离那一带的超甲级写字楼有着一段距离,至呈所的人不大会跑到这里来。杨嘉栎他们就算周末加班,也只会想一想今天到底是吃楼里的食堂,还是对面震旦的烟波庭。

齐宋不禁觉得,这个选址也是替他考虑到了的。

傍晚时分,他开车到律所楼下。

至呈所有个规矩,升上合伙人之后,便可以在地库拥有一个固定车位,刻着名字缩写的小铜牌钉在后面的墙壁上。齐宋就有这么一块。他把车停在那里,再步行去滨江公园。走到公园门口,正好看到关澜也朝这里过来,一路看着手机,眉头轻锁,好像在回消息。

他驻足等着,待她走近,问:"今天开车了吗?"

"开了,"她点头,展颜笑了下,说,"就停在公园旁边的停车场。"

齐宋会意。出来吃饭开不开车也是有讲究的,这是不准备喝酒,也不需要送回家的意思,刻意保持一种距离,好像纯粹就是为了感谢他帮忙而请的一顿饭。

但看她的样子,齐宋又觉得也许并不是那么回事。她是为这顿饭准备过的,当作男人女人约会那样去准备。头发放下来,脸上化了妆,虽然很淡;穿着也不像前两次见面那样板正,而是换了一条黑色连衣裙,露肩的款式,袖笼挖进去的那种,很挑身材,但她穿得好看。初初见到,简直叫他眼前一亮。

江风吹来,裙摆在身后拉出旖旎的弧线。她一路走着,有人注目,男的女的都有。

她不是那种艳丽的长相,齐宋第一次意识到她确实是校花的水准,甚至有点好奇她从前的样子,也就是姜源口中"挺有名"的那几年,她是那种和煦亲切的女孩,还是有距离感的高冷女神?她看起来像后者,有时的谈吐却又像前者。但他不认为那时的她会比现在更美。恰恰是年纪、经历,以及那一点总也甩不脱的疲倦,让她有了故事感。倘若拍下来,就好像电影剧照,看见的人会自然而然地去琢磨,她都去过哪里,做过些什么。

两人走进公园里的那家餐厅,那里主营德国烤肉和啤酒,采用乡村大饭堂式的装修,有大片临江露天座位。周末晚餐时间,生意很好,室内室外都坐了个满满当当,更适合朋友聚餐,而不是两个人约会。

关澜订了靠窗的位子。他们坐下点食物,她果然没有要酒。服务员确认了订单走开,有那么一会儿,两人都没说话,只听着周围谈笑的声音。江风习习,电扇在头顶缓缓摇着,倒还挺惬意。

直到齐宋拿出一个白盒子,放在她面前,说:"我带了样东西给你。"

她有些意外,好像已经在想应该怎么拒绝。

但他对她道:"你先别跟我客气,打开看了再说。"

她疑惑、好奇,拆开包装,发现里面是只马克杯,她拿出来,转着圈看了看,失笑。

"所里做的纪念品,也不知道是哪个大聪明的创意。"他解释。

杯身上印着他的半身像,西装领带,一脸假笑,旁边烫金的字还是那句话：专业领袖，紧随热点，为您的家族财富保驾护航！

姜源也有同款，已经送出去好几个。他的那些，被秘书取来之后全都堆在办公室的衣柜里，只拿了这一只出来。送给她，好像还可以。

"你拿回去放家里就行了，千万别用这个杯子喝水。"他关照。

"为什么啊？"她问，以为他是怕出丑。

齐宋却说："我怕你呛到。"

她又一次笑起来，笑得眼梢细长，双肩耸动，侧首去看窗外的江景。桌上的烛灯暖光融融，在她肩头映出柔柔的一个光晕。

就是为了这效果。他很喜欢看她笑，是这种真的笑，好像使她褪去了一层隔膜，变成本真的另一个人。他们也好像就此破冰，那之后，他们说了一整顿饭的话。

他问她："这几天做案子累不累？"

她说："习惯了，只是有时候觉得心累。"

比如昨天开庭的一个案子，男人出轨，转移财产。她和一个学生跑了几趟外地，才把男方的存款和房产调查清楚，至少可以替女方争取其中的一半。结果等到上了法庭，男人把他们认识到现在七年的朋友圈打印出来，做成一本书，在被告席上朗读。

"这算不算证据突袭？"齐宋玩笑，问，"那你怎么办？"

关澜答："我还能说什么？对这部分证据，我方没有质证意见。"

"然后呢？"齐宋隐隐已经猜到结局。

果然听她公布答案："女的感动哭了，当庭撤诉，跟男的抱在一起。"

"然后呢？"他笑，又问。

"连法官都在叹气，我只能提醒她即使不打算离了，也务必签

第三章　回避型人格　055

个婚内财产协议。"

"女方怎么说?"

"就刚才,她发消息给我,"关澜这时候想起来还是觉得有些不可思议,"她说她撤诉了,法院的审理费用可以退一半,我这里的律师费是不是也可以给她退一半?"

齐宋笑,半天没停。

关澜低头吃东西,一边吃一边说:"知道你看不上这种案子,但也不用表现得这么明显吧。"

齐宋于是决定跟她比惨,想了想说:"你知道我进了诉讼组之后做的第一个案子是什么吗?"

"什么?"关澜问。

"那个案子判决其实已经下来了,但是还要给当事人包执行,"齐宋回忆,"我被派去对家那里驻场,监督他们盘点发货。那是H市下面的一个工业区,除了工厂什么都没有。我第一次去,没经验,只带了一瓶水。结果对家输了官司,心理不平衡,不光不管我吃饭,连饮水机都不许我用。那里附近又没卖水的,我也不能走开,就靠那一瓶水,一直等到第二天所里派了人过来跟我换班,我回到镇上,才在一个小饭店里吃上第一口饭。"

这下轮到关澜笑,说:"那还是你比较惨。"

"那时候就在想,这也太难太苦了,而且根本不知道希望在哪里,"齐宋继续说下去,"但又问自己,如果不做律师,你还能做什么?难道再回去送牛奶、卖炸鸡?打个'买五送一'的招牌,买五个香辣鸡腿送免费法律咨询一次?"

他说得好似玩笑,关澜却听得有些感触,说:"但你还是做下来了……"

"对，现在好了，"齐宋故意道，"门口有秘书，手下有律师、律助，他们的存在就是为了我日子更好过。"

"闭嘴吧，拉仇恨啊你？"关澜轻嗤。

齐宋这才认真了一点，说："其实现在还是有现在的惨法。就像这几天正在搞的一个执行异议的案子，从基院，到中院，到高院，上诉，再审，来回移送，最后最高院送达，已经等了快半年，对家忽然又要申请专家辅助人，都是扯头发的事情。"

关澜听着，存心问："走了四级法院，一直输啊？"

齐宋果然急了，回："有没有可能是我一直赢？"

她却又笑，说："凡，继续凡。"

"其实是真的，"他静了静，看着她说，"每天至少十三四个小时在工作，还不算出差在路上的时间，见各种人，一直说话，一说一整天。但所有这些话又都是有目的的，过后想一想，好像自己想讲的一句都没有，自己想干的什么都没做。"

她也看着他，忽然又回到前面那个话题，说："你现在还想过不做律师吗？"

"想啊，当然想。"他回答。

"如果不做律师，你想做什么呢？"

"考个救生员证，每天在游泳池边上坐着，脚上穿双拖鞋，听听歌，发发呆。"

她想象了一下那个画面，莞尔。

"你呢？如果不做律师，你会做什么？"他也问。

"教书啊，你忘了？"她提醒。

"如果也不教书了呢？"

她当真思考一下，而后摇头："我很喜欢我现在做的事。"

第三章　回避型人格

要是换了别人说这句话,他大多不信。但她,好像是真的。

那天晚上,他们聊得很好,但也结束得很快。一餐饭吃完,她买了单,看看时间,觉得是时候告别了。

他们从餐馆出来,看到几个全副骑行装的人,把公路自行车靠在门口,坐露天座位喝啤酒。她忽然说:"我从前没来过这儿,其实就是在一个节目里看见的,一直想来,也像他们一样骑自行车,经过此地靠一靠,喝杯啤酒。"

"那下次我们骑车来。"他接口道。

下次。

她笑笑,不置可否。

他们又朝公园外面走,他送她去取车。

那个停车场造得挺有特色,下沉式,半开放,头顶有遮蔽,又有些缺口,可以看到江景,但没有专门的人行通道。他们从车行入口进去,走了一段,身后忽然有头灯亮起。

他一手牵住她,另一只手揽过她躲避。一辆SUV从他们身边驶过,只是短暂的一瞬,他闻到她身上的味道,淡极了,却也妙极了。细想起来有点奇怪,其实他们第一次见面就握过手,同样的身体接触,感觉却完全不同。

不过十点钟,关澜已经到家。

赵蕊发消息来问:在哪儿呢?

她如实回答:家。

视频邀请随即就来了,关澜会意,这是查寝。

"约过了?"赵蕊问。

"嗯。"关澜点头,把手机搁在洗手台上,洗脸卸妆。

"怎么样？"赵蕊继续。

"挺好。"

"到哪一步了？"

"不用问这么细吧？"关澜笑，"搞得好像我处了个杀猪盘似的。"

赵蕊正色说："差不多。"

关澜便也顺着她，认真回答："感谢你的提醒，我今晚特地找了个热闹的地方，而且没喝酒。去之前还在律协网站上查过他，执业证是真的，状态正常，无处罚记录，无警告。"

"你底线好低啊。"赵蕊损她。

"低吗？"关澜不觉得，说，"大概是我这些年做离婚案，奇葩见多了吧。"

赵蕊没接茬，顿了顿才又问："黎晖这阵怎么样？"

关澜有些意外她突然提起这个名字，怔了怔答："挺好，还是负责他们集团下面的电竞公司，听说升副总了，股票拿了不少。"

赵蕊说："这我知道，他前几天还找我家李元杰吃饭来着，混挺好，想挖李元杰过去跟他干。我是问，你跟他怎么样了？"

关澜只做听不懂状，答非所问："离婚协议里约定他一个月看一次尔雅，他今天过来接孩子的时候，跟我商量改成两周看一次。"

"你同意了？"赵蕊问。

"嗯，"关澜点头，说，"离婚不能改变父女关系，况且尔雅也想见他，只要他本身不出问题，我不可能拦着不让他们见面。"

"关澜，"赵蕊又顿了顿，沉声问，"你有没有想过……"

"赵蕊，"关澜打断她这句话，"那时候的事我只对你一个人说过，你应该知道没可能的。"

第三章　回避型人格　　059

"是，"赵蕊点头，说，"你知道我为什么听说你跟人约会，一猜就猜到是齐宋吗？你上次夸他情绪稳定，如果说一个男人有什么可以打动现在的你，应该就是这个了。但是你要知道，人生若只如初见，所有的关系刚开始都是很好的……"

关澜沉默。

只听赵蕊在对面轻叹，说："转眼十几年了，你还记得那个时候吗？"

"早忘了。"关澜拒绝。

赵蕊却笑，说："我没说男人，是说我俩。那年北京动漫展，中关村数码广场，我 cos 绫波丽，你是明日香。十几年过去了，其实真正经典的还是那一些，《新世纪福音战士》《攻壳机动队》《星际穿越》……我们那时候才是黄金年代。"

确实。关澜笑起来，脱口而出道："你能想象吗？ *Yellow* 都是二十多年前的歌了。"

话说出来，又觉有点对不起赵蕊，因为她此刻竟又想起齐宋。

大学城小酒吧里的那一首歌，以及今晚在江边的停车场，他的手紧握并且摩挲她双肘的感觉，很温暖，即使是在夏夜，她发现自己也在渴望这种接触。尽管他的手指修长，手掌光滑，动作克制而温柔，却还是强烈地让她意识到那是一双男人的手，好像可以忽然让她变得脆弱。

这种感觉很久不曾有过了。

新的一周开始，那个执行异议的案子突然就定下了开庭日期，齐宋因此去了一趟北京。等到他办完事情回到 A 市，又轮到政法开学，关澜返校办公、排课、备课、去各种教职工大会上签到，还有做疫情防控期间的学生管理,除了辅导员,年轻教师也得承担一部分。

齐宋提出再约,关澜倒是没拒绝,但两人一直没机会见面,只在微信上时不时地聊几句。

齐宋在东交民巷拍了张照片发给关澜,以及后来的判决书,以证明自己真的没有一路输到最高法。关澜也跟齐宋提了一嘴,接下去一段时间她会超级忙,因为新学期的正式课表已经出来了,她一周里有三天需要来回跑南郊和市区本部两个地方,往返就是七十公里。

齐宋合理怀疑,说:是不是因为上回酒局的事?

关澜只回了个"要坚强"的表情图,再没多说什么。

与此同时,她学生弄的那个B站账号倒是又开了一个新系列,其中包括《关老师手把手教你签婚前协议》《关老师手把手教你离婚》,以及《关老师手把手教你立遗嘱》……

齐宋闲时一个个刷下来,发现这回剪的是新学期的线下课。关澜在视频里的打扮跟上网课时的T恤帽衫不同,哪怕她超级忙,哪怕她一周里有三天需要来回跑南郊和市区本部两个地方,往返七十公里,她偏偏就是更漂亮了。

还有这个系列的名字,叫作《关老师把你一辈子安排得明明白白》。不知律协那位看见了,会不会又当关澜在指桑骂槐。齐宋莞尔,觉得爽快,却又隐隐有种牵扯之感。他想再像前两回一样,与她夜里对坐,问她过得可好。

等到两个人的时间终于凑在一起,已经是半个月之后了。

约会还是定在周六晚上。尽管那天齐宋要加班,一组的人聚在所里梳理案情,但他又怕再改期,关澜没空,再见面就更遥遥无期了。于是,他一早进办公室就跟所有人说好了下午六点准时结束,

第三章　回避型人格

下面律师、律助自然都举双手赞成，随后大半天的进展也很顺利。

不想事到临头，又出了状况。

吃过午饭，齐宋收到一条消息，是韩序发来的，没头没尾的一句：有个事跟你说。

齐宋盯着这句话看了会儿，才缓缓打出个问号回过去。

韩序是他的前女友。

两人分手的时候互相没拉黑，上一次的聊天记录还能看到，已经是差不多两年前的事情了。

齐宋当时对她说：对不起，照顾好自己。

韩序没回复，直到两年后的今天，她突然说有事，紧跟着三个字的解释：关于雪。

什么？齐宋还是没懂。

韩序提醒：乞力马扎罗山的雪，我们收养的那只猫。

齐宋这才想起来：哦，马扎，它怎么了？

一句话发出去，他已经做好心理准备。先是以为马扎有孩子了，那他就包个红包；转头想起来它是只做过绝育的公猫，又猜大概要随份子包个白包，心里倒有些惆怅，这才养了几年，这么年轻就走了。

结果韩序那边发来一大段：我怀孕了，家里老人一定不准养，怎么说都说不通，矛盾挺严重。也挂过收养，但快一个月了，一直没找到合适的。

齐宋叹口气，其实已经猜到下文，但还是存着侥幸地问：那你打算怎么办？

韩序回：我这不是来问你了嘛。

齐宋心道，我谢谢你的信任。

韩序看他没反应,又追来一句:不是实在没办法,我也不会来找你。

齐宋品着这言下之意,想说这猫当初也不是我要养的。

但养宠物往往就是这样,一开始兴冲冲非养不可,后来又急不可耐地想要甩掉。有些人生孩子也是这样。

静了静,他到底还是说:我今天在所里加班,你明天送来吧。而后他一边输家里的地址,一边琢磨几点收猫合适。

不料韩序立马回复:谢谢,我叫个闪送,下午送到你办公室。

齐宋无语,心说你把猫送我办公室?但再转念,韩序大概是真拖不下去了,而且也不想跟他多联系。

最后就回了俩字:好的。

当天下午,闪送准时到达,快递员拎进来一个猫包,还有一袋杂物。袋子最上面放着一张打印出来的物品清单和注意事项,列明有什么、缺什么、预防针什么时候打的、上次除虫什么时候做的,清清楚楚。确实是韩序的风格。

齐宋把猫包放在办公室角落里,蹲下身,打开门,猫缩在里面不动。他伸手进去,像抱小孩那样,虎口架胳肢窝底下把猫捞出来——如果猫算是有胳肢窝的话——结果上半身出来了,后脚赖着没动地方,拉成好长的一条。

这是马扎吗?齐宋眼拙了。好像只有颜色没错,就是花猫生到最后没墨了的那一种:头、身体、四肢全白,只有一只耳朵长了点黑毛,尾巴是两种灰度间杂的条纹。除此之外就像是换了一只猫。

马扎是只狸白,他从前住的那个小区里的野猫。

一只白色母猫生了一窝小猫在他家楼下,猫爹应该是只狸花,也是小区里的一霸。刚开始总看见白猫在喂奶,带着小猫崽散步。

突然有一天白猫不见了，不知道是遗弃幼崽还是出了意外。邻居在楼门口说小猫太小了，得找人抱回去养，否则大冬天的肯定死在外面。韩序刚好过来找他，挑了一只她觉得好看的，抱到他家。

那时马扎只有巴掌大，身上都是茸茸的白毛，下面薄薄一层皮，摸起来没肉，只有一把小骨头。脸却是圆圆的，眼睛也是圆圆的，很可爱。韩序还拍过一段视频，学着抖音里卖宠物的口气说："今天给大家介绍一只长相超甜美、性格超黏人的小猫咪，它的名字叫雪，乞力马扎罗山的雪。"

现在的马扎算起来大概两岁半了，相当于人类的二十多岁，体重翻了几番，当初的圆头圆脑却彻底没了，瓜子脸，身形瘦长。眼睛本来也是圆的，现在不知怎的，上面那一半塌下来，好像总是半眯着，变成两个半圆，眼神阴恻恻的。

齐宋怎么看都没看出可爱。这还是那只猫吗？他纳闷，不太像啊，也怪不得挂了收养没人要。

就这一会儿的工夫，马扎一爪子拍过来，在他手背上留下一个新鲜的抓痕。齐宋轻骂了声，一下把它塞回包里，拉上拉链扣上锁。

稍后回到会议室讨论，在座的所有人都看见他手上的伤，都觉得奇怪，又都不敢问。就这样到了六点钟，工作如期结束，其他人松口气走了。齐宋提着猫去地下车库，到了那里才觉得不对，他订的餐厅就在这栋楼的商场区，禁止宠物进入，放包里也不行。

正犹豫着是锁车里，还是再拎回办公室，关澜发消息过来，说她也到了。

她循着他给的车位号码过来找他，看见他车后座上的包，问："这什么呀？"

齐宋说："猫。"

"你的？"

齐宋不知道怎么回答，叹口气道："说来话长。"

关澜倒好像很惊喜，俯身凑近了看，又说："我可以摸一下吗？"

"它抓人，你小心。"齐宋提醒。

关澜看见他手背上的伤，却无所谓，拉开拉链伸手进去。但她的手并没碰到马扎，就放在那儿，不远不近。倒是马扎警醒，抬头观望，而后耐不住好奇，凑过来用鼻尖轻触她的手指。

关澜等着，一直等到它研究够了，才搔了搔它的下颌，又摸它的头，动作轻轻慢慢的，而后对齐宋说："你得让它先闻闻你，等它接受你了再撸。"

齐宋问："你养猫？"

"没有，"她回答，"就是小区里的猫，孩子喜欢逗，我怕她被猫抓，上网学了点技巧。"

这是她第一次跟他提起孩子。正常人听见了总要问一句，男孩女孩，几岁了？齐宋听见，却什么都没说。

他以为这会是个开关按动的时刻，就像过去的很多次一样。他与人相识、相处，刚开始都好好的，只因为一件事、一句话，甚至一个微表情，那个开关突然被按下去，一切结束。

结果却没有。他静了静，开口说："餐厅里猫带不进去，我家就在附近，你要是不介意，我们点餐外带，去我那里吃？"

关澜仍旧俯身在那儿，又摸了会儿猫，点点头，说："也行。"

他们去楼上餐厅点了些食物外带，而后两辆车一前一后，去齐宋住的地方。那个小区确实离滨江不远，开车过去十五分钟。房子本身不大，一百平出头的两居室，但就他一个人住，装修的时候凡

第三章　回避型人格

是能拆的隔断都拆了,改成一室一厅,家里东西又特别少,显得很开阔。

关澜进门就道:"好空旷啊。"

齐宋说:"都是交给设计师做的,说是侘寂风,现在正流行,而且适合我。"

"是挺适合的。"关澜看看他,品评。

"嗯,那个设计师眼光不错,"齐宋便也玩笑,"我从前住的毛坯房比这还侘寂,小偷上我家来都得含泪给我留两百块钱。"

关澜又觉得他卖惨,只是笑。

两人把餐盒打开摆到桌上。齐宋又去厨房拿餐具,去年才搬的家,这里就没别人来过,什么都是一式一样,餐盘和筷子还得拆新的出来洗干净,好歹凑成两套。

当然也没忘记马扎,打开猫包,把它引出来,又从那一袋行李里找出它吃饭的盆儿。他们点外卖的那家店招牌是蓝鳍金枪鱼,齐宋自问对它不薄,单独给了它一份,装进盆儿里。大概也是看在鱼的面子上,马扎这回没再挠他,迟疑地走到盆边,前爪碰了碰,鼻子闻了闻,然后吃起来。吃得如此投入,甚至可以听见它吧唧嘴的声音。齐宋蹲在旁边,看得竟有些出神。

关澜也过来看,问:"它叫什么名字?"

"马扎。"齐宋回答。

她起初以为是板凳的意思,直到发现饭盆上面印着的字,一圈英文,Snows of Kilimanjaro,说:"原来是这个马扎啊,挺文艺的名字,给你一简称,变城乡接合部了。"

齐宋笑,趁马扎忙着吃,伸手过去摸它。不料连毛都还没沾上,马扎立刻停嘴,抬起头又用那种阴恻恻的眼神看着他,还有那对耳朵，突然变得很尖，朝两边戳着。

关澜挡回他的手，说："这叫飞机耳，是警惕的表现，可能因为刚到一个新环境吧。"

齐宋不是很信："我怎么听说猫每到一个地方都觉得自己是主子，它估计以为我们现在都在它家吧。"

"那是养熟了之后。猫很敏感的，对安全感尤其看重，它能主动，你不能主动。"

"都是网上查的？"齐宋揶揄。

关澜不与他争论，说："你试试就知道了。"

齐宋便也不摸了，撇下马扎在那儿自助，带她坐到餐桌边上吃他们的。

对话在此处停了停，齐宋忽然觉得关澜今天有些不同，开口的时候还好，不说话的时候特别安静。他猜是因为学校里的事，但她似乎不喜欢跟他谈这些，上次在微信上提起，她就没接话。

"你看什么剧吗？自己挑。"他打开电视，找出遥控器给她。家里做了个网络存储服务器，上面存着他喜欢或者准备看的连续剧和电影。

关澜接了，看着屏幕上的列表，笑问："有没有什么我不能打开的文件夹？"

齐宋回："不能让你打开的你肯定找不着。"

"你好自信啊。"她揶揄。

齐宋摊手，随她自便。

粗粗浏览，确实没什么不可告人的，观看记录里尽是《太平洋战争》《中途岛》《历史上的著名战舰》之类的片子。

关澜有些意外，说："没想到你口味还挺 man 的。"

"这叫什么话？"齐宋听着觉得怪怪的。

她笑。他也笑，又觉得她的话没什么大问题。

继续往下翻，看到《风骚律师》，关澜说："哎呀，你也看这个。"

齐宋说："干我们这行的，法律剧里大概只有这个能看下去吧。"

"也是，"她赞同，"别的剧一会儿一句离谱，但这剧本身就是怎么离谱怎么来，就跟着看热闹，说：'这也行?!'"

于是，两人边吃边看。都不是第一遍刷，随便挑的一集，正是吉米和小金最好的时候，刚刚租下办公室，合伙开了律所，一切崭新。看到吉米在老人院的厕所里用厕纸奋笔疾书写律师函，关澜还是会笑起来，说："这也行?!"

马扎就在这时无声无息地走近，往她脚边一站，既不碰到她的腿，眼睛也不朝她看，好像就是随便逛逛，路过而已。关澜却会意，伸手到桌子下面去摸摸它。它让她摸了两下，突然蹿走了，过一会儿又转回来，故技重施。

"什么毛病啊？"齐宋轻道。

"猫就这样。"关澜不介意。

时间好像过得很快。但一餐饭吃完，她没有像前两次那样，看看表，然后告诉他到此为止，她要走了。

齐宋收拾桌子，让她坐沙发上去。她继续在那里翻他的电影，有个文件夹里都是欧洲片。

"看看这些，又觉得你好像也挺文艺的。"她说。

齐宋过来看了一眼，解释："都是前几年学法语和意大利语的时候下的。"

"卷王就是卷王。"她夸张地表演刮目相看。

他坐到她身边，实话实说："其实就为了接客。有几个欧洲公司的客户,还有些案子跟那边有关联。"

最后选了一个名字叫作《非法入境》的法国片。电影开始,齐宋关了顶灯,只留沙发边几上的一盏小灯。房间暗下来,而他一直在走神。

是因为这片子他过去看过,剧情还记得一个大概。主角是个离异中年男子,职业游泳教练,有一天遇到一个从沙漠国家来的难民少年,说想学游泳。教练收下了他,但一直不知道他为什么要学,慢慢才发现这个从来没下过水的少年想要游过英吉利海峡,去见自己爱的女孩。

也是因为马扎,又趁着黑无声无息地过来,轻捷地跳上沙发,蹲在关澜旁边。齐宋看看关澜,像是想要一个许可。她笑,点点头,他才伸手从她肩膀后面绕过去,摸了摸猫。马扎没动。

更是因为离得近,他又闻到她身上的味道,应该不是香水。他收回摸猫的手,拢住她的肩头。她没有拒绝,靠到他身上。

两个人之间最初的接触总是很玄妙,就像是一场共舞,不知道是否可以,也不确定对方会如何回应,一切充满了未知,以及因未知带来的亢奋。

那一刻,齐宋在想是不是应该吻她,也在想他的 MAC。

MAC,Material Adverse Change Clauses,重大不利变化条款,签字之后,交割之前,一旦约定情形出现,即被触发,交易解除。

恰如上一次分手,韩序对他喊:"齐宋你以为谈恋爱是什么?要不要签个协议,里面加条 MAC?"

他知道只是嘲讽,却又觉得这办法很好。在进入下一步之前,他有一条 MAC 要跟关澜谈。只是如何开口,什么时候开口,他不确定。

许久，他才发现她在哭。是因为她异样地安静，他转头去看她，电影画面光影变化，映到她脸上，反射出泪光。

这又是一个开关应该被按动的时刻。他甚至可以看到那个开关的样子，老式的按钮，按下去会发出"嗒"的一声。但它仍旧没有被按下去。

"怎么了？"他轻声问。

她双手拢住面孔，擦掉眼泪，摇头说："没什么，就是看电影感动的。"

他本以为会觉得尴尬，而后厌烦，就像从前看到眼泪一样。但事实是他伸手过去拥抱了她，是第一次这么做，又好像已经做过无数次了。她仍旧没有拒绝，侧首枕在他胸口。

"没事的，没事的……"他只是轻轻地说。他从来不知道怎么安慰人，哪怕世界毁灭，也只会这一句。

他们就这样静静拥抱着看完那部电影，少年在游过英吉利海峡的时候失踪，消失在冬天冰冷的海水里。齐宋记起了这个结局，记得自己第一次看的时候一直在期待一个反转，也许有船救了他，带他到英国，女王被他因爱而发的勇气感动，颁特赦令准许他入境。如果是好莱坞电影，应该就会是那个样子。

关澜还在流泪，却没有发出任何声音。

"不早了，我走了。"出片尾字幕的时候，她终于对他说，用纸巾擦干眼泪，只是鼻尖有些红红的，嗓音微哑。

齐宋看着她道："很晚了，我送你吧。"

"怎么送？我开车来的。"她笑。

齐宋不知道怎么回答，于是陪她到楼下，看着她上车，驶出地库。

他在原地站了一会儿，然后也坐进自己的车里，跟着开出去。他在第一个路口追上了她，就那么跟在后面。她在后视镜里看到了，但没有停车，也没打电话过来问为什么。

他们就这样开了一路，一直到南郊她住的小区，斯柯达拐到门口，停车杆升起，却没直接进去。他看到车窗降下来，她在里面朝他挥挥手。他也降下车窗，朝她挥挥手。齐宋觉得她还有话想要对他说的，但斯柯达的车窗玻璃又升了上去，开进小区，只见尾灯，最后消失在树影中。

回程的一路，他都在想他的MAC，直至到家，才看到"高手"发来的信息。

"齐宋，"她仿佛极其郑重地开口，"原谅我用这样的方式跟你说这些话，只是我实在不知道怎么当面跟你说，也不想破坏今晚的气氛。和你相处的每一次都很愉快，但因为我自己的一些原因，不能再这样继续下去了，谢谢你，以及，对不起。"

齐宋看着那段话，看了许久，忽然觉得讽刺。

他的开关不曾被按下去，但她的MAC已经被触发了。

第四章　生命中不能承受之轻

那一刻，齐宋想说，我能问一下原因吗？

但一句话只输了个开头，又一字字地删掉了，最后只是回复：不用道歉或者说谢谢，这段时间我也过得很愉快。

句子波澜不惊，心却浮在那里跳动着。他没等对面回复，便放下手机去小区会所游泳。那时已是夜里十一点多，泳池里只有他一个人。背景音乐早就停了，夜班救生员正推着个长拖把来回拖地。

游完一个小时回去，"高手"没有回复。

第二天黎明，仍旧没有。

齐宋又想问，是我做错了什么吗？

以他既有的经验，即使对方这样认为，他也从来不会辩驳。但对话已经冷在那里，过了那个再追究对错的时机。而且，关澜的意思很清楚，她说的"不再继续"，就是彻底结束。这态度齐宋觉得熟悉，只是过去这么做的人往往是他。如今易地而处，他决定尊重这个决定。

天亮，起床洗漱，他发消息给秘书改签机票，提早一天出差去了。

等到第二天收到钟点工阿姨发来的照片——房间里一地散落的猫粮和水迹，他才想起自己现在还养了只猫。走之前没给它放吃的，它估计咬破了猫粮的袋子，还玩了马桶里的水。他跟阿姨道歉，说不好意思啊，忘了事先跟您说一声。又让阿姨小心别被抓伤，还主动提了加薪的事。

阿姨过了会儿回复：家里已经弄干净了，盆儿里放了猫粮和水，而且这猫还挺可爱的。

齐宋想起马扎那样子，觉得应该是加薪的作用。他再次谢过，却又觉得奇怪。那天关澜走后，他好像就没再看见过马扎。第二天一早离开，它也没出现。其实房子就那么点大，而且空荡荡的没有多少家具遮蔽，它躲到哪里去了呢？

随后的一周，他辗转两地，见客户，跟当地律师开会，去法院开庭，赴客户招待的饭局，都是他熟悉的套路。直至收到一条推送，告诉他，你关注的 UP 主"传说中的关老师"又出了新作品——《关老师给你讲代位继承》。

代位继承，齐宋笑。法学生都知道，这东西一旦触发就是叫人扯头发的局面，不光是伦理大戏，还是数学难题。他有点好奇，关澜会怎么讲，任由那条推送消息留在那里不曾删去。等到夜里闲下来，他到底还是点进去看了。

别的法学老师喜欢用张三李四打比方，关老师用的是动物——猫家，兔家，松鼠家。而且还细分品种，比如巧克力兔，是牛奶兔的家族旁系。

齐宋不懂这算是什么神秘宇宙，看弹幕，才知道原来是一种娃娃屋玩具，叫 Sylvanian Families，森林家族。他以此推测，她的孩子应该是个女孩子。只是一旦将代位继承和转继承的各种情形代入

第四章　生命中不能承受之轻　　073

进去、联姻、出轨离婚、谋杀、车祸，各种继子女、私生子女……小朋友要是知道了，大概再也不能直视自己的娃娃屋。但大学生听得挺起劲，他也是。

视频里的关澜看起来还是很好，穿了件宽松的 Equipment 衬衫，下摆束进牛仔裤里，抬手在黑板上画下兔子家复杂度堪比《百年孤独》的族谱。

齐宋看着，觉得也是时候释然了，既然彼此都已经回到一以贯之的轨道上。而且，这应该是他有情史以来，分手分得最轻松的一次。

与姜源的想象不同，他的单身生活实在不算丰富。在此之前，总共经历过两次分手，都不算愉快。

第一次是在大学里，和一个外国语的女生，送牛奶认识的。她一早听到三轮车的声音，会到窗口来看他，退瓶子的时候在上面写了个手机号码。但那只是一段轻浅的小恋情，远没有到追究爱不爱的地步。

两人相处不久，女孩每天时不时地追问：你今天去了哪儿？都干了些什么？你在看什么？讲给我听听。你怎么了？为什么不说话？仅仅这些就已足够按下开关，让他决定结束。

几次电话不接、信息不回之后，女孩把他忘在她那儿的一本书拍照挂在了大学城的公共论坛，选的标签是"失物招领"，但正文里却提醒大家警惕总在看这本书的人。言下之意，渣男，大渣男。当时应该还没有"渣男"这个词，但意思就是那个意思。

齐宋记得很清楚，那本书是米兰·昆德拉的《生命中不能承受之轻》。

他这人其实很少看小说，平常读的大多是专业书、文献和案例集，完整翻过的小说好像只有三本——《平凡的世界》《教父》以及《生命中不能承受之轻》。他对爱情的理解大致也来自于此，孙少平做梦，迈克尔被雷劈，托马斯找死。

最后这一本现在的译名是《不能承受的生命之轻》，但他最初读到的是图书馆借来的旧版，便也更习惯原本的名字——《生命中不能承受之轻》。

那是一年寒假，宿舍里只剩下他一个人，趁春节用工荒，他在学校附近一家饭店找了个跑菜的工作。几天夜班连下来，作息有些混乱，他睡不着的时候翻几页，一个假期断断续续地读完，后来又时不时地拿出来看。

那时的他因为这本书开始看尼采，却完全不能理解或者说认同书中人物的行为。如果让他复述这个故事，那就是一场托马斯的悲剧：因为爱上了特蕾莎，他与她同居、结婚，为她返回波希米亚，以至于放着医生不做，做清洁工，最后落魄潦倒，死于车祸。而托马斯最初收留特蕾莎的理由近乎荒谬，只是因为她没有地方去；决定和她结婚也是出于同样的原因——她离开他不能活。

似乎就是从那个时候开始，他很警惕这样的人——弱小，依附他人，离开他不能活。

别人也许会觉得他太现实，但他知道这只是自知之明，他没有时间，也没有足够的力量去维持这种高需求的关系。

在至呈工作几年之后，他认识了韩序。那时的她刚刚从美国回来，两人因为一个知识产权的案子，一起工作过一段时间。

一次同事聚餐，有人抱怨"红色炸弹"，他听见她开玩笑说："结婚是老百姓喜闻乐见的挑战人类极限的活动，所以要付费观摩。"

又有人说："这种钱有去有还，过两年行情见涨，反正不会亏本。"

韩序却道:"婚姻制度被发明出来的时候,人类平均寿命才三十多,白首永偕是很容易做到的事情。现在人均期望寿命都翻倍了,谁还结婚啊?"

也是从那个时候开始,齐宋觉得自己遇到了一个和他一样想法的人,他们可以维持一种精巧的距离,不远,但也别太近。而且,韩序也符合他过去定下的那个标准:名校毕业,留学归来,外形优越,有很好的工作和收入。别说离开他能不能活,他就算暴毙,她都能好好的。

然而,相处几年之后,韩序改变了看法。也许并不是真的想结婚,而是为了在三十五岁之前生孩子。毕竟现实就是这样,如果不想太过特立独行,女人想要孩子,必得配货一个丈夫。

她于是开始用各种方式暗示他们应该走下一步了,最初的行动就是把马扎抱回来,说是他俩一起收养的猫。然后以看猫为由,越来越经常地住他家,再然后抱怨地方不够或者装修和家具不方便她的使用。

终于有一天,她带他去看房子。中介很是热情地接待他们,估量他们的年纪和职业,默认就是为了买婚房而来的。

韩序也不解释,直接询问置换的流程。

中介告诉她,可以先卖掉他们的两套房,并在一起付掉首付,再一起贷款。要是三笔交易都委托给他,费用好商量。

"像我们这样的情况可以一起贷款吗?"韩序当时问。

中介认为根本不是事儿,轻松地回答:"很便当的,你们先领个证就行了。"

韩序不响,看着齐宋。中介也看着他,都在等他一句话。

齐宋一直记得那段冷场，不长，但越来越尴尬。

事情过后，他不算委婉地质问韩序："你说过不想结婚的。"

韩序就是在那个时候回了那句话："我讲过的话多了，你每句都记得吗？而且人每个阶段有每个阶段的想法。齐宋你以为谈恋爱是什么？要不要签个协议，往里面加条MAC？"

最后分手的那天，韩序把马扎带去宠物医院做了绝育。手术做完，韩序在屋里收拾自己的东西，马扎脖子上套了个塑料喇叭，趴在窗边看着小区里的母猫，眼神生无可恋，又或者心无杂念。

齐宋支肘在它边上，轻声说了句："对不住了，兄弟。"他知道这是冲着他来的，因为他本来跟韩序商量好的，缓一缓，等马扎大一点再做。韩序那时候就笑他，说你这是物伤其类吧。

等出差结束回到 A 市，齐宋稍稍清闲了几天。也算是对马扎的补偿，他给它买了罐头，还在家里安了个爬架。只是这猫仍旧神出鬼没，他又不愿意叫它的名字，只会在放完食物之后，敲两下饭盆，然后走开，等它自己过去吃。要不是饭盆里的食物总是会消失，他甚至会怀疑自己究竟是不是真的养着它。他还考虑过要不要给它挂上个 AirTag，找不到的时候可以响一下。

除此之外，齐宋的日子过得很好，早起游泳，上班下班，看完美国人在中途岛打日本人，再看吉米和麦克背着 700 万现钞穿越沙漠。

就像特蕾莎离开之后的托马斯，散步，看展，听音乐会，日内瓦湖边喂鸭子，什么都不用想，什么都不用背负。但最终托马斯还是决定放弃一切回去找特蕾莎。米兰·昆德拉说，这就是生命中不能承受之轻，而齐宋曾经不懂。

临到周末，齐宋这里又来了新案子，不是一宗，而是一批。

还是并购组姜源那里过来的客户，一家名叫 Team Genius Gaming 的电竞公司。因为最近几次比赛成绩不错，队里几个明星成员在网上的讨论度很高。但有人夸，自然也有人骂，于是便生出官司来。肖像权纠纷、网络侵权责任纠纷，一开开几十宗，到处告各种 UP 主、抖音号、视频号，以及背后的 MCN 公司。

看似生意兴隆，收入却不过如此。TGG 隶属于一个名叫 GenY 的文创集团，GenY 专做电竞和动漫影视开发，是姜源的大客户，已经操作了好几轮融资，而且正在走 IPO 流程。这一系列官司的诉讼费用跟非诉那边的账单加在一起付款，自然得先抹零再打折。

在至呈这样公司制的所里，非诉的客人遇上官司转到诉讼组，或者诉讼的客户回头有了非诉业务，类似的操作其实不少。费用往往打了统账，齐宋跟姜源都会替自己的组争取利益最大化，但最后到底怎么分，还是要看王乾和朱丰然在管委会里的博弈了。

单论这批案子，工作量不小，难度却也有限。从谈案到发律师函，再到立案、写起诉状，以及后面收集整理证据、确定庭审策略、申请网上开庭，全部批量生产。这些事最适合派给下面的小朋友练手，不用齐宋盯着。

可他偏偏盯得很紧，周五傍晚把人一个个叫进办公室里汇报进度，搞得人心惶惶，都在说周末肯定又得加班。

就这样一直搞到晚上九点多，姜源晃到他这里，说："咦？你怎么还在？"

"有问题？"齐宋反问。

姜源走进来，关了门，凑近说："都在传你谈恋爱了，只要不出差，周末肯定不加班，你不知道啊？"

"你不一直觉得单身很爽吗？谈屁恋爱。"齐宋眼都没抬，估计是上回他跟关澜一起在楼里走，被什么人看到了，但也无所谓，反正都已经过去了。

姜源伸手拍拍他肩膀，说："那挺好，人设没崩，你可是我们男人最后的倔强。"

齐宋不理，继续手上正在写的邮件。

姜源却还不走，又开口说："你知道吗？你们现在这批案子的客户，TGG 的总经理就是关老师的前夫……"

话说得十分令人意外。从最初那次庭前调解，到后来律协的酒局，姜源也许真的猜出了点什么。

但齐宋有专业表演级的表情管理，反过来直接问："你这么一说，我倒是想起来了，七月份清水错落那个案子，买方就是这家的母公司 GenY 吧？"

姜源果然噎了噎，还是没正面回答。

"合着我就是你搞的买赠活动里赠送的那部分呗，给你玩儿死了还帮你数钱。"齐宋骂他。

"用得着这么记仇吗？"姜源尬笑，赶紧撤了。

剩下齐宋坐在原处，手指停了半响，才续上之前的思路。可那封邮件还没写完，邮箱地址里的域名，正文里的词句，避不开的仍是那个缩写，TGG。

他静静看了会儿，然后打开浏览器，搜索"Team Genius Gaming 总经理"。出来的结果不可谓不齐全，有百科词条，有杯赛夺冠的新闻，还有各种访谈，标题大同小异，诸如《对话冠军战队》或者《专访 TGG》。

齐宋随便点进去看，很快便知道了姜源说的这个人名叫黎晖，年纪大概四十岁上下,访谈甚至还有配图——西装革履的单人形象照,或者穿着战队 T 恤,跟队员一起的合影。男人对男人,很难就长相做出公正的评价,齐宋只能说客观事实:黎晖高大,没秃,没肚子。

再点开采访视频,记者问:"TGG 的训练基地本来在深圳,为什么决定要搬来 A 市?"

黎晖给了个挺官方的回答,说:"这一次搬迁主要还是因为 A 市建设电竞赛事中心的计划,我们基地的选址也在南郊,将来希望能够依托赛事中心,获得更好的发展。"

记者又道:"听说你们母公司 GenY 的 IPO 流程已经进入申报阶段,而您今年荣升副总裁,年薪加认股权,直接财富自由了吧?"

黎晖只是笑,说:"我投身游戏行业差不多十五年了,从事现在这份工作最主要还是出于对游戏的热爱。至于其他,得之我幸。"

……

齐宋没再往下看,关掉浏览器,隔绝了这一部分的思绪,还是把邮件写完了,按了发送键,再打开列表里红色未读的下一封。

直到深夜离开办公室,他开车回家。路上已经空旷起来,只见路灯一圈一圈的光晕规则地延展,车子穿行在明暗变换之间,畅通无阻。这本该是一天结束之前放松的时刻,但光线穿透风挡玻璃照到他脸上,他却又想起那部电影——《非法入境》,曾经模糊的情节与对白不知怎的变得清晰起来。

他记得片子的最后,少年已经死去,男主角西蒙对前妻说:"你知道为什么他想游过英吉利海峡吗?是为了和他的女朋友在一起。他已经步行了四千公里从伊拉克来到这里,然后还准备在冬天游过去。而我,自你走之后,我甚至连穿过马路去求你回来都做不到。"

他也记得关澜落泪的样子，说是被电影感动。她那时想到了谁？是否也在等着那个人走出这一步呢？

"因为我自己的一些原因"，她在最后发给他的那条信息里这样写道，他当时还有过怀疑。但现在真相大白了，确实不是他做错了什么。

奇怪的是，心里并没有轻松的感觉。他宁愿是他的错。

车子驶进小区，停车上楼，打开门，仍旧是空旷的房间。齐宋四处找了找，猫窝、爬架、食盆儿、厕所，不见猫的踪影。

"马扎？"他轻唤，有些犹豫。这大概是他第一次出声地叫这个名字。人跟动物说话有点蠢，他一直这么觉得。

果然，声音在房间里漾开了，无有回应。养了等于白养，他在心里自嘲，但还是蹲下替它把屎捡了，猫砂翻干净，然后洗漱就寝。

睡到半夜，只觉微微窒息。他醒来，黑暗中看见一对琥珀色的眼睛，是马扎，前脚一只踩在他胸口，另一只正往前探，离他鼻子还剩两厘米。

乍一对视，人和猫都吓一跳。

齐宋：你干吗？

马扎：看你死没。

齐宋：然后呢？

马扎：算了……

扭头弓背跳下床，没入黑暗中，几下就蹿得没影了。

再入睡便不安稳，断断续续挨到天亮，齐宋早早起床洗漱，换了衣服又去所里。组里其他人到得迟，进门看见他已经坐在办公室里，都有些战战兢兢。

齐宋看见，自我反省，居然因为一点小事，演起失眠、消沉、

第四章　生命中不能承受之轻

寄情工作的桥段。他对自己说，"谢谢惠顾"的"谢"字都已经刮出来了还不甘心，出来混搞成这样，实属不体面。于是最后他仍旧按照之前的规矩，出去跟大家说了声，争取傍晚六点准时结束，周日不用再进办公室。众人总算松了口气。

等到六点下班，姜源那边却还亮着灯。齐宋没过去打探，知道这人未必有什么要紧的事，周末宁愿找理由出来加班，也比在家给孩子搞作业、接送培训班强。

离开办公室，他一个人在楼里吃了饭。吃完看看时间尚早，他又从商场区的天桥走出去，一路散步到滨江。

那时夕阳将落未落，天空呈现出一种微红的淡蓝，像是一块巨大的球形屏幕，笼罩着下面无数的玻璃大厦，大厦上的广告闪烁变化，大大小小的道路环绕其间，宛如赛博朋克电影。偶尔有一阵从江上吹来的风，里面夹杂着微腥的水气，这才又使人落了地，记起身在何处、今夕何夕。

齐宋停下，松了领带，倚着天桥栏杆站了一会儿，漫无目的地看着对岸的建筑、江上来往的船、江边照相的游客，还有临江的那家餐厅。餐厅此时已经亮起暖黄色的灯光，侍者正在收掉门外露天座位上的遮阳伞，好方便客人欣赏江景。

而后，齐宋便看到了关澜。

起初只当是相似，目光落在那个侧影上许久，才意识到真的是她。

她穿了件灰粉色的大卫衣，头发扎了马尾，正一个人坐在那里吃冰激凌，耳侧的碎发时而被江风吹起。离得远，他看不太清，她手边好像是杯意式浓缩，一口冷，一口热，悠悠闲闲。

这叫什么吃法？他看得纳闷。直到她吃完，买了单，走到路边，骑上一辆自行车，又沿着江岸远去。

齐宋低头，轻轻笑了声，心说人家骑公路车，你骑共享单车。

但他也清楚地记得，他们上次说过的，有时间骑车再来这里。两个人都记得。

早晨九点，黎晖电话来的时候，关澜已经起床很久了。

她最近睡眠不太好，无论夜里什么时候上床，总是四五点就醒。她倒也无所谓，只当是额外多出来几个小时，睡不着就起来洗漱，也不开灯，坐在餐桌边对着电脑，准备这一天要用的材料，有上课用的，也有案子相关的。至于一直想写的文章，暂时还抽不出空。每学期刚开学总是非常忙，假期接的案子需要收尾，学校的事情又多出来。论文只能再往后排队，到年底才能动笔。

这时天已大亮，手机在桌面上振动。她看到屏幕上黎晖的名字，按了红键挂断，回信息过去：尔雅还睡着，我叫她，你稍等。

黎晖很快回复：好，你别催她，她只有周末能多睡会儿，我等着，不急。

黎晖这人实在不算有耐心，但这几年对女儿倒是越来越好。

关澜放下手机，去叫尔雅。站在小房间门口敲了两下门，里面没动静，她再推开门。

这间屋没用遮光材料的窗帘，阳光无孔不入，已是字面意思地照到了屁股上。但孩子根本无所谓，照样睡得酣然。

"醒醒了，爸爸到楼下了。"关澜坐到床边，手摸着被子下面拱起的一团，半天没找到头在哪儿。

被子隔了会儿才开始蠕动，动两下，又不动了，还是没声音。

"你还去不去了？"关澜又推她，说，"要是不去，我跟他说一声。"

"嗯,去的……"孩子这才露了脸,眼睛没睁,一头乱发。

关澜笑,倒是有些羡慕,自己从前也是这样,睡觉最大,天塌下来都叫不醒。

她催着尔雅起床,洗漱,吃上几口早饭。孩子还是半醒,磨磨蹭蹭。隔了会儿,听见门铃响,黎晖还是上来了。

尔雅正在房间换衣服,隔着门已经在喊:"爸爸,我马上就好,你等我啊!"

关澜也不好做得太难看,开了门,但没请他进来坐,就跟他一起站在门口等。

黎晖倒也不介意,给她说了说今天的行程:"我房子装修好了,先带尔雅去看看她的房间。那儿离我们公司训练基地也不远,她早就跟我说过想去玩一下……"

关澜点点头,说:"好。"

黎晖又换了话题:"我刚才在楼下停车,看见你那辆斯柯达,怎么还开着呢?"

"习惯了,挺好的。"关澜回答。

黎晖继续,说:"我上次听尔雅讲,你妈妈想在花桥买个联排……"

"尔雅听岔了,你不用管。"关澜打断。

当事人偏偏这时候从房间里探出头,说:"我没听岔啊,外婆跟她国画班的朋友一起去看的。她说那个房子特别好,还有个花园,到时候给我安个秋千……"

关澜没理会,只对黎晖道:"就随便去看了看,我妈那个年纪还是住在交通方便的地方比较好。"

两人这几年一直都有联系，家里的事都知道。黎晖自然明白她的意思，说："你要是有什么困难，任何困难，都可以跟我讲。"

"谢谢，暂时没有。"关澜拒绝。

黎晖清清嗓子又换话题，问："……你最近好不好？"

"好。"关澜还是那一个字。

黎晖大概对她的态度有点不爽，轻轻笑了声说："你能不能别总这样？"

关澜想问，我怎样了？但最后还是整理了下情绪，平和地解释："我今天要去法援中心值班，已经迟到了。"

黎晖还想再说什么，所幸尔雅穿好衣服出来，几步蹦到门口，踩进运动鞋里。

关澜见她上身棒球服，下面牛仔短裤，头上还戴了顶绒线帽，笑出来，问："你这是什么造型啊？春夏秋冬都在身上了。"

尔雅嫌她烦，说："我都搭配好了，就是这么穿的。"

黎晖在旁边做好人，说："挺好看的，这几天天气就是这样，早晚凉，下午又热起来，春夏秋冬都在一天里。"

关澜看看他们，没再多说什么。

三人一起搭电梯下楼。到了地库，关澜才知道黎晖是骑摩托车来的。

尔雅看着那辆全黑的重装哈雷，惊喜不已，说："哇！真的是蝙蝠车！太帅了！"

"爸爸没骗你吧？"黎晖笑道。

听这意思，是早就说好了的。

"你让她坐摩托后面？"关澜问。

尔雅怕她反对，迫不及待地坐到后座上，说："妈，你能不能别这么烦啊？"

关澜语塞，与黎晖交换了一下眼神。

黎晖从车后面的储物箱里拿出个玫粉色的头盔递给孩子，说："尔雅，你不能这么跟你妈妈说话。把头盔戴上，我们开慢一点，一定保证安全。"

话是对尔雅说的，眼睛却看着她。

关澜接收到他目光里恳求与保证的意味，静了静，终于还是点了头，说："路上小心。"

黎晖轻轻道了声谢谢，又检查了一遍尔雅的头盔，自己也戴上一个同款黑色的，跨上车发动引擎，震天动地地开走了。

关澜看着车库出口白亮的日光，在原地站了一会儿，听着那声音远去，才返身坐进自己那辆斯柯达，出发去政法大学。

到了法援中心所在的那栋楼，她接到了行政老师的电话。以为有什么要紧的事，她一边往楼里跑，一边接起来道歉，说："早上有事来晚了……"

行政老师倒也无所谓，说："没事，今天的值班律师已经来了。排班的时候他跟我说过，头一回做法援，要中心业务组的老师带带他。我之前忘了跟你打招呼，他刚才又来问，我就和你说一下……"

关澜稍稍放心，类似的情况不少，因为来值班的大多是才刚执业的新律师。

"行，我马上就到了，"她答，又问了声，"哪个所的啊？"

那边回答："至呈。"

也许就是因为这一点铺垫，她走进法援办公室，看到齐宋的时候，并没有太过意外的表情。

值班时间是每周六，朝九晚五。从这一天的九点钟开始，齐宋已经接待了两轮咨询。

第一轮是个男的,看穿着像是农民工,进来就说要离婚。

齐宋问:"跟对方提了没?两人有没有孩子,财产情况如何?"

男人却只是回答:"我老婆她不爱我。"

齐宋说:"你的意思是你俩感情破裂?那你现在的诉求是什么?"

男人却忽然哭起来,方言都出来了,说:"她还踢俄(我)蛋,俄(我)蛋都快给她踢碎了……"

只这一句,齐宋就开始后悔,自己到底吃错了什么,跑来听这些?但来都已经来了,只能忍完这一天。他让男人去派出所报警,立案之后再开个验伤单,先把伤情确定了再说。

"报警?"男人却又怂了,不知道是蛋其实没碎,还是感情尚未破裂。

齐宋只好抽了张纸巾递过去,让他考虑清楚了再说。

送走这一位,又来一个五十多岁的女人,听口音是当地农村的,从包里拿出法院寄来的离婚传票给他看。

齐宋一样样给她解释:答辩状怎么写,接下去还要注意些什么;如果自己弄不来,把具体情况说一下,他这里也可以代书。

不料女人却急了,说:"他起诉?他告我?我是被告?他倒成原告了?!"

齐宋给她解释:"离婚是复合诉讼,不需要反诉,你要有什么诉求,答辩状上写出来就可以了。"

女人偏就不服,说:"不行,凭什么我是被告?我要告他,我做原告!"

关澜走进办公室的时候,他正在做不知道第几遍的解释,尽量注意着断句和用词,说:"大姐,复合诉讼的意思,就是你的诉求,包括子女、财产、债权、债务,都可以在这一个诉讼里解决,不需要提出反诉,你提了法院也不会受理,这程序就不对,你知不知道?"

女人听他说完,想了想,却还是问:"那律师你就给我句话,到时候上法院,我是坐原告那边,还是被告那边?"

齐宋扶额。

关澜倒是笑了。

他用眼神向她求助:怎么办?

关澜这才过来,放下肩上背的、手上提的大包小包,一边收拾,一边解释:"齐律师说得没错,离婚是复合诉讼,但实务里还是有法院受理反诉的案例的。"

前面几句话说给齐宋听,后面那句才是对那女人说的。

"如果你跟你丈夫的诉讼请求不一样,也就是说,除了他在起诉状里提的那些,你还有其他的要求,也可以先向法院提起反诉。我们看立案庭的态度,再决定下一步怎么走。这样做的好处就是不怕原告撤诉,也不会产生遗留问题,别到时候判完了,又发现有家里人之间的借贷没分割,或者孩子的抚养责任没分清楚……"

齐宋总算喝上口水,就那么坐在旁边看着,听着。

法援中心的办公室不大,门口摆着个接待用的长柜台,房间里有几张用磨砂玻璃隔开的咨询桌。这一天在此地值班的,除了齐宋和关澜,还有行政老师,以及两个法学专业的大学生,再加上不断来咨询的人,热闹得像个街道办事处。

一个上午下来,关澜只在送走那位大姐之后跟齐宋说了句:"法律援助和你平常做的案子不太一样,你得考虑到当事人可能没有钱,或者没那个意识请律师,你也未必有时间全程介入,所以每次回答一个问题都得尽量想得周全。"

齐宋也只来得及感谢她的指教,再跟上一句:"中午一起吃饭吧。"

"好啊。"关澜回答。

她答应得这么爽快,是他没想到的。更没想到的是,过了一会儿,行政老师过来给他发了张餐券。等到午休时间,在中心值班的这五个人就一起出发去食堂吃饭了。

去的是政法最大的一食堂,坐一个长条桌,每人面前一只不锈钢餐盘。在座的两位大学生之一,就是暑假在至呈诉讼组里实习过的张井然。

初初看到齐宋,小朋友简直不敢相信自己的眼睛,这时候已经把他的情况跟另一位同学分享过了。两人很是恭敬地一个坐他旁边,一个坐他对面,向他打听至呈所今年校招的计划:什么时候开始收简历?面试都有哪些形式?一共会录取多少人?有些什么特别需要注意的地方?

齐宋一一回答。

行政老师坐在张井然边上,听他们聊完,也跟着说:"齐律师真是看不出来,这么年轻已经是合伙人了,而且还能抽出时间来我们这里值班。"

人家大概是想捧他,齐宋却一尬,简单解释了一句:"是所里派的任务。"

行政老师却还没完,说:"你不是至呈所的吗?我记得你们律所在滨江区啊。其实你那天打电话跟我联系的时候,我就想问了,

第四章 生命中不能承受之轻　089

你要是想做公益案件，怎么不去那里的法律援助中心呢？或者接12348热线？干吗跑来南郊这么远？"

齐宋继续解释："我是政法毕业的，所以还是想回母校来看看……"

关澜一直没说话，就坐在另一边埋头吃饭。齐宋觉得，她可能根本没听见他们在聊什么。

放在餐盘旁边的手机接连振动，她不时拿起来看。是黎晖发了一串照片和视频过来，有尔雅和他在新家拍的，也有他们在TGG训练基地参观的时候拍的。战队的明星队员都让他叫了来，挨个儿地给尔雅签名，让她站C位合影。

关澜知道这在初中生心里是多不得了的事情，还有孩子那张笑得特别灿烂的脸，这几年也是跟黎晖越来越像了，眉眼好似从一个模子里刻出来的，用现在流行的说法，叫浓颜。

发完了照片和视频，又来了一条消息，是黎晖问她：晚上一起吃饭吧，我带尔雅去学校接你。

关澜搁下筷子回复：我晚上有事，不太方便。回完就看着那个界面，等那边再说什么。

所幸，黎晖也没坚持。

关澜舒了口气，把手机锁屏搁一边，继续埋头吃饭。她知道黎晖一直在找机会，要跟她谈谈，而她一直在回避。但究竟能拖到几时，她也不确定。

齐宋中间看了她几次，她都好像浑然不觉。

吃完饭回到中心，下午那四个小时仍旧热热闹闹的。有人混这儿来塞小广告，比如推销聪明女人课，号称"不哭不闹，挽回老公的心"，或者街边小所来拉案子，信誓旦旦地说"帮你保住财产，抢到孩子"。

后来还来了一男一女，也不说问什么，光吵架了。

一个说："你骂谁没良心？没良心我挣的钱都给你？"

另一个答："你有良心还在外面搞破鞋？不要脸！"

刚开始齐宋还劝几句，结果人家回他："有你什么事啊？我跟你说话了吗？"

另一个也道："你谁啊，有什么资格管我们家的事？！"

齐宋叹口气，拿了个一次性纸杯去喝水。就这么看着他们吵，竟让他有种穿越回三十年前的感觉。他心想自己这到底是为了什么，就这么一天，心脏都快停了。

临到中心关门，却是关澜先发了条信息给他：结束之后别走，停车场聊几句。

齐宋看了看，回了个"好"字。猜她要跟他聊什么，他又该怎么应对。想了想又在心里自嘲，这好像也是时光倒流，二十年前常有人跟他说："你放学别走！"

其他人到点离开，关澜接了个热线，结束最后一宗咨询，五点半才从中心出来。走到停车场，看见齐宋在那辆斯柯达边上等她。

"今天感觉怎么样？"关澜问。

齐宋删掉五千字的感想，只说："还行。"

关澜笑笑，开了车门，把手里的包和笔电扔到副驾位子上，说："你也别怪行政老师要问为什么，我们这里对接的一般都是南郊的律所，来值班的也大都是执业头三年的年轻律师。"

"年轻"二字有点刺耳，但齐宋也是这时候才知道，她中午吃饭的时候还是听见了他在说什么的。

"我们诉讼组的老大也是政法校友，所以……"他把事先想好的话说出来——总之是为了卷，人设统一，理由充分。

关澜却打断他，直接问："你们所里派你来几次？"

齐宋回答："规矩是一年至少做三天法律援助。"

关澜点点头，觉得不多。

可齐宋接着说："我欠了几年。"

关澜有点无语，又问："……所以总共多少？"

齐宋道："大概二十几天。"

一周一天，起码小半年。关澜站那儿静了静，才说："我们中心最主要还是给学生提供一个实践的机会，值班律师指导，下次你要是来，我就不来了。"

齐宋还是那句话："我第一次做法援，你得带带我。"

"你是至呈的合伙人，我带你？"关澜只觉荒谬。

齐宋道："我从来没做过离婚。"

关澜回："那你干吗偏挑家事咨询的这一天来啊？"

齐宋还真有解释，说："你们这里除了家事，就是青少年维权和劳动纠纷，青少年维权也是我平常不会去碰的案子，劳动纠纷的对家搞不好就是至呈的顾问单位，有利益冲突在里面……"

"还有财产组，你去那个吧。"关澜提醒。

"这我跟你们中心主任聊过，他说最近动拆迁少了，房产纠纷也少，你们儿就数离婚继承之类的案子最多。几个业务组里家事组最忙，最需要志愿律师，是他让我挑这天来的，还说这是诉讼界的口红效应……"

关澜看看他，又要开口，可话到嘴边忽觉多余，索性不说了，目光越过车顶望着远处。

齐宋便也住了嘴，和她一起站在那里。

校园广场那边传来隐约的吉他声，反倒让人觉得这是一天里格外宁静的时刻。初秋傍晚的风微有几分凉意，关澜呼出一口气，闭上眼睛，发丝被风吹动，在夕阳的余光中显得那么柔和。

像是许久，又好像只是一瞬，齐宋几乎就要伸手过去，但最后只是问："你最近还好吗？"

关澜点点头，在他说出下一句话之前提醒："齐宋，我想我上次已经跟你说清楚了。"

齐宋微怔，而后回答："放心，我记着呢，你自己别忘了就好。"

关澜回头看看他，没再说什么，转到另一边，拉开车门坐进去，发动引擎。

齐宋轻叩车窗，她按键降下玻璃，耐住性子问："你还有什么事？"

齐宋指指仪表盘，说："报警灯亮了，是轮胎的问题，得去调一下。"

"刚修过，它就这样。"关澜伸手按复位键，一直按到灯不闪为止，然后升上车窗，把车开走了。

车其实上个礼拜刚修过，胎压也测了。维修工告诉她，就是年份长了，每年保养、验车，还是会有各种各样的问题。

姐，换辆新的呗。人家对她说。她笑笑，不语。

这辆斯柯达是她大学毕业那年免息分期买的，比她女儿还大几个月，算起来已经十三年了。真有那么久了吗？关澜时常这样想。回忆当时，只觉白驹过隙，但有些事又陌生得让她疑心是前一世发生的。

一直开到校门口，忽又看到黎晖那辆摩托车，尔雅跨坐在后面，正摘了头盔朝她挥手，一边挥一边喊："妈妈！妈妈！我们来接你了!"

她发觉自己竟然一点都不意外,黎晖这个人,就是这个样子的。

打灯靠过去,挨路边停下,她下车跟他们说话,而后眼见着齐宋的车从她身边驶过。

黎晖注意到她的目光,随口问了句:"这谁啊?"

"今天来中心值班的律师。"关澜回答。

第五章　关老师，起来挣钱了

2021年6月，天气已经有了几分夏季的意思，合租房里又热又吵。夜里十一点多，浴室有人唱着歌洗澡，对面那屋敞着门，男的打游戏，女的吹头发。

王小芸拿着遥控器，抬头看空调的出风口——租房的时候试过还能用，到了真要用的时候，却又半死不活起来，好一会儿才喘出一口气，带着一股灰尘和发霉的味道。

隔壁屋的女孩子来敲王小芸的门，探头进来说："出去玩不？"

"上哪儿？"王小芸其实也睡不着。

"酒吧街怎么样？"隔壁屋的建议。

"明天周一还得上班呢，这么晚了你去酒吧？"王小芸提醒。

隔壁屋的却揭穿她，说："你可得了吧，一会儿有球赛，意大利对威尔士，你会不看？"

王小芸给她说着了，犹豫了一秒。

隔壁屋的拉她，说："走吧，走吧，上酒吧看去。"

王小芸被鼓动起来，从简易衣柜里随便拿了条T恤裙套上，对镜照了照。她刚洗过澡，头发还未全干，脸上不带半点妆，却是二十二岁女孩子最真实饱满的面色。她趿上双凉拖,出门下楼。

这是个老公房小区,这时候除去他们这样的合租屋,大多数窗口已经沉寂。夜渐深,柔风拂动,空气里有种潮湿微甜的气息,正是初夏的感觉。她们一路走到大学城那边的酒吧街,挑了间最热闹的走进去。

那是个总在播比赛的体育吧,卖酒,也卖美式快餐,店堂里挂着好几块大屏幕。这时候热闹得像一口煮沸的锅,就算挨着坐,说话也得贴着耳朵才能听清。

王小芸到吧台买了两小瓶啤酒,和隔壁屋的一起靠高桌找了位子坐下。左右全是跟她们差不多年纪的人,估计都是附近几所大学的学生,这几天考完了试,正准备放暑假。

坐王小芸边上的也是个二十上下的男孩子,穿个坎肩背心,短裤运动鞋,书包还背在身上。两人目光相遇,礼貌笑笑,他靠过来问她:"学生?"

王小芸回答:"刚毕业,你呢?"

"我在国外上学,家住这儿附近,来找朋友玩儿。"

"哪个是你朋友啊?"

"这个,这个,还有这个,"他指了一圈,笑起来,"都是。我这人没别的优点,就是朋友多。"

众人都跟她打招呼,王小芸笑笑,这才知道自己挤进了别人的聚会。

男孩子倒不介意,又问:"平常看球吗?"

"看啊。"她回答。

"是不是支持意大利?"他跟她确定立场。

"当然,"王小芸回答,"意大利就是欧洲的中国。"

男孩笑起来，说："你得了吧，你们女生看意大利队也就是为了看帅哥。"

王小芸也笑，说："看帅哥怎么了？也不耽误我们看球啊。"

正聊着，电视转播画面里哨音响起，比赛开始了。

两支队伍积分排在小组第一第二，出线已经稳了，但踢得并不沉闷。刚开场双方就在中场激烈缠斗，裁判一会儿掏张牌，一会儿又掏张牌。不断有女生发出惋惜的叹声，男生在旁边骂："什么毛病，会不会判啊?！"

意大利队第 16 分钟射门，被守门员扑出；第 23 分钟再次射门，偏出；直到第 39 分钟，维拉蒂开出前场右路任意球，前点的佩西纳在禁区内垫射，只轻轻的一下，直接将球送入球网后角。这一个球的优势一直保持到了终场，意大利 1 比 0 击败威尔士，以连胜三场、不失一球的完美状态晋级 16 强。

"三连胜！三连胜！"有人在喊。男孩子给这一桌人买啤酒，也请了王小芸和她隔壁屋的女孩。

女孩忽然凑她耳边说："Q7 的。"

王小芸知道，她说的是男孩放在手边的车钥匙。灯光变幻，电子烟弥散，一切变得朦胧。

这就是王小芸第一次见到龚子浩时的情景。

隔了两天，齐宋在所里遇到姜源。

此人过来搭他肩膀，一脸调笑地问："听说，你上妇联坐台去了？"

齐宋不知道他是消息有误，还是存心损人，只是平淡地回答："是啊。"

姜源看他这样子，反倒觉得有诈，凑过来问："什么情况啊？"

齐宋保持官方口径，说："做法援啊，回馈社会。"而后躲开姜源的手走了，留他在那儿琢磨其中的机巧。

回想上周六的情景，齐宋总有一种被人"渣"了的感觉。他有的时候是真的想问：关澜，你到底什么意思啊？可偏偏人家又早跟他说清楚了，不过就是后来去滨江骑了趟自行车，吃了个冰激凌而已。一通逻辑铺排到最后，好像还是他自己没道理。

更麻烦的是A政法援的值班任务，齐宋这几天一直在想，下一次是不是可以借口出差，让组里的小朋友替他去一下。他早听说有合伙人这么干过，只有碰上一些有社会影响的案子，才会把自己的名字添上，但也未必全程介入。

可还没等他想好，他已经接到了法援中心行政老师的电话，老师对他说："齐律师，你上周接待的一个当事人今天又过来了，说是还有点问题想问问你。你看是我把你电话号码告诉她呢，还是等下次你值班的时候再让她来？"

那天总共接客十几位，齐宋一时分不清谁是谁。

电话那头大概也察觉到他的退意，又跟他解释："我们这里的规矩是这样的，哪位律师第一次接的咨询，后续就尽量还是找他，为了保持一个统一的口径，避免双方的麻烦。如果要交给别的律师，最好交接一下。"

齐宋自然懂这里面的意思，想了想，到底还是问："叫什么名字啊？"

行政老师看看记录，答："王小芸。"

齐宋记起来了，那是个二十出头的女孩，那天来的人里面最安静的一个，整个人看着浮肿苍白，戴着棒球帽和口罩进来的，咨询的时候也没摘。想来是脸皮薄，有问题要问，又不好意思直接说出口，所以她句句都是假设：如果……要是……有没有可能？

齐宋就是从那些假设里推测出她的情况：结婚不久，刚生完孩子，跑来咨询离婚，也许就是因为家里的几句口角，其实根本没想好下一步打算怎么办。

他跟行政老师商量，说："我这几天时间都排满了，下次值班可能是我组里的同事过去，我会把情况交接清楚的……"

"哦，这样啊……"行政老师倒也没觉得太意外，估计从前就碰上过这种事——值一次班，不想再去了——于是说，"当事人好像挺急的，我让她先去找关老师吧……"

齐宋听见，忽然就变了主意，说："别，你把王小芸的手机号码给我，我一会儿联系她。"

此刻的动机难于解释，是不想让关澜再多一件吃力不讨好的工作，还是不想让她也觉得，他是个只来了一次就撒手不管的值班律师？

又接了一个客户的电话，扯皮完，他打过去给王小芸。

铃响了一下，那边已经接起，轻声问："哪位？"

"法援中心的律师，你找过我，我姓齐。"齐宋道，有点不习惯这样的自我介绍，他一般总是说，至呈齐宋。

"嗯，你好……"那边却还是上次来咨询时的样子，嗫嚅半天没说正事，声音很轻。

齐宋这里又有电话进来，他想要几句话结束，最后却道："你要是现在不方便，加我微信，把大致情况和你的诉求写下来发给我也行。"

"好，谢谢你。"王小芸回答。

直到挂断之后，齐宋还在想自己究竟犯的什么毛病，但当时脑子里偏就是关澜对他说的那一句——法律援助和你平常做的案子不太一样，你得考虑到当事人可能没有钱，或者没那个意识请律师，你也未必有时间全程介入，所以每次回答一个问题都得尽量想得周全。

王小芸求助，却又不知道如何开口，也许是因为她自己还没想好到底要怎么办，但也有可能是因为绝望，那种深陷解决不了的麻烦的绝望。有些人是会这样的。齐宋忽然想起往事，他知道。

直到中午，他才收到王小芸的加好友申请，通过之后又发来数条消息。齐宋在办公室里看着，略去对方行文中所有的枝节与情感。

简而言之，王小芸，二十三岁，L省人，金融会计学院毕业，在大学城那里一间农业银行支行工作。她和丈夫龚子浩结婚六个月，孩子上个月出生。直到怀孕后期，她才发现龚子浩因为赌球，在外面欠了至少两百万。而且，就在她分娩之前，他还让她用自己的身份证借了网贷给他还款。

齐宋很想问：你为什么要借呢？他通常处理的债务债权数字比这大得多，却从没见过这么荒谬的。或者更准确地说，不是从来没有，而是很久没见过了。

有共同财产吗？存款，房子之类。齐宋问。

那边回：没有存款，现在住的房子是他父母的。

齐宋叹口气，又问：你现在打算怎么办？

王小芸回：我现在找不到他人，他父母的意思是，如果我跟他们一起还债，就让我继续住家里，帮我带孩子；如果不行，他们就要卖房了……

齐宋还是问：那你选哪一种呢？

界面上方"对方正在输入……"的状态持续了很久，王小芸才发来回复，却是一句：齐律师，你建议呢？

齐宋说：我没办法给你这个建议，到底是离婚还是不离婚，只能是你自己的决定。但现在你要搞清楚几点：第一，赌债不属于夫妻共同债务，你根本不用还。第二，那房子跟你一点关系都没有，对方父母承诺的居住权也没保障，帮你带孩子甚至可能影响到你后续争取抚养权。第三，你跟龚子浩的婚姻多持续一天，他的债务都可能再增加。

对面许久没回，齐宋又加上一句：如果你决定了，下午我们约个时间在中心见一下，先把诉状写好，要是还来得及，争取今天就把案立了。

本以为良言难劝该死的鬼，但王小芸终于还是说：好的，谢谢你，齐律师。

等齐宋赶到南郊，走进法援中心，却见一个十二三岁的女孩子坐在门口的长桌子后面。看着眼熟，是见过的。

上周六之前，在齐宋的想象中，关澜的女儿应该是个小孩。直到那天在校门口看见，才发现根本不是那么回事。那一刻的感觉，就好像玩小鳄鱼洗澡，心里琢磨着小黄鸭在哪儿呢，不承想挖着挖着挖出一只大黄鸭。

这时候看得更清楚，眼前这姑娘身高少说一米七，长相也是偏她爸爸那一挂的，蓝白相间的校服披着，Beats耳机戴头上，正对着一个iPad上网课。

"你谁啊？"尔雅抬头看看他，拉下耳机问。

齐宋正想着怎么说。

她已经提出一种可能："关老师的学生？"

齐宋反问:"你看我像大学生吗?"

尔雅回答:"委培,成教,我妈的学生也有很老的。"

齐宋无语,缓了缓才说:"我是,你妈妈的同事。"

就在这时,小咨询室的门打开,关澜出来对齐宋说:"齐律师,当事人已经到了。"

齐宋多少有些意外,但只是点点头走过去。走到门口,他才看见里面坐着的王小芸。还是跟上次差不多的打扮,头上戴一顶棒球帽,身上穿宽大的帽衫,整个人像是躲在衣服中间。只是这回把口罩摘掉了,露出苍白浮肿的脸,眼睛微红,应该刚刚哭过。

尔雅回头朝他们这边张望。

关澜对她说:"你好好上课。"然后关上了门。

小房间里一桌四椅,她抬手示意齐宋坐下,在他开口之前交代了一下前情:"我早到了一会儿,大致了解了下情况,除了齐律师提到的房产和债务的问题,还有两件事,我想要确认一下。"

王小芸看着她点头,等着听下文。

齐宋也是。

"一个,是你借的几笔网贷,"关澜低头看刚才做的笔记,"你跟我说了金额是十六万,加上利息,可能将近二十万了吧?差不多相当于你两年的税后收入,中间如果出现逾期,还款总额会更多。"

"我一收到融资公司的打款就转给龚子浩了,全都有转账记录,"王小芸看一眼齐宋,"齐律师说,赌债不是夫妻共同债务,这些钱有没有可能让他还给我?"

"可以在法庭上争取一下,"齐宋回答,"但对方也有可能辩称,你替他贷款还债,等同于事后确认接受这笔债务。即使能要回来一部分,也可能会拖相当长的一段时间。而且,这就已经是最好的结果了。"

关澜同意他的看法，接着他说下去："你现在必须考虑的是，在此期间，你是不是有能力在保证自己生活的同时，按期还款？还有，你在银行工作。我不清楚你们单位的具体规定，但我知道有些银行对行员借网贷是有限制的。你得去把这个问题搞清楚，然后我们再想解决的办法，因为你现在最不能失去的就是这份工作。"

王小芸沉吟，而后点头。

"另一个是孩子，"关澜继续下一个问题，"你真的想要争取孩子的抚养权吗？"

"当然，"这一次对面的反应有些激动，脱口而出道，"我肯定是要我女儿的，不是说孩子两岁以内都会判给母亲吗？"

"是，"关澜确认，"两岁以内的孩子一般都会判给母亲，而且社会上默认的也是这样，女人离婚的时候一定会争孩子的抚养权，绝大多数都会带着孩子走。"

王小芸稍稍平静。

关澜略向前倾身，双手搁到桌面上，十指交握，看着她继续说下去："但我还是想提醒你，这是个比财产更加重大的决定。在做出这个决定之前，你一定得考虑清楚。不要去管那些惯例，或者所谓母亲的责任。一个人在照顾好自己之前，没有能力，也没有资格去照顾其他人。你一定要知道，抚养权之争不是一次性的，在孩子年满十八周岁之前都有可能被变更。如果你得到了抚养权，然后搞砸了，将来一样会失去她。而且到了那个时候，你就很难有挽回的余地了，不仅是孩子，还有你自己的人生。"

王小芸再次沉吟，而后又激动起来，只是这一次多了几分茫然，说："可我真的想要孩子！她还那么小，我没法想象把她留给龚子浩的父母。他们是本地农村的,其实根本不喜欢这个孙女。这一点我真的不能让步,不管要付出什么……"

"那好,"关澜点头,"现在,我们再来讨论如何实现。"

那一瞬,齐宋在王小芸脸上看到少许困惑的表情,也许她这时候才意识到关澜并不是在说服她应该怎么做,或者跟她争论。

"下一步,我希望你想一想,"关澜只是看着她说,"自己是不是有能力解决我前面提到的两个问题,在偿还网贷的同时,独立抚养这个孩子?不光是经济上的,还有时间和精力。你现在在休产假,等假期结束去上班,有没有人可以帮你?你们住在哪儿?居住环境是不是能够满足养育孩子的要求?这些问题,等到上了法庭,法官都会问你。"

王小芸语塞。

最后还是关澜再次开口,问:"这件事,你跟你父母商量过吗?"

王小芸摇头,说:"孩子提早了三周出来,他们因为疫情的关系昨天刚刚到A市,离婚的事情我还没跟他们提……"

"那你现在必须跟他们说了,"关澜道,语气十分肯定,"这是我们确定诉讼请求的重要前提。如果你不要孩子,或许还有一个人重新开始的机会。如果你想争取抚养权,这件事你一个人不行,真的。"

王小芸忽然转头望向窗外,说话的声音带着呜咽:"……我是独生女,我爸妈不会不管我。但他们也都只是普通工薪阶层,一辈子就在L省的一个小城市里,跟A市不能比。我考到这里来上大学,找到国有银行的工作,还结了婚,在A市有房有车,他们很开心很开心的……"

"你之前犹豫离不离婚,是不是有部分原因也是为了他们?"

关澜问。

王小芸抹掉眼泪，点点头。

"我知道你不想让父母担心，但与其等事情变得无可挽回，没办法还贷款，没办法照顾好孩子，把自己身心累垮，失去工作，你最好还是现在就向他们坦白求助。"关澜又道，声音低柔，却也坚定。

齐宋听着，一直没开口。关澜考虑得确实比他更加实际、周全，甚至冷酷。那番话里的一些细节留在他脑中经久不去，其中除了无数办案的经验之外，是否还有些许切身的经历呢？他忽然好奇。

王小芸离开时，带着草拟的离婚起诉书。

诉讼请求包括三个方面：一是判决她与龚子浩离婚；二是婚生女儿由她抚养，龚子浩支付抚养费；第三则是村宅基地房屋的居住权，王小芸作为非村民配偶可以要求一定的经济补偿。

虽然提到了两笔钱，但预期结果也沟通得很清楚。龚子浩与王小芸同岁，从新西兰留学回来之后一直处于无业无收入的状态，名下已经没有财物可以折抵。这两项诉求只能作为谈判开出的条件，最后能不能拿到，能拿到多少，并不乐观。

下一步，便是王小芸去和父母商量，再决定究竟该怎么做。

行政白老师帮忙打印，看着她走出去，轻叹了声："一看就知道还在月子里，而且月子没坐好。"

"什么叫月子？"尔雅在旁边问。

白老师正想着怎么回答。这句话却叫关澜短暂地出神，因为曾经也有人这么说过她。但此刻往事久远，她只是笑笑，做了个手势，示意齐宋回小咨询室里聊几句。

关上门，房间里只剩下他们两个人，窗外是午后平淡天光下的校园。

"你今天怎么来了?"齐宋问。

关澜反问他:"不是你说没做过法援,要我带带你的吗?"

"你不会觉得这案子我办不了吧?"齐宋笑,自知很可能确实如此。如果按照他的想法,现在应该已经在法院排队立案了。仅就法律的角度出发,这么做并无不妥。但法律之外的风险和结果,只能由王小芸自己承担了。

关澜看看他,好像也真有这样的顾虑,缓了缓才笑说:"其实,我没想到你愿意继续做下去。"

"你觉得我不会来?"齐宋问,虽然他差一点就真的不想来了。

关澜沉默,没有回答这个问题,反倒问他:"你认为王小芸最后的决定会是什么?"

齐宋摇头,并不乐观,说:"我记得她上周六来咨询的时候问过,如果丈夫没有对妻子施以暴力,也没出轨别的女人,两人只是存在经济上的矛盾,是不是应该离婚?我当时就在想,人对婚姻的要求原来这么低啊。你今天又分析了那么多可能的困难和不好的结果,我觉得她也许不会离,认为男人会改,事情都会好起来,然后美其名曰为了孩子,就那么苟着苟着,半辈子也就过去了。"

话说出口,齐宋忽然发觉,自己开车几十公里赶来,想要尽快写好诉状,带当事人去法院立案,其实也出于某种私心:他不想看到王小芸退缩。

但关澜却摇摇头,说:"你知道吗?一般人有种误区,认为绝大多数的离婚是因为出轨,其实不是的。我做过很多离婚案,真正让两个人下决心走到这一步的,十有八九是钱。排第二的是暴力。出轨最多只能排到第三。就像赌博的案发频率远高于嫖娼,与其警惕配偶在性上犯错,不如警惕财产。"

几句话让齐宋想起姜源的八卦:创业,破产,大难临头各自飞。但他最后只是道:"我们拭目以待。"

关澜笑笑,看着他说:"算了,这个案子还是我来做吧。你来这里太远了,影响本职工作。"

"你以为我来是为了什么?"齐宋问,本意是想说自己只是完成所里的任务,做法律援助,但话说出口,又好像不是那个意思了。

房间里静了片刻,齐宋还想再说什么,却听见尔雅在外面叫:"关老师,我都下课好久了,你什么时候才结束啊?"

关澜于是站起来,对齐宋说:"王小芸估计不符合官方的法律援助标准,没办法申请法援补助,这个案子只能是值班律师义务劳动,你确定要做吗?"

齐宋反问:"你觉得我差那一千五?"

关澜笑,说:"那这样吧,这个案子我们一起做,就算我带过你了。"

然后呢?齐宋没来得及问。

她似乎也无所谓他的意见,直接开了小咨询室的门走出去。

他望向她的背影,却恰好遇上尔雅探究的目光。

那天傍晚,齐宋驾车离开南郊,恰好遇上晚高峰,一路走走停停。他在车上不断回想着这个下午的对话,其中的只言片语似乎别有深意,就那样留存、沉淀,似乎足以让他拼凑出一个故事的大概。但他仍旧在想,故事,故事,这两字的本意只是指过去的事情,却也仅仅因为时间的遮盖,天然就带上了不甚真实的意味。故事,故事,她的,或者他的,都一样。

他也想到了王小芸。关澜说,这个案子他们一起做。但这其实也是不确定的，他仍旧觉得王小芸也许不会把这场离婚诉讼进行下去，因为她看上去就是那种精神上的弱者：感性、虚荣、得过且过。这种人，他曾经熟得不能再熟。

直到回到呈所，助理进来汇报几个案子排庭的情况，财务又打电话过来跟他确认协议条款和打款时间。法院的回复，客户的说法，全都是治低血压的良药，让他再没时间去想其他。

以至于第二天晚上，他收到王小芸发来的消息，停下手里的工作，对着那段话看了一会儿，才联系上前情。他回电过去，跟她确认一下，又约了时间见面。

最后才发消息给关澜，就三个字：你赢了。

等了等，那边回了个问号过来。

齐宋在灯下静静笑，打字解释：王小芸联系我了，约好明天下午见一面，把起诉状确定，然后去南郊法院立案。

她跟她父母谈过了？关澜问。

齐宋回答：是，他们支持。

彼端，关澜亦在灯下伏案，看着手机屏幕上的这句话，忽然有些出神。

次日午后，还是约在Ａ政法援中心。这回尔雅倒是没来，关澜说，学校复学了。

三人进了小咨询室里，齐宋跟王小芸一一确认起诉状里的细节。诉求基本不变，还是离婚，女儿的抚养权和抚养费，债务的分割，以及房子居住权的经济补偿。

诉状确定之后，他大致说了接下来的时间表：立案审查，诉状送达，再加上一个月的举证期，从这一天开始算，到开庭最多不超过四十二天。

"但是我现在联系不上龚子浩，他父母也说打不通他的电话。"王小芸忧虑。

齐宋却不觉得这是太大的问题，说："他们应该知道他在哪里，本地人家的独生儿子，送去新西兰读书，回国就给买 Q7 的那种，要真不见早报警了。"

"那他到时候会出庭吗？"王小芸又问。

"法院会出传票传唤，他不到庭就是缺席审理，判决书公告送达。"齐宋回答，"我们诉状里有经济上的要求，你放心，他肯定会来的。"

王小芸又说："可我在网上查过，有人说赌博可以一次判离，也有的说不行，还是得第二次起诉，前后至少一年半的时间。"

齐宋说："一方存在赌博的行为而且屡教不改，是离婚的法定条件。我们可以通过举证他的债务，卖车，还有要你借网贷替他还债的行为证明这一点。但最后怎么认定，还是得看法官的裁量。"

关澜在旁边补充，说："哪怕是赌博、家暴这种，开庭之后都是会调解的。不管双方是否接受，只有当法官认为感情确实破裂，才有机会一次判离。而且，你和龚子浩还是结婚不久，刚刚生育的情况。法官最后如何认定，就要看你在法庭上的表现了。你必须坚定，必须清楚地表达自己离婚的意愿。但也别有太大的心理负担，就做好两次起诉的准备，最坏的情况也就是一年半。"

"好，"王小芸点头，"我已经考虑过了，我们之间其实根本没有什么感情基础。那时候我刚毕业没多久，离开学校在外面租房，住不好，吃不好。一个人在 A 市工作，又太寂寞了。从认识龚子浩到发现怀孕，只有大概半年时间。双方也都没有开始一段婚姻的经济基础，我才刚开始上班，他连工作都没有。直到怀孕七个月的时候，我发现他把车卖了，才知道他赌球欠债的情况。他跪在我面前，抱着我跟我保证，说给他一点时间，一定会处理好。结果又过了一个多月，他还是那么跪着，叫我替他借网贷还债。我当晚就见红进医院了，也不知道是气他，还是气自己太蠢。孩子出生的时候，不到三十七周。产房里只有我一个产妇没有家属陪着，就连送儿科放暖箱、照蓝光的知情同意书，都是我在产床上一边缝合一边签字的……"

这番话句句都在点子上——双方没有感情基础，被告赌博屡教不改，在原告生育期间不履行家庭义务，给原告造成了不能挽回的伤害。

齐宋又问："孩子现在在哪里？"

"龚子浩妈妈带着。"王小芸回答，"齐律师你提醒过我，先别跟他们提诉讼离婚。我出来的时候对她说，我要找我父母商量一下替她儿子还钱的事情。"

齐宋点头，粗粗算了算："立案审查一至五天，起诉状一周内送达，接下去几天里你最好就带着孩子出来住。"

王小芸也已经想好了，说："我爸妈今天就会换一个旅馆，我明天带着孩子过去跟他们一起住，然后再找房子。"

齐宋听着，觉得这一次见到的王小芸似乎和前两次不太一样，人还是很苍白，却好像有了些生气，知道自己要做什么，怎么去做。他不禁怀疑，也许真的是他看错了。

离开中心，三人又去南郊法院。在立案大厅取了号排队，旁边有自己来立案的当事人，听关澜和王小芸说话，凑过来问："你是律师吗？帮我看看这个表格怎么填……"

虽然齐宋现在有助理做这些杂事，但曾经也是跑惯了立案庭的，知道可不兴开这个头，但关澜傻不拉几地已经回答了。果然，帮完了这个，又有另一个凑上来。甚至还有个人加她微信，让她把刚才口述的几个写起诉状的要点写下来发给他。

齐宋走过去，对那人说："那您一会儿跟我们一起回所里吧，签个服务协议，把费用交一下，我们给您出正式版。"

那人看看他，转身走了，嘴里嘀咕着一句什么，好像是："就几句话，还要钱，穷疯了吧你？"

关澜支肘，扶额在笑。齐宋摇头，觉得她简直无可救药。

办完立案，从法院出来，王小芸的父母过来接她。五十岁上下的一对夫妇，穿着一身新，是离家外出看望女儿的仪式感，却又形容疲惫，是因为这突然得知的变故。

这时候找来法院自然也是有原因的，王小芸的母亲问起户口的事情。

齐宋给他们解释，就算抚养权归母亲所有，孩子也可以不用迁户，龚家不能以此为由不给抚养权，也不能因为抚养权不在他们手上，就强迫孩子迁出。而且，把孩子的户口留在那里，甚至可以保证她在将来的某一时间获得那处宅基地房产的部分权益。

"那小芸的户口呢？"母亲又问，"能不能再回人才中心啊？"

这是齐宋的知识盲区，还是关澜回答："人才中心的集体户只有应届毕业生能进，她已经迁出就不能再迁回去了。"

"那还得把户口迁回L省去啊？"小芸妈妈犹疑，转头看了眼女儿和丈夫，又像是自言自语，"我们那里考到大城市读书的就没有往回迁的，别人肯定会问……"

那一瞬，齐宋甚至以为事情又会有变化。他从来就是一个悲观主义者，过去的经历也证明了悲观主义者总能料事如神，猜到最后的结果。

但小芸爸爸开口说："就算迁回去了又怎么样呢？让他们去问好了。"

齐宋看着这个五十多岁的男人，身上有太多显眼的捉襟见肘之处，却让他忽然明白了王小芸的底气来自何处。

关澜也在听着，努力克制那瞬间的情绪。脑中是父亲关五洲的样子，以及那一句：你回家来，不要害怕。

告别王小芸和她的父母，关澜与齐宋一起去法院后面的停车场取车。

天渐渐阴下来，看上去像是要下雨了。关澜一路沉默，到地方找到自己那辆斯柯达，跟齐宋说了声再见，坐进车里。手机在口袋里振动，她拿出来看。

屏幕上一连串的通知消息，绿色图标后面显示：七（1）班家长群吴老师@了你。

她点进去看。班主任吴老师教英语，半小时之前发了个名单，都是最近一段时间作业不过关的学生。相关家长陆续回复，老师又@了几遍没反应的名字，最后只剩下孤零零的一个——"黎尔雅家长"，也就是她。

这种情况已经不是第一次了。关澜曾经去学校找班主任打过招呼，说自己在学校工作，平常要上课，另外还做兼职律师，有时候要出庭，没办法随时关注微信群，如果不能及时回复，希望老师多多包涵。

吴老师没说能不能包涵，只是告诉她："我也是个初中生的母亲,在学校带两个班八十几个学生的英语课。我们班家长当中还有航天中心的研究员和外科医生。"

关澜当时就没话了。自问每天干的那些事,最复杂的也不过就是隐匿财产和代位继承,远比不上探索宇宙或者拯救生命。那之后,她再也没说过什么。学校就是这样,要么孩子争气,要么家长操心,没有借口可寻。

家长,黎尔雅家长,她是黎尔雅的家长,于是赶紧打字:收到,一定好好教育,老师辛苦啦!!!

语气词,惊叹号,末尾加上三个玫瑰的表情。

消息发出,再查女儿电话手表的定位,已经在沁园小区,她母亲家里。

手机屏幕隐灭,她静静坐了一会儿,想着万分久远的过去。

那一年,她读大四,LSAT考了高分,已经在申请学校,准备出国。母亲陈敏励头回跟她交代家底,说手上还有四十万积蓄,叫她就算奖学金不理想,也别轻言放弃。但就在几个月之后,她突然带着黎晖回到家里,对父母说,她要结婚了。

父亲关五洲客客气气地招待他们,但母亲几乎立刻猜到了原因,刚送走黎晖,就看着她说:"侬昏头了。"

作为1978年恢复高考之后的第一批大学生,当年无线电专业的独苗女同学,陈敏励的教育理念一向十分理性。侬昏头了,是犯了大错的时候才会用到的句子。关澜一共只听过两次,第一次是初中刚开始住校的时候,晚上偷跑出去通宵打游戏,第二次就是因为要结婚。

但哪怕是这样,她还是和黎晖结婚了。

婚礼办得很匆忙,也很简单,就是租了个场地,请了两桌朋友吃饭，但她还是穿了婚纱，设置了 First Look[1] 的环节。

黎晖背身站在那里，关澜朝他走过去。伴郎开玩笑，借走她的白手套，戴上，从身后抱住黎晖。黎晖回头，众人才发现他竟落泪了。一帮朋友都笑他，说老婆不见了也不用哭吧。等到真的是她把手放在他肩上，他回头，眼眶又红了，紧紧拥抱她，埋头在她颈侧。

"你干吗？"关澜好笑。

那时的他们其实没经历多少跌宕起伏，感情一路坦途，创业也没到最困难的时候。但黎晖一直就是个外放的人，什么都很热烈。那一年，她买了这辆斯柯达，开着它四处奔波，陪黎晖谈判，学着审合同，努力弄明白一知半解的 VIE 架构，直到肚子大到顶住方向盘，暂时没办法开车了才作罢。那一年，他们拿到了 5000 万的 A 轮投资。也是那一年，她在香港生下尔雅。

她本想向父母证明，她的选择是值得的。最终的结果，却是她发现自己无能为力，在电话里忍不住哭泣。但哪怕是这样，关五洲还是对她说："你回家来，不要害怕。"母亲陈敏励又跟她盘了盘家底，说："你还可以重新开始，去做你本来想做的事情。"

……

就这么想着，关澜发动引擎。仪表盘上的报警灯又亮了，她还是老办法，伸手按着复位键。但这一次没有用，车发动不起来。恰如迷信者的隐喻，他们一家人付出许多才赢来的结果，却还是要在她手里输掉了。那是一个小小的崩溃的瞬间，她交叠双臂，伏到方

---

[1] 西方婚礼中的一个传统仪式，在举办正式婚礼前，新郎都不会看到新娘穿婚纱的样子，直到仪式当天，新郎才第一次真正看到穿婚纱的新娘。

向盘上。

直到听见有人轻叩车窗,她抬头,看见齐宋站在外面。

"吓我一跳。"她推开车门,轻声说。

"怎么了?"他问。

"车坏了。"她答。

"你下来,我看看。"

"不用,我知道什么毛病,我打电话叫拖车。"

齐宋手撑在车门边,低头轻轻笑了声,说:"你别告诉我就是上次那个问题,你就一直拖着没去修啊?"

"对,我这人就这样。"关澜索性摆烂了,从车上下来,找出修车师傅的号码,打电话过去让他们派拖车。

电话挂断,齐宋对她道:"去我车里坐着等吧,一会儿我送你回去。"

关澜婉拒,说:"不用了,我就在外面站会儿,你先走吧。"

齐宋猜她是为了避嫌,但还是说:"那我陪你等到拖车来。老规矩,如果你不想说话,那就不说话。"

关澜看看他,没再拒绝,靠引擎盖站着,轮换着转了转脚踝,先是左脚,而后右脚。

手机又振,她拿起来看,然后轻轻骂了句脏话。

齐宋就站在一米开外,说:"关老师,你怎么骂人?"

她没解释,把手机递过去,他看了看,笑,也骂了一句。

是刚才加她微信那个人,收到她写的几条要点之后,给她转了五块钱。

"你不是无所谓的吗?"齐宋问。

"一句谢谢是可以的,但五块钱就不礼貌了。"她没收,回了句

"不用谢",然后删掉了那个人。

"知识分子的臭毛病。"齐宋批评。

关澜说："你也是律师,你骂谁啊?"

齐宋回："我跟你不一样,我是市侩的那种。"

对话在此处停了停,都有想说的,又都不知道如何继续。

最后,还是关澜先开口。

"齐宋,"她说,"你怎么看我这个人?"

"我不知道,"齐宋如实回答,"你每次给我印象都不一样。"

"包括今天?"

"对,包括今天。"

"齐宋,"她又叫了一遍他的名字,好像接下去的话很郑重,"我们认识几个月了,但其实接触并不多。你看到我赢了你们所的律师,看到我在金融法商论坛上发言,看到我上课,学生都喜欢我,看到我做法援的案子,还有我们约会的那几次……你也许以为我在学校、法院,还有自己的生活之间,过得游刃有余,但这些其实都不是我真正的样子。"

"你真正的样子是什么?"齐宋问。

"我把日子过得一团糟。"关澜回答,意思虽然沮丧,声音却还是平静的。

"怎么个糟法?"齐宋又问。

本以为这会是个太过尴尬的问题,没想到他真的会追究下去,关澜笑了,一一数说:"评副高职称已经两年不成功,卡在讲师的位子上,收入就那么几千块。做兼职律师,其实也就是为了挣钱,刚开始根本不知道去哪里找案源,还在平台上接过在线咨询,你知道一个咨询能挣多少钱吗?"

齐宋问:"多少?"

关澜答:"扣掉平台抽成,不到九块钱。"

"那给你转五块的那位大哥的确不礼貌。"齐宋笑。

关澜也笑,深深呼吸,说:"反正就是这样,要还房贷,要考虑母亲养老,还有我女儿,是当年因为工作原因在香港生的孩子,现在在公立学校算是借读。她一直跟我说,想转去国际学校读书。我生下她,带了她十三年,但现在甚至没把握她会选择我,因为她爸爸什么都比我成功……"

她本来不想说最后那句话的,但不知道为什么到底还是说出来了。

"对不起,冒昧了,"她道歉,"今天心情不太好。"

齐宋听着,一直没说话,是知道这还是在拒绝他,也是因为想到了其他。他开始觉得自己蠢,却又有那么一点聪明,直到现在,才忽然想通了一切。他静了静,然后转身走开。

也好,关澜在心里想,都说了,就像是祛魅。天好像就在这个时候飘起一点点细雨,她不介意,闭上眼睛,仰面任由它们落到脸上,是初秋的微凉。

但齐宋很快回转,手里拿着两瓶水,把其中的一瓶递给她。关澜接了,拧开瓶盖喝了一口。两人就那么站着,相隔一米的距离。

"像不像吉米和小金?"齐宋忽然问。

"又不是烟。"关澜竟也想到同一场戏。

吉米在律所外面的墙角抽烟,小金从他唇间拿走那支烟,自己抽一口,再还给他。

齐宋忽然觉得他其实应该买包烟放在车里,嘴上却说:"抽什么烟啊?要是有胖大海,我就给你泡上胖大海了。"

第五章　关老师,起来挣钱了

关澜轻哼，知道他是在损她刚才在立案大厅管闲事说了太多的话。

"今年还是没评上副教授？"他继续哪壶不开提哪壶。

她点头，说："幼稚总是要付出代价的。"

"为什么今天突然告诉我这些？"齐宋又问。

"我不想让你被表象蒙蔽？"关澜果然道。

齐宋看着她，停了停，又问："最近案子多吗？"

关澜点点头，说："下周开四个庭，但申请线上没一个成功的。"

齐宋笑起来，说："开庭多还不好啊？"

关澜揶揄："跟你的案子不能比。"

"都是法援？"

"也不全是。"

"还有上次那个撤诉的，让你退费，你退了吗？"

关澜不语。

齐宋猜就是退了，怒其不争地说："你一个做律师的让当事人坑了？"

"算了。"关澜不计较。

齐宋却说："以后签代理协议之前先给我看一眼。"心里觉得她聪明起来特别聪明，迟钝起来又特别迟钝。

关澜自然没应，看着他说："齐宋，你是什么都不背负的自由人，何苦……"

"关澜，"他打断她，"你说我不了解你，但你却自以为了解我，用一句什么都不背负，就可以定义一个人了吗？"话说出口，自觉好似站在一道峭壁的边缘。如果她真的问，你是一个怎样的人？他该如何作答，他真的可以让她知道吗？

所幸，关澜只是问："你到底想怎么样？"

齐宋于是笑起来，望向别处，说："你今天说的我都听进去了，也都理解了。就是有点意外，你一个专门做离婚的律师，想要保住抚养权，居然还要靠立牌坊。"

关澜一怔，有些事她并没想告诉他，但他确实猜到了。恰如她对王小芸所说，抚养权之争从来就不是一次性的。她的确付出了许多，留学的机会，本可以花在工作上的时间。但结果却是黎晖有了更好的物质条件，她知道他已经做好了所有的准备，随时都可能跟她谈变更抚养权的事情，青春期的女儿也想和他一起住。如果再加上她有了男友，那简直就是一场必输的诉讼。

见到马扎的那一天，其实就是她计划中最后一次的约会了。早在赴约之前，她就已经想好了必须结束。

"那你说应该怎么办呢？"她怆然。

"你带我做法援，我教你挣钱。"齐宋看着她，对她道，"关老师，起来挣钱了。"

关澜笑，好像并不当真。

也是在这个时候，身后照过来两道头灯的光，拖车到了。

把斯柯达送修之后，关澜去母亲那里接尔雅。她没让齐宋送她，是不想引起误会，也是因为需要时间考虑他的提议。网约车开到沁园小区，已经是傍晚六点多了。秋天日落得早，天黑下来，一扇扇窗口灯光盈盈。

走进家门，陈敏励正在阳台改成的小书房里跟着视频课练毛笔字，头都没抬就知道是她，说："尔雅在屋里写作业呢，厨房还有饭，你吃了再走吧。"说完继续悬腕写着，自得其乐。

陈敏励今年六十二，五十五岁退休之后又返聘了几年，真正离开A市无线电研究所不过三年时间，闲下来报了老年大学的书画班。虽然最近因为疫情，总是断断续续地停课，但师生友谊不断，微信群里每天在线打卡，时常还搞个聚会什么的。

关澜应了声，放下包去厨房找吃的，边吃边看钉钉上尔雅被吴老师打回的英语作业。全都是上网课那几天布置的，老师要求面对镜头，闭眼背诵课文。别家孩子不合格的原因是背得不熟，磕磕巴巴，或者漏了段落。只有尔雅头上出角，视频拍的不是脸，而是个白底带小圆点的东西，按在英语书的封皮上，画外音是背诵的声音。关澜反应了一下，才认出来那是只穿着袜子的脚，一口汤差点喷到餐桌上。

几筷子把饭吃完，她收拾了锅碗，进里面小房间去看尔雅。那本来是她的房间，现在家具和格局都没变，只是换上了"新涂装"，墙上是怪盗基德的海报，写字台上一排精灵宝可梦。对照备忘录检查，当天的作业倒是快写完了。她要尔雅赶紧重新背英语课文，拍好上传钉钉。

尔雅却回嘴，说："我脱了鞋踩的，为什么不行？"

关澜顿了顿，反问："这是穿没穿鞋的问题吗？"

"那你说是什么问题？我用脚踩着，肯定就看不了书啊。"

"这样对老师礼貌吗？还有，如果你抄一遍拿手里读呢？"

"没证据你凭什么这么说？"

"你上学背个书还要跟老师讲证据啊？"

"老师就能不讲理吗？"

……

"都好好说话，怎么又吵起来了？"陈敏励在外面听见声音，也就随便劝了两句，搁下毛笔，拿手机拍下自己的作品，去书法群里打卡。

关澜闭了嘴，心里却还是觉得奇怪，因为过去母亲对她要求很严，在学习上更是从来不能打一点折扣。她要是考试成绩不太理想，只敢偷偷让关五洲给她签名。可现在遇到尔雅的问题，陈敏励似乎自动退到了隔代模式，佛系而慈祥。

有些想法也变得糊涂起来，就比如她问起黎晖提过的那个联排。

陈敏励确实想买，因为好几个书法群里的朋友都买了。关澜提出不同意见，说太偏远，那里都已经出了A市，到医院看病什么的不方便。

陈敏励却让她别管，说："我的事我自己能解决。"

关澜噎住，答："行，我不管了。"

一直等到带着尔雅出了沁园小区，两人站在路边等网约车的时候，关澜才开始自我反省，刚才确实是过激了点，几句话全都是反问句，恰好就是育儿书里说的典型的错误沟通模式。

"书包重不重，我帮你背。"她伸手过去。

尔雅躲开，笑说："妈妈，我比你还高呢。"

关澜也笑起来。每每想到这件事就觉得神奇，曾经趴在她胸口的那个红通通的婴儿，竟然变成了眼前的少女，而这个变化发生的过程有时候短得好似一瞬，有时候又漫长得宛如一生。

"妈妈，你的车呢？"尔雅又问。

"坏了，送去修理了。"关澜解释。

却不料尔雅紧接着就对她说："告诉你个秘密啊，爸爸说要给你买辆新车，特斯拉，都已经订好了，我选的颜色……"

第五章 关老师，起来挣钱了　　121

关澜一滞,打断:"等会儿到家你赶紧把英语作业补了,老师又在催了。"

尔雅嘀咕了句:"爸爸说这老师有病。"

关澜一时无语,缓了缓,才又道:"刚才的事,我跟你道歉,不该说你是抄一遍照着读的。"

尔雅听着,点点头。

"但你爸爸这么说老师也是不对的。这件事最主要还是对老师不礼貌,既然作业有明确的要求,你就应该按照要求完成。"关澜继续说下去,声音比之前温和,但还是觉得无力。

总之,尔雅扫了兴,网约车来了坐进去,一直没再跟她说话。

关澜不确定她听进去没有,也没再说什么。

有时候连她自己都觉得,尔雅也许真的不适合这种教学模式。自从上小学开始,黎尔雅学习就不太灵光,偷懒、粗心、写错别字。

陈敏励觉得奇怪,自己家的孩子明明都是很聪明的,私底下说,是不是像黎晖家里人?但黎晖家往上数好像都是清北的,估计也在想,是关澜这边的基因出了问题。最后还是关五洲出来顶包,笑说:"破案了,破案了,尔雅一定是像我,我小时候读书就不太行,所以才上的美术学校。"

那时,关五洲还在中学里教书法和美术,只要有空就管接管送,并且多买了一套小学教材,每天闲下来就备备课,好给外孙女辅导作业。以至于尔雅到现在还时常自嘲,说自己的语数英都是美术老师教的。

后来,父亲走了,又轮到关澜一遍遍地督促尔雅订正重默。她至今记得,小溪的"溪"字,右边下面那个"大",曾经无数次被尔雅写成"小"。李白诗里的那句"白发三千丈,缘愁似个长",被默写成"白发三千丈,冤仇四千丈"。

那时她跟赵蕊诉苦,赵蕊搬出 HR 的民间科学来,说这大概就是遗传学上说的智商均值回归。黎晖听说后,却无脑站孩子那边,说这明明是造字的不合理,小溪小溪,下面就该是个"小"啊。

最近几年,她与黎晖之间的关系逐渐平和,在她见识过的离异夫妻中间更可说是模范了。但黎晖作为父亲,一向扮演的是只管给孩子吃糖的人,她却是要带孩子去看牙医的那个。如果问孩子喜欢谁,更想和谁在一起生活,结果可想而知。事情往往就是这么不公平。

两人当时分开,几乎一无所有。但黎辉现在的事业终于有了起色,虽然占的股份有限,业务上也只负责其中最不赚钱的电竞部分,但是实现一个收敛版的财务自由还是没问题的。

平常人遇到这种事大多会不甘心,在来找她打离婚官司的人当中,有种说法叫作"摘取胜利果实"。很多人拖着不离,谈财产的时候提出不可能实现的条件,甚至不顾脸面、不顾后果地去闹,就是因为不甘心。

而她,并不想要黎辉的胜利果实,只想他别反过来摘她的。

自从察觉到黎晖有变更抚养权的意图,别人那里都不能说,她只能跟赵蕊吐槽。

赵蕊又拿出略懂的心理学,说:"青春期就是这样的,每个人到了这个年纪都会想要脱离小时候的养育人,开始追求完全不一样的一套东西。心理学上有种说法,父亲的角色对青春期的孩子非常重要,就是这个原因。"

"可为什么是父亲呢?"关澜当时问。

赵蕊回答:"小时候在家苟着,离不开伺候吃喝拉撒的那个。

大了之后逐渐踏入社会,眼界不一样了,想要的东西也不一样了,自然就会崇拜更有社会地位、更强有力的那一方,家里那个成了两看相厌的碎嘴老妈子。人就是这么现实的。"

可为什么更强的那一方只能是父亲呢?关澜还是想问。

那天晚上回到家中,她整理了自己这几年发过的文章、做过的案子,弄到一半收到钉钉提醒,是尔雅重新完成背诵作业,提交上传了。

她舒出口气,用家长号发了信息过去,说:小雅你真棒,mua!

那边设了自动回复:您@的用户正在疯狂写作业中,请稍后再@。

关澜失笑。

直到深夜,尔雅已经入睡,她才把改好的履历发给齐宋。

那边正蹲着给猫铲屎,空出手来看了看,明知故问:考虑好了?

考虑好了,关澜回答。

她要挣钱,但也不光是为了挣钱。

第六章　婚前协议

2022年1月，于莉娜硕士毕业回国，开始在A市滨江区一家券商投行部实习。

办公室在Q中心高区，落地窗正对江景，出门就是繁华商圈，总之一切都让她想起动画片里麦兜的独白：长大之后，我要在中环做office lady（白领丽人），中午出去吃个饭，逛个街，再买个包包。她自以为也过着这样的生活，上班，加班，喝咖啡，吃商务套餐，足够泯然于众。

直到几天之后，在茶水间听到同事八卦，说："你看到我们组里新来的那个intern（实习生）了吗？澳洲回来的，排名不知道几百开外的大学，上班第一天就收到个大花篮，搞得好像开业剪彩，然后中午MD（董事总经理）就请她吃饭去了。"

旁边人只是笑笑，说："VIP呗，有什么好奇怪的？"

于莉娜轻叹，却又无可辩驳，因为当天中午MD又叫了她一起吃饭。

那是和另一家券商机构组的局。在座的人大都有些年资，餐桌上的谈话她不大懂，也不想去懂，直到有人给她介绍，说："Lena，我们天齐跟你是同乡。"

说话间,手指向她对面一个男的,年纪跟她相仿,看上去就知道也是新人。

她朝那人点点头,说:"你也是 Z 省的?"

本来只准备认个同乡,不料对面人却连名带姓叫出她的名字:"Lena？于莉娜。"那口气简直就像是小学生在喊同班的女同学。

她困惑地看着他,脸上带着不失礼貌又有点尴尬的笑。

"不认识我了吗?"他也笑起来,而后左手食指指指自己右手的手背,说,"是我呀,谢天齐。"

看到那个指手背的动作,她才想起他是谁。

大约十九年前,两人都才五六岁的年纪。家乡小城新开业的服装市场刚刚剪完彩,他们在门口一地蜡光纸碎屑的红地毯上玩。

她手里拿着一版贴纸,揭下一张贴在他手背上,说:"从今天开始我们就是有贴纸关系的了。"

他问她:"贴纸关系是什么关系?"

她一本正经地给他解释:"就是你要了我的贴纸,不能再要别的女孩子的贴纸。"

他点点头,半懂不懂。

事情已经过去很久,之所以还记得,是因为后来总是被反复地提起,简直可以说是她人生中的第一桩黑历史。从五岁到七八岁上小学,谢天齐的母亲看见她一次就说一次,说她是天齐的未婚妻,他们家的儿媳。但她母亲却又表现得很不屑,面子上淡淡的,从来不接那茬。两厢里的态度让她无所适从,等到大了些,懂事了,更是看见谢天齐和他家的人就躲。

后来,她父母在各地开了更多商场,控股公司也不在小城了,一家搬到 A 市常住。那几年，谢天齐家的服装生意好像做得也很不错，从租铺位到开专卖店，广告打得到处都是，上面用的都是外国模特，就是不知道为什么，还是很乡土。她在聚会上偶尔听大人提起，说谢天齐上了哪个学校，谢天齐也出国了什么的，跟她的轨迹其实差不多，但两人就是没再见过面。

此时餐桌上人多，不方便讲话，他们只简单叙旧几句。

直等到饭吃完，一帮人从餐厅出来，大佬和大佬走在一起，他俩跟在后面，慢慢拉开距离。经过一家星巴克，在谢天齐的提议下，他们索性溜号买咖啡去了。两人站那里排队，这才算真的聊起来。

谢天齐问："你是怎么上这儿来的？"

于莉娜说："毕业前好多面试，一个个地主动要我去，我每天就点兵点将抽个幸运老板跟我唠嗑。"

谢天齐笑，说："我也差不多，可就没你这么轻松，因为总是想不出来跟他们唠什么。"

于莉娜说："就瞎聊呗，问薪资的时候狮子大开口，问职业规划就画大饼，问我还有什么问题，我就把大佬做的行业里里外外都问一遍。"

"怎么问啊？"

"请问贵团队的发展路径是怎样的？您觉得某某业务领域在中国市场前景如何？爆点是什么？营销链路如何打通？"

"搞得人大佬一脸蒙，心里说是我面试你，还是你面试我？"谢天齐接口，描绘那个场景。

于莉娜哈哈大笑，笑完了却又轻叹："其实，我本来学设计学得好好的，以后也想干这个，可家里非让我转金融，什么蒙特卡洛模型，什么 ROI，都是些啥？跟我有什么关系？"

第六章　婚前协议　　127

谢天齐也跟着静下来，过了会儿，才看看她道："你还是小时候那个样子。"

于莉娜也看看他，忽觉神奇。他们差不多时间回国，现在干的活儿也差不多，办公室离得很近，甚至从窗口望出去就能看到。只要不出差，惯常吃饭就在这几栋楼里，很可能早就几次擦肩而过，只是不认得了。

这就是于莉娜与谢天齐重逢那天的情景。

早晨七点五十，齐宋约了关澜在至呈所楼下见面。

晨光穿透玻璃高墙，斜照到大理石地面上，他看着她从大堂另一边朝他走来，这一次穿了成套的西装，再挂上那副跑江湖的面具，淡定、自信，手上还是大包小包。但此地到底不是她惯常的主场，可能只有齐宋看得出她身上些微的拘谨，和之前几次做案子都不一样。

他递给她一张访客门禁卡，带她进闸机，一边走一边问："怎么样？"

关澜点头，说："准备好了。"

"紧张吗？"他又问。

她这才一笑，自嘲："没见过这么大的老板。"

"出圈第一个案子就得大一点。"

"出圈？"她意外。

齐宋笑笑，不答，等进了电梯，自然转换话题，说："你的车修好了吧？"

"嗯，今天就是开车来的。"关澜点头，猜这是为了帮她消除紧张情绪，便也跟他聊，问，"马扎怎么样？"

齐宋说："会不会聊天啊，光问猫？"

关澜回："人我看见了呀。"

齐宋笑，叹了声道："那你也别问我，我这一阵都没怎么见过它。"

关澜说："你怎么养猫的，它没事吧？"

齐宋辩解，说："那小子自己跟个野猫似的，总是躲着，算算日子差不多该带去洗澡了，可就是抓不着……"

对话在此处稍稍停顿。轿厢的抛光金属内壁映出两个人，液晶显示屏上的数字不断变换着。齐宋细想，这竟是一个再次邀请她去他家的语境。但门已在这时滑开，一个温柔却机械的女声告诉他们：37楼到了。

两人走出电梯，正遇上姜源从对面一部电梯里出来，看见齐宋就招呼，说："齐律师上钟啦！"骚话出口，才发现旁边还有关澜。

姜源是认得她的，看看她，又看看齐宋，脸上带着笑，也不先问。

"姜源，姜律师，"齐宋淡定，给他们介绍，"关澜，政法大学的关老师，你A中和北大的校友，上次金融法商论坛见过的。我推荐了她做这个案子家事法方面的顾问。"一次性把所有要素都交代清楚，省得姜源瞎想，还得去别处搞情报。

"哦，哦，"姜源略欠身，朝关澜伸出手，说，"我比你高一届，不知道你还有没有印象？"

"当然，"关澜点点头，与他一握，竟然也记得，说，"学长你那时候还来接过新。"

姜源好像没想到两人如此坦然，一时倒摸不清他们的路数，只跟她打听："是什么案子啊？"

第六章 婚前协议

齐宋当场戳穿他，说：“你今天这么早来，不也是为了见这个客户吗？”

姜源这才笑了，感叹：“人家是白手起家的成功学典范，号称几十年如一日，每天早上四点钟起来办公，这时候已经大半天过去了。不像我，昨天晚上加班到十二点，回到家好像才睡下，又要爬过来……”

三人边说边往里走，齐宋拿出手机，一路发消息给关澜，提醒：姜是并购组的。

关澜已然会意，回：所以这次不光是富豪嫁女，还是门阀联姻。

齐宋：有准备吗？

关澜：OK。

进入会议室，稍等了几分钟，八点整，门又被推开，三人起身，看着朱丰然、王乾带着那位成功学的典范走进来。

"典范"五十出头，名叫于春光，现任腾开集团董事会主席兼总裁，读过MBA，常穿一身Kiton不打领带，很是儒雅，早已经看不出曾经跑单帮卖衣服时候的样子。身后跟着个二十出头的女孩子，介绍是"小女于莉娜"，想来就是当事人本人了。

关澜事先做过功课，知道于总的事业起步于上世纪八十年代末，当时的他不过十七八岁的年纪，家乡的地不种了，跑到广东批发衣服，再到H市、A市摆摊售卖。后来发觉这营生门槛太低，他去进货卖货，别人也可以，便凭借先富起来的那点本钱，买地，盖服装市场，做铺位租售的生意。此后十多年间事业飞速发展，到2000年初，控股公司上市，如今业务已经涵盖百货零售、电子商务以及大型商业地产。

于氏的家族图谱也算清晰明了，于春光与妻子一同创业，至今婚姻美满，育有一子一女，长子二十八岁，已经在集团任了几年总助，次女于莉娜时年二十四岁，刚刚毕业回国不久。

但这次婚约，对方是谁，具体什么情况，齐宋这边事先并不知道。也正是因为这一点信息的缺失，关澜只按照财富隔离的模式做了准备，直到此刻和姜源坐在一起，才发现格局小了。

但为什么给争议解决组出的是闭卷题，甚至连条件都没给全呢？她猜不出原因，虽然对齐宋说了OK，但脑中仍在不断打着草稿。一通握手介绍之后，趁几位大佬坐下寒暄的那几分钟，她打开笔电删改了几个点，又补了一页PPT。

于莉娜就坐她对面，似乎对桌面上的对话毫无兴趣，随手拿了本印着至呈所抬头的便笺和一支圆珠笔涂鸦。等旁人寒暄完毕，她已经在纸上画了一排姿态各异的火柴人。

正片开始，朱丰然高屋建瓴，说："这次的项目其实就相当于一场公司和品牌之间的并购。于总事先跟我沟通了一下他的想法，希望还是由并购组负责整个交易的架构。但因为对方聘请的另一家圈所模式与我们不同，他们的团队同时也做诉讼，所以于总希望我们这边也有争议解决组加入，出面与对方谈判。姜源和腾开合作很多，目前也有项目正在进行中，互相已经很了解了，所以我们还是先听一下争议解决组对这个项目的想法吧。"

听见说圈所，但模式和至呈不同，关澜大概已经猜到是哪家，如今不实行公司制、不分工明确的圈所已经不多了。但"交易""项目"，用这样的词语形容结婚，还是有点新鲜。

于莉娜仍旧垂目涂鸦，这时候唇边浮出一丝笑意，倒像是自嘲。关澜看见，才确定她其实一直在听。

一番话说完，朱丰然倾身望向王乾，仿佛征求意见。王乾也客气笑笑，点头。

齐宋接到老大的指令，已然开口，说："那我们先说一下对这次协议总体框架的建议吧，关老师——"

就这么把她推了出去。关澜心跳错了两拍，但见他指尖在桌面上轻叩，仿佛胸有成竹。

所幸，课是上惯了的，她沉声开场："婚前协议一般包括个人情况、财产情况和其他约定三个部分。针对第一项个人情况，包括但不限于健康状况，学历，婚史，恋爱史，有无不良嗜好，刑事、行政处罚记录，征信记录，是否涉诉，是否被限制高消费，是否有强制执行，以及网络舆情声誉风险……"

于莉娜听乐了，说："我跟他从小就认识的，还要查这么多吗？怎么搞得好像投行签项目之前做尽职调查。"

于春光看她一眼，她才收声，低头画她的小人儿。

但关澜还是给她解释了这里面的不同："因为是婚前协议，最好还是双方坦诚，主动披露，如果对其中某些部分有疑问的话，再做背对背的核实。"

于总却直接道："已经请了专业公司做背景调查，等结果出来，会一并给到你们，往下说财产部分吧。"

关澜品着这二位的态度，接着说下去："其次是财产情况，比如名下持股、公司投资、债务。我们的建议也是主动、完整地披露，制作清单，列明种类，包括获得时间、所在地、当前价值等等。"

"全部？"这次是于总有问题，说，"直接约定财产归各自所有，债务由各自承担，不可以吗？"

关澜摇头，说："不建议这样做，因为会存在比较多的瑕疵，很可能引起纠纷。"

"什么样的瑕疵和纠纷呢？"于总问。

要解释清楚其中的原因，就不得不涉及一些常人避讳的词语。关澜不急，停了停，寻找合适的措辞，说："首先，是时间。判断一项财产或者债务属于婚前还是婚后，依据的就是时间。如果不在协议里列明，只是笼统地写作'财产'和'债务'，很可能在将来的某一时刻产生争议。而且一份合法有效的婚前协议需要双方在平等自愿的基础上达成一致，如果其中存在遗漏，对方是可以主张签署时不知情或者有重大误解，向法院申请变更某一条款，甚至撤销整份协议的，A市本地就有不止一起这样的判例。"

"其次，是地点。"关澜继续，"明确财产的所在地也是一个非常重要的因素，因为这里面牵涉到适用法律的问题。高净值人群通常拥有海外资产，而各国的法律规定是不一样的。虽然是在中国登记结婚，但还是可以在异国提起诉讼，至少在当地的资产将被按照当地法律进行分割。如果没有做好相应的准备，很可能陷入国际诉讼的拉锯战。"

齐宋适时补充，提出："从这个角度考虑，协议最终确定签署的时候，除去双方律师见证，最好还要请公证处到场公证，以备满足可能发生的国际诉讼的要求。另外，今后双方一旦持有新的财产，或者出现改变国籍、常住地的情况，也要及时补签婚内协议。"

于总沉吟，点头。

关澜可以感觉到他的态度有些微的转变，知道她和齐宋还算开了个好头，于是说到最后一点："还有就是数额。不管是房产、股权还是基金，都可能产生增值。如果不在协议中明确列出，将来很难区分增值部分究竟是自然孳息还是投资收益，前者属于个人，后者属于夫妻共有。一旦产生混同，法庭在没有足够证据的情况下，

第六章 婚前协议 133

通常倾向于推定为夫妻共有,那婚前协议就形同虚设了。"

于春光听得很认真,这个问题应该也触及了他关心的重点。

于莉娜却忽然打断他们,复述关澜刚才说的那句话:"你说,自然孳息属于个人,投资收益属于共有?我在腾开是有股份的,那在我参与经营和不参与经营的两种情况下,股份增值部分的性质是不是就完全不同了?"

关澜眉微蹙,确实,这个一直在画小人儿的女孩也提到了关乎她自身利益的重点。

只是于春光并不这样想,直接道:"你现在在腾开没有职务,也不担任董事,这部分问题不大。"

于莉娜飞快看了父亲一眼,关澜发现自己竟能领会那一瞬目光的含义:以后呢?

但二代毕竟是二代,从小见多了各种场面,知道什么该说,什么不该说,或者什么时候才能说,那一问终究未曾出口。

台面上的谈话仍旧围绕着房产、股权、基金进行着,姜源显然有些措手不及,没想到齐宋能就协议框架玩出这么些花来,而他手上涉及股权的部分大都是细节问题,没有多少适合在这个阶段跟于总交流的,对话难免空洞。

等到两个小时的会议结束,于春光带着于莉娜离开至呈,其余人等一路送客到地下车库。还是朱丰然、王乾陪着聊天,闲谈间却也带上了齐宋。

朱丰然自然要跟于总攀旧交情,提起当年替腾开操作上市的往事。

于春光便也顺着他聊下去,说到那之前在 A 市的第一个项目,回头看看另外三个,说:"你们年轻人大概都不知道了吧?"

齐宋却接口道："2001年腾开一期落成，后来隔一条马路又造了二期新腾开，那是二十年前的事情了，当时的投资就十个亿，盛况空前。"

"齐律师对那里很熟悉啊。"于春光倒是有些意外。

"小时候我家就住那儿附近。"齐宋回答。

小时候？关澜听着，竟也有些好奇，想他这样一个人，小时候会是什么样子呢？也像现在这样淡定？作业没写也不着急？但车已经开到跟前，司机下来开门，这个话题没再继续。

一帮人握手道别，于莉娜径自先上了车。人坐到位子上，却又隔窗对关澜投来目光。关澜也看着她，微笑，挥手，心里再次想起会议桌上她的那一问，而在场的律师们似乎都忘记了谁才是当事人本人。

恭送于氏父女离开，关澜也告辞要走。

至呈所的诸位一一与她握手，朱丰然说了句："关老师不愧是家事法方面的专家，齐宋你人找得不错啊。"

王乾却只是笑笑，关照齐宋："你送送关老师。"

面子上都和和气气的，关澜却从中品出一丝怪异来，等到姜源和两位大佬进了电梯，才问齐宋："什么情况？"

齐宋陪她去取车，微微朝她侧首，轻道："婚前协议跟一般的诉讼或者非诉项目都不一样，对接的不是法务和管理层，直接'面圣'的场合太多了。就像你刚刚那几句话，差点试出两代人的小心思，而知道得越多，以后做到于总生意的机会就越多。于总是朱老板二十多年的老客户，朱老板自然不愿意王老板的人过多地介入。"

"所以就连基本情况都没事先说明？"关澜还是觉得奇怪。

"具体对方是谁，朱老板应该也不知道。唯一能确定的是，既然找了并购组做这个项目，那对方肯定不是一般人。"齐宋推测，"所以这件事就算说开了，也怪不着朱老板，他完全可以说是于总暂时不想透露。"

"可你们不是一个所的吗？"关澜听他一通分析，不禁咋舌，"外面都说，像至呈这样的所搞公司制就是为了提高效率，避免各自为政，团队一律以专业区分，很忌讳带老板名字的。"

齐宋笑，说："但最后不还是得分账，钱也不是进一个口袋啊。"

"好现实，也好复杂。"关澜评价，而后自嘲，"怪不得我朋友说我要不是在大学里，早就被开除一百遍了。"

齐宋又笑，转头看看她，还想再说什么，但两人已经到了她那辆斯柯达近旁。小车洗得很干净，还是那匹骄傲的小马。他脚步停下，却没说再见，反倒是问："刚才发名片怎么不发我一张？"

"你不认识我啊？"关澜反问，但还是从包里找了张出来给他。

齐宋拿在手上看了看，说："新印的？"

关澜点头。

齐宋想起最初那次庭前调解，说："还以为你之前是存心不给我，结果是真没有啊。"

关澜说："讲师印什么名片？"

"人家博士生都有印名片的。"

"博士生确实可以，讲师却又有点不一样，没你们所里这么尔虞我诈，但大学里微妙的事也多了去了。"

齐宋明白她的意思，看着她道："其实也不一定。你要是水平不行，人家看见这个职称，心里会说怪不得升不上去。但你也可以在外面混到让所有人都觉得，学校不升你，肯定是有人在故意给你穿小鞋。"

关澜笑,觉得这话未免也太嚣张了,最后还是说了声:"谢谢。"

"谢我什么?"齐宋问。

关澜答:"谢你对我这么有信心。"是揶揄他刚才突然一句话就把她推了出去,却也是真心的。

"……那要不要帮我去抓猫?"齐宋静了静,忽又提起早晨在电梯里瞎聊的话头。

关澜也静了静,答:"今天不行。"

大学里的事,家里的事,他猜得到,她也没细说。

关澜想了想,从包里找了样东西出来,并不交到他手上,而是直接放在车顶。

是她上课用的激光笔。

"干吗?"齐宋问,伸手去拿,那上面好像还能感觉到她残留的体温。

关澜低头滑手机,说:"教你个跟猫搞好关系的招。"

齐宋手机振动,解锁看了看,是她转了个视频给他,题目叫作《如何在猫咪心目中树立起主人的形象》。

他无奈,说:"谢谢你,我试试看。"他心想,人家成年男女交往,无外乎直奔主题,但他们却好像总是误入歧途,或者在误入歧途的路上。

关澜却笑,又道:"这招不能多用,用完记得还给我。"

是下一次再见的意思。

齐宋也笑,看着她坐进车里开走了。

当时并没当真,回到办公室打开刷了一遍,更加觉得是搞笑的吧。但等到晚上下了班,他还是去上次那家日料店买了份蓝鳍金枪

第六章 婚前协议

鱼外带，决定回家试试这个招。

开门进屋，房间里只亮着一盏常开的小灯，是他给马扎留的，再去看食盆，里面照例还剩下一点干猫粮。他倒了，把鱼放进去，去做他自己的事情，一会儿听见动静过去看，马扎果然埋头在那儿吃，一副赶时间吃完就要走的样子。

齐宋也不理它，等它差不多吃完，打开激光笔，红点照到盆旁边，再到墙角，而后在地板上慢慢移动。马扎仍旧低着头，咽下最后一口，跟内心深处的原始本能抗争了一会儿，到底还是没忍住，开始掌拍、飞扑、滑铲，几次抓不着，上头了。

齐宋就在这时按照视频里教的办法一点点地走近，当着它的面，一只手盖在那个红点上，另一只手关了激光笔，红点消失，他握紧手，再摊开，一粒冻干在他掌心。然后，就眼见马扎看手，再看看他的脸，瞳孔从半圆变成圆形。

齐宋笑，想给它拍下来，又觉得未免太傻了点，便只是看着它伏首从他手上吃掉那颗冻干，而后给"高手"发了条信息：试过了，还真管用。

那边竟也很快回复：那你赶紧再给它点吃的，巩固巩固。

齐宋：巩固什么？

高手：你在它心目中主人的形象啊！

哦。齐宋回，转头又在食盆里倒了点猫粮。

可没承想马扎好东西吃饱了，对干粮根本没兴趣，就站那儿哐哐哐拍碗，好像在说：鱼呢？我鱼呢？！

齐宋到底没忍住，再给它鱼干之前，先录了一小段视频。细想却又觉得奇怪，心说自己这到底是在干吗？本来清清静静挺好的，忽然有了一只猫，忽然大晚上跟人聊猫的事情。而且他与这个人的关系,也有点奇怪。

静夜中,他把视频发给"高手"。

关澜那边正对着电脑码字,手机振动,她看了看,笑出来。

那是靠窗的一张长桌,尔雅就坐在她旁边写作业,凑过来问:"什么呀?"

"小猫咪……"关澜给她看。

尔雅趴在她肩膀上瞥了眼,也觉得好笑,可嘴上非得不屑,说:"这叫什么小猫咪,一看就是大叔猫。"

关澜笑得更开心了。

第二天,齐宋和姜源都收到了于春光助理发来的邮件,拿到了更多相关资料。两边都是收件人,不是抄送。显然,争议解决组在这个项目里的位置也已经定下了,跟朱老板最初的想法不太一样。

当天下午就开了个启动会,在座的有两个组抽出来的人,以及在线接入的关澜。

一屋子人坐下来,姜源看看齐宋,笑说:"谈婚约,用争议解决组的人,绝。"

齐宋便也跟他玩笑,说:"远有芭芭拉·赫顿,近有李富真,结婚本来就是高风险行为,跟结婚比起来,二代最败家的行为不是吃喝玩乐,甚至也不是创业,当然得 plan for the worst(做好最坏的打算)。"

正式开始之前,他又先声夺人,提了一条保密要求,之后所有的内外部口头沟通、邮件、书面材料以及草拟协议中,暂不出现双方当事人的姓名,一律代号 X 先生和 Y 女士称呼。这条建议也会给到对方的律师团队。

姜源说:"这代号倒是挺巧。"

齐宋笑笑。

拿到资料的人自然明白这巧从何来,Y女士姓于,X先生姓谢,是Z省另一家港股上市公司"新风华"创始人的独子。

关澜在视频那一端静听,忽然想到一系列类似的富豪联姻,再看齐宋的反应,更觉得他此举的目的或许不仅是保密。

于莉娜婚前协议的项目就此开始,要处理的文件包含背调结果、财务报表、资产评估报告,甚至还有遗嘱和赠与,同时要避免协议条款与之冲突。这些都跟她负责的部分相关,一时间工作量巨大。

与此同时,王小芸的案子也有了进展。

被告那边收到起诉状,龚子浩妈妈去法院大闹,一是不同意王小芸带走孩子,另外还找了个朋友,证明龚子浩和王小芸就是看球赛认识的,也是在王小芸的影响下才开始赌球,搞得他们家倾家荡产,所以欠下的债务应该两人一起偿还。提出离婚可以,王小芸至少得给他们一百万。

法援中心家事组的两个学生先去了解了情况,张井然回来告诉关澜:"这下可能真的麻烦了,王小芸这边只有家里平板电脑上找到的下注记录,以及她和龚子浩微信聊天记录里的一些对话用来证明他赌球,还欠了大额债务,但表述都比较模糊。龚家那边的证人一出来,还不随便他们说啊?"

关澜想了想,问:"那王小芸这边有没有比较熟悉的人可以替她做证?"

张井然摇头:"我已经问过了,龚子浩的父亲从前在村里有职务,还当过什么厂长,村里不是他家亲戚,就是他家熟人,什么都打听不到。而且他俩结婚不久，王小芸跟他的朋友也不熟悉。"

关澜沉吟。

张井然已在感叹，说："王小芸的爸爸都已经准备回 L 省去卖房了，做这种案子真是让人实名恐婚，你说人没事结什么婚啊？"

"你刚才说，龚子浩的父亲曾在村里有职务？"关澜忽然又问。

"对啊。"张井然点头。

关澜继续道："我记得那个村就在大学城旁边，也就是说已经征过一次地了，他家的经济条件其实应该挺好的……"

"可能是留学花掉的吧。"张井然猜测。

关澜却说："也可能不是。"

关澜对张井然说："你去同学中间问问，看有没有专门的新西兰留学生论坛。"

张井然答："肯定是有的，干吗？"

"找找认识龚子浩的人，"关澜解释，"新西兰赌博合法，而且那里的华人参与赌博的比例很高……"

"关老师你怎么什么都知道？"张井然感叹。

"其实就是前几年看见过一个新闻，中国留学生在新西兰因为赌债企图自杀，当地华人社团还专门为这个办了互助小组。"关澜解释，"还有，他跟王小芸是 2021 年欧洲杯期间认识的，再往前一次比较重要的足球比赛就是 2018 年世界杯，龚子浩那时应该就在新西兰读书……"

张井然眼睛亮起来，说："如果是那样，就能证明龚子浩早有赌博行为，而且屡教不改，这就铁定是一次判离的法定情形了呀！"

"你先去试着找找看，千万别跟当事人说得太乐观。"关澜提醒。

第六章　婚前协议

"明白。"张井然利落应下，领命去了。

几天后，又是X先生与Y女士婚前协议项目的节点会议。

双方名下财产的清单已经做出来，各自在家族企业里的持股情况也在其中。因为两边行业相关，这几年受到疫情的影响，经营状况也基本相似。腾开的商场空置率持续走高，新风华也关了不少专卖店，旗下还有两个品牌停掉了生产线，授权出去给别家做贴牌。但在大环境之下，也还算无功无过。

姜律师当时调侃，说："什么叫门当户对？这就叫门当户对。你开商场，我卖衣服，居然连股票市值都差不多。"

倒是两边的个人背景调查出了一点小状况。

于总的背调公司查出X先生在大学阶段跟一个年纪比他大不少的模特谈过一段轰轰烈烈的恋爱，六个月之内在中美和欧洲之间往返了数十趟。但X先生方面很快拿出了模特的书面声明，白纸黑字写得清清楚楚，两人已于某年某月某日分手，从未在全世界范围内任何地方登记结婚，且没有婚外子女。

而后，又投桃报李似的，查出Y女士十五岁去澳洲读高中，曾经因为生病停学治疗了整整一年，医疗记录是绝对保密的，但在当地留学生小圈子里的传闻是她得了抑郁症。Y女士方面随即出示了最近的诊断报告，证明她当时接受治疗只是因为初到异乡，又受了点校园欺凌，早已经康复，且这段病史不会影响生育。

小状况就这样有惊无险地度过去了，最后又听姜源调侃，说："半年几十趟跨洲，真怀念可以打国际飞的的日子……"

到了这一次节点会上，所有条款基本敲定，签字的时间和场合也确定下来，就是即将举行的订婚宴，前面宴会厅里摆酒席，后面会议室签婚前协议。

关澜这一次是现场参会,她坐在至呈所的会议室,看着墙上巨大的显示屏,其上框出两个画面,各是一屋子的律师、会计师,她忽然有种不甚真实的感觉,好像他们就是科幻片里的命运规划局,正窥探着、谋划着、计算着他人的人生。而作为主角的 X 先生和 Y 女士,竟然也在其中。

自会议开始,于莉娜就坐在关澜旁边的位子上,还是像上次一样,拿了一本有至呈所抬头的便笺和一支圆珠笔,画了一页纸的小人儿。

直到接近尾声的时候,她把那张纸反过来,在背面写了几个字,推到关澜手边:老师,可以单独跟你聊几句吗?

关澜看过,对她点点头,待会议结束,跟齐宋打了声招呼,借用了隔壁的小面谈室。两个人进去,关上门,在一张小圆桌旁边坐下。

"关老师,"于莉娜先开口,说,"你觉得这份婚前协议怎么样?"

关澜听着,发现自己其实早就预见到了这一问,在第一次见到于莉娜,她问起腾开股权的时候。但此时此地,她好像只能给出一个官方的答复:"我认为在婚前互相了解,公开坦诚地签订协议,对所有人来说都是非常明智且必要的做法。"

莉娜笑笑,反问:"但真的有人愿意被这样放在显微镜下面审视,然后就像打牌一样,我有一对三,你出一对四吗?"

关澜一时无语,缓了缓才说:"如果你的顾虑是在腾开的股份上,可以提出再加一条约定,那部分股份,以及今后产生的分红、增资扩股的收益,全部属于你的个人财产,那样无论你是否在腾开任职,都不会有影响。"

但莉娜却摇头,说:"我知道,我已经跟于总说过了,但于总不希望做这方面的约定。因为如果我们提出来,谢天齐,哦不,X先生那边肯定也会有相应的要求。还是像打牌,我出一对三,他回我一对四。"

关澜忽然明了,于莉娜还有一个哥哥,于总可以不让她参与腾开的经营,而谢天齐是独子,不太可能不接手新风华。在这各自的股权上不做约定,于总包赚不赔。又或者用传统的说法来解释,嫁和娶是不一样的。

"但我今天找你聊,其实不是为了股份的事情,"于莉娜却已然转折,接着说下去,"背调结果出来之后,我和X先生,我们自己也做了一点调查。"

"什么调查?"关澜问。

莉娜笑,答:"就像网上说的那样,互相交换手机,查微信、支付宝、信用卡账单、网购记录甚至闲鱼……X先生也许是想向我证明,他跟前女友确实彻底断了,私生活很干净,但你知道我发现了什么吗?"

关澜没说话,等着她揭晓谜底。

于莉娜又笑了,笑得有几分狡黠,说:"我一直以为,我们是在一次工作午餐上偶遇的。结果我却看见我当时实习的那家投行的MD,发给他那天午餐的邀请,对他说,我叫了Lena一起过去,你一定要到。他回答,好。"

稍一停顿,她又说:"他其实早就知道我那天会出现在那里。"

……

从面谈室里出来,关澜送走于莉娜,又去找齐宋。进了他办公室,关上门,简单谈了谈 Y 女士。

齐宋听她说完,支肘看着她问:"关澜,你知道这个项目是谁付钱,而且关系到以后的案源吧?"

关澜点头,答:"我知道,我只是说了一个律师应该说的话,至于接下去会怎么样,全看当事人自己的决定。"

她以为齐宋会动气,他帮了她,她却拆了他的台。不承想齐宋却笑了,说:"那你看着吧。"

关澜意外,即使到了这个时候,他还是很淡定。可这淡定是因为真的无所谓,还是胸有成竹呢?她不知道,却忽然想起了他那条保密建议。也许,只是也许,这场婚约为什么开始、如何进行,又会怎么结束,他早就已经想到了。

办公室陷入短暂的宁静。一侧落地窗上的遮阳帘拉起一半,远眺可见大半个城的风景,道路交错,车流不息,直到地平线处才模糊在浮尘里。但不知是因为在高处,还是因为玻璃隔绝了噪声,完全听不到市井的喧嚣。

直到手机振动,关澜低头看了看,然后对齐宋说:"是张井然发来的消息,王小芸那个案子,找到新证人了。"

两人于是一起打电话给张井然。

张井然好像还在外面,一边走一边说:"有了,证人找到了!龚子浩留学的时候就开始赌球,到现在还欠着债呢!"

齐宋提出现实上的障碍,说:"证人在国外的话,可以提交书面证词,但是需要经过当地公证,再加上中国领事馆的认证,会有一定时间和经济上的支出,当然费用我们可以承担,你跟对方解释清楚没有?人家愿意吗?"

"都说了,愿意。"张井然答得斩钉截铁,声音里满是兴奋。

第六章 婚前协议

"前女友？"关澜已经猜到其中的关系。

张井然果然点头，答："对。"

关澜说："有戏。"

"两人是2017年龚子浩到新西兰之后认识的，"张井然简单说了说经过，"2018年世界杯期间，龚子浩跟着身边几个朋友一起看球，开始在网上下注赌球，刚开始就几十到一百块钱纽币，渐渐越来越多，生活费用完了就借钱。他父母替他还过几次，后来感觉苗头不对，就不再给他汇钱，逼他赶紧回国。但他借口说要拿毕业证，一直拖着，其实总还想翻本，自己没钱，就偷偷划走女朋友账户里的钱，开头几百几百地转，后来上千。两人分手的时候，龚子浩总共欠她七万纽币。她当时已经工作了，经济情况还不错，也知道他不可能还得了，就只好算了，花钱买平安。"

"有欠条吗？"齐宋紧接着问。

"有，而且还有保证书。"张井然确认，"这下不光能证明赌博屡教不改，还能证明他父母撒谎，他们其实早就知道龚子浩的赌博行为，还想往王小芸身上推，在法官面前扣大分了！"

"老规矩，当事人那里别说得太乐观，"关澜再次提醒。

"好，我知道。"张井然应下。

齐宋已然打开日历，在算时间，说，"我会准备书面取证的提纲，还有新西兰那边公证和认证的流程。你叫证人不用担心，我让我们所里做涉外的律师先去确认，到哪里办理、怎么办，都会写清楚给到她。"

"好嘞。"张井然又应。

XY项目的节点会之后，姜源跟并购组的助理说着话，眼见关澜带着于莉娜去了隔壁的小面谈室。门关上，隔着磨砂玻璃，他只能看见两个模糊的人影。众人散去，他在开放办公区里走了一圈又兜回来，远远看见那间面谈室的门开了，关澜陪于莉娜走出来，带她出门禁，送上电梯，而后返身去了齐宋的办公室，两人对坐说着话。不知是谁按的遥控器，百叶帘降下来。

一直等到关澜离开，姜源才晃去齐宋那屋，关上门问："什么情况啊？"

"什么什么情况？"齐宋反问，对着电脑打字，眼都没抬。

"你这人就是这么不够意思……"姜源其实也料到他是要装蒜的，XY项目里，两个组的立场一直就很微妙，再加上关澜，他一直觉得这俩人关系不简单。本打算就这么走了，可到门口他又转回来，拉了把椅子在齐宋对面坐下，说："我倒是有件事，想跟你咨询一下。"

"说。"齐宋还是没抬眼。

姜源开口，却是闲聊的语气，说："你过去可是立了规矩不做离婚的，最近怎么好像转型了呢？"

齐宋猜他是指法援那边的案子，姜源在他这儿有眼线，自然知道他最近往南郊跑了几趟，且一直不爽他在XY项目上抢去了一多半的风头，面子上却又不能说破。他只道："现在市场就是这样，你总跟我吐槽非诉生意难做，其实诉讼也是一样。别说民商事了，前几天我才跟立木所的人聊过，就连他们那儿的刑事案件数量都砍了一半，你知道为什么吗？"

姜源还真给他带偏了去，问："为什么？"

齐宋给他解释："说是避免聚集，看守所尽量不拘，嫌疑人只要是能取保的都取保了。人在外面，自然也就不着急请律师了。"

第六章　婚前协议　　147

姜源笑，但还记得正题，话里有话道："那你呢？是在妇联坐台的时候想通的？"

齐宋根本无所谓，答："你别说，还真是。本来觉得家事案件麻烦，结果一看，商事案件证据一大摞，出差跑好几个地方，也就几千万标的，人家离婚分一套房子就几千万了，何乐而不为呢？"

姜源又笑，知道寻常手段在他这儿套不出什么来，无可奈何，却又言归正传，说："所以我这不找你咨询来了嘛，也算是家事相关。"

"什么事啊？"齐宋问。

姜源答："土豆条款，你怎么看？"

曾有某创业公司在上市临门一脚的时候撞上了 CEO 离婚，因此吃过大亏，于是后来许多公司都往高管股东协议里加进了一条，规定结婚、离婚必须事先向董事会报备，经审批通过方可进行，用来隔离风险，被圈内戏称为"土豆条款"。

齐宋说："婚姻自由是人身权利，你们这种条款其实在法律上是有明显瑕疵的，最多只能算是君子协定。到时候结了或者离了，你上我这儿来打官司，我也赢不了。"

姜源点头附和，说："我也是这么觉得。假设哈，我只是假设，一个集团客户，新近升了个高管做副总。那人过来签股东协议的时候，特别问了这一条。不过还好，他不是离婚，是考虑复婚。对方呢，也算知根知底。你说这种情况，将来诉讼上的风险是不是还算可控呢？"

二人彼此心知肚明，TGG 和 GenY 是并购组的客户，黎晖是新近被升了副总的那一个。

齐宋知道这又是在试探他和关澜之间的关系，心里悠悠地荡了下,脸上却笑了,不能回避,也偏不回避,看着姜源说:"你总这样,我真得误会你对我有什么非分之想。"

姜源一下噎住,手指着他,想说什么,又挺无语的,最后就只是站起来,说:"走了。"

齐宋目送他出了办公室,脸上那点笑才淡了去,脑中却又是那一晚看的电影,男主角说的那段话。忽然间,他发现自己甚至连法语的原文都记得。

Moi, quand t'es partie, j'ai même pas été foutu de traverser la rue pour te rattraper.

而我,当你离开的时候,甚至连穿过马路追你回来都做不到。

现在,黎晖要去做了。

第七章　圣母病

随后那两周，关澜很忙。她得横穿整个城市，往返于两个校区之间上课，同时应付几方往来的邮件，为 XY 项目的协议条款做最后的调整。每天清晨五点钟起来，才能写上一点点计划中要写的文章，还被七（1）班的吴老师又叫了一次家长，明确跟她说，这次必须得父母来，不能是外婆。

关澜赶到学校，跟老师聊过，才知道是有人举报黎尔雅体测成绩作假，说她利用体育委员喜欢她这一点，让人家直接给她排球垫球记满分。这下同时犯了中学里的两个大忌讳，作弊和早恋，吴老师让关澜把尔雅带回去好好谈谈心。

可尔雅到家就往床上一趴，被子蒙着头，说月经来了肚子疼。

关澜拿芬必得给她吃，坐床边看着她，还没提作弊的事，尔雅先哭起来，说："好疼啊，能不能割了呀，反正我以后肯定不会结婚生孩子的。"

关澜笑说："你现在考虑这个问题还太早了。"

"呵呵，"尔雅冷笑，"这话妈味儿太冲了。"

关澜给气乐了，说："我本来就是你妈。"

"呵呵。"尔雅又冷笑。

关澜叹气，忽然觉得冤枉，想说尔雅你什么意思啊，是嫌我不关心你吗？可紧接着手机振起来，她看到屏幕上显示王小芸的名字，还是出去接了。

接完电话，再打给齐宋。等待接通的那几秒，她才意识到自己已经好几天没有跟他联系了，如果不算工作邮件的话。

"关澜……"那边接起来，轻轻地念她的名字。

也说不清是为什么，关澜忽然感觉他的声音好像与以往有些微的不同。她以为他有话要说，等了等，那边却又无言。

她于是直接说正事："王小芸接到法院的电话了，她拒了庭前调解，这样接下去就直接是开庭了。新西兰那边的证词也收到了，我已经网上提交，然后会跟王小芸过一遍证据，再说一下开庭要注意的点，你这边还有什么要补充的吗？"

齐宋想了想，说："没什么了。"

关澜听他说话的语气，以及这一阵发 XY 项目邮件的时间，都是半夜或者凌晨，也没多想，只猜他最近真的是很忙，又道："要是你那天没空……"后半句大概是，开庭也可以不用来。

但齐宋紧接着说："我一定到。"

庭审那天，关澜陪着王小芸去法院。王小芸的母亲留在旅馆里照顾孩子，父亲跟着一起来了。三人到法院门口才发觉不对，龚子浩家里来了十几个人，安检不让进，就都围在门外。

冲突是一瞬间起来的，龚家不知哪个亲戚骂："外来妹想钱想疯了，搞得好端端的人家倾家荡产！"

王小芸爸爸也骂回去，说："你们生了个小王八羔子、赌鬼、赖皮，还想诬告我女儿！"

关澜知道不好，挡在他前面，对王小芸说："你一定要拉住你爸爸！一定要拉住！"

龚家人看见，又冲她来，说："你就是那个律师吧？收了钱就替他们说话啊？颠倒黑白！"

又不知是哪个亲戚巴掌挥起的时候，关澜看见齐宋朝她这里跑过来，她对他说："齐宋，拍视频。"

但齐宋没应，一把将她带到怀中，背身护住了她。

冲突结束得也很快，里面的安检员听到动静报了警，110来了，把无关人等带回去做笔录，关澜他们可以先进去开庭。

几人过了安检，在法院民庭外的走廊坐着等。

关澜说："刚才叫你拍视频你怎么不拍？"

齐宋答："这是法院，到处都是摄像头，还拍什么视频？你圣母病犯了吗，挡在前面？"

关澜却笑了，说："是不是没遇到过这种事？给你几条小建议，离婚案开庭，女律师一定要把头发梳起来，男律师不要打领带，还有就是穿双适合跑步的鞋。"

齐宋也笑出来，却觉得双手还留着刚才拥抱她的感觉。那身体勇敢，却也纤薄，默契而又情愿地嵌入他的怀抱。

开庭时间就快到了，王小芸惊魂甫定。关澜最后一遍对她重申注意事项："保持冷静，不要哭，不要激动，更不要辱骂对方。法官问什么，你就答什么，只说有证据支撑的事实，其他一句都不要多说。你越是冷静，就越能证明感情真的已经破裂了。"

庭审开始。

王小芸在法庭上表现得很好，清楚回答了法官的每一个问题，包括两人如何相识，婚后有什么矛盾，龚子浩如何赌博以及在她孕产期有何不负责任的行为，最后表达了自己的诉求，坚决要求离婚，分割财产和债务，以及拿到孩子的抚养权，确定抚养费。

但被告方面要求法庭调解，态度也很坚决。消失了几个月的龚子浩这一天终于出现了，在被告席上声泪俱下地说两人一见钟情，志同道合，新婚至今感情一直都很好，自己也从没做过任何对不起妻子的事，而且孩子还那么小。身边是他父母请的律师，一直在强调如果王小芸一定要离婚，那两百万的债务必须由两人共同承担。

龚家父母就在下面旁听，这时候插嘴，说："请两个律师，还说自己没钱，把两个人欠的债都推在我们子浩一个人头上，做人不能太黑心了！"

王小芸的父亲也想骂回去，好在后来赶到的张井然就坐在旁边，硬把他劝住了。

家事庭的法官就像小学低年级的老师，说话经常要用吼的，这时候梆梆梆敲法槌，说："旁听席安静，再说话就请你们出去了！"

齐宋的风格在这儿显得有些格格不入，他还是照着自己的习惯读起诉状，一组组出示证据。但对方律师好像根本看不见，还在重复最初的主张，说龚子浩赌球是婚后才开始的，两百万债务里有王小芸的责任，她也得承担一半。

齐宋见惯不怪，知道这些话大概都是说给龚子浩父母听的，毕竟他们出律师费。这样的律师他也不是没见过。他刚开始做诉讼的时候，王乾就对他说过一个常见的误区，有些人总是认为诉讼跟辩论赛是一样的，双方舌战，比气势，比自圆其说。其实根本不对，上了法庭，你的任务只有一个，那就是说服法官。诡辩和强词夺理在吵架的时候有用，但在法庭上毫无用处。

第七章　圣母病

法官也挺无语的，已经在直接问被告律师："你能听懂我说的话吗？如果对证据有意见，那就针对三性[1]发言！如果没有，就不要再提让原告承担债务的事情了！证据显示得很清楚是赌债，而且赌博行为从婚前就开始了，已经持续了好几年。你如果一定要主张是原告造成的话，那就先考虑一下虚假诉讼的责任吧！"

那律师这才作罢，龚子浩却又哭起来，对王小芸说："宝宝，我错了，你起诉状里写的那些，赌球、欠债，还有在你生孩子的时候不关心你，我的确都有，我以后再也不这样了，我保证改，你原谅我吧宝宝。"

法官喝止，说："被告你先别开口，等原告说完才轮到你讲话！"

龚子浩住嘴，却起身绕出被告席，直接跪下了。

法官又在那儿吼，说："被告你控制一下情绪，站起来坐好，这里是法庭，不是你家！"

王小芸就低头听着，一直没说话，却有眼泪滴落到原告席的桌子上。齐宋看到了，微叹，心说，离婚就是这个样子。从前不做这类案子的原因，他一下子都想起来了。

待到庭审结束，还是通常的做法，法庭没有直接宣判。可以看得出法官明显是偏向王小芸的，但齐宋和关澜都有足够的经验，知道在庭审中法官对某一方态度太好，对那一方来说其实并不是好兆头，因为这往往说明他准备作出对你不利的判决，先跟你说声"对不起"了。

几天后收到判决书，果然，法庭认定两人感情尚未破裂，没有判离。王小芸倒没太失望，或许是因为关澜已经好几次提醒过她，

---

[1] 真实性，合法性，相关性。（作者注）

这个过程肯定不会容易，你就做好六个月禁诉期之后马上再起诉的准备，最坏也就是这个结果了。

倒是张井然，听到判决之后反应很大，说："我觉得我们已经做到最好了，当事人冷静克制，证据清清楚楚，赌博屡教不改也是民法典里写明了的判决离婚的法定情形，为什么不能一次判离呢？难道就凭龚子浩他会哭?! 我天，就没见过这么会哭的男人！"

关澜只好给她解释，自觉像英语老师在回答固定搭配为什么要这么用："法条毕竟只是法条，而且屡教不改这个词本身就挺模棱两可的，哭、下跪、保证，也可以被认为是悔改的表现。"

张井然叹气，说："怪不得老师你反复提醒不能太乐观，我还觉得这次一定稳了。但如果总是这样，那家事律师存在的意义到底是什么呢？"

关澜说："你也听到了，这次法官的话已经说得很重，我们至少把王小芸的债务问题搞清楚了。就像刑事案件，你不能说结果不是无罪，律师就是失败，所做的一切就是毫无意义的吧。"

张井然无奈点头，却又道："我严重怀疑法院的一次判离，是不是跟医院剖宫产一样是有指标的啊？这下半年了余额不足，所以只能省着点用，王小芸倒霉，没赶上趟。要是真想提高结婚和生育率，这宽进严出的思路根本就不对。"

关澜笑问："怎么就不对了？"

张井然振振有词，说："离了还可以再结啊，比如一个人本来一生只结一次婚，现在离两次，结三次，每次各生育几名子女，这结婚数量和生育率不是就上去了嘛……"

关澜打断，说："这话你在学校里可别乱讲。"

张井然却说："啊？我还想毕业论文就写这个呢。"

第七章　圣母病

关澜差点呛到。

张井然这才作罢,说:"开玩笑,我开玩笑的。"

打发走张井然,关澜给齐宋发去信息,把判决结果告诉他,又问:这是你第一个法援案件,感觉怎么样?

彼时,齐宋已经出差去了北京,飞机落地,开了手机,才收到这一条。他看了看,想要回复,却又放下了。坐车去酒店的一路上,他都在回想过去的这两个多礼拜。

那天,姜源在他这儿套话没成功,但还是起了点作用的。他的开关被按下了。让他意外的是,这一次不是败兴,不是厌烦,而是知难而退。

黎晖想要追回她,也很可能已经这么去做了。他又能如何呢?他不知道接下来应该怎么做,也不知道就算去做了,结果会不会比不做更坏。恰如与韩序那一次分手,他自知无法给出对方想要的承诺。这和现在又有什么不同呢?

于是,他又如曾经的许多次那样想,也许就让故事停在这一切未曾进一步展开的岔口,对所有人来说,都是更好的选择。

但更让他意外的,是关澜的无动于衷。在他冷下去的这段时间里,她没有问:你为什么不出现?你为什么不说话?你到底怎么了?甚至好像根本就没意识到他有什么不同。她没来找他,是因为没必要。她来找他,也是因为有确定明晰的事由。无论是在电话上,还是见了面,她只是和他好好地交谈,就像从前一样。

汽车从机场往市区开,杨嘉栎一路跟司机聊着天。齐宋隔窗看着夜色下无声流动的灯光,忽然觉得好笑,估计等到他苟完了,重新上线的那一刻,她仍旧懵然无知,根本没意识到他曾下线过。更讽刺的是,他竟然觉得这样很好。

到了酒店进了房间，他脱掉西装外套，松了领带，站在落地窗前打电话给关澜。

等待接通的那几秒，他想了许多种开场白，但最后听见那边传来熟悉的声音，也是轻轻念他的名字："齐宋……"

他竟又想到那一天在法院门口的情景，缓了缓，才笑说："你第一个顾问项目也要有结果了。"

"嗯，"那边回答，"我收到邀请了。"

X先生和Y女士的订婚宴，办在A市旧城区江边的一家酒店里，民国时期就有的建筑，算是城市的一景。秋天是婚宴旺季，听说还是通过一家著名公关公司的协调才拿到宴会厅的档期的。

齐宋说："等我从北京回A市，刚好去签约现场做律师见证。"

关澜却感叹："哇，又是最高法的案子？刚才在飞机上？"

"对。"齐宋回答。

本以为她总得捧他两句，却听见那边笑说："你这么久没回，我还以为你也像张井然那样受打击了，也要安慰下你呢。"

齐宋也笑，说："那你还是安慰下我吧。"

结果她还真安慰了，说："我们已经做到了最好，但离婚案往往就是这样。法官也没有特异功能，没办法看透人心，只能按照程序再给他们六个月时间考虑清楚，试着解决问题。我们作为王小芸的代理律师，希望能一次判离，但在现实里起诉了又撤诉，或者第一次判不离之后又和好的例子也不少……"

齐宋听着，忽然想说，就算判离了，也有复婚的。当然，这句话他没有说出来。

"到时候再见。"关澜已在与他道别。

"好，到时候再见。"他也这么说。

第七章 圣母病

XY项目签约的那天,关澜出发去酒店之前,先把尔雅送去母亲陈敏励那里。尔雅说是要写作业,一到外婆家就进了小房间。

陈敏励看她关了门,把关澜拉到阳台上,压低了声音讲话,问:"上次吴老师说的那件事怎么样了?你跟雅雅谈过没有?"

"嗯,"关澜点头,说,"尔雅跟我解释过了,说她那天是因为肚子疼,发挥失常,平时都是能垫到满分的,所以他们班体育委员才给她记了满分,后来她也补考了,还去老师那里写了检查。"

"那早恋的事情呢?"陈敏励又问,觉得她搞错了关键。

关澜回答:"尔雅反正说是没有,可能也就是小孩子之间朦朦胧胧的好感吧。"

陈敏励却很肯定地说:"这件事你千万别掉以轻心啊,其实是有的。"

"妈你怎么知道?"关澜倒是笑了。

陈敏励没答,直接去客厅拿了平板电脑,打开给她看,说:"尔雅上次在我平板上登了她的微信没退出,我这几天一直收到那孩子发来的消息,还有录的音频,弹尤里克克,唱那种我爱你你爱我的歌,还说是给她写作业的时候听。"

"尤里克克?"关澜疑惑。

陈敏励解释:"就是那种小吉他,我也记不清叫什么,要么是克里尤尤?"

关澜笑出来,纠正:"尤克里里。"

陈敏励不拘这种小节,干脆点开音频放给她听。都是"Creeperking"发给"鸭梨儿"的歌:《小永远》《七里香》《周末去海边》……琴弹得有些磕巴,但歌声还挺好听。

关澜自觉在窥探他人隐私,赶紧关掉了,只是笑说:"周杰伦居然还在现在的初中生当中流行着,真配得上一句'yyds'。"

陈敏励却觉得她不够重视,说:"这歌词里又是'宝贝',又是'唯一的思念',又是'初恋的滋味',你真的不管管吗?"

关澜想了想说:"我觉得这种吧……倒是还能接受。"

陈敏励在这方面对尔雅却比平常在学习上要求更严,说:"你是不知道现在的孩子,我有次去学校接她,看见还有在学校围墙外面抽烟的,穿个校服,低头,手拢着打火机点上烟。你别说,那模样还挺深沉的。"

关澜又笑,试图结束这个话题,说:"行,我会再跟尔雅谈谈。"

陈敏励却还没完,忽然想起什么,说:"你以前也有这种事吧?初中那个班长,放学总跟你一起走……"

"以前哪有微信啊?"关澜打马虎眼,又说了一遍,"我一会儿就跟尔雅谈。"

等到进了小房间,关澜重又提起那件事。

尔雅还是之前的说法:"我才没有喜欢他,你别听老师乱讲。"

关澜跟她就事论事,说:"这件事我相信你,但是有备无患,你这个年纪,我们也到了好好聊聊谈恋爱这个问题的时候。"

"这有什么好聊的?"尔雅反问,既是不屑,又有些尴尬。

关澜试着跟她分析,说:"我们分这几种情况,情况一,你喜欢对方,但对方不喜欢你;情况二,对方喜欢你,但你不喜欢对方;情况三,你喜欢对方,对方也喜欢你……"

尔雅快要给她尴尬死了,说:"关老师,你以为你是在写论文吗?"

关澜却道:"这的确是件很严肃的事情,你可以把它当成论文。"

尔雅跟她抬杠,说:"那你就写出来给我看看呗。"

第七章 圣母病

关澜说:"那也行。"话脱口而出才觉得"压力山大",又给自己添了一活儿。

尔雅却趁机转移话题,神秘兮兮凑近了道:"妈妈,妈妈,我告诉你个秘密啊。"

"什么?"关澜问。

尔雅对她耳语:"外婆,好像在谈恋爱……"

关澜听得一脸问号,说:"尔雅你别瞎讲八讲!"

尔雅却十分肯定,说:"是真的,我每次来她这儿吃晚饭,都听见她跟那个人打电话,一聊一小时那种。"

"什么人啊,你见过没有?"关澜好奇起来。

"没,好像是老年大学认识的,我听他们在说上课再见什么的。"尔雅回答,"就有次他们视频,我想用电话手表拍个照片,可惜模模糊糊的。你要是给我买个手机,我下次拍个清楚的给你……"

关澜心说,你好会啊,嘴上只道:"行了行了,外婆的事情你不用管。"

那天傍晚,她驾车从城南赶往江边的酒店,车行驶在高架上,看着远处渐渐暗淡的晚霞,忽然带着点好笑地自嘲:怎么都在谈恋爱啊,除了她。

那日的订婚宴也延续了 XY 项目一贯的低调作风,门口没有新人的名字或者照片,只有三步一岗的安保,一个个地验看来宾的电子请柬,再由公关公司的人对过名单之后,才把客人往里面请。

老建筑不似新近造起来的酒店,动辄挑高十几米,豪摆五十桌,却有另一种奢华:四壁雕花镶板,屋顶装饰繁复的石膏线,一盏盏枝形吊灯从上面挂下来,照亮一百年历史的回字拼花地板。每个厅的面积都不算大，但宴会把那一整层都给包下了。除去主厅，还有两个小一点的偏厅，一个摆上茶歇用品做了休息室，坐了一屋子Z省来的亲眷，另一个便是签约现场。

关澜走进去，看见王乾和朱丰然都到了，以及X先生那方面的律师，还有穿制服的公证员。

大家默契神会，大多还是工作状态的那一身西装，关澜也一样。只有个别讲究人，虽然知道是来做事的，但不肯辜负这场合。比如姜源，特意穿了个复古风的三件套，西装驳领的扣眼别一个金饰针，这时候正跟身边一个中年男人聊天，说自己里头穿的那个马甲，用的是英国射击俱乐部的专用格纹，就为了呼应此地的历史典故。那中年人并不属于两方律师团里的任何一方，但看起来却有些面熟，关澜一时想不起他是谁，在哪里见过。

最后，才看见齐宋。他对她点头笑笑，走到她身边，一切自然而然，就好像两个人昨天才见过面。

隔壁大宴会厅里的订婚仪式即将开始，音乐已经响起来，这边摄像机也架好了，亮起正在拍摄的红点。协议一式四份，由公证员一一检查，再加上两套公证文件，以及水笔、图章、印泥，在长桌上洋洋洒洒地摊开。

正主随后才被请了进来。于莉娜与之前看见的样子有些不同，大约是因为化了妆，她绾起头发，穿一身淡淡肤粉色的旗袍，珍珠扣子，双绳双嵌，上面有极精细却又不夺人眼目的刺绣，与黑领结配礼服的谢天齐站在一起，恰是一对璧人。

齐宋看看关澜，关澜也正看向他，两人上次在他办公室里的对话犹在耳边。"那你看着吧"，他当时很笃定地对她说。现在结果就在眼前了。

第七章　圣母病　　161

公证员验证两位签字人的身份，而后便有两边团队的律师引导他们在荧光贴事先标注的那些页面上写下自己的名字。

关澜看着他们签名，却又想起那一天于莉娜对她说的话：

"他其实早就知道我那天会出现在那里。"

"我问他，是怎么回事？但他不屑地看着我反问，你难道不知道是家里安排好的吗？"

"他在做戏，他以为我也在做戏，以为我知道他在做戏，而且以为我知道他也知道我也在做戏。"

"我这几天一直在想，结婚到底是什么？这件事是否值得？如果真的只是一笔交易的话。"

关澜也记得自己当时这样对于莉娜说："协议终究还是要由你来签署，你可以决定叫停。"

于莉娜听了却笑问："你是这个项目的顾问，像你这样的人外面有千千万万个，你这么说，就不怕被换掉吗？"

而关澜回答："我只是说了一个律师应该说的话，在这个项目里，你才是我的委托人，我只能从你的角度出发，代表你的利益。"

"不管是谁付钱？"于莉娜问。

关澜点头，说："不管是谁付钱。"

最后两人在电梯门口道别的时候，于莉娜又对她说："关老师，我之所以单独找你聊，是因为你是女人，而且身份不仅仅是律师，我想听到一些不一样的建议。你没让我失望。"

就因为这句话，关澜一直以为她会做出一点不一样的选择，直到此刻。

协议签字画押完毕，订婚宴正式开始，来宾们被请进大厅落座，包括他们这些律师，也坐了一桌。舞台上订婚宴的正式节目刚刚开始，却不知为什么让人觉得正片早已经结束了。

手机振动，关澜低头，见是齐宋转发了条新闻给她。她点开看，标题起得颇为耸动视听，却又直接明了——"言情小说照进现实，腾开公主与新风华太子联姻"，转发和评论都已经几千上万条。有网友玩梗，说什么有钱人终成眷属，或者劝想去Z省做赘婿的兄弟们可以退了。还有人已经在预测未来，说这二位以后有了孩子，可以上企查查或者天眼查，看着股权结构图学叫人。

关澜抬头，尚未开口，齐宋已经起身，示意她跟着他走。

此刻宴会厅里枝形吊灯熄灭了，所有灯光都聚焦在台上，两位主角正在司仪的引导下展开一个红色的卷轴。司仪声情并茂地说这是订婚书，让他们俯身往上面签字。台下的亲朋，尤其是高龄的长辈们，双手合在一起，一脸欣慰地看着他们。

齐宋和关澜趁着黑暗走到大厅的边沿，推开玻璃门去外面的露台。那里正对江景，遥望可见对岸金融区的摩天建筑群。开门，秋夜清寒的空气涌来；关门，音乐和谈笑声被隔绝在里面。这一年开始搞节能减排，建筑外墙的泛光照明并未开启，露台上仅有大厅里漏出来的灯光，半明半昧。

关澜靠栏杆站定，这才问齐宋："会是哪方面泄露的消息？"

齐宋却只是说："昨天晚上就曝出来了，一个小时之前上的热搜，到现在还在榜上。"

"你的意思是……"关澜看看他，"这是他们自己发的通稿？"

齐宋没答，只道："现在有说法是公关公司漏出去的口风。"

关澜联系之前的细节，竟不觉得意外，说："所以你才要提那条保密建议，随便他们想说是哪方面的责任，反正你不背这个锅？"

齐宋笑笑，答："其实背锅也是可以的，但是得另外加钱。"

第七章　圣母病

关澜也笑起来，却是那种无可奈何的笑，说："既然想要宣传，为什么还要搞得这么神秘呢？"

齐宋给她解释："你应该也听说过不少富豪在摆了大排场之后曝出财务危机吧？这还只是操作失败了的那一些。现在大家都精刮了，这种事不搞得神秘点，只会让人想起胡雪岩破产之前风光嫁女的故事。"

"这么严重？"关澜问。

齐宋说："倒还不至于收不到律师费。"

"所以你才觉得于莉娜一定会把这个项目走完？"关澜又问。

齐宋只跟她说事实："反正X先生家在香港上市的股票一天里涨了30%，Y女士家委托姜律师谈的投资项目应该也已经成了。"齐宋一边说着，一边回头，隔窗指给关澜看。宴会厅内双方家长正起身碰杯敬酒，方才和姜源聊天的那个中年男人，也正与他们谈笑风生。

关澜这才想起来，自己并没有那个荣幸认识这位中年人，她只在新闻里见过他，是一位做结构性投资的大佬。她忽觉讽刺，说："但我也告诉过于莉娜，婚前协议是天然附带生效条件的，只要她和谢天齐最终没有登记结婚，那几十页的条款就算签了字，有律师见证，并且经过公证员公证，也还是等同于废纸。"

齐宋看着她，好像能看穿她的心思，笑说："你那时以为自己这么说是出于对一个人婚姻自由的尊重，现在才发现是在给人指路？"

关澜也笑，却是自嘲，静了静才问："你说他们真的会结婚吗？"

齐宋摇头，不是说不会，而是不知道。但他最后还是说："你没必要把事情想得那么坏，于莉娜多半还是会完成婚约的。"

什么是好，什么是坏？关澜一瞬间竟然分不清了，只是问："你为什么这么觉得?"

"于莉娜的哥哥娶的是一个大股东的女儿,堂姐跟下游供应商的儿子结婚了。他们那个圈子里绝大多数人结婚都算不上自由恋爱,说得好听点,就是懂事吧。知道应该怎么做,识时务者为俊杰。既然自己暂时没办法独立,也不愿意放弃眼前拥有的物质条件,那就服从家里的安排。而且,无论是不是富豪家庭,门当户对总是相对风险最小的选择。绝大多数人的婚姻,也不过就是在周围人当中选一个相对顺眼一点的。"齐宋解释,话说出口才觉得自己也许不应该这么说。虽然是现实,却也太现实了,就好像在告诉她,他对婚姻的看法。

她也许会问:你真的这样想吗?你为什么会有这样的想法?于是便会引出更多他不愿触及的问题。但他还是说了,仿佛是宿命的走向,一句赶着一句地说下去。反正她迟早会发现他是一个什么样的人,早比晚好,因为这时的爱或者伤害,都还不深。

关澜听着,也真的想到了同样的问题,想起赵蕊说齐宋"独",说他是 Single Man,以及他的独身主义。但她的反应却出乎他意料之外,她只是笑了,说:"你知道吗?王小芸的案子判决结果出来之后,张井然问我,家事律师的工作是不是毫无意义?我当时安慰她说不是的,但其实连我自己也觉得迷茫,忙了这一场,想离婚的没离掉,结婚的也不是真的想结婚。"

齐宋看着她。她的皮肤显出一种冷白的色调,夜略去了细节,面孔的轮廓像精巧的瓷器。他忽然意识到,她根本无所谓,也许是对婚姻,也许是对他,或者两者兼有。

他失落,却也释然,笑问:"你总做这样的案子,是不是早就对异性失去了信心?"

第七章 圣母病　　165

但她只是笑，不答。

他以为自己失言。直到听见她说："从法律上讲，婚姻其实只是人身和经济的结盟，爱或者不爱根本不是必要条件，但我一直觉得爱挺重要的……"

他没想到她会这么说，更没想到她会对他这么说。

一阵风吹来，带着秋夜的凉意，天上找不到月亮，只见一粒银色的孤星。

关澜忽然又看着他，问："你记得那天我们在你家看的那部电影吗？"

齐宋不答，但他当然记得。

"你知道我为什么感动吗？"关澜又问。

"为什么？"他问，其实并不想听到答案。

"你后来说得对，立牌坊，我当时就是这么打算的，觉得自己这辈子可能再也没有谈恋爱的机会，再也不会有人喜欢我了。人生苦短，我总以为会有更多，结果有一天突然发现已经不会再有了，又看到电影里那种纯粹的、不顾一切的爱，就觉得自己特别惨……"她絮絮说着，带着笑。

原来是这样。不是因为那个男人过不过马路。原来是这样。

其实是有的，有人喜欢你，齐宋想打断她说。

但如果她再补上一句，至少不会是这种纯粹的、不顾一切的爱。

如果她问，你会不会为我游过海峡？他不知道如何作答。

所幸，她没有再说下去，只是问："马扎还好吗？"

齐宋笑，望向别处，说："你怎么又这样？"

她也笑了，这才重新问过："你这一阵好不好？"

齐宋没答，是因为无甚可说，上班、开会、出差、开庭，比马扎还无趣。他只是从西装口袋里摸出一样东西,夹在指间,是刚才酒席上发的烟。

又是吉米和小金的梗,这次续上了。

关澜看着,轻轻笑,伸手想要接过来,去旁边露天餐位上找个打火机点燃。齐宋却没松开,拉住她的手。

或许是因为夜色放大了感官,两人之间那几次短暂的身体接触,原本好像已经淡化成一种抽象的记忆,此刻忽又变得真实而具体。呼吸、体温,一切近在咫尺。

而她竟不觉得意外,看着他说:"你知道吗?我一直都记着……"

只这么一句,他一下子就懂了,因为他也一样。

不知是谁将谁带到露台上黑暗的那一半里,也不知是谁先吻了谁一下,嘴唇轻浅的一触,很柔软。但后来一定是他一手捧着她的脸颊,一手伸进她的西装外套里环住她的腰,将她贴着自己。她险些失去平衡,往后退去,一直靠到墙上。那是一个让他满足的姿势,他像是追猎物结果追入了陷阱,听到的是自己越来越沉重的呼吸。江上传来巨轮悠远的汽笛声,她柔软的发丝被夜风吹起,扫过他的脸颊和脖颈,他们好像吻了很久,直到感觉手机在振动。

是她先叫了停,拿出来看了看,说:"里面要拍照了。"

他靠在她身上没动,在她耳边低语:"你先进去,我一会儿来。"

她笑,猜到原因,伸手摸摸他的脸,又在他唇角亲了一下,抽身走了。

这一夜,关澜一直在做梦,却难得地睡得深而甜。梦里并没有什么限制级的画面,只是交谈、亲吻、拥抱,但感觉格外好。

第七章 圣母病　　167

她没有开闹钟的习惯,醒来已经晚了,秋日的阳光从窗帘的缝隙里漏进来,叫她想起小时候。那时总是一觉睡到天亮,其实也没什么特别的事情,醒来却莫名其妙地振奋,就好像整个世界都在等着她起床去发现。她已经很久没有这样的感觉了。

她睁眼躺在床上出了会儿神,直到转头看见床头柜上的电子钟,才是真的如梦初醒。她暗叫声不好,匆匆起来洗漱,换了衣服,踩上鞋子出门。

路上接到黎晖的电话,她开了免提接听,没等那边开口便跟他商量,说:"今天能不能晚一点?尔雅昨晚在我妈那儿,我现在去把她接回来。"

黎晖却说:"别麻烦了,我直接上妈那儿去接她吧。"

关澜觉得不妥,说:"我已经在路上了。"

黎晖道:"那也行,我们在沁园见。"

关澜无语,不知怎么跟他讲这个理。

那边又道:"你在开车吧?先不说了,路上当心,一会儿见。"

电话就这样挂断了。

关澜长长呼出一口气,看着周六早晨还算空旷的马路。刚才那声"妈",她听着有些刺耳,但黎晖一直是这么叫的。她偶尔撞上尔雅跟奶奶视频,见到黎晖的母亲,也没改口,还是叫"妈"。

婆婆秦南待她很好,或者更准确地说,在她坚持要跟黎晖离婚之前待她很好。后来虽然有一段时间对她意见很大,但秦南也没当面跟她撕破脸。关澜一直觉得,他们所有人都是为了照顾尔雅的感受,才达成了这种默契。就像画一棵家族树,该有的枝丫都在,只有她和黎晖之间的那根线断开了。

车开进沁园小区,关澜远远就看见黎晖正从一辆SUV上下来。

她稍感安慰，因为这人还算听劝，没再骑那辆哈雷来接女儿；但也还是不自在，因为想到要跟他一起进家门。

黎晖也看见她了，却表现得很自然，过来等她把车停好，再和她一起往陈敏励住的那栋楼走过去。一边走，黎晖一边说："有件事跟你商量下，尔雅上次跟我说，外婆这里的 Wi-Fi 信号不好……"

关澜打断他道："我已经叫电信公司的人来看过了，说是入户没问题。"

黎晖说："我估计也是路由器或者布线不行，毕竟已经装修好多年了，所以才想跟你说一声，我下次带个人过来全都换了。"

"不麻烦你了，我自己找人吧。"关澜拒绝。

黎晖却笑，说："就你，得拖到什么时候去啊？"

关澜语塞，这件事，以及很多事，她确实一直在拖，就因为没时间，也没足够的钱去买别人的时间来弥补。

黎晖放柔了语气，又道："关澜，我跟你说，我最烦的就是你这句'不麻烦你'。我现在在 A 市了，住得也不远，以后有什么事说话，别总以为自己三头六臂。"

但关澜还是说："真的，不麻烦你了。"

黎晖看看她，没再说什么，估计也不当真。他这个人就是这样，一切都是以自己的想法为先，想做什么就会去做，热情却也冲动。恰好就是现在很多走体制外教育路线的家长追捧的"阿尔法性格"，二十岁头上的关澜曾为这份自信深深地着迷过，但现在已经彻底不同了。

陈敏励就住在二楼，等两人走到楼门口，她已经从厨房的窗口看见他们，早早开了门，站那儿等着他们上来。

黎晖在楼梯上就笑着招呼，说："妈，我们来接尔雅了。"

第七章 圣母病

关澜跟着解释一句："刚才在小区里碰上的。"但见到母亲脸上的笑容，总觉得这里面还是有点误会。

两人进屋，陈敏励让他们坐在客厅里，等尔雅磨磨蹭蹭地起床穿衣服。关澜看见墙上父亲的照片，没像一般遗像那样用黑白照，而是一张彩色的半身像。关五洲在那上面和蔼地笑着，仍旧是她记忆里的样子。黎晖大约也在看，当时在葬礼上用彩照，还是他做的决定。

五年前，关五洲去世，是心梗走的，当时才五十八岁，一切都发生得很突然。这件事对陈敏励的打击很大，老胃病又发了，住进医院。尔雅那年八岁，从小就是外公带得最多，想起来就哭，想起来就哭，好几天眼睛都是肿的，学也上不了。关澜刚刚毕业留校，院里算是破例准了她七天丧假，她来回跑几个地方，勉强应对着一切。幸好有赵蕊带着李元杰过来帮忙，大约也是李元杰把她这里的情况告诉了黎晖。

黎晖那个时候还在深圳工作，本来大概只准备过来参加葬礼的，这下提前了几天飞来A市，替她办了很多事。关家祖籍宁波，但在A市亲眷很多，家族里自有老人出来指点白事的规矩，说是大殓之后得由女婿把遗像接回家。最后也真是黎晖以女婿的身份披麻戴孝，撑一把黑伞，抱着这张照片从殡仪馆回来。

仔细回想起来，应该就是在那次之后，陈敏励对黎晖的态度有了明显的改观，后来甚至委婉地问过关澜，他们之间有没有复合的可能。关澜当时很肯定地说，没有。但陈敏励还是不太相信的样子，直到关澜告诉她，黎晖各种女朋友从来就没断过，才打消了母亲这个念头。

关澜当时有些生气，难道她的感觉不重要吗？难道只要黎晖愿意回头,她就必须接受?

但后来甚至就连赵蕊也问过她类似的问题:你们俩什么情况?有没有那个可能?关澜这才意识到两类人之间的不同,陈敏励和赵蕊都是在感情上一帆风顺的类型,第一次恋爱就走到了结婚这一步,婚后也很幸福。尤其是陈敏励,脾气急,生活上有些粗枝大叶,在丈夫的谦让和照顾下过了几十年。也许,在她们的眼中,爱情和婚姻都是一生只能一遇的东西,不可能轻言放弃。

接上尔雅,三人离开陈敏励家。

关澜这才觉得自己今天来得有些多余,她本以为以他们现在的关系,让黎晖自己跑这儿来接孩子有些怪异,结果发现好像只有她这么想。

陈敏励送到门口,笑对前女婿说:"有空来家里吃饭啊。"

黎晖笑答:"还是上我那儿去吧,我给您露一手。"

还有尔雅,开开心心地跟父亲挽手而行,把她一个人落在后面。

走到车子那里,黎晖回过头对她说:"我今天约了个摄影师给尔雅拍写真,要不你也一起去吧。"

尔雅也道:"妈妈一起去,一起去吧。"

关澜只得对她说:"我今天学校还有事,真去不了。"

黎晖问:"又是法援值班?"

"对。"关澜点头。

"你们学院派给讲师的事情也太多了吧。"黎晖笑着感叹。

其实也就是一句话,关澜却从中品出些不屑来。

以为是自己多心,可尔雅竟也有所感,紧接着就说:"爸爸你知道吗?妈妈上热搜了。"

"什么热搜?"黎晖问。

第七章 圣母病

关澜也是一头雾水。

尔雅给他们解释:"就那个公主王子豪门联姻,说是请了个律师天团,妈妈也在那里面。我们同学都看见了,都说妈妈好厉害。"

"你怎么知道的?"关澜问,有点奇怪,却又有点欣慰:女儿以她为荣。

尔雅稍稍尴尬,意识到这句话暴露出自己偷偷上网,还跟同学显摆家里的事情,下一句既是辩解,也是拍马屁,说:"我们同学都在说自己爸妈是干什么的,现在公认你们俩最厉害。"

关澜无奈地笑了,忽然又想起赵蕊上次说的青春期的心理特征。

几年前的对话仿佛就在耳边:尔雅缠着她,要她陪自己玩,而她总对尔雅说,等我这篇论文写完,等我这个案子做完。后来可能信誉已经坏了,尔雅不大相信,总是问:做完就陪我?天天陪我?一直陪我玩?但好像在眨眼间,尔雅就已经不是那个总跟在她屁股后面,垫脚趴在她写字台边上的小萌物了。

HR 的民科心理学还是有点道理的,青春期,teenage,恰是从 thirteen,13 岁开始。这个年纪的孩子不再满足于关起门来的那点安全感,他们要社会的认同感。

既要,又要,人就是这么矛盾。

黎晖却还没完,说:"尤其是尔雅的事情,要是你没空,告诉我一声,平常上下学我也可以去接送。"

"你有空?"关澜反问,倒是有些意外。

黎晖这人从前也是个工作狂,曾有过连续几个月睡在公司里的纪录,和李元杰一起,在办公桌旁边支张行军床。这时候他却笑对她说:"我现在等于是不用坐班的,"回头又问尔雅,"上次你们学校 3+4,不就是我接你回来的吗?"

尔雅点头,说:"那次老师说一定得家长接,妈妈你电话关机了,我就打给爸爸了。"

估计不是在上课,就是在开庭,关澜根本不知道这件事。

尔雅上的是对口的公立学校,离家一公里,说远不远,早已经能自己上下学,但背着初中生的书包步行来回还是有些吃力的,尤其是天气不好的时候。关澜只要有空就会开车送,但接放学,她做不到。

还想再说什么,那边两人已经坐进车里。黎晖降下车窗,尔雅挥手跟她道别。她也朝他们挥挥手,在原地站了会儿,看着那辆SUV开走,才返身上楼回到陈敏励那里。

陈敏励看见她,问:"怎么又回来了?"好像有些意外,她没跟着那父女二人一起去。

而关澜其实是想跟母亲说一声,以后要是再遇到尔雅说的那种情况,可能还是得你去接一下。她做过的案子里有太多前车之鉴,有些人最后拿到抚养权,就是凭朋友圈里每天一张在幼儿园或者学校门口拍的照片。但母亲一定会问为什么,那样她就不得不把理由说出来,黎晖可能打算申请变更抚养权,将来到了法庭上,接送上下学都是对他有利的证据。她不想让陈敏励担心,更不想让尔雅知道他们之间的这些小心思,对一个孩子来说,太赤裸,也太丑陋了。

"听尔雅说你这里 Wi-Fi 信号不好,"她另外找了个理由,"我明天找人来修一下吧。"

陈敏励却笑答:"你说晚啦,都已经弄好了。"

关澜问:"是你自己找的人?"

陈敏励含糊其词,说:"就是个老年大学认识的朋友,帮我换了个新的路由器。"

第七章 圣母病

关澜听着，立刻就想到尔雅说过的那个人，想问，却又不知怎么开口。倒不是说反对母亲黄昏恋，而是自己妈妈交了男朋友这种事，她实属第一次遇到，比要给尔雅写那篇有关早恋的论文还"压力山大"。

像是为了缓解这尴尬，她又在家里转了圈，看看还有什么拖着没做。二楼的房子采光不太好，还有些返潮，过去都是关五洲料理着各种生活中琐碎的细节，比如记着每晚给窗留条缝儿，记着定期开一下除湿机。这几年没人操心这些事，墙角有些地方已经有了霉点。处处都是熟悉的，却也都陈旧了。关澜看着，忽然理解了为什么母亲想另外买房子和搬家，可能不光是因为房子旧了，也是因为共同生活了几十年，到处都是回忆。

尔雅，还有那个书法班的神秘朋友，两件事，结果一件都没说。

盘桓片刻，她看看时间，说："我去学校了，再不走恐怕要迟到。"

陈敏励好像也有话要对她讲，最后却也只道："你也是，该放的还是得放下些，别把自己逼太紧了。"

关澜点头，知道母亲在拼工作这件事上是现在很多人的前辈。当年还没有"996""007"的概念，陈敏励在一线做了许多年船舶和航空无线电，后来也是由于身体原因才退到了研究所。

道别离家，她又开车去南郊，一路都在想黎晖的事情。他们之间势必要有一场谈话，而这场谈话已经拖得太久了。关澜每次都觉得他大概要跟她提那件事了，他却一直没提，只是一点点蚕食着两人之间既定的边界。越久，就越难。

驶入停车场，她坐在车里发消息给黎晖，说：你看什么时候合适，我们谈谈吧。

那边很快回复：要不就今晚？我过来接你，三个人一起吃顿饭，吃完让尔雅去训练基地玩，我们聊聊。

所以，就还是他原来的计划。

关澜对空笑了下，回：不用了，你们在哪儿？到时候我过去。

黎晖倒也没坚持，说等下发她定位。

关澜最后回了个OK。

事情多少有些讽刺，时隔多年，他们又回到了这场博弈上。他是在创投圈子里混了十几年的人，大起大落都经历过，为达目的自有他的策略。她并非品不出他现在的心思，他大概率会跟她提复婚，如果她拒绝，他就会要尔雅。而两个要求，相辅相成。但现在的她也已经不同了，一个教家事法、专做离婚的律师，自有她的策略。

走进法援中心，又是这一天完全不同的另一面。

齐宋已经来了，跟前坐着个大叔，正拿着手机给他看，说："我在公众号上预约离婚登记，怎么总是约不上呢？半夜起来抢也没有，全满，刷到后来索性给我显示个系统……系统暂停维护。律师，你帮帮忙，帮我抢个号呗。"

齐宋正扶额，不知道怎么回答。

关澜站那儿看着他笑，两人短暂对视，她才过去替他解围，对那大叔说："您不用半夜起来，每天早上八点三十放号，可以约第二天到十五天之间的时间。"说完她放下手上的东西，俯身教大叔操作，等到把人送走，才在另一个咨询桌边坐下，离齐宋挺远。

张井然在旁边说："我觉得我好像发现了一个商机，既然有车牌代拍，是不是也可以开个离婚抢号的服务平台啊？上线、迭代，然后再融个资，门店铺开……"

第七章　圣母病　　175

房间里几个人都笑，就关澜和齐宋在低头发着消息。

一个问：早来了啊？

一个说：你又迟到。

两人同时笑了下，像是守着个不可告人的秘密，只有彼此知道。

上午咨询快结束的时候，来了个"回头客"，是个三十几岁的女人，进来就去关澜那边坐下，说："关律师，实在不好意思啊，又有个事要麻烦你。我去律所找过你，他们说你在这儿。"说完她拿出一个单页文件夹，抽出里面几张A4纸来给关澜看。

关澜好像也有些意外，怔了怔，还是接过去在那边低头看着。

张井然已是一脸不可思议，轻道："怎么好意思的……"

"谁啊？"齐宋问。

张井然悄悄给他解释："是关老师暑假在外面接的一个案子，男方隐匿财产，我们给她跑了好几个地方调查房产情况，还拉了一千多页的银行流水、微信支付记录。结果那男的看形势不对，在法庭里诗朗诵，女方一感动居然就撤诉了……"

齐宋听到这儿，其实已经猜到是哪件事了。

张井然继续说下去，声音轻，语气却强烈："而且这还不算离谱，更离谱的是，撤诉之后，法院给她退了一半诉讼费，她也来找关老师，问律师费是不是也能退一半！"

齐宋笑，心说，这也还不算离谱，最离谱的是，你关老师居然真的给她退了。

一直到午休时间，关澜那边还没完。其他人都去食堂吃饭，齐宋借口要回个邮件，坐在那里对着电脑打字，一直等到关澜把人送走。

中心只剩下他们两个人，他却还是发消息给她，问：食堂？还是停车场?

关澜看看手机，笑，也给他回了条：Yellow，我请你吃饭。

两人于是默契神会地出了那栋楼，走路去大学城南门外的商业街。

周六的校园比平时清净，天气很好，阳光遍洒。或许是因为一上午已经说了太多的话，他们没有交谈，只是静静在路上走着，却并不觉得尴尬。有那么一会儿，齐宋甚至有种错觉，好像回到了过去读书的时候，而他从那时起就与她认识了。

直到走进 Yellow，他们坐下，要了两份套餐。等着上餐的时候，关澜解散了头发，两手托个脑袋，闭上眼睛坐在太阳底下。

齐宋看她蔫了吧唧的样子，既好笑，又觉心里丝丝缕缕地牵扯着，这才问："很累啊？"

"也就还好。"关澜摇摇头，回答。

"嗯，"齐宋说，"我看也是，人家观音送子，关老师你送自由。"

关澜知道他又在阴阳怪气地骂她圣母，睁开眼睛看看他，说："齐宋你什么意思啊？"

齐宋笑，说："刚才就看见你复印那女的带来的材料，人家都找你退费了，你还要管啊？"

关澜呼出口气，当真说起案子来："她听了我的建议，跟男方提出签婚内财产协议，男方也真跟她签了，结果现在发现那协议里的关键条款其实都是无效的。我看了一下，那男的肯定事先咨询过律师，才能写得这么周密。"

"还有救吗？"齐宋问。

关澜说："试着抢救一下吧。"

齐宋也是无语了，想再说什么，又觉得都是废话。

第七章 圣母病

关澜明白他的意思，换了一只手托腮，侧首看着他问："你知道我从什么时候开始做法援的吗？"

而后不等他开口，就自问自答："大概十年前，我刚考上政法的研究生。那是我最低谷，也最怀疑自己的时候，在外面转了一圈，突然又回到课堂上，发现自己比周围人年纪都大，脑子却好像根本不管用了，总觉得自己跟废物一样。"

"后来呢？"齐宋问。他知道此处一定有一个转折，因为她是高手，他相信她。

"后来，"她果然道，唇边露出一点笑意，"就是因为一个法援案件。所有证据都已经灭失，调解、开庭，搞了好几次，一方一个说法，对方当事人找了个朋友做证，其实大家都知道不合理，都知道是假的，但又没办法反驳。最后一次庭审，中间休庭，是我忽然想起看见过这个证人，让我们法援的律师要求调前几次的法庭监控，结果发现那个人真的就在旁听席上听过审，证、词、无、效！"

齐宋看着她，听她缓缓说出那四个字，像是能感觉到当时的激动。虽然只是很小很小的一件事，但所有做过诉讼的人可能都有过这样的激动。

"所以，"关澜笑，继续往下说，"你以为我在帮他们，其实他们也在帮我，让我在每次觉得自己很废物的时候，又一次地发现自己其实真挺可以的。"

好一会儿，他没再说什么，只是握住她放在桌上的手。她也就那么让他握着，又闭上眼睛，晒着太阳。

隔了一阵，他才道："关老师，下周有空到所里来一下，我有个案子跟你聊。"

她笑，好像不信，说："你哪来那么多案子找我做顾问啊？"

齐宋想说，是真的，又觉得好傻，便只跟她说事实："这个当事人的案子是立木所做的刑事部分，二审已经判了，五年。"

"然后呢？"关澜感兴趣起来。

齐宋说："关老师，你去过监狱吗？"

关澜看着他，觉得他大概想听到一个否定的答案，可惜她只能实话实说："还真去过。"

"真的假的？"齐宋意外。

关澜笑，说："你知道法援专门有一类案子就是替服刑人员办理诉讼离婚吗？"

齐宋也笑起来，几分无奈，却也在心里说，高手就是高手。

第八章 女骗男，男骗女

2015年春，金森林刚过三十三岁的生日，办完了协议离婚，又在公司里升上总监。朋友调侃他，升官、发财、死老婆，男人三大喜事几乎都给他占上了。他脸上笑得挺开心，心里却有些微的不安。一半是觉得这句话对前妻不太尊重，另一半是因为自己其实根本没有发财。

而这两半之间多少又有着那么点联系，因为他和前妻离婚也就是因为没发财。

两人曾是大学同学，虽不是彼此的初恋，却也有过青涩热烈的时光，自习室里接吻，小旅馆里开房，贪恋着对方年轻漂亮的身体。后来分开，只是因为对眼前生活的失望。

两个人都算得上优秀，985大学毕业，500强外企工作，既努力，又精明，一踏上社会便如鱼得水，职位一年年地往上升，结果却发现现实永远与愿望差着一大截。

婚后那几年，前妻总在羡慕大学里的女同学，或者部门里某个女同事，比如谁谁谁嫁了个创一代，刚结婚就住进了六百平的别墅。金森林听她说得多了，也难免心中嘀咕，跟他同批的一个管培生娶了个富二代千金,婚后没多久就辞了职,现在名下公司已经好几家了。

就这样渐渐两看相厌,好在他们没孩子,经济上也基本各归各,分手分得简单而平和。就是从网上下个协议模版,稍微改了改,签上名,再相约去了趟民政局,离婚证到手,从此便是陌路人了。

重回单身生活,金森林很是快乐了一阵,酒吧、夜店打卡,找私教开始健身,甚至还去母校申请了个 EMBA 课程。学费很是不菲,但他凭借新晋的总监的级别,刚刚好能够到公司一系列报销的福利。

于是,本着有便宜不占就是吃亏的人生准则,以及怀着大家都在说的"向上社交"的企图,那年十月,金森林重又坐进了 A 大商学院的教室。

一个班总共五十几个人,平均入学年龄四十多,他算是其中最年轻的那一拨,活泼而嘴甜,很快就被各种大哥带着玩。才上了两个周末的课,他就已经跟着同学去看过价值一个"小目标"的江景房,试驾过零百加速不到三秒的迈凯伦。而所有人都在讨论的移民,他也去听过讲座,还拿了几份材料回来研究,虽然投资款还不知道在哪里,却也当真犹豫了一下,究竟是去加拿大呢,还是新加坡?

也正是在那个月,他们班跟 A 市另一所商学院搞了个联谊活动,两队人在体育公园玩飞盘,场上各是七人,男女混合。金森林自然也在其中。比赛开始之前,他看到对方队里一个穿白色运动背心、黑色紧身短裤的女孩。他跟人打听,别人告诉他,那是 Heather Summer,ABC,芝加哥艺术学院毕业,自己会画画,也做过独立策展人,手上已经有个项目,打算搞全年龄美学素养在线课程,号称要建立中国人特有的审美与美商培养体系。

"那她怎么上这儿来了？"金森林又问，总觉得反向留学有点罕见。

别人见惯不怪，说："我们是中文课程，所以本地的人多，那家三成都是国际学生，有不少海外长大、打算回国创业的人都会先在国内顶尖商学院里读个 MBA 刷点人脉。"

金森林点头，他还真不知道这个。

比赛开始，所有人都集中注意力看着飞盘划出一道道弧线，奔跑，追逐。而金森林看着 Heather，直到她倒退着撞入他怀中。他护住她，躺倒在草皮上。两人都汗涔涔，奇怪的是却不觉得抵触。她靠在他身上，气喘吁吁地笑着。他看着她，一对丹凤眼，皮肤带点小麦色，露出来的手臂肌肉线条流畅，竟有些惊艳。

"Heather。"她站起来，主动朝他伸出手，报上自己的名字。

"金森林。"他握住她的手，也跟她自我介绍。

这就是金森林第一次见到 Heather Summer 时的情景。

自法援中心分手，两人互相销声匿迹了几天。

关澜对齐宋说过，她要跟前夫见面，谈女儿的事情。

齐宋那晚也发过消息给她，问：到家了吗？

关澜回：到了。

齐宋还想问：事情谈得怎么样？但看前文孤零零的那两个字，谜底好像已经摆在谜面上，她不想多说，他也没必要知道。于是那已经打了一半的句子，又一字字地删了去，改成说下周在至呈所见面的时间。

关澜查了课表，说：没问题，我到时候过去找你。

齐宋回：好。

对话就停在此处，一直到约好见面的那天，关澜又发消息给齐宋，说：有其他案子的当事人找我，刚刚谈完，现在赶去滨江时间有点紧，我能不能视频接入？

齐宋看着这一问，肚子里翻江倒海，但最后还是只回了个"好"字。

约好了的，突然又说不来。但其实立木所那边的律师也是视频参会，他也说不了她什么，现在这年月，又是他们这个行当，大家都很忙。

到了会议时间，便是开了个三方视频。齐宋在画面里看到关澜，像是就坐在车里，他想问她在哪儿，刚才谈的什么案子，吃饭了没有，又觉得自己嘴碎。而且，立木所那边的人也已经加入进来，会议开始。

一位余姓女律师跟他们说了一下案子的前情：当事人金森林，2016年与妻子 Heather Summer 一起创立了"美学指数"平台，当年完成天使轮融资，次年完成 Pre-A 轮，再过一年完成 A 轮。到了2019年，"美学指数"突然传出资金链断裂的消息，各地预存了学费的学员纷纷报警，金森林因涉嫌诈骗和非法吸收公众存款罪被逮捕。妻子与他同案，但因为拿的是美国护照，比他先走了一步，在经侦行动之前已经出逃。金森林作为公司法人代表，一审被判有期徒刑十年。后来他打掉了诈骗的罪名，再加上一系列积极退赔的行为，二审以"非吸"定罪，改判五年。因服刑期间表现良好，又减刑一年，明年就要出狱了。

这件事在案发当时有一定的社会影响，各种新闻和讨薪讨债的帖子在社交媒体上满天飞。关澜也有所耳闻，却一时想不出来自己作为家事法顾问，在这非吸案里面能发挥什么作用。

第八章　女骗男，男骗女　　183

"当事人是想要跟出逃的妻子办理诉讼离婚？"她提问。

余律师大约也觉得这事有些新鲜，顿了顿，整理了下词句才说："不是的，其实是 Heather Summer 在美国提起离婚诉讼，那边判决已经下来了。Summer 的代理律师是 SK 纽约所的，通过他们在 A 市代表处的一位梁律师联系到我们，希望金森林配合办理中国这边的手续。"

"是，"关澜确认，"异国离婚诉讼的判决书还需要送达当事人，再经过中国法院的认证。但这其实也就是走个程序的事情了，除非他们还有境内的财产在分割上有争议……"

最后半句没说出来，因为单看这个案件的前情，就知道不大可能。六个亿的涉案金额，且妻子携巨款出逃，两人在国内剩下的存款、股票、房产，在刑事诉讼部分肯定都已经给执行完了。

齐宋这时候才说话："这个案子双方当事人的背景的确比较特殊，我们这边最终能做到什么程度，就看关老师的了。"像玩笑，又像抬杠。

视频里辨不清眼神，但齐宋还是觉得关澜看了看他，而后才又问："当事人现在关押在哪里？"像单纯发问，也像接受挑战。

而余律师回答："西郊监狱。"

像金森林这样的经济罪犯，也就是洋气说法里的 White-collar Criminal，原本大都关押在市内的东区监狱。那地方始建于 1901 年，曾被"誉"为远东第一监狱，直至今天仍旧赫赫有名，坊间流传有落水的老总在里面参加董事会投票，有财经大学在那里设立校友分会，还有一支合唱团，拿手曲目是 Desperado 的无伴奏合唱。总之颇具传奇性。一直到年前东区监狱开始装修——有说法是要改建成博物馆——其中的服刑人员才被分散到各处，加入了东、南、西、北郊区监狱里折纸盒子、踩缝纫机的队伍。

监狱会见有一系列的手续要办,查询审核、排时间。到了会见那天,恰好遇上关澜要去政法大学在市里的那个校区上课,齐宋开车到那里与她会合。

两人一起吃了午饭,是在大学食堂,关澜刷饭卡请客。她整顿饭都没怎么说话,一半因为环境嘈杂,坐十几个人的长桌,一半是讲完三小时课累的,还有一半赌气的成分。至于这一半一半又一半,为什么加起来已经超过了一,其实也很难解释,反正当时的感觉就是这么复杂。

直到吃完饭出了食堂,两人往停车场走。关澜有个呵欠要打,存心落到后面,偷偷地。

结果还是给齐宋看见了,这才问:"早上几点起的?"

关澜答:"四点半。"

齐宋无语,走过去,从她手里拿走车钥匙。

"你干吗?"关澜问。

齐宋说:"坐我的车,路上睡会儿。你要是觉得完事回家不方便,我也可以开你的车。"

关澜不置可否,只是提醒:"我车手动挡的。"

齐宋看她一眼,继续往前走着,直奔她那辆斯柯达。

关澜看出他不爽,笑了,跟上去解释:"我就跟你说一下,没有觉得你开不来手动挡的意思。"

齐宋总之不说话,拉开副驾驶车门,给她个手势让她坐进去,而后俯身替她扣上安全带。那动作让两人离得很近,有一瞬甚至气息相闻。

关澜并不避讳,由着他,看着他。齐宋这才气顺了些,却也存心不让她看出来，起身关上车门，才缓和了面色，再绕到另一边坐上驾驶位子，调整了座椅位置和后视镜，发动引擎，驶出校园。

关澜想起那天跟黎晖的谈话。

离开法援中心，她照着他发的定位，去一个购物中心找他们，三个人在底楼一家美式餐厅吃了饭。一边吃，尔雅一边开心地给她看白天拍的照片，摄影师刚发了生图过来，供他们挑选。其中有单人照，也有父女二人的合影。照片拍得很好，背景是秋季层林尽染的南郊山野公园，画面上是两张相似却又不同的笑脸。

黎晖看看照片，再看看她，说："可惜你不在。"

关澜笑笑，没接这茬。

后来，三个人又去训练基地，尔雅玩 VR 游戏，她和黎晖坐在院子里说话。

是她主动提起转学的事，说："尔雅的英语一直就是跟着公立学校的进度上来的，真要转国际，不管是读 A-level（英国高中课程）还是 IB（国际预科证书课程），肯定都得先花大功夫补习，否则到时候跟不上，对她打击会很大。"

黎晖说："这你不用担心，我会给她找外教，专门辅导国际学校笔试面试的那种。"

关澜说："估计总得小半年，很贵吧？"

黎晖没提钱的事，只道："时间上刚好，明年四五月份去报名插班考试。"

关澜又提要求，说："我恐怕没时间，得麻烦你带她去，回来给她预习、复习。"

黎晖听她这么说，倒有些意外，笑着回答："没问题，这也是我的女儿,你跟我说什么麻烦?"

关澜笑笑,并不觉得没问题。她不是对尔雅没信心,而是对他,想看看这个总是喂糖的人,怎么带孩子去看牙医。嘴上却道:"补习的费用你到时候算一下告诉我,还有将来国际学校的学费,我跟你一人一半。"

黎晖又像刚才那样看着她,半响才说:"关澜,你何必呢?"

有那么一瞬,她以为他就要图穷匕见,结果也真的听见他说:"你知道吗?我一个人已经有段时间了。这几年就喜欢折腾一些稀奇古怪的东西,摩托车、露营装备,还有怎么把钛杯烧成蓝色……"

"是年纪到了吧?"关澜揶揄。

黎晖看看她,失笑,笑了会儿才说起一个朋友,那人跟他一样年纪,去年体检查出心脏问题,做了支架。他女朋友知道之后,私底下找了律师咨询。黎晖说:"那就是个二十多岁的大学生,淘宝上五十块钱找的律师,聊天记录让他看见了。问的第一个问题就是,他们这样的情况,要是马上结婚,婚后男人死了能分多少钱?"

关澜见惯不怪,说:"然后那个律师问,男方有没有孩子,对吧?"

黎辉笑出来,垂下头点了点,是自嘲,也是无奈。

所以想起女儿的好来,要跟她抢果实了。

"他当时心都凉了,很快立了遗嘱,还联系前妻,把房子、股票全部做公证给了儿子。"黎晖继续说下去,"前一阵又看到他,跟他前妻在一起,两个人带着孩子在外面吃饭,聊起来,说是复婚了。"

或者再多她这个旧人,也可以。

此处可能应该表个态,关澜却只是问:"你身体没什么不好吧？"

黎辉果然侧首看她。

而她玩笑，说："我就礼貌问一下，没有打你遗产主意的意思。"

黎晖品出她的态度，又或者只是因为扫兴，笑了笑，没再说什么。

斯柯达驶在往西郊去的路上，午后这个时间，市区里有些拥堵。齐宋默默开着车，是真的想让她趁这一程睡一会儿的。

关澜却开口说："上周末，我跟我前夫谈过了。"

话讲出来，便觉得有些尴尬。我前夫，前夫这种东西，跟形容词性物主代词放在一起还真是奇怪。而"形容词性物主代词"，又好像在凸显她中学生家长的身份。她觉得齐宋不会喜欢听，这些都是与他格格不入的东西。可是要说什么、怎么说，她已经考虑了几天，于是还是冒着尴尬说下去了。

"我有些话想跟你讲，一直没时间，发消息或者打电话又觉得太随便了……"

齐宋不响，仍旧默默开着车，却在心里说：你上次分手就是发的消息。

当然，人家也许不觉得那算分手。

"我觉得你说得有道理，"关澜只是按照既定的想法说下去，"我一个教家事法的大学讲师，专做离婚的律师，替自己争取抚养权，居然还要靠立牌坊，实在是有点好笑。这件事，我已经仔细想过，针对八周岁以上的孩子，法庭裁定抚养权最关键的还是看孩子自己的态度。所以我会试着放手，也已经跟她父亲商量过，就顺他的心意，多给些时间让他们相处，也许反而会有改观。养孩子，尤其是一个青春期的女孩,根本没那么简单。至于多出来的这部分时间,我也可以用来做我自己的事情。"

齐宋静静听着,是有些意外的,意外她如此坦率,反显出自己的不坦诚。

"我也有件事要跟你说。"他道。

"什么?"关澜问。

齐宋又顿了顿才往下说:"我知道黎晖升副总签股东协议的时候咨询过土豆条款,还大致说过这方面的打算。所以,你也别太担心了,他也许不是想跟你抢抚养权。"藏了很久的那件事,他到底还是说出来了。

都是同行,关澜自然能猜到这言下之意,只是问:"你怎么知道的?"

齐宋说:"其实我不应该知道,也不应该告诉你。你听过,就当没听过吧。"

有那么一会儿,两人都没再说话,齐宋听天由命地等着下文。

关澜琢磨了一阵,却问:"你什么时候知道的?"

齐宋没答。

"是不是XY项目签约前的那几天?"关澜又问。

齐宋还是不说话,只是想,原来她并不是什么感觉都没有的。

关澜却已经笑起来,调开目光望着窗外,笑了会儿才说:"那几天你都在干吗?"

齐宋老实回答:"开庭、开会,或者在去开庭、开会的路上。"

"工作之外呢?"关澜非要打听。

齐宋随便说:"看了个电影,《西线无战事》。"

"好看吗?"

"就那样，打仗，死人。"

"那为什么还要看？"

"因为别的看不了。"

"什么别的？"

"猫视频，自从上次你转给我那个，后来就老收到推送。"

"为什么看不了？"

"因为马扎成精了，不许我看别的猫，只要听见视频里猫叫，就以一百码的速度冲过来拍飞我手机。"

关澜觉得他胡说八道，却还是笑得停不住，说："那它一定是喜欢上你了，而且还是只很小气的猫。"

齐宋看看她，也跟着笑出来，却是自嘲，片刻后才想起来问："那你刚才说，你多出来的时间要做自己的事情，到底是什么事啊？就挣钱？"

关澜不答，转头看看他。

他懂了，还有其他。他唇边笑意渐深，伸手过去握住她放在腿上的手。

"喂，这车手动挡的。"关澜没有避开，只是再一次提醒。

齐宋损她，说："你驾照买的吗？手总是放把上？"

关澜不服，说："可你看这路况，一直要换挡啊！"

齐宋反正不管，把她的手翻过来，手指探入她的指缝，与她十指相扣，等到过下一个十字路口之前才松开收回去。

"另外，还有些话……"车厢里静了静，关澜又道，"也许冒昧了，要是不合适，你也只当没听过就好。"

"你说吧。"齐宋等着。

她仿佛斟酌着词句，缓了缓才说："我不想再结婚，也不希望让别人认为我有再婚的打算。是我一直都这么想,也是为了抚养权变更诉讼考虑,再加上现在在至呈所的顾问工作,我觉得最好还是不要公开我们之间的关系。"

齐宋听着,忽然有种荒诞之感,心里仿佛有个小人儿正疯狂举手告老师,说她抢我台词!

关澜不看他,只是继续道:"还有,我的生活里有很多麻烦、琐碎的事情,就像通常说的一地鸡毛,很多人避之唯恐不及,甚至会说些很难听的话。但这些都是我的一部分,也注定了我不可能总是把谈恋爱放在非常靠前的位置。如果什么时候让你觉得不舒服了,你可以随时叫停。"

此处大约应该坚定地回答一句,不会。但齐宋没有,他这个人总是想得更多,比如他已经见识过她的复杂,甚至恰恰就是那种复杂吸引了他,强大和脆弱,美丽和疲惫,聪明绝顶和傻乎乎……也许就是因为想得太多,想到最后,什么都没来得及说出口。

关澜自觉已经把最困难的部分都讲了,反倒轻松起来,笑了下道:"另外再向你坦白一点,因为清水错落那个案子,我跟人打听过你,当时得到的信息,其实不光关于工作。"

"说我什么了?"齐宋问,人对于自己的八卦总会好奇,他也不例外。

关澜却不细说,只道:"总之基于那些,我觉得你对我的提议是不会介意的。按道理应该再早一点跟你说清楚,但这些话先说好像也有些奇怪吧。"

齐宋笑笑,问:"所以你就先动手了?"

"我动什么手?"关澜没懂。

"XY项目签约那晚……"齐宋提醒。

第八章 女骗男,男骗女

关澜反应过来，说："是我吗？"

齐宋看看她，意思是：不是吗？

关澜给气乐了，转头望向车窗外。而齐宋只是开车，看着前路。两个人就那样各自静静地笑着。

隔了会儿，关澜才又说："对了，还得谢谢你，要不是你帮忙，我没底气跟他说那些话。"

齐宋听着，纠正："我找你做顾问，是因为你有这个实力，不是为了帮你刷资历或者送钱给你的。"

关澜不管，又说了声谢谢，很轻很轻。

车继续往西开，从高架上下来，道路开始变得空旷，来往多了大车，一辆接着一辆，扬起烟尘。有那么一会儿两人都没说话，齐宋转头再看，却见她已经睡着了，仰脸靠在椅背上，嘴微张。齐宋叹口气，又无声笑出来。

等到了西郊监狱，驶进附近的停车场。他找车位停下，看了眼手表，还有点时间。他没叫醒她，只是探身过去解开她安全带的锁扣，再轻轻收起。但她就在这个时候醒了，睁开眼睛，目光尚有些迷茫。

"关澜……"他看着她说，又好像是在要一个许可。

而她没说话，只是对他笑了。

两人离得这样近，他可以看到她眼梢与唇角每一丝细微的变化，如此真实，如此确定。

他靠上去吻了她，伸手捧住她的脸颊，她亦微微侧首，好让这个吻更深入下去。这一次很肯定，是他先动的手。

疫情的原因，现在会见都不容易，家属来访已经全部暂停，律师进入监狱的手续也不能出一点差错。

齐宋一贯做商事案子,监狱这种地方只有从前协助刑事组办理申诉的时候来过一次。关澜却是熟门熟路,带着他一路进去。先在门口查核酸证明、健康码,再到里面人工窗口验过所函、委托书等一干材料,最后两本律师证被叠在一起交上去,看着颇有些相亲相爱的意思。齐宋跟在后面,觉得这个顾问请得真是值回票价。

两人随后去候见厅,存包,存手机,再过安检,刷身份证做人脸识别。过了 AB 门,又在等候区等了一会儿,直到狱警通知他们上二楼会见厅。

律师会见不在大厅里,而是有个单独的小房间,也没有狱警坐在后面戴着耳机听写,旁边的监控探头跟看守所一样仅有画面没有声音。

二人坐下不多时,隔着中间的不锈钢栅栏和有机玻璃,看见那边门开了,狱警带了个人进来,又隐约听见说:"38467,你坐这里。"他们知道这就是金森林,但跟案卷里的照片一比,简直判若两人。

入狱之前,金森林三十七岁,还是典型精英人士的样子,梳美式油头,穿定制西装,脚上一双雕花布洛克,在"美学指数"的路演上风度翩翩,侃侃而谈。入狱三年之后,金森林四十岁,人倒是明显胖了一圈,穿一身藏青带斑马线的春秋制服,制服经过无数次洗涤,已经磨损成灰蓝色,脑袋上留着推得很短的寸头,但新长出来的发茬还是成片的白色。

狱警退出去之后,两边拿起听筒,核对过身份,齐宋和关澜说明了来意。

金森林是很意外的,半天没讲出话来,最后开口却笑了,笑得有些凄然,说:"其实我早想到了,就是没想到她这么着急,连我出狱都等不了……"

齐宋并不打算安慰他几句，朝关澜做了个手势，对金森林说："这位关律师是家事方面的专家，她来给你讲一下现在的情况。"

关澜习惯了他多一句都懒得说的作风，便也开宗明义，给金森林解释："两个人一个在国内，一个在国外，如果想要离婚，一般有三种方式。第一种，是一方回国，然后一起去民政局办理协议离婚，以你和 Summer 的情况，显然不可能。第二种，是在国外的一方去大使馆开个无法回国的证明，然后委托国内的律师在国内法院起诉离婚。第三种，就是 Summer 采取的方式，在她居住地的法院起诉，然后由她在 A 市的代理律师拿着美国的判决书到 A 市的法院申请认证，我们现在要做的就是配合完成这个程序。"

"那要是我不配合呢？"金森林反问，显然是带着些情绪的。确实，他为什么要配合呢？

关澜接续给他解释："按照你们的情况，已经可以确定分居超过两年，满足我国法院判决离婚的法定条件。如果没有什么财产上的争议，就算你单方面不同意，法院一般还是会通过认证的，然后出判决书给你。"

"怎么没争议？有争议啊！"金森林激动起来，说，"她就是个骗子，根本不是什么 ABC，二十几岁才去的美国，在那儿嫁人入籍换的蓝护照，什么 Heather Summer？！"

关澜本以为他会说财产上的争议，却没想到听见这么些牢骚，想开口提醒他会见时间有限。但齐宋伸手在她膝上轻按了下，她会意，没说话。

"你是什么时候知道她真实身份的？"齐宋问。

"那时候我刚开始跟她一起创业，要注册公司，"金森林没有直接回答,把故事从头说起,"她借口说自己是外籍,如果要在国内做法人代表,工商局那边需要美国领事馆的认证和公证,那就先得在美国找公证人,州政府办完,再到中国驻美使馆办,要绕一大圈。而且公司算是外资,必须经过商务部审批,一长串手续麻烦得很。所以她就提出让我做法人代表,说这样可以规避外资红线,只做普通的工商登记就行了。"

说到这儿,金森林笑了下,鼻中轻哼:"后来才发现,她中国居民身份证还在呢!真名叫夏希!就是个 Z 省乡下的大专生,工作几年之后申请了个野鸡学校才出的国!我当时问她怎么回事,她把自己的身世说得那叫一个坎坷,说怕我知道了嫌弃她。而且,要是将来公司上市了,必须公开大股东和高管的身份以及国外永居权的情况。她怕自己被人认出来,也担心会影响平台的声誉,还有跟投资人的关系。说都是为了我们两个人着想,所以才让我做法人代表,股份也都由我代持,因为她跟我是夫妻,她信任我。"

"那时候'美学指数'已经融资到 A 轮了吧?"齐宋打断他问。

金森林果然点头,继续往下说:"结果,就是这么个信任法。一看不对劲,自己先走了。我们俩共同账户里的钱,以及公司账上最后剩下的几笔大款项,全都是她带走的。"

关澜听着看着,忽然想起那句俗话:最高明的猎手常以猎物的形象出现。

Heather Summer 骗了金森林,找了个理由,存心把他推到台前。但这骗术之所以成功,其实也是因为金森林心甘情愿,一直以为自己才是一切尽在掌握的那一方。

"以现在的形势,Summer 人在美国,几乎没有引渡或者劝返的可能,"她开口提醒,"你暂时只能先考虑眼前的离婚诉讼,比如

Summer 还有没有什么在境内的财产，你可以针对这一部分向 A 市的法院提出分割的要求。"

"什么都没了。"金森林却摇头。

关澜也知道事实应该就是这样，Heather Summer 当时也经过经侦的严密侦查，一切情况都被掌握。而且，从金森林的叙述来看，她从一开始就做好了金蝉脱壳的准备，不可能还在国内留下数额较大的财产。

或许是因为事情已经过去了一段时间，金森林在里面想了很多遍，也跟别人聊过很多遍，此刻说出来少了几分凄然，更多的只是麻木："那时候，以为自己走上人生巅峰，结果只是一场大梦。我现在什么都没有了，房子、车、存款、各种投资，都已经被执行、被拍卖。我父母当时为了帮我退赔，争取轻判，把他们自己的房子都卖了。两个快七十岁的人，都有慢性病，这几年就租房住在城中村，过来看我一趟，一个扶着另一个，颤颤巍巍的。而且，剩下的债务还有两千多万没还清，都是我这个法人代表签的个人担保。等我出狱之后，也做不了以前那样的工作，破产，限高，什么都不可能了。"

……

时间有限，一场会见结束，齐宋和关澜并没有得到什么有价值的信息，只是把所有需要签署的材料都签了。金森林被狱警带走，重新回到监区。其余二人又经过几道检查，离开西郊监狱。

关澜一路上有些沉默，显然在想除了这些文书工作之外她还可以做些什么。

齐宋开解她道："这案子有些社会影响，哪怕只是走个流程，收费也很有限，但写在你的 lawyer profile（律师履历）里看着也不错。"

关澜笑，翻旧账："别忘了你来的时候才说过的，找我做顾问，不是为了帮我刷履历。"

两人说着，已经走到斯柯达边上，齐宋揽过她的肩，把她塞进车里，说："但是关老师，你也别对自己要求太高了。"

车子驶往南郊大学城，齐宋先送关澜回去。

开到半路，关澜才把自己在琢磨的问题说出来："其实我一直觉得奇怪，Summer 和金森林，两个人隔着太平洋，一纸离婚判决有没有，也就那么回事。而且金森林明年就出狱了，到时候再办离婚，会简单很多，Summer 为什么这么着急呢？"

齐宋看看她，反问："这种案子你应该最有经验了，一般人着急离婚都是因为什么呢？"

关澜想都不用想，回答："后面有新人等着，或者预计双方的财产状况有重大变化，比如怕对方欠更多的债，需要自己承担，就像王小芸。或者自己马上要发达了，不想让对方分一杯羹。"

齐宋却想了想，说："虽然这俩人隔着太平洋，但你说的这两条应该还是成立的，因为新人，或者财产。"

"SK 所的梁思……"关澜忽然灵光一现，说，"Summer 这次在 A 市的代表律师是 SK 所的梁思，但梁思是做个人财富业务的，不是普通家事律师。"

齐宋跟着她的思路，说："个人财富业务的客户差不多都是有钱老头，在各国请律师、会计师，每年就等着看哪里有税收优惠，适合搞基金安排遗产。"

"有新人等着，或者财产状况将有重大变化，但也可以是两者兼有，"关澜觉得这其实就是问题的答案，"Summer 是要再婚吧？

而且新人是个有钱老头,所以一定得保证这边离干净,不影响新的婚约的效力!"

原因虽然想通了,但从金森林的角度出发,更加觉得不平。本来应该共同承担责任的两个人,一个已经一无所有,说自己未来什么都不可能了;另一个逍遥法外,眼看又要攀上新的高峰。

关澜轻叹,觉得有几分凄然。

齐宋转头看看她,换了话题,问:"最近手上还有什么案子啊?"

本来只是寻常闲聊,关澜却笑了,避开他目光,嗫嚅道:"就,退费那个……"

"上次跟立木所的人开视频会议,你说来不及赶过来,谈的别就是这个吧?"齐宋简直拿她无法,摇头说,"关老师你真的绝。"

"这次还是收了费的!"关澜解释。

"多少钱啊?"齐宋追究。

"这也要问?"关澜抗议,觉得这人怎么有点蹬鼻子上脸的趋势。

齐宋才不管,又问:"还有清水错落那个案子,你收了多少?"

关澜果然没了气势,说:"那个是朋友的朋友……"

齐宋叹气,觉得非常有必要给她在收费的问题上好好搞搞路子。整理了下一二三,他开口说:"做律师第一条,就是别拿当事人当自己人。赢的时候,你跟他们讲交情,开友情价。输的时候,人家可不一定会拿你当朋友。"

关澜说:"哦。"

"第二条,"齐宋继续,"联系办案相关的事情,只用你名片上那个工作号码,千万别把私人号码给当事人。"

"我是这样的呀。"关澜辩解。

齐宋冷嗤,说:"关澜你别赖,我在法援中心都看见了,你两个手机混着用的,有时候一个回着信息,就用另一个打电话了。还有,手机上默认设置电话录音,呼出呼入都要,听见没有?"

关澜说:"哦。"

"第三条,"齐宋却还没完,"谈案一定要在专门场所。法援的案件在中心谈,你自己接的案子去律所谈,别跟人约在外面。什么咖啡馆、当事人家里,还有你这辆车上。律师不在专门地方谈案,也就电视剧里拍拍,放到现实中全都是潜在的风险。民事案件的当事人嘴里没几句实话,这个不用我告诉你吧?万一有个万一,他们的说法到了法庭上被对方证伪,反咬一口说是你教的,你没有录音录像,也没有同事替你做证,怎么办?"

关澜只好又说:"哦。"

"更关键的是,"齐宋用强调的语气总结,"架子要摆出来,否则影响收费,你知道吗?"

"哦,学到了。"关澜两手放在膝上,侧身朝他点头,恭恭敬敬地说,"谢谢齐par(合伙人)指教。"

齐宋破了功,笑出来,要不是开着车,好想把她捞过来报仇。

关澜也笑,笑了会儿才又道:"其实真挺巧的,前一阵跟你一起做的那两个案子,王小芸和于莉娜,都是二十出头的闪婚,一个对对方一无所知,另一个查到底掉。现在又是两个案子,一个女的做局骗男的,另一个男的骗女的。"

"你不是说还能抢救一下吗?现在什么情况?"齐宋问。

"那家的丈夫是在汽配城开店的,妻子是家庭主妇,在家带一个四岁的儿子,"关澜给他大致说了说案情,"前不久发现丈夫在外面包养情人,于是起诉离婚。开庭的时候,丈夫诗朗诵,把妻子感

第八章 女骗男,男骗女

动得撤诉了。但两人好了没一个月,妻子发现丈夫还在往外转移财产,又想离婚,拿了两人签的婚内财产协议过来,结果发现都是无效条款。"

"约定了离婚就净身出户?"齐宋问,这一条可以算是婚内协议里最常见的无效条款。

关澜答:"倒是没那么简单粗暴,还列了一、二、三条呢。"

齐宋看她一眼,怀疑这是在阴阳他刚才跟她第一、第二、第三。

关澜果然笑了,继续说下去:"第一条,丈夫将自己名下的婚前房产约定为夫妻共有。但实际上他们并没去办理产权更名,也就是赠与行为未履行,赠与人在实际交付之前随时可以撤销,不负法律责任。

"第二条,如果离婚,丈夫名下的那一半房产全部归儿子所有。但儿子只有四岁,属于无民事行为能力人,必须由其法定代理人代理实施民事法律行为。而其法定代理人就是父母,等于房产仍然在父母双方手中,同样是未履行的赠与行为,还是会被法庭认定为无效。

"第三条,如果离婚,其他财产归妻子所有,债务全部由男方承担。但这种约定只有在债权人知情的情况下才是有效的,否则人家还是可以要求夫妻俩承担连带清偿责任。"

齐宋听着,感觉确实如关澜所说,男方应该咨询过律师,故意做局了。他接着问:"男的怎么转移的财产?"

关澜说:"在妻子发现他出轨之前,丈夫就在往外转钱了。每个月从公司账上给情人转几万,已经转了差不多两年。后来为了说服女的撤诉,他又把这笔钱要了回来。但是现在的情况是,情人手里有相应金额的借条和转账凭证,说钱是她借给男人的,要求偿还。"

"那之前那几万几万的转账记录呢?你不是说都有银行流水吗?"齐宋问。

关澜回答:"男的跟情人签了个合同,说是提供咨询服务的报酬。"

"这是哪个大聪明教他的?法院旁边那种门面房子里朝外摆张写字台的律师吧?"齐宋笑说,"那你现在打算怎么抢救?"

"查他税呀,"关澜就一句话,"他两年里转出去快一百万,说是服务费,那我们就看税务局认不认可了……"

话到此处,她忽然停下来。

"怎么了?"齐宋问。

"其实,"关澜缓了缓才道,"也可以查她的税。"

"什么?谁?"齐宋一下没懂。

关澜说:"Heather Summer。"

齐宋怔了怔,才领会,看着她道:"关老师,你真绝了。"同样一个形容词,却跟前一次的意思完全不同。

当天晚上,又就金森林一案开了个视频会,参会的除了齐宋,还有至呈所税务组的律师。关澜让尔雅去房间里写作业,自己在客厅连上线。

沟通了下案情,粗粗看过立木所转来的电子案卷,税务律师认为确实存在这样的可能性。美国一向对其公民和绿卡居民实行全球征税,而 Heather Summer 借由金森林代持股份,以及实际上仍旧保留着中国籍身份,很有可能并未就 2016 至 2019 年间的全部所得向美国报税。

甚至还有她最后出逃之前从"美学指数"公司账上转走的那几

笔钱，虽然是非法收入，但按照美国的税法也是要申报缴税的。恰如当年的黑手党头子阿尔·卡彭，没有因为黄赌毒坐牢，却被美国国税局以逃税罪起诉，最后判了 11 年。"

"要是真的查证了，这人的麻烦可就大了，"税务律师道，"除了补缴税金和利息、罚款，还可能被控重罪，那是真的要吃牢饭的。而且，这举报人的奖励也不得了。在我们这儿举报偷税漏税，不管最后追回 8 亿还是 13 亿，封顶也就 10 万块钱奖金，美国最高可是税金加利息再加罚款总额的 30%。就看这几年 IRS（美国国税局）公布的平均数字，这个比例也要在 20% 上下了。"

"如果举报人曾经帮助过逃税行为呢？"关澜问，金森林确有这样的嫌疑。

"一样有奖，"税务律师回答，"不是有过那个著名案例吗？瑞士银行那谁长期帮助美国客户逃税，后来向美国法庭认罪，提供了 3 万多个海外账户信息，最后自己拿到一个多亿美元的奖金。"

"这样的举报需要证据细化到什么程度呢？"齐宋已经在想具体的问题。

"这个可能得咨询美国那边的律师了，"税务律师也不确定，"我只能说个大概，比如逃税主体的身份信息，姓名、居住地，以及能够证明逃税事实存在和大致金额的账目或者合同，还有可以证明他故意逃税的证人证言或者邮件、录音之类的。"

前几项问题都不大，就是这么巧，因为这一次的离婚诉讼，他们完全掌握了 Summer 的近况。但后面几项就不一样了，关澜听着他说，便想起"美学指数"案中几个 G 的电子案卷，料到接下去的工作量巨大，这奖金也没有那么好拿。

"好，谢谢你帮忙，下次请你吃饭。"齐宋已经准备挂断了。

"一顿饭就想把我打发了啊？"税务律师与他玩笑，说，"你大晚上的找我，我还以为有生意给我做呢。"

齐宋也跟他半真半假，说："这生意能不能做，我还得盘一下。要是能成，肯定少不了你的。"

两人又调笑几句，税务律师那边道别下线了。

视频会结束，齐宋又打电话给关澜。

关澜接起，却一时无言。

两人都知道，现在摆在面前的有两条路。一条，轻而易举，他们可以按照原来的计划，走完这个流程，让金森林把婚离了就行了。另一条，是个大工程，成则善恶有报，但要是败了，这期间付出的成本可就不只是他们两个人的时间了。

"要是你觉得……"关澜开口，认为齐宋一定会选前者，因为他一直就是个非常实际的人，而且也不像她，做这个案子只是本职工作之外的兼职。至呈所是他卷了十几年的地方，在做出决定之前，必须考虑到的因素一定更多。

齐宋却打断她道："你先别多想，想了也没用。下一步是要问过当事人的意思，看金森林是否想要举报 Summer 逃税，最关键的证据和证人证言也要靠他给出来。我明天申请个线上会见，再去跟所里谈一下这个案子的费用问题，等有结果了告诉你。"

"好。"关澜应下，忽觉畅快。齐宋确实是个理性做事的人，总能一下找到问题关键。

就像电话里说的那样，齐宋预约了线上会见。原本他打算自己去跟金森林谈，但关澜对这件事也很上心，还是让他加上了她的名字。她隔天又开车来了一趟滨江区，和他一起去了司法所。

视频会见室里，金森林出现在屏幕上，依旧是上回在西郊监狱里见到的老样子，只是表情多了几分迷茫，不知道他们又有什么事情找他。直到听齐宋说完情况，金森林脸上的表情从迷茫到怀疑，再到燃起一点点希望，看着摄像头道："我知道 Summer 的确在报税上做过些手脚，当初发现她的中国身份证，就是因为她用夏希这个名字开了证券账户，还做过几笔信托。但身边这么干的人其实不少，有的是蓝护照，也有的是绿卡，这举报真的能成？如果成了会怎么样？"

齐宋给他解释，说："作为美国公民，隐瞒海外资产，不如实申报所得，Summer 可能在美国受到税务欺诈的指控，面临最高 5 年的监禁。她所有少缴的部分将会以 1.75 倍罚缴，再加上 3 到 6 年不等的利息，以及惩罚性罚款。至于举报人，可能获得其中的 15%~30% 作为奖励。当然，这都只是我们预估的结果，是否能够成功，以及最终奖励的金额是多少，现在都不能确定。"

金森林听着，静默良久，而后字斟句酌，说："那我……能不能……我们能不能直接跟她的律师谈，比如说……"

要求她支付一定的补偿，否则就举报。关澜在心里替他补上后半句，其实并不觉得意外，很多人都会这样想，更何况是金森林这种走过捷径的人。

她正要开口，齐宋已经打断了金森林的话，很坦率地告诉他："我和关律师不能代表你做这样的谈判，应该也不会有任何正规的律师愿意接这个业务。当然，你明年就出狱了，之后你自便，反正在美国税务欺诈是没有诉讼时效的。但我也要提醒你，以不举报违法行为作为条件，向 Summer 要求经济补偿，可能涉嫌敲诈勒索。两千块就能立案，三万以上属于数额巨大，量刑三到十年。我作为你的律师，不建议你这样做。实际上，你只有两个合法的选择，举报，或者不举报。"

金森林低头沉吟，片刻后才抬眼对着摄像头说："我要举报。"

解决了金森林的证言，还有证据的部分，这件案子后续如何进行，齐宋也已经跟所里谈了。税务组律师的加入是一定需要的，还需要外聘的会计师，甚至不光 A 市这边的，还有美国的。所幸呈所与 BK 所联合经营，这方面的资源倒是现成，唯一的问题就是钱了。

齐宋把计划和预算交上去，王乾看过，单独把他叫进办公室里谈话，也不跟他绕圈子，开宗明义地说："'美学指数'这案子已经拖了三年，二审刑事部分由立木所独立出去的时候带过去做了，剩下的民事部分留在我们这里。前期的费用早都已经结清，分账也已经分了，后续纯属友情奉送。以当事人现在的情况，也没有进一步付费的可能。你花这功夫下去，每个人的每一分钟都是填在计费时间的，到时候要是没结果，管委会追究起责任来，你怎么办？"

齐宋已经考虑清楚，这时候只是说："如果结果不理想，我向管委会交代。"

王乾看着他问："你知道这意味着什么吗？费用倒是其次，你自己拿出来都可以。但你现在正好就在一个关键的时间点上。要是结果不理想，整个管委会里每一个人都会记住你做了一个不明智的决定，明年，甚至可以说至少三年之内，你都不要再想升高级合伙人的事情了。"

齐宋点点头，说："我知道，我现在正好就在一个关键的时间点上，要是结果不理想，这件事会对我升高伙影响很大，但要是理想呢？对我升高伙的影响也很大吧？"他转折，而后微笑。

第八章 女骗男，男骗女 205

话说得不太认真，王乾却仍旧看着他，问："齐宋，你跟着我已经十多年了吧？"

齐宋又点头，答："十二年了。"

"对啊，十二年了，我一直觉得你这人做事很稳，但有时候偏又有点赌性。"王乾说着倒是笑了，顿了顿才又加上一句，"就跟我一样。"

齐宋也笑，知道事情成了，说："谢谢师父的信任。"

王乾嫌他烦，挥挥手打发他出去，说："你自己心里有数就好，去吧。"

于是案子继续推进。

齐宋这边整理了金森林的证词，又去西郊监狱签字画押。至呈所税务组的律师，连同外聘的会计师，重开"美学指数"一案的卷宗，梳理公司账目，以及涉案二人各个账户里几年的流水。而后两边将证词与证据印证整合，发到 BK 所，交由美国那边的律师核阅，如果没有问题，再代表金森林向 IRS 提交举报材料。等待回复的同时，事情已经在所里传开了。

姜源又晃到齐宋屋里来，关上门神秘道："你知道吗？王律师在管理例会上替你说话了。"

齐宋也不问说的是什么，只等听下文。

"王律师说，"姜源果然道，学着王乾一贯淡然又慢悠悠的语气，"这是个有社会意义和开拓性的案例，哪怕不收费，也应该做下去。如果其他组有异议，也可以由争议解决组来单独承担费用……"最后酸酸跟上一句，"齐宋你真是遇上个好师父啊。"

齐宋听着，意外，也不意外。他一直都知道王乾对他很好。但也许是他这人真的有病，每次遇到这种好，反而觉得不习惯。有时候,他甚至希望永远不要有人对他加以青眼,为他破例。因为比起吃苦和失败,他更怕面对这些人的失望。

也是在这一天,他加完班,打电话给关澜,交代了金森林案的进展。

关澜听完,跟他说起自己手上的案子:"就退费那个,今天去法院诉前调解了。"

"怎么样?"齐宋问。

关澜答:"男方拿出账本和合同副本,我问他,这些费用税务局认不认可?又问调解员,如果税务局不认,法院怎么处理不诚信诉讼行为?调解员说,罚款5万,拘留15天。"

"结果怎么样?"齐宋又问,虽然早料到结局,却还是喜欢听她说出来。

关澜果然道:"当场就签了调解协议,还是按照他们原来的婚内财产协议里的约定,给情人的钱追回来,存款一人一半,房子和孩子给女方,男方得汽配城的店,一次性支付抚养费。"

起诉,再调解成功,可算是诉讼离婚最快速干脆的方式,这一场大获全胜。但关澜并没表现得太高兴,说完顿了顿,又道:"金森林那个案子,美国那边调查、庭审,再到最后判决下来,应该还要相当长的一段时间吧?"

齐宋说:"肯定的。"

"给你压力也挺大的吧?"关澜问。

齐宋笑,反过来问她:"我看上去像是有压力的人吗?"

关澜说:"看不出来,但我觉得有,你藏着而已。"

她这话说得并不认真,却又好像什么都知道。齐宋心里悠悠一荡,嘴上只是道:"那你知道我藏压力的时候都会做些什么吗?"

第八章 女骗男,男骗女

关澜料到他要开条件，但还是问："做什么？"

齐宋果然说："明天就周六了，你有空吗？"

"干吗？"

"你不是问我压力大的时候干什么吗？我会去游泳。"

"我也得去啊？"关澜笑。

齐宋说："金森林这案子的方案是你想出来的，给我带来这么大压力，你不负责啊？"

"可我要是不会呢？"关澜问。

齐宋说："你知道自己在跟谁说话吗？"

"谁？"关澜又问。

"1998年A市运动会蝶泳比赛小学组第一名，"齐宋报上自己曾经的最高荣誉，说，"我教你。"

"小学组？"关澜笑起来。

"你就说你游不游吧？"齐宋反正不管。

关澜收了笑，答："行，我游。"

齐宋说："那我明天去大学城找你。"

不料却听见那边道："我今晚就有空，我过去找你吧。"

齐宋拿着手机，怔了怔，才笑起来。他没想到她会这么说，但她已经给了他许多的意想不到。

当时已经入夜，两人约在他住的地方见面。齐宋等着门铃响起，在对讲机的画面里看到她，给她开门，再等着她搭电梯上来。关澜穿一件宽宽大大的帽衫，兜帽套在头上，背着个书包，看上去简直像个小男孩。齐宋抓住她的手，拉她进屋，接过书包扔在地上，而后关上门，把人按在门背后，拉掉口罩。

几天没见，彼此都有些难耐，唇贴在一起，舌尖轻触，关澜却故意道:"不是说教我游泳吗?"

齐宋简直无语,说:"你还真是来学游泳的?"

"不然呢?"关澜看着他问,把帽衫拉链拉开,露出里面黑色的 Speedo 泳衣。

齐宋认输,扶着墙笑了会儿,才问:"吃过饭没?"

关澜答:"早吃过了,大学城的时间表你又不是不知道,五点就开晚饭了。"

"那行,"齐宋道,"游泳去。"

第九章　你是否愿意为我游过海峡

齐宋习惯在泳池半夜关门之前去游泳。一是他平常下班就这么晚，另一个也是特意挑人少的时候来。他会先在健身区的史密斯架上做五组各十个引体向上，热身之后下水，游几圈自由泳，再开始练习蝶泳的耐力和冲刺。

蝶泳作为相对比较少见的泳姿，在小区泳池里游，必然引人注目。好在每次他来的时候，泳池里已经没有玩水的小孩和慢悠悠来回的老人，只有夜班救生员坐在高脚凳子上静静看着他游，有时兴起，还给他掐个秒表。

那救生员是个大叔，一次对他说："你这五十米就快国二标准了，不考虑找个教练再提一下速度吗？"

齐宋只是摆手笑笑，并不接这推销的话术。入门提速度是很快的，但到了一定程度再往上提半秒都不容易，肯定得请专业教练做系统性的训练。他既没时间，也不想旁边多个人，破坏了这一小时专属于他的氛围。十二岁，他就停了游泳训练，后来能有空再游起来，已经不错了。

救生员看多了，也就习惯了，知道这人总是这时候来，五十米就是这速度,划手永远是那么几下,不用掐秒表,也不用给他数。直到这天晚上,见他带着关澜一起来,倒有些奇怪。关澜穿的就是那种最普通的黑色连体泳衣,齐宋是黑色及膝泳裤,两人戴着泳帽泳镜,还真都是一本正经来游泳的样子。

一下水,齐宋便看出来关澜游得很好,蛙泳、自由泳、仰泳都会,泳姿也很标准。今晚说是来学游泳,多半还是故意扮猪吃老虎。甚至就连蝶泳,她也能来几下,说是大学里同学教的。

齐宋料到就是那种男同学,明明只会个蛤蟆扑水,非得在女生面前显摆。他看得要笑,说:"关老师,你是真的会……"

关澜起初还不觉得,后来看他游起来,才知道这是在损她。她却也不介意,让齐宋纠正她的姿势,教她怎么在水下做海豚腿,怎么往下压胸,再怎么配合划手的动作。时间有限,经过他的纠正,她做得还是比较像蛤蟆扑水,但又是这么自然而然,他们熟悉着彼此的身体。

中间停下来休息,齐宋对关澜说:"要把这几个动作做好,核心和腰腹力量还挺重要的。"

关澜看看他的核心和腰腹,笑道:"嗯,你是在夸你自己吗?"

他平常看起来偏瘦,游泳裸着上身,才显出清晰的肌肉线条。

齐宋倒有些不好意思,调开目光,对着空气笑。

两人站在浅水这头说话,夜班救生员坐在深水那头,这时候慢吞吞地从高脚凳子上下来,趿拉着塑料拖鞋,拿上长拖把去里面水池洗,临走还朝齐宋瞥了一眼,不知是不是自以为在给他行方便。

"要不我们比比这个吧?"却是关澜先开口,把手腕上套着的更衣柜钥匙摘下来,一下抛出去,说,"看谁先捡到。"

小学生的游戏。齐宋怔了怔,关澜却已钻入水中,随着钥匙摇摆下沉,她划出一条蜿蜒向池底的弧线,捡到之后再上浮,便已到了另一边的池岸。

"一号泳道的关澜选手!"她举起右臂说,肩头凝着水珠,紧致有光泽的皮肤被黑色泳衣反衬得格外白皙。

齐宋看着她,朝她游过去。

他横穿整个泳池,经过一道又一道的浮标线,忽然感觉像是对想象中那一问——你是否愿意为我游过海峡?——的回答。他不敢说出来,只能用这样投机取巧的方式。

才游到她身边,与她相对而立,他双手拢着她的腰托她上岸,凑她耳边轻声地说:"别走。"

池水有点冷,皮肤的温度也跟着降下去,却好像愈加能感觉到内里的炽热。

她低头,在两人身体形成的那个小小的空间里看着他,而后点头,同样轻声回答:"嗯。"

从泳池里出来,他们淋浴,更衣,上楼回到他家。头发只吹到半干,两个人都可以感觉到彼此的急切。他吻着她,带她到床上去,心跳如此疾速而剧烈,连他自己都觉得不可思议。她也一样,本以为已经有了足够的铺垫,但当他脱掉她的衣服,手指触碰她皮肤的一瞬,她还是不禁颤抖。

直到他叫她的名字:"关澜……"停下来,让她看着他,又好像在要一个许可。也许这样很蠢,但在那一刻,什么都无所谓了,仅凭本能行事。而她也真的看着他,忽然觉得奇异,近在咫尺的这一副身体尚且陌生,却能让她有足够的信任和安全感。

那一夜,关澜在齐宋家留宿,做完去浴室淋浴,而后又在床上抱了许久。

他埋头在她颈窝里嗅着她,她怕痒,说:"你吸猫啊?"他却说:"我才不要闻马扎。"她笑,其实也觉得他很好闻,气味果然是确定彼此心意最好的证明。

睡到半夜,他碰到她的身体,有点忘了床上还有另一个人,蒙眬的惊诧过后,竟是淡淡的欢喜。他没睁眼,只是靠近,依着她背后的轮廓,而她好像也感觉到了什么,翻身过来嵌入他怀中。半梦半醒之间,他低头吻了吻她,只觉得这是一个比做爱还要亲密的时刻。

清晨五点,关澜习惯性地醒了,在黑暗中看着身边的人,她想起昨夜。她不记得在哪本书里读到过,倘若脱离暴力,性交便不可能完成。但她认为恰恰相反,脱离信任和安全感,那性交其实就只剩下暴力了。而齐宋很好。她不知道他们会在一起多久,也无所谓最后走到哪一步。赵蕊说她要求实在太低,但她并不觉得,从某个时间点开始,很少有人能让她有这样的感觉,甚至可以说,几乎没有过。

生物钟作怪,她睡不着,不想翻来翻去吵醒别人,便轻手轻脚地起床,身上套着件他的T恤,摸黑到外面客厅里去了。

齐宋醒来时,她已经开了电脑,盘腿坐在沙发角落里写了一会儿。屏幕发出的光照亮那一小块地方,马扎趴在她旁边,摇着尾巴。

齐宋站卧室门口看着她,笑出来,说:"你在干吗?"

"睡不着了,写点东西,吵醒你了?"关澜回答。

齐宋摇摇头,走过去,把马扎扒拉到地上,叉开腿挤到她背后坐下。下巴搁在她肩上,看见电脑屏幕上的标题,愈加要笑,说:"什么玩意儿啊?"

她正在码的文章叫作《如何正确看待早恋》,金字塔结构整得挺好,一看论文就没少写,还分了定义、说理部分,以及案例分析。

关澜倒也不避讳,握拳,比画出个空气话筒,回头看着他问:"采访下你,早恋过吗?"

"几岁算早恋?"齐宋反问。

"大学之前吧。"关澜说。

"没。"齐宋回答。

"骗人。"关澜不信。

"真没早恋过。"齐宋摊手以示清白。

关澜拇指食指捏住他的下巴,说:"就你长这样,年轻的时候应该挺招人喜欢的呀。"

齐宋报仇,两只手把她的脸夹在中间揉,说:"是你自己早恋过吧?肯定的,就你这样,上学的时候肯定很多人追。"

"那你要是遇到那时的我,会不会追我?"她忽然看着他问,手抚摸他的脸颊和下颌。

齐宋也看着她,又是一阵心动,却闭口不答。如果那时候遇到她,多半会是一场漫长而无望的暗恋。他会喜欢她,非常非常,但他不会追求她,甚至不会让她察觉到他的存在。于是,他只在此刻吻她,温柔却也疯狂,在这个黎明时分,城市还未醒来的时刻。

电脑合上,房间重新沉入黑暗里。两人在沙发上相拥,迷迷糊糊地又睡了会儿。

仅一窗之隔,天正在一点点地亮起来。客厅的落地窗挂的是薄窗帘,齐宋睁开眼,看着透进来的那一点微蓝,颇有些不舍。但后来天好像遂了他的心愿,是日大雾,又下起了雨。

这是入秋之后最大的一场雨,密密层层地压下来,茫茫灰白的一片。那雨声沉静得让人不能确定它是从什么时候开始的，又有种错觉好像它会一直这样落下去。借着灰淡的天光，他看着关澜头枕在他胸口睡着，忽然觉得自己错了，本以为她和疲惫如影相随，但他还是更喜欢她此刻的样子，因为不疲惫。

伸手够到边几上充电的手机，他躺在那儿上生鲜平台买了点吃的，等东西送到门口，才放下她起来，开门拿到厨房，洗手，点火，烘了面包，煎了培根鸡蛋，还炒了点小番茄、蘑菇和芦笋。

关澜也醒了，走过来抱臂靠在岛台上看着他，说："没想到你还会做饭。"

齐宋抬眼看看她，指着自己的作品，说："这是光会做吗？"

关澜笑，评价："摆盘还挺专业，够开个 bistro[1] 了。"

上次到他这里来，甚至都凑不出两副碗筷，但仅就他告诉过她的那些打工经历，就知道他是一定会做饭的，只是想不想，以及有没有时间的问题。

两人刚在桌边坐下，马扎走过来，往关澜脚边一躺，一条腿搭在她拖鞋上，抬头就这么看着她，好像在下命令，说：摸我。表情并不可爱，态度也不是很友好。但关澜还是俯身下去，搔搔它的背，又撸撸它的脑袋。马扎舒服地眯起眼，翻身露出肚皮，把身体拉得更长，看起来好大一摊。

齐宋嫌它丢脸，起身开橱柜拿了根猫条，剪开，挤进墙角的食盆儿，然后两手拎起它瞬移到那儿，按头让它吃。关澜看着。其实早发现了，齐宋除了必要的接触，比如把猫挪个地方，或者拿钢梳梳毛，几乎不碰马扎。

---

[1] 小餐馆、小酒馆，最初起源于巴黎，指那些提供简单菜品的平价小餐厅。

"你还是得摸摸它的。"她说。

"我干吗要摸它?"齐宋回来坐下,一脸诧异,好像这是什么见不得人的事情。

"猫也有情感需求啊,"关澜说,"否则它每天就一个人待在屋里……"

"它是人吗?"齐宋失笑,"又要陪玩,还要摸它,我养了个祖宗啊?"转念又道,"要不你有空来摸它吧,我教你蝶泳。"

关澜看看他,想着其中隐晦的邀请,不置可否,只是笑了。再开口,已经转了话题,说:"你知道吗?最早教我游泳的是我爸,他其实只会小时候河里学的抬头蛙,但教练解决不了的问题,他都给我解决了。"

齐宋问:"怕水?"

关澜摇头,说:"也不是,我那时候憋气没问题,浮在水面上也可以,就是不敢放开浮板。教练说这毛病他见多了,往池里一扔,喝几口水就好了。我爸听了,就不让我跟他学了。教练说这也太宠了,一辈子都学不会。从游泳池骑车回家,我爸带着我。我挺难过的,他安慰我,让我好好想想,到底是为什么不敢松开手。我说,我就是怕沉下去。"

"他给你想出办法来了?"齐宋又问。

关澜点头,说:"他想了挺久的,还去他们学校图书馆借了好几本书,后来又带我上游泳池,不像教练那样让我抱浮板,也不拉着我的手,而是让我憋气,自己屈膝蹲到水面下,然后蹬一下池底往上游。"

"游起来了?"齐宋猜。其实这也是初学游泳的一种方式,他模糊地记得在体校的墙上看到过示意图,是那种上世纪六七十年代的古早画风。

"游起来了,人浮在水上的时候会害怕沉下去,但从水底往上游,就像本能一样容易。"关澜一边回忆一边答,"虽然只是抬头蛙,但克服了那一下,再学换气,纠正泳姿,就都顺理成章了。"

齐宋听着,不知道她为什么突然说起这些,也许只是因为他也提出要教她游泳,又或者这里面还带着些许的隐喻,恰如她曾经沉到谷底,再重新活过来的人生,最终让她浮出水面的还是她自己。

有那么一会儿,他也想起了过去。所幸马扎已经吃完猫条,过来站他脚边,意思:再来一根。他令自己不去想,伸手下去摸了它一把。它好像也格外给他面子,站那儿没动,意思是:继续。

关澜看着,笑说:"其实你养得挺好的,胖了,安全感也有了,不像上次看见,跟个刺儿球似的。"她一边说,一边想,他不乐意摸它,却又把它养得特别好,他这个人好像就是这样的。

齐宋听她这么说,偏又不摸了,拿脚把马扎划拉到一边。

关澜看得要笑,倒是好奇起来,说:"就你这样,怎么会想到养猫呢?"而且,还是只成年猫,一般人抱养,总是更偏爱几个月的小猫。虽然他跟这只猫有种莫名的适配感,可他自己不觉得,更不可能就是因为相像才养的。

"跟前任在一起的时候捡的,她没法养了,就送来给我。"齐宋实话实说,但话说出口,又觉得或许不合适,好像太过坦率了,不是他们这个阶段应该说的。

但关澜一点都不介意,拿叉子戳着盘子里的食物,低头笑。

"你笑啥?"齐宋问,猜她一定没好话。

关澜继续笑,笑了半天才说:"想到个电视剧……"

到底是同龄人,齐宋也想到了,说:"《孽债》?关老师,你还有多少二十年前的老梗啊？"

"二十年前怎么了？"关澜反问，说，"特别好看的电视剧都是二十年前的，那时候我放学回家趁大人不在就偷偷看，你别告诉我你没这么干过。"

齐宋跟着笑，没答。虽然只是只字片语，但他还是可以感觉到她有特别好的童年和青春期，他们俩的过去太不同了。

雾散了，雨小了些，一阵风吹过来，雨滴细细密密地成片飘落到玻璃上，晕开景物的颜色，折射着灯光，令城市显得璀璨却也萧瑟。

吃完那顿早午餐，关澜看看时间，对他说："我要走了。"

"有事啊？"齐宋拉她的手问。

"这周末我女儿在她爸爸那里，约好了下午去接她。"关澜回答，没再说更多。

齐宋也不多问，自然记得两人之间的约定，她跟他说过的，不可能总是把谈恋爱放在很靠前的位置。

他说要送，但关澜说："我自己走就行。"

最后，他只送她到门口。门外电梯厅灯光明亮，到处都是镜面和大理石，玄关反而暗一些。她把他推到门里，他便也顺势搂着她的腰把她揽进怀中。最后一吻，忽然有种见不得光的味道。

离开齐宋家，关澜驾车往南郊去，路上接到赵蕊的电话。她开了免提，一边开车，一边接听。

赵蕊还是老规矩，问她这个周末有没有空，约不约。

关澜没有立刻回答，在脑子里排了下时间。

那边已然抗议，说："你不觉得你已经好久没见到过我了吗？要是在《模拟人生》里，咱俩的友谊已经不复存在了。"

关澜看着前路笑起来，说："忙啊。"

"忙什么呢？"赵蕊问。

"上课，做案子，挣钱。"关澜答。

"就这些吗？"赵蕊问，声音里带着些笑，颇有深意。

"还有尔雅的事。"关澜补充，免得她瞎想。

赵蕊却联系上下文，挑出她前后矛盾的地方，说："你上次不是说，尔雅的事情要分点给黎晖吗？"

"再分也忙啊，"关澜笑说，"就像今天，黎晖给尔雅约了个外教，让我也过去聊一聊补习的事情。"

"真打算转国际了？"这事赵蕊也大概知道一点。

"考虑中吧，"关澜说，"要不是那时候学人家在香港生孩子，也没有现在这事情。"

为了方便融资，他们当时在香港注册过一个控股公司。她怀着孕的那几个月里，仍旧A市、香港两边跑，直到尔雅出生。结婚，创业，生孩子，那时候总觉得一切尽在掌握，什么都可以兼顾，什么都能得到。后来却变成自嘲，每个学期借读多出三千五百块的开销。赵蕊总说："你缺那三千五吗？"她也总是玩笑，说："缺啊，那可是三千五。"赵蕊不屑，说："排骨都买不了一百斤。"

两人又啰唆了几句，约了晚上吃饭。

关澜打算接了尔雅一起去，觉得自己好聪明。要是黎晖有什么打算，可以跟黎晖说，已经有约了。而且有尔雅在，赵蕊也不可能问很出格的问题。

关澜走后，雨停了，周围又静下来。阴天，侘寂风的装修显得特别的侘寂。

齐宋收拾了桌子，把餐具塞进洗碗机里，想不出干什么，又不

第九章　你是否愿意为我游过海峡

想开电脑工作，便去窗边骑了会儿动感单车，一边骑，一边看书。直到手机振动，他才停下来接听。

那边是个女声，带着点本地郊区口音，问："是宋红卫家属吧？我们这里是长江护理院，你……"

齐宋打断她，一点不带犹豫地回答："你打错了，我这里是房产中介，地铁站旁边首付两百万不限购的大三房你要不要了解一下？"

对面怔了怔，像是在核对号码，又"咦"了一声，挂断了。

齐宋把号拉黑，手机锁屏，一下扔到沙发上，继续蹬车，继续看手里的《逻辑学》。

那天午后，关澜和黎晖一起带着尔雅去见了补习老师。

那是个四十几岁的美国人，过去在 A 市一所著名的国际学校教过几年书，后来娶了个中国妻子，两人出来单干，在自家住的小区会所里租了个场地开班授课，从国际学校的笔试、面试到留学辅导，一条龙服务。自从去年国家开始整顿学科培训，体制外算是擦边，但周末开课也是偷偷摸摸的，外面不挂招牌，而里面几个教室统统满员。

尔雅这次能约上，还是托了 GenY 集团老板袁一飞的关系。据黎晖说，袁总家两个孩子都是通过这个老师申请上的学校。

老师了解了下尔雅的水平。尔雅表现得相当真实，不会的直接"I don't know"。而黎晖一贯是场面上的人，与老师相谈甚欢，说话也很有效率，商定了补习时间，讨论了接下去的学习计划，还聊了两所目标学校的基本情况，怎么约现场探校，怎么交申请材料，怎么写小作文。

关澜在旁边听着，却有些惶惑。她把这件事放手交给黎晖去做，到底是想看他成功还是失败，有时候连她自己都说不清。

她希望黎晖失败，从而尔雅可以选择她。但也希望黎晖成功，因为这也是尔雅的成功。而且，还可以让尔雅在心目中保有一个高大的父亲的形象。但是甚至可以说，她不让尔雅跟着黎晖，在一定程度上也是这个目的，她对黎晖没信心。关澜一直觉得，她的家、她的父母、对她来说至关重要，是她后来做许多事情的时候勇气和力量的来源。她希望尔雅也有。

结束之后走出教室，关澜问尔雅感觉如何。尔雅有点蒙，含糊其词地说还行。

正说着，便看见走廊上有张熟面孔，那人跟其他家长一样坐在另一个教室外面的长沙发上，只是别人低头刷手机，他开着电脑在办公。

好像察觉到她的目光，那人抬头，看到她跟黎晖，确定他们不介意被人看见才挂上笑脸，随即合上笔电，起身走过来跟黎晖握手，说："啊呀，黎总、关老师，我带儿子来上作文课，这么巧在这里遇到你们。"

是姜源。

"带女儿来的，"黎晖也笑，指指尔雅，又感叹，"有时候真觉得全世界好像都在为了孩子忙。"

"可不是嘛，只要学校一放假，早晚高峰都不堵车了。"姜源附和，大约弄不清他们什么路数，只是几句寒暄，多的不说。

一直等到从培训班出来，黎晖才又对关澜道："上次你提的那个项目，我看网上说，姜律师也是负责人之一。"

关澜倒有点意外他记得，甚至还去网上查过。她点点头，只道：

"对，我跟他在那个项目上合作过，我做的外聘顾问。"

"又要上课，又要在外面接案子，辛不辛苦啊？"黎晖道。

关澜笑笑，说："挣钱嘛，都这样。"她可以感觉到黎晖态度的些微转变，但仍旧不想跟他深谈。

黎晖却好像还有话，看了眼时间，说："要不一起吃了饭再回吧？"

关澜说："我晚上约了人。"

黎晖笑，道："赵蕊是吧？要不也叫上李元杰，我们四个人好久没聚了。"

关澜在心里骂了声，没答，拿出手机正好看见赵蕊发微信给她，解释：我没想到李元杰跟黎晖说了，你要不愿意就别理他，还是我俩吃饭。

关澜回：嗯，就我俩。

而后对黎晖说："赵蕊刚跟我发消息了，她有点事找我聊，不带老李，我就跟尔雅一起去吧。"

黎晖也只好笑笑，说："那也行，下次有机会再聚。"

关澜不置可否，叫上尔雅，开车走了。

她跟赵蕊约在南区一个购物中心见面，在地下车库停了车，走到电梯厅刚好遇上。

赵蕊看见她就说："咦，气色不错啊，是不是昨晚睡得比较好？"

关澜知她言下之意，再次惊叹于HR的洞察力，但只是搪塞："我们这个年纪不都这样嘛，睡好了跟睡不好，看起来少说差五岁。"

三人站在楼层导览那里看饭店招牌，赵蕊问关澜吃什么，关澜说随便，赵蕊也想不出。最后还是尔雅做主，说想吃牛肉火锅，于是搭电梯上四楼去吃火锅。

坐下点菜的时候，赵蕊嘲关澜，话却是对尔雅说的："你妈那时候鸡翅一吃二十个，现在这也吃不下，那也吃不下。"

关澜也道："你还不是一样？那时候羊肉串一吃五十串，三百块钱的小龙虾不够你点饥的，现在这个觉得油腻，那个觉得口味重。"

赵蕊却无所谓，反问："看我有什么变化没？"

"剪头发了？"关澜看不出。

赵蕊顿时觉得没劲，自己公布答案，说："我最近开始健身了，在小区里一个工作室买的私教课，已经上了一个月。跟李元杰一起去的，他公司里的人都说他有效，男人健身就是立竿见影。"

关澜笑说："你得了吧，要不是每天吃那么些零食，你肯定也有影子了。"

赵蕊不服，道："你还别不信，我这次是下了决心的。你下次看见我，我就大变样了。"

"什么决心啊？"关澜随口问。

赵蕊微滞，却不答，反过来说她："哎，谁知道下次是什么时候呢？我看你也不一定有工夫应酬我啊。"

关澜说："你以为我是你吗？我平常走过咖啡馆、酒吧，看着里面悠悠闲闲的人就会想：这么开心，肯定没小孩。"

赵蕊却道："你不知道有闲的烦恼，玩到后来就没什么可玩的了。说出来你都不信，我上个月连奥特曼主题公园都陪李元杰去过了，里面遍地的小孩，本来已经够尴尬的了，他还忍不住纠正人家，说你变身姿势不对。"

关澜笑，可以想象那个场景，心说自己这都已经沧海桑田了，赵蕊那一对却好像这么多年都没怎么变过。全世界都在为了孩子忙,她忽然想起黎晖说的那句话,对,也不对。

尔雅听她们说话,只觉得无聊,从书包里拿出个手机,在那儿刷着。

"哪儿来的?"关澜看见了问,其实不用问也已经猜到了。

"啊?"尔雅一时有些瑟缩,又满不在乎地说,"爸爸买给我的。"

最新款的苹果,配了个精灵宝可梦的手机壳。

因为是在外面,旁边还有赵蕊,关澜没说什么,只是眼见着手机振了一下,上面显示一条新信息,是她见过的那个名字,Creeperking,弹唱周杰伦的体育委员。

吃完饭回家,关澜在车上对尔雅说:"就算以后真的转去国际,也不是说就可以不学习了,这段时间的补习十分重要,必须认真对待。"

尔雅嫌烦,说:"关老师,你在学校上课还没上够吗?"

关澜不说了,也觉得自己烦,并有种无力感:搞到最后,好像还是得她来唱白脸。

等到了家,她打发尔雅去洗漱,自己开了打印机,连上手机打印。

趁着纸一张张吐出来的工夫,她发消息给黎晖,说:你给尔雅买手机是不是应该先跟我商量一下啊?

黎晖很快回复:尔雅说同学都已经有手机了。

关澜纠正:并不是都有,而且老师不允许带去学校的。

黎晖只道:那就在家用一下吧。

绝。关澜在心里说。她打了几个字,又觉得多余,全都删掉了。

正在这时,她又收到赵蕊的微信,当头就是一句:刚才尔雅在,不好说话，现在可以告诉我了，怎么样啊？

关澜问：什么怎么样？

赵蕊一词一顿：昨晚，睡得，怎么样？

关澜继续装蒜，回了三个问号过去。

那边却断她后路，说：你上回谈恋爱不也这样嘛。没男朋友的时候周末约我，有男朋友了周末就没影了。

紧跟着一句：关澜，我提醒你，男朋友只是过眼云烟，女孩子跟女孩子才能玩一辈子。

关澜笑，反问：那你家老李呢？

赵蕊答：李元杰不一样，我俩幼儿园就是同学，从没性别那时候过来的。对我来说，他既是男孩子也是女孩子。

既是丈夫，也是朋友的意思对吧？关澜纠正。

赵蕊说：嗯，还是你表达得比较准确。

关澜装：别拍马屁，伤心了，我还以为你就跟我一个人玩一辈子呢，原来还有李元杰啊？

不想赵蕊却说：你没看见去年 A 市公布的人均期望寿命吗？男性 81，女性 86，差整整五年呢！到最后还不是得我俩一起过。

关澜当即发了句语音过去，叫她：老伴儿。

赵蕊也给她回过来：哎，老伴儿。

关澜笑起来。

可紧接着就看见那边发来一句：你跟那奇葩真开始了？

关澜看着，没否认。

赵蕊却还有话：那你也别太沉迷了。

关澜简直就是"地铁老人看手机"的表情，听到尔雅从卫生间出来，才放下手机，从打印机中取出那几张纸，装了个文件夹拿过去。

"这是啥？"尔雅问。

关澜替她擦头发，答："你说让我写给你看的。"

"你还真写！"尔雅脱口而出，忍不住接了个感叹词。

关澜听惯了，照例提醒："别说脏话。"而后给尔雅吹干头发，道声晚安，退出去了。

文章不长，不过一万多字。说理部分分了三种情况，就跟她最初想和尔雅谈的一样。

情况一：你喜欢对方，对方不喜欢你。

你可以向对方表达你的好感，但也要尊重正常同学交往的边界。你也可以送给对方礼物，或者替对方做些什么，但也要量力而行，不管是花费金钱还是时间。同时，请接受一个现实，你的付出可能改变不了对方的想法。如果最终还是被拒绝，我希望你理智地接受，不要纠缠，也不要言语攻击或者打击报复。

情况二：对方喜欢你，但你不喜欢对方。

你可以拒绝，说出自己的感受。但一定不要使用侮辱性的语言，包括给对方贴标签。我说的拒绝，是有礼貌而坚定地拒绝，同时避免单独相处和身体接触，也不要接受对方的礼物。你们还是做同学，不要结仇。

情况三：你喜欢对方，对方也喜欢你。

你可以表达自己的好感，也可以接受对方的表白。但同样地，你要量力而行，包括金钱、时间，以及未经许可不得触摸对方身体，对方对你也是同理。

也许你听过别人说早恋是不对的，但或漫长或短暂，或深刻或浅淡，其实每个人都有过。你不能简单地将它定义为好或者坏，它究竟对你意味着什么,取决于你怎么去看待这件事,以及在这个过程里,你是不是始终真诚、谨慎,而且明智。如果你可以做到,将来的将来,你们或许会成为朋友,或许会不记得对方的样子,但回想起来这都会是一段有意义的经历。

最后也是最重要的,如果遇到任何你不能解决或者无法判断的情况,请立即拨打热线186××××××××,关老师随时准备为你解惑。

……

起初写完,关澜一直没拿去给尔雅看,因为觉得还是太过说教了。直到这一天清晨,她在齐宋家的沙发上补了后面案例分析的部分。其中是她从十二岁到十八岁经历过的几段小小的感情,有故事,也有她的心得体会。她提到六年级一个喜欢上她的男生,初中每天等她一起上学、放学的班长,还有高中一年级,她对一个体育生一见钟情。恰好对上那三种情况:单相思,被追求,两情相悦。她当时懵懂,有认为自己做对了的,也有后来才意识到自己做错了的,全都坦诚地写下来了。

她不确定尔雅看了会作何感想,更不知道这几张纸比不比得过一部最新款的苹果手机,只记得自己小时候意外看到过母亲年轻时写给父亲的信。一向飒爽的陈敏励在信里说:我以为自己注定孤独一生,没想到遇见你,你是这样好的一个人。

她当时也曾觉得惊异,甚至脸红。但那句话她一直都记着,并且让她醍醐灌顶——陈敏励也是个独立的人,身份并不止于妻子、母亲,或者单位里人家称呼的"陈工"。

洗漱完上了床,关澜才看到手机上赵蕊最后的回复,竟是针对回避型依恋的人格分析。关澜笑,她刚教完尔雅,也有人来教她了。

靠在床头细看，长长的好几段，里面还有链接，点进去，是依恋理论奠基人约翰·鲍比的论文。

大概怕她懒，赵蕊给她画重点，说：回避型就是这样，你踩在他的审美点上，他会表现出异于常人的热情，但当你持续地出现在他身边，他又会想跑。这是因为平静的日常无法让他产生安全依恋的情感链接，他需要通过离开的方式去寻找一些刺激反应，再来确定你是爱他的，对他的感情是稳定的，可以保护他，包容他，接受他。用推开的方式来寻求拥抱，用受挫和痛苦去激活安全依恋，当你喜欢我时，我就不喜欢你了，说的就是这种人。最后赵蕊给她总结：所以，跟回避型的人交往，切忌追太紧，秉持三不原则：不问，不急，不怯。

关澜看着，愈发笑出来，觉得好贱啊，真有病。

转而却拉到信息列表里齐宋的名字，她编辑了一条发过去：下午跟黎晖带着孩子找补习老师，遇到姜律师了。

齐宋也还没睡，正坐在桌边整理下周开庭要用的材料，看到这一条，静静笑起来，回：你好像见了全世界，而我就一个人。

下午要见黎晖，关澜是告诉过他的，但她这么坦率，他还是有些芥蒂。总之怎么都不好。齐宋觉得自己有病。

关澜也说：这话听着有点酸是怎么回事？

齐宋又回：还有更酸的，你要不要听？

关澜：说。

齐宋：睡前别刷手机，放卧室外面充电，你夜里睡得太轻了。

我吵着你睡觉了？关澜想问，却又禁不住想起昨夜，一遍又一遍，把头埋进枕头里，弯起唇角。

第十章　我们不适合再继续下去了

2010 年 12 月,剑桥城。

波士顿的冬天总是又长又冷,一场雪之后,连着几日白天放晴,气温总算回暖了些,入夜却又降到零下。墙头、树上还积着快一掌厚的雪,路边小酒吧里倒是热火朝天。考试周刚结束,眼看就快放圣诞假了。不大的店面里挤满了人,吧台和圆桌边坐的几乎都是学生,喝酒、聊天,还有的窝在角落里画画。

其中就有 26 岁的梁思,她头上戴一顶小小的白色头纱,手里拿杯苹果白兰地调柠檬苏打,双颊绯红,不知是因为室内闷气,还是已经喝到微醺。明天她结婚,这一夜叫了几个朋友,在此地搞单身派对。

她笑对身边人道:"何静远去跟他老板请假,你们知道他说什么吗?"

"说什么?"旁边朋友捧场地问。

梁思公布答案,学着何静远的说话样子,淡淡的,不慌不忙:"他说我要结婚,然后去亚利桑那徒步露营度蜜月,那里没信号的,邮件别发我,发了也回不了。"

"真的假的？这么勇，还想不想毕业了？"其他人诧异。

梁思说："我也这么问他，每个人都在拼命，就你这态度，要是你老板生气了怎么办啊？"句子是埋怨，语气却完全不是。

"那他怎么答？"旁边人又问。

"他说，"梁思顿了顿，像是在讲单口相声，抛出一个梗，用的还是第一人称，"要是老板生气了，最多说明这个老板不适合我。"

几个朋友有的唏嘘，有的干脆嘲她，说："梁思就是这样，开口闭口都是他们家何博，何博最棒，何博最了不起。"

或许是因为醉了，梁思竟不觉得这话有什么不对，何静远就是最棒的，何静远最了不起。

来到此地的第一年，他们在一次留学生聚会上相识，她来法学院读 JD（法律博士，Juris Doctor），他在隔壁学校搞物理。

虽说攻读的学位里都带个 Doctor，且美国律师协会单方面声称，JD 与其他博士地位平等，但所有人都心知肚明，是不一样的。

梁思更是如此，她觉得何静远比她聪明无数倍，能探索宇宙的秘密，认识天上所有的星星。不像她，读这个职业文凭，只是为了找工作，进入那个出了名的高薪行业，拿到传说中毕业生入职即有的 20 万美元的年薪。

当年申请学校，GPA 和 LSAT 成绩都已既定，候选人都有相似的骄人履历，材料里唯一个性化的东西只剩下那封信，以及信里的那个故事。你必须告诉校方，你为什么选择从事这个职业，为什么要到这里来学习法律。她绞尽脑汁，给了那么充分的理由：她的天赋，她的热爱，她的理想。写得多了，说得多了，连她自己都渐渐确信，好像此前二十多年的人生就是在为了这个学位、这份工作做准备。

来到此地的第二年,按照惯例,她该去律所做暑期助理。但当时金融危机的余波未消,她面试很不顺利,一连几个晚上焦虑得睡不着。

是何静远对她说:"多大个事儿啊?都会好的。"

她最初只觉他站着说话不腰疼,纯属慷他人之慨。后来才发现,他对自己也是这么慷慨的。

老板跟他说:"何,你的论文有点问题,要抓紧了。"

他同样笑笑,只说一句:"Don't worry about it.(别担心。)"好像反过来在安慰人家。

后来,她如愿进了纽约一间律所做 summer associate(暑期见习),实习期结束,拿到了 return offer(转正录用)。他的论文也写完了,以一作发了顶刊。

再后来,她每次听到他说"多大个事儿啊?都会好的",那感觉已完全不同。

第三年,临近毕业,就业市场回暖。她甚至可以在两个 offer 里挑一挑,考虑是留波士顿,还是去纽约。中国学生大多会选纽约,因为语言限制做不了诉讼,而纽约的非诉业务是最多的。在那里干上几年,他们中的大多数又会被律所派往设在中国的代表处,香港或者北上深。她的轨道仿佛一切既定。

只除了何静远,他还没毕业,以后在哪里、做什么,也都不确定。

"怎么办?"她问。

没有主语,但彼此都知道是问他们俩怎么办。

何静远一以贯之,说:"多大个事儿啊?都会好的。"

她又一次以为只是搪塞。但也就是在第二天,他向她求婚。

第十章 我们不适合再继续下去了

那是在她宿舍楼下，他打了个电话叫她下去，就像过来找她吃饭一样平常，而后从帽衫兜儿里掏出当天才买的戒指，对她说："梁思，你愿不愿意嫁给我？"除此之外，什么都没有。就连那枚戒指的手寸都不太对，甩一下，就往下滑。

但她却说："我愿意。"话自然而然地出口，心里如此确定，就是他了。

剑桥城是个小地方，酒吧凌晨两点关门。打烊之前，外面又有人推门进来，带着一股子潮湿的冷气。

是两个男同学架着何静远。在别人眼中，他其实只是个瘦瘦的、白皙的青年，戴眼镜，有双漂亮的手。他此时喝醉了，比梁思还醉许多，目光在人群中找到她，双手拢在嘴边对她喊："梁思我好爱你啊！"中文喊完一遍，再喊一遍英文。

女孩子们叫起来，周围的陌生人有的吹口哨，有的鼓掌。梁思双手捂着脸，掌心感觉到面颊的炽热，看不见也知道一定很红。

这就是何静远与梁思婚礼前一夜的情景。

秋天是丰收的季节，齐宋手上的琐碎事情总是特别多，此处的琐碎说的是诉讼之外的事情。先是校园招聘，一整天从早到晚的面试。然后又是各种团建，组里的、所里的。以及轮番的应酬，客户请吃饭，请客户吃饭。

关澜也忙。两人时间很难凑在一起，于是原本说好的来替他撸猫，常常简化成了云撸猫。她打来视频，让齐宋把马扎叫到跟前。齐宋敷衍，随便摸几把。

可马扎却给惯得，开始每天在门口等着他回家，抄手蹲那儿，头往旁边一偏，叹着气，百无聊赖的样子，简直像个人。齐宋到家开门，只要感觉到阻力，就知道一定是它。马扎被推了还不动，就这么在地上蹭过去，仿佛是在跟他玩一种诡异的游戏。齐宋也是无语，挤进来，蹲下，摸它两把。

他把这事告诉关澜。关老师又跟他上理论，说这也是有道理的，不喜欢碰猫的人反而更容易被猫喜欢，因为猫觉得你对它没威胁。表面上看起来是你在摸它，其实是它把味儿蹭到你身上，标记它的所有权。现在你家已经是它的核心领地，所有的东西，包括你，都是它的。

齐宋偏不服，挂了视频，问马扎："谁是老大？"

马扎不响，眼神挑衅。

齐宋于是一手抓它两只前脚，另一手抓它两只后脚，突突突，开机枪。马扎"喵呜"一声蹿走了，回头看他一眼，就像看一个神经病。剩下他，蹲那儿笑起来。

除此之外，关澜也向他讨教，比如他是怎么把自己卷到合伙人位子上的。

"这话就长了，从头说起？"齐宋问。

"从头说起。"关澜确认。

齐宋知道这是毕业季大学里的热门话题，自己告诉她的，多半会变成她上课的内容，说不定什么时候就看到 B 站"传说中的关老师"又上新了，起个题目叫作《关老师手把手教你怎么把自己从律所萌新卷到合伙人》。

但他还是说了，照律师的规矩，结论先行，总结成一句就是："处处都比人家更卷一点。"

比如上级律师只让他做检索，他顺便把法律研究也做了，发给客户的信一并写好，作为草稿附在上面。或者一份文件原本只有清洁版，总是他最先把比较版本做出来，让所有相关人等都看明白修改在哪里。还有上级安排的任务一定第一时间回复，上级发的邮件，哪怕只是抄送，他也会认真看过，甚至包括下面附带的所有往来经过。这样才能在之后开会面对其他组或者客户的时候，与上级保持口径一致，防止出现自己人打脸的情况。甚至还有内部交流，考虑到有年纪比较大的上级可能要看他的电脑屏幕，他一定会记得提前把字体调得大一点。

关澜听得要笑，齐宋却无所谓，说："没错，我就是那种人人看见都讨厌的马屁精。就像现在的杨嘉栋，给周围不想那么卷的同事很大的同辈压力。组里有人干脆给自己起了个网名叫'我是超级大卷王的同事'，在网上一通疯狂吐槽，吐完辞职走人。所里公关部还得费劲去沟通，求人家删了。"

关澜又笑。要是换了别人，他或许说到这儿就结束了，但视频画面里，她支肘，仍旧在听。

他不自觉地说下去："那时候，很多材料还都是纸质的，几大箱的书面证据，每一本好几百页，人手盖章，盖错了从头再来。别人可能只是盖，我是边盖边看，做好摘抄，一直到记得滚瓜烂熟。后来开会，王乾话说到哪儿，我就知道该给哪份材料，第几页，第几行，翻到那个地方，马上递过去，从来不需要临场蹲那儿一顿找。后来，王律师就开始让我跟着他去开庭了。"

他记得王乾当时对他投来的目光，他们之间的那种信任也许就是从那个时候开始形成的。

但他也知道不止于此，能在他们这个行业留下来的人其实都这么卷。比如姜源，当年甚至还因为一个大项目连续加班两个月，最后项目成了，姜律师视网膜脱落进了医院，到现在一只眼睛的视力还只有0.3。

而王乾对他的另眼相看也许正如上次说的那样，是因为他们之间的相像。

作为"至呈三杰"之一，王乾与另二位其实并不太一样。唐律师出身书香门第，法律圈天然卖他几分面子。朱律师的父亲是邻省一个县级市的离休老干部，改革开放之初当地盛行下海创业，出了不少先富起来的人，至呈办所最开始的企业客户都是他的关系。只有王乾真的就是草根出身，比另二位小七八岁，据他自己说小时候放过牛，是当真从农村考出来的，收到大学录取通知书的时候，正在地里除草、育苗、种土豆。再看如今，坐CBD超甲级写字楼里的转角办公室，做业务，上电视，顶刊上发文章，每年行业内的排名都榜上有名，当真是不容易的。

他不知道自己为什么会说起这些，不像是介绍经验，更像是想当年，仿佛离题万里，却又的确是他想告诉她的故事。可说到一半，又觉得太深了些，于是停在半空。

两人再见面，还是因为金森林的案子。

法院那边已经有了结果，认证了美国的判决，确认双方婚姻关系解除。本来不必他俩一起跑一趟，但最后心照不宣，两个人都去了。

那是金森林户口所在地的法院，离政法在市里的校区不远。办完事出来，关澜说带他去吃好吃的，结果走进街边一个卖苏式面的小店。

"就吃这个？"齐宋笑问。

"你吃了再说。"关澜替他点，大包大揽。

面端上来,热腾腾喷香的一碗。齐宋吃了,感想却不止于口腹。

自那一场雨后,天气已经冷下来,外面吹着干爽的北风,这眼前小小的店面,颇有种避世的温柔。

吃到一半,他停了停筷子,垂目看着面问:"下午还有课吗?"

她也看着面答:"有个会,我让别人帮我签到了。"

他笑,是笑他们两个人,怎么搞得跟偷情似的。

直到搁在桌上的手机振动,关澜拿起来回复,又凝神看着屏幕。

"怎么了?"齐宋问。

"下午又有事了。"她笑,遗憾地说。

"谁啊?"齐宋又问。

关澜回答:"梁思。"

关澜与梁思差着几届,在大学里并无交集,两人最早就是在律协和论坛的那些活动上认识的。因为是校友,互相留了联系方式,但工作领域到底不太相干,除了元旦和春节发过几条祝福的信息之外,一直没什么联系。

所以这一天接到梁思发来的微信,说有事要跟她聊一聊,关澜多少觉得有点突然。她们商量时间地点,梁思随她方便,最后是约在政法市内校区附近的一间茶馆里,订了个小包间。

关澜到的时候,梁思已经坐在那里等她了,怔怔入了定,好像来了许久,但面前茶盏斟满,又像是根本没动过。看到她进来,梁思欠身对她笑,说:"关老师来了啊。"还是一贯简单干练的打扮,平和不出错的谈吐。

但坐下说话,又好像不知道从何开始。梁思静了静,才道:"这次离婚认证的事情结束,SK 所就不再代表 Summer 了。"

这句话本身并不在关澜意料之外,她一直从齐宋那里获知美国那边的进度，举报材料已经递交，像其他逃税案件一样，新闻也报出来了，Heather Summer 涉嫌利用双重国籍进行税务欺诈，IRS 将对其展开调查，背景资料里还提到了"美学指数"一案。至于那个推测中的有钱老头儿，可能正紧急撇清与 Summer 的关系，婚事大概率也要黄了。

但梁思此时说起这些，还是让她觉得有点奇怪。如果是为了 Summer 的事，应该跟齐宋联系，而不是单独找她谈。

果然，她紧接着就听见梁思说："这样我们就不是相对两方的律师了，我有个案子想要委托给你。"

关澜问："什么案子？"

梁思笑笑，答："当然是离婚，我和我丈夫。"

也许是说话时的表情与内容差得实在太多，关澜讶异，顿了顿，才转到平常见当事人谈案的频道上，说："我可以问一下原因吗？"

"没有原因，"梁思仍旧带着点笑容，摇头回答，"没有家暴，没有出轨，没有人有任何过错，他就是想离婚，说跟我过不下去了。"

"财产和孩子的情况呢？"关澜又问。

"一个孩子，男孩，今年五岁，"梁思回答，简略而准确，"这几年我们俩各自的收入和支出基本上是分开的。家用以及孩子的开销，谁遇上就谁出了，没有计较过。名下有两套房子，一套自住，一套出租，还剩几百万贷款没还，主贷人是我。"

"你们有没有考虑过协议？"关澜提出一种可能，因为梁思给她的感觉是并不计较经济上的得失。

"没有，"梁思摇头，解释，"有两个原因，一个是我们是在美国留学的时候注册结婚的。"

关澜点头确认："中美之间没有缔结民事司法协助条约，这种情况离婚只能通过诉讼的方式了。"

"是不是觉得有点讽刺？刚办完一个中国结、美国离的，又来一个美国结、中国离的。"梁思自嘲，继续道，"还有一个原因，就是我不想离。"

关澜听着，只觉黯然。她的经验之谈，这恐怕是所有离婚案当中最难的一种：双方都没有过错，只是一方想分开，而另一方不愿意。如果有错，可以去调查。如果财产和抚养权有争议，也可以去谈判。但遇到这种情况，对双方当事人来说，其实只剩下漫长的撕扯和等待。而律师的作用，不过就是陪着他们经历这一切而已，甚至很可能把局面变得更坏。

梁思接着详细说了说她和丈夫何静远的情况。两人在校园里开始交往，结婚到现在已经有十二年了。起初两地分居，她在SK纽约所工作，何静远在波士顿读书。三年后，合伙人跟她谈，说想派她回国。当时何静远也已经拿到了博士学位，又做了一段时间的博士后。两人商量过后，一同回国，在A市定居。接下去的几年里，她在SK所升上了合伙人，何静远进了A大工作，现在已经是副教授头衔。生活过得平静优渥，且分工明确。她很忙，但有很好的收入。何静远则比较佛系，有更多时间照顾家里的事情。每天早上起来弄个早饭，把孩子送幼儿园，有事就去学校，没事就在健身房练一个半钟头，回家看看文献，做一个旅游视频号，下午再把孩子接回家。

梁思说着，把手里的茶杯一圈一圈地转。倘若到此为止，还是个让人羡慕的婚姻故事，但转折终究还是来了。

"他跟我提离婚，我一直没当真，还在等着他表态，是不是再去做一次婚姻咨询。"

"你们已经做过婚姻咨询?"关澜问。她也遇到过一些没有原则性问题,心意也不坚决的当事人,也会建议他们先去找个心理咨询师,试试看能不能解决问题。有时候,尽管很少,问题真的会被解决。

"对,"但梁思点头,说出更常见的一种结果,"两年前找过,后来因为我怀孕了,就没继续。"

性,或者孕育新生命,好像是更常见的解决一切婚姻问题的办法,但其实根本不是。

梁思继续说下去:"那个孩子意外流产了,我们就又回到原来的样子。直到最近,他又跟我提离婚。我还在想找个机会好好谈谈,但一直没时间。就在昨天,他发消息通知我,他搬出去住了。我加完班回到家,只看到保姆带着孩子,他自己的东西都带走了。"

话说到最后,声音里有一丝沙哑,但又像是觉得好笑。梁思把手机递过来,关澜看了看,上面是条信息:梁思,我今天搬出我们在滨江壹号院的房子,开始与你分居,你看下什么时候有空,我们谈一下离婚的问题。

"他应该已经请了律师,这条信息就是在保留分居的证据。"关澜说,"之后可能还有租房合同,或者居委会的证明,白纸黑字地写着,某某某从何时开始一直在某处居住。"

梁思笑笑,点头,说:"我也猜到了,所以才来找你。"

这或许就是律师在离婚当中的作用:把感情问题变成一步又一步的流程。

"接下去,他们应该会找你谈判。"关澜道,说出下一个步骤。

"谈什么?"梁思问。

"弄清楚你不想离的原因,比如是为了财产分配,还是抚养权的归属。"关澜回答。

"他不会觉得我是因为钱吧?"梁思只觉荒谬。

关澜知道她有很好的收入,前段时间曾有公众号八卦女律师的收入,梁思就在其中。何静远也像是不计较这些的人。

"但离婚就是这样的,"关澜说,"如果是我接到对方当事人的委托,也会建议他这么做。"

"那我应该怎么办呢?"梁思问。

关澜给她解释:"如果双方都没有过错,原告起诉离婚,而被告不愿意,只需要在法庭上陈述感情没有破裂,不同意离婚。这种情况,第一次起诉,法院是不会判离的。然后就是六个月的禁诉期,过了之后才能再次起诉。"

"那六个月之后呢?"梁思又问。

"第二次起诉也有不判离的可能,"关澜回答,而后转折,"但分居满两年,或者第一次起诉之后分居一年,就满足离婚的法定条件了。"

两人都知道,这个倒计时的按钮已经在昨天被何静远按了下去。

"所以真的就只是时间的问题了,"梁思又自嘲,"我读了七年法律,做了十几年律师,其实从来没有真正上过法庭,没想到这第一次,居然是自己离婚。"

"如果往好处想,"关澜给她建议,"分居有时候反而会让紧张的关系和缓。在这段时间里,你可以去试着搞清楚你们之间到底出了什么问题,至于谈判,以及法院调解、起诉的流程,也尽量配合,尊重对方的意愿……"后半句的意思她们都懂,关澜没说出来。

做过那么多宗离婚案,她知道这就像是一个心理适应的过程。

无论起初多么坚决，在经历数次谈判、调解、起诉、判决又起诉之后，心态都会改变，也许最后有复合的可能，但更多的是双方都只想尽快地结束这一切。

离开茶馆，她开车回南郊，才刚到家，又收到梁思的信息，告诉她：你说对了，何静远约我明天上午见面。紧接着发来一个定位，是市内一家专做家事的律师事务所。

关澜在心里排了下日程，回：我明天陪你过去。

梁思又回：好，委托协议先发我看一下，明天带来我签字。

关澜发了个OK，脸上倒是笑了。要是不看上下文，谁知道这是在谈她自己的离婚呢？

齐宋的消息随即也来了，问：下午梁思找你什么事？

关澜答：跟金森林的案子无关。

齐宋又问：不能说？那是她……

关澜不予置评。

那边已经猜到了，紧接着发来一条：关老师你牌子做出来了。

关澜只回：明天法援你顶一下。

齐宋问：还是梁思的事情？

关澜仍旧不答。

那边又说：感觉不一起做案子就见不着你了。

关澜这才笑起来，回：会有的。

不知道是说案子，还是见面。

第二天，关澜陪同梁思去谈判。两人在那个家事所附近碰头，梁思签了委托协议，又接了个电话，挂断便说自己不能去了，让关澜代表。

第十章 我们不适合再继续下去了

这种情况关澜不是没有遇到过，说："其实你现在最好还是当面坐下来和他谈一谈，全由律师代表，事情可能变得更糟。"

但梁思坐车里想了想，还是道："有点工作上的事情，我确实去不了。而且，我也想先知道一下他那边开出的条件，我怕自己一时控制不好情绪。"

话已经说到这里，关澜无法，点点头，与她道别，独自去了。

那个家事所的办公室也在滨江区，软硬装潢都是暖色调，进门就是一面家庭式的照片墙，走廊两侧好几间面谈室，里面圆桌上的花瓶一律插着粉色康乃馨，旁边都摆着纸巾盒。也许是为了突出业务特色存心整出来的氛围，但联系大多数来访者的心情，反倒让人有种诡异之感。就像《三体》里写的，温馨的安乐死病房。

何静远已经到了，坐在其中一间面谈室里等着。他人个子不高，瘦瘦的，戴眼镜，看得出是生活自律的人，年近四十还是显得挺年轻。见关澜一个人来，他也并不意外。代表他的是个男律师，与关澜握手，交换名片，态度亲和，坐下谈话却是开门见山，一上来就是财产和抚养权的细节问题：

"据何先生说，他和梁女士两个人的存款基本上是分开的，他的意思还是按照现状，各归各。"

"还有两人名下的共同拥有的两套房子，何先生这边会配合梁女士去不动产登记中心去掉他的名字。"

"至于孩子，何栋梁，东东对吧？"律师说着，看一眼何静远，"何先生希望还是由两个人共同抚养。但如果梁女士不同意，或者因为工作原因要去别的城市生活，也可以商量，他都愿意配合。"

很公平，很理智的条件。从法律的角度上说，甚至是做出了巨大的让步，但也足够体现他分手的决心。

对方律师把书面方案递过来，刚才说的那些都已经落到纸面上。

关澜接过来浏览，而后开口，说："财产和抚养权方面，梁女士也大致跟我说了一下情况，跟何先生的表述没有分歧。但对于怎么分配、孩子跟谁，我们暂时没有方案。梁女士的意思是还想跟何先生沟通一下，看有没有挽回的可能。"

这话说出去，对方律师笑笑，转头看何静远。

何静远也是顿了顿，才说："那她为什么不自己来呢？"

语气其实非常冷静，但他好像还是自觉情绪化了一点，又道："关律师，麻烦您转告梁思，我和她对很多问题的看法都不一样，想要的也不是同样的生活。我真觉得我们不适合再这样继续下去了，对两个人都不好，对东东也不好。"

关澜说："这些话您其实应该当面跟她讲，也听听她的意见。"

何静远不答，却是笑了，淡淡的。

关澜也知道自己并无立场这样去建议他，毕竟选择不到场的人是梁思。

对方律师在一旁打圆场，说："我们今天只是第一次坐下来谈，不用追求马上能够达成一致，就先了解一下双方的态度，之后我们再看能不能往中间争取。"

关澜听过太多这样的套话，但那更适合寻常的离婚谈判，一方要大的那套房，另一方要他补偿两百万，律师的作用就在于如何报价，如何打压对方的心理预期。双方都有想要但对方不愿意给的东西，才说得上是往中间争取。而现在这种情况，何静远只求分手，什么都可以商量，反倒成了最困难的局面。

谈判很快结束，关澜无功而返。

从家事所出来,她打电话给梁思,占线。少顷才收到梁思发来的信息,说是还在一个电话会上,同时发来家里的地址,约她去那里见面。关澜开车前往,进门又等了一会儿,梁思的会才开完。

随后她把谈判的情况说了,梁思听着,起初看起来并不意外,消化了一会儿才开始胸口起伏,而且越来越剧烈,最后拿起手机拨了何静远的号码。

关澜想要阻止,但那边已经接了。

梁思开口却是重复何静远的话:"我们不适合再继续下去,对两个人都不好,对东东也不好?"

她哼笑,说:"我们怎么了?我问你我们怎么了?怎么就对东东不好了?我跟你吵过吗?打过架吗?"

那边静了静,才答:"我们没吵过,更没打过架,我们只是几乎不说话,甚至都见不上一面。"

"那你提出来啊!你为什么不主动呢?"梁思反问。

"我没说过吗?"何静远亦反问,"还是你从来没听进去过呢?我没努力过吗?还是你从来没回应过呢?我也是个人,我没办法一直唱独角戏。"

"你觉得我是在玩还是怎么的?"梁思话赶着话说下去,"我是在工作!你想我怎么样呢?我从来没有拿你跟其他人做比较,也没觉得自己为家庭付出得更多,我只是想有我自己的事业,想给我们最好的!"

关澜再次试着阻止,但没有用,想说的就这样都说出来了。

何静远倒没动气,像是早就料到了,回答:"我没说不行,也不觉得你做错了什么,只是我们不合适。"

"我们不合适?"梁思气极反笑,"你为什么不早告诉我呢?你当年在宿舍楼下向我求婚的时候为什么不这么说?!"

也许是这个问题太难,何静远缓了缓才又开口,却还是答非所问:"对不起,破坏了你完美常胜的人生。"

"你说什么呢?何静远,你说什么呢?"这句话激怒了梁思,她站起来用手拍着桌子,反复地问,"为什么?为什么?为什么?到底是为什么?!"

关澜在旁边想要劝,结果不及何静远的一句话,他只是说:"梁思,我们给彼此留点面子好不好?"

电话就此挂断,梁思摔掉手机,坐到沙发上,低头捂着脸哭泣。

关澜给她递纸巾,梁思接过去擦掉眼泪,但仍旧在哭,说:"我真没想到连孩子他也无所谓,我三十三岁工作到破水,拼了半条命生下来的孩子……"

关澜就事论事,说:"他其实不是无所谓,共同抚养是个挺好的方式,对孩子的影响也最小。你们还是可以好好谈一下的,下次别在电话上谈,也别发信息,可以选个咖啡馆,这样比较容易控制情绪。"

"我们还能心平气和地谈吗?"梁思反问。

关澜答:"这只是作为律师的建议。也许冒昧了,作为朋友,我还想说,其实你刚才说出那两句话的时候,就已经是拿他跟别人做比较了。"

梁思微怔,才意识到是哪两句——"我从来没有拿你跟其他人做比较,也没觉得自己为家庭付出得更多。"

"可我们不是活在世外桃源,所有人都在被比较,每天都有实实在在的日子要过。"她反驳。

关澜听着,无法评判谁对谁错。倘若是这样的分歧,那就需要一方的改变，或者妥协，不是一天两天，而是经年累月的妥协。

"肯定是有原因的，"梁思也没有哭很久，长长呼出一口气，"我之前可能太自信了，跟你说我们离婚没有原因。但为什么他现在提出来，而不是两年前呢？他们学校一个女的，总是跟他一起做视频号，凡事都是有原因的……"

语气平静了许多，但听起来却是恰恰相反的感觉。

"你当时那么肯定地说没原因，是出于对他的人品，对你们之间感情的信任，"关澜对梁思道，"如果你现在真想搞清楚，你可以去搞清楚。我会给你一些建议，也确实有很多合法有效的方式。但你也要知道，在本意不想离婚，想和好的情况下，这么做毫无帮助。"

梁思看她，反问："我们还有可能和好吗？"

关澜还是没办法回答这个问题，只能以律师的立场说："在财产和抚养权方面，何静远给出的条件都很中肯，也已经做了极大的退让，不管他有没有那方面的过错，都不可能对这个方案再产生影响了。所以，我的建议是尊重他的意愿，但同时你也可以坚持你不愿意离婚的态度，暂时不要再去争论对错，也别再追问为什么，强求对方回应。就让生活归于平静，分居一段时间之后，你们再谈一次。"

梁思凝神，想了一会儿，答："我考虑一下吧。"

"好。"关澜点头，起身告辞。

临走，电梯门开，恰好碰上保姆带着孩子遛弯儿回来。梁思眼睛还红着，匆匆与关澜道别，避开了。

保姆多话，轻声念叨一句："这怎么了？"

关澜笑笑，却是跟孩子解释："妈妈有点难过，你也会难过对吧？每个人都这样，哭完就好了。"

她从前也对尔雅说过类似的话，心情不好的时候找个没人的地方大叫、跺脚，甚至满地打滚儿，都是可以的，只要你不伤害到自己，也不要伤害其他人，包括动手和言语。尔雅的反应或哭或笑，或大大咧咧地说：关老师你又在上课了。

但这个孩子特别安静，愣了半天才点点头，一直向下看着，避开她的眼神。

关澜上了电梯，门合上，她望着镜面中的自己，回想起之前在家事所的那场对谈，何静远说，他们两个人对很多事情的看法都不一样，想要的也不是一样的生活，再继续下去对他们两个人不好，对东东也不好。

也许真的是这样。

离开梁思的家，关澜在附近找了个地方吃饭。

商务区的小餐厅，充分考虑到了"社畜"的需求，不大的店堂里设了许多单人位，桌子中间做个隔断，坐下就是对着块板，避开他人的目光，尽可以去想自己的事情。

离婚案，关澜已经做过许多，各种戏剧化的场面都见识过。但遇到熟人，总还会有些唏嘘，甚至勾起一些长久不曾触及的回忆。

比如那种坚信不疑的东西突然破碎的惶恐，以及破碎之后，无数次的拉扯。就像梁思今天反复地问为什么，一定要追究一个答案。当年关澜提出离婚的时候，很多人也有过那样的怀疑：黎晖外面有人吗？母亲陈敏励问过，婆婆秦南问过，甚至连赵蕊也问过。而她也曾斩钉截铁地否认，说怎么可能呢？这份肯定或许出于对两人之间感情的信任，但也有可能只是因为她自己的骄傲。

恰如何静远所说，完美常胜的人生。"完美常胜"，她现在可以确定了，就是这个词触到了梁思的痛处。在这一点上，她自认与梁思多少有些相像，只是她输得更早。

更糟的是这败局还有漫长的过程：谈判，起诉，调解，开庭，等待，再起诉……凡是离婚能遇上的坑，她好像都遇上过，以至于后来调侃，身为家事律师的第一课就是从那个时候开始的。

事情进行到最后，黎晖也曾挽留，恳求她原谅，甚至质问：你记得我们登记结婚的时候说过什么吗？你不可以就这样放弃我！

她当时无言，但答案是肯定的，她记得。

民政局的誓词中西结合，有法律词汇又兼具中国特色，也足够朗朗上口——

"从今天开始，我们将共同肩负起婚姻赋予我们的责任和义务，无论顺境还是逆境，贫穷还是富有，健康还是疾病，青春还是年老，我们都风雨同舟，患难与共，相濡以沫，成为终身的伴侣。"

过后回想，每每觉得荒诞。任何一份合同如果这样写，一定会被认为无效。所谓婚姻，确实是民法当中最奇特的存在。怎么会有人有勇气说出这样的话，轻易地许诺终生，并且信以为真？

但这样的人偏偏很多，也许他们中的每一个，无论感情基础如何，也不管最后是什么样的结果，站在那一片红色背景前的时候都是想过携手一生的。

恰如当时二十二岁的她，尔雅还是子宫里不满八周的小恐龙。

倘若再来一次，她会换一种更加合理的措辞，比如给那段誓言规定一个期限，从某年某月某日开始，到某年某月某日为止，我们结为伴侣。最多再加一条，到期之后，互相享有同等条件下的优先续约权。

但这已经是三十五岁的她的想法，尔雅也已经是十三岁的少女了。

划开手机，看一眼微信，与"鸭梨儿"的聊天记录还停在昨天，一句话告诉她：到爸爸那儿了。

就像之前说好的那样，黎晖去学校接，在他家过一夜，今天送去补英语，由他全权负责预习、复习。

尔雅念到七年级，这是黎晖第一次管学习。关澜知道他的脾气，和他极其有限的耐心，也知道尔雅在读书这件事上有多难缠。

尔雅就是个现实中最常见的小孩，短视频里把父母气到心梗的那种，而不是小说或者电视剧里早熟懂事、莫名其妙总能考前三的类型。

自昨天开始，她就在等，也许尔雅会突然发消息过来，说想回家，直到现在。

手机振动，屏幕上显示的却是齐宋的名字，一句话问：事情办完了吗？

关澜看了眼时间，法援中心的咨询也快结束了。她回：嗯，你呢？有案子没？

齐宋一定也想起两人上次的对话，答：倒是有个来咨询的，但是涉及家暴，不大想让你做怎么办？

关澜不屑，心想，这算是男人奇怪的保护欲吗？她笑了笑回：哎哟，你还喏瑟起来了，不要我教你了？

齐宋却答：你不都教过我了吗？开庭那天头发要梳起来，不能穿高跟鞋。

关澜想象了一下那个画面，失笑。

齐宋却又发来一条：而且，这个咨询不一定会有下文。

关澜问：为什么？不是说有家暴史吗？

齐宋几句话说出始末：那女的是个全职妈妈，住挺好的小区，平常就带带孩子，丈夫是个什么总，但她自己手上一点钱都没有，连律师费都拿不出，就想来问问法援能不能接她的案子。我说可以，她又犹豫了，说回去考虑一下。

关澜看着，轻叹。就是这么巧，又是个不想离的，却是截然相反的原因。她一时走神，隔了会儿才决定不去想了，又发过去一条，说：我现在在滨江。

齐宋直接回了六位数字过来。

关澜缓缓打出个问号。

那边给她一个简单明了的解释：我家门禁密码。

关澜笑，也挺干脆，又回：等你游泳。

法援中心的咨询台后面，齐宋看着这句话，抿去唇边那一点笑意，放下手机，对下一个坐到他面前的人说："你问什么？"

关澜在餐馆吃完，另外打包了一份，带去齐宋家。齐宋回来的时候，她正蹲在墙角给马扎倒猫粮，看完猫吃，又坐到桌边看着他吃饭。

齐宋见她默默的，眼神放空，好像在想事，隔一会儿便去看一眼手机。他摸摸她头，问："怎么了？"

关澜回神，笑笑，说："没什么，不想了。"

其实就连她自己都不确定，她是在等尔雅的消息，还是梁思的决定。

但说不想，就是不想了。等齐宋吃完，两个人又看电影。他搂着她肩，她靠他身上，一起看《蔚蓝深海》。

那是1950年的伦敦，寒碜的出租屋里，女人往煤气表投入最后几枚硬币，而后打开出气阀。旁白是她给情人留下的遗书，伴着轻微的嘶嘶的声音。女人躺到床上，渐渐陷入迷离，过去的一幕幕交错出现在她眼前：与丈夫平静的生活，与退役皇家飞行员一见钟情的相识过程，以及唯美热烈的性爱。

也许是因为电影的氛围，又或者是房间里的光线，投影幕上反射出的颜色映在他们身上，闪动，变幻。她忽然仰起脸来吻他，亲了会儿，又继续看。

女人放弃优渥的生活、Lady的头衔，离开做大法官的丈夫，与年轻的情人同居。结果发现两人想要的完全不一样，总在为了钱和琐事争吵。情人始终活在战争的回忆里，一遍遍地讲述自己的英雄事迹，逃避现实的责任。他只想离开，去南美洲做试飞员。

故事的最后，女人没死成，没有回到丈夫身边，也没强求情人留下。她只是与他道别，深嗅他留下的手套，而后扔进火炉焚尽，再走到窗前，看着外面微蓝的黎明。

镜头移开，背景音乐响起。

出字幕之前，关澜忽然开口说："挺好的结局，感情上不扩大伤害，经济上不过分计较，互道珍重后离开，就是很得体的做法了。"

齐宋笑，说："这是不是职业病啊？看个电影也好像在做离婚案。"

关澜也笑，又问："你觉得情人爱她吗？"

齐宋看着她说："我觉得是爱的，只是方式不一样。"

虽然片中饰演情人的演员太过精英范儿，不像是原著里描述的底层人民，却意外演出了一种近乎残忍的孩子气。他有句台词：Jack and Jill, Jack loves Jill, Jill loves Jack. But Jack loves Jill in a different way.（杰克和吉尔，杰克爱吉尔，吉尔也爱杰克。但杰克爱吉尔的方式不同。）听起来并不那么认真，更像是一种托词。

但关澜却点头，道："与其说情人抛弃女人，不如说女人从未想过与他长久在一起。情人对她来说，只是一个契机，她一直都想离开。出走、自杀，最后活过来，其实都是为了她自己。Between the devil and deep blue sea（在魔鬼与深海之间），英国人讲的进退两难，最后她选择走向深海，用汉语去理解也许恰好就是作者的本意，一念之间天地宽。"

齐宋也道："这没什么不对，每个人做每件事，说到底都是为了自己。所有人都有权选择自己的生活方式，不是说非得一个人向另一个人认错，然后屈从于对方，才是最好的结局。"

"真的，"关澜又笑，说，"一般人总以是不是在一起来判断 bad ending（悲剧结局）还是 happy ending（圆满结局）。但其实，即使相爱，也未必要在一起。现实里每个人都可能遇到这样的契机，只是君子论迹不论心，要是论心，没有人是清白的。"

"那你呢？清白吗？"齐宋笑问。

关澜看了眼电影进度条，答："我大概90分钟之前刚刚动过一次心，"而后抱着靠枕笑，花痴一样说，"抖森的裸体也太好看了吧。"

齐宋想起那个吻，才意识到那时候发生了什么，坐那儿不说话。

关澜趴到他背上开导："生气啦？"

他又装了会儿，装不下去了，转身把她放倒在沙发上。她伸手去关灯，他非不让，扣住她的手腕，在她耳边说："让我看看你。"

出字幕的时候，他们亲吻。慢慢地、温柔地吻，她抚摸他的头发、面颊、脖颈，他抱她坐到自己腿上，把她整个搂在怀中。

那一刻，他有种奇异之感，不曾想到自己竟然可以把这样的话说出来，而她竟也觉得很正常。

不得不承认，这就是他理想中的相处方式、他理想中的对象：各自独立，自给自足，各自安排好自己的事情，两个人能见面的时间不多，但在一起的时候就尽情地玩，不会把负面情绪带来给对方，要求对方帮着一起消化。

但与此同时，这种感觉却又让他想到《生命中不能承受之轻》。

第十一章　跟你没关系

转眼又是周一，关澜在政法南郊校区上课。

课间，行政白老师来办公室找她，说："上午接了个法援热线，有个当事人问你哪天会在中心。"

"叫什么？"关澜只当是自己手上经办中的某一个案子，又觉得有点奇怪，为什么不直接联系她？

白老师答："方晴，上周末来过的。"

关澜问："那应该是齐律师接待的吧？"

"对，但她说齐律师……"白老师大概觉得直接说出来不大好，笑笑，换了个说法，"就问是不是能找个女律师，比较能共情她的那种。"

关澜听着，猜大概又是语气和措辞的问题。齐宋见惯了企业客户，对接公司高管或者法务，可能又像上次一样，跟人家说什么"反诉抵消吞并本诉原告主张"之类的了。

她记下那个当事人的名字和手机号码，想着先问问齐宋，了解下那天咨询的情况，她心里好有个数。料到齐宋忙，不是开会就是开庭，便给他发了条信息过去，把事情大致说了一下。

齐宋上午果然有个庭，到中午休庭才得空，看见关澜的信息，没回，推掉饭局，坐自己车里给她打过去，接通第一句话就是："当是按摩啊？还带挑技师性别的。"

关澜揶揄："你好懂啊。"

齐宋："……"

她这才问："你都跟人家说什么了？"

"我跟她说什么了？"齐宋也纳了闷了，边回忆边道，"她说男方打过她，那我问有报警记录、影像资料或者证人证言吗？她说只有打完之后她自拍的照片，从手机相册里找出来给我看。我说这只是间接证据，仅凭这个没办法证明就是男方打的，需要有其他证据形成因果关系证据链。最好是报警回执加验伤记录，你们俩交流这件事的聊天记录、男方的悔过书、邻居或者家里人的证言也可以。她说她都没有，那我说，后续每一步都需要证据作为支撑，你没证据，刑事处罚不可能，进入民事诉讼的途径也是受限的……"

关澜明白了，说："她或许觉得你是在质疑她吧。"

齐宋有点无语，说："我跟她讲得很清楚，要她务必先收集证据，固定证据，办法都跟她交代了。"

确实已经解释得很周到，但法援的当事人自有其特殊性，尤其是涉及家暴的这一种。人家说他无法共情也许是真的。

关澜不再多辩，只道："我今天下午没课，再约她聊一下吧。"

齐宋一听就不是很赞同。

关澜猜到他心思，补充："一定在中心谈，我另外找个人过来帮我做记录，你放心。"

这话总算让他有点欣慰，自己的提醒，她都还记着。

那天下午，关澜在法援中心见到方晴。

第十一章 跟你没关系

来人并不是刻板印象中那种凄凄惨惨、不修边幅的样子，年纪三十出头，身材和皮肤都保养得很不错，衣服颜色也看得出是搭配好的，脸上化了淡妆，手做过美甲。

关澜还叫上了张井然，三人进了小面谈室。坐下问过情况，跟齐宋说的差不多。

方晴今年三十五岁，全职主妇。丈夫戴哲与她同岁，在一家房地产公司任副总，收入很不错。两人有个六岁的女儿，在附近一所私立学校读一年级。家里几处房产，现在住南郊一个新建的小区，也是为了方便孩子上学。

"本来都好好的，"方晴说，"就是这两年行业不景气，他工作压力很大。又碰上孩子幼升小，没能考进理想的学校，刚上小学总有点不适应，家里气氛也不好……"

关澜其实没直接问家暴的事，方晴此时提起，却又有些替丈夫开脱的意思。

也不是她一个人这么觉得，张井然在旁边做着记录，忍不住开口问："那他就打你了？打过几次啊？"

"两次，"方晴低头，答，"一次是今年四月份，孩子面小学失败，回家有点闹。他心烦，就跟我吵起来了……还有就是'十一'假期里的事，也是因为我管孩子的作业，他嫌烦……"

"孩子看见没有？"关澜问，"子女的证言也是可以的，哪怕未成年。"

方晴摇摇头，答："戴哲说烦，我就把孩子送我婆婆那儿去了，就在同一个小区里，是回来之后才发生的事情……"

关澜说："伤情照片给我看下。"

方晴解锁手机，在相簿里找了找，递过来。四月份的照片上有眼睛下面的瘀伤，以及手上腿上的乌青。确实如齐宋所说，作为间接证据是可以的，但缺陷也很多，比如只有局部特写，没把伤势和人脸拍在同一个画面里。

"这你都不报警？"张井然看过，更忍不住了。

方晴被这么一问，抬头看着张井然，像是想要辩驳，却又红了眼眶。

关澜看着，可以体会那一瞬两种情绪的交织。家暴不像普通的人身伤害，你可以毫无疑虑地打110，一心一意地控诉施暴者。有时候，你甚至会为施暴者寻找施暴的理由，说服自己他还是爱你的。

"事情过去之后，他跟你说什么？"关澜问。

方晴缓了缓才答："他向我道歉，说没事的，我们以后还是好好过。"

果然。

但半年之后，又发生同样的事，这一次的照片里有喉间的勒痕和头皮的破损。

张井然看着，已经不想再问，你为什么不报警？

而方晴落泪，解释："我这次立刻跟他提了离婚，但他对我说，当年我们两个商量好的，我们之间是合作的关系，一个主外一个主内。现在他工作压力太大，我又没把家里和孩子的事情管好，没创造一个放松的环境，反而给了他更大的压力，所以才会这样。而且，他问我，要是离了婚，你怎么办呢？你没工作，没房子，孩子也不会判给你，你就这么走，以后打算怎么生活？"

"所以你隔了个把月才下定决心跟他离？"张井然气愤，伤都好了，再报警也没法立案。

关澜做了个手势打断她，把纸巾盒递过去，问："财产方面什么情况？"

方晴擦了擦眼泪，絮絮说着："他比较会理财，我大手大脚，所以一直是他管家里的钱。我只知道他大概的年薪，存款也都在他名下。平常家里的开销是我刷信用卡，每个月跟他说个数，他来还款。花钱多少他从来不计较，两万三万的，包括我买衣服、买包、买化妆品，在外面吃饭、喝茶、看电影。身边朋友有的，我都有。甚至别人没有的，有些我也可以有。我还觉得自己过得很好。

"直到上个月，我当真考虑了一下离婚，才发觉自己借记卡里的余额只有几百块……你知道吗？我其实跟他是同学，我们一个大学、一个专业出来的，辞职之前我们职位一样，但就是怀孕生孩子这几年，差距越来越大。他现在年薪小两百万，我收入是零。

"另外就是房子。本来觉得好几套，几千万身家，怎么都不用愁了。但有的买了直接写他父母名下，有我名字的就一套我们结婚时的婚房。他说那是他父母在他婚前给他全款买的，出资记录他们都留着，就算后来加了我名字，要是离婚，我还是分不到。"

"不是这样的，"关澜纠正，"房产参考《民法典》物权编，以登记为准。房产中心登记怎么写的就是怎么样，共同共有，还是按份共有。当初加了名字，就算没有实际出资，也不会无缘无故地撤销，没有这回事。"

"但是我在网上查到过……"方晴疑惑。

"不是说你在网上看到没上下文的几句话，就能套到所有语境里面去。法庭会考虑到出资方，但也会考虑到另一方的实际情况，当时是否是一种类似于彩礼的赠与，两人结婚几年，有没有生育子女，最后确定的份额都不一样。"关澜语气硬起来。也许方晴找她，就是冲着女律师的共情和安慰来的，但她觉得方晴需要的不是这个。

"存款、房子、孩子，律师都可以替你去争取，"她最后道，"但是有些决定律师没办法帮你做，有些事必须得是你自己推动的。"

"证据吗？"方晴问。

"首先是决心，"关澜回答，"你想好了要怎么做吗？"

方晴没能给出这个答案，也没在中心留很久。

关澜对她说了收集证据的办法，比如在家里隐蔽些的地方放个摄像头，或者再跟戴哲微信聊一下之前的那两次家暴行为，让他道歉，从而留下记录。但方晴只是听着，有点犹豫，不知是不敢，还是心意未决。

又说了些孩子和财产方面的细节，她看看时间，说是学校快放学了，她得赶着去接女儿。临走她倒是跟关澜互相留了手机号。但关澜看着她走出去，突然觉得齐宋的判断是对的，这个案子还真不一定有下文，至少短时间之内不会有。

家暴往往就是这样，伤害、道歉、补偿、再伤害、再道歉、再补偿。恰如俗话所说，只有零次和无数次。而在第一次发生之后，就好像破窗效应，如不及时彻底地矫正补救，便打破了某种心理屏障，陷入一个螺旋上升的循环，重复出现，间隔缩短，程度升级。现在，戴哲也许还处在补偿的阶段，方晴也许有一种侥幸的错觉，觉得一切都会好起来。

再次来访会是多久之后呢？那时又会看到怎样的照片？关澜不禁去想。

张井然在旁边感叹："女人真是不能没工作。"

关澜回神，却道："我不想说什么女人一定要有工作，甚至觉

第十一章 跟你没关系

得不能简单地说男人就是这样不可靠,而是这种生活方式本来就是不合理的,说是一内一外,分工合作,一加一大于二,短期也许可行,但对大多数人来说都不是一种适合长期保持的状态。它把两个人推到了两种截然不同的生活方式上,没有交流的时间,甚至见不上一面……"

她这么说着,又想起梁思和何静远。

"我从前看过一本书,是个香港社工写的,"她继续道,"说他曾经在一个社区工作,发现那里的家庭问题特别多:争吵,抑郁,孩子学习困难。他后来总结,在那里居住的人其实都有些相似,父亲大多有超长的工作时间,而母亲不得不放弃职业转而照顾家庭。每个人都觉得自己为对方做出了巨大的牺牲,又因为生活中缺少交流的机会,于是造成一种长期的高压状态,然后再影响到孩子身上。

"有些家庭也许靠人品,靠爱,顺利度过了那个时期,但你不能把这当成是理所当然。那个社工觉得这种情况不是靠做做咨询、调整下心态就能改变的,这甚至一度让他经历了职业耗竭,回学校又去读了一段时间的书,才恢复过来。那是九〇到〇〇年代的香港,我们这里现在好像也有些相似了。'996''007',很少有夫妻能一起下班,买菜烧饭,再坐在一起,一边看电视一边吃掉,就像从前一样……"

"所以还是资本的问题呗。"张井然笑。

关澜看看她,问:"是不是觉得我有点烦?好像总是在上课一样。"

"没,"张井然答,"真的,我觉得现在很多女孩子都缺少这方面的认识,好在我跟着你做过几个案子,再看看她们,简直替她们急死。"

而后她像小品一样演起来，自问自答。

"比如我一个好朋友，跟我说她毕业就准备结婚了。男方有现成的婚房，她只需要拎包入住。我说房子一定要两个人一起买啊，买不起宁愿租，也别拎包住人家的，万一有个万一，他可以让你拎包走人。

"她说，可是我家也有房啊，我们都是独生子女，两头婚，没事住一起，有事各回各家。

"我说，那孩子呢？要是有了孩子，孩子户口也落在男方的婚房里，然后就近上了学。万一有个万一，法官出于不改变孩子生活状态的考虑，是不会判给你带走的。要是再加上平时是婆婆带得多，你更没戏了。

"还有那种说婚后经济各归各，开销AA的。我真是看见一个劝一个，问她，你们有协议吗？大家都挣钱的时候，你想着跟人家AA。万一有个万一，他病了，你有照顾他、扶养他的义务。他在外面欠了钱，只要债主不知道你们经济上完全分开，就有权找你讨债。"

关澜听得要笑，问："是不是更恐婚了？"

张井然想了想，却摇头："倒也没有。"

"为什么？"关澜倒是奇了，还记得张井然在王小芸那个案子里就说过这样的话，"实名恐婚"。

张井然却道："就像进鬼屋，你第一次进去，又不知道里面有什么，才会特别害怕，真去多了，见多了，还怕它出什么鬼啊？"

关澜笑起来。

张井然也跟她玩笑，说："总之学法的孩子不会吃亏，就像我们寝室四个人，情人节、'520'、七夕收男朋友红包，都会要求对方在备注里写清楚是赠与。将来真要是准备结婚，肯定得先互相查征信,名下几套房、几张信用卡,以及存款、投资账户,然后把共同账户开好,该签协议的签协议,该做公证的做公证,谁还能坑得了我们?"

关澜看着她嘚瑟,倒是觉得挺难得。很多人难免走向两个极端,要么不管不顾地凭一腔热情闯进围城,要么就是看穿了一切,敬而远之。

张井然猜到她的意思,给她答案:"过去的人都觉得婚姻是一个人理所当然的结局,而离婚就是偏离正轨,出了问题。现在越来越多人不这么想了,但我倒是觉得,婚姻仍旧是人生中的理想状态之一,当然,也就只是之一而已。如果有幸能遇到一个人,我和他在一起,能像我爸妈那样,就挺好。"

关澜听着,点头,知道这也是个幸福家庭出来的孩子。更难得的是,张井然有这样的态度:理智、精明,却又总怀着一点希望。

其实,她自己也一样,见识过婚姻最坏的样子,但也知道婚姻最好的样子,比如陈敏励和关五洲,或者赵蕊和李元杰。后面这俩,从三岁认识到三十五岁,至今私底下还在互称"元元"和"心心"。记得有次她在赵蕊家,听见外面开门的声音,伴着一声:"心心,我回来了!"最后那个"了"还加了重音,是那种动画片里的语气,配上李元杰一八几的身高和一八几的体重,有种特别的萌感。她当时快笑死了,被赵蕊捂嘴,不许她笑。

可过后回想,又觉得羡慕。世间芸芸众生,你自觉那么渺小而普通,一生庸碌无为,却偏偏有个人觉得你与众不同,问你粥可温,与你共黄昏,大约就是这样的感觉吧。

那天傍晚,关澜离开大学城,开车去接尔雅。

路上有点堵,她出发又迟了,开到半路,就收到电话手表发来的提醒：您的孩子已经离开学校。她于是掉头，又往家开。中途经过一个丁字路口，前方红灯亮起，她停车等待，手扶方向盘，不经意地往路边看。

正是初中放学的时间，路上走着不少学生。十多岁是孩子差别最大的年纪，有些已经长得好像成年人，有的却还是小孩模样，又都穿着一色式样蓝白相间的校服，高高低低，大大小小。她在其中看到一个瘦长条的背影，长发微卷，在圆圆的后脑勺上扎成个马尾，乍一看像是尔雅，再仔细一看还真是尔雅。

她正和个男生一起走着，也是瘦长条，背着大书包。两人倒是没拉手，只是肩并肩，手臂挨在一起。这种事，她差不多这么大的时候也干过。那种心照不宣的悸动，时隔太久，难以描摹。

虽然早知道有这个苗头，但这么直白地看见还是第一回，关澜一时不知该做何反应。是装没看见呢，还是降下车窗，喊俩孩子一起上车，送他们回家？可不等她想好如何反应，那边尔雅大概也看到她的车了，忽然九十度急转弯，拐进了路边的便利店。

关澜回到家，又等了会儿，尔雅开门进来了，低头脱着鞋，叫了声"妈妈"。

关澜正淘米把饭煮上，再开冰箱拿一份备好的菜准备下锅，问尔雅："帮我做饭吗？"

尔雅平常最喜欢干这个，可以不用马上写作业，还能跟她闲扯些学校里的事，今天却道："作业一大堆，我得赶紧去写，要不不知道到几点呢。"说完洗了手直接进房间，关上门。

"哦。"关澜应了声，就知道刚才肯定是看见了。

深秋天黑得早，外面已是华灯初上。她快速做好两菜一汤，叫尔雅出来吃饭。她平常总是周末准备好一周的菜,荤的素的加一起,花色不超过十种。尔雅对她的厨艺有个挺公正的评价:离开那种号称"一包搞定啥啥啥"的调料,就什么都不会做了。好在两个人都不挑嘴,做什么吃什么。这一天也是一样,只是尔雅埋头吃饭,比平常安静得多。

关澜想了想,还是装没看见吧,自己当年跟班长一起上学放学,最怕的就是给父母撞破,那种社死的感觉记忆犹新,比牵手还难忘。

她于是只问周末在黎晖那儿的事,开口说:"补习怎么样?"

"还,挺好的。"尔雅边吃边答,顿了顿才又道,"就是爸爸把卷子撕了。"

关澜心里坠了坠,语气倒是没多大变化,又问:"他发火了?"

尔雅点头,说:"有点。"

关澜再问:"骂你没?"

尔雅答:"大概是想骂的吧,忍着没骂,忍无可忍,就把卷子撕了。"

关澜说:"害怕吗?"

尔雅倒是不在乎,摇摇头回答:"他另外给我打印了张,教我做了。"

关澜稍稍放心,却又有点意外,两种感觉交织而来,她甚至分不清先后与轻重。

尔雅又补上一句:"然后我做完了,爸爸说这周末再去他那儿的时候,他给我买辆自行车奖励我。"

关澜笑笑,这倒是老规矩了,黎晖这人就是这样。

尔雅好像断定了路上那件事不会被提起,渐渐放松,话多起来,问到时候能不能骑车去上学,又说了好些学校里的事。

吃完饭，两人一起收拾碗筷，一起出去倒垃圾，绕小区逛了圈，回来坐下，一个写作业，一个开了电脑准备第二天上课要用的材料。间或尔雅需要背书、默写，关澜便停下自己手上的事帮忙。又碰上有数学题不会，尔雅求助，关澜也不确定，拿教材出来一起看了才明白，说："哦，原来是这样啊。"尔雅便会笑她，说："妈妈，你怎么也不会啊？"

写完作业，家校本上签字，尔雅洗漱睡去了。关澜在阳台上站了会儿，开了窗，吹着一点冷风。这几天总下雨，窗外夜色潮湿，点缀着远近的点点灯光，一个个窗口人影幢幢，小区外的步行街上一家家店铺正在收摊，难得几个晚归的人还走在路上。

她解锁手机，刷了下朋友圈。陈敏励又跟几个老年大学的同窗出去旅游了，拍了不少"待到山花烂漫时，她在丛中的笑"的照片，凑足好几个九宫格。同去的人里有男有女，男的也不止一个，但关澜一眼就看出哪个有情况。那人瘦瘦的，个子不高，笑容和蔼，头发已经成片地灰白，也没刻意去染，却显出一种特别的儒雅与适宜，是陈敏励会喜欢的那一挂，因为和关五洲有些相像。

还有赵蕊，也发了一张照片，是李元杰闭眼躺在床上，她自己坐在旁边握着他的手，配文"不离不弃"。乍一看还以为老李出了什么意外，进医院吸上氧了，再看才知道是新买了个治疗打呼噜的小型呼吸机。关澜一个人笑起来，给她们都点上赞，忽然又想起傍晚在路上的所见，愈加自觉像是在黑暗中窥探他人的幸福。

她给齐宋发信息过去，问：你还记得第一次跟异性牵手什么感觉吗？

齐宋那边才刚进家门，松了领带，瘫在沙发上，一条信息编辑了一半还没发出去，便看见这句话。他笑起来，删掉原本打好的那

第十一章　跟你没关系　　265

几个字，回：应该是幼儿园里吧。

关澜：不是那种，也不是小学里跳集体舞，是跟你喜欢的异性。

齐宋：又要写论文了？

关澜无所谓他的揶揄，只是唏嘘：发生的时候那么强烈，过去了却又那么难以形容，好像根本没办法通过其他方式模拟。不像吃了什么，你记得它是甜的、酸的、脆的。那真就是两个人才能有的感觉，一个人没用，搭档不对也没用。

齐宋直接问：要不要我现在过去找你？

关澜看着这句话笑起来，回：别。

手机随即振动，那边电话已经打过来了。

此后的一周，刚开头的两个案子都没什么进展。

梁思没来找关澜，没说她是不是已经想好了要去调查何静远提出分手的原因。方晴也没消息。关澜去问过齐宋，也问过行政白老师。两边都说，方晴也没联系过他们。

关澜对梁思倒是放心，没有消息更好，双方冷静下来，互相留出些空间，才更有平和谈话的可能。对方晴却有点担心，她发了条信息过去，问情况怎么样，但一直没有收到回复。

至于齐宋，又出差去了，有个案子在深圳开庭。但他每晚都会跟她通个电话，也不拘聊什么，一个钟头就这么过去了。

到了周五，两人又约见面。齐宋特地推了最后的饭局，订傍晚的航班回来。

关澜却收到黎晖发来的信息，说下午走不开，不能去学校接尔雅，麻烦她把孩子送到他公司。

关澜只好再发信息通知齐宋：临时有点事，晚点再去你那儿。

齐宋那边回了个OK，说：不急，航班延迟，我到A市估计也得八点多了。

关澜于是到学校接上尔雅，再去黎晖的公司。还是电竞文化园区里的那栋别墅，院子里亮着灯，草坪上布置着桌椅、烤炉、烤架，旁边各色食物、饮料，摆了颇丰盛的一桌。

关澜看见桌边坐着赵蕊和李元杰，三人面面相觑，才知道黎晖攒了个惊喜局。

尔雅确实惊喜到了，甩下书包，过去挑自己喜欢的串儿，让赵蕊教她烤。

黎晖走过来，问关澜："记得今天什么日子吗？"

十四年前的这一天，经过烦琐的核名、审批、注册，他的游戏公司拿到了营业执照。他们四个一起吃了顿烧烤，以示庆祝。也是在那天晚上，他俩正式在一起了。

关澜这时候才想起来，心道，她要是记得，还真说不准会不会来。

碍于朋友和孩子都在，到底还是坐下了，随便吃了点，而后看了眼时间，告辞要走。赵蕊松了口气，拉着李元杰跟她道别。李元杰反正也不知道发生了什么，挥手说拜拜。黎晖送她到门口，却又站定了，像是有话要讲。

关澜先开口，提起补课的事情，说："上周末的事，尔雅回来都告诉我了。"

黎晖连忙解释："我是真不知道小孩学习这么难搞，一时没控制好情绪，下次一定不会再这样了。"

关澜摇头，笑笑："说实话，你能做到这样，我已经挺意外的了。本来还以为当天晚上尔雅就会打电话给我，吵着说要回家呢。"

黎晖也笑，叹了口气说："你说怎么会这样呢？我们从前学习不都是靠自己嘛，哪用得着父母这么盯着？"

关澜不免要替尔雅说句公道话："其实每个人都一样，事情过去了，不记得而已。我妈从前也总跟我想当年，说她念书那会儿，不复习到有120分的把握绝对不会停下，哪像我啊，总是差不多就行了。"

黎晖玩笑，说："所以还是你那一半基因不行。"

关澜认了，点点头道："对不住你了。"

对话冷了半秒，关澜转身要走。

黎晖却又叫住她，从口袋里拿出个东西递过来。

借着路灯的光，关澜看见那是把车钥匙，尔雅跟她说过的。

"车停在后面车库里，就是个礼物，没什么别的意思。"黎晖解释。

关澜没接，玩笑："要不你还是给我钱吧。"

"行，"黎晖道，"但车你也收着，都是我欠你的。"是实话。两人办离婚那两年，他在财产上搞过些花样，虽然目的就是挽留她，但也是搞花样。

关澜还是没接，说："车我真不能收，钱也是开玩笑的，我不缺。你要是自己留着没用，就卖了吧，钱给尔雅存起来。"

黎晖手虚悬在那儿，像是隔了许久才确定她的坚决，缓了缓又揣回裤子口袋里，低头说："我知道你现在做得挺好的，但也别太苛待自己了。尔雅的开销，你不用担心，我早都准备好了。"

关澜适时换了话题，说："我一直想问你呢，要是尔雅真去了国际学校，你准备什么时候让她出国？"

黎晖也只得顺着她聊下去，说："我问过几个专业做留学指导的，说是在国内读国际高中也不错，没体制内学校那么辛苦，也能申上排名不错的大学。"

这跟关澜原本的想法差不多,这算是学习上卷不大动的孩子的另一条出路。

可紧接着又听见黎晖说:"不过,我还是想让她高中就出去读。"

"你让她住校还是 homestay(家庭寄宿),她可以吗?"关澜觉得不可行。

黎晖回答:"我陪她去啊。"

关澜怔住。

"关澜,"他继续道,"我其实一直想跟你说这件事。GenY 需要一个人常驻美国谈 IP 合作的事情,袁总也觉得我最合适。差不多等尔雅读高中,我这里就不做了,跟她一起到洛杉矶去。"

关澜还是无话,本以为就算她输了,尔雅不过就是搬到几公里之外,结果却是几千公里之外。黎晖这个人就是这样的,她早就见识过,早已经想到的。

"关澜,"黎晖看着她,像是能猜到她的想法,又道,"你有没有想过……"

"没有,"关澜打断他,说,"我没想过。"说完转身离开。

驾车出了园区,她习惯性地驶上了回南郊的路,脑中是无数纷乱的思绪,一直到接近自家居住的小区才想起来,她晚上还约了齐宋。但这实在不是一个适合约会的时机,她把车停进地库,坐那儿解锁了手机,发了条信息过去:今晚突然有点事,我不过去了。

齐宋那边刚下飞机,正在摆渡车上,回:怎么了?

关澜答:没什么,跟你没关系的。

齐宋看着那几个字,看了会儿才又回:那明天法援见。

关澜仍旧坐在车里,地库灯光昏黄,照在她身上。她长长呼出一口气,叫自己做出个笑脸,好像他能看见似的,而后才回:明天见。

第十一章　跟你没关系　269

第十二章　你真的想知道吗

第二天，关澜没迟到。齐宋来的时候，她已经在中心接热线电话了。

两人对视，无言。关澜继续回答线路那头的问题，态度一如既往地和蔼可亲。对面大概是个老人，一大早来问立遗嘱的事情，听力又不太好。她大声解释着，一句话车轱辘似的来回说上好几遍，却没有丝毫不耐烦。齐宋听着，又想起昨晚那句"跟你没关系"，更觉不忿。关澜这人好像对谁都很好，偏偏对他不行。

过了一会儿，白老师和张井然也到了，陆续又有人来咨询，更没机会说话。一直等到中午，其他在中心值班的人约着一起去食堂吃饭。关澜和齐宋又像从前一样，心照不宣地借口有事落在后面。等人都走干净了，齐宋正想着要怎么开口，却是关澜先站起来，看看他，进了小面谈室。齐宋会意，跟着进去了。

关上门，四四方方的小空间只剩他们俩，窗外是个嫩阴天，光线灰暗。

又是关澜先打破沉默，问："你昨天几点到家的？"

"快九点了。"齐宋回答，知道她是主动示好，既往不咎的意思。

关澜其实也有些自觉，昨晚发了那句"明天见"之后，齐宋就没再回，每天晚上照例要打的那通电话也没打。她猜他有点不高兴，因为她临时爽约，又或者是因为那句话。那时候心情不好，她也懒得解释，这时才道："也没什么，是我女儿的事情，所以就没跟你细说。"

齐宋听后却看着她，觉得她脸上的表情让他想起那次在南郊法院外面的停车场，两人等着拖车来时的对话，试探着问："还是抚养权变更的事情吗？黎晖正式跟你提了？"

关澜没答，意外他猜得这么准。

"其实……"齐宋也知道自己猜对了，可话刚说了个开头，又忽然停下。

十三岁，在他的概念里已经是可以独立生活的年纪。不管别人如何，反正他就是这样，甚至开始得比十三岁更早。他觉得这么大的孩子跟谁过都一样，不太能理解关澜为什么总是顾虑重重。但这好像确实不是他应该管的，更不是他能理解的领域。

关澜也看着他，是想说些什么的，又觉得不合适。

话好像就此说开了，两个人却都没有多少轻松的感觉。

结果就是一个说："吃饭去吧。"

另一个赞成，说："好啊。"

两人于是出了面谈室，走到门口恰好遇到外面又有人进来，一个女的，手里还牵着个小孩。女人头上戴帽子，脸上戴口罩，看见关澜，停下来叫了声"关老师"。关澜也是反应了一下，才认出来是方晴。

大概猜到发生了什么，她跟齐宋默契神会，把人带回中心，又直接进了小面谈室。等到方晴摘掉帽子，取下口罩，他们看到她一边脸颊上的瘀青、上唇裂的口子,也都不意外了。

"家里摄像头放了吗?"齐宋问,他上次跟她说过的。

方晴不响。

"拿什么打的?带出来没有?"齐宋又问,这也是上次说过的,施暴工具同样可以作为证据。

方晴仍旧不响。

最后,还是她拖着的那个小女孩在旁边说:"衣架,爸爸拿衣架打的妈妈。"

这一次,孩子看见了。

在一般人的印象里,孩子这时应该哭起来。但其实没有,她好像就在说一件平常的事。关澜不是第一次遇见这种场面,知道小孩子描述这样的事情,语气往往是有些怪异的,一半出于自我隔离的情感防御机制,另一半也是在等着看周围大人的反应。原因其实很简单,施暴者也是亲人,他们无法分辨这到底对不对。也许,只是也许,经年累月地目睹类似的事情发生,未来的某一天,他们真的会觉得理所当然。

齐宋拿出手机,说:"报警吧。"

方晴却猝然抬头,阻止道:"哎别,等等啊!"

关澜做了个手势,让齐宋别急,转而对方晴道:"你先说吧,怎么发生的?"

方晴重又低下头,缓了许久才开口,话说得断断续续:"昨天夜里,他很晚才到家,饭局上喝过点酒,好像客户那边聊得不顺利,就跟我发火……今天早上,我趁他还睡着,带孩子出来……"

"那你现在准备怎么办?"齐宋问。

"我也不知道……"方晴回答,倒是没哭,眼神放空,"要是刷信用卡，他那边能收着提醒。车有定位，他也能找到……"

"你父母在本地吗？"关澜问。

"他们年纪大了，我不能让他们看到我这个样子，我不想让他们担心。"方晴这时候才落泪，可又看了眼手表，说，"孩子上午有兴趣班，他现在大概已经起来了，正等着我们回去呢，我也不知道该怎么办……"

齐宋也看了眼时间，问："你是等孩子上完课才过来的吧？"

方晴没说话。

齐宋知道猜对了，简直无语。都这时候了，还在试图粉饰表面上的太平，说不定连中午做饭的材料都准备好了。他一直觉得奇怪，那种男的眼光怎么就这么准，总能找到这样的绵羊？

"我本来是想去报警的，"方晴好像能感觉到他的不屑，开口解释，"可是……警察要是觉得是家务事，劝两句就不管了，回到家他肯定会报复我。警察要是管了，他被抓起来，以后没工作了，我跟我女儿怎么生活？"

"你既然这么想，律师能怎么办？"齐宋反过来问她。

方晴说："我就是……我就是想……你们能不能帮我去跟他谈谈？"

"谈什么？"齐宋又问。

关澜截断了这无意义的对话，对方晴道："你先在这儿坐一下。"然后抓着齐宋的手臂，推他出了面谈室，随手带上门。

齐宋猜她又要发圣母病，也不退让，说："关澜，你也听到她说的了。没用的，良言难劝该死的鬼，这种人你救不了的。"

关澜却道："你不知道这种情况下的人是什么状态，心里又是怎么想的，别理所当然地认为她们很容易就能走出来。"

"你知道啊?"齐宋听见这话倒是笑了,她竟然觉得他不知道。

关澜看看他,没答,避开他的目光,转头隔着门上的小块玻璃望了眼。方晴坐在里面,又开始发呆。小女孩抓着她手摇了摇,她才回过神来,做出个笑脸。

齐宋却仍旧看着关澜,好像忽然想明白了一件事,开口问:"只赤佬打过侬啊?"说的是上海话,声音很轻,语气却很重。

关澜怔了怔,才反应过来"赤佬"指的是谁,下意识地摇头回答:"没有。"

"你老实告诉我。"齐宋抓住她两边手臂,让她对着自己,却又努力克制着。

"你想干吗?"关澜倒是笑了,总觉得他这个人情绪稳定,只动口不动手,这时候却突然有了种街溜子的痞气,好像下一秒就准备去替她打架。

她试图挣脱,但齐宋不放手,说:"你别管我要做什么,你跟黎晖到底怎么回事?"

关澜看着他,只是一瞬,昨晚糟心的感觉又都涌上来。

齐宋也一样,忽然问:"你是不是又要说跟我没关系啊?"

关澜简直无语,心里吐槽,这人怎么还在纠结那句话?

"跟你没关系的",不是"跟你没关系"。她昨天发那条信息的时候还特地在后面加了个"的",以示语气平和,真的只是一句就事论事的表达,目的是让他别因为她的事情操心,哪来的那么些枝节?

"现在不是说这些的时候。"她转身去开面谈室的门。

齐宋抢在她前面,手已经握在门把上,回头对她道:"关澜我跟你说,这件事你别想一个人逞英雄,是我先接的咨询,我肯定会跟到底的。"

"那你想怎么办？"关澜问。

"带她去报警。"齐宋回答。

"但她刚才的顾虑你也听见了，这时候去派出所，你让她怎么说呢？"关澜反问。

齐宋说："那你想怎么办？"

关澜呼出口气，想了想才答："妇联周末不上班，但街道有个维权预警岗，我有那边心理老师的电话，我现在联系他们。"

齐宋这才没话了。到底还是她想出了更合适的办法。他在旁边看着她打电话，然后进面谈室把方晴和孩子带出来，这才跟上去，对她说："别开你的车，都坐我的车去。"

关澜看着他，知道这是为了她的安全，点点头，发了定位给他。

关澜与妇联的社工约好了见面的时间地点，再和齐宋一起，把方晴和孩子送过去。那个维权预警岗设在街道办事处，离大学城不远。但车开在路上，方晴的手机响起来——戴哲已经在找她了。关澜看见屏幕上显示的名字，直接让她关了机，忽然想起件事，又问："孩子有没有戴电话手表什么的？"

"没，我把车停在兴趣班那里，电话手表也扔车里了。"方晴回答。

关澜点头，倒觉得有些安慰，不管后来如何退缩纠结，至少可以确定她来中心的时候也是下了决心的。

车开到街道办事处，两个社工已经等在那里。关澜跟她们交代了下情况，再看手表，法援中心的午休时间也快结束了，便又和齐宋一起上车匆匆返回。到大学停车场，两人下了车，她让齐宋等等，

第十二章 你真的想知道吗　　275

跑去开她那辆斯柯达的后备箱,扒拉出一包饼干扔给他。

齐宋看见里面还有其他各色零食,问:"你平常忙起来不会总吃这个吧?"

关澜又拿了一包递过来,说:"你要是不喜欢这口味,我还有玉米脆。"

齐宋笑了声,说:"行了,就这个吧。"

"要么火腿肠?"她还在问。

齐宋简直懒得理她。

他的工作也不是能保证规律饮食的那一种,忙起来跳过一顿饭,或者随便吃点什么也是常有的。但跟关澜又有本质上的不同,而这个"本质",就是钱。

比如不久前才刚遇到的一件案子,当事人是家大银行,几个T的材料甩过来,需要做大量且烦琐的初步筛选和梳理。组里有人抗议,说这到底是不是律师应该做的工作?他当时玩笑,说那要看人家给多少钱了,钱给得少,就是他们的责任,给得多,就是我们的责任。

像关澜这样的义务劳动,他过去要是听说了,大概会深表佩服,然后敬而远之,绝对想不到自己有一天也会跟着跑来跑去凑这热闹。乃至此时此刻,他细想起来,仍旧觉得不甚真实。

整个下午,两人照常接待咨询,却也等着社工那边的消息。午饭没吃上一顿像样的,该说的话也没说成,像是有什么东西虚悬在那里,不知道什么时候才会掉下来,一颗心便也跟着虚悬。

一直等到中心的接待时间结束,关澜又发消息过去问。

社工回了个无可奈何的表情,跟着一句:这种事拖得越久越麻烦,验伤最好也是在二十四小时之内完成。

然而报警需要方晴的笔录,只要她自己不走出这一步,谁都帮不了她。

关澜看着,想了想,回:我们现在过去。

然后她又叫上齐宋,还是开他的车去街道办事处。她路上低着头发信息,又接了几个电话,用那种和蔼可亲的语气,问对方最近好不好,现在在那儿,晚上有没有空。

齐宋在旁边听着,也不知道她这是在干吗,只是忽然觉得这人真虚伪啊,因为她跟他说话的时候从来不这样。

最后总算让她约上一个,再低头发信息,跟社工聊了几句。

车开到街道办事处,一个社工老师陪着方晴出来,也坐上了齐宋的车。方晴看上去还是老样子,戴着帽子、口罩,却好像平静了许多。齐宋从后视镜看了看她,仍旧悲观地认为这会是另一次妥协的开始——告诉自己其实也没多大事,戴几天口罩,或者蒙头躲家里,等伤好了,又是相亲相爱的一家人。

"接着去哪儿?"他问关澜。

关澜说:"我指路,你开就行了。"

齐宋无语,就点点头,当个自觉的司机。

最后的目的地是个城中村,旁边有个菜场,门口有家做快餐盒饭的店,招牌和不锈钢脸盆装的食物摆在路边,正开晚市。顾客当中有不少是出租车司机和外卖小哥,黄色、蓝色的头盔看见好几个。

"干吗?"齐宋又问。

"还能干吗?吃饭啊。"关澜回答,开门下了车。

约好的人已经等在那里,正跟老板聊天,看见她,迎过来,叫声"关老师"。

那是个四十多岁的女人,有张清爽干练的面孔,一双宽宽大大做事情的手。老板像是跟她很熟,直接把他们几个让进店堂后面的小房间,看起来是老板自家吃饭的地方。

齐宋好不容易找到地方停了车,跟着走进去,看见关澜她们已经围坐在一张八仙桌边,桌上倒好茶水,摆着好几个菜。样子看起来精致些,但其实也就是外面不锈钢脸盆里的内容物。

他更弄不懂这是要干吗,只是等着看下文。关澜以为他嫌弃这环境,指指身边的凳子让他坐下,又帮他涮好筷子递到他手上。齐宋忽然觉得荒诞:她还真是对他一无所知,又或者说他们彼此都是这样。

没有自我介绍,也不问方晴是怎么回事,仿佛一切心照不宣。那个四十多岁的女人只是招呼大家吃饭,然后一边吃,一边说自己的故事:"……那时候跟男人一起到A市打工,他做装修的,我给他做饭打下手,挣到的钱都在他手上,他喝点酒一不高兴就打我。我忍不了了逃出来,口袋里一分钱都没有,心里也害怕,说以后去哪儿呢?看见路边的中介所,想我可以做住家保姆啊,这不就吃住都有了嘛!"

女人说着笑起来,仿佛在回忆光辉历史。

"那时候才三十多,人家还嫌我年轻,也真是什么都不懂。第一家上户,只能去照顾别的阿姨都不大肯弄的瘫痪老人。到人家里,先问能不能给我洗个澡啊?太久没洗了,那澡洗得真的是舒服,我到现在还记得……

"这几年培训、考证,又去做月嫂。碰上闹腾的孩子,真是几宿几宿睡不上觉。但收入也是真的好,存了点钱,自己也租了房子。当初办离婚的时候,他父母把我儿子扣在老家死活不让带走。他今年十六了,也出来了,我托人介绍进的工厂,可惜就是书没读好。

等条件再好些,一定让他去念夜校,至少把高中和大专读了……"

齐宋慢慢才回过味来,这些话其实都是说给方晴听的。

女人还在继续往下说:"得亏关老师帮忙,才把婚离了。事情过去之后再想起来,当初怕他干吗呢?这种人说是喝了酒发起脾气控制不住自己,可只要外面警车一停,他马上就没脾气了,就是可着家里人欺负啊。我后来总劝别人,要是遇到这种事,一定立马报警,做笔录的时候明明白白告诉民警,这就是家暴,不是什么夫妻吵架,什么家庭矛盾,一定记得要民警开验伤单,就算伤得不重,也得留下个记录来,开那个什么警告……"

"行政告诫书。"关澜纠正。

"对,行政告诫书。"女人笑着重复。

旁边社工老师唏嘘:"我做过不少个案,案主去了派出所又和解了,说是怕男人留下案底,孩子将来不能考公。其实,不管是我从书上学到的,还是这些年的经验,家暴这种事几乎都是慢慢升级的。要是第一次遇到就不姑息,绝对到不了追究刑事责任的地步,偏偏就是因为忍,忍着忍着,最后才到了既牺牲自己,又影响孩子前途的程度。"

女人也跟着道:"是啊,你们说谁还能比我当年更差呢?不也过来了嘛!"

一顿饭吃完,几个人与她道别,离开那家小饭馆,坐上车,又返回街道办事处。路上,方晴开了手机,看着上面一连串来自戴哲的未读信息,还有不少是语音,质问她怎么还不回家,把女儿带去了哪里,估计也有自觉,没敢报警。

她一一点开,并没都听完,然后说:"今天这一天,真是……还是得麻烦你们,送我去派出所吧。"

第十二章 你真的想知道吗

那天晚上，方晴在大学城派出所做了笔录，虽然有妇联社工的陪同，但关澜和齐宋也没走，两人坐在车里等着结果。

齐宋觉得想说的有很多，又不知从何开头。

最后还是关澜先提起那个未尽的话题，说："我之所以知道，是因为我做过很多类似的案子，不是你想的那样。"

齐宋笑笑，以为她只是搪塞，类似于与你无关，你别管闲事。

关澜却继续说下去："我承认我这个人有时候有点圣母，但那是我愿意，是因为我想去做那些事，那么做符合我的价值观。但是齐宋，我不是那种没原则的烂好人，如果我真的遇到这种事，我绝对不会容忍，也有足够的能力保护好自己，你不用为了这个担心。"

车里没开灯，只有临近路灯的光射进来。齐宋借着那一点微亮看着她，不得不承认她说的是真的。他见识过那种绵羊，与她，确实没有哪怕一丁点的相似之处。

"至于我从前的事，为什么离婚、怎么离的，如果你真想知道，我可以告诉你。"关澜继续说下去，而后也看着他问，"但你记得我们怎么约定的吗？你真的想知道吗？"

齐宋想说，是的，我真的想知道。

但那一刻，又难免想到其他。他们说过的，只是在一起，不考虑未来，也不追问过去。如果打破这个约定，是否意味着两人之间的关系进入一个新的维度：他了解她的过去，也让她了解自己？他真的做得到吗？

2007年6月，漫展巡回四个城市，最后一站到达北京。第一天是优秀原创作品展，第二天是大学生万人签名，第三天是学生cosplay表演，整个一群魔乱舞，哦不，百花齐放。

关澜记得那天是周四，而且已经到了期末，她是考完试才去的。赵蕊也一样，下午才从师大那边过来。两人在会场换的衣服，又互相给对方化妆。她cos明日香，头上戴了顶栗色假发，扎蝴蝶结双马尾，一身红色紧身作战服。赵蕊则是绫波丽，蓝色短发，白色作战服。

李元杰当然也来了，难得一次没跟赵蕊形影不离，陪着个穿赛车夹克的高个儿，正跟别人说话。老李已是一八几的身高，那人站旁边还高着那么一截。起初有那件赛车服加身，以为他扮的什么角色，后来他大概嫌热，把夹克脱了，就剩白T恤和牛仔裤，一身清爽，却与漫展的氛围格格不入。

旁边有其他女孩子也正看他，一个感叹："怎么有帅哥来漫展呢？"

另一个笑说："过于'现充'了。"

关澜亦问赵蕊："那人谁啊？"

赵蕊答："老李他们学校的一个学长，刚从美国留学回来，打算开公司做游戏，说是来找原画师。"

关澜"哦"了声，以为这事也就这么过去了。

当年的漫展尚处于萌芽时期，大多数人的装扮还很粗糙，cos的几乎都是日漫和超英，也没什么十八禁的擦边行为。她们俩站一起，已算是还原得非常不错的完全体，不断有游客和专业摄影师过来给她们拍照。场地不大，人又多，到六点钟闭馆的时候，两人已经热得快化了。

李元杰过来找她们，问："黎晖说晚上一起吃个饭，去不去？"

关澜知道，赵蕊肯定是跟着老李的。他们俩虽然在一个城市读书，但两所学校之间有段距离，平常功课忙，一周也就能见上一次，这"去不去"问的就是她的意思。

"黎晖",她也是这时候才知道那人的名字。隔开几步的距离,他胳膊挽着那件印满固特异轮胎、联邦快递广告的夹克,双手插兜,也正看着她。脸上是那样一种表情,期待,却又自信。她很少见到,却很喜欢,她点头,回以微笑。

换衣服卸妆时,赵蕊看出些端倪,偷偷问她:"这什么情况?"

关澜绷住了,说:"你别闹,等下自然点。"

赵蕊会意,点头道:"您的僚机已就位。"

出了会场,四人在附近转了转,想吃的餐馆几乎都要等位,于是又坐上黎晖的白色三菱吉普,去远些的地方找了家饭店坐下。

一边吃,一边聊,她们才知道老李已经说好了暑期去黎晖那里帮忙。黎晖又问赵蕊和关澜几年级,读的什么专业。

关澜答了,他笑说:"原画师还没方向,法务倒有了,你要不来帮我看看合同吧?"

关澜笑,说:"我才大二,你敢让我给你看合同?"

黎晖却道:"法学院不都很早出去实习,三年级就要开始准备司考了吗?"

关澜仍旧摇头,说:"别,我上商法课总走神,接下来两个礼拜的考试周还不知道怎么过呢。"

赵蕊在旁敲边鼓,说:"你别听她谦虚,她就是一般人特别讨厌的那种,考试前说自己什么都没复习,结果成绩出来气死人!"

关澜转头看看她,也快给她气死了,说好的自然一点呢?

倒是黎晖,笑笑,没再多问。

又是那种提出邀请,却又笃定的态度,让她觉得有意思。

隔了会儿,关澜便说自己下周考计算机概论,Python还凑合,到 C 语言直接傻了。

李元杰客观坦率地评价:"你选这课干吗呢?"

黎晖却已会意,说:"你有问题可以来问我啊。"

关澜看着他,不置可否,却也由着他把她的手机拿过去,往里面输了个号码。

吃完走出饭店,天已经完全黑了,赵蕊说还要去个什么地方买个什么东西,默契神会地拉上李元杰。剩下两人跟他们道别,黎晖走路送关澜回学校。

时隔多年,关澜当然不可能记得当时他们说过的每句话,只记得黎晖问过她,将来想做什么?

而她回答:"想做歌手,结果发现肺活量小得可怜,又想做演员,但是总忍不住看镜头。"

黎晖笑,问:"你法学院的,不想做律师吗?"

她摇摇头,想了想,好像很认真,又好像一点也不,说:"我反而对那些自由且无用的东西比较感兴趣,比如中国法制史,期末论文下限五百字,我写了五万。也许就这么学下去吧,将来找个地方教书也很好。在这里两年,专业课只碰上过一个女老师,说不定我可以做第二个。"

黎晖笑起来,转头看看她。她虽然卸了妆,但是眼睛下面还沾着些微的闪粉。他伸手过来替她抹去了。关澜自己也觉得奇怪,两人才认识几小时,她竟没有一点想躲的意思。甚至很久很久之后,她都记得他的手指在她皮肤上的触感。

这就是关澜第一次见到黎晖时的情景。

十五年后,大学城派出所外的停车场里,关澜和齐宋坐在车里,她对他提出那个问题：你真的想知道吗？

像是能猜出他的心思，她紧接着说："你不用马上回答我……"

但齐宋已经开口道："是的，我想知道。"

两句话几乎是同时说出来的，两人都觉得意外，却又别无选择。好似 U2 乐队的那句歌词：所有的故事都是没说出来的时候最完美。但追问到了这个地步，说与不说，结果也许都一样。有些步子迈出去，就不能再退回来了。

"2009 年，尔雅出生，"关澜深呼吸一次，平静地说起当年，"那时候市场什么样，你应该也清楚。我们 Pre-A 轮拿到五千万，钱刚到手的时候也豪情万丈。结果不过几个月，情况就彻底变了。黎晖每天接到投资人的电话，刚开始还是开会，后来变成要他每天汇报账目，再后来直接开骂。那时，我刚生完孩子，好几次半夜出去找他，看到他就那么坐在路边。我总是对他说，都会好起来的，就算这次没成功又怎么样呢？最多我们从头再来。但他不行，他从小什么都是最好，从没经历过挫折，就是过不去这道坎，整个人几乎垮了。我只能陪着他一家家跑银行，一个个见投资人，后来也是我和他一起走完了整个破产清算的程序……"

齐宋听着，努力隔绝过多的情绪，只去想常识上的事。他当然知道，去法院破产庭走一遭，那是多大的工作量。

"我没坐月子，当然这也没什么，我从来不能理解，坐月子到底是在坐些啥？"关澜继续道，带着点笑，是真的觉得好笑，却又透着点凄然，"只记得当时在银行遇到过一个信贷经理，是个四十几岁的姐姐，见到我就让我坐下，说一看就知道是刚生完孩子的人。但我反而觉得黎晖更不容易，严重失眠，每天只有两三个小时能睡着。我早上怕吵醒他，出去谈事情怕结果不理想他接受不了，晚上回来又怕孩子哭起来刺激到他。

"直到有一天,我让保姆带着孩子在隔壁,千万别开门,自己紧紧抱着他不让他出去,他用力掰开我的手,过后我胳膊上都是乌青。但他确实没打过我,哪怕那时他也没打过,他只抽过自己耳光,想过要从楼上跳下去,或者开车一头撞进海里。

"我很累,已经没力气了,但还是不松手,一遍遍地对他说,你这个状态不能开车,我不能让你一个人出去。他对我说,那你跟我一起去啊。好像也就是在那个时候,我忽然意识到,自己其实已经无所谓他怎么样了。我还在尽力,只是为了不让我的女儿有个因为危险驾驶伤人而获罪的父亲,也为了不让我的父母替我担心。"

关澜说到这儿停了停,再次深呼吸,又开口,却换了种表述。

"曾经有很多当事人告诉我他们的情况,然后问我,关律师,我应该离婚吗?我一直对他们说,除掉家暴和黄赌毒这些原则性的问题,离与不离的标准其实只有一个,那就是两个人之间是否还有感情。

"其实要问我为什么离婚,也是同样的答案。那段时间,磨光了我对黎晖所有的感情。我不想活得战战兢兢,弄出一点声响就觉得害怕。我想像别人一样,可以觉得累,可以发脾气,可以崩溃,可以号啕大哭。我想要觉得安全,而不是每天醒过来,不知道自己又会面对什么。

"等到公司清算完,我就跟他提了离婚。他问我,还记得登记结婚的时候说过的誓词吗?说我不可以就这样放弃他。

"我说,我的孩子是我的责任,我的父母是我的责任,还有我自己,也是我的责任。我得先顾好这些。至于你,要是誓言作数,我应该管你,但是我背不动你了。

"是的,我就是因为一个自私的理由离婚的:我不爱他了。

"身边几乎所有人都问过我,是不是因为他出轨,是不是因为家暴。我只告诉过我最好的朋友事情完整的经过,虽然她站在我这边,但我也知道,她一直觉得事情或许会有转机。

"法院判定离婚的标准就是感情破裂,但你真的把这个理由说出来,很多人都会觉得不够充分,各有各的猜想,甚至连你自己都怀疑是不是太矫情了一点。

"他们会说,孩子还这么小,你应该为她考虑。孩子还这么小,你一个人怎么带?

"我其实也不知道,甚至没把握离开他就会更好。幸运的是我还有父母的支持,即使他们未必完全赞同,但还是支持我的决定。我爸爸对我说,别怕,你回家来。"

说到最后那句,她声音都是虚的。

齐宋心跟着轻颤,虽然从来没有人对他说过类似的话。

"好了,现在你知道了,我其实是个很自私的人。"关澜说,望着风挡玻璃外沉寂的夜色笑了笑。

齐宋知道自己也应该说些什么,却又不知道说什么好。"没事的",他仍旧只有这样一句安慰,如此无力,而且毫无意义。他又觉得至少可以给她一个拥抱,但妇联的社工已经从派出所报案接待厅里走出来,正朝他们这里张望。

"不是交换,"关澜伸手推开车门,只留下这么一句,"我说了我的,你未必要告诉我什么。"

对话就停在此处,像是打断,也像是救了他。

那天夜里,方晴做完了笔录,开了伤情鉴定书,由民警和社工带去医院就医,再到庇护站暂住。警方也派了人去她家取证,并且传唤了戴哲，将在调查之后再做是否立案的决定。

齐宋和关澜返回大学城停车场，已是次日凌晨了。

关澜坐进自己那辆斯柯达，对他说："很晚了，你回去吧。"像是一次平常的道别，又好像不止于此。

齐宋仍旧无话，也坐进车里，跟在她的车子后面，一直送她到她住的小区门口。

关澜在后视镜里看到了，但没停车，也没打电话过来问为什么。他们就这样开了一路，像上一次一样。直到斯柯达靠到路边，车窗降下来，她在那里看着他，却没像上次那样朝他挥手。

不过两个月，道别，已经不是那么容易的事情。

齐宋也降下车窗，给她发过去一条信息：给我点时间。

关澜低头看了看，回：我说过的，不是交换，我说了我的事情，你未必要告诉我什么。

但齐宋还是说：给我点时间。

他是想告诉她的，只是各种念头涌来，过去、现在，以及假想中的未来，包括截然相反的两种可能。

她笑了笑，微信上也回了个笑脸。

单看表情符号，是不予置评的"呵呵"，但现实里的表情很温柔。

齐宋在心里又说了一遍，给我点时间。

而后，他便看着斯柯达的车窗玻璃升上去，重新开动起来，拐进小区，只余尾灯慢慢消失在树影中，就像上一次一样。

离开南郊，回到他住的地方。自那时起到黎明，仅剩几个小时的睡眠时间。齐宋梦到南市的老街，一大片一大片正在拆除的棚户区，仿佛也是这样一个瑟瑟的晚秋，却又有着梦境特有的怪异的光线,那种晦暗的艳阳天。他看到十多岁的自己扔掉书包,扒开弄堂口的蓝色彩钢围挡,从缝隙之间挤进去,爬上拆到一半的楼板,跳过楼与楼之间的沟壑,像是游戏,又像是探险。而后越走越深,越走越远,却没有丝毫的恐惧,因为知道自己不会迷路,也因为知道没有人在等他回家。

熹微的晨光中,马扎跳上床,亮着一双绿色的眼睛。齐宋醒来,没赶它走,伸手摸上它的背。而它竟也随着他的动作顺服地躺下,两颗绿色的灯珠隐灭,一人一猫又睡去了。

第二天,齐宋又坐飞机去深圳,下周还是在那里开庭。

他自嘲地想,这一趟其实就是为了她回来的,本以为可以一起度过愉快的两晚,而后让她送他去机场。但事与愿违,事与愿违。前一秒他还在以拯救者自居,结果却发现她并不需要。她才是强者,也想要一个强者。他配吗?如果她真的了解他,还会喜欢他吗?

长久以来,他一直在等待一个和托马斯一样的时刻,就像等待命运的审判。他总是在警惕自己有一天会遇到特蕾莎,然后开始扎手指、大哭、互相妒忌的狗血剧情。但忽然之间,忽然之间,他有了另一种猜想:别闹了半天她不是特蕾莎,他自己才是。恰如那个梦中的游戏,他还记得那种站在残垣断壁边的晕眩,那种既恐惧,又渴望坠落,从而回到过去的晕眩。

如果真的回到过去,她还会喜欢他吗?

像是为了回答这个问题,齐宋坐在候机室里吃那碗没滋没味的番茄牛肉面的时候,死去的童年又来攻击他。

手机振动,屏幕上显示的是个陌生的号码,他接起来,听见对面说:"喂,我们这里是长江护理院……"

他仍旧没有丝毫犹豫地回答:"打错了,我做小额无抵押贷款的，利率优惠，当天放款，有没有兴趣了解一下？"

但这一次对面说："你别装，你是宋红卫的儿子对吧，我跟你说，你父亲……"

他没再回答，挂断，拉黑，把手机摔到桌上。隔壁桌的人奇怪地看着他，而他目不斜视，继续吃面。

第十三章　家暴不是家庭纠纷

随后三天，齐宋跑了三个地方。他把行程发给关澜，去了哪儿，做了什么，以证明自己没有不跟她联系。关澜也是一样，没有旁的话，只是把方晴案子的进展告诉他。这做法让他自觉像个傻子，却又庆幸还有这么些破事可以作为逃避的方式。

第一天在法院开庭，休庭之后他跟组里的同事开会，晚上陪客户吃饭。

第二天一早飞另一个城市。齐宋刚下飞机就觉得不对，一直没长出来的那颗智齿又开始证明它的存在。他一整天在客户那里开会，结束之后从牙床到淋巴全都肿了起来。他恐怕再这样下去说不出话，赶紧找了当地唯一一家有急诊牙科的医院，连夜赶过去，口服了消炎药，挂上水。

输液室里亮如白昼，旁边人大都在睡觉，唯独他还醒着，闻着淡淡消毒水的气味，看着手机上与关澜的对话。有意思的那些还停留在那一天，他对她说，给我点时间。

齐宋离开之后，关澜又一次回想自己对他说的那些话。当时凭着一腔冲动说出来，过后觉得太多了，又觉得太少了。

她提出离婚的时候，公司破产清算已经完毕，黎晖的状态也好了很多。事情尘埃落定，再回想起来其实不过如此。当时所有人都觉得他们还会像过去一样，包括黎晖。所以，当她说她要离婚，周围的朋友和家人都觉得意外，且各有各的猜想。有人觉得是她势利，黎晖得意的时候，她选择了他，失意了，她就要离开。也有人认为一定是黎晖做了什么对不起她的事，尽管她也曾不止一遍地否认，但人总是相信自己愿意相信的。

后来发生的事，可以说证明了她的决定是对的。因为黎晖在整个离婚诉讼的过程中穷尽了各种手段，确保她拿不到一分钱，孩子的抚养费也只到地区标准的下限。如他所说，这么做只是为了让她不要走，但她全都无所谓了。相传他在分居期间交过女朋友，她也没去求证，因为那都不是关键。

后来发生的事，也可以说证明了她的决定是错的。黎晖一路变得好起来，重又春风得意。反倒是她，变成旁人口中失婚的单身母亲。

而对与错，其实只是取决于做出这个判断的人更看重什么。

有些人或许会觉得，如果当初她没提离婚，一切都会是好好的。而她却在想，如果她没提离婚，可能到现在还不知道他究竟是个怎样的人，问题终归会留在那里，直到遇见下一个低谷。

这一点，哪怕是赵蕊，也未必能感同身受。关澜并不觉得这是站着说话不腰疼，因为如果易地而处，是李元杰遇上这样的挫折，李元杰这样垮掉，她相信赵蕊无论如何都不会放手。但反过来想，李元杰真的会像黎晖那样表现吗？

那几年很多地方都在裁员，创业失败回去打工的人太多了。他们的公司倒闭之后，老李也有相当长的一段时间没找到下家，跟赵蕊两个人手上一点积蓄都没有。最后还是赵蕊先在至呈所找到一个人力资源的工作，他在家又荡了半年多，被父母亲眷各种念叨着，白天赤着膊，吃着雪糕打游戏，晚上去接赵蕊下班，叫她心心，好脾气地听她抱怨所里的奇葩，一起挤晚高峰的地铁送她回家。

每个人都是不同的，很难做出比较。

但最隐秘的那个理由，她还是跟赵蕊说了，也只能跟赵蕊说。

其实，在提出离婚之前，她也曾试过挽回，结果却发现自己对黎晖已经有了一种生理性的抵触。她曾经很喜欢和他亲亲抱抱，热恋时两人只要有时间就会腻在一起，但后来的她根本做不到主动去碰他。他的手触到她，也总能让她想起那一夜，他对她说：那你跟我一起啊。她确实没爱他爱到去死的地步，也没办法这样委屈自己。

回到这个凌晨，她再无睡意，在网上找出《蔚蓝深海》，一个人躺在黑暗中又看了一遍。

影片接近结尾，天才渐渐亮起来。手机小小一方的屏幕上，情人和女人正在小酒馆里相拥，两人互相低声吟唱着一首歌，*You Belong To Me*（《你属于我》）。歌词很美，乐声悠扬，他们温柔相对。

但他并不属于她，她也不属于他。两个人哪怕爱过，哪怕曾经以为很爱很爱，都有各自的背负，也都有权选择离开。

她觉得这就是离婚的意义，民法中的这个制度让人类之爱真正走向了理性。

但齐宋会怎么看她呢？他也许曾经觉得她理智而高尚，结果却发现她只是一个自私且冲动的人，曾那样轻易地立下誓言，又那样决绝地将它打破。他会怎么看她呢？

给我一点时间，他这样对她说。而她等着，沉重，却也坦然。

天亮起来，生活重新开始。

周日下午，黎晖把尔雅送回来。自行车果然已经买了，黑色车架，热粉色的涂装。黎晖打开 SUV 的后备箱，从里面把车搬出来，一边搬一边对她说：“你放心，这车是我全程看着他们装的，还有这顶头盔，你一定提醒尔雅每次骑车都要戴着。”

关澜点头应下，这一点她不能否认，黎晖还是有些改变的，至少在做父亲这件事上。

周一上午，方晴的验伤结果出来了，总共十八处，各种轻重不一的瘀伤，以及类似鞭子抽打的痕迹，与在她家找到的衣架相符，法医鉴定为轻微伤。

关澜上完课接到方晴的电话，和张井然一起去了趟庇护站。社工把孩子先带了出去，两人在那个小小的房间里与方晴谈话。

"民警给了两个方案，"方晴对她们说，"一个是作为家暴立案，开训诫书，五天行政拘留。另一个是作为家庭纠纷和解，只做个备案。"

"怎么总和稀泥啊？"张井然不忿，"肯定选第一种啊。"

关澜却不急，给她，也给方晴解释：“就算只做备案，这次的报警记录和伤情鉴定在后续的司法程序当中也可以作为证据。警方给出第二种建议，也是为了不影响双方之后的生活，因为有过类似的事情，警情通报出来，或者人在里面拘了几天，施暴方被单位开除了，受到家暴的那一方又去找他们闹……”

"还有这种事?!"张井然觉得稀奇。

关澜说："即使走到这一步，只要一天没离婚，夫妻双方就仍旧是经济上的利益共同体，自然有不得不考虑的现实情况。"

"那我呢，我的情况应该怎么办？"方晴问。

关澜不答，反过来问她："你下一步打算怎么办呢？"

"我想离婚，也想选第一种，"方晴看着她，说得很郑重，"我一直记得那个大姐说的话，这不是什么家庭纠纷，这就是家暴。人家身上只有十块钱都可以走过来，我没道理不可以。但这两天住在这里，我也一直在考虑以后的事，试着写了下简历，六年多的空白，也不知道还找不找得到工作。我倒是不怕吃苦，注册个平台做钟点工，或者开网约车都可以。就是担心自己的收入肯定没戴哲高，不知道争不争得到孩子的抚养权。"

关澜没法给她保证，只说事实："戴哲已经有过家暴的记录，而且你才是一直照顾孩子的那个人，这一点我相信你能找到很多证据，邻居、老师、每天签字的家校联系册。法庭从这两方面考虑，你拿到抚养权的概率是很大的。至于工作，工资高并不是绝对优势。A市抚养费的标准是每月两千元，只要你的收入可以保证自己和孩子的基本生活，工作性质是可以照顾孩子的，就不会有问题。你还可以要求戴哲一次性给付抚养费至孩子成年，包括所有可能出现的医药费和教育费用，该计较的绝对不要大方。"

"但还有那个拘留，"方晴又问，"其实也就五天，他出来了之后会不会报复我？"

关澜却说："这段时间其实已经足够了，而且非常关键。过去一定要在离婚诉讼立案之后才能申请人身安全保护令，现在不用了，可以作为独立案件提交资料，七十二小时以内就会立案，然后就是开庭谈话、签发裁定书，执行期限是六个月。"

"有用吗？"方晴问。

关澜说："保护令可以责令戴哲迁出住所，禁止骚扰、跟踪、接触你和你的近亲属，比如你女儿和父母。电话和信息骚扰也是包括在内的。如果他再来找你，你就再报警。他打电话给你，你就录音。这些都属于违反保护令的行为，他还得进去，再拘留，甚至追究刑事责任。而且，这都会是下一步离婚诉讼当中对你有利、对他不利的证据。你可凭借无过错权益原则，主张损害赔偿，多分财产。针对你这几年放弃工作照顾家庭的情况，也可以要求经济补偿。"

"但我对家里的经济状况一点都不了解，连戴哲工资卡是哪张都不知道。他会不会在这上面搞些花样，让我什么都分不到？"

"这确实是个难点，"关澜详细说下去，"虽然夫妻共同财产的制度摆在那里，但其实很难完全实现。你没法凭一个人的身份信息查到他名下所有的存款、投资和房产。银行流水可能只给你拉最近一年的，房子需要你明确知道登记号才能查到。但好在戴哲现在应该是没有准备的，你可以利用他被拘的这几天回你们住的房子里去，收集所有可能的财产信息，包括但不限于银行卡、信用卡账单、刷卡消费凭证、取款凭证、电子支付账号、证券账号，还有房产证或者你知道的房产地址，照片、复印件都可以……"

方晴一一记下，点头，又问："那接下来呢？"

关澜却只是微笑，笃定、自信地说："接下来，就是律师的工作了。"

也是在那一天，她跟方晴签了委托协议，然后直接去法院立案，离婚诉讼和人身安全保护令的申请，一次提交。

从立案庭出来，张井然大呼爽快，说："恭喜家暴男喜提后悔椅加看守所五日游大礼包。"

关澜只是笑了笑，低头解锁手机，把这个消息告诉齐宋。他或许在开会，又或者在法庭上，没有回复。直到次日清晨，他才告诉她自己已经飞到另一座城市,办另一件案子。关澜也只是看了看,没有回复。

那天是周二,她去市内的校区上课,午休时接到梁思发来的信息,问她是不是有空见面聊一聊。

两人还是约在上次那间茶室里。去之前,关澜尚有些忧虑,不知道梁思会不会已经想好了,要调查何静远那个猜测中的绯闻对象。但到地方看见梁思,她便觉得是自己多虑了。

梁思好像已经恢复了一贯处处周全的状态,见面就对她道:"上次真的对不起,失态了。"

"没事。"关澜摇头,笑笑。

梁思也笑,点了茶水,说起过去的一周:"刚开始,我还真的考虑过找私家侦探,然后想到请私家侦探犯法,又去琢磨其他的方式,比如查他订票订房的网站账号,甚至他的邮箱密码。说实话,认识十几年,要猜还是猜得出的。但我后来想,这么做有什么意义呢?就为了那最高五万的出轨过错补偿吗?而且你也说过,他提的方案已经做出了很大的退让,无论他做没做,都不会对结果产生多大的影响。"

关澜听着,等待后面的转折,或者她真正想要说的话。

"于是我暂且放下这件事,上班、加班、出差,"梁思继续说下去,"直到有一天,在一场视频会上,有个新加坡那边的女合伙人会后跟我们聊天,说她女儿昨晚高烧,她抱着孩子坐了一夜,早上儿子不肯上学,又跟她闹。要知道就在刚开完的那场会上,她刚刚slay(秒杀)全场。所有人都赞叹,说你怎么能做到这些,什么都不耽误?她只是笑笑,好像在说,你们这些凡人啊……"

梁思说得绘声绘色,关澜听着,却觉得其中还带着些自嘲。

果然,紧接着就听她说下去:"其实,这种事我也干过。像是为了打破刻板印象,又像是一种勋章。就好像在说,你们都做不到吧,但我可以。那一刻,我突然就想起何静远说过的那句话,完美常胜。他真的很了解我,真的。

"我是外所里极其少有的中国籍女合伙人,我享受这份骄傲,还有孩子,我自己也是想要的,反过来却又把过程中的辛苦全都当作是对家庭的付出。但如果没有他,我根本做不到,是我对他不公平了。"

关澜听着,竟有些动容,与她确认:"所以,你不想追究那件事了?"

梁思望着窗外,有一时的失神,隔了会儿才说:"现在只有一件事我过不去,那就是东东。我有天下班回家,去他的房间。当时已经过了他睡觉的时间,灯关了,但他还醒着。我问他,你为什么不睡啊?他却反问我,妈妈你还喜欢我吗?我说当然。他又问,那爸爸还喜欢我吗?我也说当然。但他不信,说爸爸为什么不来给我讲故事了?何静远过去是很喜欢这个孩子的,从东东几个月大起,他就开始给他读绘本,读了有几千本。但他现在只负责早晚接送,再也没回来过。"

关澜不禁去做比较,何静远这个父亲做得是相当可以的。

"人在不快乐的时候,是没有力气再去爱别人的。"她说,话出口又觉得冒昧了。

梁思倒不介意,反问:"就像通常说的,如果母亲感受不到被爱,就很难去爱孩子?"

关澜点头,说:"其实男人也一样。有时候我甚至觉得,男人更感情用事、更脆弱。"

第十三章 家暴不是家庭纠纷　　297

梁思笑起来，说："确实，我们所里砸过杯子、摔过文件的都是男合伙人，还总是嫌女律师情绪化。"

关澜也跟着笑起来，觉得她们就像两个在背后说人坏话的女同学。笑完了，她才又道："这其实也是我的经验之谈，人在不快乐的时候是没有力气去爱别人的。"

梁思自然也知道她的情况，缓了缓才问："也许冒昧了，但你可以告诉我，你当时是怎么走出来的吗？我觉得我就快用到了。"

关澜想了想，开口道："我当时的情况跟你们不太一样，一帆风顺的两个人，太骄傲了，太轻敌，结婚、生孩子、创业，把人生在世最难的几件事放在一起做，傻得要死，最后一败涂地。那时候我觉得自己完了，不知道该怎么办，是我的好朋友给我想了办法……"

"是什么？"梁思问。

关澜一边回忆，一边说："她跑来陪着我，跟我一起把活到现在所有的失败都写下来，比如小学一年级第一次默写得了三十二分，二年级期末考试才考了七十几，把学生手册藏起来不敢拿回家，五年级数学单元测验不及格……写着写着，就觉得其实也没什么大不了的，不过就是又一场失败而已……但你也许没有这种黑历史吧？"她问梁思，一半恭维，一半认真。

梁思自然笑起来，说："怎么可能呢？"

……

离开茶馆的时候，梁思并没有给她一个直接而肯定的答复——与何静远的离婚诉讼，接下去要怎么做。但关澜还是觉得，事情已经在往好的方向发展。梁思，方晴，虽然是两个截然不同的女人，曾经因为截然不同理由不愿或者不敢放手，但她们终于还是找到了自己的出口。

直到深夜，把所有的事情忙完，尔雅也已经睡去了，她又像平常一样独自站在阳台上，开了一线窗，吹着风。解锁手机，翻到与齐宋的聊天记录，仍旧停在他上一次跟她汇报行程。她忽然觉得有很多话想跟他说，但又不想显得是一种催促。他说他要时间，她愿意给他时间。

然而，手机振动，就在那个时候，齐宋给她发来一张照片，是他的手，手背上的静脉正插着针输液。

怎么了？关澜立刻问。

齐宋那边也吓了一跳，没想到回得这么快，忙解释：智齿，要长不长，累了就会疼几天。

关澜知道了原因，却又不屑，说：你早干吗去了？为什么不拔？

齐宋回：孤独的最高级别就是一个人去做手术。

关澜笑，反问：那叫手术吗？

齐宋还想找理由，却又看见她追来一句：等你回来，我陪你去拔。

输液室的灯光下，齐宋看着那句话，静静笑起来。

第二天，齐宋发了个周六上午的时间和地址过来。关澜反应了一下，才明白这是牙医那里的预约信息。她回：OK，我准时到，法援那边找人替一下。过后觉得好笑，怎么搞得好像定下一个三方会议。

那一天，还有另一个会，是梁思通过她约了何静远的律师，还像上次一样，在那个家事所见面。

只是这一次，四个人都到了，对坐在那间"温馨的安乐死病房"里。

第十三章　家暴不是家庭纠纷　　299

也是这一次，梁思自己开口对何静远说："上次通电话之后，我想了挺多的。从前总是觉得自己很辛苦，责怪你为什么不再多做一点努力，但我现在想明白了。每个人每一天都只有二十四小时，我去查了下这几年自己的计费时间，再加上内部外部应酬次数，明白是你让我有了从事这份职业，同时又拥有家庭和孩子的可能。而我从来没有真正感谢过你，今天才对你说声谢谢，以及对不起。"话说得十分理智，像是一次工作会议的开场白。其实要说什么，她来之前就跟关澜通过气，但真的说出来，好像氛围又有那么点不对劲。

何静远目光落在桌面上，缓了缓才开口，说："梁思，上次其实也是我话说得过分了……"

"不，"梁思却笑，知道他为什么而道歉，"是因为你说我'完美常胜'对吧？其实你真的很了解我，我确实就是那样的人，一直都在比，一直都喜欢赢。那就让我最后再保持一次完美的形象吧，我们好聚好散。"

何静远抬头看她，有些意外，不知是因为她说话的态度，还是说话的内容。

"你提的方案，我基本接受，只有一点补充。"梁思接着说下去。

何静远听着，答："你说吧。"

"你也知道，因为我们的情况，不能去民政局协议离婚，只能通过诉讼的形式。"梁思道，"也就是别人通常说的打官司、闹离婚，但我觉得我和你都应该有足够的认知和余力去避免这种尴尬，做得更好一点。"

何静远点头，等着下文。

梁思于是继续，说："关律师对我说过，因为现在协议离婚有冷静期，而诉讼离婚可以选择走庭前调解。只要双方能够在财产和抚养权方面达成一致，其实在时间上并不会相差太多。但从起诉、排期到开庭，还是会有个过程。我们可以等，孩子不一定能理解。所以，你提的共同抚养的建议，我希望能先进行起来。因为东东很想你，他每天都在等着听你给他念绘本。要是你觉得不方便去家里，也可以带他去你那儿。我们商量个时间表，双方都合适的那种。"

这番话仍旧说得好像是在一场会议中提出一个折中的方案，但从说话的声音里又能捕捉到些微动容的痕迹：一个停顿，一段轻颤的尾音，一次多余的呼吸。

那一天，双方讨论了财产分配以及孩子抚养的细节问题，一条条衡量、修正，全都落实到电子文档中，再从打印机里吐出来，一式三份。

等到一切商定，走出那个家事所的办公室，关澜与梁思搭电梯下楼。门合上之前，有人从外面伸手，门又重新滑开，是何静远走进来。他跟她们同一趟电梯下楼，又和她们一起走出那栋大厦。户外刚刚下过一场雨，红色黄色的树叶落了一地。

何静远忽然对梁思说："你还记得吗？我们是在剑桥城那个留学生聚会上认识的，当时好像也是这个季节。"

"虽然已经有十五六年了，但我当然记得，"梁思回答，"我那时候上去就跟你握手，把你吓得。"

"有吗？"何静远低头笑了下。

梁思看着他，像从前那样伸出手，与他握了握，而后说："保重。"

这一刻，倒计时已经被重置，他们不需要进行漫长的两次起诉，或者等待分居期满。根据两边律师做出的共同判断，最多不过四十天，应该就可以拿到法院的调解协议，宣告这段婚姻的终结。

但关澜忽然觉得，事情未必会那样发展。但无论怎样，这都是个不错的结局，感情上不扩大伤害，经济上不过分计较，互道珍重后离开。恰如她对那部电影的评价，很体面的做法。开车回南郊的路上，她扶着方向盘，望着前路，就那么笑起来。

隔了两天，又到周五，关澜收到赵蕊发来的几张截图，下面跟着句评语：大型凡尔赛现场。

她点开大图细看，是赵蕊及其HR同事们的朋友圈，这帮人大多在各大律所或者金融机构工作，这几天也不知掀起一阵什么新浪潮，好多同事都在发自己的失败事件清单。

被截出来的这些，说是"凡尔赛"，倒也真不冤枉。几乎都是全英文发的，带个统一的标题——My Top 10 Setbacks（我的十大挫折），内容诸如九岁参加星海杯未能入围全国总决赛，二十一岁申哈佛没进最后去了哥大，跑马拉松十年未能破三，旅居法国十年法语尚不能达到native（母语）水平。

下面的配图更加精彩，各种上天入地、神采奕奕。

评论区自然也都很捧场：

And yet you still radiant.（但你依然光芒四射。）

All these failures make you stronger and unique.（所有这些失败都让你变得更强大、更独一无二。）

……

赵蕊跟着又发来一句，说：这事我们从前也干过吧？跟人家比起来，怎么就显得那么low（低级）呢？

关澜看着笑，也想起那个时候，回：你还记得啊？

赵蕊说：那当然，你一开始说来说去就是考试成绩不好，我说你们这种学习好的就是太喜欢跟自己较劲，让你给我坦率点。

关澜考她：那我后来还说什么了？

赵蕊自然没被问住：你说，高中喜欢上个体育生帅哥，结果人家连你姓什么都记错了，打电话到宿舍说找沈兰，害你被同学笑了一学期。

关澜便也"投桃报李"，说：你的我也记着呢！晚自习偷跑出去跟李元杰吃夜宵，结果两个人一起得急性肠胃炎，被宿管老师送进医院，病好了之后被全校通报批评。

赵蕊那边显示"对方正在输入……"，关澜以为她会再接着说下去，因为就是那次之后，老李正式跟她表白，保送名额都准备不要了，就想留A市跟她考一个学校。

但隔了会儿，赵蕊那边的消息过来，却是一句：跟人家比起来，我这种纯粹就是废物。

也许只是自嘲吧，但关澜还是不能同意，回：你不是，你特别好。

那边立刻给她发来个"宝宝有点害羞"的表情包，关澜又给她回了个"宝儿我捡垃圾养你"，赵蕊一通"哈哈哈"，就这么过去了。

后来，关澜再看那些"凡尔赛"清单，忽然觉得事情不会这么巧，也许这一阵的潮流就是从梁思那里开始的。她有些好奇，梁思会写些什么，梁思的Top 10 Setbacks里是否会提到自己的婚姻？

傍晚时分，她接到齐宋发来的信息：候机了。

往上翻了翻，全都是这样简略的表达：上飞机了，到了，延误一小时，开庭……不知为什么让她想起马扎，一脸严肃地走到她腿边，但眼睛并不看她，好像只是路过而已。

直到两个多小时之后，关澜在机场见到本人。助理已经给他打发走了，自己拖着个行李箱，一路走到停车场来找她。她推开车门站出来,朝他挥挥手。他走过来,自己开了后备箱放行李,然后坐到副驾位子上,熟门熟路的。

但她想要发动车子,整个人却被他拉了过去。他在车厢里的阴影处拥抱她,吻她。动作温柔,却又总也不够,像是要把上次没能说出口的话都换成身体的动作,指望她能明白。也许只是徒劳无功,但当舌尖相触,那种细微的摩擦和颤动两个人都能感受到,也足够让彼此忘掉其他所有,哪怕只是片刻而已。

他们吻了很久,直到关澜开始想停车费会不会多算她一小时,这才停下,摸摸他的脸问:"还疼不疼啊?"

齐宋摇头,说:"已经好了,又有点不想拔了。"

关澜简直无语,说:"你这人怎么这样啊?"

齐宋看着她笑起来,忽然就把所有纠结抛诸脑后,耍无赖说:"反正人也见到了,要不再等等吧。"

关澜也没跟齐宋多废话,把车开到他住的小区。在地库停了车,两人又出去找了个地方随便吃了点东西。走出餐馆,天上忽然开始飘雨。两人在屋檐下等了会儿,发现一点都没有停下来的迹象,反而越下越大。商场区已经关门,借不到伞。

齐宋说:"我回去把车开来接你吧。"

"不要,我最讨厌等人了。"关澜拒绝,把运动衫的帽子戴到头上,回头对他笑笑,拉着他跑进雨中。

深秋的雨冰冷,落到地上,变成质地各异的黑色的镜子,反射着雨夜里各种各样的光,被他们踩碎了,又重聚到一起。其实不过几百米距离,但两人跑到他住的小区,还是淋了个半湿,牵着的手心里有微微的汗意,周围小小一方空间充满了她潮湿的发香和彼此身上的味道。

时间已经很晚,从地库到门厅都不见人。等电梯的时候,两人心照神会地转到摄像头的盲区。他抹去她头上的帽子,把她运动衫的拉链拉下来,轻吻她的颈窝和锁骨。她双臂环住他的脖颈,整个人都靠到他身上,处处贴合。

　　上楼,进门,开了灯,马扎人来疯,不断在房子里冲刺、滑铲,跳上跳下。但他们没空理它,直接进了主卧的浴室,把它关在外面。

　　是熟悉的,却好像又有些不同。他不知道多少次想脱口而出,说我爱你。他甚至不敢与她对视,如果看着她,他一定就会说出来。这三个字也许并不代表着什么,至少在那一刻,他其实没有多少思考的能力。但还是禁不住地想,她会如何回应?如果她不说什么,他是否还能接受那种轻?或者她说了什么,像是签字画押,盖上骑缝章、火漆印,他又是否能承受那份重?

　　如此牵扯厮磨,直到最后的时刻,他不得不将她转过去,低头抵着她的背脊,任由各种积压在胸口的情感直冲颅顶,直觉身与心同时到达顶峰,抑或一同崩溃,既目眩,又感伤。

　　两人洗了澡,换了衣服出来。马扎还在客厅发疯,被齐宋一把逮住,按在地上。

　　关澜说:"你干吗?!"把他扒拉到一边,抱起马扎顺着毛,又歪头看着它道,"一个礼拜没见人,寂寞坏了吧?"

　　一般人大概都会这样跟猫说话,就好像对着个小孩。但齐宋总觉得有点怪异,尤其当这只猫是马扎,一脸成熟,桀骜不驯,要是个人,少说二十大几了。

　　他在旁边插嘴,说:"钟点工每天来给它喂食,玩具也买了一堆,还要怎么样?要么我下次出差的时候干脆送它去宠物医院寄养算了。"

　　关澜却说:"别,寄养狗还有人遛,猫就是关在那种小格子里下次你要是不在,把它放我家吧。"

齐宋怔了怔,才答了声"好"。这事说穿了跟他也没多大关系,但不知怎么的,就是挺高兴。

齐宋转头去放行李,马扎在别处兜了圈又跟过来,跳进打开的箱子踩来踩去。趁关澜没看见,他又一把将它按住,手指着它,在心里说:连我都还没去过她家。马扎"喵"了声抗议,趁他松手,一下蹿走了。

关澜这次来还是背着那只大书包,里面装着她的衣服和洗漱用品,路上还买了些东西,心照不宣,就是要在他这儿过夜的。但马扎在他床上睡惯了,早早占好C位。齐宋给它搬到外面,它一会儿又跑进来,还是往床上跳。

齐宋看它:你想干吗?

马扎也看他:睡觉啊,还能干吗?

关澜在旁边问:"它平常都睡你床上吗?"

齐宋面不改色地否认:"不是,它睡它猫窝里。"然后一把抱起它,瞬移到外面,手指着,用眼神说:兄弟你帮个忙。

马扎好像懂了,眯起眼睛,摇着尾巴,不慌不忙地踱进黑暗里。

齐宋转身进房间,关上门,就看见关澜穿着睡衣裤盘腿坐那儿笑,说:"有什么不好意思的呢?我要是养猫肯定抱着它睡。"

齐宋反正不管,关灯睡觉。

那一夜睡得极好,只是次日天明,又想起拔牙的事情。齐宋其实已经不想去了,前几天疼得要命,又有关澜说陪他去,他才一时冲动下的决心,打电话到牙科诊所约了医生。人家周末忙,特别照顾他才安排了这么个早早场。但现在消肿不疼了,他想想又觉得还是算了吧。

关澜倒也不逼他，醒过来先说肚子饿，把他骗起来给她做早饭，然后坐下吃，一边刷手机一边念给他听：某某医学院研究表明"炎症导致的变态过敏反应从口腔进展到喉部，进而影响心脏，诱发心肌炎症，从起病开始只需一至两周"，还有什么"十八岁小伙儿因智齿发炎导致严重细菌性心内膜炎，险些心力衰竭死亡，最终进行开胸手术修补心脏瓣膜才得以续命"。

齐宋觉得就快读到A市某三十五岁男子的社会新闻了，看看她，认输，说："师父你快别念了，吃吧，吃完咱们就走。"

关澜笑，这才听话放下手机，埋头吃早饭。

诊所就在他家附近，两人出门，走路过去。到了地方先填资料，他腕上的智能手表已经在提醒，您的压力水平偏高，建议冥想一分钟放松一下。关澜看到了，又在偷笑，被他发现才自觉抿上嘴，握拳，做了个十足鼓励的表情。

"医生技术好，其实很快的。"护士大概也看出些端倪，在旁安慰了一句。

齐宋清清嗓子，想解释，又说不出什么可以挽回颜面的话，只好作罢。仔细回想起来，除了逃不过去的入职体检，他好像已经有许多年没有走进过医院了。工作之后，他起初用的是城镇职工的白色病历本，里面一片空白；后来升上合伙人，有了高端医疗险，打开保险公司的APP，他的就医记录仍旧一片空白。不是说他身体特别好，而是平常有个什么头疼脑热的就这么拖着，拖一拖也就过去了。

直到今天。

填完资料，齐宋躺上那张满是刑具的白椅子。

牙医给他检查了下，说："情况还挺好的。"

第十三章　家暴不是家庭纠纷

齐宋心下一喜,就等着人家说下一句,"暂时不用拔",结果却听见牙医继续往下说:"要是还在炎症急性期,就不适合拔,但现在可以了。"

事情就这样脱离了他的掌控,伸头一刀缩头一刀。先拍片、验血,然后上麻药、凿子、老虎钳,最后牙齿出来,塞上药棉。果然如护士所说,其实是很快的。

完事之后牙医关照:"两个小时之后才能吃东西,尽量吃凉的、软一点的。"

关澜在旁边听,还在手机上设了个定时。齐宋看着,又觉得幸好今天来了这一趟。

离开诊所,两人还是走路回去。

到家关澜问他:"要不要再睡会儿?"

齐宋顺势跟她装死,说好啊,然后从背后拦腰抱了她倒在床上。

关澜笑起来,却又挣不脱,后来索性也不争了,翻身过来对着他,还是像上次一样摸摸他的脸,轻声问:"还疼不疼?"

齐宋没睁眼,点头,又摇头,一言不发,也不知她会不会懂。

或许是因为麻药,或许是这一周积聚的疲劳,他真的又睡过去了。

再醒来,已是午后了,身边是空的,没有人。他躺着缓了好一会儿,想起前因后果,起身走到外面,才看见关澜正坐在窗边的地上看书。

"醒了?"她听到声音抬头,对他笑,说,"我给你煮粥了,应该已经晾凉可以吃了。"

齐宋看着,听着,有种不真实的感觉,直到坐到餐桌边,那碗粥放到他面前。

"这粥怎么分层啊？"他问。

关澜给他解释："水放得有点少，太稠了，我就又加了点水。"

齐宋笑，是很真实的一碗粥。

"这不一样吗？"关澜觉得他有点不知好歹。

"嗯，一样。"齐宋忍住不笑了，埋头吃起来。

那个下午，以及后来的夜晚，他们什么地方都没去，又像从前一样窝在沙发上看电影。

这一次是《海边的曼彻斯特》，故事里的男人因为一次疏忽，导致三个孩子葬身火灾，他与妻子离婚后过着离群索居的生活。直到兄长去世，他成为侄子的监护人，不得不回到曾经熟悉的海边小镇。看到绝望无解的悲伤，她靠在他胸口哭，嘴角弯下去，眼泪蹭在他衣服上。看到十六岁的侄子刚死了爹都惦记着跟女朋友睡觉，她又笑得整个沙发都在抖。

齐宋抱着她，心里满是柔情，同时不乏醋意地想，究竟有多少人见过她这孩子气的样子？他忽然很想让别人知道他们的关系，可怎么说呢，他并没有什么人可以让他带着她去见一见。

所里最熟的同事就一个姜源，但也压根儿不能算是朋友。就是前几天，听说他夜里挂水白天开庭，客户感动得专门找王乾致谢，姜源发了条信息过来揶揄，说：齐宋你总能卷出新高度啊，还让不让人活了？

而除了客户、老板和同事，固定出现在他生活里的，大概只有游泳池的救生员大叔，以及给他剪头发的理发师，他甚至不记得人家究竟叫 Gary 还是 Kevin。

在脑中想象了一下那个场景，他带她一起过去，人家也许会问一句：女朋友啊？而他不答，只是笑笑。

第十四章　不要的未必是真不要

2020年1月，消息是突然传来的。

罗佳佳当时正在店里扎花篮。春节期间是花店的旺季，各种年宵花卉零售批发，还有公司庆典、酒店婚宴，不少大活儿派出来。她没打算回家过年，父母在另一个城市打工，也说不回老家了。春节用工荒，愿意留下来的人总能拿更高的时薪，对他们这样的人来说，一切以挣钱为先。以她上一年的经验，店里一晚上就是几万的进账，过完年总有个大几十万，老板会给她发个特别丰厚的红包。她也已经做好了熬几个通宵的准备，可这一次却跟往年不一样，某天忙到半夜，老板接了个电话，一切都停下了。

花店不开门，她也没法回家，就这么一个人耽搁下了。

她租的房子在附近一个村里，是最后剩下没拆迁的一片宅基地自建房，早已经没有本村的居民居住，每一幢都各种搭建，分割成一个个仅能容身的小单间，租给像她这样的外来打工人。

这时候租客大多都走了，有的看情况不对，也不管三七二十一地先跑了再说，不知跑没跑成，反正没见人回来。整幢房子里好像只剩下她一个人，平常总嫌吵闹，这下忽然变得空荡荡、静悄悄的，她反倒有些不习惯。

刚开始,她想也好,终于可以美美地睡一觉了,不用惦记着早起跟老板跑花市,回来剪枝、整理、浸水,然后站一整天的柜台,夜里还得扎花篮。那时候总觉得困,想要好好休息几天,可现在真让她睡,她又睡不着了。不知是因为对未来的忧虑,还是因为这屋朝北,越睡越冷。

她爬起来,去院子里水池那儿洗漱,恰好遇上房东骑着小电驴过来,身上穿了件一次性雨衣,戴着口罩、眼镜、橡胶手套,全副武装。

房东看见她就说:"哎呀,小罗你没回去啊?"

"是啊。"罗佳佳回答,心想我早跟你发微信说过的。当然,这房子里住着十几个人,房东估计也记不清。

"还有吃的没?"房东问。

"有,有的。"罗佳佳回答,其实已经快没了。临近新年,附近菜场关了,只有超市还在营业,生鲜少且贵。

她以为人家也只是随便问一声,可没过多会儿,房东又骑着电瓶车转回来,递给她一兜子蔬菜,说是自留地里种的。

她特别感动,连声道谢,说:"谢谢叔叔,叔叔过年好。"

"过年好,过年好。"房东也道,又递了另一兜子菜过来,说,"还有这个,你给小佟,他也没走。"

"小佟?"罗佳佳疑惑。

房东解释:"就是一楼西面顶头那间的。"

"哦,"罗佳佳不认得,但还是应了声,说,"我拿去给他。"

"那,下个月,你……"临走,房东开口,估计这两天有不少人跟他说不租了。此地租房不正规,不经过中介,也没合同什么的。

罗佳佳回到现实，说："我还继续租的，房租到日子微信转您。"

"好，好。"房东挺高兴，骑着小电驴走了。

罗佳佳提着两兜子菜，去一楼西面顶头那间。敲敲门，没人，她就把塑料袋挂门把手上了。直到下午，她百无聊赖地下楼走了一圈，看见菜还挂在原处。她怕西晒给晒蔫了，又去取下来，放到门边背阴的地方。

冬季天黑得早，市郊又特别冷。傍晚五点多，她在屋里电磁炉上下了点面条，打了个蛋，再放了把菜叶子进去，做成热乎乎的一碗，就算是她一个人的年夜饭了。

吃完面，冲个热水袋，她窝在床上看电视剧一直看到深夜，才去下面水池洗漱。拉亮头顶一只闪烁的灯泡，愈加显出周围的冷寂。她一心想着赶紧上去钻被窝里，却不料身后的铁门突然开了，吓了她一跳。她回头，见是个浑身裹得严严实实的人，推着辆电瓶车，看打扮是外卖员。起初以为是走错了，脑子里转了圈才反应过来。

"你是小佟吧？"她问。

那人果然点了点头，好像也有点意外，这里竟然还有另一个人，而且还跟他说了话。

"那是房东送的。"罗佳佳伸手指指走廊地上的菜。

"哦，哦，谢谢……"小佟跟她道谢，停了车，摘下头盔，露出一张晒黑了的憨厚的脸。

罗佳佳笑笑，拿上脸盆牙杯准备上楼，却又听见他问："你没回家过年啊？"

可不是嘛。罗佳佳想，这话说得有点废，但轮到自己开口，也就一句："你也没回去啊？"

"是啊……"小佟笑，挠挠头，像是还有话要说，又想不出聊什么,进屋拿上个手电筒,返身又要出门。

"你去干吗?"倒是罗佳佳先开口问。

"我去……嘿嘿,"小佟有点不好意思,笑了笑才说,"我去收鱼。"

"收鱼?"罗佳佳没懂。

"你要不要跟我一起去看看?"小佟忽然提议,又拿出来一个塑料桶。

事情过去之后,罗佳佳回想当时,一直觉得奇怪,自己竟然真的跟着他一起去了。那么冷,那么月黑风高的夜晚,两人穿行在城中村有如迷宫一般狭长的小巷里,一直走到村边的野河旁,小佟停下,弯腰脱了鞋袜。

"冷不冷啊?"罗佳佳问。

"不冷!"小佟满不在乎地回答。其实挺冷的,但不知为什么他还是这么回答。而后他赤脚踩进岸边的浅滩,伸手去摸一早布下的地笼。

罗佳佳俯身,双手撑在膝头,屏息凝神地等着,直到听见他说:"嘿!有了!"

地笼出水,一条黑鱼倒进塑料桶,不停地甩尾翻腾。

"这得有多少斤啊!"罗佳佳轻呼。

其实也没有多少斤,却已是她几天以来最大的惊喜了。

两人丰收而归。回到出租屋,小佟有点不好意思地问:"你还有米吗?"

罗佳佳也不好意思地回答:"只剩下一包糯米,还是上一个房客留下的。"

"你拿来我看看。"小佟却无所谓,鉴定之后又说,"没味儿,也没虫,能吃。"

"你都会做?"罗佳佳怀疑。

小佟只道:"你看着呗。"

而后他把糯米淘好蒸上,又蹲水池那儿杀鱼,清理干净,把骨肉分开,片成鱼片,加料腌好,下锅爆炒。再把房东送的菠菜焯水,拌了蒜末、香油和生抽。最后上了桌,一荤一素,一个糯米饭,手机架边上,放着春晚,远近传来零零碎碎的焰火声和鞭炮声,忽然真的有了点过年的氛围。

两人坐一起吃,小佟让罗佳佳先试试鱼,看着她,等着她的反应。

"好吃!"罗佳佳尝了一筷子,说,"你还真行啊!"

小佟这才放心自夸起来,说:"那可不,小时候爸妈总不在家,就我跟我弟,都是我做饭。"

"可你现在是送外卖的吧?"罗佳佳笑问。

"啊对,你呢?"小佟也问她。

"在花店打工。"她回答。

"那还挺好的。"小佟没话找话。

"平常这时候可忙了,过年都不带休息的,所以我才没回家……"罗佳佳有些伤感。

可两人毕竟才认识,说到这儿好像就没话了。

直到搁在桌上的手机振了一下,她拿起来看了看,然后扯起嘴角,笑道:"老板给我发了个两百的红包,说过完年也不开工了,什么时候再有活儿不知道。"说罢,笑容没了,眼泪落下。

小佟跟她商量,说:"别哭,你别哭啊。"

她也跟小佟商量:"你让我哭会儿,就一会儿。"

"行，那你哭吧。"他对她道。

于是她就那样哭了很久，而他也就那样静静坐在一旁，一直陪着她。

这就是罗佳佳和佟文宝最初相识的情景。

新的一周，关澜回学校上课，收到两个消息，一好一坏。好的是方晴的人身保护令下来了，离婚诉讼也已经立案成功。坏的，其实也不算坏，只是张井然告诉她，上周六法援中心来了个新的咨询，值班律师没接。

"什么情况？"关澜问。

张井然说："离婚呗，来我们这儿咨询的是女方，已经自己上法院起诉了，但现在的问题是双方都不想要孩子，她想找个律师帮她去谈判。"

"这种恐怕真接不了。"关澜也觉得伤脑筋，又问，"孩子多大？"

"才刚满一岁。"张井然回答，"当事人说外面没律师肯接，周末值班的杨律师也是这么跟她说的。但她就挺激动的，说凭什么不满两岁就默认得女的带啊？其实我觉得吧，她说得有道理啊，凭什么孩子不满两岁就默认得女的带？"

关澜听出这意思就是想管，沉吟片刻才道："你把当事人电话号码给我吧，我先跟她聊一下再说。"

张井然一喜，道："她就在学校旁边步行街上的花店里，要不我叫她中午过来一趟？她那个案子马上就要开调解庭了，耽误不起。"

关澜无法，点头让她去联系。可电话打过去，对方却说实在走不开，又反复恳求，麻烦她们一定要去花店找她。

两人于是走去步行街，在一家名叫"簪花小筑"的店里见到了罗佳佳。

她们到的时候，罗佳佳正在店里打扫，把一地扎花束剩下的枝叶扫起。旁边坐着个一岁上下的小女孩，捞起一把叶子就往嘴里塞，被罗佳佳喝止，转头又去玩别的。小女孩刚会走两步路的样子，跌跌撞撞，看得人心惊。所幸是工作日的白天，店里没什么客人，三人坐下说话。

罗佳佳简单说了下她的情况，她与丈夫佟文宝结婚两年，孩子刚满周岁，想要离婚，财产也没什么可以分割的，就是都不想要抚养权。

关澜给她解释："碰到这种情况，法院就两种处理方式，第一种直接判不予离婚，等你们协商好子女抚养问题，再启动诉讼；第二种是先暂定一方抚养，另一方付抚养费。"

"那这暂定，会暂定谁？"罗佳佳问。

"一般是经济条件比较好，更有能力的一方。"关澜回答。

"要是都差不多，双方都没有能力呢？"罗佳佳又问。

"法院会考虑子女跟随哪一方生活对其比较有利来进行判决，"关澜只能如实回答，"孩子不满两岁，原则上是会给母亲的，这是基于孩子生理需求的考虑。"

"可是凭什么啊？"罗佳佳有些激动，"我已经带了一年了，说把孩子送回我家，或者送他家，他非说不行，就得让我带着，我也要挣钱啊！为什么就不能换他带?！"

"所以现在还得看男方的态度，"关澜说，"因为所有例外情形都得是以父亲请求直接抚养子女为前提，除非母亲有完全不适合或者不能照顾孩子的原因。"

"我就有那个原因啊！"罗佳佳说。

张井然在旁边背书给她听："这里的原因一般指虐待、遗弃、赌博、吸毒、有犯罪记录，或者正在服刑。"

罗佳佳叹口气，她的原因不在其列。

事情好像就这样回到那个死局，想分开，但都不要孩子。关澜也不好说结果会怎么样，只是答应陪她去参加调解，看看能不能让男方让步，做出一定的表态。

周二，关澜又去市内校区上课。齐宋中午过来找她吃饭，餐桌上问起她最近忙不忙，手上还有几个进行中的案子。

关澜简直觉得他会算命，怎么好像算到她又接了吃力不讨好的委托，而且还跟当事人在外面谈来。她存心避重就轻，到最后才把罗佳佳的事情一句带过，说："其实也没什么，只用去一次调解。"

"你居委会的？这种案子也接？"齐宋却没放过她，简直无语，说，"我就不懂了，生孩子是一种不能忍一下的生理现象吗？"

关澜看看他，给他一个简单明了的理由："我接，是因为没人愿意接。"

齐宋觉得她可能代入自己了，在心里骂了声，开口却道："那我跟你一起做吧。"

"你这么有空啊？"关澜反问，好像也是在揶揄。

齐宋看着她，点点头。

"还是怕我吃亏？"关澜又问。

齐宋纠正，说："是向你学习。"

关澜只当他阴阳怪气，笑说："不敢当不敢当。"

"是真的，"齐宋却道，"现在有个标的六亿的案子，指名要你做顾问。"

第十四章 不要的未必是真不要 317

关澜听着,眼中一亮,是那种真正的欣喜。

齐宋太喜欢看见她这样的表情,面上却仍旧不动声色,只是伸手招呼服务员买单,又对她道:"我们走吧,还得去个地方。"

"去哪儿?"关澜问。

齐宋微笑,看着她回答:"去看看那个标的。"

标的是座老房子,坐落在西区一条幽静的小马路上,距离政法大学在市内的校区不远,开车过去不过十来分钟。

车到门前,齐宋下来揿电铃。就连这电铃也是很老式的那种,铃声一阵阵悠悠地回响,一路传进去。不多时,便有个保姆样子的中年女人小步跑出来,齐宋对她报上姓名。保姆客气地对他说:"娄先生还没来,您先到里面等一等吧。"

铁门随即打开,像是长久没开过了,发出锈蚀的吱嘎声,车缓缓驶入。

"哪位娄先生啊?"关澜问。

齐宋报上娄先生全名,是个有名有姓的投资人,且与之前 XY 项目里的谢、于两家不同。借用现下流行的说法,谢、于只能算 New Money,暴发户,而娄先生是 Old Money,老钱。

关澜咋舌,刚反应过来今天还要见客户,而且还是个大有来头的人物。

"还有王律师,一会儿陪着娄先生一起过来。"齐宋继续给她加码。

"你怎么不早跟我说呢?"关澜看看他,这才察觉他今天穿得特别讲究:帝国领衬衣,深灰色西装,大马士革暗花纹的领带。而她自己还是平常上课的样子:最简单的白色衬衣和法兰绒西装外套,挎个大包,还拎着电脑和一袋子资料。

齐宋也看看她,却道:"要的就是你这风格。"

"什么风格啊?"关澜问。

齐宋答:"知识分子。"

关澜觉得他又在损她,轻轻笑了声,望向车窗外。

汽车正沿细石车道蜿蜒行进。隔着玻璃看出去,车道两侧的花园已荒废得好似森林,草坪上杂草丛生,几棵香樟枝丫舒展,遮天蔽日,中间攀着各种藤蔓,不时有鸟飞起飞落,婉转啼鸣。

一直开到车道的尽头,眼前只见一排平房,看起来像是从前的汽车间,后来大约改过住人,又被废弃了。这时候门窗紧闭,玻璃上层层叠叠贴满泛黄的报纸和年代久远的挂历。

保姆指引他们在门口空地上停了车。两人从车上下来,齐宋婉谢了进去喝茶的邀请,说想先到处看一看。隔着花园望过去,密密的绿叶之间,隐隐约约可以看见旧宅灰白色的立面。

"那你们千万当心点,"保姆提醒说,"今天阴天,光线不好。主楼好多年没人住,里面地板有些地方给虫蛀得都酥了,一踩一个洞,灯泡也都烧掉了。前阵子还有那种搞城市探险的人翻墙进来拍抖音,差点从二楼掉下来。"

"好,我们就在外面转一转。"齐宋答应,带着关澜往主楼走过去。

两人穿过杂草之间人脚踩出来的小径,来到一扇城堡式的铜门前。

门只是虚掩,推开,里面是四叶草形状的门厅,看起来倒不像保姆说得那么阴森。关澜好奇,一径往里走着。

客厅空空荡荡,硬木地板中间果然烂了个洞,露出下面潮湿黢

第十四章 不要的未必是真不要

黑的地基。唯一完好的装饰是一侧汉白玉雕刻的壁炉，繁复的卷纹与垂花一直延伸到屋顶。还有螺旋而上的木质楼梯，中间垂下的巨大枝型吊灯——原本大概是铜质的，上面装饰云石灯罩，如今也已锈蚀成了黑色，有种特别的哥特感。

齐宋关照她当心，一路牵着她的手，边走边说："此地主人家姓文，附近都管这里叫'文家花园'，由著名建筑师邬达克设计，始建于1925年，总共占地四亩，包括一栋主楼、一栋副楼、一个汽车房，还有前后一千两百平方米的花园……"

关澜听着，笑起来。

齐宋转头看看她。

她抿唇，说："你好像房产中介啊。"

齐宋无语，说："你还真是淡定啊，我本来想趁这个机会说一下案子的背景，好让你见大佬之前有个准备。"

关澜不信，说："你要说早说了，还不就是存心考我嘛。"

齐宋忽觉有趣，把她拉到近旁，看着她说："那就试试？"

淡淡天光正透过楼梯天井上的彩绘玻璃照进来，在他们身上投下斑驳陆离的影子。关澜也看着他。俗话说，离这么近，不是要接吻，就是要打架。而她点点头，接受挑战。

其实就算要说也来不及了，隔窗听见外面交谈的声音，两位大佬已经到了。于是，一番寒暄过后，这背景便是由娄先生来介绍的，说得更加详细。

娄先生是名人之后，生于六〇年代，八〇年代初第一批自费出国留学的人，回国后从事文化产业，后来又成立了一个投资集团，从早期风险投资，到并购投资，再到上市公司股权投资，一路都做。

关澜难免拿他与之前见到的于春光做比较。他穿着明显没有于老板那么讲究,言谈也更随意,要是在别处看见,真会以为就是个普通的中年人:灰白头发,有点胖,讲一口很地道的上海话,完全套不进时下流行的那个"老钱"的模板里。

"过去这里有个哥伦比亚广场,"娄先生给他们介绍,"所以周围的房子人称哥伦比亚圈,英国式、意大利式、西班牙式、加利福尼亚式、圣地亚哥式,各种都有。大多是民国时期官员的故居,解放初收归国有,现在都是军产。只有很少几栋当时是民族资本家买下来的,后来落实政策,又回到他们小辈手中,文家花园就是其中之一。"

四个人绕着主楼走了一圈,又回到副楼,一看便知那里才是现在日常居住的地方,没什么华丽的装饰,打扫得挺干净。楼下客厅摆着灵堂,一桌白菊花中间供着一幅遗像,画面中是个清秀慈祥的老妇人。

娄先生请他们坐下,让保姆上了茶水,这才继续往下说:"文家老先生早已经过世了,房子的产权本来在文老太太手里。两人膝下共有三个儿子,最大的那个解放的时候正在美国留学,后来就在那边定居了。八〇年代落实政策,发还房产,老大无意回国,当时也不觉得这房子还能值多少钱,出过一个放弃一切权利的声明。"

"房子地契上是有他名字的?"关澜问,已全然进入工作状态,像是在黑板上画下家族树。

"对,"娄先生回答,"过去确实有这个习惯,长子的名字会跟着父亲一起写到地契上。"

"但他后来提出撤销这个声明?"关澜问。

果然,娄先生点头,说:"就是最近提出来的。文老太太过世,因为是家里的世交,她委托了我做遗产执行人。直到公布遗嘱的时

第十四章 不要的未必是真不要

候,那边才提出来。"

"这方面应该问题不大,"关澜回答,"购入房产时,长子还是学生,可以推断并无实际出资,而且放弃一切权利的声明也早就过了可以撤销的期限。A市涉及祖宅继承争议的案例不少,2009年有过类似的判例。"

娄先生很满意她的回答,继续说下去:"然后是次子,七〇年代支边去了西藏,在那里失踪。"

关澜回答:"这条线可能需要再做进一步的证实,要看次子是否走过法律意义上确认死亡的流程,以及有没有留下子女可以代位继承他的份额。"

娄先生仍旧点头,最后才说到关键:"最小的那个儿子,一直随文老太太生活,因为碰上特殊年代,书只读到初中毕业,成年后结过婚,又离了,几年前因病去世。他有个孙子叫文千鸿,是文老太太遗嘱中全部财产的继承人,这次请你和齐律师来,就是为了代表千鸿。"

"那文千鸿的父亲呢?"关澜自然察觉到中间缺失的一代。

娄先生叹口气,道:"千鸿一直跟着曾祖母生活,甚至就连他的法定监护人也是文老太太。他的父母在十多年前就都已经被撤销监护权了,父亲文涛是因为强制戒毒,母亲林珑在国外生活多年,始终未尽抚养义务。直到现在,双方都提出要恢复监护人资格,并且两边都想要得到他的抚养权。"

关澜蹙眉,这二位突然出现的原因显而易见,为了遗产。作为孙辈,文涛不是文老太太的法定继承人,又因为遗嘱被剥夺了代位继承父亲那部分份额的资格,他要从中获得利益,只有反过来在儿子身上想办法了。而林珑本来已经和文家的财产无关,这下也看到了一个机会。

"原本文家财产其实很有限，最大的一宗就是这座房子，"娄先生继续解释，"过去也有人来问过，但文老太太一直拒绝讨论卖房的事情。直到这次析产，又有买家找来，发现产权并不很复杂，更加动心，出价六个亿。"

关澜这才明白齐宋说的六亿是从何而来，是夸大了，但也足够有挑战性。等于一次开了多个案子，一个是代表孩子应对家族内部的继承权纠纷，另一个是其父母各自申请恢复监护人资格，最后又是他抚养权的归属问题。

"千鸿多大？"她问。

"十三岁。"娄先生回答。

"我女儿也是十三岁。"她笑，觉得很巧。

娄先生看着她，也许有些意外，转而点头道："是唐律师向我推荐了你们两个，我才通过王律师约了今天见面，你确实非常合适。"

唐律师？关澜一怔。

齐宋已在旁边道："是，我们不久之前才刚跟唐律师的律所合作过一个案子的民事部分。"

关澜这才反应过来，他们说的是立木所的唐嘉恒。

这一天的见面进行得很顺利，从文家花园出来，齐宋和关澜算是过了初面，可以见真正的委托人了。娄先生又跟他约了下一次面谈的时间，是在周末，因为时年十三岁的文千鸿，周一到周五要上学，作业还挺多的。

王乾对关澜的表现也很满意，临别与她握手，说："我听齐宋讲了你做的几个课题，你在政法教书，同时兼职律师，而且还在法律援助中心负责家事法方面的咨询？"

"是，有些不务正业了。"关澜点头，又兼自嘲，意外大佬竟然对自己的情况这么了解。

王乾却不同意，笑说："我是从基层法院出来之后才开始执业的，那时候各种律师见得太多了，所以感受挺深的。要做好法律这一行，必须接触不同类型的案件，甚至要总是尝试从不同的角度去看待问题，像你这样就很好。不像我们这种圈所的律师，一个个高高在上、奇货可居，又分工明确，其实有的只有诉讼思维，有的又只有商业思维，被自己的专业限制住了。"

"师父说的就是我吧？只有诉讼思维和商业思维。"齐宋自嘲，却也自夸。

王乾看看他，说："你也知道啊？那以后法援那边多去去吧。"

齐宋笑，点头。

两位大佬各自上车离开，关澜和齐宋也坐进车里。那一瞬，曾经的某个念头忽又浮上来，齐宋记得自己想过可以带她去见什么人。其实，王乾就是其中之一。今天，也算是见过了。

车驶出文家花园，他送关澜回学校。路上，两人又谈起案情。不光说到身家六亿的文千鸿，还有法援那边父母都不想要的小女孩。

齐宋感叹，说："这不是巧了嘛，一个是双方都不要孩子，另一个是双方抢着要。"

关澜静了静，却答："抢着要的未必是真想要，不要的也未必是真不要。"

这话齐宋只能同意一半，父母和孩子，是他既不相信，也不理解的一种关系。要是放在从前，这两个都是他绝对不会去碰的案子。

罗佳佳案开调解庭的那天，齐宋去南郊找关澜。

车开到大学城附近，他发信息跟她说了声，就看她的意思是在哪儿见面。

时间尚早，关澜那边事还没完，说：你到我办公室来一下。

齐宋领会到其中的幽默，看着这句话笑起来，回：好的，关老师。

消息发出去，两人其实都有些意外。他没想到她会提，她也没想到他真会答应，但还是发了个楼号和房间号过来。

齐宋在停车场停了车，上去找她。那是间几人合用的办公室，门没关，他还走在走廊上，就远远看见她站在桌边，大约正在整理开庭要用的材料，面前摊着各种打印件、复印件，用不同颜色的长尾夹夹好，再一份份装进一个牛皮纸大信封里。

走到门口，他歪头站那儿看了会儿，而她懵然无觉，口中还在念念有词。直到他屈指在门上敲了两下，她回神看到他，这才指指自己的椅子，说："你先坐会儿，我马上就好。"

齐宋于是坐下，趁着那一会儿看了看她的桌子，感觉像是第一次真正进入她的世界。可惜教学岗的讲师平常不用坐班，办公室几乎总是空着的，这时候也就她一个人，桌上没有任何个性化的痕迹。

整完材料，关澜却没立刻要走的意思，拉开抽屉，说："你喝水不？我这里有多余的杯子。"

齐宋刚想说不用了，但是已经看见那只杯子上自己假笑的脸，没喝水也差点呛到。

关澜跟着笑起来了，齐宋不忿，关上门，一手揽过她的腰，一手捂她嘴不许她笑，凑她耳边说："就这么把我扔抽屉里啊？"

"那你说放哪儿好？"她反问，嘴唇软软地摩擦着，吐出的气漾满他掌心。

第十四章　不要的未必是真不要　　325

他撤了手,吻上去。隔着门,听见楼里回荡着各种声音,有种特别的刺激感,关澜说:"像不像从前读书的时候?"齐宋嫌她不认真,说:"也就你吧,读书的时候尽干这个了?"而她但笑不答,又去吻他。

少顷,走出办公室,才知道有多险,两人在楼梯口遇到张井然。

张井然看见齐宋,就问:"咦,齐律师,你今天怎么也过来了?"

"下午罗佳佳那个案子开调解庭。"关澜替他解释。

"齐律师也去啊?"张井然又问。

齐宋也觉得有点说不过去,只是个调解,这么兴师动众的。他清下嗓子,又加了个理由,说:"我今天上午在南区开庭,就过来看一下。"

张井然倒也没多为难他,跟着他们一起下楼,自然转了话题,说起自己的事情:"我拿到至呈所的 offer 了。"

"打算签吗?"齐宋问。

张井然十分坦率,说:"还犹豫着呢,没决定是直接工作还是出国……"

"这话你在齐律师面前说不合适吧?"关澜提醒。

张井然却无所谓,说:"齐律师不要紧的。"

齐宋也真觉得无所谓,说:"先签了呗,反正也就三千块违约金。"

"有你这么拆自己所台的吗?"关澜笑。

"我说的吧,齐律师不要紧的。"张井然也跟着笑起来,与他们道别,找同学去了。

关澜只觉这话甚是怪异,齐宋却挺高兴。

就这样从学校到法院,一路气氛都很好,直到坐进调解室。

因为没别人能帮忙带孩子,罗佳佳是抱着女儿来的,再加上关澜和齐宋,声势浩大。佟文宝没请律师,单刀赴会,身上还穿着外卖员的制服,却是蓝衣服加黄头盔。关澜在外面也看见过一些这样打扮的,但不知这算是两边都做过呢,还是两个平台同时接单一起跑。

下午一点半,调解开始。

关澜提交了很多材料,诸如两边的工作和收入情况,还有罗佳佳产后的检查报告,以及在身体不好的情况下,一年以来一直照顾孩子的证据。本来是希望佟文宝那边能让一步,双方商量出一个共同抚养的方案。但两个人见面便大吵,翻的都是旧账。

一个说:"我让你妈帮忙带一带你不肯,那放我老家也可以,你还说不行,你到底要我怎么办啊?!"

另一个反问:"放你老家?你不在,你爸妈也不在,孩子让你奶奶带着,你奶奶都快八十岁的人了,能带得了孩子吗?"

"八十怎么了?我们谁不是老人带着这么长起来的?就非让我带着,你给我多少钱啊?我就这样卖给你了,给你生孩子,还给你做保姆?!"

"你要多少钱?你说啊,你要多少钱?我命不要了给你去挣还不行吗?!"

"佟文宝你别说什么漂亮话,你不就嫌弃我没给你生儿子吗?还有你爹妈,妮妮生下来,他们来看过一眼没?看过一眼没?!"

关澜制止罗佳佳再说下去,法官也在旁喝止:"跟离婚无关的问题这里就不要再展开了!"但都收效甚微。再加上正是平常午睡的时候,孩子犯着困,又被他们这么一吵,也大哭起来。

齐宋向来不惮以最大的恶意去揣测别人,而且律师这一行里一向有个大家心照不宣的潜规则，就是不愿意接这种推脱孩子抚养权或者不承担老人赡养义务的案子。原因可以简单归纳为一句话：此类当事人对自家人都可以不做人，你还能指望他们对律师怎么样？

他来这一趟本是怕关澜蹚浑水吃亏，却没想到临场被她派了个任务，叫他把孩子抱出去，到走廊上哄一哄。听见这话，他简直一脸蒙，可房里其他几位都正忙着吵架和劝架，根本顾不上。而且，离婚案开庭帮着带一会儿孩子，似乎也真是助理的任务。要是今天跟来的是张井然，估计早就自觉完成了。

齐宋无法，把小孩抱起来，那动作恰如马扎刚来那会儿，他从猫包里把它捞出来。只是小孩的分量更沉一点，而且还在哭，浑身扭动，他不得不把她贴近自己，当心不要掉到地上。

出了调解室，关了门，小孩不见母亲，没了依仗，看看面前一个陌生男的，反倒有点不敢哭了。齐宋稍稍安心，把她放墙边椅子上坐好，自己蹲她跟前，觉得好像应该说点什么吧。想了半天，结果只是伸手拍拍孩子的小肩膀，还是那句万年不变的话："没事的，没事的……"也不知道她听不听得懂。

隔门听见里面还在吵，男的说："两岁就能放托儿所了，你就不能再坚持坚持吗？！"

女的回："然后呢？放托儿所就不用接了吗？接回来还是放在花店里，难得一次，老板也就睁一眼闭一眼了，一直这样下去，人家还不得开除我？我不用挣钱的吗？一辈子给你做保姆啊？你也配？！"

法官一下午几个调解排着队，一点耽误不得，这时候呵斥，说："今天要是调不成，那就等开庭。但是我跟你们说清楚，你们这样的情况，肯定是不可能判离的，必须先把抚养权的问题解决好!"

话已经说得很重,但两边只是静了半秒,又喊起来:"那就开庭好了,谁怕谁啊?!"

"是啊,谁怕谁啊,开庭好了!"

然后突然破门出来,两个人都往外跑。

孩子看见父母,挺身从椅子上滑下来,蹒跚追上去,一边哭一边叫:"妈妈,妈妈,妈妈……"才跑出去几步,就扑倒在地上。

齐宋一惊,冲过去把她捞起来。

佟文宝跑得快,已经没影儿了。罗佳佳也不知是动作慢,还是狠不下心,到底还是返回来,从齐宋手里接过孩子,骂道:"哭屁啊?!就知道叫妈妈,你怎么不叫爸爸呢?叫谁谁倒霉!"骂归骂,她自己也在哭。

齐宋最见不得这种场面,看向别处,遇到关澜的目光,久久无话。

调解失败,三人带着孩子离开法院。

关澜在车上对罗佳佳说了接下去可能的情况:"等开庭,你们的情况肯定不会判离,孩子多半还是会给你暂时抚养,你得做好各方面的准备。"

罗佳佳冷笑,说:"可不就称了他的心了嘛,这么混一混,孩子就大起来了。"

齐宋听不下去,提醒:"父母对子女的抚养义务是强制性的,否则可能构成遗弃,甚至追究刑事责任。就算佟文宝拒绝承担他的义务,也不意味着你也可以不用负任何法律责任地逃避你的义务。"

这话比法官说得更重,而罗佳佳只是无语。小孩哭了一场大概也是累了,缩在她怀中,一抽一抽地睡着了。

齐宋看着，总觉得她的状态有些不对，隐隐叫他不安，却又觉得这不是他能管的事情。

车开到步行街，罗佳佳抱着孩子下了车。关澜跟着也下去了。齐宋看她，她才对他说："我再去跟她谈谈。"

有用吗？齐宋想问。

但关澜只是笑了下，又道："我们周末再见。"临走，她看见他衬衣的前襟皱了，还有点湿，心想应该是刚才抱孩子蹭上的，不知道是眼泪还是鼻涕。

那天直到深夜，齐宋和关澜才得空通了个电话。齐宋本来还在犹豫，是像平常那样轻松地聊上几句，还是说些别的什么呢？一整天的工作之后，他需要这放松的时刻，却也记得在法院抱过的那个孩子，那种柔软的、沉甸甸的感觉。

他终于还是问关澜："你怎么跟罗佳佳说的？"

关澜顿了顿才答："我对她说，虽然很难，但都会过去的。"话讲得轻描淡写，但其实下午在花店她和罗佳佳说了很多，从她一个人在香港生孩子，到后来离了婚，一边带着尔雅一边读书。

齐宋却好像能猜到似的，说："你跟人家'想当年'了吧？"

关澜轻轻笑了声，也不抵赖了。

齐宋仍旧对结果抱悲观的态度，像是要让她为此做好心理准备，说："罗佳佳跟你不一样。"

"是，她跟我不一样。"关澜嘴上表示同意，其实却不能苟同，"罗佳佳也对我说了很多她的事情，她是农村出来的，书读到初中毕业就没再往下读了。她父母什么都不能给她，家里还有个弟弟，她只能靠她自己。她想跟着现在这个老板好好学做花店的生意，怎么进货,怎么做婚庆,还有商用租售的路子。她想存一笔钱,以后自己也开个花店,旺季的时候也有一天十几万的流水……"

齐宋只是笑笑,揶揄:"那挺好啊,生什么孩子呢?"

确实是他这样的人会说出来的话。他也绝对有资格这样说,因为他说到做到。

关澜却无语,忽又想起罗佳佳在她面前捧着脸哭泣的样子,她一遍遍地说:"我没想到会这么难,我真的没想到会这么难……"

而她感同身受,因为她自己也有过这样的时刻。

她记得当时的崩溃,只有几个月大的尔雅,因为胀气、出牙或者其他说不清的原因,一夜一夜地哭闹。她记得自己看着孩子,像个神经病一样徒劳地说:"我真的很喜欢很喜欢你,可是你到底想要什么呢?你能不能告诉我?"也记得当时尔雅怔怔地回看她,然后撇嘴,又哭起来,就像是一个柔软的、香甜的、眼神清澈的小恶魔。

"大多数人就是这样的,既想要这个,又想要那个,既贪心,又软弱。"关澜继续说下去,像在说罗佳佳,也像在说她自己,"人生在世最责任重大的一件事,到底怎么才能走过来,其实根本没有人好好地告诉过后来的人。"

广告、电视、小说,到处都能看到天使一样的孩子、英姿飒爽的母亲,仿佛一切都可以信手拈来,轻轻松松。所有现实的细节和艰难被当成琐碎、套路,甚至狗血,所有人都想看爽文大女主。也难怪人们这样,难得有一部真正描写单身妈妈的电影,因为就连她这个单身妈妈都不忍心看,最多也就只能成为冷门佳片。

"可是你就做到了。"齐宋果然不懂。

分明是种赞美,关澜却莫名有些生气,说:"是啊,我做到了,

第十四章 不要的未必是真不要

但你知道我是怎么做到的吗?"

他可以察觉到她的情绪,但无法回答这个问题,忽然觉得自己也许根本不该开始这场对话,只是聊聊晚上吃了什么,提醒她早点睡,多好。

"我非常非常幸运,有我父母站在我身后,有一个足够好的童年做我的底气。"但关澜继续说下去,"这件事不是我一个人做到的,而且哪怕像我这样的,也是千辛万苦才走过来,也觉得很难,难到有很多次想要放弃,甚至差一点就放弃了。所以我从来不觉得这是理所当然的,也不会批评别人为什么不跟我一样,或者去质问他们,为什么我做得到,你做不到?"

她第一次这样对他说话,脱口而出便有些后悔。因为她觉得齐宋并不是那种站在高处随便指点的人,他的批评、他的质疑有其他的原因,也因为像他们这种没有负担的自由的关系,实在不适合谈到这样的话题。

"关澜……"电话那边,齐宋忽然叫她的名字。

那语气让她以为他有什么要紧的话要对她说,后来却又迟迟没再开口。

"……周末再见吧。"她又对他说了一遍,只是这一次,更像是叫了暂停。

"好,周末再见。"他也对她说。

电话挂断之后,两个人不约而同地保持着原本的姿势,继续站在各自的窗前。一个在南郊,一个在滨江,看着外面同一座城市截然不同的夜景。

第十五章　抢着要的未必是真想要

约定了周末再见,结果并没等到周末。第二天,文家花园的案子便有了新进展。

因为涉及名门之后,以及一座历史建筑,A市过去类似的遗产纠纷有不少都成了优秀案例,市西区法院民庭的经办法官可能也有这样的打算,提前约了一次调解,希望各方当事人先碰个头,了解一下各自的诉求。

接下来的两天,齐宋和关澜根据上一次与娄先生见面时的谈话,做了各方面的法律研究、判例和证据的准备。调解之前的那天晚上,又通过视频,与娄先生,还有文千鸿见了一面。视频画面中,关澜看到这个十三岁的男孩,脸庞已经有了些成年人的轮廓,上唇好像洗不干净似的一点唇髭,同时又有着孩子的五官,稚气未脱。

简述了调解的流程,以及可能涉及的问题,齐宋又对娄先生说:"其实我跟关律师是可以完全代表的,真的要让千鸿也出席吗?"

关澜听见,有些意外。这个问题她当然也有顾虑,只是没想到齐宋会先提出来。他不像是在乎这一点的人。但转念又觉得,他很可能恰恰是最在乎这一点的。

娄先生那边还未作答，文千鸿先开口了，说："是我想去，我跟娄爷爷提出来的。"

"为什么？"齐宋问。

文千鸿回答："真要在他们两个当中选一个，我总得当面看看人吧。"

"多久没见过了？"齐宋又问。

没有说是见谁。既然文千鸿不用"爸爸""妈妈"那样的称呼，他便也照着这样子说下去，毕竟文千鸿才是他的委托人。

文千鸿自然知道问的是谁，答："其实也没多久，太婆大殓那天在殡仪馆看见过的，哭得老伤心了。"语气平常，却又带着一点讽刺。

齐宋听着，忽然觉得熟悉。

次日，市西区法院民一庭。

"文家花园"的遗产纠纷一案牵涉到多方，这一次调解，除了遗嘱执行人娄先生和文老太太指定的继承人文千鸿之外，还来了长子方面的代表律师，以及文千鸿的父亲文涛。

文涛此人四十多岁，长得白净体面，走进调解室时与在座诸位点头打了个招呼，也包括文千鸿，对他的态度不像是父亲，倒更像是兄长，随后便与自己的律师一起在对面坐下了。

会议开始，法官先从最简单的部分说起。

文家次子1971年支边，户口迁往西藏，现在根据从当地调取的档案，有明确的失踪，以及后来认定死亡的记录，而且生前没有结婚生育，此后五十余年也无人主张代位权利。这一点其余几方都没有异议，就这样过去了。

而后法官又说到长子要求恢复产权和继承权的要求。其律师表示，长子一家因为疫情的原因未能回国奔丧，由他全权代理，详细的时间线被整理出来，也提供了相应的文件书证——民国时的出生纸，老地契，离开上海赴香港的出境证明，还有后来的两次声明……

长子1942年生人，1955年以奔丧为由随亲戚赴港，后赴美留学。1985年，政府发还房产，长子出具声明，表示文家花园由其父母与胞弟居住，自己因长期留居国外，决定放弃全部房屋权利，其中包含他作为房屋产权人之一的权利，以及放弃对其父母部分的继承，并同意更改户名。这份声明在其居住地办理了公证手续，且经过了当地中国领事馆的认证。2010年，文老先生去世，长子又通过其子女向文老太太表达了不放弃继承的意思，这一次同样出了一份声明，也办理了公证和领事馆认证。

因为只是庭前调解，法官不会明确说出自己对案件的确定性意见，毕竟还没有完成合议和判决。但讲到的几个参考案例，比如2005年巨鹿路葛家花园，2006年愚园路严家花园，都是关澜之前重点提过的，调解的方向也不出她的所料——法官更倾向于认为长子对房产并无实际出资，而且撤销弃权声明的要求已远远超出了合理时间，也未能得到文老太太的同意。

齐宋不禁赞叹她对判例和法庭态度的把握，看娄先生的表情，应该也有同感。

最后，又轮到文涛。

文涛的律师先开口，说："孙辈虽然不是法定继承人，但如果其父母先于祖父母死亡，即触发代位继承，文涛可以代位其父亲继承祖父母的遗产。"

娄先生作为执行人表示反对，说："根据文老先生和文老太太遗嘱的内容，两个人都先后清楚地表达了取消文涛继承权的意思，这一点肯定是要尊重逝者的吧。"

法官也认为这部分表述没有问题，说："继承人的范围、顺序和继承份额都是可以通过设定遗嘱改变的，哪怕是法定继承人。"

但文涛显然不能同意，在旁边推推他的律师，催人家快点反驳。

律师看看他，说："文涛先生的意思是，这份遗嘱显失公平，应当认定无效。"

这话其实已经有些牵强，法官果然回答："遗嘱处置的是自己的财产，并没有保证公平的必要。"

律师还是努力了一下，又说："但长子在海外，次子身故，文涛的父亲作为文老夫妇最小的也是唯一在A市的孩子，生前一直承担着照顾两位老人的职责。"

文涛也在旁附和，先替父亲鸣不平，说："两个伯父都不在A市，一直就是阿拉爷老头子照顾伊拉娘，而且因为这幢房子，吃了不少苦头。先是因为家里成分不好，书没有读到，工作也没分配。后来文家花园评了历史建筑，又不可能动拆迁，连福利分房都没有享受到。人家老百姓至少还有一套安置房，我们说起来是文家人，结果就连这一点点都没有的……"

"人家老百姓""文家人"，这大概也算是"老钱"的一个特征：活在过去，且自以为与凡人不同。

再往下，又轮到他自己，让律师说他属于"缺乏劳动能力又没有生活来源的继承人"，所以不能被剥夺全部继承权。

齐宋觉得这位同行已是一脸"挣点钱也不容易"的表情，不知道在口罩底下深呼吸了多少次才把这句话说出来。

法官足够专业，倒是没笑场，只是提醒文涛："'缺乏劳动能力又没有生活来源的继承人'指的是未成年人，或者因为残疾、疾病丧失劳动能力的成年人。"

文涛却无所谓，说："是的呀，我四十多岁的人了，无业，身体又不好，当年是出生在文家花园里的，你现在告诉我没有份，讲得过去伐？"

娄先生说了句："文涛，你保时捷还停在外面呢。"

文涛一点没觉得不对，说："那就是辆718，我都开了十几年了，熟人朋友一直说我，你家里怎么这样对你啊？"

……

谈话一时冷场，还是法官让其他几方先回避，单独跟他聊了几句。不知道说了什么，可能断了他一部分念想，重新坐到一起，文涛已经转了新方向，说："那我们现在来谈我儿子的份额。我申请恢复监护人资格。从前取消掉是因为从前的事情，我现在已经完全戒干净五年以上了，你们不相信可以检查，随便怎么检查都行。"

法官适时提议，说："这场遗产纠纷和恢复监护人资格、抚养权变更的申请相互关联，既然你提起来了，我们接下去是不是可以把几个案子综合在一起进行调解？"

"这个我不同意的，"文涛却又坚决反对，说，"合并了不是要让林珑也掺和进来了吗？我跟她老早就离婚离掉了，我们文家析产继承的事情跟她完全没有关系，她横插一只脚算什么名堂？"

就这样，调解进行了大半个下午，一场大戏一直唱到傍晚。文千鸿始终冷眼旁观，刚开始还有些表情，后来干脆放空了，在旁边低头刷着手机。

直到结束，都没达成什么协议，但案情本就复杂，牵涉金额巨大，一次不成也在意料之中。一行人出了法院，娄先生耽搁了一下

第十五章　抢着要的未必是真想要　　337

午,有事要先离开,让齐宋和关澜把文千鸿送回家。

车子开到路上,后面有辆蓝色的保时捷718跟上来。关澜提醒齐宋,齐宋也在后视镜看到了,本想直接开进文家花园,远远却见那里也横着一辆车,是红色的奥迪TT,堵住了入口。齐宋只得靠边停下,从车里出来。

那红蓝双档也下了车,一个自然是文涛,另一边是个女的,虽是阴天,但还戴着太阳眼镜,长发潇洒地拢到一边,身上穿着件时髦的连衣短裤,露出两条晒成小麦色的长腿。

文涛看见她,已然开口,说:"侬哪能来了?鼻头噶灵啊?"

女人只是笑笑,答:"我来看我儿子,关你什么事啊?"

齐宋听这意思,就知道是林珑了。只是两边都不理他,只顾在那里斗嘴。

一个说:"你还当自己生了太子了?要是没我,有你什么事啊?"

另一个瞥他一眼,摇头回:"我不跟你争,因为没必要。你什么都没有,我只要跟我儿子谈好就行了。"

而后她走到齐宋车子边上,敲后排的车窗,对里面道:"千鸿,跟妈妈车走,妈妈带你出去吃饭。"

关澜看向文千鸿,征求他的意见。文千鸿仍旧低着头,微微摇了摇头。

齐宋在外面阻止,说:"现在千鸿的监护人还是娄先生,您的监护资格没恢复之前确实不方便……"

林珑转身,从上到下看看他,倒不觉得被冒犯,仍旧笑着说:"律师啊?那一起去吧,一起吃顿饭,好好聊聊。"

文涛见她这样,也走过来,敲着另一边的车窗说:"千鸿,侬勥睬伊，伊就是个花痴，现在男朋友啥国籍啊？"最后这半句，是抬头对着林珑问的。

林珑伸手越过车顶，指着他回："文涛侬讲啥？你自己不行就知道看不顺眼我。"

大概还是因为男人最忌讳的那两个字，文涛被她激到了，从兜里掏出手机，低头解锁找了一番，然后贴到车窗上，对车里的文千鸿说："儿子，你给我好好看看，这就是你妈。她要你跟她，就是为了用你的钱帮她养男人，黑皮、白皮，可以凑一支八国联军了……"

齐宋冲过去，一下挡开了。文涛趔趄，手机飞出去落到地上。

"啥意思啊侬？！"他质问齐宋。

齐宋一瞬冷静，反问："要不要现在报警？手机有任何损坏，我来赔偿。你也跟警察解释一下，你刚才在做什么？"

"就是，"林珑趁机附和，说，"文涛你也让警察看看呀，你手机里都有些什么！"

文涛顿时语塞，转身去捡手机，抹了抹，塞进裤子口袋里，回头又看齐宋，口中不清不爽。

齐宋不再理会，坐进自己车里，顶到林珑那辆 TT 后面，按了两下喇叭。许是看出今天又绝对讨不到便宜，又或者想要显示自己与文涛不同，林珑立刻跑过去挪车，往前让了让。保姆听到外面动静，也已经跑出来在门口看着，这时候开了铁门让齐宋的车驶入。

直开到花园深处，周围一下子安静了许多。三人从车上下来，齐宋像是有话要对文千鸿说，但最后只是拍拍那孩子的肩膀，轻道了声："没事的……"

文千鸿仍旧低着头，点了点头，进屋去了。

第十五章　抢着要的未必是真想要　　339

离开文家花园，齐宋又送关澜去政法市内校区，取她的车。一路上，两人几乎没说一句话，到了停车场，又静静在车里坐了许久。天正一点点地黑下来，周围的景物渐渐褪去颜色，只剩轮廓。

关澜可以感觉到他的情绪，想对他说：你什么都可以告诉我。但这句话其实只有什么都没经历过的人才会轻易地说出口，以为开导别人是很容易的事情。现在的她当然不会这样想，有些事就是很难说出口的，有些事只能留给自己去消化，也许几天，也许几年，甚至一生。

她只是伸手抚上他背脊、脖颈、头发，而他也探身过来抱住了她，埋头在她肩上。齐宋脑中尽是纷乱的画面：南郊法院里的争吵，追出去扑倒在地上的孩子，再叠上今天，文涛手机上的那些照片，赤裸交缠的肉体……简直就是昨日重现，他没有价值六亿的房产，也没有返身回来抱住他的母亲，感觉却如此相像。

许久，他才对她说："时间不早了，你得回去了吧？"

关澜答："我可以再陪你坐一会儿。"

齐宋笑，摇摇头，说："你回去吧。"

一会儿有什么用呢？他看上去无欲无求，其实却是一个贫瘠之地来的饿极了的人，贪婪地想要永远，想要全部。如果只是一会儿，根本填不上他的缺口。

关澜静了静，然后开门下车。

齐宋见她不语，以为她有些动气了。就像从前，也曾有很多人问过他：你怎么了？有什么不开心的事你说出来啊。几次没有得到回应，他们都会这样，带着些怒气离开。其实也难怪，人都是有自尊心的。他把边界扎得那样牢固，对方敲门，几次三番得不到回应，总会被伤到。他能理解，却也只能在心里说声抱歉。有时候，他真的做不到。

但眼前所见却与过去的任何一次都不一样。隔着风挡玻璃,他看到关澜绕过车头,又来拉他这一边的车门。他抬头望着她,不明所以。

"你往那边挪挪。"她推他,让他坐副驾那边去。

"干吗?"齐宋问,心想自己都已经准备回去猫着了。

但关澜十分坚决,只是推他,又说了一遍:"你坐那边去,我来开车。"

齐宋无法,艰难跨过中控坐到副驾位子上,问:"去哪儿?"

"吃饭。"关澜回答。

"那你家……"他没直接问出来,你女儿怎么办?

她也没直接回答,只是说:"今天周五。"

是他忘了。转念却又觉得讽刺,周五黎尔雅去黎晖那里,算是给他判个缓刑。

她试着调整座椅位置,不得其法。他伸手过去帮她,像是默许她侵入他的边界。两人身体接触,却又是那么熟悉,好像根本不存在什么边界。他动作顿了顿,但她只是让他坐好,然后发动车子,开出停车场,把他曾经对她说过的那句话原封不动地还给他:"你要是不想讲话,就别讲,不用管我。"

车子开到路上,正是晚高峰,她没上高架,走的既不是去滨江,也不是回南郊的方向。红色刹车灯蜿蜒一路,她往西南区开,真的说到做到,没跟他讲话。他们各自想着自己的事情,过去的、现在的。他忽然又有些好奇,其中是否会有一丝丝的交集。

最后,她把车拐进路边一个小区,是那种盖了几十年的新村。她跟门口保安商量了半天,人家才给她指了门岗旁边的一个位子让她停下。两人下了车,她又带着他往外走,沿途经过菜场、水果店、超市、学校,直到看见肯德基的招牌,她走进去,站自助屏幕前面点餐。

虽是晚饭的点,但店里人不多,现在大家都觉得薯条炸鸡是垃圾食品,难得吃一次还得避着熟人。他们这样大老远跑来这里的,更显得奇怪。

关澜却无所谓,自己选好几样食物,又问他要什么,然后领了餐,找位子坐下,一边吃一边说:"这家开在这儿好多年了,我小时候就住在刚才停车的那个小区,在路上经过的那个小学读书。这家店刚开的时候,还觉得老高级了。考试成绩好,才会让爸妈带着上这儿来吃一顿。后来有了些零用钱,就会跟同学一起来,买份薯条加一杯可乐,号称写作业,其实说一下午的话……"

齐宋听着,这才有点明白过来。他总觉得她对其他人都很好,就对他不行。其实,她对他也是一样的。恰如此刻,她是跟他"想当年",就像那天她对罗佳佳。但他觉得不够,也许是因为他的毛病比其他人更多、更重,也许是因为他更贪心。

快餐店里总嫌吵闹,两人还是没怎么说话。关澜很快吃完,又对齐宋说:"走吧。"

齐宋这次没问去哪儿,只是自动跟着她走。而她也没返回那个小区取车,反而继续沿着那条小马路往前,一直走到社区体育中心。

他们拐进去,一楼便是游泳馆,有孩子正在训练,初学的抱着浮板,已经会游的在泳道上来回竞速,还有更专业些的,在池边绑着弹力带练体能。水声和人声在空旷的大房间里回荡,灯光从窗口倾泻而出,照到他们身上。关澜两手插在外套口袋里,头发被夜风吹起,忽然说:"我就是在这儿学的游泳,那时候还只有露天泳池呢，我们去看看还在不在吧……"

于是，两人又往后面走，经过篮球场，看到那个废弃的露天游泳池，这时候已经用铁丝网圈起来了，池里水已经放空，旁边也没有亮灯，其实什么都没有，沉在一片黑暗里。

但关澜还是站在那儿，隔着铁丝网看着那里，又跟他"想当年"。她说起关五洲教会她游泳的那个暑假。一次游完泳从泳池出来，天上忽然下起雨，他让她坐自行车后座上，一起顶着雨回家。半路看到人家办庙会，她想吃那里的炸猪排，关五洲又停下来给她买。结果到家两人淋得透湿，被陈敏励一通批评。

甚至还有刚才那家肯德基，其中的一些记忆也与父亲连在一起。过生日、期末考了前三，甚至遇上什么不开心的事情，关五洲都会带她去那里，一个两块钱的甜筒就可以让她又开心起来。当然，那种开心不全是因为冰激凌，还是因为在父亲那里她什么都可以说，永远都会得到回应。

那些细碎的小事，不知为什么记得如此深刻，也不知道为什么这时候说起来。也许早已经偏离她此行的本意，也许根本不适合对齐宋讲。但她忍不住，还是都说了。

以及后来，父亲的头发白得很早，在她带着尔雅回家之后的那几年里，一片接着一片，肉眼可见地变成灰色。

最后便是尔雅八岁的那一年，父亲突发心脏病，去医院抢救，再没醒过来。当时，是在她家，关五洲正准备去接尔雅。事后，听陈敏励说起，她才知道他已经晕倒过一次，背过24小时的动态心电图。医生看过结果，让他做介入检查，说可能要放个支架，但他一直拖着没去做。

没有人责怪过她，也怪不得任何人，只是许多凑巧正好碰到了一起。她却一直忍不住去想那一个又一个的如果——如果当时关五洲在学校,而不是一个人在家;如果她住的地方离医院更近一点,不是那么远郊;如果父亲没有因为放不下尔雅,拖着不去做支架;如果,如果,如果不是因为她,事情也许不会变成这样。

话到此处,她落泪,不得不承认今天跑来这儿一趟其实并不完全是因为齐宋,更是为了她自己。

身后的篮球场上传来欢呼和掌声,而他们站在阴影处,她静静哭了会儿,齐宋伸手拥抱她。

直到她慢慢平静,擦掉眼泪,说:"本来想安慰你的,结果说的都是我自己的事情。"

"安慰我干吗呢?"齐宋问,哪怕心里并不是这么想的。

关澜说:"刚才看着你,像只流浪的小猫咪,趴在车底下,我就想把你逗出来。"

"然后呢?"齐宋又问。

"然后摸摸你。"她真的伸手摸摸他,背脊、脖颈、头发,就像刚才在车里时一样。

"我,小猫咪?"他简直觉得好笑,却又留恋那温柔的触感,还想要更多。

而她看着他,只是自嘲,说:"大概是我视力不好吧。"

他却没有笑,也看着她说:"没事的,你什么都可以告诉我。"

她有些意外,自己曾经想对他说而没说出口的话,反倒被他说出来。顿了顿,她才又道:"这些事,我其实那天跟罗佳佳'想当年'的时候就想起来了,在外面没敢说,怕哭,后来跟你打电话也没说,情绪就不太好……"

齐宋听着,也想起那一晚,两人打的那通电话。他当时就察觉到了她的异样，只是没有问她更多。原因彼此都明白。因为他是这样一个什么都不背负的人，而且他们说好了的，不给彼此额外的负担。

但他现在后悔了。

"没事的，我想听。"他忽然道，把手臂收紧了些，好让她更贴近自己，同时又很想骂她，没事做什么圣母呢？但这骂也是因为他好心疼她，别人都说圣母站在道德高地上俯瞰众生，但其实做圣母是很难的，又或者是她这个圣母做得太实诚了，每一次，每一次，都要这样剖开自己给别人看。

那几天刚好降温，秋夜的风很冷，有了冬天的味道，但彼此的身体却又那么温暖，让两人都舍不得放手。

像是过了许久，齐宋才拿出手机，找了张照片给关澜看。是从一张旧报纸上翻拍的，1998年A市运动会蝶泳比赛小学组，他拿了第一名，站在领奖台上的留影。照片里的他白瘦幼得像个小女孩，一绺湿发翘在头顶，绷着脸，不可一世地扬着下巴。

关澜看着，破涕为笑，说："没想到你还挺自恋的，随身携带。"

齐宋也笑，没解释。

这张照片其实是齐小梅后来发给他的，以证明自己一直很关心他，一直留着他拿第一名的剪报。那条微信他没回，但照片他保存了。不知出于何种心理，虽然刺痛得不敢细看，但还是存下了。

他记得小时候住的那个区出过一个打破蝶泳亚洲纪录的男运动员，所以游泳是当地特色项目。记得自己从小学三年级开始练习，就因为这次获奖，进了初中的校队。当时参加训练有餐补，每天可以在学校教工食堂吃一顿早餐，再加上中午统一的学生午餐，他就靠这一日两餐凑合了一年，直到文化成绩和训练成绩都不达标，被

第十五章 抢着要的未必是真想要

取消了校队的资格。

那个时候,教练和老师都问过他,是不是家里出了什么事情?但他什么都没说。他这个人就是这样的。

两人回到车上,齐宋见关澜缩着脖子搓手,于是把空调开最大,座椅加热上,提议说:"今晚直接去我家吧,明天再回学校拿你的车。"

关澜摇头,说:"我今天什么都没带着。"

齐宋又说:"衣服晚上洗了烘干,不行也可以穿我的。"

其实也不是没穿过,关澜想象了一下那画面,笑,还是摇头。

齐宋真的受不了这样的拒绝,还几次三番的。

关澜却没让步,只是看着他,看了会儿才说:"去我家吧?"

车里没开灯,只一点路灯照进来的光,她说话的声音也很轻,几乎只剩下口型。

齐宋也看着她,没答。

她过夜需要的东西比他多,而且明天还要去南郊大学城做法援,这确实是个更加合理的提议。但他还是没有回答。是出于意外,还是惯常的抗拒,他自己也说不清。

他本来一直以为,关澜是存心没带他去她住的地方,因为那是她为自己筑起的壁垒。直至此刻,他才意识到那其实也是他的壁垒。

相比让别人去他家,他一向更怵的是进入别人的领地。因为他可以精减自己的痕迹,却没办法预料其他,根本不知道会看到什么东西,碰上什么人,发生什么事。他宁愿去酒店,一切都是标准化的,抽屉里只会有便笺、广告册和遥控器。

像是察觉到他的犹豫,关澜接上一句:"算了,你要是不回去,马扎不好办吧？"是在给他台阶下。

齐宋仍旧看着她，却又脱口而出："没事的，喂食器里的水和猫粮够它吃几天，我不在家，它随便睡哪儿，不知道多高兴。"话说出来，连他自己都觉得意外，像是不想错过什么，又像是豁出去了。

关澜也只是看着他，又如方才那样伸手摸摸他的脸。

他决心已定，补充："明早叫钟点工阿姨过去看一眼，她就在小区里做住家的，发个红包就行了。"

关澜调开目光，看着车窗外笑起来，笑了会儿才品评："你俩这感情，真够塑料的。"

齐宋这才知道她在笑什么，回嘴说："那明晚你跟我回家，看我对它有多好。"

关澜瞥他一眼，说："算盘珠子崩我脸上了。"

"我打什么算盘了？"齐宋冷嗤，阴阳怪气道，"不像有些人，拉开车门就往人家身上坐。"

"怎么说话的？谁坐你身上了？"关澜辩驳。

齐宋说："我有行车记录，直接证据，我当时怕极了，还以为……"他就跟做笔录似的一径说下去。

"以为什么？"关澜反问。

齐宋不答，揽过她来演给她看，关澜一通格挡。直到门岗那边的保安大叔探出头来，朝他们这里望了望，发出一阵咳嗽声，又拧开保温杯的盖子倒出一点水和茶渣。

关澜不闹了，开门下车，跑过去扫码付停车费，又跟大叔打招呼，说："师傅，谢谢你啊，我们这就走了。"

可转头回来，她偏又拉开副驾这边的车门，推齐宋往驾驶位子挪，说："我开不惯你这自动挡，还是你自己开吧。"

齐宋只好再跟她换，嘴上叹着气，心里却挺高兴，就好像刚才那一番"想当年"真的让两人回到了从前，十几二十岁的时候，一切都可以是简单的，一切都可以有另一种可能。

他们先到政法市内校区，关澜开上自己的车，两人又上了高架，一前一后往南郊去。

已经过了晚高峰时间，一路顺畅。很快开到她住的地方附近，关澜说小区里不好停车，让齐宋把车停在公园门口的停车场，再坐上她的车往她家去。经过路边的便利店，又停了停，下来进去买了些过夜要用的东西，牙刷、内裤、杜蕾斯，一看就不干好事，却又有种心照不宣的小小幸福，只他们两个人知道，与别人无关，与世界无关。甚至就连从店里出来，自动门发出那一声熟悉提示音，迎面吹上深秋夜里的冷风，以及在楼道里等电梯的时候，遇到个晚归的邻居，那人跟关澜点点头打招呼，又看看齐宋，所有这些，都更烘托了那种气氛。

电梯停在十二楼，关澜去开 1202 的门。齐宋又一次地想，他在这里会看到什么，发生什么呢？

但门已经开了，关澜按亮客厅的灯，蹲在鞋柜边上，从里面找了双一次性拖鞋，拆掉包装放在地上给他穿，又给他介绍，说："我家挺乱的，路边找的装修队，也没什么设计风格。小偷要是来了，说不定能找到点我找不到的好东西。"

齐宋知道她这是学他的样子。她第一回去他家，他也这样介绍过。他笑，说："我家现在也不侘寂了，到处都是猫的东西。"

关澜看他，也笑起来，想说，那挺好啊，但又觉得没必要，一切不言自明。

门关上，再看眼前的房间，确实跟他住的地方截然不同。简直分不清哪里是客厅哪里是餐厅，光书架就摆着好几个，随意分布在沙发后面、餐桌边上，放着她的专业书，还有各种小说，也有孩子的课本，其间满满的颜色与细节。还有一点一点经年累月积攒起来的小东西，相框、地毯、绿植、玩具，到处都是。

这恰好就是齐宋最怵的那种家常的氛围，随便一样东西就能牵扯出一个什么人，引出一段故事来，太深，也太复杂，让他无从应对。但这里给他的感觉却又不同，他觉得安全，莫名地，不知道为什么。

两人晚饭吃得不多，关澜这时候又有点饿了，放下包，脱了外套，就去厨房开冰箱，从里面翻出包拉面，回头问齐宋吃不吃。

没等他答，她已经在锅里放了水，开了火。

齐宋跟着进去，看着那量笑她，说：“你还挺能吃的。”

"两人份，这是两人份！"关澜跟他强调。

齐宋也不跟她争，直接问："还有菜吗？"关澜又开冰箱，两人一前一后站着看里面的存货，合计着凑了凑。齐宋于是也脱掉外套，卷起衬衫袖子，在厨房水池那儿洗手，而后切了个番茄，在旁边那个灶上炒，又煎了两个荷包蛋。

面做好，盖上浇头，两人端到外面吃。

餐厅里摆的是张小圆桌，上面挂下来的灯也是圆的，投下的光晕笼罩着两个人，有一种温暖的感觉。不知是因为这灯光，还是因为厨房开火有了些烟火气，又或者A市每年这个季节都是这样的——外面已经降温，房子里却还没冷下来。

那一点温暖的错觉，让齐宋忽然有种奇怪的想象。如果他不是现在的他，而是像其他人那样平常地长大，在学校里或者在工作中认识关澜，他们在一起，她房子里所有细节都有他的一半，直到此时此刻……

像是可以看到那一个个的场景，差一点就要勾起回忆来。他转念才意识到其实根本没有发生过，那只是平行世界里的碎片而已。那种掺杂了怅然的欣喜，以及欣喜的怅然，让他心里既轻，又重。

第二天，两人一同去大学城。

二人在法援中心那栋楼下遇上行政白老师，人家远远看见他们，也许只是随口问候，说："关老师，齐律师，一起来的啊？"

关澜却多余解释了一句："没有，就是在停车场碰上的。"

等到进去坐下，才看到齐宋发给她的信息，就两个字：心虚。

她笑，坐那儿摇摇头，然后才一本正经地过来找他，跟他交代了一下这一天的安排，让他留在中心接待咨询。她跟张井然要去跑几家银行，是为了给方晴那个案子准备开庭的材料。

齐宋便也一本正经地应下，看着她又大包小包地走了，然后开始这一天平平无奇的咨询。有老头过来说自己想跟保姆结婚，但又不想把房子给她，所以应该怎么办呢？齐宋给他想辙，老头满意地走了，只是保姆肯定不会同意的。也有女人过来说要咨询离婚，齐宋还没来得及说话，男的也追来了，两人一通吵，又一起回了家。

快中午的时候，又有个女的推门而入，披头散发，齐宋以为又是两夫妻吵架，待她开口才认出来是罗佳佳。

"他把孩子抢走了！"罗佳佳一边哭一边说，已是那种没有气力的喊叫，"上午我就一会儿没看见，他就把孩子抢走了！"

"佟文宝？你怎么知道是他？"齐宋问，只觉怪异，两人在法院里赛跑，都想要甩掉孩子的情景犹在眼前。

"店里监控拍下来的,"罗佳佳回答,"我就出去送了一趟货,就那么一会儿工夫,他就把孩子抢走了!"

"报警了吗?"齐宋又问,心说出了这事怎么还上这儿来呢。

"报了,"罗佳佳倒也给了他解释,"警察说联系他们公司,查他的定位。可是我也坐不住啊,就到处找,到处问。跟他提了离婚之后,我就没让他回家,也不知道他这一阵住哪儿。想想只有关老师能帮忙,就打了电话给她,她让我来这里等她……"

关澜的电话随即也来了,齐宋接起来,对她道:"罗佳佳已经在中心了。"

那边喘了口气,知道他已经了解前因后果,直接说下文:"你让她别着急,叫白老师看着点她。我刚刚已经打电话给劳动纠纷业务组的老师,他们最近刚接待过附近外卖员的咨询,现在已经拉了个群,正在问有没有认识佟文宝的,应该很快会有消息,我这就回来了。"

"你不用着急往回赶,"齐宋却道,"把我加群里,要是有什么需要,我可以马上过去。"

话说出来,他已有不好的预感,不禁又想起在法院调解的那天,当时总觉得罗佳佳的状态有些不对,隐隐叫他不安,结果却没想到最终动手的会是佟文宝。

齐宋被拉进去的是个现成的劳动关系维权群,里面已经有十几个人,有法援中心劳动纠纷业务组的老师,也有来咨询的外卖员。

但问起佟文宝,他们都说不认得。其实也不奇怪,干这行本来就流动率很高,不少人做个把月,甚至几天就走了。而且,齐宋记得佟文宝那身黄蓝配的打扮,在群里一问,别人告诉他,两个平台接单,肯定是做兼职的,不是众包,也不是专送,没有那种每天早上站一起点名训话的仪式,也就等于没同事。

再把事情的始末一说,众人倒也热心,分头去跟自己的熟人打听。群里人越来越多,消息不断刷新。虽然还是没有佟文宝的确切消息,但是提供了不少附近外卖员集合点的位置或者惯常休息的地方,大多是在超市的卸货口,饭店后面的停车场,或者购物中心的员工通道。他们平常要是没接单,就会聚在那里。

同样的信息也给到了派出所经办这件案子的警官。要是放在从前,齐宋是绝对不会多管的。哪怕是现在,他心里也在想,反正都已经报警了,警察一定会更快。但行动却又跟想法不同,他还是出了法援中心,开着车从这里到那里,一个一个地方问过去:"佟文宝,认识佟文宝吗?"

正是午餐时间,外卖员也都匆匆而行,听见他问,有的根本不理,有的摇摇头就这么过去了,可能是不知道,也可能是没听清。但他还是没停下,继续找,继续问。也许是因为他知道关澜也正这样做着,也许是因为他短暂地抱过那么两下小女孩,那种柔软的、沉甸甸的感觉,记忆犹新。

他仍旧是个悲观的人,并不觉得这件事多他一个会有什么不同,也不认为自己真的能找到佟文宝,直到他跑进那条连接着购物中心与地铁站的巷道。入口处停着几辆电动车,有两个外卖员坐在更里面一点的地方吃饭。因为是在地下,而且有商场中央空调溢出的风,那里冬暖夏凉。

"佟文宝,认识佟文宝吗?"齐宋又一次地问。

"佟文宝?小佟?"其中一个反问,又说,"他刚才还在那儿,这会儿大概送餐去了吧,你找他干什么?"

说话人望向巷道的尽头，那边靠墙的地上放着一只蓝色的外卖保温箱。

"那是他的？"齐宋喃喃。

"好像是吧，"对方回答，嘴里嘀咕着，"他刚放那儿的，怎么没装车上呢？"

齐宋没答，朝那个箱子走过去。几步路好像走了很久，呼吸沉重，几乎听不到别的声音。直到近前，发现箱盖只是虚掩，他俯身将它打开，看到里面的孩子。

像是一下脱了力，他跪下来，缓了缓，才伸手轻触。孩子脸上的皮肤温热，她只是睡着了。

关澜到派出所的时候，齐宋正坐在报案大厅的一角。她坐下陪着他，有那么一会儿，两人都没说话。

佟文宝也给警察带回来了，正跟罗佳佳在旁边一个房间里吵架。

一个说："我都已经让步愿意带着孩子了，你还要怎么样？"

另一个说："你嘴上说愿意，其实还不是打算把孩子送老家去，你告诉邻居的，我都听说了！"

"那又怎么样？你不是不要抚养权吗？你管我给谁带！"罗佳佳还是像上次那样质问，"我们谁不是这么长大的？不都好好的嘛！"

"可是我弟没长大！"佟文宝却忽然爆发出这样一句话，"我弟死了，掉河里淹死了。爸妈都不在，只有我奶奶和我，我们救不了他，没人救他。"

房间里静下来，静了许久，才听他继续说："……我知道你带孩子难，我打两份工，不够就三份，你要还嫌不够，那我来带，我

第十五章 抢着要的未必是真想要

把我女儿带在身边,我就不信过不下去了。"

没听见罗佳佳的声音,只听旁边警官在劝:"就为这事啊?怎么不早说呢?说开不就好了吗?走什么极端呢?还把人店门给砸了……"

也没听见佟文宝怎么回答。

齐宋只是想起方才那巷道尽头的微光。有些事,就是很难说出来的,但好在终于还是说出来了。

第十六章　习得性无助

等到事情解决，已经是傍晚了。佟文宝赔了花店的门锁，店老板签了谅解书。至于离婚和孩子抚养权的事情，暂时没人提起。只看见离开派出所的时候，他们是一起走的，佟文宝骑电动车，罗佳佳抱着孩子坐在后面。

回到法援中心，那天的咨询也已经结束了。齐宋带关澜回家，换了身衣服，再出去吃晚饭。他没说去哪儿，关澜也不问，像是可以感觉到他这一天的不同。

两人离开他住的地方，穿过过江隧道，往南市去。那边也是临江的区域，只是在另一岸，过去的老码头现在都快拆没了，放眼尽是新建的住宅和创意园区。下了车，齐宋没带她去那一带的网红店，却找了家街边的面店坐下来。店堂不过一开间门面，天气暖和的时候会把桌子摆到外面街沿上，这几天降温，又都缩回室内，显得格外逼仄。

"老板，两碗鳝丝面。"齐宋扬声点菜。

而后便听老板在后面骂："烦死了，吃啥鳝丝面?！吃辣肉面！"

关澜吓了一跳。齐宋笑，给她解释："来这里吃，一定要给老板骂两句的，否则就不算来过。"

没一会儿，面送上来，也是砰一声顿在桌上，红油鲜香，还真是辣肉面。

两人相对吃着，关澜不停喝水。

齐宋问："是不是太辣了点？"

她点头，却还是要吃，嘴唇红红的，鼻尖也红红的。

他看得要笑，说："我出去给你买罐冰可乐吧。"

她拉住他，说："哎，你别走啊，我怕老板骂我一个人占两个位子。"

齐宋愈加笑出来，说："你知道吗？我第一次在法院看到你的时候，做家事的兼职律师，跑来掺和涉外的商事案子，就那么坐那儿，开价2100万，对我们说，因为时间，好跪啊。真没想到，你现在会跟我说你怕一个面店的老板。"

关澜听着，停下筷子不吃了，也看着他说："那你知道我第一次看到你的时候，是什么感觉吗？"

"什么感觉？"齐宋反问，忽然有些忐忑。

"我觉得你做案子风格很干净，没有诡辩，没有攻击，"关澜回答，像是在回忆，缓了缓才继续道，"但让我印象最深的，还是在停车场。"

"停车场？"齐宋不解。其实他也是记得的，她和她的小斯柯达，那种人车合一的境界。

"那天得有四十度吧，你还穿着西装，"关澜说下去，"有个开昌河小面包的男人跟你吵，但你跟他说话的态度，就跟和法官说话的时候一样。"

齐宋知道这是在夸他，也有很多人说过他能忍，喜怒不形于色，一切尽在掌握。但这样的话叫她说出来，仍旧让他忐忑。他问："如果，我其实不是那样的人呢？"

就像曾经，她坐在车里问他：我可以告诉你，但你真的想知道吗？这一次，轮到他了。

但她没有直接回答，又低头吃面，吃了会儿才开口说："你小时候就住这儿附近吧？"说话间，她调开目光，望向店门外。门口挂着一副塑料帘，上面结着煮面蒸腾起的水珠，模糊不清，但隐约还是能看见马路对面的服装市场。

腾开和新腾开。他们做 XY 项目的时候，他跟于春光套瓷叙旧，只提过那么一次，她竟也听进去了，并且一直记着。

面店嘈杂，不方便说话，又或者这番话本就不容易说出口。他结了账，带着她离开，没回车上，反倒提议："我们去喝点什么吧？"

"好。"她同意，跟着他走。

夜幕已经落下，周遭空气湿冷，好像昨天还穿着单衣，忽然间就已经入冬了。他们一直走到江边的老码头，找了家安静些的酒吧坐下，要了两杯单麦，等喝得差不多了，他才把自己的故事告诉她。极致简略，却也完整。

那时候，此地还是一片老城，没有豪宅和创意园，也没有腾开和新腾开，服装市场就是无数沿街店面的集合体，他父母是其中之一的老板和老板娘。父亲叫宋红卫，母亲叫齐小梅。母亲其实本名小妹，小梅是后来她自己改的名字。当时认识她的人都叫她梅梅，以至于后来，齐宋每次听见有人管 Taylor Swift 叫霉霉，都觉得有点奇怪。

宋红卫酗酒，喝醉了会打人，打老婆，也打儿子。齐小梅漂亮，

第十六章　习得性无助　　357

也很会挣钱,但就是离不开宋红卫。这种离不开,甚至不是因为不敢,或者不能。她和宋红卫对打也是常有的,手上也不是没有钱。但她就是不离开,好像根本没把这当成一种可能的选择,好像她嫁了个男人,就得跟着他,哪怕过得不好。直到她遇到下一个男人。

那下一个男人,是批衣服认识的服装厂老板,Z省人,家里是有老婆的。两人偷偷姘在一起,齐小梅这时候才想到提离婚。

最后打离婚官司,宋红卫在法庭上破口大骂,说:"你跟那个老头睡在一起,你这个烂货、贱人!"还有更多奇怪的脏话。齐宋当时只是半懂不懂。

而齐小梅根本不觉得有错,说:"我跟你已经分居了呀!"

"分居就是还没离婚,你知道吗?"法官当时问。

齐小梅反正不管,说:"我怎么知道?我只晓得我们分居了呀。"

后来,齐宋做了律师,最烦的就是当事人出席庭审。因为他们几乎总会说出一些奇怪的话,自己说爽了,律师还得再想办法给他们往回圆。可离婚偏就是当事人必须出庭的案件,这也算是他不做离婚的理由之一吧。

更加记忆犹新的是后来发生的事,他们谈到他的抚养权。

齐宋也不知道为什么自己要在那里,他们只是带了他去法庭,然后法官问他以后想跟谁过。

宋红卫扣着他不放,最好是齐小梅不舍得,因此回心转意。但齐小梅其实根本不想要,只是不好意思说出来。

"儿子,你好好看看,这就是你妈。"

这句话是文涛说的,但齐宋记得宋红卫也说过类似的话,而他当时差不多就是文千鸿这么大。

具体的措辞已经不记得了,只记得一把照片劈头盖脸地撒过来，就在法庭上，在他头顶炸开，然后翩然落下，白花花的都是胸、屁股、大腿，他的母亲。

后来，他学了法律，偶尔想起这件事，只觉得怎么这么巧，当时流氓罪已经没有了，否则这二位至少各判三年。

其实，是宋红卫先开始做服装生意的。他技校毕业分配到内衣厂，厂里有等外品作为福利便宜卖给员工，他跟负责人搞好关系，把别人的份额都收下来，拿去街上摆地摊。

为了躲城管时跑起来更快，宋红卫每次都是骑个黄鱼车，货物堆车上，人也站在车上喊："短裤十元三条，短裤十元三条，什么裤子都可以不穿，短裤不能不穿"，或者"十元三双的丝袜，尽享撕扯的快乐"。

起初生意并不怎么好，直到宋红卫认识了齐小梅，两个人一起做，才开始有起色。他们先是辗转于各种开在体育馆、文化宫里的展销会，后来攒了些本钱，宋红卫索性辞了职，在南市老街的轻纺市场租了个铺位，开始卖服装。

生意好也是因为齐小梅，她年轻时非常漂亮，打扮起来就像八〇末、九〇初那种港风模特，不出意料地成为那一带的一枝花。她卖什么，自己就穿什么，穿什么，市场就火什么。那几年他们的生意做得很不错，也挣到过一点钱，直到两个人离了婚，齐小梅离开，去了Z省。宋红卫开始亏本，做什么亏什么。亏到一定程度，为了逃避现实，他大白天把店门一锁，去发廊，或者在熊猫机前、扑克牌桌上消磨时光，凌晨三四点醉醺醺地回来，一觉睡到第二天日上三竿。

至于儿子，儿子是什么？只是那个夜里把他从门口拖抱到床上的人。儿子在他正飘飘欲仙的时候问："酒究竟有什么好喝的呢？"

宋红卫当时回答:"喝醉了,就到另一个世界去了。"

儿子听见,也只是在心里说:那你去吧,最好是去了不回来的那种。

像是应验了这个心愿,忽然有一天,宋红卫关了店,说自己要去进货,有个大生意要谈,可能几天,也可能几个月。儿子不知道他会不会回来,什么时候回来。起初设下一个期限,是根据宋红卫临走留下的那一点钱,算了算,够吃多久的饭。

等到那些钱快用完的时候,宋红卫还是没回来。他这才找出齐小梅留下的联系方式,拨出去,发现是空号。他并不觉得意外,只是开始搜罗家里全部的资源:米桶里剩下的一点米,冰箱里不知放了多久的冻肉,抽屉边边角角的零钱。他记得自己做了一个不太详细的计划:每天最少消耗多少,可以维持多久。至于那之后怎么办,他不知道。

他忽然又想起宋红卫说的话,喝醉了,就到另一个世界去了。竟也当了真,厨房做菜的料酒,他偷偷喝过几口,然后失望地发现并没有那种感觉,他还是在这个世界上,所有的烦恼也还是在那里。

他的学习成绩越来越差,训练越来越跟不上,每天都在给老师和教练骂。而他不知道该怎么回答,甚至无暇顾及这些,只在对付吃饭这件事上,他就已经用尽了全部的心思和力气。

当时一同训练的同学的家里为了让孩子增肌,每天给带六个白煮蛋。小孩子大多不要吃蛋黄,都是扔掉的。他不说,只是捡来吃,又怕被别人看到,吃得那么急,不敢咀嚼,好几次差点把自己噎死。那时候沁出的眼泪,是他唯一流过的眼泪。

就这样,直到教练不再让他参加训练。那时游泳池的条件还很简陋,说是温水池,馆内有空调,但冬天还是非常冷。说不游就不游了,也没觉得多遗憾,好像本来也就只是为了参加训练的餐补,为了那一顿早饭,一年前得第一名的骄傲已经全都给忘记了。

等到家里剩下的食物全都吃完,搜罗出的零钱也都花完了,催告水电煤气费的粉色通知单贴到门上,他开始偷东西。

他记得那是服装市场旁边的一家烟纸店,老板有些年纪了,总是支张躺椅睡在店门口,眼睛将合未合。他每次都若无其事地走进去,拿一卷面条,或者一袋饼干,掖在校服下摆里面,再若无其事地走出来。若无其事,是他当时演得最好的一个表情,所以这么做了好几次,都没有穿帮。

直到有一天,他故技重施,忽然听见一个声音问:"你在干什么?!"

饼干掉在地上,他抬头,才发现店堂后面走出来个人。他没答,是因为不知道怎么回答,又好像松了口气,等待发落似的。门口的老板却从躺椅上起身,朝里面瞥了眼,说:"他爸爸跟我讲好了的,先记账,慢点结。"

话说得那么平常,让他真的以为宋红卫做过这样的安排,但也就只是一瞬罢了。

管闲事的人"哦"了声离开,老板走过来,把掉在地上的饼干捡起来,又从裤子口袋里掏出十块钱,一并塞到他手里,对他说:"去对面吃个辣肉面,你这年纪,老是吃这些不行。"

要是换了别人,估计就和老板变成忘年交,留下一段佳话了吧。但他只是跑了,真的去吃了碗辣肉面,辣得泪流满面,但后来再也没去过那家烟纸店。那十块钱倒是还了,清早塞在卷帘门底下,连个"谢谢"的字条都没留。

好像就是从那时开始,他发现自己没办法把任何心事和难处告诉别人，也许是因为骄傲，又或者只是胆小，不知道别人会怎么看他。他们要是讨厌他，他更讨厌他们。但他们要是喜欢他，他更怕他们失望。如果到了那一步，他就真的什么都没有了。很久以后，他才学到一个词：习得性无助。或许就是这样吧，知道没有用，所以再也不尝试了。

后来那段时间，他跟过一个大哥，混着一起去吃路边摊，一起上游戏机房蹭着打游戏。直到有一次在南市老街上跟着一起打群架，被警察包圆儿带回去问话。其实两方面大都是小孩，十三四岁的。民警一个个打电话通知家长来领人，最后轮到他，根本没有人来领他。

他们没找到宋红卫，这才发现他已经一个人生活了将近九个月。

九个月！民警联系学校，以及街道未成年人保护站，所有人都在唏嘘，好像那是个很惊人的时间单位。只有他狐疑，真的是九个月吗？怎么好像一生都是这么过的？

街道的工作人员辗转找到了齐小梅，说宋红卫已经超过六个月未尽抚养义务，孩子的抚养权要变更到她这里。齐小梅倒还真回来了一趟，抱着他痛哭，说："你为什么不打电话给我呢？"

他简直懒得解释，只是拿出那张纸给她看。奇怪，那张纸，他竟然还留着。

甚至记得齐小梅当时的表情，她看过之后，怔了怔，说："哦，我写错了，少了一位。"

究竟是怎么回事，没人说得清，他也懒得去追究了。

事情就这样到了法院，走变更抚养权的程序。

齐小梅向法官哭诉，说她实在没办法跟孩子一起生活，要是带他去Z省，男人肯定会嫌弃。言语间听得出来，她正在想办法再生一个，借此逼对方离婚，跟她结婚。她当时才三十五六岁，还是有希望的。

但她愿意出钱，她赌咒发誓，在钱上面肯定不会亏待孩子，又跟街道的工作人员商量，是不是可以让居委会的阿姨看着他一点，他都已经十三岁了，又是男孩，一个人住不要紧的。

转念却又不忿，说既然抚养权给了她，也只有她出钱养孩子，那她要给他改姓。

本地有种习惯，就是把双方姓氏搁一块儿，最后再加一个字，给孩子起名。齐小梅跟宋红卫文化程度都不高，连最后这个字都省了，直接把两人姓氏一合，管他叫宋齐。现在调了个儿，叫齐宋。齐宋当时心想，你要是真恨他，就把宋字去了呗。可齐小梅偏不，非就留着，压宋红卫一头。

关于这件事，齐宋真的很想跟他们说声谢谢。两个人就这样留在他的名字里，也仅仅留在他的名字里，像两个驱不散的鬼魂。他一直觉得给孩子起这种带夫妻双方姓氏的名字，真是造孽。但名字说穿了不过就是符号而已，一旦习惯，也就那样了。

变更程序走完，齐小梅领着他去法院签字，签完匆匆走了，因为要去赶回Z省的火车，临走塞给他三个月的生活费，让他自己回家。

齐宋当时心想，总算结束了，手里那沓钱倒是让他兴奋起来，他盘算着是去请兄弟吃饭，还是去游戏机房打游戏。

经办法官叫住他，说："你等等，跟我来一下。"

那是个家事庭的女法官，和他母亲差不多年纪，看起来严厉而疲惫，茶杯里总泡着胖大海，如非必要一句话都懒得多说的样子。

第十六章 习得性无助　363

那天结束之后,她却冲他招招手,对他说,你跟我来,然后带着他去刑事庭看了一眼。

那里正准备开始庭审,法警带着几个嫌疑人走进法庭,那几个人也都很年轻,剃了头,身上套着看守所马甲,双手垂在身前,戴着手铐。

"你想变成那样吗?"法官问他。

他没答。

法官也没多的话,只是道:"没有人能选择父母,但你可以决定自己成为什么样的人。"

他还是没答,只觉得心跳如鼓。他当时很怕见警察,类似配色的制服都会叫他心里一跳,但那一刻,心跳又好像不光是因为害怕。

那天夜里,他还是一个人回家。记得是夏天,七月份了,因为正好碰上高考放榜,邻居有孩子考进大学,在弄堂里放了一千响的鞭炮。没有人告诉他,读书是改变命运最容易的办法,但他不可能不懂。

这些事,他从未跟别人说起,甚至过去之后,连他自己都没好好地想过一遍。直到今夜,他说出来,告诉她,才发现其实一路走来,自己也曾遇到过很多很好的人,只是从来没好好报答过他们。

大约因为降温,这一夜的顾客很少。只有几个人打着台球,不时发出轻微的撞击声。老板在吧台整理,偶尔停下换一首歌,再换一首歌,好像总也找不到最合适的背景音乐。

齐宋和关澜在角落挨着一张小桌坐着,不是面对面。

话说到最后,齐宋已经在等着关澜的回应,声音轻下去,再下去,几个字在喉间摩擦。慢慢喝掉两杯单麦的工夫让他把这些事都说出来，这些事也许太多，也太深了，根本不合适告诉别人。他心想自己这究竟是在做什么，三十几岁还在与人说这些少年心事。同时却又有些庆幸，酒精多少还是有些避世的作用的，将一切大而化之，好像说了也没什么大不了。这一点，宋红卫是对的。

关澜却始终不语，只是侧身过来，埋头到他肩上。他伸手抱住她，低头贴住她的脸颊，感觉到她皮肤温热的气息，以及眼梢的那一点潮湿。这动作熟悉而默契，再一次让他觉得安全。

"好了，你现在知道了……"他说，就像她当时对他坦白之后那样。

她明白他的意思，他是在告诉她，好了，你现在知道了，我不是你最初印象里的那种人，情绪稳定，一切尽在掌握。此时再回想那个盛夏的午后，其实也不过几个月而已，却又觉得那么遥远。

她侧首枕着他的肩膀，把眼泪蹭在他领角，说："我从前读到过一段话，一个人最动人的地方，并不在于他的无懈可击，反而是他十分强大，但你后来发现，他其实是可以被伤害的。"

齐宋听着，不语。不是因为无话可说，正相反，那一刻他有太多想要倾诉的东西，只觉得如此神奇，因为他早有过类似的感想。法庭上的"高手"，与她私底下的那种脆弱感，形成奇异的反差，牢牢抓住了他。他没办法把她套进一个个粗暴定义下的壳子里，她是托马斯，也是特蕾莎，是女神，是女孩，是 Yellow 里唱的光芒万丈的星辰，也是他不惜一切想要珍藏、保护的受过伤的心，柔软到难以置信。

恰如此刻，她还在流泪，却又轻轻笑起来，问："所以你真会去找他打架吗？"

"什么？"齐宋一时没懂。

第十六章 习得性无助　365

"就是你问我那句话的时候。"她抬眼看着他,声音闷闷的,听起来有点沙哑。

他想起来了,反问:"要真去打了,你会怎么样?"

她笑,说:"我大概就在旁边叫,你们不要再打了啦。"是那种偶像剧里的语气,那种只适合出现在偶像剧里的场景。

他也笑,忽然发现所有的顾虑都是多余的。因为长久以来,她是他遇到的唯一一适合聆听这段故事的人。此时此地,也恐怕是他把这些话说出来的唯一的机会。

酒吧的角落里,他们偷偷亲吻,打台球的人还在打台球,老板又换了一首歌。

夜就这样渐渐深了,落地窗变成黑色的镜子,更显得这里像是一个密闭的小世界。所有人都很小很小,怀着更小的心事。说不定什么时候伸来一只手,把这玻璃球拿起来,恶作剧地摇上一摇,于是天地翻覆,才让他们顿悟,所有烦恼都只是过眼云烟,没什么大不了。

直到他轻声说:"走吧。"

"去哪儿?"她问。

"回家。"他答。

从酒吧出来,冷风扑面,他们忽然觉得有凉凉的东西飞落到脸上。起初以为下雨了,后来发现那些划过夜幕的淡白的细线格外有存在感,才知道是雪。

"下雪了!"关澜跑出去,仰头望着天,兴奋得像个小孩。

齐宋觉得她好傻啊,简直不好意思说自己认识她,结果却又追上去,满怀抱住她,展开外套把她包裹起来。

那条街上好几家酒吧,路边停着辆警车,大概就等着抓酒驾。

车上民警正朝他们这里看。

齐宋赶紧自证清白，说："警官，我已经叫代驾了。"转头又教育关澜："你不能骑共享单车知道吗？酒后骑自行车也是违法的。"

这下轮到关澜觉得他傻，逃也似的拉着他跑了。

等到两个人躲进车里，她才笑他，摇头说："齐宋你不行啊，你肯定喝醉了。"

他刚被风一吹真有点上头，这会儿索性摆烂，说："我本来就不行的，过去跟王乾出去办案，我一向都是不喝酒的那个，要是有证据原件，全都是我保管。"

"那你那次还替我喝酒？"她自然想起来。

他笑，就在这儿等着她呢，说："这下知道我对你多好了吧？"

"嗯，"她点头，却又损他，说，"在家数钱的巴依老爷，桔梗店老板，阿里巴巴的哥哥。只要人够小气，给一点点就是最好的了。"

他却振振有词，说："我只拿得出这一点点，全都给你了。不像你，中央空调，对所有人都很好，就是对我不行。"

"我对你不行？"她只觉荒谬，说，"齐宋你是不是有病？我对你还不行？"

"我就是有病，"他还是摆烂，把她转过来对着自己，说，"你认识我这么久了，你不知道我有病？"

车里开着一盏小灯，两人坐在后座，她借那灯光看他，忽然说："怎么办？"

"什么怎么办？"他问。

她答："放不下你了，怎么办？"

他想说，我也一样，但话未出口，只是吻她。

代驾到的时候，她已经靠在他身上睡过去了。两人这样子大约会引人误会,齐宋想要解释,却又觉得多余,只是抱着她,隔窗看着车外一城的流光。直到车子驶进他住的小区,他才低头在她耳边说:"醒醒,到家了。"

"嗯……"她应了声,仍旧枕在他胸前,没睁眼。

他于是收拢手臂,给她换了个更舒服点姿势,让她继续睡。

这一夜哭哭笑笑,却又痛快淋漓,他好像从未有过这样的感觉,只是沉浸,沉浸,沉浸。

额头抵着额头,他们拥抱,身体紧贴着身体,仿佛全世界只剩两个人融为一体。身与心一同到达高潮的那一瞬,那几个字也随之脱口而出。我爱你,他对她道。过去总觉得时机不对,又或者这句话蕴含了太多他其实并不完全能够理解的情感,只在这个时候说出来了,对她。而且,一旦说了,他就一遍遍地说,仗着她醉了,听不懂,记不住。

次日天明,他先醒来,却又流连着不想起床。窗帘挡去晨光,他在幽暗中看着她。也许因为长久以来的疲劳,再加上昨夜醉的那一场,她难得睡得那样沉,发出轻轻的、细碎的呼噜声。他听得要笑,伸手圈住她,耐心等着她醒来。

结果最后叫醒她的却是马扎。这猫大概已经习惯了在他房间里过夜,昨晚被关在门外,一大早就开始挠门。

关澜还没睁眼,被子蒙脸上,嘴里却在说:"放它进来呗。"

齐宋偏不,说:"你再睡会儿,这猫每天早上睡醒就喜欢两只前脚推人,非得把人也弄醒不可。"

关澜听他这么说,闭眼在那儿笑,笑得整张床都在抖。

齐宋觉得其中必有蹊跷,也钻进被子里,非让她告诉他笑什么。

关澜被逼得无法,这才说出来:"这叫'踩奶',表达了猫咪对主人的爱。"

齐宋听了简直无语,觉得很难直视马扎这么一只猫对他做出这种行为,不管是"踩奶",还是"表达爱"。

等到把猫放进来,他索性随便它上床去踩,跟关澜一起躲进浴室里。两人一同淋浴,再面对着面,他替她吹头发,看着她刚淋浴出来的样子,潮湿、柔软、温热,双颊飞着红晕。吹一会儿,亲一下,额角、脸颊、嘴唇。她再帮他刮胡子,抿唇,抬头,向左转,向右转,让他做出同样的表情。

两人一边收拾,一边计划着剩下的半天时间。齐宋提议去购物,在他这儿放一套她过夜要用的东西,省得总是带来带去。

关澜很干脆地说"好啊",没有异议。

"还有件事,想跟你说……"齐宋这才又开口,得寸进尺。

她"嗯"了声,等着下文。

而他顿了顿,垂目往下看了眼,自己正裸着上身,而她只套了件他的大汗衫,其他什么都没穿,忽然间,又觉得这时候说接下来的这些话有些怪异。

但终于还是说了。

"我想,"他开口,"我们俩的关系,还是得跟所里报备一下,不知道你觉得合不合适?"

她听着,不答,又抿唇,只是这一次是为了忍住不笑。

"说话啊,"他催她,"你到底什么意思?"

她避开他的目光,仍旧不语,只是一本正经地放下剃须刀,再替他拍上须后水。

直到他伸手进那件大T恤里,一手揽住她的腰,一手按上她的裸背。她怕痒,求饶挣扎,这才开口说:"怎么听起来好像是你在跟我要名分啊？"

"是啊，"他也不争辩，"你就说给不给吧？"

她这才终于停下，双臂环住他脖颈，看着他，点点头，又一次地说："好。"

那天下午，关澜离开齐宋家，直接去黎晖那里接尔雅。

车行半路，收到黎晖发来的微信，说：一会儿我把尔雅送回去吧，省得你再跑一趟。

关澜看了看，回：不用，我在外面，接她顺路。

那边隔了会儿才又回了个OK。

开到黎晖家楼下，她又发微信给他。

黎晖说：还要一会儿，你上来坐一下吧。

关澜答：不了，不好停车，我还是坐车里等。

倒是也没让她久等，不多时就看见黎晖带着尔雅从楼道里走出来。关澜下车去接，尔雅看见她也不说话，双手插兜，等着她拉开车门，就一低头坐进车里。

关澜已经察觉气氛不大对劲，黎晖把书包递过来，示意她到旁边聊两句。

"怎么了？"关澜轻声问。

黎晖答："其实也没什么，就是她一直玩儿手机，昨晚还偷偷带进房间里，不知弄到几点，早上起不来，补习差点迟到，刚才吃饭的时候又在看，我说了她几句。"

话讲得有些尴尬，关澜自然知道是为什么，这手机本来就是他不经商量给尔雅买的，结果发现管理困难，骑虎难下。

不想黎晖却又道："没事的，我已经跟她约定好了，以后每天晚上都不把手机带进卧室，留在客厅充电。"

"她答应你了？"关澜问，这约定她其实早就跟尔雅做过一遍。

黎晖点头，笑说："她让我以身作则，从昨晚开始，我也把手机放外面了。"

"不容易，不容易。"关澜捧他。

黎晖又跟她说了补习的进度。比如数学，他买了加州的教材，自己先过了一遍，感觉难度比 A 市公立的低点，就是卷子是全英文的，而且有些知识点没覆盖到，稍微讲一下应该就没问题了。所以现在最主要的还是刷英文的题库，做阅读理解，写作文，还有做模拟面试的练习。

关澜一向知道他是个肯下功夫做事的人，只是在管孩子这件事上延宕了十多年，现在能这么上心，着实没想到。本来是准备给他出难题的，但他要是真做到了，她也觉得算是无心插柳，替尔雅高兴。只是一旦涉及这些，整个人难免变得琐碎起来，没了那种光带着玩儿的潇洒劲。

她在那儿想着，黎晖却又转到其他，仿佛随口一问："你周末还在外面跑案子啊？"

关澜避开不答，只是玩笑："你现在这么管着尔雅，她有没有说你爹味儿好重？"

黎晖角度刁钻，直接反问："她说过你妈味儿重吗？"

关澜被戳中痛处，笑了。

黎晖便也跟着笑起来，看着她，缓了缓才道："怎么就这样了呢？我最近总想起从前，第一次在漫展上看到你的那天，好像还在眼前似的。你这些年，其实一直都没怎么变。"

关澜只觉荒谬，也不想再提旧事，淡淡答："你再看看尔雅，

第十六章 习得性无助

就知道多少年过去了。"说完跟他道声再见，上车走了。

回南郊的路上，尔雅还是有些闷闷的。

"这周末在爸爸那儿过得怎么样？"关澜问。

"挺好。"尔雅回答。

"那这是怎么了？"关澜又问，趁着在路口遇到红灯的工夫，伸手摸摸她的头。

"没怎么呀。"尔雅对她假笑，然后戴上耳机听音乐，转过头去望着车窗外面。

绿灯亮起，车又开动起来，关澜望着前路，总觉得她有些心事，不光是因为玩手机被黎晖说了那么简单。但青春期的孩子大概就是这样，非要盯着把原因问出来，也许适得其反。

新的一周开始，关澜手上的几个案子都有了进展。

一个是方晴。她跟张井然一起打电话过去，交代了一下财产方面取证的情况。

方晴当时按照她教的，回家收集了不少证据，比如戴哲为了办理签证开的收入证明，公积金和社保缴费记录，还有几张银行卡，以及股票账户，两本房产证，两辆车的行驶证，全部拍了照片。

但取证的结果也如关澜预先跟她说过的一样，银行流水不能查整个婚姻期间的，只能拉最近一年的，现在看到的账户余额跟他们家一向以来的收入支出不太相符，很可能是戴哲一年前买了长期的理财，或者有大额的转账，根本没法看出来。只有向法庭申请，再往前调流水。

这一点对分割财产和确定抚养费都很重要，不赚钱，也不管钱的一方就会很吃亏。本来担心方晴会因此产生一些想法，结果却并没有。方晴表示一切配合，要是到时候真的查不到，她也能接受。

关澜倒是有些意外，曾经纠结忍让成那样的方晴，现在竟然可以如此坚决。

电话那边，方晴继续往下说着自己的近况，也算是让她们了解了这种变化的原因。她已经找了房子搬出来，并且开始上班，给孩子安排了晚托。眼下市场不好，所幸从前的领导帮忙，给了她一个临时的位子先做起来，收入到手只有几千块，比她几年前辞职的时候还要低，但总归是个开始。

在反家暴救助站住的那几天，她加了个群，认识了不少差不多情况的当事人。相比那天在小饭店里见过的那个大姐，有些跟她的境遇更加相似，本来也过着看上去相当不错的生活，所以更加犹豫，到底是不是应该走出来。

"有个姐姐告诉我，"方晴说，"她当时离开家，自己一个人带个三岁的孩子，在城中村租房，屋里只有三样电器：电磁炉、热得快、取暖器。她当时也很害怕，担心过不下去，但真的过了，才知道那种确定的安全有多好，不用小心翼翼，连孩子都变得开朗起来。而且，她现在过得非常好，有自己喜欢的工作，孩子已经上高中了。她对我说，都会好起来的，没什么比你自己的安全更重要，哪怕是对孩子来说，也是这样的，你得先保护好你自己。"

第二个是罗佳佳，打电话过来，先是道谢，而后又说跟佟文宝的离婚官司，她打算撤诉了。

周六离开派出所之后，他们回到租住的地方，两人谈了大半夜，决定再试一次。

她在花店的工作就是一早和傍晚最忙，而佟文宝兼职接单送外卖，可以错开时间，两个人分着带孩子。收入当然会有影响，但其

第十六章 习得性无助　　373

实实的算下来，也就一两年的工夫，总会过去的。

关澜听她说完，照例提醒，撤诉之后六个月才能重新起诉。

这话说出来有点扫兴，却是身为律师必须说的。她心里倒是觉得他们的确值得再有一次机会，两个人之间其实并没有什么原则性的问题，所有的矛盾都只是因为工作和生活的重压，以及那个未曾说出来的心结。

但话又说回来了，虽然现在心结解开，可现实的压力还是无处不在的。恰如评书里说的，一分钱憋死英雄汉，是不是真能顶过去，最后结果也未可知。

"关老师，真的谢谢你。"只是此刻，罗佳佳还是真心向她道谢，又说，"我刚跟齐律师也打过电话了，对他也说了声谢谢，本来一直觉得他那个人冷冷的，让人看着有点怵，不大好说话的样子，没想到那天能那样到处跑着帮我找孩子……"

关澜听着，忽然好奇，问："你跟他说谢谢，他对你说什么？"

罗佳佳有些尴尬，答："他说，哦，不客气。"

关澜无声笑起来，像是能想象齐宋当时脸上的表情，以及随后的冷场。她记得他自认市侩，说她有知识分子的臭毛病，不知道他现在是否能理解她那个时候对他说过的那句话：一声谢谢就够了，但五块钱不行。

电话挂断之后好一会儿，她脸上还带着那一点笑意。同事看见她就说："关老师今天心情很好啊。"

她笑笑，确实。

隔了几天再见到齐宋，又是因为文家花园的案子。

这次的会面是齐宋提出来的，且不是通过视频，而是当面谈一谈,他约了娄先生,还有文千鸿。

那是个傍晚,文千鸿刚放学回来,四人在文家花园的副楼见面,围坐一张圆桌。关澜先开口,解释了眼下的状况,经过上一次的庭前会议,这个案子的继承部分其实争议并不太大,关键还是在于文千鸿父母恢复监护人资格的申请,以及之后的抚养权之争。

"虽然遗嘱里指定的监护人是娄先生,但这个指定是存在瑕疵的,"关澜指出,"根据《民法典》第二十九条,只有在被监护人的父母担任监护人的情形下,才可以通过遗嘱指定监护人,除此之外,不能以设立遗嘱的形式指定监护人。所以千鸿的情况是尚有争议的,势必要通过法院指定,以及民政部门的同意。"

"而且,"齐宋补充,"文老太太遗嘱中提到的财产都可以放在文千鸿名下,只有文家花园这一项,如果要变现,必须经过房产买卖。出让这种性质的花园住宅还要补缴土地出让金,其中牵涉到好几个金额巨大的合同。千鸿现在十三岁,属于限制民事行为能力人,签订这样的合同必须经过法定代理人追认,方才有效。而这个法定代理人,就是他的监护人。"

"所以,这个监护人是谁就很关键了。"娄先生笑道。

"确实,"齐宋说,"如果以小人之心推测,在这里面倒腾一下,把文家花园变到自己名下也不是不可能。"这话说出来,就有些微妙了,可以理解为在讲文涛和林珑,也可能是指娄先生。

今天要解释的状况,他和关澜两人之间已经互相知会过。但真的说了,关澜还是有些顾虑,从她作为顾问这方面来说,这的确是应该提出的风险,所以这顾虑更多的还是为了齐宋。因为娄先生在投资圈内颇有些地位,那天看王乾如此重视,亲自迎来送往,更觉此人在至呈所管委会诸位大合伙人的眼中分量颇重。

第十六章 习得性无助　375

然而娄先生并没说什么，只是带着一点笑意，等着他们继续。

齐宋也就接着往下说，却是对着文千鸿："法庭考虑监护人是有一个顺序的，最先就是父母，然后是祖父母或者外祖父母，再然后是兄姐，最后才是其他愿意并且有能力承担监护责任的人或者组织。"话说得很清楚，父母在最前面，娄先生在最后。

"现在，文涛和林珑已经分别向法庭提出了恢复监护人资格的申请，同时要求撤销娄先生的指定监护关系。他们是你的直系血亲，且不存在故意犯罪、虐待或者遗弃的行为，不属于不得恢复监护资格的情形……"

文千鸿打断，说："我从两岁开始跟着太婆住，他们没有来看过我，也从没付过抚养费。"

"他们把你留给其他亲属，且不支付抚养费，并不构成遗弃罪。是的，有点讽刺，但法律就是这样的。"齐宋明白他的意思，给他解释，"所以，他们现在只需要提交证据证明自己有悔改表现，并且适合担任监护人，确实可以提出恢复监护资格的申请。"

文千鸿听着，倒是笑了，转头望向客厅墙角边堆着的几个盒子，说："那些都是他们这段时间给我买的，大概就算是悔改的表现了吧。"几个人都朝那里看了看，游戏机、平衡车，林林总总，有的拆了，有的还原封不动。想要快速讨小孩子的欢心，无非就是这样。

齐宋没有回答文千鸿的这个问题，只是就事论事，说："十一年没有看望、没有支付抚养费的事实，还有文涛强制戒毒的前科，以及他在继承案调解当中说过的那些话，无业，身体不好，没有谋生能力，都会影响法庭最后的判决。但法官考虑的最关键的一点还是被监护人的真实意愿，你是怎么想的？"

"我，"文千鸿低头沉吟，隔了会儿才道，"我想，还是照着太奶奶的安排，跟着娄爷爷，就是不知道……"最后半句没说出来：就是不知道娄先生怎么想？就是不知道最后会怎么样？有些事就是这样，看似是同一阵线，其实也有着微妙的分歧。不光是文千鸿，法官自然也会有这方面的考虑。

"娄先生，"齐宋又对另一方开口，"接下去要说的，对您可能有些冒犯，但我们现在只能把所有的风险都摊到台面上。"

娄先生点头，说："我明白，你说吧。"

齐宋于是开口，措辞还是对着文千鸿的，但话里的内容又不仅如此："根据《民法典》第三十五条，监护人应当按照最有利于被监护人的原则履行监护职责。监护人除为维护被监护人利益外，不得处分被监护人的财产。但换句话说，不管最后是谁成为你的监护人，他对你名下的财产都是有一定的处分权的。而且，对于财产监护，我国立法没有对此作出详尽的规定，暂时也没有成熟的家族信托。

"所以，出于维护你最大利益的考虑，我们的建议是由你和娄先生拟订一个监护协议，经过公证，再提交法庭。一方面，是表达你希望他成为你的监护人的意愿。另一方面，也把他作为监护人的职责范围确定下来。比如监督、抚养、教育的权利和义务，对你身份行为、身上事项的同意权，以及多久提供一次财产清单和账目。还有，哪些是你有能力独立处理的事务，他不予干涉。并且随着你年龄的增长，到多少岁，做出什么样的改变……"话说得很细，文千鸿和娄先生都听着，也很认真。

像是为了减少冒犯，关澜在旁从法律研究的角度补充，向娄先生道："这次恢复监护人资格的申请适用的是特殊程序，独任审判，一审终结，当事人不得上诉。整个过程比较简单，也会进行得很快。

但等到判决下来之后,如果将来因为不当行使监护权引发纠纷,适用的就是普通程序了,那会是一个复杂得多的过程,结果也很难预测。

"虽然文涛和林珑有很多不利于恢复监护权的情形,但在实务中,法庭一般还是会优先考虑血亲,这也是出于对未成年人利益的保护。我们之所以做出这样的建议,是为了让法官对您担任千鸿的监护人更有信心,让您对这一次监护人资格的确定更有把握。而且,监护权对娄先生您来说也是额外的责任,有这样一份协议,可以避免一些说不清的情况发生。"

话说完,等着两方面的反应。

娄先生看看关澜,又看齐宋,隔了会儿才笑起来,缓缓点头,说:"我确实没想到,你们真的是作为千鸿的律师在跟我谈这个问题,很好。"

关澜知道事情成了,却还有话对文千鸿说:"这一次庭审之后,也不是说你不能改变想法,你可以再跟他们接触一段时间。"

而文千鸿只是勾起一边嘴角笑了笑,那样子其实和林珑有几分相像,一看就知道是母子。这笑也让关澜想起尔雅。十三岁的孩子好像总有一种酷酷的范儿,身与心站在一个奇妙的临界点上,很多事他们其实都是明白的,却又无能为力,于是这副酷酷的满不在乎的样子便成了他们对自己的保护。

谈话告一段落,此后便是细节上的问题,拟定协议,双方过目。

结束之前,齐宋忽然又对娄先生道:"我想跟千鸿单独聊几句,可以吗?"

娄先生点头,齐宋便带着孩子去了客厅外面封起来的门廊。

隔着落地钢窗,可以看见两个人相对而立,被渐渐暗下去的暮色勾出剪影。齐宋高一点，也更挺拔。而千鸿单薄，像这个年纪大多数的孩子一样，弓着背，低头，双手插兜，靠墙站着。话说到最后，他抬头看齐宋，齐宋也看着他，在他的肩头拍了拍。千鸿好像问了一句什么，齐宋点点头，笑起来。

等到出了副楼，娄先生又留齐宋聊了几句，关澜先去车上等着。才刚坐进去，手机振动，她拿出来解锁，见是梁思发来的微信，没有话，只是转给她一个视频。

关澜奇怪，点开来看，看了会儿才意识到这是何静远发在他那个视频号上的内容，标题：2022年第一场雪。画面中，是他与何栋梁在茫茫的雪地嬉戏，一起爬山，一起扑倒，抱孩子起来看雾凇。弹幕里不少人在刷"好美""这是哪儿""小樽平替"……虽然梁思没有有意出镜，但关澜还是看到了背景中她一闪而过的身影。

她看得笑起来，心想也许很快也会接到梁思的电话，就像罗佳佳一样，告诉她，他们决定再试一次。

车子外面，齐宋正与娄先生握手，恭送大佬离开，然后坐进车里。

关澜放下手机，看着他问："怎么样啊？"

齐宋不语，发动车子开出去，卖了会儿关子，才渐渐笑起来，答："文家花园的继承案，以及后续的交易都是我们的了，还有，娄先生的投资公司也有业务想要挪到至呈所来做。"

"不错啊你！"关澜与他击掌，又问，"你刚才跟千鸿说什么了？"

齐宋转头看她一眼，说："学你啊，我跟他'想当年'了。"

关澜有些意外，没想到他会这么做，把自己剖开来给别人看。

"千鸿什么反应？"她问。

齐宋却笑，学着那孩子的语气说："你可比我惨多了。"

"确实。"关澜也笑，又问，"那你怎么回答的？"

"我说，"齐宋开着车，缓缓道，"那句话对你也适合，人不能选择自己的父母，但你可以决定自己想要成为什么样的人。"

关澜听着，忽然动容。

齐宋转头看她，说："你别这样啊，我就是为了挣钱。"

关澜眼睛还红着，嘴上揶揄："恭喜你啊，能挣多少？"

"拉到娄先生这样的大客户，明年升高伙稳了。"齐宋回答，再给她个眼神：总之很多很多。

关澜笑，替他高兴。

齐宋损她，说："我就喜欢看你见钱眼开的样子，圣母下凡，唐僧到了女儿国。"

"夸自己美人儿是吧？"关澜也损他，伸手摸他脸。

齐宋根本不躲，反握了她的手，在掌心印下一吻。

两人都笑，望着风挡玻璃外夜幕初降的前路。

隔了会儿，关澜才又问："但不觉得这次有点冒险吗？要是娄先生不是这么想的呢？"

齐宋也是静了静才答："那我也得这么做。"

关澜看他，再次动容，他其实就是她最初印象中那样的人，很干净。

齐宋被她看得倒有些不好意思了，扯开话题问："你刚才坐车里看什么呢？笑那么开心。"

"没什么，一个旅游视频号。"关澜回答，趁等红灯的工夫，又打开手机给他也看了看。

画面中还是何博带着儿子在雪地上疯。齐宋不认得何静远，也没看见一闪而过的梁思，只当她特别喜欢那里的雪景，忽然提议："要不我们也去吧。"

"什么？"关澜一时没懂。

"这个平替的小樽啊，去不去？"齐宋又一次问。

关澜不置可否，一方面是不知道这是哪儿，另一方面也是不好安排时间，只说先去问一问，这个平替的小樽到底在什么地方。

稍晚一些，她回到家中，果然接到梁思的电话，说何静远那边已经撤诉了，这案子也就此结束，十分感谢，言语间倒有点不好意思。

关澜情绪不错，在自己的备忘录里标记上成功结案，又跟梁思打听了一下何静远视频里拍的地方。

梁思说，那是Z省的一座山，不太出名。路上一切都是何博搞定的，她只负责和儿子一起坐在车里，以及在何博让她爬山的时候跟着往上爬。是自嘲，又颇有些骄傲。

听说关澜也有兴趣，隔了会儿，她便又转来何静远写的一段攻略，写得简单明了，说那山位于Z省西部，海拔不高，但车只能开到山腰平台，从那里再往上登顶还有四十分钟的山路，而且不是旅游景区那种铺好的台阶，走起来有一定的难度，如果没有徒步经验，需要体能比较好，以及车轮一定记得上防滑链，还得准备冰爪、雪套，另外多带几双袜子以备路上替换。

关澜再把这段话复制给齐宋，说：你看行不？

但在齐宋眼中，这就等于是在问他：你行不行？

答案自然不言而喻。

于是，他当天晚上就下单了各种装备，还把详细攻略也做了出来。比如租哪款四驱的越野车，什么时候出发，走哪条高速，在哪

第十六章 习得性无助

儿停车吃饭，然后再上盘山公路到距离登山口三公里的一个村子，找家民宿住上一晚，第二天一早登顶，正好看那里著名的云海日出。行程安排一应俱全。齐宋把所有这些做在一个 Excel 表格里发给关澜。

关澜看得要笑，心说，卷王又上头了。

由此，她又联想到傍晚电话里的梁思。这俩人的身份报出去，都是一般人眼中典型的精英律师形象，动辄九位数的项目或者案件，7×24 小时待机工作，晃着水晶酒杯出入名利场，西装长在身上。但现实中私底下的他们偏偏都不大符合人们的刻板印象，倘若给人听见梁思小孩儿似的说，我反正就跟着何静远走，或者看见齐宋赌气，连夜做计划，把原本随口一说的赏雪养生游改成了早上四点钟爬雪山看日出，估计都会觉得是胡扯，三十好几岁搞法律的理性人哪有这样的？要不是她真的见过，她也不信。

只是对这计划是否能成行，关澜总归抱着一点怀疑。孩子，学业，学校里的工作，校外的律师兼职，以及法律援助中心的任务，种种压力之下，有多久没抛下这一切出去旅行了？她已经不记得了。

齐宋其实也觉得奇怪，自己竟然在做旅游的计划。虽然只是两天一夜的短途，对他来说，也是极其难得的事情。

他向来不喜欢旅游。一方面是因为忙，出去玩，无非就是换个地方加班，不知什么时候接到一个客户或者老板的电话，就得准备开电脑。另一方面也确实是兴趣缺缺。在他看来，旅游这种行为，更多的还是出于社交上的压力，比如回答别人的问题：你休假去了哪儿？偶尔随趟大流也就罢了，不至于显得太过头上出角，总是回答：我在家里补觉。

但身边的同行大都像他这么忙，很多人却照样乐此不疲。

其中最典型的当数姜源，休假是绝对不可以待在家里的。刚结婚那会儿是和太太双人游，后来有了孩子，变成三人旅行。直到二胎之后才开始顶不住了，正好又碰上疫情，稍微歇了两年。姜源这才偷偷跟他说，原来休假不用出去旅游是这么舒服。但今年情况好转，又开始了。订车，订机票，订酒店，搞得他和他的钱包都很焦虑。

齐宋本来觉得这纯属自找麻烦，可这一次，却又莫名有些不同。是他主动提出来的，也是他在计划着一切，只是看着那个 Excel 表格里的行程，他就已经开始想途中的情景了：静谧的雪地，空旷的山，只有他们两个。他不太好意思把这憧憬说出来，但再想想，又释然了。自从认识了关澜，他已经做了许多从来没做过的事，不差这一桩。

两人暂定了周六出发，法援那边各自找了人代班。

齐宋还是叫杨嘉栎，杨律师一口应下。不光是为了照顾齐宋这个合伙人的面子，也是他自己真心想去。

齐宋最初跑去做法援，所里人大多觉得奇怪，最多也就当他是为了还清前几年欠下的公益任务的时间。但见他一做几个月，很多人又开始像姜源那样想，这里面的事情恐怕没那么简单，一定是王乾给他传达了管委会的意思，在为他更上一个台阶做准备。

而且，再看他最近经手的几个案件，又像是在往家事方向开拓新市场。短短两个多月，已经接到三件颇有影响力的案子。尤其是 Heather Summer 一案，美国那边举报成功，发现的问题不仅在于税务欺诈，还有 Summer 几年当中先后转走的资金，像通常外逃的黑钱一样，用来在美国以现金形式买了房。这次被 IRS 查证，她从未正常申报，于是也要按上限25%重罚，再加利息。这一部分与税务欺诈相加，初步核算下来，Summer面临的补缴数额加上罚金高达千万美金。而金森林拿到的奖励足够支付两地律师的费用，还可以偿还掉一部分他的债务。

事情上了新闻，被玩梗说是对付外逃的新思路，在所里更是流传颇广，不光有齐宋的名字，还有他请的外部顾问，政法的关老师。杨嘉栎作为新一代的卷王，自然要紧跟上级的脚步，于是也很是积极地往政法法援中心那里跑。

而姜源照旧酸酸的，闲时晃到齐宋这里诉苦，说："现在非诉真是不好做啊，项目难找，钱难收，客户不好伺候。一屋子的人加班加点，搞尽职调查，谈交易文件，追项目交割，一做大半年还不及你一个案子的营收。"

齐宋笑说："虽然大环境不好，但正是反向扫货的机会。这时候买买买，竞价的少很多，谈判的难度小不少，交割之前突然告吹的可能性也小，就看你找不找得到现金储备多的客户了，只要找得到，你作为投资并购律师的生意不就来了吗？"

姜源也笑，关上门说："我正想跟你商量这事呢……"

"什么事？"齐宋其实已经猜到了。

姜源果然道："就是娄先生啊，你引见一下，我们坐下来吃顿饭。"

齐宋并不意外，只答："这事我做不了主，娄先生是王律师面子上的人，还是要看上面的意思。"

"那是，那是，朱律师也会去跟王律师提的，我就先跟你说一声。"姜源倒也无所谓，转而又道，"你看你吧，本来最看不上家事案子，现在反倒做出味道来了，一上手就是直接面见大佬，谈的都是最私密的细节,确实是跟我们不一样了。"

齐宋只是笑笑,并不多说什么。娄先生的意思他早已经向王乾转达,投资公司的业务大多与非诉组相关,朱丰然那边也听到了风声,所以才派了姜源来他这里打探。但师父显然另有打算,至少这里面怎么分账,管委会内部总还有一番谈判,他这时候不合适插手。

姜源却还不走,又说:"最近这几个案子,都是跟政法的关老师一起做的吧?"

齐宋一时没答,抬头看看姜源。姜源也没说话,看着他,察言观色。

齐宋知道姜源心里其实早已有数,自己再怎么说都没用,忽然也不分辩了,只道:"是啊,你有没有需要?"

"什么需要?"姜源问。

"就,家事方面的呗。"齐宋答。

"怎么说话的你?"姜源不悦。

齐宋这才添上一句解释,说:"我是指财富规划什么的,姜律师你好歹也属于高净值人群。"

"谢谢你。"姜源答,站起来走了。

逞了一时口舌之快,过后又觉得不妥,毕竟牵涉到关澜。既然姜源会把黎晖的事情传到他这里来,也就有可能把他的事反向传到黎晖那里去。

齐宋想了想,给关澜发信息,说:所里有人知道我们的事了,人你也认识的,是姜源,他正在做的项目跟黎晖有联系。

而后又追上一句:应该不是因为报备,就是猜到的。

发完把手机往旁边一扔,是因为不确定关澜会怎么回答。

那边也许在上课,隔了许久才回过来,也就简单几个字:好的,

第十六章 习得性无助　　385

我知道了。

齐宋看着，不懂这算什么意思，一时没作答复，也不好再问。

他本来担心这会对她有不利的影响，甚至又像从前那样突然来一句，我们不合适再见面了。虽然觉得不至于，但是又忍不住要往那个方向想。

直到手机又振，新的一条信息进来，显示：要是我让你跟我女儿先见一见，你觉得可以吗？

第十七章　抚养权之争

齐宋看着这句话，想起曾经在法援中心见过的那个女孩子，身高少说一米七的大黄鸭。他忽然有点蒙，一个人坐办公室里，莫名其妙地清了清嗓子，好像有谁等着他开腔说话似的。

关澜那边才刚下课，站在走空了的阶梯教室里，对着窗，等了会儿不见他反应，以为他不愿意，便又发过去一条：要是不合适就算了，你当我没说过。

齐宋这才赶紧回：不是，我就是在想，我上次在法援中心跟她见过一面，她问我是不是你学生。

关澜觉得他好不痛快，说：你知道我这次要对她说什么吧？

你想说什么？齐宋装傻。

关澜揶揄：说你是我新交的网友，我俩一起玩《地铁跑酷》。

齐宋对着手机屏幕笑起来，笑了会儿才回：你安排吧，我都行。有什么要注意的，你提前跟我说。

关澜觉得他好像在准备见什么大客户，也看着窗玻璃上映出的自己笑了下，说：暂时没有，be yourself。

哦，齐宋回。其实他见大客户都没这种感觉，七上八下的。

于是，计划就这么做下了，周六两人去Z省爬山，周日回来接了尔雅，再一起吃个饭。

关澜觉得自己这么做完全是出于理性的考虑，与其让尔雅从别的途径听说这件事，因为不可控的描述和措辞，产生一些不好的想法，还不如自己先告诉她，把实物放她眼前给她看，让她自己做出判断。正如律师一贯的准则，在法庭上故意隐瞒对己方不利的点，反而会造成更加不利的局面。

由此，又想到赵蕊，显然也得先挂个号。

老伴儿之间总归简单些，关澜趁午休的工夫发了条微信过去，说：我这个周末打算让尔雅见下齐宋。

信息一经发出，聊天界面上方立刻变成"对方正在输入……"的状态，随后收到一条：你来真的?!

什么真的假的？就只是见一见。关澜辩解。

赵蕊那边可能根本没来得及看她的回复，直接打了电话过来，才刚接通便直击重点，说："上一个不就是你不给见家里人，然后谈到结婚的事情分掉的吗？这次才多久，你怎么这么大方？真的就是他了吗？那个杀猪盘……"

关澜被这一连串的问题噎住，重新整理了下思路，才想起自己的出发点。

"因为那个时候没必要啊，什么是他不是他？我也没想怎么样。"她想继续解释，又觉得千头万绪。

"那现在为什么必要了呢？"赵蕊问。

关澜一时没答，深深呼出一口气，才答："因为尔雅现在十三岁了，还因为她的抚养权。我不希望她从别处听说，我得自己告诉她。"

几句话说完，赵蕊那边静了静，隔了会儿才问："你觉得黎晖真会跟你争尔雅的抚养权？他怎么好意思？！不行你就告诉尔雅，他那时候还拖欠过抚养费……"

这事黎晖确实做过，但他也一定会反驳，说那只是为了让她回头。然后她再回击，说你当时已经交过一任女朋友了，装什么深情？！你来我往，互揭其短。闹到这样的地步，要是为了争财产，好像还有些道理。但为了抚养权，就完全本末倒置了。

她记得齐宋说过的小时候的经历，记得自己无数次在法庭上见识过的夫妻互撕，甚至就像文涛和林珑那样当着孩子的面。她实在不希望尔雅也有同样的经历。她也记得梁思说的那句话，"我觉得我和你都应该有足够的认知和余力去避免这种尴尬，做得更好一点。"她希望她和黎晖也能做到这样。

就这么想着，关澜静下来，在路上走，身边是校园里来来往往的人流。她许久才答："不管黎晖怎么想，我总得做好准备。"

赵蕊自然听得出她语气里的沉重，安慰道："青春期的孩子说起来是叛逆的，但十几年的感情总归在那里，你放心，尔雅不是那种没良心的小孩。"

关澜笑笑，说："我知道……"

她其实也这样认为，而且经过一段时间的消化，以及她跟齐宋的几次长谈，最初那种一味抵触的情绪已经有了些变化。

"黎晖跟我说过，"她告诉赵蕊，用词却也讲究，确实只是"说过"，而不是"商量"，"他想把尔雅送出去读高中，那就至少还有两年时间。如果他在这两年里真能做个好父亲，孩子也想跟着他，那我愿意放手。如果他不行，就是我继续带着尔雅，等高中毕业再说，那时候尔雅也已经成年了。但不管怎么样，我这边的情况也得

第十七章 抚养权之争

让尔雅知情,她这个年纪,会有自己的想法,也应该能够理解这件事了……"

赵蕊听着,一时没再说什么。

关澜觉得还有必要再解释一下,又开口道:"而且,也不是说就是这个人或者那一个,我只是想让尔雅知道,我确实在交男朋友,但我对她没有改变,也很在乎她的想法。"

说到这一点,赵蕊却长长一声"嗯……",而后评价:"这方面我持保留意见。"

"什么保留意见?"关澜问。

赵蕊回答:"我还是觉得你这次不太一样,没想到那奇葩有点东西啊……"

关澜无语,懒得再辩,直接道了声"再见",挂断。

赵蕊却还没完,又发了微信过来,说:你们吃饭能不能让我也去啊?我只见过他在律所油盐不进的样子,有点难以想象他跟尔雅见面会怎么样,我好好奇啊!

关澜又给她发了个表情图,还是"再见"。

其实,她自己也难免忐忑。齐宋人品可靠,这一点她是确信的。但他这个人就算养只猫都是当室友那样处着,一脸莫挨老子的表情。他面对尔雅又会如何表现,她跟赵蕊一样想象不出来。

唯一让她对他有信心的是那一天,他站在文家花园副楼的门廊上,与文千鸿交谈的画面。关澜在脑中重构那个场景,总觉得齐宋不会做得太差。

再见到齐宋,也正是在那个周五,确定文千鸿监护人资格的庭审上。

因为走的是特别程序，比继承案先开庭。又因为案情密切关联，文涛和林珑两方面的申请被合并审理了。

作为文千鸿的代理人，齐宋向法庭提出，文千鸿不到庭，希望法官在庭审结束之后再单独与他谈话，询问他的意愿。这是在涉及未成年人的庭审中常见的做法，自然获得批准。于是，法庭上不是原告被告的关系，而是文涛和林珑两方申请人，以及齐宋和娄先生，坐在第三方代理人的席位上。

重见这一男一女，显然都做过准备，一个衬衫西装，一个淡妆套裙，很有几分负责任的家长的味道。

两人在法庭上说明各自的情况，措辞都差不多，说自己身为被监护人文千鸿的父亲或者母亲，曾经因为客观因素无法抚养孩子，如今真诚悔改，希望获得孩子的谅解，恢复监护资格。

然后双方律师再上一把价值，有理有据，说基于血缘和伦理关系，由父母担任监护人，可以重建良好和谐的家庭氛围，更加有利于孩子的成长，也是《民法典》人文关怀的体现。当然，最后不忘提到文老太太遗嘱当中指定监护人的瑕疵，在父母的监护资格被恢复的同时，娄先生的指定监护人的身份也就被终止了。

看上去颇有几分双方联手的意思，把齐宋这个第三方当成了娄先生的代理人，与他对抗。

齐宋却偏不提遗嘱，也不提娄先生，只是针对林珑发问，说："林女士，你应该知道撤销监护资格并不意味着抚养义务被免除吧？你十一年未曾支付抚养费，也没有提出过看望的要求。据文千鸿说，他在文老太太去世之后才重新见到你，到今天为止，不过三个多月，你如何证明你有悔改的表现呢？"

"怎么没有？你们不知道而已。"林珑脱口而出。

第十七章　抚养权之争

不待齐宋请她举证，她身边的律师已经做了手势阻止她再开口，转而说："是文家的长辈对我当事人存在成见，一直不同意她探望儿子，也不接受她支付的抚养费。"

还没等齐宋再说什么，文涛果然也跳出来，冷笑了声说："你也不说你做过些什么，只说我家里人对你有成见？"而后转向法官，伸手指着林珑，道："她这些年都在国外混着，有没有回来看过儿子，出入境记录一查就知道了。自己日子都过得一团糟，怎么可能付得起抚养费？但我是有的，我前几年还在文家花园住着，跟千鸿共同生活过……"

"你那叫共同生活吗？"林珑也是给他气笑了，拍桌子站起来，说，"你明明是强制戒毒出来之后没地方去，又回去啃老了！"而后也转向法官，伸手指着文涛，说："孩子监护权绝对不能给他，一个吸毒的人，会对孩子产生什么样的影响？"

文涛一听，自然跳起来，说："啃老也是啃我文家的老，不像你，这回闻出味道了，又要来占我家的便宜。我吸毒我都已经戒干净了，你呢？你跟外国男人拍的小视频传得到处都是，对孩子能产生什么好影响？！"

"我的私生活关孩子什么事？你没有女朋友吗？你好意思说我？"林珑也不相让，"倒是你，就为了抹黑我，把视频给个十三岁的孩子看，你这种人也配当父亲？！"

"你别胡说八道？我什么时候做过这种事？！"文涛察觉不对，抵赖。

林珑当即甩出证据，呵呵笑了声道："11月25日星期五，安和路文家花园正门口，千鸿的律师和保姆都在场，全都看见了！"

……

两边律师都在尽人事地劝架，法官敲着法槌让他们注意法庭纪律。齐宋喝了口水，跟娄先生一起坐那儿看戏。这其实就是他这一次的庭审策略，反正文千鸿没到庭，尽可以让文涛和林珑撕起来，以彼之矛攻彼之盾。

关澜陪着文千鸿等在外面，待到庭审结束，法官才与他单独谈话。

他们看着他走进去，再等着他走出来。

"好了？"关澜问。

"好了。"文千鸿点点头，回答。

虽然不是当庭宣判，但传达出来的信息都是有利的。因为法官最后又让他们和娄先生一起进入法庭，一条条地过了一遍监护协议里的条款，确认这些都是双方真实意思的表达。

等到全部结束，已经是傍晚了，他们在法院门口道别，看着娄先生带着文千鸿上车离开。

这本已是一周工作的结束，接下来便是两天休假，短途旅行，去看雪。齐宋却还是觉得有点七上八下，因为计划中的另一项，与大黄鸭的会面。

关澜却暂时顾不上这些，出了法院才开的手机，这时候接连振动。她低头看了看，蹙眉。

"怎么了？"齐宋问。

"老师叫家长，让我马上去一趟学校。"关澜无奈回答。

这情况齐宋实在陌生，只能又问："是孩子出什么事了吗？"

关澜也觉得不可思议，缓了缓才答："我女儿，今天在学校跟人打架了。"

齐宋即刻解锁拉开车门，对关澜说："我直接送你过去吧。"

第十七章 抚养权之争　　393

关澜坐进车里，却又犹豫。因为周五是黎晖接孩子，很可能会在校门口碰上。但她那辆斯柯达还停在政法市内校区的停车场，这时候已经五点多，市区渐渐拥堵起来，再过去取一趟太费时间，而从法院这里可以直接上高架，会快很多。

她这儿正想着，齐宋已经发动车子驶到路上，像是猜到她的顾虑，又加上一句："把你送到地方，我不下车，要是有什么事，你再跟我说。"

越是这种时候，他越是稳。关澜觉得可以，也顾不上太多，报了尔雅学校的地址。齐宋于是设好导航，上了高架，车一路往南。

关澜这才有工夫仔细看了一遍班主任吴老师发来的信息，先是说，黎尔雅跟个男同学打架，让她过去一趟。隔了会儿，见她不回，吴老师又追来一条，说：黎尔雅妈妈你要是收到信息，麻烦请回复一下。再然后便是语音，说：对方家长这就来学校了，黎尔雅妈妈也请你马上过来一趟。

没提人有没有受伤，看这意思却又不像是小打小闹。关澜不确定事情有多严重，当即找到吴老师的手机号码打过去，那边正在通话中。她再打黎晖的电话，却又没人接听。尔雅平常六点钟放学，算起来黎晖这时候应该还在公司，也许正忙。关澜只得先给吴老师回了条信息，说自己尽快赶到。

然后再考虑黎晖。要是临时不让他去，还得编个理由，可能又要生出其他事情来。而且，她也想看看现在的他遇到这样的情况会如何表现，这估计是个比辅导作业更大的挑战。于是便给他留言，将尔雅跟人打架被叫家长的事转述了一遍，让他要是先到的话，就先进学校，去七年级办公室找吴老师。

车开到半路，总算收到黎晖的回复，说：好的，我知道了，马上过去。

关澜补上一句：冷静点，不要跟对方家长或者老师吵架。

消息发出，又觉得话或许说得太过了，适得其反。但要撤回已经来不及了，黎晖那边给她回了个OK。

心里有事牵挂着，她一路上都没怎么说话。齐宋便也不多言，只顾开车。所幸赶了个早，他们与晚高峰擦肩而过，四十分钟到达目的地。

那是间九年一贯制的学校，小学加上初中，全校两千多个学生。这时候正是初中部放学的时间，校门口乌泱泱都是人和车。关澜远远已经看见黎晖那辆SUV，就那么一横，停在画了黄线的路边，人不在车里。

其余车位全满，齐宋只得在路中间停了停。关澜下车，回头对他说了声："你先回去吧，晚点再联系。"

齐宋没应，关澜也顾不上，关了车门，左右望了望，小跑着穿过马路。

等进了学校，找到吴老师的办公室，门没关，黎晖高大显眼，关澜在走廊上已经看见他在里面。尔雅就站他身边，还是穿着那套蓝白色的宽大校服，衣服没脏没破，只是头发乱了些，眼神放空，一脸不屑。那个和她打架的男同学也跟着自己妈妈站在旁边，好像哭过。

关澜见双方都看不出受伤，总算松了口气，屈指在门上敲了两下，跟老师打了声招呼走进去。吴老师看见她，点点头。黎晖听到声音回身，也朝她伸出手，在自己身边让出个地方来，那动作自然而然，倒还真像是一家人。

教室里有监控，吴老师正和双方家长一起看事发当时的实况，

第十七章 抚养权之争

关澜也加入其中。电脑屏幕上的画面是个自上而下的视角，清清楚楚地呈现出整个教室。拍摄时间大约是课间休息，学生走来走去，说笑打闹。尔雅坐在靠窗那一排倒数第二个位子上，好像也正跟别人讲话。听不见说的是什么，只能看到冲突是忽然而起的。她一下子站起来，推了前排男生一把。那男生一个趔趄，站稳之后又说了句什么。尔雅又是一把推过去。然后两人便开始薅头发，一通互搥。直到旁边有同学冲过来把他们拉开，战况才稍息。那男生好像还在骂骂咧咧，尔雅趁其不备，把他课桌整个翻倒，书包拉出来，从窗口扔出去。男生冲过来也要扔她的，尔雅根本不怵他，站那儿让他尽管来，所幸又被旁边同学拉开了。再然后老师就来了，喝止了这一场乱战，把两个祸首带了出去。

视频就放到这里为止，吴老师开口，说了下后来的处理方式。

她把打架的两个人带回办公室，分两头坐着各自冷静，再一人发了张纸，让他们把打架的原因和整个经过写下来。男同学倒是写了，坚称自己根本没招惹过黎尔雅，就是莫名其妙地被她打。至于黎尔雅，干脆拒绝，一个字都没写。因为事发当时是下课时间，教室里比较吵闹，周围也没有同学目睹整件事到底是怎么发生的，说不出个所以然来。所以老师还是希望双方家长把孩子带回去，疏导下情绪，再了解事情的原委，然后分别针对双方所犯的错误，该批评的批评，该道歉的道歉，让孩子认识到打架的不良后果。

对方家长听完，却有些不忿，说："吴老师，我们家佑佑一向都是很乖的，刚才接到您的电话让我来学校，我就不相信他会跟人打架。好在有监控，谁先动的手其实已经很明显了。一个女孩子，怎么下手这么狠啊？"

黎晖一听，回说："黎尔雅在学校也从来没打过人，这次动手肯定是有原因的。你怎么不问问你儿子说了什么，把我们一个女孩子激成这样？"

对方妈妈又道："我儿子说什么了？我们到底说什么了，你们就可以动手打人啊？还把我们书包扔到楼下绿化带里，计算器摔坏了，眼镜都找不到了……"

黎晖也不相让，说："东西有什么损失，你尽管报出来，我现在就全部赔给你。至于打架，视频里都拍到了，是你儿子先说了什么，黎尔雅才动手推他的。然后也是你儿子先伸手打的她，还抓她头发，她不过就是还击而已。你们一个男生，好意思说女生打你？我还没追究你儿子打我女儿的那几下呢！"

"果然有其父必有其女，你这人怎么这么不讲理啊？"对方喊起来，"明明是你们先动手打人的，一句道歉的话都没有吗？"

两边孩子看着他们吵，黎晖还要说什么，被关澜拉住，不许他再开口了。

吴老师也把他们劝开，说："今天到底怎么回事，我会继续调查，给双方一个交代的。但叫家长来，肯定不是为了扩大冲突，而是想让孩子意识到打架这种行为的严重性，以后再遇到类似的事情，学会克制自己的冲动情绪，希望你们也能尽量配合。"

话里带着少许讽刺，总算起了些作用。两边住了嘴，各自跟老师保证，回去一定好好教育，之后分头带孩子离开。

临走，却又碰上个男生在办公室门口朝里面张望。

吴老师看见，对他说："乔斯宇，你怎么还在？"

那男生回答："老师，我倒垃圾啊。"

"赶紧回家去了。"吴老师催他。

他应了声，又看了眼尔雅，这才返身离开。

关澜觉得这孩子有几分面熟，高瘦清爽，猜就是上回在便利店门口和尔雅一起走的那一个，方才视频里拉架的，好像也有他。

但等他们出了办公室，乔斯宇已经跑得没影了。

她和黎晖一起带着尔雅下楼。黎晖一边走一边还在说："那人到底说你什么了？你别怕，尽管告诉爸爸，这件事我肯定给你出头。"

尔雅只是低头不语，背着书包，大步直往前走。

关澜圆场，轻声对黎晖道："你给她一点时间吧，晚上我们再和她好好谈。"

黎晖看看她，倒也和缓下来，点了点头。

却不料三人出了校门，又遇上那个男生和他妈妈。不知是不是觉得刚才寡不敌众，对方也打电话叫了男人来。男人听妻子说过原委，直奔黎晖，也是炮筒一样的性格，张口已经骂起来。

刚放学那会儿，学校门口不好停车。齐宋只能继续往前开着，又担心关澜有事，不想离开。绕着那一片开了两圈，直到接孩子的车渐渐散了，他才在校门对面找到个位子停下。

初冬天黑得早，夜幕很快轻垂，路灯随后亮起来，落下一团团橙黄色的光晕。

他在车上接了一个工作电话，没看见关澜从学校里出来，等放下手机，才听见马路对面争吵的声音。隔窗望过去，就看见关澜在两个男人中间劝架，还有黎尔雅，站一边不知所措的样子。

齐宋骂了声："又犯病了。"推门下车，小跑着穿过马路。

一直跑到校门口，他过去拉住关澜，对她说："你带上尔雅坐我车上去。"

关澜却没动，看向黎晖。

"你拉谁呢?!"黎晖这下冲他来了。

我拉谁？齐宋只觉好笑，并不理会，心说这人是不是以为结过一次婚，女方就永远是自己的私产了？他还是对关澜说："你到车上去等我。"

黎晖却还没完，上来猛地将他推开，说："我从学校出来就看见你车了，你离我老婆女儿远一点，别让我再看见你围着她们转！"

齐宋早有准备，小时候混南市老街那劲又上来了，伸手一把推回去，只想把关澜护到身后。

结果却是关澜自己挣脱他的手，拦在黎晖身前，对黎晖说："你看着我，冷静下来，尔雅就在旁边，你真的想在尔雅面前这样吗？"

齐宋旁观，只觉得关澜几乎是抱着那个人的，直到稍稍控制住场面，才回头对他看了一眼。但也就是因为那一眼，他没再说一句话，转身穿过马路，坐进车里，却仍旧隔窗看着那边。

学校门岗的保安也出来了，两方终于没打起来。关澜拉着黎晖，还有尔雅，一同走向路边一辆 SUV。她问黎晖要了车钥匙，又撕下前挡玻璃上贴着的违停罚单，让他带着孩子坐后面，然后自己拉开驾驶员位子那边的车门，坐进去，开走了。

那天夜里，齐宋独自回家，一路上不断想着关澜望向他的那一眼，以及眼神中的意思。他当时觉得自己是领会了的，但过后却又不肯定了。

直到很晚，才收到她发来的消息，对他说：这周末我留尔雅在家，明天去不了 Z 省了。

好。齐宋回，并不觉得意外。

你没什么吧？关澜又问。

齐宋想说，我能有什么呢？一句话已经打了一半，又觉得假，一个字一个字删掉了,改成:你刚才就拦着他。可等到发出去,才觉得更傻,好像带着些怨艾似的。

关澜在那边却看得笑起来,回:我只拦着他,是因为我相信你。

齐宋靠在沙发上看着这句话,也笑起来,是因为觉得自己可笑。她当时的眼神,他确实是领会了的,而且没有会错意。

傍晚离开学校,关澜开着黎晖的车回家。车上三个人,一路都没说话。

一直等到车子驶进小区,找了个地方停下,关澜才回头对尔雅道:"你先上去吧,要是肚子饿,就叫个外卖。我跟你爸爸在下面说几句话。"

尔雅点点头,背上书包,拉开车门悄没声地溜走了,好像有点庆幸第一个挨批的不是自己。

黎晖也跟着下了车,坐到前面副驾位子上,打开手套箱,从里面摸出香烟和打火机。

"能不抽烟吗?"关澜问。虽说总想模仿吉米和小金,但其实现实里她根本受不了那味儿,烟味儿只会引得她咽炎发作。

黎晖看看她,把手里两样东西放回去,关上箱门。

天已经完全黑了,这是个十来年的老小区,路灯昏暗,树影婆娑。关澜伸手开了车里的顶灯,柔黄的光落下来,照着两个人。她在心里想着怎么谈今天的事,也许就像学校老师的处理方式,把打架的学生分开冷静,现在也该冷得差不多了。却又想等黎晖开口,看他是先说尔雅,还是先说齐宋。

"其实我早想问你了,就刚才那人,你现在跟他在一起啊?"结果,黎晖先说了齐宋。

这让关澜对他更多了一分失望，却又觉得不算太意外。早想问我？她倒是好奇了，反过来问他："你怎么知道的？"

"猜的，"黎晖回答，"上次在大学城门口看见过。还有尔雅，她多替你骄傲啊，在我面前说你上新闻了。我后来去看了看，那几个案子都是他跟你一起做的。"

关澜笑笑，并不否认，知道这样的对话避无可避，早一点迟一点总会发生。

"齐宋，至呈所的，争议解决组合伙人……"黎晖喃喃说着，像是为了显示他知道的有多少。

"我们离婚十一年了，"但关澜只是打断他，提醒，"各自都有过不止一段感情经历，这种事没什么可隐瞒的，也不用刻意交代吧？"

黎晖轻轻笑了，而后沉默，隔了会儿才说："可我其实再也没有遇到过可以跟你相比的人……"

这话叫关澜不适，又不想跟他谈得太深，只道："说不定下一个就是了呢。"

黎晖又笑，半是自嘲，半带讥讽，说："一个个的，就知道挑事，也根本没人会管我是什么状态，能不能开车。"

关澜听他这么一说，忽然想起风挡玻璃上的那张罚单，刚才揭下来之后就随手放在外套口袋里了，这时候拿出来递过去，说："你记得去把罚款交了。"

黎晖又笑起来，以为这是对他那句话最好的诠释，只有她会管他。

但关澜却接着说下去："还有，以后别乱停车了，尤其是在校门口。尔雅他们学校有规矩的，家长接送的时候违反交规，学生

第十七章 抚养权之争

扣分。"

而后再添上一句解释:"我管你,是为了尔雅,也是作为认识了十几年的朋友,不是别的什么原因。"

黎晖嚯了嚯,再次陷入沉默,而后才说:"我之前就跟你说过,我现在就是一个人。如果不是你,我觉得自己也不可能再找到想要一起生活的人,那我就只有尔雅了。"

关澜当然知道他的言下之意,不想再兜圈子,直接把那句话说出来:"所以,你是打算提出变更抚养权的申请吗?"

可能是太直接了一点,黎晖有些意外,看着她解释:"不是的,我是说……关澜,你有没有想过?我们现在钱有了,孩子已经长大了,自己也还算年轻,那些过去想做却没能做的事,那些想去却没能去的地方,现在都可以了。我们三个人在一起,会过得很好很好……"

关澜听着,问:"你这是在让我做选择,要么跟你复婚,要么你就跟我抢抚养权?"

"你为什么要这样想?"黎晖忽然有些烦躁。

关澜承认自己就是故意的,又往上加码,说:"就今天这件事之后,你真的觉得自己可以把尔雅带去美国,独立抚养她吗?"

黎晖辩解:"我一直想的都是我们三个人一起去……"

关澜深深呼出一口气,气息中带着轻微的颤抖,说:"我也跟你说过的,没有这种可能。如果你想用尔雅的抚养权来逼我,那就跟你从前用拖欠抚养费来逼我回头是一样的。你知道我那个时候有多难吗?但你成功了吗?你为什么觉得现在就可以呢?黎晖,我不知道你有没有意识到,我是个人,不是你的所有物,而且我没有受虐的癖好,你用伤害我的方式是不可能让我回头的,也不可能赢得尔雅。"

几句话一下子说出来，也许过了头，他又会暴怒，但她不管了，只是一径往下说，看着他激动起来，又看着他努力平静。

像是过了很久，黎晖才望向车窗外，问："……那如果用别的方式呢？"

关澜知道他在问什么：如果用别的方式，你会不会回头？

但她直接回避了这一层意思，只针对尔雅作答："黎晖，我也是看到了你的努力和改变的，否则我不会让你更多地接触尔雅。这些年我从来没有阻碍过你看望她，没有在她面前说过你一句不好的话。你自己想一想，是不是这样？如果你现在真的想要尔雅的抚养权，那就别把我当成敌人，因为我们的目的都是一样的，为了尔雅好。你只需要做出个父亲的样子来，证明给我看你真的可以做得到，我肯定不会跟你抢。"

其实还有另一个如果，如果你因为成年人之间的事，或者你自己的情绪伤害到她，那你也别忘了我的专业是什么。

但这话有点像是威胁，她最后还是选择了一种更和缓一些的措辞，只是说："你就当我老生常谈吧，这里面的道理就像那个二母争子的故事，我和你都不是假妈，我们都不想让孩子受伤，对吗？"

黎晖仍旧望着窗外，待她说完，才转头过来，看着她，点了点头。

关澜觉得话已经说得差不多，看了看时间，推开车门准备下去。

黎晖却又叫住她，说："有个法律上的问题咨询一下。"

关澜不响，等他说话。

黎晖开口，问："孩子的抚养权在你那里，但我监护人的资格不变对吧？"

第十七章　抚养权之争

关澜点头确认，不懂他什么意思。

"我想见见他，就那个齐宋。"黎晖说。

关澜听着一时无语。

黎晖添上解释："既然你现在跟他在一起，他难免也会接触到尔雅，我总得看看他是个什么样的人，不是吗？还有，你放心，今天这样的事不会再发生了，我保证。"

关澜看着他，像是在猜测他真正的意图，终于还是没说什么，关上车门走了。

夜风清冷，她裹紧衣服跑进楼道，搭电梯上楼。电梯里没信号，直到从十二楼出来，她才收到一条信息，是黎晖发来的，说：另一种方式，我也想再试一试。

关澜看了看，没有回复，直接进了家门。餐厅里亮着灯，尔雅照她说的叫了外卖，正坐那儿吃。对面放着另一份，是给她留的。关澜换了衣服，洗了手，坐下一起吃。尔雅叫的是水饺，而且还记得她喜欢的口味。

吃了几个，她才问："今天是为什么打起来的，可以告诉我吗？"

尔雅仍旧低头对着塑料碗，一边嚼一边说："没什么为什么，就是看他不顺眼。"

关澜倒也不意外，她本来就不觉得尔雅会轻易说出来。

"那你打架的时候什么感觉？"她也边吃边问。

尔雅直接反问："你小时候没打过架吗？"

关澜笑说："打过啊，不过最后一次好像还是在小学里，太久了，有点忘了，所以就想问问你。"

可能是"想当年"想得太多，尔雅都已经知道她的套路了，但这套路还是有用的。

404　智者不入爱河

尔雅松泛了些,耸耸肩,回答:"没什么感觉,就乱打的。"

"那打完之后呢?"关澜问。

"打完就出气了呗。"尔雅答。

"以后再看见他就顺眼了?"关澜又问,"他不会再说那些你讨厌的话?不在你面前说,也不在别处说?"

尔雅轻哼了声,说:"怎么可能?"

关澜看着她问下去:"所以打架有用吗?"

尔雅不答。

"还有,后来我们在校门口,看到爸爸那么做,你有什么感觉?"

尔雅仍旧不答,筷子也停下了。

"是不是有点害怕?"关澜问。

尔雅对着碗,点点头。

"你觉得他要是真跟你同学的爸爸打起来了,会怎么样?"

尔雅这才开口说:"赢的进班房,输的进医院。"

关澜失笑,派出所的这句标语确实想得不错,朗朗上口,小孩子都记得住。她笑完了才道:"一个人就算再强,也不可能通过暴力真正达到自己的目的,除非他是哥斯拉。"

尔雅接口说:"哥斯拉也死了。"

"就是啊,哥斯拉都死了。所以其实任何事都不可能用暴力达成,那不是智者的方式。"

"我本来也不是什么智者。"尔雅回嘴。

关澜纠正,说:"智慧是种经验,是后天习得的,所以理论上所有人都可以成为智者。"

"关老师你又在上课了。"尔雅揶揄。

关澜却无所谓,也回嘴说:"我觉得上课比打架有用啊,我又不是哥斯拉。"

尔雅这才笑起来，埋头进碗里继续吃饺子。

"现在可以告诉我为什么打架了吗？"关澜趁机又试了一次。

尔雅没抬头，摇了摇，还是拒绝。

关澜倒也不勉强，说："你要是想说了，随时都可以跟我说。"

尔雅不理她，还是吃饺子，吃了会儿再开口，却是另一个话题："就今天，校门口那个，是你男朋友啊？"

虽然早知道会被看见，也可能被问起，乍一听，关澜还是微怔了下，才答："是啊。"顿了顿，没听见任何评语，又问，"你觉得他怎么样？"

尔雅忽然来了兴致，放下筷子，凑过来看着她问："我要是觉得他不好，你会跟他分手吗？"

关澜噎了噎，才反问："我可以知道具体的理由吗？"

尔雅眼睛对着她眼睛，察言观色，半天才狡黠一笑，说："暂时没理由，我就先试探一下。"说完，又缩回去吃饺子。

关澜无语，觉得自己好像着了个小孩子的道，哑然之后也跟着笑出来。

尔雅却忽然伸出手搂住她脖子，整个人靠到她身上。

"哎哟，怎么了？"关澜笑问。

"没怎么，就是想抱抱。"尔雅回答。

两人于是就那样抱着，在餐桌的灯下摇啊摇。这感觉总能让关澜动容，让她想起尔雅很小很小的时候。

第二天是周六，尔雅在家，便又轮到关澜催她起床、洗漱、吃早饭。黎晖一早拉了个群，里面就他们三个人，随即发了消息过来，关于这一天要去的补习班，几点上课，几点下课，带哪些资料，倒是十分周到。关澜回复OK，让尔雅如是准备。

隔了会儿，又收到一条。这回是黎晖单独发给她的，一家餐厅的定位。

关澜回过去一个问号。

那边给她解释：就昨天跟你说的，见个面。

关澜心道，你还来真的？但让齐宋见一下尔雅，也确实是她原定的计划。

于是，先跟尔雅说了。

尔雅说："哇，修罗场。"

关澜一口牛奶差点喷出来，心说现在的孩子怎么什么都懂啊？

她问："你这都哪儿学来的呀？"

尔雅却觉得大人更不可思议，说："你不会觉得我还在看《宝宝巴士》吧？"

关澜没答，好像前几天还听见她在唱"今天开始我要自己上厕所"来着。

而后，再约齐宋。

齐宋这时候还在床上，才刚被猫踩醒，对着手机看了半天，确定这邀请里面多少带着点挑衅的意味，直接回：我没问题。

信息发出，他问马扎："你说这人是不是有病？"

马扎喵了声，蹿走了。

上午送尔雅去了补习班，关澜在旁边找了家咖啡馆，点了大杯美式，打开笔记本电脑写文章。才写了没多会儿，想到晚上那个奇怪的局，她试图稍微搞得自然一点，便向黎晖提议，干脆也叫上赵蕊和李元杰吧。

第十七章 抚养权之争　　407

黎晖觉得挺好，这就去约了。关澜却又想起赵蕊和齐宋之间的那点渊源，只觉这组合千头万绪，"压力山大"，比她正在写的论文《中外法律关系中夫妻共同债务的认定》还要复杂。

她叹口气，又电话齐宋，跟他打了声招呼，说："今晚还有两个朋友也要来，其中之一在你们所做过HR，你可能认识。"

齐宋问："谁啊？"

关澜报上姓名："赵蕊。"

那边直接反问："你当初就是跟她打听的我吧？"

关澜扶额笑起来，心说这反应速度也是没谁了，紧接着又问："你俩有过节啊？"

齐宋这时已经在所里加班，办公椅转过去对着落地窗，手里拿着手机苦笑，心说真是善恶有报，而后才答："她那个时候应该处理过不少关于我的投诉吧。"

"你都干什么了？"关澜好奇，赶紧跟他打听。

齐宋一边回忆，一边交代："有HR约来面试的，面完之后投诉我跟他说话的时候一直看着手机。还有个法助，说我尽让他干点外卖、退理发卡这些事，他学不到东西，想辞职。"

"人家宁愿得罪面试官，注销实习期也要投诉你，你真的好差劲啊。"关澜评价。

齐宋却无所谓，说："我都跟HR解释过了，但没什么用，在所里的名声就不怎么好。"

"你怎么解释的？"关澜好奇。

齐宋一一回答："那次面试，我是在回客户的信息，时间都能对上。而且我让他们去调录像，那人当时说了什么，尽管来问我，我没看着他，不代表我没在听。"

"还有那个法助,我其实是想看看他处理问题的能力。比如有一次订的外卖里有根头发,他应该与平台交涉,根据《食品安全法》可以要求价格十倍的赔偿,不满一千的按一千赔付。还有理发店关店不肯退卡,根据《单用途商业预付卡管理办法》,可以网上立案,走小额速裁,起诉费五十,原被告一人一半,也就是二十五块。如果能走通一遍,不管钱有没有要回来,都是很有学习意义的经历,是他自己没领会我的一片苦心。"

开头还有点真实,后来逐渐离谱,关澜感叹:"你还真是什么都能圆回来啊……"

齐宋辩解:"我本来就是这么想的。"

关澜也不跟他争了,只是问:"这俩故事我能不能去学校里讲一讲?"

"可以啊,版权费先结一下。"齐宋道,一只手好像已经摊在她眼前。

关澜只是轻轻笑着,心想赵蕊还是挺有职业道德的,那么多黑历史只说了其中一桩。

齐宋那边也静下来,顿了顿才道:"其实就是因为忙,伺候了老板和客户,实在顾不上那些了。"

过去的这些年,他目的明确,一径奔跑,就是想要得到,得到,得到,好把一些实实在在的东西抓在手中,弥补曾经的饥饿和虚空。但这里面的取舍,他好像从未认真想过,直到今天。

两人有一会儿没说话,不约而同地看着窗外的风景,像是不愿意打破这宁静的时刻。齐宋那边对着江,一艘白色邮轮正缓缓驶过,宛如微缩模型。关澜这里却是周末老城区的街道,时髦的人们大都还没起床,显得有少许空寂。

"本来订的民宿退不了，"齐宋又想起那个平替小樽，他们原定要去的旅行，"但老板说可以留着下次再去。其实也是正好，他发了照片给我，说今天雪都已经化了，每年年初才是那里最适合看雪的日子。"

"好，"关澜回答，"我们过一阵再去。"

已经十二月中，年初不过就是几个礼拜而已，但是偏又有些事横在中间，千山万水似的。

那天晚上，关澜带着尔雅去了黎晖订的餐厅。那是家开在石库门房子里的私房菜馆，小楼连着院子，这天就他们这一桌。关澜特地早到了点，也催着赵蕊那对模范伉俪赶紧来，心想有李元杰在，三个男的聊天不会太尴尬。谁知事到临头，只看见赵蕊一个人出现，说是老李公司有急事，不能过来了。

黎晖和齐宋是差不多时间到的。

黎晖这天不用带尔雅，便还是开着他那辆全黑的重装哈雷，进门在院子里停车，摘下头盔，长腿一跨从车上下来。

赵蕊坐在客堂间里喝茶，隔窗看见，评说："狡猾。"

"怎么了？"关澜没懂。

赵蕊凑到她耳边解释："骑摩托来的，摆明了不合适带着尔雅回去，你今晚别想约会了。"

关澜想说，我本来就没想过今晚约会，又觉这辩解好傻，此地无银三百两似的。

正说着，齐宋也从外面走进来。

"齐律师。"赵蕊笑着跟他打了声招呼，十分熟稔的样子。

黎晖主动跟他握了握手，同样口称"齐律师"，仿佛尽弃前嫌。

虽说这组合有些奇怪，但看起来好像还挺和谐的。关澜稍稍放心，却也不算太意外，到底都是场面上的人，想要把面子上那一套做好，肯定是可以做好的。

只是赵蕊低头又给她发了条微信，就四个字：争奇斗艳。

紧接着一条：俩人都是打扮过才来的，风格却又不同。

然后再来一条：但结过婚生过孩子的到底不一样，一看就能看出来。

关澜知道她这是存心学那种爹味儿猥琐男的发言，抿唇，忍去那一点笑，跟着服务员进去餐厅落座。

五个人坐了一桌，疏疏落落，也说不上谁挨着谁，黎晖坐在齐宋旁边，尔雅在关澜和赵蕊中间。

私房菜总得有些特色，或者更准确地说，奇奇怪怪。百合蒸腊肠，麻婆豆腐龙虾，咸蛋红烧肉，一个个端上来。

在座的组合也有些奇怪，关澜还在想应该怎么聊起来，尔雅看着齐宋，已经开口问："你就是我妈的男朋友？"

齐宋也是一噎，心想现在的小孩好直接啊，点头，答了声"是"。

他这人就是这样，不知道该怎么办的时候，索性褪去所有情绪，只剩下最简单的反应，像是台 DOS 界面的远古电脑。

尔雅又说："我妈说你养猫，有照片吗？给我看看呗。"

齐宋解锁手机，在相册里找了找，递过来。

尔雅接到手中，关澜在旁边也看了看，发现居然还是马扎刚被收服的时候拍的那一段。这确实是齐宋的作风，不像别人养个宠物，肯定天天拍照。

却不料尔雅的记性也特别好，才看了一眼，就转头对关澜说："这不是上次你给我看过的吗？就那只大叔猫。"

第十七章 抚养权之争　　411

关澜一下想起当时,他们还没在一起,其实也不过两个月前而已。齐宋当然也记得那个时候,看着关澜,笑了。他没想到她这么早就把马扎给尔雅看过。

只是短暂的对视,黎晖打断他们,摸出名片来发。齐宋随行就市,也拿了自己的名片出来与他交换,还给尔雅和赵蕊也各发了一张,一切自然而然。

尔雅学着大人的样子双手接过来,看了看,说:"哦,你齐宋的宋是这个宋啊,还挺特别的。"

"就是我父母的姓,合起来。"齐宋简单解释。

尔雅说:"这么草率啊。"

"尔雅。"黎晖摆出家长样子,不让她再胡说八道。

尔雅这才换了话题,还是看着名片,说:"你跟我妈一样是律师,是不是也很忙啊?"

齐宋答:"是挺忙的。"

"那你们还有时间见面吗?"尔雅又问。

齐宋有点想笑,但还是如实回答:"有点难,但我们有时候也能一起工作。"

不想尔雅接着往下问:"你是合伙人,那收入怎么样啊?"

"尔雅,"黎晖再次打断,说,"你问这个不礼貌。"

"那还怎么聊?"尔雅嘀咕一句,倒也住嘴了,低头刷着手机。

关澜在旁边看了一眼,见她手机备忘录上列了几个问题——居然是带着提纲来的。

那顿饭剩下的时间却是黎晖一直在跟齐宋聊,话题有关 TGG 才刚结束了的那一批案子,说是处理得很好,几乎全都调解结案,迅速且没有后遗症。只是案子进行期间,与至呈所的律师对接的都是他们集团的法务、当事的队员，或者相关业务的负责人，他没机会跟齐宋见上一面。要是不知道内情的人听见他们对谈，估计都只当是工作关系的聚餐。

尔雅听得无聊，吃饱了就去院子玩，看养在小水池里的鱼。

赵蕊也拉了关澜出去透气，说："反正今晚也是你带着尔雅，不能约会了，我去你家行吗？"

"怎么了？"关澜问，她早就觉得赵蕊今天有点不对劲。

"没什么，"赵蕊只是回答，"好久没见了，想跟你好好聊聊。"

"你不回去，老李不会怎么样吧？别半夜又打电话过来找你。"关澜玩笑着试探。

赵蕊果然道："不用管他，反正他不也想我回去。"

"到底怎么了？"关澜又问。

"他跟我生气呢。"赵蕊答。

"为什么啊？"关澜问下去，再想到李元杰今天突然说不来，果然另有原因。

赵蕊站在门檐下，望着夜色笼罩的小院儿，缓了缓才说："关律师，马上就该是你出马的时候了。"

"你胡说什么呢？"关澜猜到她的意思，却还是不信。

赵蕊轻叹，说："是真的，我跟老李可能要分开了。"

第十七章　抚养权之争　　413

第十八章　孩子的选择

2004 年 10 月，十一假期才刚结束，学生陆续返校。

晚上八点多，夜幕已经落下。趁着校门口人来人往，手机也还没上交老师，赵蕊假装有东西忘了拿，冲外面招手叫着"爸爸"跑出去。那个方向停着好几辆车，站着好几个爸爸，门岗的保安没看清她叫的是哪一位，但也没拦着她。

等到成功出了校门，她闪身躲墙根那儿发消息给李元杰，让他如法炮制。没多会儿，就看见一个熟悉的身影，慢吞吞地走到门口停下，朝外面望了望，然后继续慢吞吞地往前走，就这么走出来了。保安也没拦他。赵蕊看着，顿时觉得自己刚才那声"爸爸"白叫了。但再想想，又觉得两人有根本上的不同。这一年，十七岁的李元杰身高已经长到一米八，体重也是一百八，这时候身上没穿校服，而是穿了他奶奶给他买的那种老头夹克，保安估计根本没把他当成学生，要是他就这样走进教室，甚至会有人以为是校领导视察。

李元杰出了校门，好像听到有人在叫他，寻了半天声音的来源，才在墙根那儿看见赵蕊。

赵蕊料到他会说，赶紧回去吧，待会儿老师找起来怎么办。没等他开口,她便转身往后面小马路上走,边走边说:"请你吃砂锅馄饨。"

"……好啊。"李元杰犹豫一秒,还是跟着来了。

赵蕊没回头,只是暗自笑了下。两人从幼儿园小班开始就是同学,算起来认识整整十四年了,她太清楚李元杰的脾气,在吃这回事上,他从来不会拒绝。

两人一路走到小吃店,点了两个砂锅馄饨,埋头吃起来。李元杰大概就是单纯地吃,赵蕊却还在想怎么跟他谈那件要紧的事。

这件事说简单很简单,说复杂却又很复杂,可以一直追溯到他们刚认识那会儿。

那一年,赵蕊三岁,李元杰也是三岁,被他爸妈放到奶奶家,也就是赵蕊家的楼下。因为那边算是学区房,方便上附近一家挺好的幼儿园,以及一所挺好的小学。李家奶奶和赵家外婆本就是要好的老邻居,两个孩子又只差着几个月,难免被凑到一块儿,互相介绍,这是元元,这是心心,你们以后要做好朋友。连去幼儿园报到的第一天,也是心心拉着元元的手走进去的。

女孩子大约早熟一些,后来很长一段时间,总是赵蕊带着李元杰,进了幼儿园的大门,提醒他先洗手,然后去卫生老师那里检查指甲和嘴巴,拿上小红牌再进班级,告诉他这是厕所,那是饭堂、沙坑,还有画画教室。

两个差不多大的孩子在一起,势必会被大人们比来比去:身高,体重,换了几颗牙,认识多少字,会背几首唐诗。李元杰在身高体重上赢得太多,一碗饭一下吃完,整根香蕉按进嘴里,一秒不见踪影,在幼儿园体检,被鉴定为超重,从此午餐都是先喝汤,以免他饭吃得太多。赵蕊却一直身体不大好,从咳嗽发展到肺炎,再到哮喘，每次换季都要病上一场。

两家老邻居因此还闹了场矛盾。李家住一楼，有个小院子，奶奶偷偷在院子里养了两只鸡，下蛋给孙子吃。原本相安无事，直到赵家外婆投诉到居委会，说鸡毛飞到二楼窗口引得她外孙女哮喘发作。李家奶奶不忿，觉得这完全是神经过敏。但城市不准养家禽，那两只鸡最终还是在居委会干部的劝说下被宰杀了。从此，李家奶奶看见赵家外婆都会白一眼，扭头走掉，也不让李元杰再跟赵蕊一起玩了。

可李元杰不争气，每天早上就算不是一起走的，也非得在幼儿园门口等着，一定要跟赵蕊手拉手一起进去，搞得李家奶奶面上无光。

直到很久以后，赵蕊学了点心理学的皮毛，再回想小时候的李元杰。起初觉得他这是刻板行为，后来又觉得好像小鸭子的印刻现象，一件事一旦形成习惯，就再也改不过来了。有点傻，又有点可爱。

两家大人之间的冷战持续了很久，直到有一次赵蕊高烧惊厥，被救护车拉去医院，在儿科病房住了三天。李元杰隔窗看着她被大人抱上救护车开走了，他见过太爷爷被救护车带走，后来就变成了墙上的一张照片，他怕赵蕊也这样。此后三天，他都在家里哭，说心心一定是死掉了，他再也看不到心心了，怎么办？怎么办？

直到赵蕊出院，回到家中。李家奶奶不大好意思地上来敲门，说能不能让元元看一眼心心，否则跟他说他还不信。赵家大人也觉得好笑，开了门，放他进来玩。李元杰见赵蕊好好的没事，这才罢休。从那之后，两家算是和好了。

再后来，他们一起上了小学，又考进同一所不错的民办初中。

两人年纪长上去，开始觉得男女有别，不大在一起玩了。赵蕊有了要好的女同学，李元杰忙着参加各种竞赛，成了数学老师的宝贝。数学老师甚至会去操场上跟体育老师杠，让李元杰跑一千米悠着点，别跑吐了影响奥数竞赛的状态。

也就是在这个阶段，两人的成绩开始拉开差距。所幸李元杰早早确定了保送，整个初三都在盯着她好好学习，给她讲题，简直就是拖着她考进了现在的高中。

学校历史悠久，校歌慷慨激昂——"抚淞沪战创，勘不平约章，勇往，勇往！重光，重光！"每次唱到这几句，赵蕊都会觉得身边全是国家栋梁，就她在滥竽充数。比如李元杰，凭竞赛成绩分进数学小班，仍旧是数学老师的宝贝。而她在平行班，还是平行班里的学渣。一个年级三百多人，她的成绩永远在二百五左右徘徊。

当时的寝室四人一间，同屋的关澜是她最好的朋友，也是个典型的文科脑子，常常说自己数学和物理从来就没学明白过，考完试一脸郁闷说肯定考砸了，结果分数出来完全不是那么回事，好几次险些导致两人友谊破裂。

直到后来，她发现关澜真的是不懂，什么力，什么压强，都什么玩意儿，却可以把所有做过的题都记住，才不得不承认自己跟学霸之间真的有壁。她上课好像总是在神游，一会儿一个念头，根本没办法一个时间就做一件事，可要说是多线程吧，又哪样都做不到最好。

但想通了这一点，赵蕊自己倒是挺开心，索性在学校里混起来，充分享受生活，艺术节排话剧，广播站当DJ，运动会做啦啦队，看遍了图书馆里的爱情小说，把张爱玲倒背如流，《百年孤独》可以闭卷画出人物关系图。

第十八章　孩子的选择　　*417*

直到这一年，李元杰得了个奥数奖，早早接到北京两所著名大学招生办的电话，都让他一定到他们这儿来，不要考虑隔壁家。李元杰家里祖籍宁波，管奶奶叫阿娘。他阿娘操一口略带宁波口音的上海话，在小区花园里说他们李家祖坟冒青烟，才出了个这么会读书的孩子，冬至一定要去老家祭祖还愿。

但李元杰却发消息来问她：高考志愿打算怎么填？

赵蕊起初只觉奇怪，因为她这个混子根本还没想过高考这件事。慢慢咂摸出李元杰的意思，她觉得自己万万担不起这么大的责任，毁了老李家祖坟冒青烟出的人才，所以才有了今天这一顿砂锅馄饨——她要跟李元杰好好谈谈。

也许是因为心里有事，馄饨吃得食不知味，她干脆开口，说："你大学会去北京读吧？"

李元杰也不吃了，嘴里含着个勺子看着她，不答反问："你想考哪儿？"

果然。赵蕊叹口气，说："我的智商极限就在这儿，能考个本地的211就不错了，你难道还打算把我拖到Top 2去啊？"

李元杰却说："高考根本没到考验智商的地步。"

赵蕊叹口气，说："那行吧，我承认了，我就是懒。"

李元杰看着她笑，笑了会儿才说："我留A市，一样能上个好学校。"

赵蕊心里又是一个"果然"，直接打消他这个念头，说："那不行，到底还是不一样的，你阿娘还指望你光宗耀祖哪。又不是幼儿园，你上大学还得我拉着你手进去啊？"

明明是个笑话，李元杰却不笑，就那么看着她，好像有话要说，却又没说出来。

"干吗呀?你可别哭,太丢人了。"赵蕊笑他。

李元杰这才辩解,说:"我哪儿哭了?"

赵蕊确实是诈他的,但在那一瞬,她觉得他脸上的表情似曾相识,好像就是小时候扒拉着楼梯扶手,非要看她一眼确定她没死的样子。心里于是乱糟糟的,连带着馄饨也不好吃了,味道有点怪。她不吃了,放下勺子站起来,说:"那我先走了。"

"你干吗呀?"李元杰跟着出去,在路口追上她。

"我做题去啊,"赵蕊没回头,说,"我努努力,考个离你近点的学校,但是 Top 2 肯定不可能,你杀了我都不可能。"

李元杰品着她话里的意思,半天才试探地问:"那就是可以在一个城市,对吧?"

赵蕊没答,只是点了点头。

两人都看着对面的红绿灯,等着那上面变换倒数的数字。直到绿灯亮起,李元杰才说:"确实不是幼儿园,可我还是想拉着你手……"

赵蕊听到他声音里的颤抖,不知是因为紧张还是什么,只觉得自己也要哭了。他们真的很久很久没有拉过手了。但就在那天晚上,穿过马路回学校的时候,他又牵了她的手。

后来再说起,都觉得好笑。短短几十米的距离,怎么会出那么多手汗?那感觉潮暖,却一点都不讨厌。因为两个人都一样,谁也不比谁好一点。他们只是忽然变得安静,默默地走,默默地笑起来。

这是李元杰和赵蕊认识的第 5307 天,也是他们开始恋爱的第一天。

"你什么?!"关澜听见赵蕊说出理由,却还是怀疑自己听错了。

第十八章 孩子的选择

赵蕊只好再说一遍:"我在避孕套上扎眼儿,被老李发现了。"

关澜一时无语,看了院子里的尔雅一眼,还好孩子没听见。

隔了会儿,她才又问:"你到底怎么想的啊?"

"什么怎么想的?"赵蕊反问,说,"我三十五了,要是再不生,就没机会了呀。"

"可是你跟老李……"关澜欲言又止。

赵蕊的事,关澜都知道。她跟李元杰其实并不是真的丁克,或者更准确地说,不是他们主动选择要丁的。两人结婚后没多久,赵蕊就怀过一个,但不到四个月就流产了。过后做检查,胎儿脑部发育异常,妇产科的医生又让他们去遗传科看一看。两人生殖检查没有问题,又做了全套基因的大检查。结果出来,赵蕊觉得好笑,居然说他们基因不合。

她跟李元杰,基因不合。

医生说:"这就是个概率的问题,比如你们俩生孩子,有50%的概率不健康,但也不是说你们怀两次就能有一次成功,而是每次怀孕都有50%的可能是不好的。"

"不好是指孩子残疾?"赵蕊当时这样问。

医生回答:"也不是,大多数情况就像你们上一次,自然淘汰了,也可以试管,做基因筛选。但还是个概率的问题,多试几次,总有成功的。"

问题就在那个多试几次,他们在生殖科看到过这样的病友,十次试管,肚子和大腿打针打得没有一块好肉,床上躺整个孕期,动都不敢动。生完孩子晒照片,婴儿周围放了一圈促排卵针的针筒,总有几百个。

李元杰当时就对她说:"不行,你想都不要想。"

赵蕊说："那怎么办？"

李元杰看着她，许久才道："你真的一定想要孩子，就换人吧。"

赵蕊打他，说："有病吧你?!"

两人丁克的决定就是这么做下的，李元杰对外都是说自己身体有问题，生不出来。

关澜当时听说，觉得老李这人真不错。但两人家里的长辈，比如李家奶奶，从小看着他们长起来的，知道赵蕊体质不好，还是认为是赵蕊的问题。这些年的压力，可想而知。

回到此刻，赵蕊看着夜色吐出淡淡白雾，说："不都说生育权是女性的绝对权利吗？美国都上街游行了，我自愿吃这个苦，老李凭什么跟我闹脾气啊？"

关澜纠正，说："美国那边游行争取的是终止妊娠的选择权，不需要征得男方同意。而且《人口和计划生育法》里明确了的，生育权并不是女性独有，而是每个人的基本权利，无论性别，都有权选择是否生育。男性不能违背女性的意愿让女性怀孕生子，女性也不能违背男性的意愿使用男性的精子。"

"关澜你到底哪边的？"赵蕊转头过来看着她质问。

关澜反问："你是想要法律咨询，还是就陪你吐槽？"

赵蕊说："就陪我吐槽。"

关澜说："好的，李元杰这人太不知好歹了。"

赵蕊笑出来。

"那要是法律咨询呢？"赵蕊又问。

关澜这时候已经觉得他们俩没什么大事了，索性实话实说："你这么做不对。男的如果自愿进行无保护的性行为，可以视作他默认同意生育。就算采取了避孕措施，因为所有措施都有失败的概率，

第十八章 孩子的选择

其行为也可以视作愿意承担这种风险。如果女方怀孕,男方就不能以自己不想生孩子为理由迫使女方堕胎,不能拒绝承担抚养义务。但你在措施上做手脚,就是侵犯了李元杰的生育权。"

"侵犯他生育权?"赵蕊倒是奇了,继续打听作案的后果,"那要是怀上了,他还能要我停止侵权,逼我堕胎啊?"

关澜还真好好想了想,说:"这个问题有点特殊,女方确实侵权了,但是否终止妊娠又涉及她的人身权。所以即使女方擅自使用精子怀孕,男方也没办法不让她生下来,最多只能提出不支付抚养费,甚至要求女方赔偿他的损失。我记得最高法有个指导案例,学界还有过争论,倒是可以写篇论文了……"

"我天,关澜你……这时候跟我说写论文?"赵蕊简直无语。

关澜笑起来,笑了会儿,才又问:"医生不是说可以试管吗?如果你真想要,为什么不跟老李商量好,走正常途径呢?"

赵蕊也才回答:"我跟他提过啊,他一直不同意,那我只能用非正常手段向他明志了。"

"他为什么不同意?"关澜意外,因为就她所知,李元杰的家庭地位实在是不咋高。

"他说要是做试管,那至少一两年里就忙这一件事,天天打针、量体温、测试纸、跑医院、等报告,很可能还得再经历一次甚至几次流产。他觉得我不是真的想要小孩,犯不着遭这罪。"赵蕊回答。

"不想要你还这么干?"关澜不懂其中的逻辑。

"可是家里长辈都想要啊,"赵蕊脱口而出,等于是默认了李元杰的那句话,不是她自己想要,紧接着又添上解释,"老李对外一直说是他的问题,所以我爸妈就不大开心,这些年总是找他的不痛快。他家里人又都不相信是他那方面的原因,觉得他是为了袒护我才这么说的。公婆每次看见我都旁敲侧击，叫我多吃点，把身体养养好，说他阿娘快九十岁了，也不知道抱不抱得到重孙……"

关澜听着，没再说话，心里忽然有些难过。她一直以为赵蕊和李元杰这些年过得很开心，至少看朋友圈确实如此。两人休假就天南海北地旅游，赵蕊跟同事一起跳拉丁舞，已经到了挺高的段位，老李也攒了一屋子的手办，根本不用像其他同龄人那样为了带孩子、管学习发愁。但哪怕是他们这么潇洒的人，又是这样长久的感情，结果还是得经历这些琐琐碎碎。

"而且，"赵蕊停了停，又道，"我觉得他也想要。"

"怎么看出来的？"关澜问。虽然她一直觉得李元杰是个挺有童心的人，如果有孩子，也一定会是个好父亲，赵蕊的感觉很可能是真的。

"就上回跟他去海洋公园看奥特曼，"赵蕊回忆，倒是笑了，几分幽默，几分怅然，"他在展馆里跟两个小男孩讨论手办，后来进了剧场，又纠正人家变身的姿势。人家家长看他这么大个人，身边也没带着孩子，以为他是变态，赶紧带上孩子离他远远的，我看他有点伤心……"

"就这？"关澜好笑。

赵蕊长长叹息，说："我第一次怀孕才二十七岁，那时候其实并没有认真想过生孩子这件事，有了也就有了，要是能顺利生下来，现在也已经上小学，差不多就是那两个小男孩那么大。老李可以带着他去看奥特曼，跟他讨论手办，纠正他的变身姿势，不会被别人当成变态……"

"就这？"关澜却又伤感。

赵蕊继续说："人可能就是这样的吧，年轻的时候觉得没孩子也无所谓，一旦到了一定年纪，想法就不一样了。人家不都说嘛，丁克到头来大多会分手，哪怕是那种自愿选择的'铁丁'。男的人到中年反悔了，女的已经过了适合生育的年龄，我怕我跟老李也会是这样的结果……"

"所以你想要个孩子只是为了避免两个人分开？"关澜问。

赵蕊沉默，没有回答。

关澜觉得自己无法代替别人做出如此重大的选择，于是只说事实："你知道我做过多少离婚案吗？一大半都是有孩子的，有的就是因为孩子离的婚，也有的甚至为了挽回婚姻，四十岁高龄拼二胎三胎，结果孩子生下来，婚还是离了。两个人能不能走到一起，又能在一起生活多久，从来就不是因为有没有孩子……"

说这话的时候，她的目光落到尔雅身上，不得不想到那个事实：她和黎晖就是因为意外有了孩子结的婚，但也没能因为有孩子继续走下去。

这件事，赵蕊当然也是知情的，只是喃喃地说："我也不知道，让我再想想吧……"

说完回过头，两人隔着落地窗望向餐厅里面，黎晖和齐宋居然还在说话。听不清谈的是什么，只看见双方都很文明。

赵蕊皱眉，笑着品评："你说这俩在聊啥？我还以为今天来能看见他们打起来呢。"

"这次见面就是黎晖提出来的，他应该不会怎么样。"关澜也笑，心却在说，你来晚了，那天还真要打起来，只差一点点。

"他到底什么意思啊？"赵蕊暂且放下自己那些破事，研究起别人的心态来。

"就是想做个负责任的父亲吧。"关澜回答，因为她那天说的那番话。她太了解黎晖了，那么骄傲的一个人，一旦想要做一件事，就非要做到不可。也许，还不光是做父亲。

赵蕊只听出一半言下之意，不屑道："尔雅肯定不会选他啊。"

关澜笑笑，没说什么。她其实也这样想，如果对方不玩脏的话。这方面她同样了解黎晖，事情要是成不了，就再使些手段，也是很有可能的。

等到一顿饭吃得差不多，倒是没有什么争着买单的戏码。地方是黎晖通过一个朋友订的，钱早已经付掉。包括饭后各自回家的安排，也都挺合他的心意。尔雅还是跟关澜回家，赵蕊也说要去关澜那里。

可等到几个人从那栋石库门房子里出来，却见李元杰也来了。赵蕊家离这地方不远，老李就穿着家居的卫衣卫裤，骑了个共享单车。

赵蕊看见，怪他："这么冷你干吗骑自行车啊？"

李元杰也怪她，说："你把车开走了呀。"

关澜倒是松了口气，赶紧圆场，说："行了行了，你俩回家去吧。我刚才就在想，赵蕊要是今晚上我那儿去，你非得骑三十公里去找她。"

赵蕊还有些不愿意，关澜不管，揽过她的肩膀，把人塞进车里。李元杰装作很冷的样子，也拉开另一边的车门，早在副驾那边就位了，再给关澜一个感激的表情。

他们这边一车坐好，黎晖却还在那里扶着摩托不走，又关照了尔雅几句，叫她回去听妈妈的话，写作业要是遇到什么问题，随时拍照发给他，他来解答。都是说父亲应该说的话，却又好像有点存心说给齐宋听的意思。关澜只是低头，赵蕊却降下车窗，察言观色，

第十八章　孩子的选择　　425

只想看齐宋如何反应。

齐宋没表现出什么来,与黎晖握了手,谢过今晚的招待,又跟其余几位打了声招呼,也上了自己车。

就这样各自回家。关澜一晚上都没什么机会跟齐宋说话,不知道他会有怎样的想法,但更好奇的还是尔雅的感觉,车开到路上,就问:"你觉得怎么样?"

尔雅说:"还行,红烧肉太甜了点,但那个麻婆豆腐还挺好吃的。"

关澜无语,又不知到底应该怎么问这个问题。

她这儿正组织语言,尔雅已是一笑,说:"你是问你男朋友怎么样吧?"

关澜尴尬,扶着方向盘看着前面蜿蜒的车阵,不再说什么,只等尔雅的评语。

"还行,"尔雅仍旧是这一句,"挺帅的,废话也不多,没假惺惺地问东问西。"

"什么叫假惺惺地问东问西?"关澜倒是笑了。

"就那种,"尔雅解释,"装作很喜欢小孩,问我你几岁啦,在哪儿上学啊,喜欢玩什么呀?然后再送个奇怪的礼物。"

关澜听着,忽然觉得今天这场面正好就是齐宋的风格,他可能真的不知道应该如何表现,也没准备任何礼物。

到家时间已经不早了,尔雅洗漱睡去了。

关澜这才看到赵蕊发来的微信:观察团评语,今晚齐律师胜出。

她笑,反问:不是说杀猪盘吗?你那时候那么反对。

赵蕊回:我只是拿他跟黎晖比,你跟他在一起的这段时间,是变好还是变坏了,我看得出来。

紧接着又是一条:而且,齐律师也真是够笃定的,应了那句话,被爱的总是有恃无恐。

关澜又笑,干脆换了话题,说:你跟老李好好谈,别再实施那种侵权行为了。

那边发来个"晚安"的表情图,不再理她。

夜深,关澜才跟齐宋通了电话,还是那样站在阳台上,没开灯,望着窗外的夜景。问的也是同样的问题:"你觉得怎么样?"

齐宋整理词句,想说没什么,挺好的,总之都是那些漂亮话。但他也想起他们之间的那些长谈,他把从未诉之于人的秘密告诉她,她还是会拥抱他。

"我都快妒忌死了。"他自嘲地说,自己都不相信会把这样的话说出口。

"什么?为什么?"关澜也不信,笑着问。

"他跟我说了很多你们从前的事,怎么认识的,怎么开的公司,从北京到A市,再到香港……"齐宋回忆着说,一旦开头倒也容易了,但在当时,他真的就是一遍遍地在脑中想象关澜和黎晖初识、一起工作、一起生活的场景,"我这还是做了准备去的,结果还是受不了。"

"倒是一点都看不出来。"关澜笑着品评,想起他在餐桌上四平八稳的样子。

齐宋说:"那还不都是练出来的扑克脸,我在法庭上被法官撑也是这样。"

"你被法官撑过?"关澜问。

"你没有吗?"他反问。

第十八章 孩子的选择 427

关澜又笑,这才捉住他话里另一个细节,说:"你做了什么准备啊?"

齐宋也觉得自己好笑,半天才答:"就跟法律研究类似,我去之前在网上查了查,怎么面对现任的前任?"

"怎么面对?"关澜觉得他好傻,却又好奇。

"有这么几条,"齐宋倒是一本正经地回答,真的好似法律研究,"第一,不要拿自己跟前任做比较。第二,及时说出自己的感受。第三,花更多的时间相处。……"

说到这儿,他停下来。

"还有第四吗?"关澜问。

他却反问:"你现在能下楼吗?"

"干吗?"关澜有点猜到了。

那边果然回答:"我在小区外面等你,我们研究下第三条。"

尔雅的房间早就关了灯,人应该已经睡着了。关澜随手拿了件羽绒服,一边套上一边出门,搭电梯下楼。出了楼栋,夜风扑面而来,她在空无一人的小区里快步走着,竟有种读书的时候偷跑出去约会的感觉。当时见的是什么人,早就忘记了,但那种秘密又雀跃的心情,虽然遥远,却仍旧记忆犹新。

还没出小区,关澜已经看见齐宋的车停在外面马路边上,人也从车上下来了,就站在那里等着她。旁边一盏路灯照着树叶落尽的梧桐,也照在他身上,在他身后拖下长长的影子。

她在门禁闸机那里停下刷卡,远远看着他。他也看到她了,也对她笑着,张开双臂。她出了门禁,朝他跑过去,投入他的怀抱。身体撞进身体,裹挟着冬天的冷气。脸颊贴上脸颊,凉凉的,却也柔软。彼此都能感受到那更深处的温暖,源源不绝。

这拥抱如此熨帖、扎实,其实不过短暂的几秒,却有种天长地久的错觉。

他手掌抚着她的后背,在她耳边轻声地说:"上车坐会儿吧。"

她"嗯"了声,却没松手,竟有些留恋。

"有人看着呢。"他又道。

她回头望了眼,才知道是诈她的。天气冷,连保安都躲在屋里不见人。但他已经拉着她的手去开车门,不由分说地塞她坐进去。把车子往前开了一段,直到拐进一条僻静的断头路,才又靠到路边停下。

"干吗突然跑来?这么晚了,还这么远。"她明知故问。其实是想让他展开说说那句傻话,虽然傻,但她就是想听,恶趣味似的。

却不料齐宋另有理由,说:"其实,今天去吃饭之前,我给尔雅买了个礼物,当时忘在车上了,散了之后才想起来……"

他说着,探身去后排座位上拿,是个礼品包装的纸袋,看不出品牌。

关澜失笑,想起尔雅的评语。他没有假惺惺地问东问西,可奇怪的礼物虽迟但到。

尔雅十岁之后最讨厌粉红、粉紫、芭比娃娃,以及一切人们想当然地以为小女孩会喜欢的东西。黎晖有段时间一直踩雷,马屁拍到马脚上。她倒真有些好奇,齐宋会选什么。

"你干吗笑?"齐宋问,手停下,没拿出袋子里的东西。

关澜只好收敛一点,催他,说:"我没有啊,我都没看见是什么。"

"那你看了也别笑我。"齐宋望她一眼。

第十八章 孩子的选择 429

"好的好的，保证不笑。"他看着她的时候，她抿唇，一脸严肃，仿佛一二三木头人。

他这才把内容物拿出来，是一本书，*The Autobiography of Bertrand Russell*，《罗素自传》。

"听你说尔雅在补习英语，我买的时候觉得应该可以，后来又想，给十三岁的孩子是不是不太合适？所以吃饭的时候就没拿出来，还是想让你先看一看……"齐宋解释。几句话说得琐碎，又跟他前面找的理由有些自相矛盾。他不记得自己什么时候这样过。

关澜也有同感，看着他笑。

"我是不是表现得很傻？"他问。这样的疑问他一直都有，但从前断不敢问出口。

而她摇头，如他所期待的一样。她觉得他好极了，而且她本来就知道他可以表现得很好，就凭那种历经磨难得来的自控力，以及那份不卑不亢的真实。

"你别太高看我……"他又道，还是像从前的无数次一样，在赢得了什么之后，怀疑自己根本不配拥有。

但她没跟他争论，只是看着那本书，说："你知道吗？我特别喜欢序言里的那几句话……"

齐宋听着，竟有种宿命之感。他知道是哪几句，选这本书就是因为那段话让他想起关澜。

What I Have Lived for

Three passions, simple but overwhelmingly strong, have governed my life: the longing for love, the search for knowledge, and unbearable pity for the suffering of mankind.

我为什么而活

三种情感,简单却又无比强烈,主宰着我的一生:对爱情的渴望,对知识的探求,以及对人类的苦难不可遏制的同情。

这原本只是他看惯了的非虚构作品中的一本,睡觉之前或者运动的时候,随手一翻。他甚至觉得罗素有些嘴碎,浪费了太多本该用在学术上的时间,去犯"中二病",去说服其他愚蠢的人类。直到他认识关澜。

这段话让他想到她,想到她在外滩那家酒店的露台上对他说,我觉得爱很重要;想到许多次他们在一起的时刻;想到她在法庭和课堂上的样子,还有她那治不好的圣母病。

"现在不都流行一句话嘛,智者不入爱河,但你看真正的智者怎么说,他还是想要爱,他觉得这样生命才有意义,他甚至想重活一次……"关澜还在发表她的书评,但齐宋只是把书装回袋子里,放到一边,然后吻她。

她也停下,不再言语,双臂环绕他的脖颈,沉浸地回吻。但他还嫌不够,拉她起来跨过中控,坐到他身上。车里足够温暖,她脱掉外套,蒙头盖下来,制造出一小片更秘密的黑暗,只属于他们两个人。内里只剩睡衣,隔着柔软的布料,传来彼此的体温。两千万人的城市,不知名的角落,连路灯都把他们遗忘了。

那一刻,齐宋只觉自己什么都不用多想,却又什么都有了。方才那句傻话忽然显得更傻,他到底在妒忌什么呢?黎晖对他说起过去,但他们拥有现在,以及此后无数无数的时间。其中的每一分每一秒也都会变成回忆,更多、更好的回忆。从此以后,她房间里那些慢慢积攒起来的小物件,都会有他的一半。

第二天，关澜起得迟了。

前一夜回来倒头便睡，忘记拉窗帘，今天又刚好遇上江南冬日难得的大晴天，阳光坦坦荡荡地照进来，正一点点地爬上她的床。她醒来，睁开眼，又在床上静静躺了会儿，流连梦境，竟有种重回过去的错觉，仿佛才二十出头，无忧无虑，一觉到天亮。

直到听见尔雅在外面喊："妈，妈，今天早上吃什么？"

她躺在那儿笑了，是自嘲，也是梦落了地，而后提高声音回答："你自己在冰箱里先找找，我马上就来。"

新的一天开始，她洗漱，换了衣服，和尔雅一起做早饭，再在小餐桌边坐下，两个人一起吃掉，其间提醒尔雅别老看手机，记得把牛奶喝完。

齐宋的礼物还放在客厅的沙发上。等吃罢早饭，收拾完桌子，尔雅看见那个纸袋，问："咦，这是什么？"

关澜说："是齐律师送你的。"

"还真有礼物啊，"尔雅谑笑，又觉奇怪，问，"什么时候送的？"

关澜于是含糊其词，说："就昨天从饭店出来的时候，他给我的，我忘了告诉你。"

所幸尔雅也没追究，已经好奇地拿出来看，拆开塑封，翻了翻，尴尬地说："哦，就还，挺特别的。"

关澜笑，意料之中。虽然自觉已经是个大人，但尔雅喜欢看的英文书还是《老鼠记者》那种。

她不勉强，只是说："家里有个中文译本，你要是有兴趣，可以对照着看看。"

"哦。"尔雅答应,多半也就这么一说。

整个上午,她们照例一起伏案,尔雅写作业,她准备下周要用的材料,然后陪尔雅完成阅读任务,在家校联系册上一项项地勾掉,最后签上名字。等到全都做完,手机振动,关澜看了看,是齐宋发来的视频,画面中马扎正骑着扫地机,傲然巡视它家一百多平方米的疆域。

她拿给尔雅看,尔雅大笑,说:"这猫也太逗了吧!"

关澜也就趁这时候提出来,说:"下午我们去打羽毛球怎么样?齐律师也来。"这是昨夜齐宋跟她说好了的。

"好啊……"尔雅回答,眼睛都没离开手机,把马扎的视频又看了一遍。

关澜笑,只觉一切完满。

但尔雅看了会儿,又道:"妈妈,有个事,我一直想跟你说……"语气难得一见地郑重。

关澜没接口问是什么事,因为忽然有种不好预感,她只是静下来,等着听下文。

"我想……"尔雅仍旧看着手机,屏幕上马扎还在来来回回,"爸爸问过我,愿不愿意跟他住一起,我想……以后住到他那里去。"

关澜记得自己说过,如果尔雅做出选择,她一定会尊重,但真的事到临头,还是忍不住要问:"为什么?"

尔雅垂目,一时没有回答。

关澜也不再等,追上一句:"如果你想跟爸爸多相处相处,可以去他那里住一段时间,一个礼拜,或者一个月……"或许只是新鲜感,她抱着一丝侥幸猜想。

但尔雅摇头,把自己的意思表达得更清楚:"不是的,我想住

第十八章 孩子的选择

到爸爸那里去，跟着他生活。他对我说过，我可以选，是这样吗？"

是，你可以选。关澜没能把这句话说出来，只觉得心沉下去，有那么一会儿脑中一片空白。她缓了缓才又问："是我什么地方做得不好吗？"

"不是的。"尔雅还是摇头。

"那是因为齐律师？"

"更不是了，"尔雅终于抬头看她，做出个嬉皮笑脸的表情，"怎么说呢，我其实就是看见他人不错，才下的决心。"

"什么意思？"关澜接着问。

"妈妈，"尔雅看着她回答，"你太辛苦了，应该有多一点自己的时间。还有爸爸，得有人管着他，别再乱七八糟的了。"

关澜早就猜到过一点，但还是问："他怎么乱七八糟的了？"

尔雅回答："爷爷已经去世，他跟奶奶也不说话了。只有我在的时候，他们才会打个视频，两边都是好好的。你有外婆，有赵蕊阿姨，有齐律师。他身边好像有很多很多人，但其实什么都没有。"

关澜听着，没想到尔雅一切都看得懂。

很久以前，她就有过类似的感觉。黎晖这样的人，表面光鲜，呼朋唤友，但其实很孤独。他的家庭给过他最好的物质条件，却只想看到他赢，所以他才会在经历那次失败的时候一溃到底。她也曾想过拯救他，那或许是她第一次圣母病发作。后来又有更多的人前仆后继，都觉得自己有多么与众不同，结果无一成功。他不在乎他们，他的面具从未松动。

但现在事情落到尔雅头上，她还是觉得荒谬，一迭声地问："你才多大？你是个小孩，你为什么要考虑这些？你能管住他吗？"

尔雅只答："……他对我还挺好的。"

这一点，关澜承认。对待尔雅，黎晖的出发点是好的，至少暂时如此。也许是因为她一直以来小心翼翼的保护，也许是因为他这些年过得还算顺利，又或者他真的在乎尔雅。

"而且，"尔雅继续道，"我觉得我已经够大了。如果计划高中出国，我总得先适应起来，不能老是叫'妈，妈，今天早上吃什么'吧？"

大概是个玩笑吧？关澜也真的笑出来，却笑得有几分怅然。

尔雅又说："妈妈，我比你还高一点。"这话她从前就说过，这时候重复一遍，还想要做出个嬉皮笑脸的表情，结果却有点想哭。

关澜看见她这样子，一瞬泪涌。

尔雅靠过来，搂住她的脖子，埋头在她肩上。关澜也伸手抱住她，等着那一瞬汹涌的情绪过去，才轻抚着她的手臂，说："如果你真的想这样，我去跟你爸爸谈，我们会做出一个合适的安排。但是如果还有别的原因，你一定要告诉我。"

"没有别的原因了。"尔雅摇头。

"是爸爸跟你说过什么吗？"关澜还是问，她怀疑是有的。

但尔雅仍旧摇头，说："没有，没有了……"

同样的姿势，她们抱在一起摇啊摇。这动作还是会让关澜想起尔雅很小很小的时候，感觉却又跟从前的任何一次截然不同。

那天下午，三人如约去大学城的体育馆打羽毛球。

那地方她们熟得不能再熟，蓝色塑胶地面上一地白色的羽球，满场欢乐的人声。

尔雅四五岁的时候，关澜在门口广场上教会她骑自行车；六七岁的时候，在游泳馆里教会她游泳；后来又在羽球馆教她打羽毛球。

第十八章 孩子的选择　　435

那时候遇见过一个尔雅的同学,是爸爸陪着练的,互拉高远球,大力扣杀。尔雅看得一脸崇拜,关澜自觉水平不如,就给尔雅请了教练,自己也跟着学。甚至就连这些事,她都极其努力地想要做好,只为让尔雅感觉跟别人没有什么两样。她曾在一本讲单亲家庭的书上读到一句话,家庭的结构或许缺损,但功能可以是健全的。她一直深以为然,并以此作为目标,直到今天。

她心里有事,兴致不高。场地租了一个小时,几乎都是齐宋和尔雅在打。

两人过了几招,齐宋颇有些意外,对尔雅说:"没想到你还挺厉害的。"

尔雅得意地回答:"那当然。"

关澜在旁边看了会儿,借口去洗手间,退到场地外面。她在走廊上打电话给黎晖,转述了尔雅的话。

电话彼端也是静了静,才开口道:"是,这事我问过她,她跟我说要考虑一下,我也没想到会这么快……"

关澜不想听他的解释,又是如何如何,所以没有先跟她商量,只是问:"你对她说过什么?"

"我说过什么?"黎晖反问。

关澜沉默,不禁想起从前。她只是这样怀疑,他也许会告诉尔雅。但只有这件事,她不可能回击。如果没有,那更好,她也不想看到事情变成那样。

"我想再跟你确认一次,带着尔雅一起生活,你是认真的吗?"她接着问下去。

"关澜你什么意思?"黎晖又一次反问,说,"我当然是认真的。"

关澜整理词句，顿了顿，继续道："我跟你说过的，如果尔雅选择你，我不会反对。但是我请求你，恳求你，想想你自己想要成为怎样一个父亲，就照那个样子做，好好待她，不管她输还是赢，都一样爱她，别让她对你失望。"

黎晖被这几句话激起来，反唇相讥，说："关澜，我知道你有个好爸爸，我做不到你爸那样，但你也不用把我想得那么不堪吧？"

这时候提到关五洲，关澜心中剧痛，但还是深呼吸一次，克制着自己说："下周我们见一次吧，谈谈接下来怎么安排。"

她越是这样，越让黎晖无所适从，语气软下来，说："关澜，你知道还有另一种可能的……"

"黎晖，"她打断他，说，"这完全是两码事，你别让我看不起你。"言罢，挂断电话。这是用行动告诉他，她不可能接受任何以感情为条件的谈判。

推开走廊尽头的门，她回到羽毛球馆里，隔着几块场地，看见齐宋和尔雅停下来，正在边上休息，喝着水，聊着什么。

租场地的时间就快到了，尔雅看见她走过去，遗憾地说："妈妈你今天都没怎么打。"

关澜只是笑笑，说："没事，我们下次再来。"

但齐宋看着她，知道她心里有事。

三人换了衣服，离开体育馆，过了马路，去对面一个购物中心吃饭。尔雅选的是家美式餐厅，点了大份的蜜汁烤肋排，汉堡层层叠得老高。店堂里也很热闹，天花板上挂下来好几台大屏幕，都在播世界杯的实况回放。那顿饭好像吃得很愉快，他们都在说话，说肋排，说汉堡，说世界杯，一边说一边笑。齐宋间或还是看着关澜，还是知道她心里有事。

第十八章 孩子的选择

吃完饭，三人走回她们住的小区，关澜让尔雅先上楼，又返身出来，送齐宋去体育馆取他的车。

天已经黑下来，但路上行人不少，他们默默走着，直到进了地下车库。旷大的空间里回响着脚步声，齐宋知道关澜是想要聊几句的意思，却又不确定她会告诉他什么。

他试图先开口，也许说说下周的安排，比如两人一起做的几个案子都还在继续推进，有的就该出结果了，有的马上要开庭。

但他一时怔住，关澜已经抢在前面问："你跟尔雅刚才在羽毛球馆里聊什么了？"

齐宋笑起来，好像也觉得有些不可思议，回答："她问，我们会不会结婚。"

这问题他当时就答得不好，或者更准确地说，只是搪塞过去了，像别人口中典型的渣男。所幸关澜正好从外面回来，打断了他们的对话，尔雅后来也没什么表示。

他没想到关澜面对这个问题也会沉默，甚至根本没问他是怎么回答的。她只是告诉他："我女儿今天跟我谈了，她以后想跟着她爸爸生活。"

是因为我吗？齐宋也想问，但这句话终于还是没有说出来。

第十九章　不该用他的错误惩罚我

那一问未曾出口，也就没有得到答案。

齐宋还是不断地在想，是因为他，因为他，因为他。

在曾经的那两段感情里，对方好像都骂过他，说齐宋你这个人根本没有责任感。但她们不知道，其实他最擅长的一件事就是自责，只是从不表现出来，也不会做些什么去弥补。他只是工作，挣钱，同时内心自责，就是那种最无用的自责。当然，从这个角度上来说，骂得也没错。

但他真的不是没有共情能力的人，他可以察觉到关澜情绪的变化，只是能够想到的解决办法，似乎只有他的离开。在尔雅这件事上，他自认是个局外人。他可以给出承诺吗？不能，而且他的存在甚至妨碍了别人得到承诺的机会。他的童年断层在十三岁，和现在的尔雅一样的年纪。他那时就希望父母分开，但现实是分开之后，他的生活只有变得更糟。而一个正常的小孩，当然会有更加正常的想法。

于是，随后的几天，他又回到曾经的模式当中，工作，挣钱，同时内心自责，那种最无用的自责。

冬日短暂的晴好已经结束，隔着落地窗，只看见灰白的阴霾。还是疫情的关系，各地法院陆续变了规则，很多案子改成线上开庭。这样一来，便省去了绝大多数的舟车劳顿，但齐宋却还是挑出一些，以案件疑难、证据繁多、定性争议大为理由，申请线下庭审。

其中的一宗，甚至因为法官不同意，他还要求法官出具书面答复。当事人知道这件事，颇有些不安，怕他这个代理律师得罪了法官，搞得自己的案子肯定赢不了。所里的人这时候也都不大愿意出差，都有点想不通，齐宋为什么非要自找麻烦。但最终，法官那边还是让步，同意了线下开庭，案子也还是赢了。

过后和客户吃饭，人家捧他，他便也解释了几句，说确实是因为办过几起类似的案件，感觉线上和线下差别很大，有时候是因为网络卡顿，有时候是因为对方律师临时出示证据，没办法看清楚，影响举证质证和法庭辩论的效果。

人家又说："齐律师的判断到底还是没错。"

齐宋笑笑，心里却在想，他也许只是想要离开，想让自己更忙一点。

那几天当中，他只给关澜发过一条信息，还是关于文涛和林珑申请恢复监护资格的案子。因为走的是简易程序，三天出判决书，这时候已经知道结果。不出所料，两人的申请都被驳回了，文千鸿的指定监护人还是娄先生。

这本来是个挺好的消息，他发出去，等着对面的回复。

关澜也确实回了三个字：太好了，以及一个表示愉快的表情图。

齐宋明知球已经到他这边，应该是他再说些什么，但他只是看着，等着。

还是关澜又发来一条,也是关于案子,跟他这里的情况差不多,法院发了短信过来,说是疫情原因,方晴的离婚诉讼改成了线上开庭。

齐宋也回了三个字:那挺好。

言下之意,不用跟家暴男面对面了。但其实他本来一直以为这是个机会,两人至少可以有个理由,见上一面,现在也没有了。而且球已经到了关澜那边,他继续看着,等着。但聊天界面就停在那个地方,再无下文。

这在关澜身上是极少发生的事,出于礼貌,她通常是那种愿意说最后一句话的人,无论是对方是院领导、学生还是当事人。只是这一次,她忽然觉得不同,忽然不讲理起来。明明是她什么都没说,却还在等着齐宋说些什么,认为他们之间的对话不应该就这样结束。但聊天界面就停在那个地方,再无下文。

她也知道自己没道理,赵蕊早就告诉了她诊断结果,AvPD。她早知道齐宋就是这样的人,自愿走进这段关系里。当时觉得无所谓,自认并没那么高的情感需求,也没那么多时间去谈恋爱,她不会用情绪去困扰他,也可以接受他销声匿迹一段时间,以及后来两人之间周末见一见的模式也让双方感觉挺舒适。

但真的遇到事情,还是不一样的。比如上一次,她跟他说起过去。再比如这一次,她告诉他尔雅的选择。回想两人相识至今的几个月,每次疏远,每次冷下来,好像都是因为她身后的包袱。她知道他已经做过一些努力,普通人的一小步,便是 AvPD 的一大步。但如果太多了,他不行。她觉得他也许已经厌烦了。

关于尔雅将来的安排,她还没跟黎晖谈过,所以也不方便告诉陈敏励,让母亲没必要地先担心起来。还有赵蕊,她正在跟老李搞

第十九章　不该用他的错误惩罚我　　441

生孩子的问题，关澜不想让她再多一件事。

她不得不承认自己没有原本想的那么潇洒，她还是需要一个人，可以让自己把那些没办法跟别人说的话，好好地说一说。也许她最初的想法就是对的，她的负担太多了，而他是个什么都不用背负的自由人，何苦呢？

方晴的案子开庭之前，关澜照例给她做了模拟庭审，把法官可能会问到的问题都过了一遍：基本信息，诉讼请求，是否同意离婚以及理由，还有对于子女抚养和财产分割的意见。还告诉她每个问题怎么回答，重点放在哪里，什么话不能说。

那是在方晴新租下的房子里，一套一室一厅，也在大学城附近。之所以在那里见面，是因为方晴不方便请假，下班之后又要陪着孩子写作业，再找时间去法援中心太紧张了。这也是关澜主动提出来的，又一次犯了齐宋跟她说过的忌讳，有点故意似的。

张井然跟着一起去了，听到她复述那些问题，尽管已经不是第一次，还是忍不住品评："就现在，2022年，离婚案开庭，法官还要问有没有包办、买卖，或者抢亲的情况，我头回听说的时候简直震惊了。"

关澜没什么闲话的心情，却是方晴在旁边安慰了一句，说："你们律师总是看到听到这些，可能是会有不好的感觉吧。我自己遇到这样的事，有段时间也觉得天下乌鸦一般黑。但其实还是有好的婚姻的，就像这里上一任房客，是对小夫妻，两个人租房结的婚，前一阵终于买了自己的房子搬走了。你看墙上那个印子，原本挂的是张婚纱照。"

她回身指着床边的墙壁，白色乳胶漆略显陈旧，上面确实有个浅浅的灰色的印子，勾勒出一个大大的方框。

把庭审的注意事项讲完，临走又关照了几句。关澜问方晴："这段时间戴哲来找过你吗？"

"没，"方晴回答，"他公司里有我从前的同事，说是他们领导已经找他谈过话，行政拘留不会开除，但如果再升级到刑事责任就不一样了，他应该会有顾忌。只是他妈妈打电话来骂过我，说我在家待着什么都不干，现在还想要她儿子挣的钱、买的房子。"

"家务和抚育孩子同样也是劳动，法律规定该是你的就是你的，没什么好客气的。"关澜只道。

"我知道。"方晴点头。

关澜又加上一句提醒，说："还有，千万别让戴哲或者他家里人知道你的地址。"

虽说《劳动合同法》规定的过失性辞退中并无行政拘留这一项，但有过这样的事，也足够对戴哲在公司里的发展产生影响。再加上两人之间的财产争议，钱、股票、房子，加一起价值不菲。一旦事业受阻，这些家底就更显得重要了。很难说戴哲会不会再做出什么过激的行为，必须小心。

"好。"方晴还是点头，她也是明白的。

到了开庭那天，她们说好在法援中心见面。因为线上庭审对网络和环境的要求比较高，否则音画卡得不行，原被告说了什么，法官可能根本听不清。

但当天上午，关澜收到方晴发来的信息，说临时有事，来不及赶过来，只能在单位参加庭审。关澜赶紧发了 APP 和小程序两种参与方式的说明过去，又让方晴一定找个安静的房间，如果有什么问题，立刻跟她说。

那边给她回了个OK，关澜还是有些顾虑，但总算在开庭之前看到几方都已经顺利接入了。被告那边也没和律师在一起，戴哲一个人坐在镜头前，样子斯斯文文，戴一副无框眼镜，要不是知道来龙去脉，根本想不到他做过什么。

庭审开始，如之前模拟过的程序一样，法官一个个问题问下来：基本信息，诉讼请求，是否同意离婚及其理由，还有对于子女抚养和财产分割的意见。方晴一一回答，也与之前准备的无异。

直到举证质证之前，法官照例还是要尝试调解。

双方代理人都提出了各自可以接受的方案。关澜这边当然是要求孩子的抚养权，以及所有法律规定的夫妻共同财产两人平分，并且额外主张家务和育儿的补偿，还有家暴的损害赔偿。戴哲的律师则认为女方对家庭财产几乎没有贡献，表示他的当事人只愿意拿出五十万的补偿款，并且女方的经济条件也不适合带孩子，所以抚养权也得留给男方，且要做出申明，不存在其他未分配的财产，两人今后再无瓜葛。

"有病吧……"张井然在旁边轻道。

关澜没说什么，调解本来就是玩心态，后面的庭审才是摆证据讲道理的时候，而且两方面分歧这么大，也不可能调解成功。

但出乎她的意料之外，方晴那边开了麦克风，说："我同意。"

隔了会儿，又加上一句："我就想快一点结束，五十万可以的。"

"她在说什么？！"张井然一脸诧异。

法官好像也没想到会是这走向，又问了一遍："原告你是同意被告方面提出的方案吗？"

"是的，我同意。"方晴说。

倘若如此进行下去，紧接着就该出调解书，双方签字画押，离婚诉讼就此结束了。而且，因为最后那条不存在未分配财产的申明，即使今后发现戴哲隐匿的财产，方晴也不能再提起诉讼了。

关澜蹙眉，看着视频画面里的方晴，总觉得她有些不对劲，眼神似乎望着镜头之外的什么地方，说话的语气里带着些许木然。再看戴哲那边的画面。她忽然低头，像是翻看材料，右手却在最上面那张纸的空白处写字，然后推到张井然面前：打110，戴在方晴那里，看他身后墙上的印子。

张井然一下望过来。果然，两人身后的背景都是大白墙，但戴哲那边看得出一个浅浅的印子，像是个镜框留下的。

法院那里，书记员已经在出调解书。关澜赶紧发私聊给法官，把情况说了。家事庭的法官什么没见过，看过信息，不动声色地回到开头，又一条条地跟方晴过分配方案的条款，说明与原告律师提出来的有哪些差异，确认她是否清楚其中表达的意思。

"我们双方都没意见了，还有必要再往下拖吗？"戴哲着急。

法官干脆地反问："听我的还是听你的？我问什么，你们就回答什么。原告现在把麦克风打开。"

戴哲不好再辩，说完那一句赶紧又开了静音，怕被听出来他和方晴在一个房间里。

张井然这时候已经打过110，少顷又接到区块民警核实报警信息的电话。她把情况讲得简短而清晰，线上开庭中，且是有人身保护令的情况下，被告进入了原告的住所。民警表示他们会马上赶到处理，但接下去那几分钟却又显得如此漫长。

直到视频中传来敲门声，方晴怔了怔，然后一下站起来，冲了出去。戴哲随之离开，两边都看不到人，只听见混乱的拖拽和踢打声。

"救命！救命！"方晴在喊。

张井然忍不住惊呼，关澜也不自觉地握紧了双手，一直到听见那边门被打开，传来警察的喝止，以及方晴说话的声音，才放松下来，发现指甲在掌心留下深深的印记。

被告代理人一脸震惊，向法官表示自己对戴哲的行为事先完全不知情。法官没接腔，只是询问民警原告的情况。可以听见那边民警也在问方晴，感觉怎么样，是否要就医？

方晴却已回到视频画面中，头发和衣服乱了，脸上有红色的印记，但还是努力平静下来，说："我要求继续庭审，不应该用他的错误惩罚我。"

法官于是又问了一遍她的身体状况，确认没有大碍之后，在民警在场的情况下，让两人分别在两个房间里完成了庭审。

经过前面这一场大乱，被告那边最主要担心的问题显然已经不在离婚诉讼上，尤其是被告律师，就怕自己也要担什么责任。双方举证质证，对关澜来说，几乎没遇到任何抵抗。

关于夫妻共同财产，尤其是两套房子的估价，以及孩子将来的抚养方式，法官都问得十分细致。另外还有结婚证，原告的那本，立案的时候就已经交到法院，法官提醒被告也要把自己的那本交过去。凡是有些经验的家事律师都听得出来，这就完全是要一次判离的意思了。

就这样直到庭审结束，民警又把双方带去派出所做笔录。戴哲自然没能出来，还要等待发落。

过后听方晴叙述，关澜才知道戴哲应该是在她送孩子去学校的时候盯上她的。这个地点、时间，他都清楚，然后尾随到她租住的小区，再胁迫入室，抢走手机，给关澜发了那条信息，说自己不能赶去法援中心。

老小区门禁不严，没有监控，行动也故意避开了邻居，戴哲可能认为这么做天衣无缝。只要方晴当时把协议签了，就算事后报警，也拿不出任何证据。

关澜这时候放松下来，仔细想了想，对方晴说："你在庭审中那么顺着他是对的，好汉不吃眼前亏。而且，当庭在线确认的其实只是调解笔录。只要调解书送达的时候拒签，协议根本不会生效，还是得等审理判决。"

张井然随之想到别的问题，笑说："对哦，被告代理人其实可以放心了。戴哲干这事肯定没咨询过律师，否则至少会给他在协议里加上一条，当庭确认即生效，过后拒收不影响法律效力。"

类似的招数其实只有过去的协议离婚才有用，那时有些家事律师专门在民政局附近租个门面现场办公，把对方约过来，一通忽悠，谈好协议，马上去办手续领离婚证。其中必定会有戴哲提出的方案中的那一条，申明不存在其他未分配的财产，两人今后再无瓜葛。这样等到对方察觉不对，已经晚了。但这招在有了离婚冷静期之后也变得不怎么管用，即使提交申请，三十天内都可以反悔。所以其实很多人深恶痛绝的离婚冷静期还真没那么差，不光可以防止冲动离婚，也可以防受骗上当。

但方晴听了还是觉得挺意外，对关澜说："我其实根本不知道这些。我只是觉得，你一定会发现有什么不对。"

这种信任当然让关澜感觉很好，却又有些惭愧。因为她觉得自己的反应已经慢了，开庭之前接到那条信息的时候，她就应该打电话过去确认一下。但话又说回来，如果当时事情败露，且没有法官、律师、书记员这些人在线看着，戴哲会做出些什么，其实也很难说。

"……他会怎么样？"方晴最后还是问。

关澜答："一个是违反人身安全保护令，另一个是扰乱法庭秩序，但造成的后果都不算太严重，应该不会被认定为犯罪，估计也就是行政拘留外加罚款。"

张井然疾恶如仇，说："但这是被告胁迫原告啊！《刑法修正案（八）》之后，寻衅滋事里面也有恐吓这一条。"

"你别忘了那个定语，情节恶劣的。"关澜补充。

"戴哲这还不算恶劣吗？"张井然反问。

关澜无语，她也觉得挺恶劣的。然而事实是有不少人在法庭上打架，尤其是家事庭，不光双方当事人，还有各自的家属，一通互殴，甚至有法官因为劝架受伤，但最后只要认错态度好，写个具结悔过书，也就罚个一两千了事。至于在线庭审中的扰乱法庭秩序，也是这一年才刚有的新案例，"拔得头筹"的那位在视频里骂天骂地，把整个司法制度都骂进去了，直说"我就是藐视法庭了怎么着"，最后罚了一万。

张井然为此颇为不平，方晴却稍稍放心，说："我也不想闹到很严重，他要是真去坐牢，留下案底，我怕他出来了破罐子破摔，还得到处找我报复我，而且也会影响到孩子将来政审。"

事情有时候就是这么无奈。也许正应了方晴在庭审中对法官说的那句话，不应该用他的错误来惩罚我。但在家事庭，哪些是"他"的错误，哪些是"我"的责任，一切又都没办法分得那么清楚，法律也好像克制得过分，很难找到一个恰如其分的角度介入。

隔了几天，戴哲的处罚结果出来，果然如关澜所料，法院训诫，罚款两千，外加顶格的十五天行政拘留。然后离婚的判决书也下来了，基本就是按照原告这边提出的方案，抚养权归女方，抚养费一次性支付，夫妻共同财产一人一半，并支付家务补偿和家暴赔偿，算是个不错的结果。

方晴打电话过来向关澜道谢，但最后还是说："等 A 市的事情全部解决，我还是准备把分到的那套房子卖了，然后带着孩子回我父母那里生活。"

关澜当然可以理解她的顾虑，有些事还真不是一纸离婚判决书就可以彻底结束的，唯一感到安慰的只有财产分配上尽了最大的努力，可以让方晴和孩子有个很好的重新开始的基础。

这个案子本来是齐宋先接手的，现在有了结果，关澜却没告诉齐宋。那几天，齐宋好像死了一样，不见人影，没有电话，没有信息。关澜也就当他死了，反正也忙得无暇去想其他。

白天她仍旧在政法两处校区之间奔波，晚上回到家，面对尔雅，又忍不住一遍遍地考虑，怎么去跟黎晖谈将来的安排。有些情绪不适合在尔雅面前表露，但她真的很需要跟人谈谈，于是再一次想到赵蕊。

没等她开口，赵蕊倒是先发了消息过来找她，问：有空没？

关澜起初还以为是老伴儿之间的心有灵犀，回过去说：聊聊？

结果那边直接拨了视频过来，而且还是三方的：她，赵蕊，李元杰。当时已是晚上十点多，后面这二位也都在家里，身上穿着家居服。

"这是干吗？"关澜问。

赵蕊答："我俩拟了个婚内协议，签字的时候想找你做个律师见证。"

关澜无语，愣了愣才说："别见证了，你们自己拟的协议多半是无效的，你先发来给我看看再说。"说完直接挂了，心想什么老

第十九章　不该用他的错误惩罚我

伴儿，这时候还来白嫖她。

少顷，关澜收到赵蕊发来的一个 Word 文档，打开一看，果然都是无效条款，却又别具一格。

她发消息过去，问：这协议，你俩究竟谁胁迫的谁？

赵蕊回：我们商量好的呀，我没强迫他，他也没强迫我。

关澜倒是好奇了，又问：你给我说说具体过程呗。

聊天界面上方显示"对方正在输入……"，输了半天不见新信息进来，关澜正想这是怎样一个曲折的故事，那边索性发了语音过来，一连好多条。

赵蕊告诉关澜，自那天聚会之后，她跟李元杰一起回了家。但事情当然还没完，两人冷战热战，交叉进行。冷战的结尾，基本都是李元杰忍不住，主动来跟她撒娇，说："我还不够你烦的吗？非要孩子干吗？"

赵蕊轻嗤，说："老李你别忘了自己今年三十五，你阿娘都不把你当大宝贝了。"

李元杰原样奉还，说："老赵你别忘了你今年也是三十五，而且本来身体就不咋好，年轻的时候你怎么不说想要呢？"

三十五，不年轻，老赵……赵蕊听着不大顺耳，却也吃瘪。

前几年她的确没怎么想要孩子，就觉得跟李元杰两个人玩得挺开心。遇上家里长辈催生，就一起搪塞过去。她还记得自己甚至跟关澜说过，丁克就该像他们这样直接对外号称生不出，而不是跟人解释或者争论为什么生孩子不是必需的，这样被催生的压力自然减到最小。因为生不出就是生不出，就像做奥数题，不会就是不会，家长再吼也没用。

李元杰看出她松动，又问："所以你说你到底是为了什么呢？"

赵蕊只答:"人的想法是会变的……"

"难道你真的开始考虑养儿防老?"李元杰指着她想笑。

赵蕊打掉他的粗手指,拿出自己半吊子的心理学来作为辅助,跟他讲道理,说:"我当然知道养儿防老不靠谱,但人是社会动物,需要跟其他人的联结,需要人生的支点,而且这联结和支点越多越好。"

李元杰反问,说:"你确定小孩就是支点吗?我觉得我爸妈可不这么想,而且我小时候还是那种很好养的孩子,能吃能睡不生病,学习不用他们操心。你还记得中学的时候,我爸爸作为优秀家长,被老师请去发言吗?他通篇其实就是'顺其自然'四个字,当初大概也觉得养孩子真棒,想过靠我享福吧。结果养了二十几年,发现我还是会失业一整年荡在家里。然后又等了十多年,发现我连个孩子都不会生。"

赵蕊被他逗笑,想想倒是真的,身边同龄的朋友育儿的烦恼他们看得也是多了。但自己的目的并没忘记,她继续循循善诱:"我知道现在很多人都说,养儿不能防老,倒是会多个人给你拔呼吸机。但你看到过医院给病人发的那种调查问卷吗?不管是心理还是生理疾病,其中几乎都有这一条,问你是否有家人,你们是否生活在一起。这类问题最后得出的统计结果也都差不多,跟家里人生活在一起的病人,康复的概率更高。"

李元杰接口回答:"但对我来说,这个家里人就是你啊。对你来说,不也就是我吗?"

"那要是你死了呢?"赵蕊是很直接的,话说出口觉得不大公平,赶紧又加上一句,"也可能是我先死。"

老李简直无语,没想到要讨论这么终极的问题。

赵蕊却还没完,说:"有篇论文我发给你看一下,那里面说,哪怕是不怎么和谐的亲子关系,只要你知道有个人存在着,他哪怕是因为法律上的责任必须对你负责,也会是个正向的心理暗示,可以提高老年人的心理健康水平和主观幸福感。"

"但是心理上的获得真的可以跟生理上的失去相提并论吗?"李元杰觉得不行。

赵蕊却认为正是如此,说:"是啊,心理上的压力并不比生理上的痛苦更轻松。"

"心理压力?所以你还不就是为了长辈那几句话?"李元杰以为发现了她露出的破绽。

但赵蕊并不在意,只是否认,说:"不是的,或者说不光是这样。我考虑过他们,也考虑过我自己。跟这些比起来,我觉得试管加上怀孕生孩子受的罪是可以接受的。"

"可是我受不了,"李元杰却忽然变得郑重,就那么看着她,憋了好久才把下半句说出来,"上一次孩子流掉,你不记得了吗?"

赵蕊一下红了眼眶,也不知是因为眼前老李这个样子,还是因为那一小段埋藏的记忆忽然来袭。她当然是记得的。其实身体上的痛苦并不太大,就算有过也都淡忘了。但她清楚地记得那次从医院回来,自己走进家门,径直去了卧室,躺到床上,缩起身体哭泣。李元杰跟着进来,也在她身边躺下,把她拥进怀中。她靠在他胸前,静静地流泪。她哭了,他也哭了,轻轻抚着她的头发和背脊。那场景好像就在昨天似的。

她真心觉得他的难过不比她少,但人争论的时候就是不讲理的,于是脱口而出,说:"所以你就是把你的感受放在我前面咯?你受不了,你心里难过比我身体难过更不得了。而且我们也不是什么高知，没什么共同的理想和统一的情趣，现在说是丁克，再过几年你不想丁了，还有反悔的机会，我怎么办呢？"

李元杰被她几句话噎住，半晌才品出其中对他的不信任，简直快气死了，说："我去结扎不就行了吗？这样就没有反悔的机会了，大家公平合理。"

赵蕊回说："你傻了吧，已婚男人结扎要妻子同意的，我不同意。"

李元杰气死了，却又不知该如何自证，为表抗议，当着赵蕊的面，扔了整盒有漏洞的杜蕾斯，越想越觉得委屈，干脆离家出走。

赵蕊看他这样也担心起来，报了110，跟民警说她老公可能要做傻事。民警还当是自杀，赶紧打电话过去。李元杰倒是接了，一听对方是警察，有点蒙，说自己没想干吗，就是出来冷静冷静。民警知道是一般夫妻吵架，劝了两句，说："这么冷的天哪里不能冷静，你赶紧回来吧，你老婆都担心死了。"

李元杰站在外面也挺委屈的，说："你让她等一会儿，我骑自行车骑得有点远，回去可能还得半个多小时。"

民警清清嗓子，忍着没笑，问："要不要警车过去接你？"

李元杰赶紧答说谢谢不用，挂了电话。

到家时，民警已经离开，李元杰站在门口，看见赵蕊坐在沙发上等着他。也许是这一路上已经想好了的，他先开口问："心心，那你到底还想不想跟我在一起？"

"想。"赵蕊点头。

他没曾料到她回答得这样肯定，却又听见她反问："如果可能，你想要我们的孩子吗？"

"想。"他也点头，同样肯定，也同样反问，"但如果没有孩子，你还会想跟我在一起吗？"

第十九章　不该用他的错误惩罚我

"想。"赵蕊回答。

两人忽然都有点想哭,李元杰走过来,从沙发上拉起她,熊抱在怀中。那种温暖的、确定的感觉,又让两个人都高兴起来。

像是抱了许久,赵蕊才问:"你刚才骑到哪儿了?"

李元杰答说:"罗桥新村。"

赵蕊一点都不觉得意外,因为那是他们俩从小一起长大的地方。在警察的电话里听见他说半个多小时,她就已经猜到了。对他们来说,世界上恐怕不会再有另一个人像对方一样。

一番来龙去脉交代完毕,回到此刻,关澜给赵蕊打语音过去,把那个 Word 文档里的条款总结了一下,说:"所以你们就写了这份协议——老李承诺跟你去做试管,你也承诺如果一年还不成功就放弃尝试,继续丁克。然后老李又承诺他会去结扎,杜绝未来丁不下去反悔的可能。"

"是啊。"赵蕊确认,"是不是环环相扣,公平合理?"

关澜直接回答:"这几条都涉及人身权,就跟我割个腰子换你两肋插刀一样,全都是无效条款。"

赵蕊那边怔了怔,一时无语。

但关澜紧接着又道:"刚才那句是我作为律师说的,现在作为老伴儿,我觉得这办法可行。什么签字画押、律师见证,也都不必了,你们就当是个君子协定。这事要是搁别人身上结果还不好说,但你们,我真的觉得可以。"

赵蕊在电话那边听着,轻轻笑了,说:"我也觉得可以。"

关澜也笑,是为他们高兴,隔了会儿却又扫兴,说:"但你真想好了要孩子吗?"

赵蕊说："当然想要啊，我现在就喜欢在小红书上刷小婴儿，主页推给我的都是这些。我还总是想起尔雅小时候，你用背带背着她，那么小的一个，亲起来好香好软。"

关澜忽地被戳到痛处，却还是笑着，摆出过来人的姿态对她说："你别光看见贼吃，不看见贼挨打。一个月黄疸，两个月胀气，吐奶，出牙，或者根本没啥事，就半夜不想睡了，起来玩会儿。洗澡在浴室疯，摔倒头上撞个大包。肠胃炎带她看病，我爸在外面找不到车位，我一个人抱着她在医院里上上下下地跑。再到后来上了学，手抄了多少本错题集……"

她说着，忽然落泪，自己其实也觉得不应该，算账似的。

赵蕊听出她声音里的异样，问："怎么了？"

关澜深呼吸一次，努力让自己平静下来，这才回答："尔雅上周末跟我说了，她以后想跟黎晖住在一起。"

"不可能。"赵蕊脱口而出。

关澜没答，她曾经也觉得不可能，但得到的回答就是这样。

"不可能，"赵蕊重复一遍，又问，"齐宋什么态度？"

"没态度，"关澜如实回答，"我告诉了他，然后他好几天没跟我联系了。"

这话说出去，她觉得赵蕊心里一定冒出"果然"两字，说我早就告诉过你，他就是这种人。

但赵蕊没这么说，反倒是岔开了话题，聊起育儿观念，说："现在的母亲总是喜欢在自己身上找理由，稍微说错一句话，就觉得是不是会留下童年创伤、原生家庭的痛。以至于很多孩子也理直气壮地认为母亲就是为了他而存在，什么'父母皆祸害'小组，什么'生第二个孩子，就不可能给出百分之百的爱了'。不像从前，当妈多

第十九章　不该用他的错误惩罚我　　455

容易啊，没钱的给口饭就行，有钱的每天叫保姆抱过来看一眼。"

关澜听着，勉强整理心情，笑问："那你准备学哪一种？"

"两种都不学，"赵蕊回答，"我就把自己拉低到跟孩子一样的高度上，我对他好，他也得对我好。"

"太理想化了。"关澜又以过来人的姿态品评。

赵蕊却答："也许是吧，但我也没想过一定要怎么样，什么母慈子孝，永不分离。就像纪伯伦那首诗里说的，你的孩子其实不是你的孩子，我只希望我跟他都会是一个完整的人。"

好像还是在说自己生孩子的事情，其实还是在安慰她。关澜忽然有些感激，老伴儿总归还是老伴儿，知道她在想什么。

次日就是周五，原本要和齐宋开始周末约会，但现在大概也不做数了。关澜不去多想，一个人或许更轻松，而且她还有别的事情要做。

她只是一早问尔雅："这个周末你还是去爸爸那里？"

"嗯。"尔雅点头确认。

关澜于是送她去学校，又给黎晖发了条消息，约他周六尔雅补课的时候见面谈一谈。

这是她作为家事律师能够想到的最合适的方式，就两个人，找个公共场合，不受其他家庭成员的影响，也不会有太过情绪化的表现。

只可惜事与愿违。当天上课的时候，她就已经感觉有些不对，疲劳、肌肉酸痛，傍晚回到家，开始低热。想到这一阵外面的情况，自己又总是跑东跑西的，也没觉得太意外，赶紧把该请假的地方请了假，又随便吃了点东西，早早睡下了。

直到睡得稀里糊涂，浑身都在疼，她被手机的振动惊醒，黑暗中眯着眼睛摸过来，接起，是赵蕊。

大概因为知道她这几天心情不好，赵蕊每天都打电话过来，一听她声音就说："哈哈，你也？我也是，难道电话也能传播啊？"

关澜头痛欲裂，迷迷糊糊，听着她在那边说了半天，什么Q中心一栋楼一万多个人起码倒了一半，然后又安慰她说本地的毒株不严重，也就发两天烧，差不多38度多，过后没有喉咙痛什么的，她自己连药都没吃。

关澜跟她道谢，说："谢谢你告诉我，那我周一还能在家上网课，什么都不耽误。"

赵蕊明夸暗损，说："关澜你至于吗？你们学校也不评劳动模范吧。"

她还是稀里糊涂，说："嗯，好的，再见……"然后就把电话挂了，埋头继续睡。

那一夜睡得断断续续，并不安稳，一时好像很冷，一时又火烧火燎。她把电热毯和空调开了关，关了又开，先正着睡，又反着睡，但不是这里痛，就是那里痛，总是找不到一个舒服的姿势。

直到早晨，窗帘拉着，房间还是很暗，只有接缝处勾出一线光亮的轮廓，让她知道天已经亮了。她躺着不起来，听到外面的敲门声，以为是快递什么的，不去开门人家就会放在门口离开。果然，外面敲了会儿，不敲了。

手机却振动起来，她又摸过来看，这一次却是齐宋发来的信息。消失好几天之后的第一条，就两个字：开门。

她有些意外，却偏不回，把手机扔到一边，任性似的。又在床上躺了会儿，外面再次传来敲门声，手机再次振动。她是那种受不了让别人担心的人，这时候却又有点受不了自己心理承受能力这么

第十九章　不该用他的错误惩罚我

弱,否则好歹也得装几天死,以其人之道还治其人之身。但最后还是慢慢把手机摸回来,打字发过去:我估计是阳了,你回去吧,免得传染。

却不料那边直接给她发来一张抗原的照片,两条杠。

紧跟着一句:已经中了,开门,让我进去。

吃过早饭了吗?门外人接着问。

房里的人答:不想吃。

门外人又道:还有药,我带了点过来,布洛芬。

关澜回:我这里都有。

齐宋不说话了。

她好像真的不需要另一个人,他这么想,她也这样觉得。

但一段停顿之后,她还是发了个一次性的密码过去,心里却又在想,他可能已经走了。

或许因为生病了脑子转得慢,那段停顿,其实根本算不上是犹豫,只能算发呆。

直到听见外面开门进门的声音,她才觉得不对,又在微信上问:你这真的假的呀?

她隐约记得赵蕊对她说过,这一阵在Q中心上班的人差不多阳了一半,那至呈所里肯定也不会少。齐宋一个合伙人,势必会有手下的律师、律助跟他请假,他要在手机上找张抗原阳性的照片可太容易了。

但那边没回,只听见脚步声朝她的卧室这里过来,然后门被推开,明亮的背景勾勒出身形的剪影,他穿一身黑色。她怕光,蒙头躲起来,却已经看见他手里的猫包。

"怎么把马扎也带来了?"她在被子里问,声音哑得像狼外婆,还瓮声瓮气的。

齐宋不语,只是放下猫包,又脱了外套搁沙发上,然后走进来,在她床沿坐下,这才开口道:"它这几天一直都跟我在一起,我房子关着还没让阿姨进,也不好送它去宠物旅馆祸害别的猫,所以就一起带来了。"

说话的声音也有点哑,是同类了,没错。

"你真阳了?"关澜也不知道这算是什么缘分。

"这还有假的呀?你别把自己闷死了……"齐宋笑了笑,手掌隔着被子摸索,摸到她的脑袋,掀开一点,说,"前几天去了趟H市开庭,回来第二天就倒下了,一直在家躺着。"

关澜听他说,便想起当时,自己觉得他就跟死了一样,原来是真死了。

"怎么知道我也阳了?"她问。

"昨天感觉好了,就在犹豫这周要不要去法援中心,可是打电话过去一问,白老师说你不来。"他答,"后来又是赵蕊,加了我微信,告诉我你病了。"

"所以你昨天就知道了。"关澜找碴。

齐宋怔了怔,才说:"我本来还在想,要是有别人在,我过来会不会不方便……"

"你觉得会有谁?"关澜接口问。

齐宋不答,只是看着她。幽暗中,两人都发现对方瘦了点,样子有些憔悴。

"所以你就连去法援请假都没打算先跟我说一声。"关澜继续找碴。

齐宋还是不解释,只道:"嘘,别说话了……"

第十九章 不该用他的错误惩罚我　　459

她确实很累，开口也确实费劲，但还是觉得这纯粹就是欺负她嗓子哑。直到他伸手轻抚她的头发，捧住她的脸颊，再俯身下来轻轻抱住她。

她还在发烧。他手指触碰她的皮肤，只觉是种异样的炽热，而对她来说，却是些微麻木的疼痛，再加上舒适的微凉。她翻身过去，在他怀中找到一个角度，不影响喘气，不离开他的手，而且听得到他呼吸的声音，然后重又闭上眼睛。奇怪，一整晚都没有找到的姿势，就这样找到了。

再醒来，已经是下午了。关澜其实还能睡，不知多久没有这样的机会，就她一个人，暂时什么都不用管。迷糊了会儿，她才想起还有齐宋，且就是他存心把外面一层的遮光窗帘拉开了一半，让房间里亮了一点，就怕她睡到虚脱。

这时见她睁眼，他赶紧给她量了量体温，热度倒是退了些，37度多，又说："起来喝点水？"

关澜摇头，记得自己应该还在生气的。

但齐宋不走，蹲在床边看着她，见她精神好了一点，说："还有我煮的粥，要不要吃吃看？不分层的那种。"

关澜还是不说话，却没忍住笑，又一次觉得自己的心理素质真的是太差了，连这么一会儿都绷不住。

齐宋也看着她笑起来，手把着她的脸亲亲她。

她把他推开，说："你干吗？不怕再来一遍啊？"

他却无所谓，非要凑上来，说："我才刚好，这时候抗体最多，是最安全的。"

关澜觉得他好傻，而且两个人嗓子都不大行，声音听起来有些陌生，使得这对话更加好笑。她彻底破了功，被他拉起来，在睡衣裤外面套上一件厚开衫，去外间吃东西。

电饭煲开着保温，粥不知是什么时候烧的。他给她盛了一碗，配上榨菜和肉松。她本来没感觉饿，吃了两口，才被引出一点食欲来，却非要嫌弃，说："太稠了，我要加点水。"

齐宋笑，批评她："胡闹什么，好好吃。"

碗里的还没吃完，他又在给她剥橙子，搞得她"压力山大"，说真的吃不下了。他不管，还是剥，还是让她吃一点。其实自己病着的那几天也是这样，什么都不想吃，差点就能成仙。现在看着她，又觉得摄入实在太少，身体肯定撑不住。

关澜看着他剥，手指修长，挽着袖子，手背到小臂上青蓝的静脉若隐若现，忽然调侃，说："你们所里的人看见你这样，会不会都不认得了？"

齐宋却只是笃定地说："他们看不到。"

"哎哟，你还挺骄傲的。"她揶揄。

他垂目看着橙子笑，又欺负她，说："你嗓子都这样了，少说两句吧。"

他想表达的也许只是那样一个意思——我对别人都不行，就对你不一样——让她想起另一句话来。

"你真觉得我对所有人都很好，就对你不行？"她问。

"嗯，"他点头，把橙子外皮去干净了，再一瓣瓣分开，放到面前的瓷盘里码好，说，"但我觉得这样挺好。"

"这算什么受虐倾向？"她损他。

"否则怎么显得我不同呢？"他反问。

本来只是句玩笑，她却无端地认真起来，说："是的，你不同。我对你就是没那么好，做不到一直包容你。别人可以骗我，放我鸽子,无论什么时候消失,无论消失多久,无论多少次都没关系,就你不行。"

"为什么?"齐宋也跟着认真,看着她问。

她答:"因为我会突然有话想跟你说,会怀疑你是不是不想继续下去了……"

说到一半,她猝然停住,明知这是在犯他的忌讳:追问,给他压力。换在别的时候,她也许根本不会说出口。只是在此刻,她有些糊涂,有些刻薄,但也更真实,清楚自己不可能总是保持他理想中的状态,做智者、强者。

齐宋想说不是的,我再也不会那样了,就像所有正常人一样,反正先把承诺轻易地说出口,能不能做到,以后再说。

但他真的可以做到吗?就算他做得到,她也会一直想跟他继续下去吗?他还是忍不住自问,终于还是选了一种没那么正常,但他可以接受的方式。他伸手拥抱她,说:"我在这儿呢,不管发生什么,你都可以对我说……"

关澜试图躲开,不想让他看见她落泪。但他没松手,索性让她坐到他身上,就那么抱着她,让她枕着他的肩头哭。

她好喜欢这种感觉,可以任性,可以觉得累,可以发脾气,可以崩溃,可以号啕大哭。这好像就是她想要的,想了很久很久,从她决定结束第一段婚姻的时候就开始了。

只可惜病情所累,她没哭一会儿就开始用力抽着鼻子,张嘴呼吸。

齐宋知道她哭得把鼻子塞住了,透不过气,伸长手臂,去拿纸巾给她。两个人都没忍住笑起来,但他还是说:"我在这儿呢,你什么都可以告诉我……"

第二十章　你有没有想过放弃我

那个周末，据说A市又是一轮降温，不时听见窗外大风呼啸而过，但他们关门落锁，仿佛与世隔绝。吃饭，睡觉，交谈。房间里很温暖，光线柔和。关澜跟齐宋说了好多从前的事，关于二十出头的自己，还有后来的尔雅。

大四那年，她LSAT考了高分，已经在申请学校准备出国，尔雅却忽然来了，起初只是验孕笔上的两条杠，而后又是医院B超报告上一个模糊的影子。

她当然想过放弃，毕竟她那时才二十一岁，放弃才是正常的决定。最后是黎晖说服她留下，结婚，生下这个孩子。做出决定的那一天，两个人都有些自我感动，仿佛义无反顾。

但等到后来事情变坏，也是黎晖对着她咆哮，说："你凭什么拿抚养权啊？你根本就不想要这个小孩的！"

"你觉得尔雅知道了？"齐宋问。

关澜点头，然后摇头。她不确定。不确定尔雅是不是知道，也不确定是不是因为黎晖说了什么。

仔细想起来，就算不是黎晖，她身边的很多人或多或少都说过类似的话——如果你不是那个时候做了个这么糟糕的选择，闪婚、闪育，你的整个人生都会不一样。

甚至，还有她自己的态度。

离婚之后的六年里，她念完了硕博，每天读不完的文献，写不完的论文，备不完的课，还要在法援中心做助理，后来又去外面律所挂了证兼职实习，于是便又有了见不完的当事人，和办不完的案子。

而那几年，也正是尔雅最活跃、最黏人的阶段。两岁到八岁。只要一看见她，尔雅就围着她，在她耳边说："妈妈，我好没劲啊，你陪我玩会儿吧。"

"妈妈，你看这个……"

"妈妈，你看那个……"

"妈妈，我……"

她勉力应对，但有时也只顾得上"嗯"一声。

尔雅起初还会不高兴，跟她撒娇耍赖什么的，后来习惯了，知道她心不在焉，就会说一句："借我点钱呗。"

而她也真会进套，继续心不在焉地"嗯"一声，直到尔雅一只手伸到她眼前，才反应过来。

那些时刻，她真的觉得小孩好烦，就想让尔雅走开去玩自己的，好让她也干点自己的事情。

但忽然之间，尔雅长大了，真的要走开去玩自己的了，她又开始担心，怅然若失。

人就是这样。

这些事，她都记得。那尔雅呢？尔雅一定也记得。

三年级写作文，有次题目是《我的谁谁谁》，别的小朋友大都写《我的妈妈》，但尔雅写的是《我的外公》——每天放学，我一出学校大门口就可以看到我的外公，他总是笑呵呵地等着我，从我读幼儿园的时候开始，一直到我上了小学，天天都这样……那篇只得了个 B 的作文，在她读来，却如此有画面感。黎晖说过，我做不到你爸那样。其实，她也没做到。

虽然赵蕊安慰过她，别因为做了母亲，就对自己要求太高。但她还是忍不住去想，她也许真的从一开始就做得不够好。如果不是这样，如果不是那样，如果再给她一次机会，把这几年重新过一遍，结果也许会完全不同。

故事说得断断续续，而且有些乱，但齐宋真的在听，也想起很多过去的事。

正常成年人遇到这样的问题，大概都会代入父母，他却代入小孩，说："这个年纪的人，有时候就是会有些奇怪的想法，自不量力，不切实际。她离开你，不一定是因为不爱你。"

"也许是为了给我自由？"关澜反问。这种猜想，其实更让她难过。

她很难想象一个小孩如何面对这样的事实：母亲其实根本不想要自己，自己的出生不被期待。但这真的是事实吗？她为什么要用"事实"这样一个词呢？

齐宋像是可以感觉到她的念头，说："不管她有没有听别人说过些什么，你都应该跟她好好谈谈。"

"说什么呢？"关澜问。

"全部，"齐宋答，"你一开始怎么想，后来又是怎么想的，把你刚才对我说的这些都告诉她，也听听她怎么说。"

她靠在他身上，静默良久，才点了点头。

其实是有些意外的,问题并没有想出个所以,他也给不了她答案,但只是说出来就让她轻松了许多,哪怕他本来应该是最不适听这些琐事的人。

同时不得不接受现实,她可能没那么快好起来,所以还是给黎晖发了条信息,说了下自己的情况,周日不能如约面谈,而且尔雅可能还得在他那里多住几天。

黎晖回:需要什么东西吗?我给你送过去。

关澜婉拒,说:不用,你照顾好尔雅就行了。

隔了会儿,先是黎晖告诉了尔雅,再是尔雅告诉了陈敏励。两边接连听到了消息,都打电话来问她怎么样。

关澜接完一个,又接另一个。小孩还算好应付,陈敏励直接说要过来照顾她。

关澜忙道:"我这里什么都有,休息两天就好了,你这岁数,要是传染上了更严重。"

陈敏励说:"那你一个人怎么行?顿顿吃外卖吗?万一有点什么不对,都没人送你去医院……"

关澜只好告诉母亲:"我不是一个人,有人照顾我。"

齐宋就在近旁,听到她说这话,已经看过来。

"谁啊?"陈敏励还在电话里问,"你那个律师男朋友?"

"……尔雅跟你说的?"关澜猜就是了。

陈敏励笑,说:"你怎么不带我一起见一见呢?"

"我喉咙痛,不说了。"关澜敷衍。

陈敏励像是听出端倪,倒也不勉强,还是笑着道:"那好,不说了,不说了。"

关澜与母亲道别,电话挂断之后,却又在心里吐槽:你老年大学的同学怎么也没让我见一见呢?

电话打完不久,外面又有人敲门。

"关澜……"是黎晖的声音,他还是给她送东西来了。

她发消息给他,说:谢谢,但我确实用不上,就不开门了。

那边回:有人照顾你?

末尾加了个问号,却不太像问句。齐宋的车就停在楼下临时车位上,他上来的时候可能已经看到了。

对。关澜没有掩饰。

好,黎晖回,东西我放在门口了。

关澜没再说什么。隔了会儿,听到电梯启动的声音,知道他走了。

齐宋开门把东西拿进来,是些吃的,还有药。他什么都没说,但关澜好像也能感觉到他的想法,对他道:"我做过的离婚案里,凡是没有孩子的,分开就是路人。但如果有孩子,可能就永远分不彻底。"

"那他们把对方当什么呢?"齐宋问。

要是换在别的时候,他可能不会提出这样的问题,显得太在乎、太计较,更不知道会得到怎样的回答。

关澜却真的答了,想了想,反问:"你有没有那种……你不大喜欢,但是逢年过节非得见一面的亲戚?"

齐宋听着,竟也笑出来,答:"我没有,但你这么一说,我就明白了。"很多话他不愿意说出来,是因为怕争论,怕吵架,怕改变。但和她在一起,真的说了,才发现其实也没有那么坏。

入夜,体温又高上去,关澜整夜睡得不安稳。齐宋在旁边听着她有些急促的呼吸,以及偶尔一阵轻轻的呻吟。有时觉得冷,她整个人贴过来抱住他,等到觉得热,又把他远远推开,也折腾了他一整夜。

睡到天明,两人都有种晨昏颠倒的感觉,睁了睁眼又闭上,继续睡下去。真正把他们吵醒的,还是马扎挠门的声音。齐宋赶紧去把门打开,按住它制止。

关澜却也睁了眼,拍拍床,说:"马扎来。"

那猫得了许可,从齐宋手下蹿走,利索地跳到床上,趴那儿翻了个身,露出肚皮。

"你也太不拿自己当客人了吧?"齐宋说它。

关澜却撸得挺开心,说:"你一个人在家躺着那几天,只有马扎陪你吧?"

"嗯,"齐宋答,"这猫挺有良心的,隔一会儿就来看看我死了没。"

关澜笑。

齐宋继续说下去:"我也挺有良心的,跟它说,你现在快三岁,等于人类二十多,再过几年就赶上我的岁数,甚至比我年纪大,我给你送终。"

关澜笑得简直要咳嗽,拿起马扎两只前脚,对他拜拜,说:"我谢谢你哦。"

两个人,一只猫,继续着与世隔绝的一天。吃过饭,洗个温水浴,再看一部电影。

片名《马丁·伊登》,讲一个贫穷的年轻水手,没上过学,却有不凡的才华,靠写作成为名流。故事改编得不过尔尔,但画面有种属于胶片时代的颗粒感,很美。

电影还没结束,关澜就又睡着了。齐宋调了静音,把剩下的一点看完。水手名利双收,却空虚幻灭,正在各种作死的时候,他收到姜源的信息,问他下周一进不进办公室,有新案子跟他谈。

齐宋看了看怀中的关澜,回:不一定。

姜源说:你怎么还没好?这都歇了快一个礼拜了吧?

齐宋不答,反问:想我?

姜源发来个"呕吐"的表情,再添上解释,说:你不在,多少人围着王律师鞍前马后,你就不怕长江后浪推前浪?

齐宋当然知道,只是顺着他说:怕也没用啊,自己身体不争气。

姜源深表同情,却又忍不住要在他面前刷一下优越感,说:这回我总算也看到你们做诉讼的劣势了,真得肉身一直在前面顶。

齐宋附和:是啊,不像你,可以幕后做资本家。

发完这条,便不再理会。

但再看电影,竟有种奇异的代入感,仿佛成功在即,却又不知道自己到底为了什么,此刻真正重要的好像反倒是过去无视的另一些东西。

莫名地,他又想到其他,开了手机,在微信里找到齐小梅的名字,也不知道要做什么。结果却看见一条未读信息,好几天前发的,当时可能没注意。

护理院那边找过你吧?齐小梅问,又说,我已经去存了钱,你就不用管了。

齐宋看着这两句话,看了好一会儿,想回:有病吧?你钱很多吗?

最后却还是一个字都没发出去。

彻底痊愈,已经是五天之后的事了。

赵蕊打电话过来问，没头没脑的一句："怎么样？"

关澜学着红楼梦的腔调回："已经大好了。"

赵蕊却又纠正，说："我是问我给你送去的那个男护士怎么样？"

关澜笑出来，不做评价，只道了声："谢谢你。"

赵蕊嫌她不够具体，接着问下去："会不会做饭，收拾房间？会照顾人吗？"

关澜拿她无法，只好实话实说："……挺会的。"

赵蕊表示满意，又问："那是进了还是退了？"

关澜装傻："什么进了退了？"

"感情啊！"赵蕊也知道她在装傻，继续深入，"不是都说，两个人出去旅行一次，就可以看出彼此是不是真的合适吗？我一直觉得其实生病更加说明问题。"

这一点关澜倒是深以为然，表面却只是搪塞，说："前两天难受得都快死了，哪还有心思谈恋爱啊？"

赵蕊偏就不放过她，打听到底了："那后两天呢？"

关澜说："嘴唇起皮，双眼无神，头发赛鸡窝，脸白得像鬼，只有鼻子是红的，反正是很扫兴了。"

赵蕊哈哈大笑，说："亲，欢迎你来到老夫老妻的世界。两个人什么时候能接受对方这个样子，就差不多算是修成正果了。"

关澜反正还是打马虎眼，说："什么正果？我当斗战胜佛，你是净坛使者那种吗？"但电话挂断之后，她自己回想过去的几天，才发现确实如赵蕊所说。

倒下的第三日，她活过来一点，正好赶上周一，给学生上网课。知道齐宋也忙，不好意思再留他。但齐宋还是没走，又陪了她两天。

那两天当中，除了齐宋出去买过几趟东西，他们几乎形影不离。她在房间里上课，他就在外面客厅开了电脑忙自己的事情。当时也确实像她描述的一样，两个人都不修边幅，尤其是她，却丝毫不曾妨碍亲密时的感觉。她还是很喜欢他，他也很喜欢她，不介意对方是不是没刮胡子，是不是嗓音喑哑。

他会跟她抱怨，说陪睡，伺候洗澡，天知道我前两天怎么过来的。她笑，自己当时其实也动了那份心思，只可惜有心无力。但如果他更主动一点，她也不是不能配合。他却又纠结，说发烧算不算意识清醒，乘人之危。她夸他，说你太绅士了，就是有点没劲。他自然不忿，证明给她看。

有时候，她甚至觉得他们好像已经在一起生活了很久，以后也会这样继续下去。但终归还是有结束的时候。

等到她痊愈，两人一起把房间上下打扫消毒了一遍，还是得回到各自原本的生活中。齐宋必须去所里开会、出庭，她也要把尔雅接回来了。

前一天晚上，尔雅已经打过电话来问，说："妈妈，我什么时候可以回去？"

她也问尔雅："爸爸那里住得好吗？"

尔雅说："挺好的，但我就是想你啊。"

关澜听着，又有些动容，想起齐宋对她说的那句话，选择离开，不等于不爱你。

她已经准备好了今天接尔雅回家，却还是没想好，怎么开口谈那个问题。齐宋说全部，你最初是怎么想的，后来又是怎么想的，全部说出来。但作为母亲，真的可以吗？作为孩子，会理解吗？

也是在那一天，关澜接到七（1）班班主任吴老师发来的微信，问她有没有时间通个电话。

她起初以为又是尔雅闯了什么祸,或者欠了什么作业没交,紧接着就看见吴老师又发来一条:关于上次打架的事情,我已经知道原因了。

她看着那句话,直接发了音频通话的邀请过去。

吴老师那边接起,也是开门见山,说:"黎尔雅那次跟同学打起来,其实是因为我。"

关澜怎么也没料到会听到这么一句,她想不出其中究竟是怎样的因果,只等着老师继续说下去。

"尔雅妈妈,你应该也知道的,我教学和纪律都抓得比较紧,"吴老师大概猜得到她的意外,话里带着些许自嘲,"就算家长也未必全都能理解,有的还去校长信箱投诉过我,说我作业布置得太多。学生中间对我有意见的当然就更多了。初一年级的孩子,陆续有了手机,私底下建了聊天群,在里面吐槽。黎尔雅就是因为在群里替我打抱不平,才跟同学闹矛盾的。"

这番话听得关澜更加意外,她了解自己的女儿,尔雅可不是那种热爱学习、坚定拥护老师的好学生。

"您是怎么知道的?"她没忍住问。

"其实,我也没想到会是这么一件事。"吴老师又道,好像完全能理解她的想法,而后才把事情的来龙去脉告诉她。

作业多、占课、没收零食、手机、言情书,因为诸如此类的问题,吴老师是学生们在群里经常吐槽的对象,说她有病,说她更年期。后来又有了新说法,因为有同学听说吴老师离婚了,到群里一传,大家都说难怪,中年妇女,婚姻不幸,这种女的多少有点心理疾病,连她老公都不要她了,真同情她儿子还要跟她生活在一起。

尔雅就是这时候开始与他们争论，说：离婚怎么了？一定是她的错吗？一定是她老公不要她，就不能是她不要她老公？而且她儿子又有什么可怜的？跟自己妈妈在一起不好吗？

　　起初只是就事论事，但小孩子之间就是这样，发生矛盾难免拉帮结派，不断牵扯进更多的人。战局扩大，武力升级，一晚上吵了几千条。

　　关澜听到这里，已经想起那个周末。黎晖对她说尔雅总在刷手机，他批评了几句，尔雅不大开心。周日接回家，她也看出孩子心情不太好，又觉得不光是因为手机。吴老师说的，应该就是那两天发生的事。

　　因为那只是十来个人的小群——吴老师接着说下去——相关的学生又都不愿意说出实情，最后还是尔雅在班里的几个好朋友各种调查，拿着几百页的聊天截图过来，才弄清真正的原因。

　　关澜听着，忽然动容，想对老师说，其实这场架，尔雅是为她打的。

　　那天下午，关澜没在家等着，直接开车去了黎晖那里。

　　冬日午后的阳光明媚艳丽，不带半点温度地遍洒一路。几日没有出门，户外沁冷的空气让她有些不习惯，却又觉得格外振奋。到黎晖家门口，她发了条消息给尔雅，没一会儿就看见她背着个巨大的书包，从房子里一路蹦跶着出来。

　　关澜开门下车，尔雅一头扑进她怀中。她被撞得往后退了一点，忽然有些想哭，只是几天而已，却好像久别重逢。黎晖也跟着出来了，站院子里台阶上看着她们俩。但她只是朝他点了点头，就让尔雅上车，自己也坐进去开走了。倒不是对他有什么意见，她只是觉得，这是仅属于她和尔雅的时刻。

"妈妈我们去哪儿？"尔雅隔窗看着外面，认出不是回家的路。

关澜转过头看看她，笑说："带你去个地方，不对，应该说是几个地方。"

第一站，是南京西路上的一座办公楼，落成快二十年了，从前也是个很不错的地方，现在看起来好像突然变得陈旧了。她们进不去，只在对面咖啡馆里坐了坐。

关澜买了两份冰激凌，一杯意式浓缩，教尔雅把咖啡淋上去吃，一边吃一边说："我本科刚毕业的时候，跟你爸爸一起工作，那时候的办公室就租在这里。"一边说，一边还有配图，她从包里拿出一张照片，是上午在家好不容易找到的。

"哇！"尔雅惊喜，拿起来对着咖啡馆落地窗外的风景比着，竟有种奇异的穿越之感。

画面中的背景就是这个地方，公园，钟楼，一座座玻璃大厦。

甚至也是同样晴朗的一天，只是在盛夏，植物更加繁茂苍翠，画面中的人也比现在年轻许多，赵蕊、李元杰、黎晖，还有她，全都只有二十几岁，全都神采飞扬地笑着。

"你数数里面几个人？"关澜对尔雅说。

"四个呗。"尔雅回答，觉得这问题有点蠢。

"不是四个，是五个。"关澜纠正，然后伸手指向照片里自己隆起的小腹。

尔雅看着照片，又看看她，有一会儿没说话，眼睛里漾出笑，又好像不光是笑，那种奇异的穿越之感变得更甚了。

两人并排坐着靠窗的长桌，关澜继续说十三年前的事。从四个人开始，到八个，再到三十个、五十个，他们都做过些什么，彼此之间如何分工。初创公司，自由，但也不稳定。周六周日几乎不休息，更不用提假期了。每个人都很忙，却也很开心。

尤其是她自己，也是像现在这样，带着腹中小小的尔雅，开着当时还崭新的小车，在城市各处行走，见投资人，见客户，谈合作，谈渠道和授权。每天都有新的挑战，都有需要边做边学的东西。比如为了不被投资人忽悠，狠狠搞清楚的BVI（英属维京群岛）《公司法》，直到今天还很有用。虽然她不是投资律师，这一点却还是可以成为她万宝全书里不缺的一只角。

说到这儿，关澜不禁想起七月份"清水错落"那个案子，她和齐宋的相识。人生有时候就是这么神奇，你出发时的目标也许早已经变了，但脚下走过的每一步路仍旧有它存在的意义。

为了拉投资和卖海外版权，他们在香港注册了控股公司。怀孕最后三个月，她不方便频繁出差，常驻在那里，尔雅也在那里出生。

当时生孩子的医院在湾仔跑马地，今天当然不可能像这样旧地重游。但她还是拿了B超报告给尔雅看，一个月的、四个月的、七个月的，以及产检之后爬上山顶的照片。尔雅看着，有的好奇，有的大笑。还有后来医院住院部的腕带，她的，还有尔雅的，刚出生还没有起名字，上面写的还是"关澜之女"。出院那天，腕带被她小心地解开，一直放在同一个盒子里，保存至今。

"你知道我对你说的第一句话是什么吗？"关澜忽然问。

尔雅笑，摇头，当然不记得。

关澜回忆，然后自问自答，说："那是你出生之后的第一个早晨，我睡不着，一直看着你。你醒了，没有哭，睁开眼睛，也看着我。当时病房里没有其他人，我对你说，你好呀，我是你的妈妈。"

就是这么简单的一句话，说得还有点傻乎乎的，因为听的人根本不懂，只是那么看着她，用一双崭新的、清澈的眼睛。但她一直都记得，记忆中的画面那样柔和，就连时间流逝的速度好像也忽然变得缓慢，那是属于她们两个人最初的时刻。

直到十三年之后的今天，她又说了一遍。这一次，听的人也懂了。

就是这么简单的一句话，两个人却都有些感动。关澜忽然红了眼眶，尔雅已经低下头双手捧住面孔。一个递纸巾，另一个抽着鼻子接过去，很久才重新露出脸，靠到她身上，说："妈妈，妈妈……"

等到稍稍平静，尔雅终于问："为什么突然跟我说起这些？"

关澜笑，转头看看她，搂着她肩膀，答："就是想让你知道。"

尔雅不信，其实已经有了些猜想，也看着她，顿了顿才说："妈妈，我在网上看到过一个问题：如果你穿越到自己出生之前，遇到自己的母亲，你会对她说些什么？"

关澜望着落地窗外的街景，当真考虑了一下，答："如果我穿越到自己出生之前，遇到还在上大学的外婆，我会对她说，陈敏励同学，请你注意休息，劳逸结合，一定不要为了学习不去参加1981年10月17日晚上的那场联谊。因为在那场联谊上，你会遇到一个很好很好的男孩子。虽然他个子不高，长得也不是很帅，家里还没房子，但你一定要给他一个机会，告诉他你的通信地址，收到他的信也千万别扔了，打开看看他写的字，还有他给你画的画……"

尔雅听得笑起来，说："哇，外公外婆原来这么浪漫啊！"

关澜也笑，又问："别人都是怎么答的？"

尔雅想了想，说不清，干脆拿出手机，找出来给她看。她们凑在一起，一条条往下划，一起看，一起笑。

有的说：好好学习，别自己没考上大学，就知道逼孩子。

有的说：不要跟风炒股票了！买房！多买房！

有的说：生了孩子小时候别给她吃那么多，太难减了。

也有的说：不要嫁给我爸，不要生我，好好过你自己的生活。

……

大多只是一句话的回答，却好像能看到一家人的大半生，女人、男人、孩子，从青春到年老，从幼稚到长大，各种各样的遗憾，各种各样的幸福与不幸。

"你呢？"关澜终于问，"如果你穿越到自己出生之前，你会对我说什么？"

尔雅想了想，说："我不知道，我也想像最后那条一样，跟你说不要嫁给我爸，不要生我，可我又觉得活着挺好的……"

关澜听得有些难过，小心地问："为什么？"

尔雅仍旧对着手机屏幕，也终于把那个问题问出来："你有没有想过不要我？我是说在我出生之前。"

"有。"关澜回答。

尔雅突然抬头，是有些意外的。关澜可以猜得到，她早就在别人那里听过这样的话，但应该没想到自己也会如此坦率地告诉她。

"生孩子从来不是一个很容易的决定，"关澜继续说下去，"每个人都应该在怀孕之前就做好万全的考虑。是不是真的想要？有没有足够的心理准备和物质条件？孩子生下来之后怎么养育？我那个时候确实是太年轻了一点，在怀孕之后才问了自己这些问题，所以才想过放弃。但后来做出选择，决定把你生下来，我同样是认真的。"

尔雅看着她，睫毛扇动，又问："但后来遇到那么些事，你后悔过吗？"

"没有，"关澜摇头，是仔细想过的，"没有。"

"可是赵蕊阿姨一直说你跟爸爸谈恋爱结婚是四年的青春喂了狗。"尔雅脱口而出。

关澜听得笑出来,说:"赵蕊这么说,也就是为了给我出气,而且不是冲你。"

"那是喂了狗吗?"尔雅问。

"不是。"关澜斩钉截铁。

"不是喂狗,是喂什么?"

"就是人生。"

"好人生还是坏人生?"

"有好,也有坏。人生就是这样的,我经历过了,我长大了。"关澜知道尔雅会懂,方才说了那么多,就连她自己也有些意外,当时竟有那么多快乐的回忆,和那些磨难一起,最终把她塑成现在的自己。

尔雅还是发问:"那要是再来一遍,你还会这么选吗?"

作为标准答案,也许应该马上坚定地说:我会!

但关澜没有,她好好想了想,才开口说:"这其实也是一个关于穿越的问题。"

"怎么也是穿越啊?"尔雅只觉好笑。

关澜给她解释:"我从前看过一个电影,里面有个人拥有时间穿越的能力。但他每次回到过去,每次哪怕做出一点点微小的改变,再回到现在都会发现巨大的不同。"

"《蝴蝶效应》!"尔雅说。

"对,《蝴蝶效应》,"关澜继续道,"最让他崩溃的,是他的孩子也变得不一样了,不是原来的那个。好不容易修正误差之后,他彻底放弃了穿越。我那时候就想,绝大多数有孩子的人可能都不敢穿越到自己孩子出生之前。"

"为什么？也不一定就会变差呀，要是换个更好的孩子呢？"尔雅没懂。

关澜不顾逻辑，给她打个比方，说："要是你穿越回来，发现有了个完美的妈妈，做饭特别好吃，在你需要的时候总是陪着你，而且也不啰唆，但她不是我，你愿意吗？"

尔雅设身处地想了想，说："有点吓人。"

关澜接着说下去："就像我，有时候也想过，如果当初没有那么早选择结婚生育，自己现在会在哪儿，怎么个样子？一定留过学，有更好的文凭、更高的职位，过更好的生活。这些我的确都想要，但与之同来的，是你不存在了。要是这个结果真的放在我眼前，我绝对接受不了……"

"为什么？"尔雅打断，也看着关澜，明知故问。

关澜眼中闪着笑意，缓缓回答："因为，你对我来说是独一无二的。"

尔雅没再说话，突然变得安静，然后抱住了她，把脸埋在她肩膀上，抱得紧紧的。

她心里一阵涌动，却又玩笑："所以我放弃穿越的机会，只有让外婆自己去认识外公了，反正他们一定会认识的。"

两人哭哭笑笑，吃完冰激凌又上路，坐着那辆灰绿色的旧车，去下一个地方。

路上，关澜这才提起打架的事，说："我今天跟吴老师通过电话了，关于上次你为什么跟人打起来……"

"还有完没完了？"尔雅一脸尴尬。

关澜看看她，想起自己小时候，家长突然去学校，自己脸上大概也是这种表情。但该说的话总还是得说下去："老师说过她会调查事情发生的原因,她现在知道了,让我跟你说一下,打架的行为不对,下次别打了。但是她谢谢你替她说话,请把仗义和勇敢保持下去,以后注意方式方法。"

尔雅不在乎这种"虽然但是"的批评加表扬,只是问:"她怎么查到的?"

"说是你好朋友帮的忙,"关澜回想,又问,"我当时问你,你为什么不说呢?"

尔雅低头嘀咕一句:"因为我也在那个群里说老师坏话了呀……"

关澜意外,怔了怔才笑出来,问:"你说什么了?"

"我说,怎么就体育老师生病,她不生病呢?"

关澜简直无语,把着方向盘笑。

尔雅却好像忽然想起什么,开了手机,一通发消息,半天才舒了口气,说,"还好,还好,他们没把那句话截给吴老师看。"

关澜只在旁边瞥了一眼,看到了 Creeperking 暗绿色的头像。

那个傍晚,她们去了从前住过的旧小区,也去了尔雅上过的幼儿园,最后到陈敏励那里吃晚饭。

同一个傍晚,齐宋离开滨江区的办公室,开车穿越过江隧道,去了对岸的南码头。

夕阳正在江面上落下,给水和天染上同样浓郁的颜色。他在附近小路上找了个车位停好,然后下车,走进新腾开轻纺市场。

说是新腾开,其实也不新了。二十多年的老楼,里面店铺鳞次栉比,密密麻麻地陈列着各色成衣和布料。这时候关了一些,客人也很少,但看起来还是显得拥塞。

他走在其间狭小的通道中,而后顺自动扶梯上楼,找到 2302。跟左右一样,那也是一开间门面的小铺子,里面有个略略谢顶的中年男人正躲在角落吃盒饭。

"小伙子做西装吗?新到的意大利精纺面料。"那人看见他就问,上下打量着,说话带着明显的Z省口音。

"老板不在?"齐宋反问。

"梅姐走开一下。"人家回答。

第二十一章　婚姻诈骗

1986年5月，A市老东站。

上午十点，一列自广州始发的绿皮特快到达。列车靠月台停下，硬座车厢的门打开，乘客涌出来，大都顶着一头飞翘的乱发，一张油腻的隔夜面孔，眼睛被初夏早晨明亮的阳光照得睁不开，手里大包小包。

当年二十岁的齐小梅也在其中，却是截然不同的另一副样子。她身材高挑，骨肉停匀，穿一件彩条子无袖连衣裙，细腰，大裙摆，露出来的皮肤通透细白。一头黑发是烫过的，这时候波浪虽退了些，可披在肩上，仍旧有丰美的质感。身边还陪着个差不多年纪的男青年，白衬衫，戴副眼镜，看起来干净斯文。

从下车到月台，再出站，一路走来，不时有人朝他们注目，男男女女，远远近近。

齐小梅早就习惯了这样的目光，知道就算是电影里的女主角、大世界的时装模特，也不过就是她这水平。也知道他们大多在猜，她是谁？从哪里来？做什么的？然后给她编出各种各样的故事。

她自己也喜欢编，比如这一回。男青年是中途上车认得的，坐到她对面。互相一看，就有了好感。倒水，买吃的，他照应着她，两人渐渐攀谈起来。他告诉她，自己是Ａ市人，大学毕业，刚参加工作，这一趟是出差回来。她看到他的工作证，很好的单位，年纪比她大两岁，便对他说，自己也是Ａ市人，家住静安寺，念旅专，趁分配之前这几天去南方亲戚家里去玩，可惜没买到卧铺票，又着急回家，这才坐了硬座。

当然，她给虚空中的亲戚编了个近一点的地方，没说自己是从始发的广州站上车的，否则到Ａ市整整四十个钟头，两天一夜，还坐硬座，就太不符合她想讲的那个故事的背景了。虽然那一刻，她的两只脚早已经在细带子高跟凉鞋里肿起来，大腿僵硬得像石头，虽然车厢里一定还有几个人是看着她从广州站上车，一路颠簸着过来的，但她无所谓，故事比现实重要得多。

穿过拥挤不堪的候车室，两人出了站，也该分别了。

男青年手上除了自己的行李，还提着她的两只旅行袋，袋子被塞到极限，扭曲成内容物的形态，拉链都快被撑破了，想来是很重的。

齐小梅伸手要接，带着些歉意地说："难得去一趟，临走亲戚非让我带这么多土特产回来，真是不好意思，让你受累了。"

"没事没事，我拿得动，"男青年却不撒手，又说，"你家住哪里？我送你回去吧……"

"不用不用，"齐小梅婉拒，"这一路上已经太麻烦你了，我家里人会来接我的。"

男青年并不觉得奇怪，她这样的人，一看就是家里宝贝着的，但要是就这么走了，又有些恋恋不舍。他于是放下手里的东西，从书包里拿出钢笔和一个工作手册，撕下一页，写了自己的联系方式给她,学校的、家里的。

齐小梅笑,接过去,也把自己家的地址告诉他,答应会给他写信,然后挥挥手,与他道别。

一直等到男青年走后,她才望向马路对面。街边靠着一辆红色铃木小摩托,宋红卫正跨骑在车上抽烟,蓄一头半长不短的乱发,身穿蓝色牛仔裤,红白蓝格子衬衫解开三粒纽扣,就像外国电影里的一样。

心照不宣似的,齐小梅拿起行李朝他走过去。

心照不宣似的,他问:"又吹什么牛了?"

"你管得着吗?"齐小梅回,把他嘴上叼的烟拿下来扔了,说,"少抽点吧,臭死了。"

宋红卫说:"你嫁给我才可以管我。"

她骂:"死了滚!谁要嫁给你?"

宋红卫笑笑,倒也不在乎,看着她把才拿到的那张纸团成一团,同样扔到路边。

"干吗扔了啊?"他嘲她。

她倒也无所谓,说:"人家大学生。"

那时候的人说起来都没什么钱,却又是最现实的,家住哪里,房子多大,几口人,甚至连祖籍都要被放在秤上经过精密的衡量,哪怕想要跨越一点点也是千辛万苦。

齐小梅自以为有跨越的本钱,却又不愿破灭亲手营造起来的幻想。因为比起真的发展出一段关系,她宁愿那人记得她,很多年以后还会回想起自己年轻的时候,曾在火车上认识一个漂亮得好似电影明星的女孩,旅专生,家住静安寺,被宠爱着,无忧无虑地长大。

宋红卫也没再多话,接过她那两只旅行袋,想办法在车上找个地方捆好,嘴里嘀咕一句:"什么东西这么重?"

齐小梅给他解释:"都是广州特产,我哥哥谈恋爱,肯定要送点东西给他女朋友家里,我弟也喜欢吃。"

宋红卫说:"你有病买给他们。"

"是啊,我有病,总比你断六亲的好。"齐小梅任由他说去,熟练地把裙摆卷起夹住,跨骑到后座上。

宋红卫也上了车,却又转身,把她裙子往下拉了拉,遮住大腿,这才发动引擎,往南市老街的方向驶去。

路上,两人有一搭没一搭地说话。宋红卫告诉齐小梅,马路市场要开夜市,他想再拿张执照。齐小梅也告诉宋红卫,自己这一趟进了些什么货,连衣裙、文化衫,都是夏天最好卖的,过两天托运到了,再去火车站拿。

宋红卫品评,说:"侬吃力伐?生意本来就已经很好做了,上海厂家拿出来的等外品,新疆、内蒙古的都来买,像抢一样的,干吗还跑广州去进货?你这么跑一趟,也拿不了多少,赚不了几块钱。"

齐小梅不屑,说:"你懂个屁啊?生意做得好的摊位,谁没有几件时髦货?我进的是不多,但回来找差不多的料子,请裁缝师傅打样做起来,要多少有多少。"

"就你身上这种?"宋红卫也不屑。

"怎么样?活广告。"齐小梅甩甩长发,自信地,一路上多少人回头。

宋红卫轻嗤,他不喜欢人家都看着她。

摩托开进弄堂,齐小梅跳下来,拿上两只旅行袋就要往里走。

宋红卫在后面问:"晚上还出来吗?"

"干吗?"齐小梅反问。

宋红卫说:"看电影。"

齐小梅说:"不了,太累,让我回去睡一天。"

宋红卫倒也不勉强,一条腿支着车,就站那里看着她。

"你怎么还不走?"她催他,"赶紧出摊,今天礼拜天,这时候人该多起来了。"

宋红卫点点头,又发动引擎,把车开走了。

齐小梅走进去,在家门口看见楼下邻居家的奶奶。

"小妹……"奶奶叫她名字,却不看她脸,探头朝楼上张了张,说,"你爸妈跟我打过招呼,叫我要是看见你回来,让你到我这里坐一会儿,先别上楼。"

"做啥?我家里出什么事情了?"她问。

奶奶解释:"你大哥今天带女朋友过来,在上面坐着呢。"

"是吗?"她惊喜,又觉得奇怪,"干吗不给我看一看啊?"

"太挤了,"奶奶说,还是那句话,"你先等等……"

她忽然就明白了,家里三个孩子,总共一间房。小弟在技校读书,是有宿舍住的。多余一个她,社会闲散人员,不能让女方看见。

她于是坐下,想靠着墙眯一会儿,结果一点睡意也无,干脆陪邻居奶奶剥毛豆。直到她大哥带着个姑娘下来,去开灶间墙角的一辆女式自行车。

"你们干吗?!"她跳起来,喊,"那是我的车!干吗动我的脚踏车?!"

大哥这才看到她,过来把她往房子后面推,挤眉弄眼地不许她再讲话。

"她谁啊?"女朋友在问,"怎么说那是她的车?"

"楼下的邻居,"大哥搪塞,"她看错了,这车是我买了送你的。"

齐小梅忽然大笑,说:"我是他妹妹!这车是我摆地摊挣钱买的!我们家就一间房,三个孩子!我没单位,我弟也还没分配!你嫁过来要么睡阁楼,要么挂在墙上!他骗你,全都是骗你的!"

女朋友哭起来,大哥暴怒,劈头盖脸地打她,嘴里还要骂:"什么是你的?你吃家里住家里,有什么东西是你的?!"

她经多了,一点不怕,跟他对打,也骂回去:"你不也吃家里住家里?就你能吃,就你能住,我不可以?!"

声音传到楼上,木扶梯咚咚一阵响,母亲下来了,只拦住她,说:"小妹你别叫了,不要再叫了!"

而后又是咚咚一阵响,父亲也下来了,看见她,一个耳光甩上来,说:"好好的工作不做,除了给家里找麻烦,你还会干什么?!"

……

一直等到天黑下来,齐小梅才去了南码头的马路市场。

那里每个摊位两米见方,都是差不多的格局:一个凳子,一张帆布床,衣服摊着、挂着,琳琅满目,从路的两边往中间蚕食,一线天似的。

宋红卫正坐自己摊上数钱,听到高跟鞋的声音抬抬眼,说:"来啦?"一点都不意外似的。他知道她会来,早点晚点。

齐小梅在旁边坐下,说:"我想去看电影。"

"看什么?"宋红卫问。

"《茜茜公主》。"她回答。

"多少遍了?"宋红卫嫌无聊,说,"看打仗的吧,《野鹅敢死队》《伦敦上空的鹰》……"

齐小梅说:"不要,我就要看《茜茜公主》。"

"行，那就看《茜茜公主》。"宋红卫笑，抬起头，这才看到了她身上的伤，彩条子连衣裙也撕破了。

"又是他们打的？"他问，同样不觉得意外。

"今天挣了多少？"齐小梅不答，只把他算得乱七八糟的账拿过去看，没看懂，却还是挺安慰的，好多好多的数字。

"我不想回去了。"她忽然埋头到他肩上。

"哦。"他隔了许久才说。

"户口本我偷出来了。"她又道。

"哦。"他又应了声。

"你跟我结婚好不好？"她终于问。

"哦。"他还是这一个字，幸福到了天上，却又带着痛楚。

这就是齐小梅第一次婚姻的开端，也只是她漫长的寻爱之路的开始。

三十六年之后，南码头轻纺市场，五十六岁的梅姐才刚串完门，回到自家的2302号铺位。还是过去的好身段，裹着件羊绒披肩，丰美的一把头发烫卷了，梳个年轻女孩子那样的丸子头。

见店里有客人，背影高瘦，大衣西装，一看就知道是好质料，她开口招呼，说："帅哥做衣服啊？"

直到人家回过头，她这才一怔，笑出来，惊喜地说："你怎么来了？"

"生意也没有，还开着干吗？"齐宋反问，还是一贯跟她说话的样子，不带称呼，冷冷的。

她倒也不在乎，说："房租都已经交了，不开一分钱都赚不到，开了总还有点进账。"

那个中年师傅在旁边看着听着,不清楚他们什么路数,这时候忍不住出来刷存在感,对梅姐说:"我给你叫的饭,再不吃要冷掉了。"

"行了行了,我知道,"梅姐敷衍,说,"你先走吧,今天打烊了。"

"这就打烊了?"师傅奇怪。

"人也没有,还开着干吗?"她把齐宋那句话照样搬给他。

师傅没再说什么,临走回头看齐宋一眼,样子不大高兴。

齐宋也看看他,心想,又是一个。

师傅走后,梅姐又问他:"还没吃饭吧?跟我回去,我烧给你吃。"

她在市场附近有套房子,而且还是那种时髦的Loft。类似烧饭给他吃的话,她每次见到他都会说,但他从来没答应过,这一天也一样。

他只是递过去一个袋子,说:"我就来给你送点药,这就走了。"

"别啊,"她叫住他,说,"我还有事问你呢。"

"什么事?"齐宋等着。

"你……"齐小梅却又嗫嚅,好像没话找话,说,"你身上这件哪里做的?脱下来让我打个样。"

齐宋轻笑了声,站那儿没动。

"怎么好像又瘦了?真的,茂名路做一下几万块,我们这里两千都不要……"她絮絮说着,直到实在没话,才言归正传,说,"你认不认识做离婚的律师?"

"干吗?"齐宋问。

齐小梅说:"我就咨询点事。"

第二十一章 婚姻诈骗 489

"有事你问我。"

"我不要问你。"

齐宋也是无语了,心想齐小梅要是把用在谈恋爱结婚上的心思全都花在做生意挣钱上,自己早就成富二代了。

齐小梅这些年的经历,齐宋知道个大概。

第一次离婚之前,她和宋红卫的店已经做得很不错,只是当时为了赶紧脱身走人,她没二话地给了宋红卫。过不了多久,店也就被宋红卫败掉了。

她自己去了Z省,虽然孩子没怀成,但还是如愿嫁给了那个老板。只是第二段婚姻仍旧不顺,半路夫妻,各有子女,猜来猜去,伤了感情。这一次,仍旧是她提出来离婚,什么都没要,又回到A市。她也做不来别的,还是像从前一样,在南码头轻纺市场租了铺面卖衣服。

这下倒是让那老板相信了,她真的不是为了他的钱。后来又隔了几年,老板在Z省过世,留了些财产给她。她去参加葬礼,戴着墨镜,哭得两只眼睛肿了好几天,但还是什么都没要,得了那边亲戚小辈几句好话,空身回来。

那时候,宋红卫也重新出现了,说是在南方混了一阵,欠了一屁股债,原来那套房子卖掉还债还不够,但再多也没有了,债主自认倒霉。外加上酗酒弄坏了身体,他腹部带着老长一条疤痕,蜈蚣似的。最后还是街道出面,借了个弄堂里的单间,让他瘫在里面吃低保。

这分分合合,来来去去,涵盖了齐宋从十三岁到二十出头的那几年。

所幸,齐小梅和宋红卫先后回到A市的时候,他已经上了大学,住在南郊的宿舍里不回来，也根本不去管他们那些破事。

齐小梅倒是实践诺言，从没短过他的生活费。

但破碎的东西，向来就是难圆的。他一直住校，不回她那里，只与她维持着最低限度的交流，成年之后也没再花过她的钱。哪怕她后来不塞现金了，改成给他一张银行卡，每月自动把钱存进去，他也一直没动过。

高考最后一门考完出来，他就到处去找计时的工作，超市理货，饭店跑菜、洗碗，有什么做什么。七月底拿到录取通知书，也没等什么报到时间，他背着最简薄的行李，公交换地铁，去了南郊的大学城，直接申请助学贷款。

再后来，毕业，上班，他一门心思地卷着，齐小梅也好好做着她的生意。

她起初以卖成衣为主，直到网购兴起，实体店越来越难做。她弄不大来网店，发现自己的眼光也落了伍，这才改成了主营定做，西装、大衣、旗袍，各种唱戏的、跳舞的演出服。虽是小本经营，收入倒也可以，渐渐有了些积蓄，买房，换房，学车，日子很过得去。

当然，男人也是有过的，而且还不止一个。但齐宋本以为只是普通交往，听她说要找做离婚的律师，才知道她又结婚了。

而说到做离婚的律师，他自然想到关澜，转念却又觉得这件事实在匪夷所思。如果说还有谁是他可以带着关澜去见一见的，齐小梅也算其中之一，但因为如此这般的事由见面——让女朋友帮老妈办离婚，谁又能想到呢？

这案子他当然也可以自己做，只是离婚案里会接触到些什么，他可太清楚了。不要说齐小梅不愿意告诉他，就算她想说，他也不大想听。要是交给周围相熟的律师，或者从前的同学，好像只有更尴尬。

最后，还是回到关澜。

齐宋想，反正他家的事，她其实都已经知道，心里转了一圈，算是把自己给说服了。于是就这样约了见面，他只告诉齐小梅，这是个他工作上认识的女律师，专做家事方面的；也只对关澜道："我没办法去找别的律师，不认识的，不了解水平如何，认识的……反正你就当是一般的当事人吧，不用跟她说别的。"

关澜听着，答说好，当真不做评价。

倒是齐宋自己在想，"别的"什么呢？

找了个下午，三人在南码头附近齐小梅家里见了面。

这一阵外面人少，路上空荡荡，关澜他们的车开来一路坦途。梅姐轻纺市场的店也关了，在家里休息，开门招待，很是热情。

齐宋其实也是头回来，第一次走进这里。房子不大，五十平的Loft，做成上下两层，装修成精致的田园风。虽然现在早就不流行了，但梅姐喜欢。她让他们在楼下小客厅落座，倒了茶水，又端来削好的水果。

关澜的确就是平常见当事人的样子，寒暄过后，很快言归正传，递了名片，开口问情况。倒是齐小梅，吞吞吐吐半天说不清楚。

齐宋听烦了，抚额揉了揉眉心，说："你五十六，那男的四十五，开着一个暖通公司，你们是去年装修房子认识的，刚领证三个月。"

齐小梅不好意思起来，说："哎呀，你怎么知道的……"

齐宋不答。他虽然不想管，可到底还是去查了查。

关澜看看他，说："齐律师你先到外面转一圈吧，等谈完了，我再发消息给你。"

齐宋也看着她,点点头,站起来走了。他最信任,感觉最舒服的,真的还是她。

其实也不过一个小时,案子谈完,关澜叫回齐宋。

齐宋不想多过问。齐小梅也已经在跟关澜道谢,说:"关律师,这次真要麻烦你了。"

关澜笑笑,说:"你别太担心,把我说的那些证据收集保存好,其他我会想办法的。"

齐小梅应下,关澜却好像还没结束。

齐宋拒绝,说:"谢谢你,别跟我说了。"

关澜却答:"我刚跟梅姐解释过,这件事可能是刑事案件,你得陪你妈妈去报警。"

齐宋意外,齐小梅好像也还没能接受这种方式,说:"我其实就是想找个律师跟他讲讲道理,只要他能把钱还给我就行了……"

齐宋相信关澜的判断,轻噓道:"你当律师就是来帮你吵架的?要真能讲道理,你们协议不就好了吗?"

旁边关澜看他一眼,他这才不响了,静静等着她说下去。关澜于是重新组织语言,把事情又跟他说了一遍。

男方名叫曾光,基本情况和齐宋了解到的一样,四十五岁,开着一家做地暖和水处理设备的小公司。去年齐小梅这套公寓装修,委托了他做暖通,两人就是这么认识的。

此后一年多的时间里,曾光先后以投资、公司周转、拆迁买动迁房为由,向齐小梅借过好几笔钱,总计三百万。有的在婚前,也有的在婚后,都有借条和转账记录作为佐证。但两人领证不过三个月,曾光就跟齐小梅提了离婚,并且意思是这些债务应该夫妻共同承担,既然债主也是她,那就这么一笔勾销了吧。

就是昨天,他还在跟齐小梅微信沟通,说:你跟我要什么呢?爽气点离了吧,要什么都别不要脸。

齐宋听着,半晌无语。一方面是对案情,这种婚姻诈骗向来是很难界定的,尤其如果对方并未虚构身份,那警方一般会倾向于认定为债务纠纷,不予立案,建议受害者去法院起诉。另一方面,也是对齐小梅。

他坐在那里,脱口而出,说:"你到底是为什么呢?"

齐小梅赧然,低头答:"我就是……就是想要找个对我好的人……"

"你就不能自己对自己好吗?"齐宋又问。话说出来,他自己都意外,竟是这样发自肺腑的一问。

她明明是有这个能力的,十几岁就摆地摊,多少年几起几落,一个人经营着一家店,长得也漂亮,从来不缺追求者,为什么总是搞成这样?他真的不懂。

"不一样,不一样的,那怎么能一样呢?……"齐小梅喃喃地说。

虽然不能理解,但事情总得解决。关澜和齐宋出了齐小梅的公寓,两人坐在车里,又把案情和证据整理了一遍。

齐宋对报警立案并不乐观,说:"人家婚姻诈骗,一般都是用的假身份,拿了彩礼就跑。现在这人身份是真的,借钱都写了欠条,人也还能联系上。而且两人已经领证,警方接到这样的报案,会倾向于认为财产是共同财产,债务是共同债务,如果有异议,属于经济纠纷,应该去法院起诉解决。"

关澜并不这样想，说："诈骗除了虚构身份，还有虚构事由。曾光和梅姐交往，虽然用的是真名，但借钱的用途是虚构的。哪怕以我现在掌握的极其有限的信息，也已经可以初步证明这一点。警方立案调查之后，肯定还会有更多的证据。"

"但法条只是法条，你也知道司法实践中凡是涉及婚姻的犯罪，处理起来都谨慎得过分，"齐宋答，其实也觉得离谱，"就因为九块钱领了张结婚证，故意伤害、强奸、诈骗，都可以变成家庭纠纷，真的绝。"

"你现在也成家事专家了。"关澜笑说。

齐宋看她一眼，坦然接受了这揶揄。

关澜的话却还没完，说："但这个案子不一样。"

"怎么不一样？"齐宋问。

关澜答："这里面牵涉到另一个关键点，曾光行骗很可能是有特定对象的，梅姐不是第一个，也不是最后一个。"

齐宋转头看她，知道她还卖着关子呢，却也当真有种豁然开朗的感觉。她是对的。

关澜这才解锁手机，递过去给他看，说："他们这次吵开了，说到离婚，其实就是因为梅姐发现曾光在跟另一个暖通工程的女业主聊天。这是她当时查他的微信，翻拍下来的……"

屏幕上是一段视频，拍的是曾光和人家的聊天记录。

女业主的头像是朵工笔荷花，名字"丽秋"。曾光微信名字"曾几何时"，头像是个侧影，成熟范儿，乍一看有点像罗嘉良。一个起初口称"秋姐"，后来改了叫"姐姐"。另一个开始叫他"曾总"，后来改了叫"小光"。不断往下划，你侬我侬，说不完的话。

齐宋粗粗看过，略有点反胃，说："都这时候了，还整捉奸那套呢……"

齐小梅的意图显然是想证明曾光出轨，但这无非就是那种最常见的擦边证据，拿到法庭上可有可无。不过误打误撞，就如关澜所说，那女的其实不是齐小梅认为的竞争者，而是另一个可能的受害人。

看完视频，又翻到后面几张朋友圈的截图，是"丽秋"发的新居装修进度的照片。曾光每回都在下面激情点赞，外加评论问：还满意吗？"丽秋"再回他，感谢他一路帮忙盯着，说要在小区业主群里给他介绍，两人有来有去。

"不错嘛，又上一层楼了，"齐宋品评，"这次是'江畔微风'的房子。"

关澜笑说："你慧眼如炬啊。"

"所里有合伙人刚买了一套。"齐宋只答，当即在联系人列表里找到那位，发了消息过去。

人家奇怪，难免调侃他两句，说：哎呀，你怎么也看起房子来了？

少顷，又回过来里外两套进门密码，说还没装修，让他随便去看。

"干吗？"关澜在一旁问。

齐宋说："看房子去呀。"

说完他便给"曾几何时"发了加好友的申请过去，下面说明里就写了四个字：邻居介绍。证据已经有了一些，但齐宋想要一击即中，免得曾光进去配合调查，过不了二十四小时又给放出来，打草惊蛇。

曾光开的是皮包公司，有生意找上门，很快就来了。

齐宋跟他约了在"江畔微风"见面，他熟门熟路，答说不用在小区门口接他，他直接进去找他们。

于是，关澜和齐宋就在那套房子里等。不多时，听到门铃响。门打开，来人正是曾光，看上去比微信头像胖一点，也不怎么像罗嘉良了，但长得还是白白净净，打扮也很体面，羊绒衫，派克大衣，夹个H扣手包，一身爱马仕。

那套房子在二十二楼，二百平的三居室，正对江景。

曾光进来看了一圈，跟他们套近乎，问："是婚房吧？"

齐宋笑笑，看看关澜。关澜也但笑不语。

曾光见他们这样，自有猜想，说："这么年轻，就有实力买得起这样的房子，做什么的呀？"

齐宋说："就普通工作。"

曾光捧他，说："谦虚了，肯定是高管。"

关澜也就装出女主人的样子，适时地问他水暖设备的细节，以及有没有做好的样板间，可以看看工程质量。

曾光一口答应，说当然是有的，立马带他们去了同小区另一栋楼，十八层的一套四居。从窗外的风景辨认，应该就是"丽秋"的房子。曾光给他们介绍了前置、软水，又去看分水器和壁挂炉。

关澜看得很认真，拿出手机，打开摄像功能，问："我能拍一下吗？"

曾光说："可以可以，当然可以。"

齐宋却又从另一边堵他，说："业主不会介意吧？"

曾光笑答："没事没事，我们很熟的。"

此时硬装已经基本完成，油漆工在做最后的修补，还有做窗帘的来量尺寸。他好似男主人，各处指点着。

第二十一章　婚姻诈骗　　497

关澜边拍边问:"老板,你不是做水暖的吗?怎么什么都管啊?"

油漆工是装修开始一直跟到结束的,这里面的事情清楚得很,又是个五十几岁的老师傅,在旁边听着,笑得有几分意味深长,说:"……他,也是此地的业主呀。"

"那小区群里看见的'丽秋'?"齐宋问。

曾光倒也无所谓,这才解释:"那是我女朋友,我们就快结婚了。"

"原来也是邻居啊。"齐宋笑道。

"哈哈,是啊是啊。"曾光也笑,又说,"你们要是找我做水暖,以后不说维修,就是每年的定期保养,小区群里@我一下就行了。"

看完房,离开"江畔微风",曾光开着一辆宝马 SUV,春风得意地走了。

齐宋和关澜两人直接回去接了齐小梅,去派出所报案。

坐进报案大厅,经办民警听过事由,果然说:"你这个属于夫妻之间的经济纠纷,应该去法院起诉啊。"

关澜从头开始给他解释,说:"诈骗罪的犯罪主体是一般主体,也包括同居关系或婚姻关系中的双方当事人,并不能说因为两人是夫妻,就不可能构成诈骗了。"

警官说:"那也就只是可能,我们请人回来调查,至少得掌握初步证据。"

关澜点头确认,继续往下说:"是否构成诈骗,我们可以从三个方面来分析。第一,是不是存在虚构的事实。曾光的身份是真的,两人也确实在民政局登记结婚。但他向齐小梅描述的经济状况是虚假的,几次借款的理由也是虚构的。"

"你怎么认定这一点呢?"警官问。

关澜让齐小梅拿出两人的聊天记录，以及自己在网上查到的资料，说："曾光在微信聊天记录里说，他的公司经营状况很好，只是因为一笔理财没到期，需要临时借五十万周转。但实际上，我只是在企业资信网站上简单查询，就可以看到十几条他的涉诉和强制执行。

"后来，他又以动迁购房为由，向齐小梅借款一百八十万。但根据他的身份证地址、户口所在地，都查不到任何动拆迁的消息。

"还有，他以垫付设备款为由借的七十万。实际上，他公司做的都是家装，都是在开工之前向客户全款收取设备费用的，根本不需要先垫付。"

一边说，一边把齐小梅的水暖施工合同送上去，以及刚才跟曾光见面时拿到的宣传册子。警官一一接过去看着。

关澜见他对这一部分没有什么异议，这才继续往下说："第二，所涉三百万的性质。虽然他们是夫妻，但实际认识仅一年零两个月，结婚三个月，甚至没有在一起生活，而且曾光对外还自称单身。两人其实完全没有共同的经济基础。齐小梅几次转给曾光的钱，都有完整的银行流水，可以证明是她婚前卖房所得，准备用来养老的积蓄。曾光把钱借走之后，也没有用于夫妻共同生活或生产经营，是不能被认定为夫妻共同财产和共同债务的。"

"第三，是否有非法占有的故意。曾光已经在微信聊天记录中明确拒绝还款了，他与齐小梅交往、结婚，其实就是为了'合法'地占有她的财产，属于以合法形式掩盖非法目的……"

经办警官听着，沉吟。

直到关澜说出最后一条理由："另外，曾光接近的对象是具有特定性的。他现在正在做的一单工程，业主也是个五十多岁的单身女人，经济条件较好。他跟对方说自己开公司，离异多年，儿子跟了前妻……"

关澜把"丽秋"那一段聊天记录找出来，与齐小梅一年前的两相对照，说辞几乎一模一样。

"齐小梅不是第一个，也不是最后一个。"她总结，"我们作为个人，很难再深入查证，但你们立案调查的话，一定会有发现的。"

类似的情况要刑事立案并不容易。

或许是因为关澜唱红脸，动之以情晓之以理地说：结婚三个月，借走三百万，而且没有归还的意愿，你们真的觉得这只是家庭经济纠纷吗？

也是因为齐宋唱白脸，提了一嘴12389举报电话和检察院申请监督，经办警官带了齐小梅进去做笔录，请示了所领导，一通研究，把案子交到办案队，终于还是把曾光传唤来了。

要是按照民事纠纷或者离婚官司来打，光是拉一个银行流水就要走很长的流程，交起诉状，等待立案，再向法庭申请取证。而且对于齐小梅和曾光这种本来就没有什么共同财产的，更是于事无补。但警方立案就完全不同了，把人带回来，直接查了他的聊天记录、名下所有银行账户和电子支付平台。

曾光起初还觉得冤枉，坚持说自己和齐小梅之间就是正常交往，谈恋爱结婚。他跟她借钱，也是恋人夫妻之间的借贷，而且都打了欠条，何错之有？

但警察把时间线一理，资金往来一查，他是不是同时交往几个对象，借钱金额多少，有无归还，又去了哪里，再对照聊天记录里所说的那些用途，是否属实，一清二楚。

就这样，关澜那些猜测被查证坐实，曾光也才意识到不对，说这些钱他都可以还的。这可能也是他一直这么干,却一点不担心后果的原因之一。他真不觉得这有什么问题,说:"如果非要我还,我还得了的,我还就是了嘛。"

诈骗案的受害人最怕的就是骗子摆烂,把钱拿去赌博、还债或者个人挥霍,反正都没了,就给个无力偿还的结果。曾光却不一样,交代说其中一小部分所得被他用来买了辆新车,其余都转了去他儿子的账户,作为以后买房的首付。

于是,曾光的儿子被警方传唤。曾光的前妻也跟着来了,表示毫不知情,一定积极配合退款,又问要是取得受害者的谅解,是不是就可以撤案了?曾光怎么样她无所谓,但儿子就快大学毕业了,就怕影响就业。

警察笑笑,摇头,说:"不可能了,他不光是这一件事。"

被传唤二十四小时之后,曾光没放出来,又延长到四十八小时,身边相关人等也被一个个找来配合调查。

从暖通公司的小助理,到合作施工队的项目经理,全都只知道曾光是离异单身。那个油漆工,又是那样意味深长地说,看曾老板跟业主谈恋爱也不是第一次了,有些女业主就喜欢找曾老板,曾老板也对人家格外殷勤,跑工地比项目经理还勤快。

警方顺势从他接过的暖通工程入手,一下找到好几个受害人,有的还在催他还钱,被他用各种理由搪塞着。还有两个是有丈夫的,借了钱给他,又怕婚外情败露,只能自认倒霉。

"丽秋"也被请了来,一问基本情况,果然跟齐小梅类似,同样五十多岁,离异单身,颇有积蓄,是曾光最近重点照顾的对象。丽秋对他也很不错,认识不过几个月,手表、衣服、鞋包,已经给他买了十几二十万的东西。

调查到了这一步，案子也就基本定了性，曾光转了刑事拘留。派出所办案队联系齐小梅，商量退赔的事情。

齐宋陪着她过去，这中年父亲卖身养儿的戏码，叫他听来，竟有一丝荒诞的感动。

齐小梅还在问："……他会怎么样？"

齐宋存心往重了说："诈骗三千就可以立案了，五十万元以上属于数额特别巨大。我查了查，J省2017年有过一个类似的案例，丈夫骗妻子两百八十几万，一审判了十二年，二审上诉，维持原判。"

齐小梅觉得过了，心有戚戚，直到警察把另外几个受害人的情况跟她说了，才闭嘴不响。

警察大概觉得齐宋也有责任，明明自己这么懂，还让母亲上这种当，临走给了两本"关心老年人，反诈防骗"的小册子。

齐宋不好说什么，上了车，扔到一旁。离开派出所的一路上，他始终沉默。齐小梅坐在后排，总是看他，却也只能打电话给关澜，再三道谢。等车开到她家楼下，她才把电话挂了，又看看齐宋。

齐宋还是无话，等着她开门下车，在后视镜里看着她刷开门禁走进去，然后消失在楼道里。他对自己说，这事就这么结束了，可不知为什么又有种不上不下的感觉。直到手机振动，是关澜的来电。

他接起来，听到她在那边说："你这次做得挺好的。"

齐宋轻轻笑了声，也不知道这是不是在损他。

关澜却说："是真的，我觉得你做得很好。"

"别，"齐宋又笑，说，"你高看我了……"

本来只想玩笑着敷衍过去，可脑子里想的却停不下来，齐小梅、宋红卫，还有长江护理院的那些电话……他放任自己说下去，一句接着一句地："我知道自己的责任，知道我应该去看看她，问问她的情况。至少法律上的那些，总归逃不过去。但每次看见她，每一次，我都会想起从前那些事……"这些话太过矫情，他无论如何想不到自己竟会说出来，但真的说了，又觉得那么自然，因为是对关澜，也只能是对她。

有时候，他甚至分不清是父亲给他的伤害更大，还是母亲，是小时候看着他们打架，自己也被宋红卫一脚从饭桌上踹下去，是一天天看着太阳西下，却没有人回来给他饭吃，还是那个少了一位数字的电话号码。

他第一次把所有这些放在一起想，竟觉得还是后者，那个少了一位的电话号码是他最过不去的心结。他自己也知道自己不公平，他更在乎，只因为更爱母亲一些。

"俗话说，可怜人必有可恨之处。其实反过来也一样，可恨的人也都惨得要命。"他继续说着，"我知道他们都有理由，知道他们成长的环境很差，没人爱他们，从小被打着长大……"

他记得那种弄堂，绵延一大片破败的老房子，纵横的小巷。哪怕是他小时候，八九十年代了，也经常能看见打架的，父母打孩子，男人打女人，根本不会有人觉得那是家庭暴力。

他也记得齐小梅说过，自己出生的时候甚至连个名字都不配有，家里老人去报户口，民警问起来，才随口想了个"小妹"。

他隐约知道宋红卫也一样，十几岁就离家自己生活，被人家说断了六亲。虽然宋红卫从来没说过为什么，但齐宋看见过他身上的旧伤。

他知道自己应该原谅，就像现在很流行的一个词，和解，与过去和解，与原生家庭和解，与童年的伤痛和解。但他觉得自己做不到，因为这不是比惨，不是说他们也很惨，比他更惨，他就能原谅。

关澜听着他说，静静地，始终不做评价，一直等到他说完了，不说了，才开口道："你知道吗？我最不喜欢看那种老娘舅式的节目，找来一家人，几十年的伤痛说出来，大家哭一场，然后拥抱在一起，节目进度条就好像'双十一'限时特价的倒计时，走完之前一定要和好如初……"

他轻轻笑了声，知道她说的是哪种节目，煽情的背景音乐，特写镜头里的一双双泪目，都在期待着。他有时候看到齐小梅，也有这样的感觉。仿佛就是米兰·昆德拉说的"刻奇"，和所有人类一起感动，最廉价、最媚俗的感动。

"你可以不原谅。"她对他说，那么肯定，那么干脆。她再重复一遍："你可以不原谅。"

"法律上的责任，应该做的就去做，"她说下去，"不是为了对方，而是为了你自己。不值得因为一个过去的心结，影响你现在的生活和事业。至于情感上，我也觉得你尽可以自私一点。能放下，是你了不起。放不下，也没关系。给自己时间，多久都是应该的。"

"你真这样想？"他问。

她没出声，但他似乎可以看到她点头的样子。

"我真的这样想，"她说，"因为我自己也是这样的。我把过去的事放下了，但不等于原谅。我只是放下了。哪怕半年之前，我都不敢说这句话，但现在我可以了，因为我知道那些事再也伤害不了我。"

齐宋听着，也是静静地。他望向车窗外的街景，曾经的陋巷早已消失，夕阳正在长路的尽头缓缓地落下，只是一个最普通的冬日的结束，却好像也是其他一些东西的结束。

那天傍晚，齐宋跟关澜打完电话，下车走到那栋楼前，按响了齐小梅家的门铃。

齐小梅在门禁监控画面里看到他,不是不意外的。她有些惶恐地开了楼道门,又在家门口等着他上去,对他说自己正在做饭,留他下来吃。齐宋点点头,留下了。没有解释,似乎也不需要解释,他们坐在一起吃饭,二十多年之后的第一次。

齐小梅在餐桌上对他说,自己做了几十年个体户,交最低的社保,养老金很少;卖了原本住的那套两居室,换了现在的小公寓,多下来三百万存着,就是准备等店做不动了,靠利息养老。

齐宋忽然明了,本来只当她是折腾,现在才知道她也是有自己的考虑,只是没想到遇上了曾光。

"我知道你不会再来和我住,也不想拖累你……"齐小梅低头对着饭碗说,"爹妈、兄弟,还有男人,这么多年,这么些人,我唯一对不起的,其实只有你。"

齐宋想说,你别这么想,没这回事,就好像那种老娘舅节目里的台词。但他不想这么说,他要自私一点。他们都知道齐小梅这句话是真的,她唯一对不起的,其实只有他。只是一旦被她说出来,他也随之释然了,觉得一切都已经过去,全都无所谓了。

他忽然懂了关澜说的那种感觉,放下,因为知道那些事再也伤害不了他。

"以后要是有什么事,"他只是转开话题,对齐小梅道,"比如有谁跟你借钱,让你充卡,买什么奇怪的东西,你都跟我说。要是再认识什么男的,身份证正反面拍给我。"

"哦。"齐小梅点头,抬眼看着他。

"要是再结婚,"齐宋又道,"离异再婚的人去民政局领证,都得带着上一次离婚的证明,但也只用带上一次的,再往前的都已经是无效证件了。所以你肯定能知道对方离没离过,但离过几次,每次婚姻维持多长时间,除非你特意问,窗口工作人员不会告诉你,你得记得问一声。"

"哦。"齐小梅又点头,略略尴尬。

齐宋也觉得这话过了,又解释一句:"我就是不想你再上当,也没那么多工夫陪你去派出所。"

"哦。"齐小梅还是点头。

两人坐那儿继续吃饭,吃了会儿,齐小梅才又开口问:"那个关律师……你俩就是同事吗?"

齐宋没答。

"女朋友啊?"齐小梅试探。

齐宋仍旧不语。

"人长得真漂亮,"齐小梅回忆着,评价,"也是真厉害,就是……是不是太厉害了一点啊?"

"厉害不好吗?"齐宋又反问,说,"我就喜欢厉害的。"

齐小梅看着他笑起来,笑了会儿才小心翼翼地问:"你们会结婚吗?"

齐宋却答非所问,说:"你把我的份都结掉了。"

"哎,你怎么这么说呢……"齐小梅怪他。

这一次,齐宋也笑了。

齐小梅的案子告一段落,关澜却又想到陈敏励,母亲好像也有卖房换房的打算。

于是,也就在那一天,她存心去沁园小区蹭饭,趁着尔雅写作业的工夫,和陈敏励一起准备晚餐,一边洗菜择菜,一边旁敲侧击,隐去当事人信息,把案情大致说了一遍。

陈敏励听完,却抓错了重点,反过来提醒她,说:"现在好像挺流行找弟弟的,尤其是你这个年纪的单身女人,就喜欢交二十出头的那种,说起来男朋友比自己小十好几岁,以为年轻就是单纯,是自己有魅力,是成功的象征。其实这跟老男人找小姑娘有什么不同?"想了想又说,"倒还是有点不一样的,我看见网上有个词叫'弟弟父权制',也就是父权的责任他们都不担着,但好处他们都要。"

关澜听着,佩服陈敏励与时俱进,却也挺无语的,想说我并没有找弟弟好吗?但这句话显然会牵出更多的问题。

她干脆转开话题,直接讲洗房,解释说:"所谓洗房,就是把原本的房子卖了,领证之后再另外买一套。这样等于把婚前的个人财产变成了婚后的夫妻共同财产,一不当心,半套房子没有了。而且,这种人还有个圈子的,圈内黑话管这叫'老头爆金币'。但现实里的受害者不光老头,老太太也一样。"

陈敏励是聪明人,笑问:"你跟我说这些,是因为我想换房那事吧?"

关澜有点尴尬,说:"我就是刚好碰到这样的案子,提醒你一下。"

陈敏励却很坦率,说:"我其实早就想跟你说了,我确实有这个打算。"

倒是关澜意外,停了手上的动作,等着母亲说下去。

陈敏励也不弄菜了,拿厨房纸巾擦干了手,看着关澜说:"我想把这套房子卖了,置换到远郊。这里面的差额能有几百万,到时候都转给你……"

关澜只觉这场景那样熟悉，就好像十几年以前，母亲在她最困难的时候，跟她盘家底，说："你还可以重新开始，去做你本来想做的事情。"

"妈你干吗这样？"她打断陈敏励，"我不需要，尔雅读书的费用我都已经准备了……"

"我知道你有，你听我说完，"陈敏励却也打断她，说，"卖房换房，最主要还是为了我自己。一方面是想换个环境……"

她说到这里停了停，望着厨房窗口的花架，那是关五洲亲手做的，从前也都是他在侍弄。陈敏励后来学着养起来，却一直养不太好。有些人有绿手指，而另一些人就是没有。

"我不知道你是不是能理解？我心里有你爸爸，一直有，永远都会有，但是每分每秒都想起来，真的太多了……"

关澜听着，一瞬泪涌，却只是点头，无声地回答，我明白，我能理解。

像是缓了许久，陈敏励才继续往下说："另一方面，也是不想太拖累儿女。或者换句话说，其实所有人都想跟自己差不多年纪的人玩……"她说到这里笑起来，"我们就是想，大家都六十几岁，身体也都还行，把经济上的事情安排好，开始最后一段人生，就那么简简单单的……"

"是你书法班的那个同学吗？"关澜犹豫了一下，还是问出来了。

"什么同学？"陈敏励却好像没懂。

关澜不说话，直接拿手机出来找给她看，就是她上次发在朋友圈里的那些照片。

陈敏励倒没什么不好意思的，说："哦，这是我们老年大学的老师，书法家协会的。"

"就是他？"关澜索性盯着问了，总感觉这件事有点像老年性转版的"莺莺类卿"。她自认为很开明，不会反对母亲找老伴儿，但如果想在另一个人身上找到关五洲，她觉得母亲一定会失望的。因为关五洲独一无二。

陈敏励却笑起来，摇头说："你想哪儿去了？我换房子完全是另一回事。我们几个老姐妹商量好的，打算买在一起做邻居，以后方便一起玩，合着请保姆，有事互相照应。"

说完也拿了手机出来，给她看一个叫作"五朵金花"的群，有她的大学同学，也有后来研究所的同事，满屏讨论旅游、吃饭、电视剧、买衣服……

讲明了不是第二春，关澜却又觉得有点遗憾，还非要问："那那个书法家呢？"

陈敏励只是笑笑，给她个开放式的结局："以后的事，以后再说。"

"妈你还真潇洒。"关澜也笑了。

陈敏励笑说："可不是嘛，电视剧总把老太太演成那样，催婚催生，吵吵闹闹，其实老太太也是千姿百态的好不好？"

确实，"五朵金花"群里的几个阿姨，关澜都认识。有癌症几年还在玩票唱戏的，也有离了婚单身至今的，老太太千姿百态。

陈敏励继续说着："我确实问过你，跟黎晖是不是有复婚的可能，也打听过你交没交男朋友，但那都只是问一问而已。我知道我女儿棒着呢，相信这些事你都自己会有决定，也肯定能做得很好……

"而且，我还想跟你说，人其实只有年轻的时候才会特别刻意地去做计划,二十岁应该怎样,三十岁又应该怎样。真的活到这些年纪,才发现并不是非得那样不可。三十没能而立的人多了去了,四十更不可能不惑,五十知道什么天命啊?回过头再看,反而更宽容,对自己,也对别人。就像我现在,也做不了什么,就想把自己的六十岁过好,让你知道没什么好担心的,不管什么事,不管多少岁,都来得及……"

关澜动容,却又一下子不知道说什么好。她这样一个靠说话为生的人,忽然失去了言语,只是一下抱住母亲。陈敏励被她吓了一跳,却也展臂揽住她的肩膀,手轻轻地拍着。水槽上的灯照下来,光晕圈着她们。关澜又觉得这场景是那么熟悉,就像尔雅抱着她一样。

"哎呀,你们怎么抱在一起?我也要!"尔雅不知什么时候写完作业,从小房间里晃荡出来,在外面看见她们,推开厨房门闯入。

里面两人都笑,朝她伸手,也把她圈进来。

那一周已经是年尾了,最后一个工作日是星期五,至呈所的办公室空空荡荡。

诉讼组的人还在到处跑,因为那一阵的法院就跟医院一样,律师阳了向法官申请延期,法官说这么巧,合议庭和对家都阳了,咱们照常开庭吧。

非诉组的人则大多在家工作,姜源倒是来了,跟组里的人线上开了个会,年底总结,外加动员。开完会,又打电话给齐宋,瓮着鼻子跟他碎碎念,说资本市场组的人头全部冻结,新合伙人也升不了。下面人年级到了,去跟管委会谈,只能给个 Non-equity partner(非股权合伙人)的头衔。你说这算什么?到底是 employee(雇员），还是 partner（合伙人）？好处没有，活儿却不少。下面小朋友都跟他造反，生病的干不了活儿，病好了还要休息，怕生心肌炎。正在做的 IPO 项目还有可能要撤材料，忙了半天一场空。至于明年，是会变好还是变坏，也不一定。

抱怨完，话题又转到齐宋这儿，问："听说你上'江畔微风'看房子去了？这是要结婚吧？还有那个不正当竞争的案子，肯定赢了，光这单就挣不少吧？"

齐宋早知道会有人传这话，只是没想到，姜源还给他算上账了。他笑笑，不答，也把自己听到的八卦说出来。所里人都说姜律师这一阵特别辛苦，自己跟俩孩子都阳过了，老婆住在酒店里——因为又怀孕了，得格外小心。

姜源颓然，叹气说："齐宋你这人就是不地道，我都这样了，你还看笑话。"

齐宋笑，说："我是佩服你呀。"

"损我的吧？"姜源反问。

"不是，真心佩服。"齐宋对他道，"还有，新年快乐。"

隔着几道玻璃，两人互相能看见。姜源听着这话，看看他，觉得这人今天甚是怪异，把电话挂了。

齐宋却无所谓他怎么想，做完手上的事情，收拾东西走人，只觉一切都很好。

周末加上元旦，有三天假期。他约了关澜去完成他们早在计划中的旅行，爬 Z 省的那座山看雪。

决定行程之前，关澜问过尔雅，要不要一起去，说他们还会带着猫。

尔雅直接拒绝，说："我是小孩，但不傻，我才不要去做电

第二十一章　婚姻诈骗　　511

灯泡。"

关澜无语。

尔雅又说："猫你们也别带了，借我玩两天呗。"

关澜纠正，说："要真把猫留给你，也不是给你玩的，你得照顾它，哪怕两天也是责任，你觉得你可以吗？"

"我可以的！保证照顾好它。"尔雅信誓旦旦。

于是，周六上午，齐宋带着两天一夜的行李，以及装着马扎的猫包，把车开去南郊。

他在路上做了很久的心理建设，因为关澜也约了他到她家吃午饭，事先跟他说好了的，尔雅在，陈敏励也在。

到了现场，齐宋仍旧略感尴尬。关澜在厨房里忙，尔雅给他开的门，陈敏励在客厅坐着。寒暄过后，也不知道说什么好，总不能问陈敏励有没有什么法律方面的需求，要找他咨询吧。

倒是尔雅先开口，偷偷跟他说："你别期望太高啊。"

"什么？"齐宋问。

"吃饭啊，"尔雅回答，"关老师做饭就是老干妈配万物。"顿了顿又道，"哦对了，还有咖喱酱。一共就俩口味，老干妈，或者咖喱酱。"

齐宋笑，索性进了厨房，站关澜身后，动手解她的围裙。

"哎，你干吗？"关澜回头说他。

"老干妈还是咖喱酱啊？"他不答反问，看着锅里的菜。

"尔雅说的吧？"关澜猜到了，开门冲外面喊，"我今天开发了一个新菜，因为买到一种糖醋酱。"

"哈哈，关老师你真行！"尔雅在外面笑起来。

齐宋已经把她挪一边，围裙套自己头上，说："你行了，还是我来吧。"

关澜没出去,跟他一起做饭。

齐宋教她炒糖色,边做边对她说:"……我去过护理院了,但没进房间。"

"没事的,你已经做得很好了。"不用再说更多,她便明白他的意思。

"存了钱,还给负责人留了张名片。"他又道。

她无声地笑了笑,猜这大概也是种威慑。

齐宋也想起当时,人家看过名片之后对他说,还真是律师啊?宋红卫天天跟室友和护工吹牛,说自己儿子怎样怎样。

他可以想象那个场景,一个人过了这样不负责任的一生,到头来却又忽然害怕孤独终老,有点可悲,又有点可笑的样子。但对他来说,已经无所谓了。

他们一起做饭,一起端到桌上,再四个人一起吃掉。陈敏励只是看着他,始终没说什么话。齐宋志忑,不知道她对自己作何感想。

直到吃完饭,他跟关澜上了车,准备出发。关澜给他看陈敏励刚才发给她的信息。

陈敏励说:有点你爸爸的意思。

关澜回:你看谁都像爸爸。

陈敏励说:才没有呢。

齐宋笑了,把车子发动起来。

后视镜里,尔雅抱着马扎正在那儿各种蹦跶,做口型无声地说:"耶,我有猫啦!耶,我有猫啦!"见关澜回头看她,才收敛了一些,抓着马扎一只前脚,跟他们挥手道别。

马扎眼神涣散一脸蒙。关澜看看齐宋,说:"不会有事吧?"

"没事的。"齐宋也跟她保证。

从 A 市南郊开车去 Z 省西部,路上不到两百公里,两个人说好轮流当司机,但关澜上车没多久就睡着了。齐宋看着她熟睡的样子,还是像从前一样,仰着脸,嘴微张,像个小孩。他无声笑起来,伸手拿她挂在座椅背后的外套,盖到她身上,而后驶过收费入口,开到高速公路上。

他静静开着车,又想到出发前自己与尔雅的对话。

那时,关澜正在拿行李,他跟尔雅蹲在墙角交接马扎,告诉她每次喂多少猫粮,怎么给它喝水,怎么收拾猫砂。

尔雅仔细听着,忽然问:"你会要我妈妈再生孩子吗?"

齐宋吓了一跳,又想起上次那个问题,他就没答好。

"哈哈算了……"尔雅看他这样,笑着打岔过去。

齐宋却觉得不行,静了静才说:"我都已经有只猫了。"

尔雅说:"猫又不一样。"

确实不一样。齐宋看看马扎,马扎也看看他,毛茸茸的脸上照例挂着那种"我是你爹"的表情。

"还有你上次问的那个问题,我们会结婚吗?"他也挺突然地说。

尔雅大概也有些意外,他竟然会主动提起来。

"我不知道,"齐宋实话实说,"不是不想,而是我不知道自己有没有这个能力承担起这份责任。孩子也一样,我可能做不了太好。"

"其实很多人都做不好,但他们不管,反正生了再说。"尔雅道,而后评价,"你的想法挺成熟的。"

"我三十五了。"齐宋失笑,没想到会在一个小孩口中听到这样的话。

尔雅却挺认真，说："有些人一辈子都没想明白呢。"

齐宋看看她，说："你也挺成熟的。"

尔雅点点头，说："我马上就十四岁了。"

没事的。所以他才那么说，是因为他真觉得她可以照顾好一只猫。但回到此刻，他却又在想，也许这一次，他答得还是不好。

你们会结婚吗？你要结婚了吗？这段时间已经有很多人问过他类似的问题。好像只要两个人在一起，旁观者就会期待发生些什么，恰如期待一个故事的结局。如果你不这么做，他们就会觉得你不够真诚、与世隔绝，带着对他人、对未来的不信任。但他其实并非如此。就像他对姜源说的佩服，是真的佩服。他希望关澜可以明白。他相信她会明白。

关澜醒来时，车已经到了Z省地界。她转头看齐宋，他也看着她，伸手握住她伸懒腰的手。

车厢里很温暖，伴着轻微的颠簸和白噪声，简直像个摇篮。她说："你可别睡着啊……"自己却又闭上眼睛。他笑，帮她拉好身上盖的衣服，说："你放心，我不睡着。"她闭着眼也笑了，感觉舒适、安全。

蒙眬间，关澜莫名想起与女儿的对话。

尔雅问过她，喜欢一个人是什么感觉，爱又是什么感觉？

她记得自己试着回答："吸引、欣赏，到这里为止，大概就是喜欢。然后是心疼、理解，就是爱的范畴了。"

也记得尔雅当时说："那我还没到那阶段。"庆幸似的。

可蒙眬间，还有另一句话也浮上来——"你们认识了多久？你跟他其实什么都没经历过。"

是黎晖说的，就在她找他谈尔雅今后安排的那一天。

和她原本计划的一样,她趁尔雅上网课,约他在外面见面,在大学城附近的咖啡馆。她把事情的来龙去脉告诉他,说:"尔雅本来想搬去跟你一起生活,是因为她担心你,觉得你只有她了。而且,她知道了我刚发现自己怀孕那会儿想过不要她,所以她也不想再拖累我。"

"这事不是我说的……"黎晖仿佛下意识般地否认。

关澜只是笑笑,其实已经无所谓了。

黎晖却觉得不够,又加上一句解释:"可能是我妈,她有时候会跟尔雅说些我们从前的事。"

关澜没接口。

虽然很多年没见,但她还记得这个前婆婆,一切尽在掌握的女领导。黎晖这样的人,往往就有这样的母亲。但这句话归根结底还是黎晖说出去的,她也不想再去指责任何人。这个结,在她这儿已经解开了。

她只是摇摇头,说:"都不重要了,我后来跟尔雅解释过。她说她还是想跟着我,抚养权不做变动,但你可以更多地参与到她的生活中来。我只想让你知道,她也是很在乎你的。"

"我也很在乎她。"黎晖说。

关澜听着,觉得他这句话是真诚的,但还是提醒:"你想要她喜欢你,对你好,你得自己去争取她。"

黎晖点头,转而却又问:"真就是那个人了吗?"

关澜当然知道他说的是谁,只是笑笑,没有回答。

"关澜,"黎晖却没就此打住,继续说下去,"我知道我从前做过很多不好的事,没办法面对失败,试图用错误的方式留住你。但我后来也经历了很多,一直试着改变自己。我现在已经不同了,不会再那样了，我们……"

"我知道你已经不一样了，我能看见，"她打断他，"过去几个月里，你能这样对尔雅，今天能心平气和地坐下来跟我谈这件事，我都觉得很难得。但过去已经过去了，我们以后就是为了尔雅，好吗？"

这些话，一部分是捧他，一部分却也是真心的。要是换在从前，遇到这样的情况，她估计黎晖早就带着个新女朋友在她面前招摇了。

她其实挺欣慰的，看到每个人都在改变，甚至也包括他。黎晖是尔雅的父亲，是她不喜欢，却总得打交道的亲戚。她替他高兴，希望他可以找到一个真正值得追求的东西，不需要再无休止地证明自己有多厉害。

但黎晖总还是黎晖，有时总是会露出从前的样子来。

比如那一刻，他忽然对她说："关澜，你们认识了多久？几个月？半年？你跟他其实什么都没经历过。我们认识几个月的时候什么样，你还记得吗？"

她当然记得。那一刻，回忆带着刺痛袭来，她却还是笑了，说："黎晖，你知道地球上有多少人吗？六七十亿吧。为什么你觉得我是在两个男人当中做选择呢？我拒绝你不是因为别人，是因为我自己想这么做。我也知道我跟他以后会遇到很多事，好的、坏的，都有可能，但那都是我自己的事情了。"

她最后又重复一遍："我们以后就是为了尔雅，好吗？"

回到此刻，她想着那段话，每个字都发自肺腑，都是真的，却也难免有一瞬的惶惑。她和齐宋确实什么都没经历过，他们会遇到什么事？好的，还是坏的？有一点，黎晖恐怕是对的，恰如那句俗话，在新鲜感消失的那一刻，一段关系其实才真正开始。

所幸，车已经离开城区，车窗外尽是绵延起伏的山岭，肃穆、开阔，黑白两色，斑斑驳驳。前一天刚下过雨，到了山间，便是雪，慢慢累积、层叠，随着仪表盘上的海拔数字不断攀升，越往上，白色越多，直至纯白的雪顶。

她睁开眼，出神地望着，瞬间便抛开所有的杂念。

他们在小城停了停，给车轮装上防滑链，再经盘山公路，去半山的那个村子。

时间已近傍晚，天正一点点地黑下来。山区很冷，各处民居的窗口漾着的灯光，便显得格外温暖。他们下车，呼吸凝成白雾，躲进民宿热热闹闹的客堂间里，跟其他住客一起，吃简单的几个农家菜。

晚餐之后去房间，两人看着奇怪的格局笑，两张大床，中间有暖炉，烟囱通到外面去，靠窗还摆个自动麻将台。他们在炉子上烤红薯，还打了会儿两人麻将。

入夜，手机振动起来，他们陆续开始收到祝新年快乐的信息，客户、同事、学生，还有各种企业号的。

齐宋把手机关了，关澜也把手机关了，连同房间里的灯，隔窗看着外面。

此地海拔不过一千三百米，距离省会也就一百多公里的距离，天际仍旧映着城市经夜不熄的灯火，但抬头也可以看到冬夜辽远的星空，不如夏季璀璨，却足够清晰。他们好像根本不曾远离，却又好像真的置身世外桃源。

他将她拉进怀中，手抚摸彼此的身体，身体寻找对方的手，一切似乎归于本能，自有主张。他们只是依偎、品尝，仿佛忘记时间。

但他又停下，看一眼时间，而后在她耳边喃喃。她笑，听着村子里某处焰火升腾的声音。新的一年已经到来了。

"我爱你。"他说。

"我也爱你。"她回答。

话真的说出来了，在彼此都清醒的时刻，也得到了回应，却又觉得是否太过平庸，无法表达此刻全部的情感。

次日早晨，他们被闹钟叫醒。他催她起来，是为了跟着民宿里的一队人登顶看日出，她埋头在被子里，扔出去一只热水袋，迷迷糊糊地说："谁说昨晚要跨年来着的？"他也笑，拉她起来穿衣服。

他们开车到登山口，换上雪鞋，跟着其他来爬山的人开始最后一公里的徒步。

其实已经五点多了，天还完全黑着，夜幕如沉厚的丝绒，半月挂在天上，周围散落微小的银星，一点一点，在雪地上反射出一片银蓝。他走在她身后，她一直可以听到他呼吸的声音，这让她觉得安全。

到达山顶的观景平台，他们看到昨天在山下遇到的那两个徒步客，在山顶扎了帐篷露营。夜里大概零下十摄氏度，还刮着大风，他们是真的猛。这时候两人也刚起床，还裹在睡袋里，站在雪地上，像两条巨大的冬虫夏草。

所有人就这样等待着。

齐宋站在关澜身后，关澜靠到他身上，望向仍旧是黑色剪影的群山，以及山间弥漫的灰蓝色的晨雾，直到天际泛出微红，层层渐进，把云层染上金边。而后，太阳升起来，像是开启一个全新的世界，辽阔、明媚、闪耀，充满各种可能。

一条冬虫夏草突然跪下，向另一条求婚。

跟他们一起上山的人当中有一个哭起来,把女朋友还给他的项链扔出去,隔了会儿又翻过栏杆,趴在雪地里找,说那项链还挺贵的。

有人走到一起,也有人分开,尘世的离合仍在。但当太阳真的整个越出地平线的那一刻,还是有那么几分钟彻底的空寂与宁静。

关澜转身过来,齐宋把她拥进怀中。她的头发被风吹动,飞过两个人的脸颊。他们亲吻,两人都意识到这恐怕是他们经历过的最清晰、最纯粹的情感,只是彼此靠近,没有依附或者屈就。但这是否也意味着不长久?他们不知道,却也不需要任何的证明。

第二十二章　离婚恐怖主义

新年伊始,尔雅考了小托福,过了几个月,又参加了插班面试,结果挺不错,就等着下学期去新学校就读了。

关澜和黎晖坐一起吃了顿饭,为女儿庆祝。这结果让关澜欣慰,在照顾尔雅这方面,黎晖确实做到了。但与此同时,他女朋友也还是交了,而且关系突飞猛进。

尔雅有次从父亲那里回来,尴尬地跟关澜说:"……居然让我叫她姐姐。"

关澜听过算过,不做评价。后来一次接孩子的时候正好碰见那女孩,确实是很年轻,两边客气地打了招呼。

她不知道黎晖有何打算,不知道关于尔雅的计划是否也会随之生变,只是暂时还没跟他聊,反正她现在也有能力做出相应的安排。

倒是赵蕊,从别处听说这件事,来她这里感叹,说:"你看吧,这就是那种刻在 DNA 里的本能,以及预见到自己终将一事无成、孤独老去的恐惧。社会上都说女的恨嫁,其实男的更是这样,毕竟结婚生孩子对他们来说容易很多。"

关澜就事论事,说:"生育我可以理解,但为什么说结婚也是呢?"

赵蕊说:"体力上的差距摆在那里啊。你看李元杰,体重快是我两倍,最近还练出点胸肌腹肌来了,要不是从小认识,知道他人畜无害,我哪敢跟这么个人住一起?"

关澜笑起来,说:"你不欺负老李就不错了。"

赵蕊继续给她解释:"所以说,男人即使与一个自己并不完全信任和了解的女人共同生活,也能够保有最基本的安全感。但女人不行啊,和一个体型明显更大、力量碾压你的人住在一起,需要关起门来独处,每天还得面对好些鸡毛蒜皮,随时有爆发冲突的可能,势必得设立一个更长的考察期,确认这个人善意、克制、遵纪守法才行。"

"有点道理。"关澜思索。

赵蕊却又联想到其他,问起齐宋来,说:"你呢?考察得如何?上一个是不让见光,这个总算更进一步,该见的人都见了,是以结婚为目的的交往了吧?"

关澜莞尔,不答。

也许真中了赵蕊的分析,前任那个老师本来也是单身多年、没什么结婚想法的人,但跟关澜分手了之后没多久就相亲结婚了,现在孩子已经上幼儿园了。

她又把那两句话套在齐宋头上想了想,他刻在 DNA 里的本能有没有苏醒?意识到自己终将一事无成、孤独老去的恐惧有没有到来呢?

过去的几个月里,他们还是会一起做法援的案子,每周轮流去彼此家里过夜,一起游泳,一起窝在沙发上看剧看电影。出于被那次去 Z 省爬山勾起的兴致,一有空就出去旅行。有短途的那种,也有齐宋去某地开庭，她飞过去找他。两人都不喜欢城市和人造景点，更倾向于租辆车，而后徒步，去看山，看海，看湖。齐宋说她是夕阳红旅行团，上车就睡觉。关澜也无所谓，偏就喜欢这种感觉，因为他总是能把所有事情都安排得很好。和他在一起的时间，无论长短，都是她最好的休息。

但这确实不是那种纯荷尔蒙式的感情，恰如两人最开始的时候，她说的那番话，到了现在还是做数的，比如她没办法把谈恋爱放在很靠前的位置，也不会每时每刻都在想他。

回到此刻，她引用名言，暧昧地对赵蕊说："如果我不能把全部的自己都交给你，我值得你爱吗？你能理解吗？"

两人看的书都差不多，赵蕊知道这话是西蒙娜·波伏瓦说的，揶揄道："齐宋就是个律师，你当他萨特啊？"

关澜笑起来。

事实上，并不需要是波伏瓦或者萨特，所有人都做不到彻底地交付，只是绝大多数人不愿意这样说，他们更喜欢先给出承诺，不管将来是不是能做到。

至于她和齐宋，考虑这个问题好像真的太早了些。她觉得两人之间现在的状态很好，却又想不到更进一步的契机。倘若从律师的角度来看，结婚，意味着财产的联合，人身权利的托付，比如成为彼此手术风险告知书的签字人。他们真的需要吗？她暂时只能想到齐宋剩下还没拔的三颗智齿，兀自笑起来。

而后关澜岔开话题，问起赵蕊的近况。

那份全都是无效条款的婚内协议已经在实践中了。赵蕊说，做试管的事，她跟李元杰都没告诉家里的长辈，双方都没说，是因为不想承担更大的压力。只是该干什么就干什么，锻炼，注意饮食，看医生。不去想能不能成功，失败了又会怎么样。

关澜听着，便也没多问。可能所有的问题都可以用陈敏励那句话回答：以后的事，以后再说，顺其自然吧。

差不多也是在那一阵，有一天，齐宋忽然收到韩序的微信，就四个字：生了，男孩。

齐宋想了一下前情，回了句：恭喜。然后又开始琢磨应该随多少礼金。

韩序猜到他的心思，说：你可别给我发红包啊，挺尴尬的，我也不会收。

紧接着说明自己今天联系他的原因：我就是告诉你一声，主要还是因为雪。

虽然已经不是第一次鸡同鸭讲，但是齐宋仍旧需要反应一会儿，才能明白过来她说的是马扎。

韩序说：这几个月麻烦你了，看你什么时候方便，把雪给我送回来吧。随即便发来她家的地址。

齐宋对着手机，那一瞬间，心竟有种下坠的感觉。他自己也不知道是怎么了，几个月前嫌弃吧啦地带回家的那只丑猫，这时候要他还回去，竟又有些不情愿。

还是律师的思维，他当真想了一下，两个自然人分手之后，共同饲养的宠物归属的问题，要是他跟韩序对簿公堂，官司将会如何进行。法律上并没有相关的条文明确家养宠物如何分割，实践中大概会参照孩子的抚养权，更多地考虑情感因素。法官或许会衡量双方的意愿、经济能力，还有谁照顾得更好、付出得更多，最后决定该宠物由哪一方饲养，另一方取得折价补偿。

但马扎这种捡来的流浪猫，没有宠物商店开的发票，到底算成多少钱比较合适呢？

第一步，当然还是协商。他发了几张马扎的近照过去，以证明自己养得有多好，八斤变十斤，脸都圆了，然后委婉地对韩序说：其实你要是不方便养，继续放我这儿也行。

话说出去，便等着对方还价。

韩序却发来个狡黠思考的表情，直接问：齐宋，你不会是不舍得了吧？

齐宋尴尬，想说：不是的，我就是觉得它跟我住习惯了。或者，我怕你家有新生儿，再多只猫，更忙不过来。纠结一番，却还是简单回答：是，这几个月，跟它处出感情来了。

然后眼见着聊天界面上方变成"对方正在输入……"的状态，很久才收到韩序发来的长长的一句话，是他们分手之后再也没有过的长度：猫你养得比我好，还是留在你那里吧。只是怎么感觉有点毁人设啊，你可是独身主义者最后的希望。

齐宋只当这是损他，韩序却又自嘲，说：你记得吗？从前看见电视上专家说，最小的单位是家庭。我说，最小的单位明明是质子。结果现在也这样了……

齐宋看着，笑起来，是因为马扎，也是因为回忆，最后问：那现在感觉怎么样？

韩序回：挺好。

齐宋说：那就好。

放下手机，他想到自己的人设，如果说真有人设这回事的话。他也想到关澜。

过去的几个月里，他们还是会一起做法援的案子，每周轮流去彼此家里过夜，一起游泳，一起窝在沙发上看剧、看电影，或者一起出去旅行。有时是短途自驾，有时是他去某地开庭，她过去找他。他特别喜欢那样的时刻，每次翘首以待，看见她的车出现在视野里，或者等着她走出机场到达大厅的出口，他都会不自觉地笑起来。

也许，只是也许，他真的会不满足，会要得越来越多。但何时发生，她又会如何作答，他不知道。

相比感情上进入的平台期，那段时间，两人的事业倒是各有发展。

经至呈所管委会投票通过，齐宋升了高级合伙人。正式宣布的那天，有个小小的内部仪式，所有高伙都会到场，包括管委会的几位大佬。他们一一与他握手，欢迎他的加入。也是至呈所一向的规矩，在这仪式上，新晋升的合伙人得戴根红领带。

姜源身为消息灵通人士，当然早就听到风声，那天早晨在电梯厅遇到齐宋，见他还是一贯的白灰蓝黑打扮，酸溜溜地说："今天这种日子，你怎么不系红领带啊？"

齐宋实话实说："没有。"

姜源说："买一根不就行了嘛，楼下这么多店。"

齐宋笑笑，说："就为了那几分钟？"

姜源说："你以后结婚也能用啊。"

要是别人，齐宋大多会觉得是揶揄。但这话从姜源口中说出来，却更像是惯性思维使然。因为姜律师当年升合伙人戴的就是婚礼上做新郎官儿时的那一条，并且作为吉祥物珍藏至今，颇有种把家庭和事业视为一体的味道。

齐宋再次深表佩服，但到了仪式举行的时候，照样还是戴着他的灰领带走进去，跟大佬们一一握手，颇有种油盐不进的味道。

至于关澜，上学期第二次评副高落败，憋着股劲赶了几篇论文，且都用的是自己做案子的一手资料，一连发了两篇顶刊。

再加上她做的几个案子，从 XY 婚前协议，到 Heather Summer 和金森林，再到六亿的文家花园，以及方晴与戴哲的线上庭审，还有齐小梅和曾光：渣男出轨，诈骗多人，婚恋型杀猪盘，由离婚变成刑事案件。虽然最后曾光积极退赔，一审还是判了五年。

所有这些都为大众所喜闻乐见，作为经办律师，关澜也出了点小名。B 站上"传说中的关老师"粉丝疯涨，还有法律圈的公众号，从前写过梁思的那一家，这回也来写她了。

新学期开学，学生们选她的课需要拼手速抢，听说校领导开会都提到过她，院里似乎也没理由再压她的职称晋升。

面对这状况，关澜却有些忧虑，拜托学生不要再剪她上课的视频发到网上。"传说中的关老师"开始陆续删视频，但过去发的那些早已经传播开来，被别的自媒体做成各种二创，只言片语地剪出来，她原本想表达的意思也就变了味道。网上不少人看见，说姐姐好飒，姐姐杀疯了，赞她人间清醒。她却觉得不适，因为知道自己没那么飒，没那么清醒，也没那么极端。

这些想法，她只对齐宋说了，凡是变成网红的高校女教师，从来都没有好下场。

齐宋安慰她，说："别忘了你还是律师，谁敢惹你？"

"呵呵，"关澜笑笑，说，"学院里都已经在传了，说我做兼职律师在外面接案子挣了一千万。"

"怎么算的呀？"齐宋问。

关澜答："就那个公众号的文章里写的，说我兼职执业几年经办超过一千例离婚案。然后就有人给我算了笔账，说按照现在的行

第二十二章　离婚恐怖主义　　527

情,每个案子至少收费一万吧,那就是一千万,而且很多案子还不止这个数。"

齐宋莞尔,想到喜欢给他算账的人也不少,笑说:"你九块钱一单的咨询没告诉他们啊?"

关澜无奈,受关注的大案其实就那几件,更多的还是琐碎的小案子,甚至法援案件,比如王小芸,还是半年之后第二次起诉才判离的,不挣钱,却花了更多的精力。但有些事本就说不清,各人自带滤镜,有些人的出发点就是为了证明她有问题,她再怎么解释都没用。

面对这些,她更加感觉到自己对于法律的钟爱:不需要去跟对庭的争吵,而是摆出法条和证据,说服中立的法官。至于大学,相比之下反倒变得不那么象牙塔了,又或者说,象牙塔里也是有人情世故的。

有时候,她真的会有种冲动,想要放下这些乱七八糟的,真正去做个独立律师,爱谁谁。而且,她也确实有这样的机会。因为出了名,这段时间常有猎头联系她,推给她各种职位,有律所的,也有家办的。尤其是后者,正在风口上,原本做信托的、搞投资的,现在换了个皮,全都号称是家族办公室。而这些机构的业务,除去金融理财,便是为富豪家族成员提供民事、刑事的法律服务,以及婚姻、生育、继承的法律模型。各种各样地开出来,人员却又紧缺,offer 给得特别慷慨,一个月光薪水就能超过她在大学里一年的水平,还不包括分红和奖金。

不是不动心,但是见钱眼开之后,她还是作罢了。她喜欢站在讲台上的那种感觉,因为这就是她最初想从事的职业,不光是律师,不光是法律,还有自由且无用的一切。

而后,就到了那一天,星期六,法援中心。

一个女人走进来,戴着墨镜和口罩,但身材、穿着、头发、皮肤、指甲,还是能看出无一不精致,这样的人找到法援中心来,是有些奇怪的。

关澜和齐宋都正接待咨询,张井然上去打招呼,问那人的来意。

"我找关澜。"女人回答,经张井然指明,见关澜正接电话,便等在那里,也不找地方坐下,而是就那么站在角落里,无论是姿态,还是样貌,都与周遭的环境格格不入。

张井然已经有点认出她来,跟一起来的同学耳语:"那个好像是……"

等到关澜放下电话,上前自我介绍,女人却没直接说明自己的来意,望了望周围,问:"有没有什么地方?可以……"

关澜懂她的意思,带她进了旁边的小面谈室。门关上,室内就剩下她们两个人,女人这才摘了墨镜和口罩。露出来的是张熟面孔,名字也是关澜知道的:方菲。

哪怕是不怎么关心娱乐圈的人,应该也都认识这个女演员。她早些年参演过几部大热的电影,后来嫁入豪门,息影生了两个孩子,最近又出来接拍过一部电视剧,颇有些名气。而且,她还是 GenY 总裁袁一飞的妻子。

"您找我,是为了……"关澜发问。

方菲笑笑,答:"当然是为了离婚。"

关澜不算太意外,却还是道:"我不知道您从哪里听说的我,但我得告诉您,我跟您先生集团的一名高管……"

"我知道,"方菲打断,"你是黎晖的前妻,但你们早就离了,他也只是个副总,这应该不影响你做我的代理律师吧?"

第二十二章　离婚恐怖主义

"不构成实质上的利益冲突,但我得先跟您说清楚。"关澜解释,然后婉拒,"而且,我最近手上的工作很多,恐怕没办法做您的代理人。"

倒不是真的忙不过来,黎晖也只能算是个借口,她只是不想再接这种明显会引起舆论关注的案子。

但方菲听见她这么说,好像并不怎么意外似的,只是警惕地问:"是不是已经有人来找过你了?他们跟你说了什么?"

关澜疑惑,反问:"什么?您是说关于您这件案子吗?没有人来找过我……"

"关老师,关律师,"方菲听她这么说,忽然倾身靠到桌子上,离得她更近,看着她说,"我已经没有别的办法了,请你帮助我。"

"什么意思?"关澜更加困惑。

方菲好像忽然涣散了眼神,整张脸也挂下来,完全没了那种女明星的光彩,说:"你知道吗?我已经找了很多有名气的离婚律师,没有人,没有一个,愿意代理我的案子。"

"为什么?"关澜问,自然觉得奇怪,因为以方菲的身份和身家,这案子显然有名有利。

"我的诉求其实一点都不过分,"方菲试着平静下来,但这番话她可能已经说过很多遍了,再一次重复不免有些烦躁,"袁家的股票是他的婚前财产,我一分都不要,只要求分割他婚姻存续期间赚的钱,还有两个女儿的抚养权……"

关澜听着,确实并不过分,而且也有协商的余地。

"但是袁一飞根本不愿意谈,"方菲摇头,而后说,"有个词,'离婚恐怖主义',你听说过吗?他就是这种人。"

关澜点头,她当然听过,硅谷的哈桑和艾莉森·黄,离婚官司打了七年,男方宁愿损人不利己,甚至建个网站黑自己老婆,也不愿意离婚分钱,被人说是"离婚恐怖主义"。

但她下意识中还是持保留意见,觉得方菲夸张了。

关澜能猜到方菲的意思,袁一飞联系了所有她可能想找的离婚律师,施加压力或者给予好处,使得所有人都拒绝成为女方的诉讼代理人,使得她求助无门,理论上或许可能,但实际上,真的有这样做的必要吗?

2010年12月,G市。

这一年,元华集团的年会办在新区一家五星级酒店里,由专业会展公司策划,排场不小,还请了些明星过来撑场面,模仿 Met Gala 走红地毯。

明星中最大牌的,当数方菲,不过二十二岁的年纪,她已经跟着大导演大卡司连上了两部电影,一时风头正劲。这时候穿一身露肩曳地的晚礼服,在巨大的背景板上签到,而后转身摆好姿势,迎接两边摄影摄像的长枪短炮。被路人看在眼中,说元华去年请了谁谁谁,今年又是谁谁谁,土老板最喜欢用这种方式展现企业实力。

来宾和员工也纷纷上前与方菲合影,要她的签名。

有人赞叹,说真人原来这么高,这么瘦,通身白得发光,女明星跟普通人真的有壁,公司里本来挺好看的姑娘,这时候都被她反衬成了盗版芭比。

也有贬她的,说她这身明显撞衫某某某,而且还落了下风,议论她今晚出场费多少钱,除去吃饭之外,还包括什么服务。

无论是赞美,还是贬低,方菲都无所谓。她从小学习舞蹈,一路艺考出身,早已经习惯接受各种各样目光的检阅。既然他们都把她当另一个次元里的假人,那她便也从另一个次元冷眼旁观着他们。戏里的人,看着戏外的戏。

来之前,经纪人关照过她几句,介绍了一下甲方的情况,她自己也在网上看了些八卦。

董事长袁向华,G省农村出身的民营企业家,八〇年代做家电起家,九〇年代顺应时代大潮,又开始做地产,现下手里两家上市公司,A股的元华电器和港股的元华地产。董事长下面,便是行政总裁,是外面请来的职业经理人,以显示元华不是那种老脑筋的家族企业。但实际上这个位子却是铁打的营盘流水的兵,平均两三年换一任,各色人等来来去去,反正都是傀儡,真正的接班人还是给自家二代留着的。

至于这二代,却有两个——袁瀚斌和袁一飞。

网上最初有人猜测,说这俩其实根本就是一个人,富二代犯事,"钞能力"脱罪,改了名字和身份,送到美国读书去了,故事编得有模有样。直到一年前,两兄弟同时读完硕士回国,进入集团下属的两家公司,职衔都是总经理助理,号称从头做起。有了同框的照片,明明白白就是两个人,犯事改名字的传闻不攻自破。

但很快又有新的八卦生出来——同年出生的兄弟,不是双生子,名字还起得南辕北辙,让人自动脑补出八十集豪门伦理大戏。

有知道些内情的出来爆料,说两人进入集团之后,手上各有项目,定期比较业绩。老袁总就是这样在家里搞社会达尔文主义,竞争、淘汰,像是个斗兽场,把两个儿子圈在里面斗着玩。

可也有人说,业绩什么的都是假的,有后妈就没亲爹,这件事归根结底还是大夫人、二夫人的戏码。袁一飞的母亲宫斗失败,现已出局,于是就连他的名字都在集团内部成了笑话,私底下被人叫作"袁二飞"。

方菲看着，竟为这素不相识的人唏嘘，似乎含着金汤匙出生，实际却是这样。她不禁联想到自己，忽然出了名，表面风光，其实合同签得像个傻子。至于什么时候能脱身，脱身了还红不红，都是玄学。转念却又觉得自己是真的傻，竟然可怜起锦衣玉食的二代来了。

于是，她仍旧带着看戏的心态前来，走过红毯，被安排在前排一桌落座，身边恰好就是这戏里的主角之一。"袁二飞"戴副黑边眼镜，穿一身西装，没打领带，看起来普普通通，坐在那里几乎没说话，有些落寞的样子。

最前面三张圆台面其实都算主桌，坐的也都是贵宾，家族成员和集团高管被分在各桌上作为招待。看起来似乎公平合理，但还是可以察觉到其中的差别。袁一飞左边是她，右边是袁家的一个长辈，总之都是吉祥物。袁瀚斌却跟着老袁总坐在中间那一桌上，与几位领导、生意伙伴、左膀右臂一起把酒言欢。

舞台上沙画、魔术、电光舞，一个个节目，空洞却也热闹，把现场气氛层层推进到高潮。然后轮到袁瀚斌亲自上台，演唱《长路漫漫伴你闯》。台下不少人都知道，这是袁向华最喜欢的粤语老歌，每次K歌必点，这时候让袁瀚斌来唱，颇有几分隆重推出继承人的意思。

乐声响起，果然看见老袁扬脸笑着，望向台上，听到得意处，举杯与左右碰了碰，仰脖饮尽。那一刻，袁向华听进去的应该是那句"驰马荡江湖，谁为往事再紧张"，而入得袁一飞耳中的，大概是"呢个要做大哥""谁是最高最强"。

方菲看着，听着，玩味着这豪门的恩怨，姿态与表情管理仍旧

第二十二章　离婚恐怖主义　　533

毫不出错。

直到中间一段说唱，乐声激昂，专业伴唱、伴舞演员卖力地唱着、跳着，只可惜袁瀚斌没有一句在节奏上。

她轻轻笑了，袁一飞也正发笑。

正是那笑声，叫他们转头看了对方一眼。

宴会厅里的灯早已熄灭，舞台上变幻的彩光照下来，映射在她脸上，而她一动不动，端庄，却也曼妙。他有一瞬的走神，感叹这造物的奇迹，基因彩票的头奖。

而她却忽然问：“你俩到底谁大啊？”

他自然知道她问的是谁，有点意外竟会听到这样冒犯的问题。虽然在场的很多人也许都在琢磨，但只有她问出来了，好像是傻，是那种不合时宜的真性情，却又好像不仅如此。他自己也觉得奇怪，并没感到被冒犯。

"你问这干吗？"他反问。

她答："看你俩谁有希望继承大统，我试着攻略一下。"

是句玩笑，他听着，竟也真的笑起来，半是自嘲，半是戏谑。她真觉得他还有机会吗？

后来，许多年过去，当时的心境早已淡忘，只剩下几句对话留在记忆里，但这也就是方菲第一次见到袁一飞时的情景。

虽然没接方菲的委托，但关澜还是给她推荐了两个相熟的律师，婚姻和商事案件都能做的那种，相信一样也能帮到她。

方菲看了眼推来的微信号，只道："我去试试看吧，但还是请你再考虑一下。"

关澜笑笑，没再说什么，起身送她出去。

等送完人，回到法援中心的接待室里，便听见张井然和另一个同学正小声议论：

"估计又是出轨，他们那个阶层都这样……"

"你说这些人钱都哪儿来的呀？真是像大风刮的一样多……"

虽然这时接待室里没有来咨询的人，关澜还是提醒了一句："这件事到此为止，这是你们以后吃这碗饭最基本的职业操守。"

"嗯嗯，知道。"两人都点头，闭嘴不说了。

倒是她自己还没放下，做了会儿手上的事情，忽然又开了网页，查了查方菲和袁一飞的资料。

这两人于2011年结婚，袁一飞也在同年辞去了元华集团内的所有职务，开了自己的文创公司GenY。当时网上有种说法：底层结婚为了传宗接代，中层结婚为了互相补足，上层结婚却是找最强队友。他们俩似乎就是最后一种情况的代表，方菲靠嫁入豪门"赎身"，摆脱了原本的吸血合同，过上了好日子；袁一飞也靠着她的知名度，使得GenY一炮而红。

此后十多年，两人在社交媒体上一向不算低调。尤其是方菲，微博、小红书都有账号，事业、家庭，全方位地分享：购物，旅行，两个女儿的教育，世界各地的豪宅，游艇，私人飞机，时装周买高定礼服，佳士得拍名人珠宝，羡煞旁人，粉丝数量自然也不少。

关澜看着，更加对她刚才的说法持保留意见。如果真如方菲所说，袁一飞在离婚这件事上搞"恐怖主义"，只要她在社交媒体上说点什么，一定会立刻掀起广大网友的吃瓜热情，事情根本瞒不住。但方菲的忧虑看起来又是真真切切的，关澜一时想不明白，只能暂时搁下了。

直到傍晚，结束法援的工作，她跟齐宋一起在大学城附近吃饭。

齐宋并不问她什么,只是说起自己去年经办的一桩案子:"就是年底那个不正当竞争,我代表的是元华电器。"

关澜停下筷子,抬头看他。

方菲来找她这个离婚律师,齐宋自然猜得到是什么原因。

那个不正当竞争的案子她当然也记得,最后一次庭审,他坚持线下开庭,出差回来之后就病了。但官司赢得很漂亮,拿到不菲的赔偿,也是他这次升高伙的重要因素之一。

"会有影响吗?"她存心问,不告诉他自己其实已经拒掉了。

齐宋觉得没什么,说:"都结案了。你要是决定代理方菲,那在这个案子结束之前,我就不会再接跟元华相关的委托,反正所里都是报备过的。"

关澜笑,喜欢他的态度,但想了想还是摇头,说:"各方面的牵扯太多了,我不适合这个案子,这个案子也不适合我。"

齐宋看着她也笑了,还是那句话:"你自己决定吧。"

只是简单的几句,却让她豁然开朗,对方菲的说法有了更合理的猜测。元华是个大集团,方菲找的应该也都是大所的律师,也许类似齐宋这样的情况,所里跟元华集团有合作关系,或者未来想做元华的生意,所以人家才不肯接方菲这个案子。方菲再找别家,比如她推荐那两位,不至于找不到愿意代理的律师。

想到这儿,也真就放下了。

吃完饭,两人开车去齐宋家,玩了会儿,再换衣服去游泳。

齐宋最近请了个私教,是个退役的专业运动员,试图以他三十六岁的高龄,再冲一下蝶泳国二水平。

关澜自己游了几圈,停下看他训练,手机套了防水套带进泳池,就为了给他拍视频。

一趟一百米游完，教练在旁边掐着秒表，笑说："女朋友来跟不来，差距明显啊。"

齐宋问："进步了还是退步了？"

教练把秒表递过去，说："姿势进步了，速度，你自己看吧。"

关澜听见，笑得要呛水，齐宋钻过浮标朝她那儿游过去。可这账还没算上，手机却又振动起来，她趁机叫了暂停，趴在池边看着未读信息。

来自最近联系过她的那个猎头，对方说：关老师，有个机构联系我，指名想要挖你，给的整体薪酬特别好，你要不要考虑一下？

紧接着又追来一句：还说你要是不想离开大学，做兼职顾问也可以。

哪家啊？关澜问。

猎头发了个电子名片过来。

她点开来看，是个投资公司，名为元华资本。但她对这个行业很熟悉，知道这其实是个家族办公室，管理着G市袁家的家族基金。

忽然间，她又想起方菲的话：我没有别的办法了。

次日回到家中，关澜发消息给方菲，问：找到合适的律师了吗？

隔了会儿，收到方菲的回复，果然就两个字：没有。

紧接着又发来一句解释：网上那种做广告的倒是不少，但有点名气的，我找上去，都拒绝了。

关澜又问：那过去替你处理合同的律师呢？

方菲答：那是袁家家族办公室的人。我这些年有什么法律方面的需要，都是他们一手操作的。

关澜自然清楚家办的职能。里面有基金经理，负责家族资产投资增值。也有律师，处理家族成员的各种民事、刑事法律问题，结婚、生育、遗嘱之类的协议。另外还有家族治理专家，管着一干琐碎，大到婚丧嫁娶，小至衣食住行、吃喝玩乐、孩子上学、老人看病，乃至网上被人爆料，或者任性嘴炮引起的公关危机。

作为袁氏的媳妇，方菲结婚十多年，所有的需要都被照顾得很好。直到现在，她反过来要跟袁一飞打官司，才发现自己束手无策。

而且，这案子显然牵涉到复杂的婚前协议，以及大笔财产和股权的分割。看袁一飞的意思，就是想逼得她没有律师，或者只能随便找个没有相同量级经验的小律师。而最终的目的，无非就是两个，拖延离婚的时间，以及争取对自己更有利的条件。这手段，不可谓不龌龊。

沉吟良久，决定其实已经做了。关澜心里想，齐宋要是在，一定又会笑她圣母病发作，但终于还是打字发过去，问：您现在有时间吗？我们聊一下。

方菲那边即刻回过来：好。

关澜却又想起齐宋的提醒，这件事她必须做到最周详、最小心。于是又征得对方的同意，全程录屏，才发了视频邀请过去。

对面接起，看背景，好像是在一个酒店房间里，方菲居家打扮，脸色看起来有些苍白。

关澜事先说明，只是了解一下大致情况，试着给些法律建议。方菲却好像看到了希望，直接要了她的邮箱地址，把相关协议的电子版发了过来。

关澜打开电脑，一边视频，一边浏览文件。

先是一份婚前协议，厚得好比一本书，其中列明了各自的婚前财产和婚前债务，甚至还包括两人的共同遗嘱，论及如果夫妻一方意外离世，各自婚前个人财产以及婚后财产的继承问题。

从协议后面的附件可知，当年签字的时候全程录像，而且经过公证处公证，有律师在场见证，就跟关澜做过的 XY 项目一样。而跟 XY 项目不同的是——谢、于两家联姻，类似于企业兼并；袁一飞娶方菲，却更像是企业在招聘一名高管。

这份"劳动合同"中规定了"长期服务奖"，两人婚姻持续三年，女方可以拿到多少钱和股票，持续五年拿到多少，十年又是多少。以及"绩效奖金"，每生育一名子女，女方作为母亲，可以得到多少奖励，孩子又能拿多少。这里面还区分了性别，男孩是女孩的两倍。

关澜草草看过一遍，没发现遗漏或者无效条款，显然由专业人士操刀，权责清晰，毫无申请变更或者撤销的可能。但其实这也是件好事，说明其中并没有显失公平，或者违反公序良俗的内容。依据这份协议离婚，照理说应该是很容易的，何至于闹成现在这样？

"您是什么时候跟袁先生提的离婚？"她问方菲。

"事情说来话长，矛盾其实很早就有了，"方菲回答，"但真正有分开的念头是在去年。那个时候，他让我签一个婚内协议，说是因为 GenY 正在准备上市，只要是 IPO 就得这么做，大家都一样……"

关澜听着，同步打开第二份 PDF 文件，没前一份那么厚，就几页纸。核心意思是约定一旦发生婚姻危机，方菲自愿放弃其作为配偶对 GenY 股份的权利，且不得干涉袁一飞对公司的控制。而袁一飞也承诺将以其他类型的财产弥补其相关的损失。

这里面的具体条款稍有模棱两可之处，但也确实是 IPO 流程中的常见操作，企业主和高管都会签的那种，目的只是避免因为个人婚姻问题给公司的发展带来影响。

但方菲不这么想，说："我签是签了，可还是觉得他特别防着我，估计外面有情况，就做了一点调查。结果……"

她冷笑，继续道："发现他让家办的人出过一份非婚生子女财产分配的法律方案。我后来找人查了，那女的是他爸私人飞机上的一个乘务员，给他生了个儿子。那还是2019年的事，现在那孩子都上幼儿园了。后来吵起来，他反而怪在我头上，说还不是因为我连着生了两个女儿，袁瀚斌那边是有儿子的，他必须得追上……"

方菲是为了说明袁一飞出轨，有私生子，关澜的关注点却在别处，打断她问："你是怎么知道这份法律方案的？"

对家族办公室来说，这显然是应该绝对保密的文件。

"我……就是通过家办的一个员工，"方菲嗫嚅，却也觉得没什么，说，"这事袁一飞不知道，他一直以为是袁瀚斌那边爆的料，他们反正什么事都是先怀疑对方……"

也就是说是非正常的途径了，关澜会意，只是提醒："不要再用这种方式了。一方面这是非法证据，拿到法庭上效力有限。另一方面，如果事情往非正常的路径上继续升级，恐怕会对你不利。"

袁一飞可以调动的资源显然比方菲更多，以他现在的所作所为来看，多半已经找了人跟踪。

"好好，我知道……"方菲应着，应该也意识到了事态的变化。

"就你们之间签订的两份协议来看，财产方面的约定是比较清晰的，或协商，或起诉，应该都不会有太大的争议……"关澜言归正传，其实已经试图几句话结束这次咨询。

方菲也听出了她话里的意思，打断她道："不是的，关律师，这恐怕是我最后的机会了。"

"为什么？"关澜不懂。

"这是我走出这段婚姻最后的机会了，"方菲重复，而后试着解释，"知道袁一飞在外面有孩子之后，我做了很多事。有对的，比如复出接了一部戏，番位什么的都不计较了，把事业找回来再说。也有错的，比如……为了报复他，或者也是因为寂寞，我……"

画面中，她停顿，不知是视频的迟滞，还是真的犹豫了那么久。

关澜不做评价，找了种客观中性的措辞，帮她说下去："你跟他一样有了婚外情？"

"是。"方菲点头。

"而且，袁一飞也有证据？"关澜又问。

"是。"方菲还是点头。

所以这就是事情陷入僵局的真正原因——两边都有情人，也都互相知情。但如果公开，对两人的影响截然不同。袁一飞是企业家、富二代，对他来说，出轨加私生子是丑闻，但也不过就是为已经大丰收的瓜田增加一枚毫无新意的瓜而已，大众吃过算过，骂一句男人都是这样，他还是照旧做他的企业家、富二代。而方菲是演员，背着演艺合同里的道德条款，可能被封杀，被合作方索赔。

"你说现在是你唯一的机会，是因为 GenY 的 IPO。"关澜接着说下去，已经不是问句了，只是为了补上这件事里剩余的条件。

方菲仍旧点头，情绪诡异地平静，缓缓地说："袁家两兄弟一直在争继承人的位子。袁瀚斌在元华集团内工作，虽然职位一路升上去，现在已经是行政总裁，但接连几个大项目做得不好。袁向华这两年又把决策权收回去了，凡事都是亲自拍板。反倒是袁一飞，离开元华之后，自己把 GenY 做得风生水起，很受他父亲器重。这一次如果可以顺利 IPO，不光是 GenY 的成功，对他回元华也是很重要的筹码。

"他需要我的名气，不希望我离开。但我只有现在跟他谈离婚，他才不会把那些乱七八糟的证据传出去，因为如果处理不当，对他的影响也很大。一旦成功上市，他就再也没有顾虑了，放不放我走，以什么样的条件放，都凭他高兴……"

"关律师，关老师，你坦率告诉我，你会接下这个案子吗？"方菲最后问。

关澜听着，沉默。

事情的来龙去脉她已经知道了，方菲也不是什么完美的受害人，但她此刻想起的却是更多其他的牵扯。因为黎晖的关系，齐宋早就跟她提过，GenY 的 IPO 是至呈所在做的。他也对她说过，是否代理方菲，全由她自己决定。但如果她真做了，对他的影响，只是放弃一两件案子而已吗？

你们其实什么都没经历过。

黎晖的那句话忽又在耳边响起。

所以，这就要来了吗？

第二十三章　我愿意为你游过海峡

新的一周开始，至呈所的公关发言人撰文，正式把新晋升的合伙人和高级合伙人名单公布了出来。官网、官微上都有，每一位的介绍都差不多，标配假笑职业照，外加光荣历史。

齐宋也不例外。A市政法大学毕业，2009年加入至呈所，在争议解决领域有超过十年的执业经验，曾为多家国内外顶尖企业提供法律服务，经办多起在业界具有重大影响力的案件……

他自己看着，略感社死。但当然也知道其中的不容易，尤其是这一年，晋升的人头抠得很紧，A市办公室新升的高伙更是只有他一个，显得格外特出。此后一连几天，不出意外地收到来自各方的祝贺。包括关澜，特地拉到介绍他的那一段，截了图发给他，下面跟着一串啊啊啊，以及各种欢乐的表情图。

齐宋觉得有点辣眼睛，却也笑起来。除了他，谁见过她这样呢？他喜欢这一点特殊，可字面上还非得跟她装，说：你不是早就知道了吗？

关澜不许他扫兴，回：我特地关注了至呈的官微，就等着看这一条呢。

齐宋更要笑了，他一向不喜欢任何庆祝，更受不了惊喜，现在才知道只是自以为是。

这周五所里有个晚宴，你有没有空？一起来吧。他问。

等着她回复的那一会儿，自然而然地想起从前。几年前升合伙人的那一回，晚宴办在柏悦。他还记得当时的情景，姜源夫妻俩站宴会厅门口迎宾，被同事拍了照片下来，还P了图，群嘲好像又结了一遍婚。而他只身一人来去。这次却不一样了。想到此处，齐宋莞尔，自己竟也有这一天。

可惜随即收到关澜的信息，说：周五有点事，晚宴我就不过去了。

怎么了？齐宋问。

没什么，关澜回，就是学校里的事，周六我们再见。

齐宋看着，有些失望，但也没多问。她早跟他说过的，不可能总把他放在很靠前的位置。

也是在那一天，关澜把方菲约到自己挂靠的律所，正式签了代理协议，根据案情分成两个部分：离婚，股权争议。

纸面上签字落定之后，她便试着代表方菲联系袁一飞。电话打了几次，好不容易接通，她报上身份，对面静了静，直接回答："这个事情我的律师会联系你的。"

"袁先生能给个电话号码吗？"她问，但话还没说完，对面已经挂断了，再打过去只有漫长的嘟嘟声，估计被拉黑了。

对方显然还是在用"拖字诀"，类似的情况她不是没遇见过，也从不觉得这会是个简单的案子。关澜想了想，直接发了律师函给元华资本，袁氏的家族办公室。

几天之后，家办的律师电话打到她这里，约了面谈的时间地点。

对方姓薛，听声音沉稳可靠，讲话的语气也很温和，请她周五下午到元华资本设在A市的办事处聊一聊。

关澜猜得到对面的企图，不想配合他们无谓的拖延，直接说："方女士到时候也会去。而且，我们这里已经有了草拟的离婚协议，希望到时候也能见到袁先生，把事情推进下去。"

电话那边静了静，像是意外于她的坚决，但最终也只是笑笑，还是温和却也模棱两可地说："好，我们这边也会跟袁先生商量的，到时候见。"

电话挂断之后，关澜坐在那里，竟有一瞬的惶惑。离婚案她办过许多，这一次却与以往的任何一宗案件都不太一样。

就是在那几天，她在网上的名声好像突然转了风向。最初还是张井然在微博上看见的，忍不住跟人吵了起来，被人家说：腿毛退散，你别就是关澜的小号吧？张井然气不过，在同学群里说了，有人说要骂回去，被关澜阻止了。

但她自己也没忍住去搜了搜，"关澜"二字打进搜索框，各种各样的说法跳出来。

有人截出她上课视频里的片段，说她替全职太太说过话，替小三说过话，替渣男说过话。

也有人说：这些视频其实就是她自己找学生拍了，特地传到网上去的，还不就是为了红，为了挣钱嘛！

她一个高校教师，不至于吧……有人圆场。

但紧接着就有人回：她只是个讲师，一个月才多少钱？你以为她在外面做兼职律师是为了什么？

律师本来就应该为人民服务，法律这样神圣的东西，沾了钱就是祸害。

第二十三章　我愿意为你游过海峡　545

这不就是把兼职当主业，教学当副业了嘛！

说句公道话，高校教研人员是领了国家工资的，兼职做律师可以，但只能做法律援助，不能收费。

挂个高校的名头，捞钱更容易，这种人的存在，对当事人和其他律师都不公平。

而且学校对她也有意见，她连续两年评副高失败，就是因为院里认为她做案子影响了教研工作。

……

议论一句接着一句，再往下，还有更多黑历史。

有人仿佛早就认识她，说：哦，她呀，不就是个读了点书的绿茶，古早小娇妻嘛，现在居然出来装人间清醒了？哈哈哈。

只这一句，便引来众人追着问怎么回事。

于是那人适时爆料：大学没毕业就未婚先孕，自以为嫁了个豪门，安心当阔太太在家带孩子，结果是个伪豪门，老公没多久就破产了，还出轨了一个客户。她没钱、没工作，还能怎么办？当然是原谅他啦。后来拖到孩子两岁才离婚，而且还是她净身出户。

有网友是她的粉丝，表示不信，说：她打了那么多离婚官司，还有不少是大案，自己能搞成这样？绝对不可能。

于是那个ID直接发了张图，以及幽幽的一句话：她就是当coser搞擦边球认识的她前夫，还真以为互联网没有记忆啊……

那其实只是2007年漫展的照片，赵蕊那一半被裁去了，只剩下她，头戴双马尾的假发，脸上化着浓妆，身穿红色紧身衣。

关澜看着，只觉得荒诞，也不知道这些人究竟想证明些什么。但其他观众似乎另有主张，有图有真相，仿佛上面说的那些都被坐实，盖棺论定了。

猜想不是没有过，也许是袁氏的家办在给她颜色看，逼她退出，或者杀鸡儆猴，也让方菲知道，一旦闹开了会发生些什么。他们的家族治理专家有处理舆情危机的经验，手里自有用熟了的水军，要搞黑一个人当然也不难。

但听着电话里薛律师说话的声音，却又好像是个正经的专业人士。其中的反差，让关澜有种不甚真实的感觉，也难说到底是怎么回事。毕竟她早有心理准备，高校教师变成网红，从来就没有好下场。捧着的时候，说得样样都好，踩着的时候，又可以说得一文不值。尤其是女人，最后总是落到两性关系和婚姻上，她有多不检点，又有多不幸，总之都是她的错。

隔天，法学院院长何险峰找她谈话，问她网上那些说法是怎么回事，打算如何回应。

关澜只觉无奈，说："我没有什么可以回应的，就看院里准备怎么处理我了。"

她这么说，何险峰反而无话。因为她确实也没做错什么，视频是学生发的，她早就要求删除了。兼职在外接案子，也是向院里申请得到批准的。

何院长做出为难的样子，想了想，然后说："院里研究一下，有必要的话，给你发个声明吧。"

"声明什么？"关澜倒是好奇了，盖上公章证明她不是绿茶吗？

何险峰答："网上有人说你被处分停课了，我们澄清一下。"

关澜失笑。

何险峰看看她，说："行了，你最近好自为之，外面案子暂时不要再接了。"

这句话，他可能早就想说了。

第二十三章　我愿意为你游过海峡　　547

"那我出去了。"关澜只道。

离开院长办公室,在走廊上遇到同事。人家朝她笑笑,表情中似乎也透着些不可明说的意思。她也对人家笑笑,还是一贯开朗的样子,其实却忽然觉得孤独,那么孤独,就好像一个人面对着一整个世界。

而后,她想到齐宋。那一刻,那一秒,她只想看到他,埋头在他肩上哭一会儿。他一定会像从前一样拥抱她,手掌轻抚她的头发和背脊,带着笑说:"你看你,没事犯什么圣母病呢?"

但也是在那一刻,那一秒,她又想,也许自己更应该离他远一点,至少在方菲这件案子结束之前。

周五,关澜和方菲一起去了元华资本设在 A 市的办事处——城市西区的一座老别墅,修复得很好,显然既是办公场所,也是投资。

前台把她们带进一间会议室,里面空无一人。枯坐着等了好一会儿,薛律师才来了,说袁先生有工作赶不过来,只能视频接入。

薛律师本人中等身材,四十几岁,看起来也像电话里听着那么礼貌、专业、温和,跟方菲打招呼,起初还是叫"袁太太",经方菲纠正,才改口叫了"方女士",而后又与关澜握手,交换了名片。

至于袁一飞,就是视频画面里的半张脸,瘦瘦的一个人,戴副黑框眼镜,号称正在忙工作,甚至根本没有往镜头的方向看一眼,只是一边打字一边道:"人都到了就开始吧。"

方菲被他的态度激怒,说:"袁一飞你到底什么意思啊?"

关澜看她一眼,做了个手势阻止。来之前她就对方菲说过,袁一飞的目的就是拖延,最好见面吵翻了,什么都谈不成,而方菲又不敢直接起诉。方菲会意,勉强按捺下脾气。

关澜这才开口，开门见山地说："现在两位当事人之间，有离婚和股权两方面的争议。如果起诉，从一审，到上诉，再到二审，保守估计两年时间。方女士一旦对争议财产，也就是袁先生在GenY拥有的股权申请保全，会对袁先生进行中的IPO项目产生什么样的影响，你们应该也都清楚。"

视频里，袁一飞似乎隔着黑框眼镜看了她一眼，但还是什么话都没说。

"关律师的意思，就是要走诉讼咯？"薛律师问，脸上仍旧带着温和的笑意。

关澜能感觉到其中邀战的意味，却也笑了，摇头说："要解决二位的问题，诉讼是效率最低、成本最高的方式。相似量级的离婚，和平分手的都是各自安好，不和平的，类似的案例也很多。"

薛律师自然知道她指的是哪些，有上市失败，直接给对家干没了的，也有股价惨跌，走到爆雷边缘的。

"那方女士那边呢？"他反问，"你们考虑过事情发展到那一步，对她的影响吗？"措辞果然讲究，涉嫌威胁的话是不可能明说的。

关澜点头，答："当然，走到那一步，其实就是双输的局面。"

薛律师接着她说下去："袁先生这边也是这么认为的，但我们也有双赢的方案。"

"您说。"关澜听着。

"维持婚姻状态不变，"薛律师道，推过来手里的文件，一式两份，一边让她们看，一边解释，"方女士可以带着两个孩子去海外生活，每个月还是可以收到与原来相同的津贴，袁先生对方女士的生活也不会有任何干涉……"

第二十三章　我愿意为你游过海峡　　549

关澜与方菲交换了一下眼色,这其实也正好应了她们之前的猜测,袁一飞就是想拖过 GenY 上市这个关键时期,方菲如果答应,只会更深地陷入被动。

"我这边也有方案,"关澜打断薛律师,也把自己准备的文件推到对面,"不走诉讼,协议离婚,财产方面,就根据二位当事人婚前协议和婚内协议的约定,两个孩子的抚养权归方女士……"

薛律师听得笑了,说:"我可以问一下您这样提议是基于什么吗?"换句话说,你凭什么?

关澜也只是笑笑,淡然道:"最后还有一条,请让我说完。"

薛律师点头,做了个邀请的手势。

"方女士和两个孩子都是有元华的股票的……"关澜翻到文件中一页,那上面有她详细计算之后的份额,不光包括方菲和两个孩子名下的股票,还有袁一飞的,甚至袁瀚斌那边所有的家族成员。而后她起身在会议室的白板上又给他们算了一遍账。元华地产和元华电器都是上市公司,袁氏两兄弟持股均在 5% 以上,按照证监会的规定,在两家公司的年报中都有披露,至于各自妻子和孩子的份额,也可以根据方菲提供的婚前协议估算出来。

一边算,她一边说:"如果袁先生同意上述两条提议,方女士可以签一个一致行动协议。离婚之后,只要袁先生有需要,比如元华的股东大会,或者董事会决议,方女士均承诺与袁先生保持一致行动。如果有一天,方女士持有的股份需要转让,袁先生也有优先购买的权利。"

也是到了这个时候,袁一飞停下手上打字的动作,终于整张脸出现在画面中,看着关澜写下的一个个百分比,薛律师也才低头凝神看起手上那份协议。

这笔账相信他们也会算，妻子、两个女儿、一个非婚生儿子，再加上他自己的股票，只有这样才能使得他在元华的份额不比袁瀚斌的少，在未来可能发生的继承之战里不落下风。

但也许是因为没想到方菲这边也有后招，袁一飞没忍住提出了另一种可能，说："方菲，婚前协议里确实写了你有元华的股票，可要是元华就是拖着几年不交割，这几年里你名声臭了，官司缠身，靠什么付律师费，靠什么还债，你有想过吗？"

这次轮到薛律师做手势阻止他再说下去，只笑对关澜道："我们这边会考虑一下你们的方案，您跟方女士也考虑一下我们的方案，之后再交换意见，如何？"

双方交换了方案，薛律师送客，一路陪着关澜和方菲走到别墅外面停车的地方。虽然当场都没表态，但还是可以看出来家办律师的态度跟她们刚来的时候已经有些不一样了。

关澜并未松懈，果然，下一句就听薛律师笑对她说："关律师，其实我看到您的名片就想起来了，最近我们这里招人，有猎头推过您……"

谈判桌上玩的就是心态，关澜知道他这几句话就是存心当着方菲的面说的，大约也是一种策略吧，好使得她们之间没办法彻底地互相信任。

她也就实话实说："可猎头跟我说，是你们指名找我啊。"

"猎头嘛，就这样，"薛律师倒也无所谓，继续道，"但我听他们介绍了一下您的基本情况，感觉各方面都特别合适……"

关澜笑笑，摇头，说："我暂时没有换工作的打算。"

"那太遗憾了。"薛律师最后道，客气与她们话别，看着两人坐进方菲的保姆车。

第二十三章　我愿意为你游过海峡

车子驶出别墅，关澜看了眼方菲，恰遇上方菲的目光。

她还想就刚才的事情解释一下，方菲却已哼笑了声，说："也多亏他主动提起来，我总算知道为什么那么多律师都不肯接我这个案子了。"

关澜听着，多少有些安慰，信任还是在的。

可方菲却又道："关律师，你这几天也领教袁一飞是什么样的人了吧？其实都是做给我看的，连累了你……"

关澜明白这话里的意思，网上的情况方菲应该也看到了。

"没什么，"她摇头回答，"我本身也不是什么公众人物，只要不回应，很快就过去了。"

"可我就不一样了……"方菲慨叹。

关澜可以看出她的忧虑，她分析着眼下的情况，试着安抚几句："今天的谈判您也看到了，袁一飞对一致行动协议是动心的，他也有需要您的地方，形势并不是一边倒。"

"希望是这样吧……"方菲说。

"不管怎么样，我们先等家办律师的回复。"关澜总结，又添上一句提醒，"另外，还是我上次说的，不要再使用任何非正常的手段了。"

"好，我知道了。"方菲点点头，靠到座椅靠背上，望向拉着遮阳帘的车窗。

当天晚上，至呈所的晚宴办在丽思酒店，到场的除了所里的合伙人，还有些大客户。齐宋从大堂搭自动扶梯上去，正好在宴会厅外面遇到姜源。

姜律师见他仍旧是一个人来的，有些意外，说："这大日子，你怎么还是连个女伴都不带？"

齐宋只是笑笑，从旁边拿了杯饮料，避开这一问。

姜源却好像懂了什么，伸手拍了拍他的肩膀，说："男人最后的倔强，你没让我失望。"

齐宋看他一眼，感觉甚是怪异。姜源倒也没多说什么，跟他一起进去落座。

宴会开始，自然有领导发言，朱丰然和王乾都在其列。说的话无非还是那一些，谈到了专业素养，也说到公共利益、社会价值，正直、信义、忠诚，以及对律师这份职业的骄傲。

下面坐的人配合地鼓掌，但应该也没太当真。就只有姜源，喝了点酒，开始跟同桌的前辈揭齐宋的短，说："我是跟他一起实习转正的，2009年，那时候市场也不好。实习的大多三个月走人，就刷刷简历。齐宋吧，事情不说做得多好，本科生，经验肯定是没有的，但人是真的肯干。只要他跟的律师没睡，他肯定不会睡觉。他草拟的文件没被正式发出去，他就一定还在待命。卷得我们这些平级的民不聊生啊！还好他后来转组，卷不着我了，哈哈哈……"

旁人都跟着笑，齐宋也不介意，躺平任嘲，还与姜源干了一杯。

虽说是带着些贬损他的意思，但姜源其实说得没错。齐宋从来不觉得自己是一个多么优秀的人，能够走到今天这一步，说到底只是在拼力气，就看谁能做更多案子，律师费收得更多。而这点力气，又是因为强烈的信念感而生的，他想要做出点什么来，想要挣到更多的钱，想要证明自己，于是才能一次又一次地在巨大的压力之下撑过去。

除此之外，便是运气了。他转组，遇到了王乾。至今还清楚地记得当时，初上法庭的他就像个只会朗读的傻子，是王律师点滴地教他，如何观察庭审发展的形势，如何临场应变，调整重点与详略，如何用最清晰简洁的语言去说服法官。他回忆着，回忆着，竟也有些动容。

台上讲话完毕，又是一轮掌声响起。王乾下来找他，带他去管委会那一桌上见人。于是又一轮推杯换盏，轮到朱丰然身旁的一位，却是朱律师起来给他介绍，说："这是 GenY 的袁先生。"

袁一飞看上去不到四十，瘦瘦的，戴一副黑框眼镜。

"齐律师。"

"袁先生。"

两人握手，也干了一杯。

齐宋意识到了些什么，但当时并没有谁跟他明说。直到宴会差不多结束，王乾把他叫到后面休息室里说话。

"关律师今天没来。"像是提问，却又不是问句。

齐宋点头，说："她学校里临时有点事情。"

王乾也点点头，评价："关律师是个优秀的律师，很聪明，却也有她笨的地方……"转而又问，"你应该知道我为什么提起她吧？"

"因为方菲和袁一飞的案子。"齐宋答。这时候再绕圈子，已经没有任何意义了。

王乾便也开门见山，说："你让关律师退出这个案子吧。"

哪怕早就意识到其中的牵扯，但听到如此直白的一句，齐宋仍旧感到意外，毕竟眼前这个人才刚在台上说过自己对律师这份职业的骄傲。

"对不起，我没办法这么做。"他直接回答。

"为什么？"王乾蹙眉，竟也觉得意外。

齐宋平铺直述，说："我无权干涉她的工作，也没有任何劝说她退出这个案子的理由。"

"齐宋,"王乾听着,倒也不生气,缓了缓才跟他解释,"这个案子关系到朱律师手里的 IPO 项目,是他开口来跟我商量的。你也知道我,正在跟管委会谈以后分账的模式,卖他这个面子,他也会还回来的。还有,你替元华电器打赢那场官司,袁向华是很欣赏你的能力的,以后或许会成为你的大客户。到时候你可以不用看资本市场组的脸色,而是让他们看你的脸色。所以,袁一飞这件事,你最好别沾边,也别让关律师蹚这摊浑水,或者,就干脆跟她断了,总之不要拿自己的事业开玩笑。"

"师父……"齐宋开口,试图找到一种合适的措辞。

却又被王乾打断,说:"这件事你不用现在回复我,年轻人嘛,总有冲动的时候,为了爱情,为了义气。但你应该知道的,对男人来说,最终决定你这个人价值的还是你的事业,一旦把爱情和义气看得太重了,反而会失去所有。"

齐宋看着王乾,竟一时无言。

王乾觉得他是明白的,伸手拍了拍他的肩膀,笑说:"十四年,祝贺你,做到了。"

齐宋却能领会其中另一层的意思,你用十四年的付出换来的东西,真的要放弃吗?

南郊,关澜独自在家中,没开灯,站在阳台上,望着窗外的夜色。手机振动,她好像被惊醒,接起来,却听到黎晖的声音。

"怎么了?"她问,第一反应就是尔雅有事。

黎晖说的也确实关于尔雅:"关澜,你知道吗?尔雅为了你在网上跟人家吵,哭了。"

关澜噎住。她一向知道黎晖是很擅长指责的,但也有很久他没

第二十三章 我愿意为你游过海峡

能戳到她的痛处了。直到此刻，正中靶心。

没等她开口，那边还在继续往下说："算了吧，你考虑下尔雅，你这样做对任何人有任何好处吗？那其实不过就是袁一飞的家事……"

"你怎么也知道了？"关澜忽然反问。

"我怎么就不能知道呢？"黎晖亦反问。

"你是说，现在发生的这些事都是因为我代理了方菲吗？"她继续问。

黎晖不答，说："你不用跟我说这些，我就问你，犯得着吗？"

"我是个家事律师，这是我的职业……"关澜试着解释，又觉得跟他根本解释不清。

"关澜，"黎晖叹了口气，好像是怪她不懂事，打断她说，"要不这样吧，我们把计划提前，你辞掉工作，尽快带着尔雅离开这里去美国。我在圣何塞有房子，你们过去住一段时间，到处玩玩，适应一下环境。我会托那里的朋友帮忙申请学校，尔雅秋天就可以在加州上学。你要是有兴趣，也可以再读个学位，把从前没能实现的理想圆了……"

一切都安排好了。关澜听着，竟觉得可笑，忽然明白了"槽多无口"是什么意思。

"行了，黎晖，"她也打断他，说，"我先挂了，这就打给尔雅。"

那边好像还有话要说，但她没给他这个机会，已经按下了手机屏幕上的红点。

随即便拨了尔雅的号码，对面接起来，声音果然带着哭腔。

"妈妈……"尔雅说。

"又跟人吵架了？"关澜笑问，抹去脸颊上滑落的泪水，努力控制着自己说话的声音。

"我就是不想看到他们这样说你，太不公平了！"尔雅瓮声瓮气地说。

"网络就是这个样子，人有的时候只愿意相信自己想要看到的，你没办法让所有的人喜欢你，也没那个必要。"关澜安慰，是说给尔雅听的，也是给她自己。

"可是他们也太过分了，他们凭什么?!"

"你知道不是真的就可以了，别回应，也别去看。"

"可是我做不到，我满脑子里都是那些话。"

"你看到我那张明日香的照片了吗？"关澜忽然问。

"嗯……"那边回答。

"好看吗？"关澜又问。

尔雅有些意外她竟会问起这个，顿了顿才答："真好看。"

"那就行了。"关澜说，"我只想知道我爱的人怎么看我，其他人，都不重要。"

尔雅还在哭，却也好像笑了，说："我其实挺意外的，妈妈你居然做过 coser。"

"很奇怪吗？"关澜反问，"你是不是以为我们那时候是古代啊？"

"那是 2007 年，我出生之前两年哎！你自己想想 1985 年是什么感觉？"尔雅抗议。

关澜不知道，仅凭想象描述："那时的流行歌曲是邓丽君和《明天会更好》，每个人都看莫言和叔本华……"

有时候，她真的怀疑，这个世界是不是在变好？

安慰完尔雅，又轮到赵蕊。关澜感觉到手机振动，看见屏幕上显示的"老伴儿"三个字，无奈笑起来。

电话接通，听见对面问："你这回可是真出名了，到底怎么回事啊？"

关澜轻叹了声，答："因为一个案子，详细情况没法说，但要真说了，你估计也觉得我犯傻。"

"也？"赵蕊抓住关键，又问，"还有谁觉得你犯傻？"

"黎晖。"关澜实话实说。

"那他觉得你应该怎么办？"

"他让我别管人家家事，马上辞掉这个委托，大学也别干了，带着尔雅去美国，说他加州有房子，一切都给我们安排好。"

"哈哈哈哈，"赵蕊听得大笑，"好像那种古早霸总文，你什么都不用管，我养你啊，但这还真就是黎晖能说出来的话。"

关澜被这笑感染，心里多少放下了些，也不确定赵蕊能不能懂，只是一径说下去："你要是知道了，可能也会觉得我做得不对，根本不值得，问我，犯得着吗？就为了一个有过错的当事人，把自己搭进去，甚至还影响到身边的人。

"但我做律师这么多年，有代理过任何一个无过错的当事人吗？世界上真的存在完美的受害者吗？如果说一个人必须无过错才配主张自己的权利，那法律还有存在的意义吗？

"这件案子其实已经发展到用财富挑战婚姻自由的地步，这可是最基本的人权。甚至舆论要求女人符合更高的道德标准，为同样的错误付出更大的代价也是不公平的。身为律师，很多时候不光是为了程序正义，也是在表达一种观点。而且你是知道我这个人的，光凭对家现在对我来这一招，我就不可能退出，而是要跟他干到底了……"

话虽然说得没头没脑,但赵蕊也是懂律师这一行规矩的人,并不细问,只是笑着附和:"确实,哈哈,确实,你中学里就喜欢跟人撑,撑到政治老师收你进辩论队。"

关澜失笑,意识到自己现在的脾气其实是随着年纪增长渐渐收敛的,尔雅的冲动也有她的遗传,不能只怪黎晖。

"如果我是一个人,绝对会接下这件案子,所以我现在也接了……"她继续说着,任性地把自己所想的都说出来,忽然发觉"独"真的有"独"的好处,至少不用这么纠结,干就是了。

赵蕊却还记得她们之间那句玩笑话,这时候同样暧昧地还给她:"如果我不能把全部的自己都交给你,我值得你爱吗?你能理解吗?"

关澜怔了怔,忽然微笑,是因为觉得安慰,老伴儿懂她。

可下一句,却又听见赵蕊说:"关澜,说实话啊,你刚才说的那一大堆我没太明白,你也知道我虽然在律所待过,但基本上还是个法盲……"

"有你听着就挺好的。"关澜笑。

赵蕊也笑,又说:"你这些话,其实是想说给另一个人听的吧?"

关澜无言以对,老伴儿是真的懂她。

赵蕊又问:"那你为什么不去跟他说呢?"

关澜仍旧没说话,只在心里说,一半是因为不想给他压力,她可以做自己的选择,他也有权做他的。另一半也是不确定他的反应,毕竟他是那样现实的一个人,千辛万苦才走到今天这一步。

有那么一会儿,电话两端都沉默着。

直到赵蕊又开口,轻轻骂了声,说:"造女人的谣就是这么简单,那行啊,索性都发出来给他们看看,当年的绫波丽和明日香。"

关澜知道她说的是那张完整的照片,笑着劝:"冷静点,别我的事没完,又把你折腾进去了,你们银行对员工负面舆情应该也有规定的吧?"

"那又怎么了?"赵蕊却无所谓,"员工手册我熟得很,我又没干什么坏事,真要追究起来,干脆休息在家生完孩子再说。"

"你怀孕了?!"关澜也抓到了重点。

赵蕊其实是存心告诉她的,真的说出来却又好像有些不好意思,嗯了声,才答:"今天刚去过医院,你是这世界上第三个知道这件事的人。"

"啊啊啊!!!"关澜叫起来。

赵蕊已经在微信上把B超照片发给她看。

黑白的,很小,其实还什么都看不出来,只有下面医生写的一行结论清清楚楚:宫内可见孕囊,单胎。

"啊啊啊!!!"关澜还在叫。

"耳朵聋啦……"赵蕊跟她求饶,却也又哭又笑。

关澜总算平静了些,擦掉沁出的眼泪,笑着问:"李元杰什么反应啊?"

"刚知道那会儿一下傻了,"赵蕊也笑着回答,"现在还在震惊中呢,就知道刷淘宝,下单买了一堆东西,还有书。"

"真好……"关澜说。

"都会好的……"赵蕊也道。

关澜听着电话,点点头,仿佛对面能看见似的。幽暗中,夜还是那个夜,但她忽然觉得,自己也许真的太悲观了。

门铃响起时,她还在跟赵蕊说话,好像又回到中学时代寝室里的夜聊。

"我去开下门……"她叫了暂停。

"这时候还能有谁啊?"赵蕊笑,说,"我先挂了,拜拜。"

关澜来不及再说什么了,那边就真挂了。她在原地微怔了怔,这才放下手机,去开门。

楼道里灯光昏黄,是齐宋站在门外,脱了西装,解去领带,上身只穿一件白色衬衣,领口松了两粒纽扣,胸前起伏。

"你怎么回事?"

"你怎么来了?"

两人同时问,而后同时安静。

"不是说周六见吗?"齐宋先开的口,抬腕看了眼时间,说,"现在已经是周六了。"

关澜笑笑,深呼吸一次,说:"我应该早一点跟你谈的,我们现在不合适见面……"

"我已经知道了,"齐宋点头,"今天王律师找我谈了。"

王乾。关澜知道自己的预料是对的,这件事对他的影响远不止少接一两件案子。

"王律师怎么说?"她问。

"让我劝你退出,或者和你断了。"他回答。

"那你怎么说?"她又问。

"还是那句话,你的工作,你自己决定。"

关澜看着他,像是有些意外,又好像全在意料之中。齐宋当然会这样回答,哪怕他是那么现实的一个人,哪怕他千辛万苦才走到今天。但正因为如此,她才更加纠结。

"你想过这会对你有什么影响吗?"她问。

第二十三章 我愿意为你游过海峡

"想过。"他回答。

"那你以后准备怎么办？"她又问，可以预见到这背后巨大的压力。

"去或者留，都有可能。"他实话实说，"但从王律师的庇护下面走出来，也是早一点迟一点的事情。现在每个人都认为，替我背书的是王乾。其实我做了这么多年律师，代理过的每一个客户，赢得的每一次胜诉判决，这些才是我的背书，不会因为我站错一次队就没有了。"

"可你才刚升的高伙……"她提醒。

"对，增加的股本金还没交进去呢。"他低头笑了下，竟觉得幽默。

他当然也想到过那些鞍前马后的人，随时准备取代他，王乾的宠儿可以是任何人。哪怕几个月之前，他都会做出完全不同的选择，因为那个时候，这个合伙人的身份，以及王乾的器重，是他最看重的东西，但现在，已经不是那样了。

今夜，从王乾口中听到那番话，他最终还是给出了清楚坚决的回答。

王乾对他说："齐宋，你太让我失望了。"

他当时没说什么，只在心里道：师父，你也让我失望了。

寂静片刻，楼道里的灯突然灭了，只剩下房内的柔光拖出一个三角形。关澜站在一边，看着另一端的齐宋。

齐宋也看着她，像是能猜到她的心思，认真地说："你选了一条难走的路，我也选了一条难走的路，我们彼此彼此。但我之所以这么选，不是为了跟你约会或者上床，是我自己的决定，我真的这样想……"话说出口，琢磨了下，又纠正，"当然也不是说，我不想跟你约会或者上床……"

关澜听着这逐渐跑偏的思路,蹙眉,失笑,打断他问:"齐宋你是不是喝酒了?"

"是,我喝酒了,"齐宋点头,仍旧认真地说,"但不是醉话,也不是一时冲动……"

关澜再次打断,只是这一次没说话,她走上去,拥抱他。双臂环绕他的脖颈,埋头在他肩上,是她这几天一直都想做的,渴望的。但在此刻,她不那么想哭了,只感觉到一种充实的幸福。

齐宋也像从前一样拥抱她,手掌轻抚她的头发和背脊,说:"可我也是真的很担心你,跟你说过的那几条还记着吗?别把当事人当成自己人,一定要保护好自己……"

"嘘,别上课了,都记住啦。"关澜抬头,让他别再废话了,拉他进房间里。

齐宋存心没动地方,说:"你干吗?"

关澜倒也无所谓,看着他,吻他,轻声地说:"就是好喜欢你啊。"

他也看着她,静静地,而后将她整个抱起来走进去。

次日早晨,两人醒来,在床上赖了会儿,一同起身,一起洗漱,在厨房做了简单的早餐,再一起坐下来吃。明知道还有那么些事需要面对,但他们只是心照不宣地暂时不去想,无论是什么,也都先放下了。

季节已经是初夏,关澜家的楼层高,隔着窗,看不见下面小区里一树一树浓绿的叶子,只见淡蓝的天,底色上轻扫薄云,阳光照进来,充满大半个房间。

她穿件长睡衣,盘腿坐在椅子上,齐宋就坐她旁边。原本放在学校办公室抽屉里的那只马克杯,早已经被她拿回家里,成为他的专用。她看着他拿这杯子喝牛奶,忽然说:"这脸好像印得不太对,你手拿着的时候就看不见了。"

齐宋没说话,换到左手接着喝,那张假笑的脸便到了正面。

关澜笑起来,自己也觉得自己傻。

齐宋也笑,伸手揉一把她的头发,把她揽过去靠到自己身上。她确实就是这样一个人,聪明的时候特别聪明,迟钝起来又特别迟钝。奇怪的是,这两面,他都喜欢。

正吃着,手机振动。两人同时看了看,才发觉都收到了相同的推送——您关注的 UP 主"传说中的关老师"更新啦!关澜看着这句话,蹙眉。她已经知道这个号是哪几个学生弄的,张井然就是其中之一。她也早就跟他们打过招呼,不要再把她上课的视频发到网上。

但此时点开,原来的"手把手教你"系列确实都删掉了,主页空空荡荡,只有最新发布的这一个,封面上一行字——致传说中的关老师。她怔怔看着,没有动,却是齐宋先打开了。

题目隐去,音画出现。一看就知道是手机自拍,来自不同的人,不同的年纪,不同的时间与地点。

先是一个二十七八岁的女人,穿职业装,坐在办公室里,对着镜头说:"我第一次见到关老师,是在政法的课堂上。那个时候,她还在读博,来给我们本科生上课,年纪比我们大不了多少,实话对我们说,自己根本没有教学经验,偏又不喜欢按照课本的思路讲,总会延伸出去说到许多其他的。她还对我们说,她有几个口头禅想要改掉,'嗯''就是''然后'……让我们帮她数着每节课说了多少次,只要攒到十次,她就请我们喝奶茶。有时上课的人少,她会带我们去湖边,或者钟楼下面的大草坪,一边撸着学校里的猫一边讲课……"

而后又是一个四十多岁的大姐,坐在菜场的摊位后面,带着些口音,说:"我第一次见到关老师,是在法律援助中心的接待室里。那时候我遇到坏人,日子过得很不好,脾气也特别躁,见谁都觉得是欠我的,都在欺负我。值班律师跟我说了几句,都不愿意搭理我了。多亏关老师,一个二十多岁的小姑娘,就那么陪着我聊,帮我把事情理清楚,写下来,为了我的案子到处跑……"

再然后换了一个老人,说:"我第一次见到关老师,是在法院立案大厅的导诉台……"

又一个女人说:"我第一次见到关老师,是在妇联的家暴维权岗……"

甚至还有张井然,走在政法的校园里,说:"我第一次见到关老师,也是在政法的课堂上。那个时候的她已经上了好几年的课,也是个执业好几年的家事律师了,又美,又强。她会给我们讲她做过的案子,讲各种热点事件,连着讲两节课三个小时不带停的,我们也就跟着听三个小时,没人想上厕所。但她还是会请我们喝奶茶,带我们去湖边,去钟楼下面的大草坪,一边撸着学校里的猫一边讲课……"

"对不起,关老师,没事先经过你的同意,"张井然最后说,和另外几个在法援中心值过班的学生一起,"但我们就是想让你知道,爱你的人很多很多,他们想对你说些什么……"

关澜看着,知道这些应该都是这短短的几天当中做的,在她阻止了他们去替她吵架之后,他们找到这些人,各自拍了视频,再经过剪辑,配上字幕。她两手捂住口鼻,一边看,一边哭,一边笑着。

第二十三章 我愿意为你游过海峡 565

齐宋抱住她，抚着她的肩头，是在安慰她，也是因为他自己需要这么做。

他在这些人里面看到许多熟悉的面孔，比如王小芸和她的父母、孩子；方晴和她的女儿，在她们的新家；还有罗佳佳和佟文宝抱着他们的宝宝，宝宝抱着一大捧花；以及做月嫂的大姐，他在城中村小饭店里见过的那个……其他更多的人，他不认得，却也知道他们都见证过关澜一路走来的点点滴滴。他心里像是有什么东西在涌动，恰如怀中她的体温和呼吸，那种馨香的暖意。

视频放到末尾，屏幕渐暗，他接着最后一个人的余音说下去："我第一次见到关老师，是在西南区法院的五号调解室里……"

关澜听着，破涕为笑，伸手去捂他的嘴。

但他没有停下，捉住她的手，继续："那一天，她戴着个口罩，没化妆，头发扎个马尾，两只手上拿着好多东西，电脑包、资料袋、律师袍，看起来那么单薄，甚至有点狼狈，让人好想去帮她一把。但是当她走进来，朝我伸出手……"

他回忆着，看着她，做出同样的动作，掌心略微向上，是一种邀请的姿态。

"那么笃定、自信，"他说着，"我当时心里就在想，是个老师傅。果然。"

关澜也看着他，手仍在他手中，与他握了一握。

那一秒，两人相识至今的一幕幕同样在她眼前浮现。其实尚不到一年，彼此都还是原来的样子，却又好像变了许多。

他们握手，同时拥吻。掌心，嘴唇，心与心，恰如此时此刻的感觉，不仅是爱欲，也是超脱其上的理解，以及无保留的信任。

齐宋的回忆，让关澜想到他们最初对庭的那个案子，却也让她联想到其他。

接下方菲的委托之后，除去方袁二人的家庭情况、财产状况，她也看了 GenY 上市计划的整个过程。其中自然包括发布在证监会网站上的招股书申报稿。仅是一瞬记忆的回闪，她觉得自己好像在其中看到过一个熟悉的名字。

此时再去浏览，果然没记错，真的是清水错落。

重读相关的条款，以及注解，关澜忽然有种恍然大悟的感觉。当时做那个股权纠纷的案子，她手上的材料十分有限，只有许末从廖智捷的邮箱里找到的那些邮件，以及两次资产评估的报告。凭借这些信息，她猜到清水错落有被收购的可能，而廖智捷为了保证交易达成，必须尽快结束诉讼。只要她摆出打持久战的实力，他一定会给一个比较好的对价。

那个案子最终以她预想中的方式调解成功了，但她没想到，清水错落的收购价格竟然高达 1200 万美金。她曾经以为自己已经替许末争取到了很好的和解条件，原来还差得很远。也许就如生意场中常说的那句话，无论你做什么实业，都不如资本市场上滚一滚。

可是，GenY 为什么会给出这么高的价格呢？清水错落在诉讼过程中，估值就已经下滑得厉害，廖智捷当时就说过，再做一次资产评估，根本得不到对许末有利的结果。GenY 却要以 1200 万美金的高价完成收购。而且，这还只是他们最近两年之内众多股权投资和收购项目之一。

带着这些疑问，关澜又把 GenY 所有的公开资料重新过了一遍。

IPO 准备期三年，替他们做辅导的就是至呈所。去年夏天向证监会提交的材料，整个审核流程又走了将近一年，也算是当下排队上市的平均时长。直到现在，静候发行批文。等到批文一下来，便是封卷,初步询价,网上路演,最多也就一个半月的时间。

说起来,距离成功发行只有一步之遥了,却也是最关键的时候。倘若出现管理层变动,被举报,或者立案调查,便终究是黄粱一梦。

又一周开始,关澜收到袁氏家办的回复,约她与方菲过去再谈一次。

听到这个消息,方菲有些忐忑,因为上次见面袁一飞最后是放了狠话的——他爆料,并且拖延财产分割,会使她官司缠身,却没有钱应对诉讼或者支付赔偿。但关澜却有不同的想法。这时候拼的就是心态,而一旦跳脱出来看,她给的确实已经是对双方最有利的方案。

去家办第二次谈判之前,关澜又与方菲沟通了一下,把新的想法提出来。

她问方菲:"你有没有想过,自己先做好公开那件事的准备呢?"

"什么?"方菲以为听错了。

关澜顿了顿,整理思路,给她解释:"上一次谈判,袁一飞其实已经亮了底牌,说出了他认为对你最不利的情况。当时薛律师阻止了他继续说下去,实际上也是因为觉得他露了底。"

方菲沉默,忽然说:"可我手上也不是没有他的料……"

"你是指 GenY 的 IPO 吧?"关澜问。

也许说得太过直接,直接到方菲怔住,隔了会儿才道:"关律师,要是我说我去举报他,会怎么样?"

"举报他什么?"关澜又问。

方菲字斟句酌,答:"GenY 的一些项目或许有问题。去年我跟袁一飞闹翻之前,他总在家里搞聚会,我听到他们高管之间说过,净利润不够,怎么把数字做大。"

"通过什么方式?有证据吗?"关澜接着问下去,心里却大致有了猜测,预披露文件里的那个名字,"清水错落",以及其他那些投资和收购。

然而方菲沉默,她不知道更多,也没有证据。

关澜想了想,答:"IPO阶段被举报有很多先例,给证监会写举报信,或者网上发公开信的都有,理由诸如虚假披露、欺诈发行、带病过会。但举报必须是实名的,后续也要经过调查才能定性。你只是猜测,没有证据。这么做除了拖延时间,对你们离婚并没有太大的意义。"

"我的意思不是真的举报,只是这么对他说。"方菲解释。

关澜提醒:"威胁和恐吓都属于胁迫,在这种情况下签了离婚协议,袁一飞一旦反悔,完全可以主张协议并非自己的真实意思,一年之内都能请求变更或者撤销,尤其是财产分配,他更有理由拖延了。"

"那怎么办?"方菲问,声音沉下去。

"我的建议就是前面说的那个,"关澜回答,"你自己先做好公开婚外情的准备。到了那个时候,你和袁一飞之间谈判的局面会彻底改变。"

方菲再次沉默,许久没有说话。

关澜继续道:"网上针对我的那些言论,你应该也看到了吧?"

"我看到了,你有那么多学生和当事人替你说话,太好了……"方菲答。

也是在那几天,政法学生拍的那段视频上了热榜,还有赵蕊,当真发了那张绫波丽与明日香,coser圈里也有人出来说,cosplay

并不等于搞擦边,尤其是十多年前的漫展。水军还在,但已经不是最初那种一边倒的局面了。这或许也是家办让步的原因之一:她这个律师,真的不怕他们。

"我对你说过我不在乎,"关澜回想过去的这几天,"但其实谁又能真的不在乎呢?我也有过失去控制的感觉,好几次。可是,也有个人对我说,你是个怎么样的人,是由你做过的每一件事定义的,比如我教过的学生、我做过的案子,不会因为一次两次错误的选择,或者某些人的几句话就都被否定了。你也一样。"

"如果我这个人就是没那么好呢?"方菲轻轻笑了声,是自嘲。

"但至少真实。"关澜回答,"我作为律师,可以替你争取一个快速的、干净的财产分割方式,避免最坏的情况发生。但婚外情这件事终究会留在那里,只有你先放下了,他才不可能再用它来威胁你。至于后续,其实都是可以通过法律来解决的。"

如果对方不接受双赢的提议,宁愿选择零和博弈,那唯一破局的方式也就只能是不惧怕最坏的结果,放手一搏了。

重新回到袁氏家办的会议室中,袁一飞这次终于现了真身,与薛律师一起坐在谈判桌的对面。

"上次提出的方案,你们考虑得怎么样了?"关澜直接开口问。

薛律师却笑起来,反问:"我也想知道,方女士对我们这边提出的方案有什么想法?"

方菲没有回答,只是望向关澜。那意思很明白:一切由她的律师代表。

关澜也笑笑,对薛律师说:"如果今天不能有一个结果,我们这边就准备起诉了。"这句话让对面两位意外,但她无视他们的反应，继续说下去:"网上立案之后平均二十到三十天开庭,如果到时候能在法院达成调解,那跟协议离婚加上冷静期的时间也差不多,甚至可能更快……"

袁一飞听到这里,靠在椅背上笑了声,问:"方菲,你真的假的啊?"

"您认为呢?"关澜反问,"方女士已经做好了所有细节被公开的准备,并且接受一切可能的后果。"

袁一飞又笑,语气里透着不信与不屑。

薛律师做了个手势,阻止他再说更多。他也是真的停下来,泰然望向别处。

关澜却并未回避,就如她与方菲事先说好的一样,先把最坏的情况摆在那里,然后再抛出其他条件:"既然离婚已经是避无可避的结果,而且又是在GenY上市的关键时期,双方应当以友好的姿态进行高效率的协商,尽可能缩短离婚周期,彻底且完善地解决财产分配的问题,在不影响公司实际控制人的情况下完成离婚。所以,除了上次提出的针对元华股份的一致行动协议,对于袁先生在GenY拥有的股权,方女士愿意再做出一定的让步。"

"什么样的让步?"薛律师问。

"就按照现在的估值折算补偿金,以现金和房产的方式交割,"关澜把补充的方案递过去,在薛律师浏览的同时继续道,"按照现在创业板的市盈率,如果等到GenY上市之后再行分割,就不可能是这个数字了……"

"她为什么要这么做?中国好前妻吗?"袁一飞打断她笑问。

关澜无视他这一问,仍旧对薛律师说:"除此之外,方女士可以配合袁先生出一个声明,接受证监会的问询,以及招股书正式稿上对于实控人离婚事实的披露。我们约定一个时间，比如这个月末，说明双方在这个时间点之前，已按照离婚协议对婚姻关系存续期间的财产及债权债务完成分割，相关财产转让手续已完成，应支付的相关费用已结清，离婚协议中约定的其他义务均已履行完毕，不存在任何纠纷或潜在纠纷。"

这是给袁一飞的保证，同时也对方菲非常有利，确保了不会存在拖延财产分割的可能性。

薛律师听着，并未有太多的反应。

关澜也不急，只是接着说下去："IPO期间离婚，正面或者反面的例子太多太多了，相信也不用我再多说。方女士和袁先生之间，其实有着很好的先决条件，袁氏家办的前期工作做得非常周全，已有的协议约定得很清楚，方女士也并未在GenY的管理层任职，公司股权不会因为实控人离婚发生变化。只要双方能把财产分割清楚，不出现纠纷，对于GenY的上市不会产生任何影响。但如果因为一时意气，从范例变成反例，那未免太可惜了。"

"以及袁先生一直提到的那件事，"最后，关澜又回到那个把柄上，"终究只是道德层面的问题……"

"那还有什么层面的问题？"薛律师笑问，自然能听出她言下之意。

关澜却不答，也只是笑道："相信这段时间，你们家族办公室对我应该已经很了解了吧？"

薛律师低头，又笑了下，像是出于歉意。

关澜未必接受，倒也无所谓，只是继续说下去："我做过很多离婚案，夫妻双方对彼此的了解能深到什么样的地步，有时候真的会叫人觉得意外，更何况方女士和袁先生之间有十二年的婚姻。"

"你什么意思?"袁一飞开口问,语气未变,但微微倾身向前的动作还是出卖了他。

"没有什么意思,"关澜回答,仍旧无视他,对着薛律师,"我每一次经办离婚案,都想看到好聚好散的结局,希望这次也一样。"

薛律师也看着她,脸上带着意味深长的笑容。

关澜已经表现得很明显,她是透过他,在与袁向华对话,而不是袁一飞。

二世祖离婚,确实可以借助家族的力量,尽显优势。但困境其实也来自家族,甚至连谈离婚也要通过家办的律师,这也就意味着他的一举一动,袁向华都看着呢,甚至还包括袁瀚斌。袁一飞其实根本没有资格任性。

正是在那个月底,方菲和袁一飞提交了协议离婚的申请,并如约完成了财产分割。与此同时,GenY 获得发行批文,正式封卷。

那一阵,齐宋经常出差,难得回所里一趟,却是为了找姜源。

"齐律师……"杨嘉栎看见他,还是像从前一样跟他打招呼,神色间却多少有些异样。

大家都知道发生了什么,王律师身边的宠儿换了人,新近拿到的大案被交到别的律师手上。

齐宋只是对他笑笑,与他擦肩而过,去资本市场组那边。

姜律师看见他,却是难得地严肃,没有别的话,直接道:"三十七楼,我们聊几句。"

齐宋点头,两人一同进了楼梯间,往下走一层去三十七楼。那里是 Q 中心的消防隔火层,高区的烟民大都到此地抽烟,这时候空荡荡的没有人,风吹进来,颇有几分《无间道》里上天台接头的感

第二十三章 我愿意为你游过海峡

觉。他们挨着栏杆而立,望出去可以看到大半个城市的风景,上面是明丽的蓝天白云,初夏的阳光遍洒,却也浮着一层淡淡的尘霾,再往下,建筑、道路、河流,以及穿梭其间的车与船,无一不变得微小,又丝毫不损它们的精巧,一点不出错地运行着。

"齐宋,你说你到底是为什么呢?"姜源先开口问。

"我做什么了,你要这么说?"齐宋反问。

姜源只觉无语,顿了顿才道:"你才刚升的高伙,身上是背着营收指标的,到时候完不成怎么办?"

齐宋自然明白他的意思,本来再怎么样都有王乾托底,而现在,原本的案源可能都有一些要被别人拿去了。

"为了个女人,牺牲自己的事业,值得吗?"姜源直接说出来。

"我牺牲的是事业吗?"齐宋笑,追问,"你说什么是事业,什么是牺牲呢?"

姜源转头看看他,简直懒得再跟他多话。

齐宋却无所谓,继续往下说:"要是营收完不成怎么办?这问题我也想过。但是离开这里,我一样做律师,哪怕去高速公路上租个广告牌打广告,Better call 齐宋。"话说到这儿,他做出索尔那个标志性的动作,而后无声笑起来。

其实自己也觉得奇怪,他本来并没有这种坚持,甚至记得曾经对关澜说过,如果将来有一天不做律师了,他想去当救生员,穿双拖鞋,坐泳池边上,听听歌,发发呆。直到现在,他反而发现自己对这份职业是有坚持的。

"身为律师的骄傲,我本以为我没有,觉得这就只是一份工作,就是为了挣钱而已,"他说下去,"但我越来越觉得这其实是一个需要珍惜自己的职业,如果感觉有人提出的要求过线了,不管他是老板,还是客户,再大的客户,我都会拒绝。要说牺牲,最多不过就是牺牲掉一个职位罢了,不是事业。"

"别跟我说这些很虚的东西,你什么时候变这么牛了?"姜源冷嗤,也给他一句忠告,"家里没实力,就不要学人家瞎搞什么理想主义好吗?"

"好,那我跟你说点实在的。"齐宋便换了一种语气,把今天找他真正的目的说出来。

这回是姜源先约的他,但他也有话要对姜源说。

"假设,我只是说假设,"他开始讲一个故事,"从前,有个富二代。富二代这种人你是知道的,十几二十年前,他们喜欢投资足球俱乐部,后来足球不行了,他们改投游戏电竞,其实都是一个意思。这个富二代有一家游戏公司,准备上市。他找到一个律所的老板,老板又把这个项目交给自己手下的一个律师。这个律师,从IPO辅导期开始接手这个项目,清楚其中的每个细节。

"他知道富二代用持续不断的大手笔收购,美化财报,虚增利润,其实买的卖的都是他们的关联企业,钱出去转了一圈又回来了,但却可以利用非上市股权投资公允价值变动收益,做出六个多亿的商誉。IPO还在进行中,估值其实已经严重下滑了,尤其是这部分商誉,大幅减值是必然出现的结果。但是当然了,这一定是等到上市之后才会在报表上体现出来的,反正到了那个时候,亏的也都是股民的钱。对于这些问题,这个律师是有过忧虑的,他甚至劝过富二代撤回上市申请。但富二代不愿意,不行也要硬上,因为这是他在家族争权中最拿得出手的业绩……"

"你什么意思?"姜源听着,警惕地看着他,打断他问。

"我没什么意思,"齐宋仍旧望着阳光与轻霾笼罩下的城市,

第二十三章 我愿意为你游过海峡

说,"我只是想讲一个故事,这故事有许多种不同的结局。最后也许是大团圆——公司上市成功,富二代挣了大钱,终于得到他富爸爸的承认,律所老板和那个律师也分到其中的一杯羹。

"又或者是财经版上的爆炸新闻——问题最终被发现,公司退市,接受罚款。富二代回去被富爸爸骂了一顿,再拿一笔钱,然后换个皮重新来过。至于律所老板,反正早已经功成名就、财富自由,就算事情闹大了波及他,最多也就是退休走人。

"但剩下的那个律师呢?所有的材料上都有他的签名,一旦事发,证监会出的警示函、律协的通报,上面写的也都是他的名字,甚至可能更严重。他可以换个名字重新来过吗?他才三十多岁,他能退休吗?他每个月十二万八的房贷怎么办?他的妻子和三个孩子怎么办?"

末尾半句,齐宋不曾说出来,但彼此应该都明白——这才叫牺牲自己的事业。

姜源无话可说。

短暂的静默之后,齐宋继续说下去:"我对这方面的法规没你熟,只是听说,证监会监管局的专项审查是抽签决定的,一家律所上一年做过的项目数越多,被抽到的概率也越高。你们资本市场组去年做了几个IPO啊?"

他问姜源。而这个问题的答案,姜源自然清楚。这几年各种法律服务每年都出榜单,收购兼并与IPO两项,至呈所都赫然排在前列。

"齐宋你到底什么意思啊……"姜律师又问了一遍,声音沉下去,几乎微不可闻。

齐宋不曾看他,只是转身离开,伸手拍拍他肩膀,说:"保护好自己，为了真正在乎你的人。"

一周之后，看到新闻。

已经拿到批文的 GenY 发布公告，宣布暂停初步询价和网上路演，并且暂缓后续所有发行工作，官方给出的解释是"发行人尚存重大事项需要核查"。至于这过去一年的审查都没能查清楚的"重大事项"到底是什么，各种猜测都有，一时众说纷纭。甚至包括娱乐版的八卦，说女演员方菲的这一次离婚，本以为是中国好前妻，现在才发现无异于股票逃顶。

而至呈所也真的是"手气好"，被证监会监察局抽中接受专项审查，迎接现场检查组的莅临指导。

那一天，姜源又来齐宋这里串门，隔着几道玻璃，远远看着自己的办公室，庆幸临门一脚终于没踢出去，主动撤回了那些有问题的材料，却又难免颓然。

"你说我们这么多年究竟在卷什么？"他忽然问。

齐宋笑起来，摇头，说："我也不知道。"

过去总想用一年能挣多少钱来证明自己，但现在已经不是那样了。

"拼命卷，都说是因为那种信念感，"姜源又道，仿佛自言自语，"信念感，本来应该是个好词吧？但现在好像已经变成'节目虽然很可笑，但还是坚持往下演'的意思了。"

"别想了，下班。"齐宋看看时间，收拾东西，以及猫。

"你居然带了只猫来上班！"姜源这时候才看见。

"姜源，乞力马扎罗山的雪。"齐宋给他们互相介绍。"乞力马扎罗山的雪，姜源。"

"这还是你吗？"姜源更加觉得不可思议，这么矫情的名字。

第二十三章　我愿意为你游过海峡　577

齐宋却无所谓，拿上猫包走出去。

下行的电梯中，他发消息给关澜，问：看到新闻了吗？

那边回：该来的总会来。

一个念头忽然而至，她又追上一句：我上次见黎晖，想跟他说，希望他有一天能找到真正值得追求的东西，而不是拼命证明自己有多厉害。结果却是你做到了。

明明是夸奖，但齐宋看得不甚入眼，说：喂，你专心点好不好？

那边又回：哦，知道了，不许看别的猫。

齐宋笑，离开Q中心，沿着天桥走向滨江公园。

初夏的傍晚，潮湿的暖风自江上吹来。他在公园门口停下，把马扎从包里捞出来，穿上小马甲，拴上牵引绳。这些都是尔雅给买的，也是她让马扎添了个新毛病，每天都等着被牵出来遛。忽然到了户外，这猫又表现得像只许久没放过风的狗，歪着身子扯牵引绳，一会儿往西，一会儿往东。

"妈妈你看那儿有个男的牵了只猫！那儿有个男的牵了只猫！"旁边路过的孩子叫起来。

齐宋略尴尬，只当没听见。

但不远处已经有人听见了，朝他这里看过来，望着他笑。

是关澜，在他们第一次约会的地方等他。还是像以前一样，坐露天的座位，点一份冰激凌，一杯意式浓缩，一口冰，一口热。

齐宋走过去，在她身边坐下，和她一起吹着风。

她望着落日，他看着她。

直到她回过神来问："你干吗？"

他倾身吻她，尝到她唇齿之间香草和咖啡的味道。

"我有个问题想问你……"他对她道。

她看着他,心中忽然有种异样的感觉,说是瑟缩或者悸动都可以。

"我也有个问题想问你。"她也对他道。

"什么?"他等待,那一瞬的感觉与她一般无二。

"齐宋,"像是过了很久,她终于问,"你愿不愿意为我游过海峡?"

他听着,脱掉西装,伸手解领带,起身往江堤走过去。

"你干吗?"她笑,跟着他站起来,拉住他的手。

他这才回身,把她带入怀中,看着她说:"关澜,我愿意。"

番外　有些时刻

还是西南区法院，还是因为一件离婚案。

当事人是齐宋熟悉的客户，财产和孩子没什么大分歧，人不在国内，请他陪着走一遍流程，只为了不出错，更快，也更方便。

线上开庭已经司空见惯，不过就是小程序里的几个窗口，法官、书记员、双方当事人，以及各自的律师，隔空谈判。案件事实清楚，争议不大，存款、房、车、投资、债务、孩子的抚养权和抚养费，每一项都走得很顺利。恰是齐宋一直以来最喜欢的方式，各自权衡，客观理性，一切可计算，可控制。

只是到了最后，调解协议拟定，要电子签的那一刻，男人执笔，却又停下，抬头看向画面中暂时还是妻子的那个女人说："真的就这样了吗？"

女人在视频另一端静默，不知是因为网络延迟，还是无法回答这个问题。

男人接着说："其实，我也可以……"

齐宋猜得到下半句——其实，我也可以放弃的。

但他也知道，女人在 A 市本地有很好的事业，而男人常驻海外总部已经两年,刚刚高升了一级,负责针对整个东南亚市场的新项目。还有那个统计数字,异地工作的夫妇出轨率45%,离婚率是同城的两倍。

理智上,他不相信这个"其实"。

但当女人摇头,打断男人说:"没有人应该为另一个人牺牲。"

男人看着女人,终于还是签下了自己的名字。

齐宋竟也有一瞬的失落。

整个过程不过三十分钟,视频挂断,他发消息给"高手":今天的线上庭结束了。

那边没有回复。

而后,齐宋开车出去见两个当事人,陪她们去公证处。

需要公证的协议是早就拟定了的——意定监护,生前预嘱,财产共有,遗赠扶养……所有条款他都熟悉,真的看到却也觉得意外,薄薄两本结婚证代表的权利和责任,一一写下来,竟然有这么多。整个公证的过程也几经波折,因为她们都还年轻,理论上存在各自结婚的可能,父母也都健在。

"公证处是有监督职责的,就算现在给你们办了,到时候你们家里人不认,医院不执行,我们出的公证书算什么呢?"她们遇到的第一位公证员这样说。

是齐宋帮她们找到确定能做的公证处,协议里的每一个条款也都经过他和公证员好几轮的沟通,这才终于把申请和材料交进去,面询,录像,再等待审核和制作公证书。

这一天,是她们取件的日子。

齐宋全程旁观,疑问也还是有的。比如到了将来某个时刻,她们真的可以承担照护对方的责任吗?又或者正如那个公证员所说,哪怕做了公证,这些愿望真的可以被百分之百地执行吗?

但当那两个白色封皮的文件从窗口递出来,她们拥抱在一起,而后对他说:"齐律师,真的谢谢你。"

他竟也有一瞬的感动。

离开公证处,他发消息给"高手":你留下的那个意定监护的案子也做完了。

那边仍旧没有回复。

在往滨江去的路上,齐宋接到姜源的电话,没头没脑地问他:"秘书说你明天开始休长假了?"

齐宋不答,反问:"你有事找我?"

姜源像是关了门,寻个僻静的地方慨叹:"齐宋你这个人啊,总算还是行动了……"

齐宋笑,只说:"再见。"

然后挂断电话。

回到家,行李箱已经放在门口,最后需要打包的只剩下马扎。齐宋用几粒冻干把它引过来,装进新买的猫包里。包是可以带进飞机客舱的尺寸,马扎嫌小,打车去机场的一路上都在里面挠。

齐宋伸手进去点点它的脑袋,说:"你要是个人,也三十多了,有点出息好不好?"

马扎这才作罢,抄手趴下,偏头叹了口气,一副很无语的样子,真的像个人。

但等到了机场,办理宠物登机的手续,过安检,出关,上飞机。马扎没见过这阵仗,两眼圆睁,身体匍匐,静静发抖。

齐宋又想说，你一只经常出来玩儿的猫，有点出息好不好？却也想起自己这段时间为了带猫旅行做的准备：打针，体检，开各种证明，选允许宠物登机的航司，以及看过的那些科普视频，有说猫坐飞机应激，得了传腹的，甚至还有直接被吓死的。那一瞬，心头竟涌起一层老父亲般的担忧。

猫包就放在座位下面，他不时俯身，隔着网面摸摸它。摸着摸着，马扎还真被他摸睡着了，然后就这样断断续续地睡了一路。

起飞前，齐宋又发过一条消息给"高手"：我们出发了。

在香港转机的时候才收到"高手"的回复，是一张粉丝接机的表情图，以及对他的灵魂三问：你准备得怎么样？题库刷完了吗？essay 写了几篇？

齐宋笑，反过来问她：你呢？机考软件装好没有？HB 铅笔削好了吗？

升上副教授之后，关澜的访学申请终于批了下来，她决定到洛杉矶做一个关于意定监护的域外考察。恰好尔雅的学校有交换项目，可以跟着她一起过去读一年的书。

更巧的是，黎晖偏也在这时候被外派，新租的办公室距离她们住的地方不过三十分钟车程。

这情况就有些微妙了，认识他们的人中间各种猜想都有。

姜源替齐宋着急，说人家都在太平洋对岸团聚了，你就一点行动都没有吗？

赵蕊也不止一次地问关澜，齐宋什么都没说？那他到底什么意思啊？

似乎所有人都在等待一个转折，一个结果。

而他们，却在复习迎考。加州律考的规矩，只要是其他国家的执业律师，不需要在美国读过法学院，也可以考当地的 BAR（美国律师执业资格考试）。这是个很好的时机，但两个人又都很忙，直到去年十一月，互相抬杠才下定了决心，交了滞纳金报上名，然后花两个多月的时间背书、刷题、练习写作。

有时候，齐宋也觉得荒谬，这好像根本不是他们这个年纪应该做的事。但真的做起来，却又让他感觉很好。他错过了校园里的她，却还是可以看到她现在住在大学宿舍里，每天发备考倒计时，抱着大部头艰难阅读的样子。就好像也能看到自己，在任何时候都可以做曾经想做，却没来得及做的事。

将近二十个小时之后，飞机降落，齐宋推着行李和猫包走出国际到达口，在接机的人群里看到关澜。她真的像表情图里那样拿着一张 A4 纸，上面写着他的名字，目光从逡巡到闪亮，然后朝他跑来。他展臂，一把将她拥入怀中。那一瞬，只觉一路的疲劳和周折都值得了。

"你真把马扎带来了?!"她惊喜地说，虽然这是他们早就讲好的。

"会不会说话啊你，光问猫？"他佯装生气，却也跟着她一起俯身拉开猫包。

"马扎，你好不好？飞机上有没有害怕？"她伸手进去摸摸它。

马扎在包里瞪圆了眼睛，用夹子音跟她喵喵喵。

齐宋看看它，意思是：你好装啊。

马扎也看看他，眼皮又耷拉下一半，意思是：咱俩彼此彼此。

两天后，齐宋和关澜在洛杉矶参加 BAR 考。

上午进考场之前，关澜接到尔雅发来的消息，是一张穿旗袍的照片，祝他们旗开得胜。作为中学生家长，关澜可以领会到其中的幽默，好像一般都是妈妈这样给孩子送考。

而后尔雅又跟来一句：今晚我去爸爸那里，你考完放松，勿忘劳逸结合。

关澜失笑，这话好像也不是一般的女儿会对一般的妈妈说的。

总共六个半小时的考试，写五篇 essay（简答题），一篇 PT（论述题）。从考场出来，精疲力尽，饥肠辘辘。他们去快餐店，一边吃汉堡一边互嘲。一个说，分数线降了，你是有机会的。另一个说，读万卷书，行万里路，你只当增长了知识就好。

等到夜幕落下，他们去看汽车电影，在当晚放映的四部老片子中选了《白日梦想家》。二月的夜晚是有点冷的，停车场上的车子也很少。他们找到一个视野很好的位子，他抱着她，她头枕着他的肩膀，在旷达的夜色中看着孤零零一块银幕上变换的画面。

电影接近尾声，沃特爬上喜马拉雅山，找到摄影师肖恩。两个人一起对着照相机，等待山岩之间出没的雪豹。

无声无息地，雪豹出现了。

无声无息地，肖恩什么都没做。

汽车收音机里传出山间的风声和他们的对白。

你打算什么时候拍照？沃特问。

肖恩回答：有时候，我不拍，我只是留在那个时刻，就像现在。

这是齐宋和关澜都看过的电影，熟悉的情节和对白。但在那一瞬，他们又一次被这句话触动，比任何时候更甚。

黑暗中，他们静静亲吻，却又不仅仅因为此刻。